KB131447

번역한다는 것

번역한다는 것

움베르토 에코 지음

김운찬 옮김

일러두기

- 에코가 단 각주는 〈원주〉라고 표기했다. 그 외의 각주는 모두 옮긴이가 달았다.

이 책은 실로 꿰매는 정통적인 사철 방식으로 만들어졌습니다.
사철 방식으로 만든 책은 오랫동안 보관해도 손상되지 않습니다.

차례

서문

번역한다는 것은 무엇을 의미하는가? 가장 먼저 떠오르는 명쾌한 대답은 이런 것이리라. 〈다른 언어로 똑같은 것을 말하기〉라고. 다만 여기서 몇 가지 문제점을 짚고 넘어갈 필요가 있다. 첫째, 우리는 〈《똑같은》 것을 말하기〉가 무엇을 의미하는지 설정하는 데 많은 어려움을 겪는다. 그리고 소위 동의어로 바꾸기는 말할 것도 없거니와, 쉽게 풀어 말하기 *parafrasi*, 정의, 설명, 바꾸어 말하기로 일컫는 그 모든 작업들에 대해서도 잘 모른다. 둘째, 번역해야 할 텍스트 앞에서 우리는 〈그것〉이 정확하게 무엇인지 모른다. 마지막으로, 어떤 경우에는 〈말하기〉가 무엇을 의미하는지 의심이 들기도 한다.

이 자리에서 우리는 (많은 철학적 논의들에서 나타나는 번역의 핵심적인 문제를 강조하기 위해) 『일리아스』나 「아시아에서 방황하는 목동의 야상곡」[1]에 〈그 자체의 것〉이 있는지, 말하자면 그것을 번역하는 모든 언어를 넘어서서 또 그 위에

1 Canto notturno di un pastore errante dell'Asia. 근대 이탈리아의 가장 뛰어난 서정 시인으로 손꼽히는 자코모 레오파르디Giacomo Leopardi (1798~1837)의 작품.

서 빛을 발하고 투명하게 드러나야 하는 것, 또는 그와는 반대로 다른 언어로 어떤 노력을 하더라도 결코 포착되지 않는 것이 있는지 찾아볼 필요는 없다. 좀 더 쉬운 것을 살펴보는 것으로 충분하다. 그리고 다음의 글에서 우리는 여러 차례 그렇게 할 것이다.

가령 영어 소설에서 등장인물이 *it's raining cats and dogs* 라고 말한다고 가정해 보자. 똑같은 것을 말한다고 생각하여 문자 그대로 *piove cani e gatti*(개들과 고양이들이 비 온다)로 옮기는 번역가는 멍청이일 것이다. *piove a catinelle*(양동이로 퍼붓듯 비가 온다) 또는 *piove come Dio la manda*〔하느님이 보내듯 (억수같이) 비가 온다〕로 번역해야 할 것이다. 하지만 만약 그것이 소위 〈포트[2]식〉 과학의 추종자가 쓴 공상 과학 소설이며 정말로 개와 고양이들이 비처럼 쏟아진다고 이야기하는 것이라면? 만약 그 등장인물이 프로이트 박사에게 자신은 개와 고양이들에 대한 기묘한 강박 관념을 겪고 있으며, 따라서 비가 올 때도 위협받는 느낌이 든다고 이야기하는 것이라면? 그렇다면 문자 그대로 옮겨야겠지만, 그 〈고양이 인간〉이 관용구에 대해서도 강박 관념에 사로잡혀 있다는 뉘앙스는 상실될 것이다. 그리고 만약 어느 이탈리아 소설에서 개와 고양이들이 비처럼 쏟아진다고 말하는 사람이 베를리츠[3]의 학생이며, 자신의 대화를 거추장스러운 영어식 표현들로 치장하고 싶은 유혹을 강하게 느끼는 사람이라

2 Charles Fort(1874~1932). 미국의 작가로 『저주받은 자의 책*Book of the Damned*』(1919)을 비롯한 저술들에서 현대의 과학 이론과는 맞지 않는 기괴하고 신비로운 현상들을 추적하였다.

3 Berlitz. 1878년 Maximilian D. Berlitz가 미국에 처음 설립한 외국어 교육 기관으로 현재 이탈리아에도 여러 도시에 지부가 있으며 주로 영어를 가르친다.

면? 그가 문자 그대로 옮길 경우 순진한 이탈리아 독자는 그가 영어식 표현을 쓰고 있다는 것을 깨닫지 못할 것이다. 바꾸어, 또한 만약 그 이탈리아 소설이 영어로 번역되어야 한다면, 그런 영어식 악습을 어떻게 표현할 것인가? 등장인물의 국적을 바꾸어 이탈리아어식 악습에 젖은 영국인으로 만들어야 할까? 아니면 서투르게 옥스퍼드 억양을 과시하는 런던 노동자로 만들 것인가? 그것은 있어서는 안 될 일일 것이다. 그리고 만약 *it's raining cats and dogs*라는 말을 프랑스어 소설의 어느 등장인물이 영어로 말하는 것이라면? 어떻게 영어로 옮길 것인가? 보다시피 텍스트가 전달하고자 하는 〈것〉이 무엇인지, 또 어떻게 전달해야 할 것인지 말하기는 매우 어렵다.

다음 장(章)들의 의미는 이런 것이다. 전혀 똑같은 것을 말하지 않는다는 것을 알면서도 어떻게 〈거의〉 똑같은 것을 말할 수 있는가를 이해하려는 것. 여기에서 문제되는 것은 〈똑같은〉 것의 관념이나 똑같은 〈것〉의 관념보다 오히려 그 〈거의〉의 관념이다.[4] 〈거의〉는 얼마나 탄력적이어야 하는가? 그것은 관점에 달려 있다. 지구는 거의 화성과 같다. 둘 다 태양 주위를 돌고 있으며, 모양은 공처럼 생겼기 때문이다. 하지만 다른 태양계에서 도는 그 어떤 다른 행성과도 거의 비슷하며, 거의 태양과도 같다. 둘 다 천체이며, 거의 점쟁이의 수정 구슬과 같고, 또는 거의 축구공과 같으며, 또는 거의 오렌지와 같기 때문이다. 〈거의〉의 외연, 유연성을 설정하려면 일

4 주네트Genette(1982)는 번역을 〈겹쳐 쓴 양피지*palinsesto*〉에 비유한다. 그러니까 처음의 글을 〈긁어내고〉 그 위에 다른 글을 쓰지만, 새로운 글 아래에 여전히 옛날의 글이 비쳐서 그것을 읽을 수 있는 양피지 말이다. 〈거의〉와 관련하여 페트릴리Petrilli(2001)가 번역에 관한 글들의 모음집에 붙인 제목이 〈똑같은 다른 것*Lo stesso altro*〉이다 — 원주.

부 기준을 사전에 협상해야 한다. 뒤에서 보겠지만, 거의 똑같은 것을 말하기는, 〈협상〉과 비견될 수 있는 과정이다.

내가 맨 처음 번역의 문제에 이론적으로 몰두하기 시작한 것은 1983년경으로, 크노[5]의 『문체 연습』을 어떻게 번역했는지 설명하면서부터였다. 그리고 1990년대까지 그 문제에 대해 약간의 지적을 해왔으며, 그동안 나는 일부 학회에 참석하여 특히 번역된 작가로서 나의 개인적인 경험들과 관련된 일련의 발표를 하였다.[6] 번역의 문제는 『완벽한 언어 찾기』(1993b)에 대한 연구에서도 빠질 수 없었으며, 조이스의 번역에 대해 말하면서(에코, 1996), 또 나 자신이 네르발의 「실비」를 번역한 것에 대해 말하면서(에코, 1999b) 번역들을 자세히 분석하기도 하였다.[7]

그런데 1997년과 1999년 사이에 볼로냐 대학의 기호학 박사 과정에서 두 차례의 연례 세미나가 개최되었는데, 바로 기호 상호 간의*intersemiotica* 번역에 관한 것이었다. 그것은 말하자면 한 자연 언어에서 다른 자연 언어로 번역하는 것이 아니라 가령 소설을 영화로, 서사시를 만화 작품으로 〈번역〉하거나 또는 어떤 시를 테마로 그림을 이끌어 낼 때처럼 서로 상이한 기호 체계들 사이에서 번역하는 모든 경우들에 관

5 Raymond Queneau(1903~1976). 프랑스의 시인이자 소설가, 출판인으로 포스트모더니즘의 선구자로 간주되기도 한다. 『문체 연습*Exercices de style*』은 1947년에 출판된 저술이다.

6 에코(1991, 1992a, 1993a, 1995a, 1995b) 참조 — 원주.

7 여기에서 상기하고 싶은 것이 있다. 나는 몇십 년 전부터 번역을 해보았지만, 번역에 대하여 이론적 관심을 가진 것은, 시리 네르가르드Siri Nergaard의 라우레아*laurea* 및 박사 학위 두 논문, 그리고 내가 책임자로 있는 총서(叢書)로, 그녀가 1993년과 1995년에 출판한 두 권의 선집(選集)에서였다 — 원주.

한 것이었다. 다양한 발표 과정에서 나는 〈고유한 의미에서의 번역〉과 소위 〈기호 상호 간의〉 번역 사이의 관계에 대해 일부 박사 과정에 있는 학생들 및 동료들과 서로 의견이 달랐다. 논쟁의 쟁점은 이 책에서 분명하게 드러날 것이다. 마찬가지로 특히 나와 의견이 다른 사람들에게서 내가 받은 자극과 부추김들도 분명히 드러날 것이다. 당시 나의 반응은 다른 참석자들의 발표와 마찬가지로 『베르수스』[8]의 두 특별호 82호(1999)와 85~87호(2000)에 나타나 있다.

1998년 가을에 나는 토론토 대학의 초청으로 일련의 〈고조 강좌〉[9]를 하게 되었고, 거기에서 그 문제에 대한 나의 생각들을 다시 다듬기 시작하였다. 강연 결과는 나중에 『번역의 경험』(에코, 2001)이라는 소책자로 출판되었다.

마지막으로 2002년에 나는 옥스퍼드 대학에서 여덟 차례의 〈바이덴펠트 강좌〉[10]를 하였는데, 똑같은 주제에 대해 협상으로서의 번역 개념을 좀 더 발전시킬 수 있었다.[11]

이 책은 위에서 말한 여러 기회에 쓴 글들을 다시 싣고 있

8 *Versus*. 에코를 중심으로 하는 기호학자들이 발행하는 학술지로 대개 줄여서 *VS*로 표기한다. 이 학술지는 에코가 편집 고문으로 있는 봄피아니 Bompiani 출판사에서 간행된다.

9 Goggio Lecture 또는 Goggio Chair. 토론토 대학의 연례 강좌로, 1995년 미국에 거주하는 고조 가족이 1946~1956년 당시 토론토 대학 이탈리아어 및 스페인어 학과의 학과장으로 재직했던 에밀리오 고조를 기리기 위해 기금을 마련하여 설립했다. 주로 이탈리아 연구와 관련된 세계 여러 나라의 교수들이 방문하여 일련의 강의를 한다.

10 Weidenfeld Lecture. 유럽 비교 문학에 관한 옥스퍼드 대학의 연례 강좌인데 오스트리아 태생으로 영국에 귀화한 바이덴펠트 경Lord George Weidenfeld of Chelsea의 후원을 받아 설립되었다.

11 〈생쥐인가 집쥐인가? 협상으로서의 번역*Mouse or Rat? Translation as Negotiation*〉이라는 제목으로 바이덴펠트니컬슨Weidenfeld-Nicolson 출판사에서(런던: 2003) 출판되었다 — 원주.

는데, 거기에다 좀 더 많은 새로운 여담과 예들을 덧붙였다. 개별적 강연이나 학회의 발표라는 주어진 시간에 더 이상 구속되지 않았기 때문이다. 그러나 그렇게 두드러진 증보와 자료들의 새로운 구성에도 불구하고 이전 텍스트들이 갖고 있던 대화체 어조를 그대로 유지하려고 노력하였다.

다음에 이어질 글들은 번역 이론의 다양한 측면들을 고찰하고 있지만, 나는 언제나 구체적인 경험에서 실마리를 이끌어 내기 때문에 대화체를 사용하였다. 아니면 오늘날의 번역론 연구들과 관련된 어떤 이론적 문제에 대해 구체적 경험들을 상기할 수도 있다. 하지만 그런 이론적 문제들은 언제나 〈경험들〉, 대부분이 개인적인 경험들에서 자극받은 것이다.

종종 나는 번역론에 관한 일부 텍스트들이 불만스러웠는데, 바로 풍부한 이론적 주제들에 충분히 준비된 예들이 수반되지 않았기 때문이었다. 물론 번역에 관한 모든 책이나 논문이 그런 것은 아니다. 가령 조르주 스타이너[12]의 『바벨탑 이후』는 풍부한 예들을 제시하고 있다. 그런데 다른 많은 경우 혹시 번역 이론가가 전혀 번역을 해보지 않은 것이 아닐까, 그러니까 직접적인 경험이 없는 것에 대해 말하는 것이 아닐까 하는 의혹이 들었다.[13]

언젠가 주세페 프란체스카토[14]는 이렇게 지적한 바 있다.

12 George Steiner(1929～). 프랑스 태생의 문학 이론가이자 비평가로 주네브 대학의 교수를 역임하였다. 『바벨탑 이후: 번역과 언어의 양상*After Babel: Aspect of Language and Translation*』은 1975년 저술이다.

13 풍부한 예들은 단지 교육적 배려에서 기인하는 것은 아니다. 번역에 관한 일반적인 생각, 또는 심지어 일련의 규범적 성찰들에서, 번역이란 텍스트와 관련된 것이며 모든 텍스트는 서로 상이한 문제들을 제기한다는 확신에서 나오는 〈국소적〉 분석들로 이행하기 위해서는 필수적인 것이다. 이에 대해서는 칼라브레세Calabrese(2000) 참조 — 원주.

(기억나는 대로 재정리해 보자면) 두 언어 사용*bilingualism* 현상을 연구하기 위해서는, 즉 이중적 언어 능력의 형성 과정에 대한 충분한 경험들을 수집하기 위해서는 이중적인 언어 자극에 노출된 어린아이의 행동을 매일, 또 매시간 관찰해야 한다고. 그런 경험은 (1) 언어학자가 (2) 외국인 배우자와 살거나 또는 외국에서 거주하고 (3) 아이들이 있으며 (4) 자식들이 최초의 표현 행동을 보일 때부터 규칙적인 관찰을 직접 할 수 있을 경우에만 이루어질 수 있다. 그런 요건들은 언제나 충족될 수 있는 것이 아니기 때문에, 두 언어 사용에 대한 연구는 더디게 발전하였다.

나는 때때로 번역 이론을 세우기 위해서는 이와 마찬가지로 번역의 많은 예들을 조사하는 것뿐만 아니라, 다음과 같은 세 가지 경험 중 최소한 하나는 해보는 것이 필요하지 않을까 하고 자문해 본다. 즉 다른 사람의 번역을 확인해 본 경험, 번역을 해본 경험, 그리고 자신의 글이 번역된 경험 또는 좀 더 나은 것으로 자신의 번역자와 협력하면서 번역된 적이 있는 경험 말이다.

이에 대해 이렇게 반박할 수 있을 것이다. 시에 대한 훌륭한 이론을 세우기 위해 시인이 될 필요는 없다고. 또한 어떤 외국어에 대해 단지 수동적인 능력만으로도 그 외국어로 쓰인 텍스트를 평가할 수 있다고. 하지만 그런 반박은 어느 정도까지만 타당하다. 사실 시 한 편 쓰지 않은 사람도 고유의 언어에 대한 경험을 가질 수 있으며, 자기 삶의 과정에서 시 한 행 써보거나 시 한 편 창작해 보려고, 어떤 대상이나 사건을 은유적으로 표현해 보려고 시도했을 수도 있다(또는 언제

14 Giuseppe Francescato(1922~2001). 이탈리아의 언어학자로 트리에스테Trieste 대학의 교수를 역임했는데, 특히 북동부 프리울리Friuli 지방의 사투리를 비롯하여 방언 연구에 많은 업적을 남겼다.

든 시도할 수도 있다). 어떤 외국어에 대해 수동적인 능력만 가진 사람도 최소한 그 외국어로 멋진 문장을 쓰는 것이 얼마나 어려운지 체험했을 것이다. 그림에는 무능력한 예술 비평가도 (바로 그림에 무능력하기 때문에) 모든 유형의 시각적 표현에 내재된 어려움을 느낄 수 있다고 생각한다. 마치 아주 작은 중저음의 목소리를 지닌 멜로드라마[15] 비평가도 분명한 고음을 내려면 얼마나 고도의 능력이 필요한지 직접적인 경험으로 이해할 수 있는 것과 마찬가지이다.

따라서 번역에 대해 이론적으로 고찰하기 위해서는 능동적이건 수동적이건 번역의 경험을 갖는 것이 필요하다고 생각한다. 게다가 성 히에로니무스[16]에서 우리 시대에 이르기까지 번역의 이론이 아직 성립하지 않았을 때, 〈번역〉이라는 주제에 대해 유일하게 흥미로운 관찰을 보여 주었던 저술은 바로 번역을 했던 사람들이 쓴 것이었으며, 정확한 번역을 강조하고자 했던 성 아우구스티누스조차 외국어에는 지극히 제한된 지식만 갖고 있었기 때문에(히브리어는 몰랐고 그리스어만 약간 알고 있었다) 해석학적 당황스러움을 토로하기도 했다는 사실은 널리 알려져 있다.

지금까지 나는 오랜 편집 경험 과정에서나 평론집 총서들의 책임자로서 다른 사람들의 수많은 번역을 확인해야 했으며, 많은 심혈을 기울여 크노의 『문체 연습』과 제라르 드 네르

15 *melodrama*. 〈음악〉, 〈노래〉를 의미하는 그리스어 *mélos*에 공연 예술인 드라마를 가미한 일종의 〈음악극〉으로 17세기 이탈리아에서 유행하였으며, 여기에서 음악에 중점을 둔 〈오페라*opera lirica*〉가 발전하였다.

16 Eusebius Hieronymus(347?~419). 달마티아Dalmatia 지방에서 태어난 초기 교회의 교부로 동방을 여행하면서 히브리어와 그리스어를 공부하였고, 로마로 돌아와 교황 다마소Damasus 1세(재위 366~384)의 위탁에 따라 성서를 라틴어로 번역하였다. 그의 라틴어 번역본 성서를 가리켜 일반적으로 불가타Vulgata(또는 볼가타Volgata) 성서라 부른다.

발의 「실비」 두 권을 각기 여러 해에 걸쳐 번역하였고, 또한 평론이나 소설 작품들의 작가로서 나의 번역자들과 긴밀하게 접촉하였다. 나는 번역들을 확인하였을 뿐만 아니라(최소한 어떤 식으로든 내가 아는 언어들에 대해서는 그렇다. 바로 그렇기 때문에 나는 종종 윌리엄 위버William Weaver, 부르크하르트 크뢰버Burkhart Kroeber, 장노엘 스키파노Jean-Noel Schifano, 엘레나 로사노Helena Lozano와 다른 사람들을 인용할 것이다), 작업 과정에서 번역자들과 사전에 오랜 대화를 나누기도 하였다. 때로는 번역자가 현명한 경우 자신의 언어를 모르는 작가에게도 그 언어에서 발생하는 문제들을 설명할 수 있다는 것을 발견할 정도였으며, 그런 경우에도 작가는 해결책을 제시하면서, 또는 어려움을 넘어가기 위해 그의 텍스트에서 어떤 임의적 조치를 제시하면서 협력할 수 있다는 것을 발견하였다(예를 들어 러시아어 번역에서는 엘레나 코스티우코비치Elena Kostioucovitch, 헝가리어는 임레 버르너Imre Barna, 네덜란드어는 욘트 뵈커Yond Boeke와 파티 크로네Patty Krone, 일본어는 후지무라 마사키, 와다 다다히코 등과 그런 일이 종종 있었다).

그런 까닭에 나는 대부분 나의 저술들과 관련된 구체적인 문제들에서 출발하여 번역에 대해 이야기하고, 또한 단지 그런 〈생생한*in corpore vili*〉 경험들을 토대로 이론적 해결책들을 지적하는 데에만 머무르기로 결정하였다.

이것은 나를 두 가지 위험에 노출시킬 수 있는데, 하나는 나르시시즘의 위험이고 다른 하나는 〈나의〉 텍스트들에 대한 〈나의〉 해석이 다른 독자들, 〈우선적으로〉 나의 번역자들을 비롯한 독자들의 해석보다 낫다고 주장할 위험이다. 그것은 바로 내가 『이야기 속의 독자』 또는 『해석의 한계』 같은 책에서 논쟁적으로 거부했던 원리이다. 첫 번째 위험은 치명적이다. 하지만 결과적으로 나는 마치 사회적으로 역겨운 질병에 걸린 환자들이 자신들의 상태와 현재 받고 있는 치료 등을 공개적으로 밝힘으로써 다른 사람들에게 유익함을 주려는 것처럼 행동하게 될 것이다. 두 번째 위험과 관련해서는 독자들이 이런 점을 주목할 것으로 기대한다. 그러니까 나는 모호함을 유발할 수 있는 내 텍스트의 중요한 점들을 나의 번역자들에게 지적하는 과정에서, 언제나 그들의 해석에 영향을 주지 않으려고 노력하며 거기에 관심을 기울이라고 충고하거나, 아니면 만약 내가 그들의 언어로 써야 한다면 다양한 해결책들 중에서 무엇을 선택하겠는가 하는 질문에 구체적으로 대답했다는 점을 말이다. 그런 경우 나의 결정은 타당한 것이었다. 왜냐하면 결국 그 책에 서명한 것은 바로 나였기 때문이다.

다른 한편으로 작가로서 내 작품이 번역되는 과정을 경험하면서 나는 번역본이 내가 쓴 것에 〈충실〉해야 할 필요성과, 내 텍스트는 다른 언어로 말하는 순간 어떻게 변화될 수 있는가 (아니 때로는 변화〈되어야〉 하는가) 하는 흥미로운 발견 사이에서 끊임없이 고민했다. 그리고 때로는 일부 불가능성 — 어떠한 방식으로든 해결되어야 하는 — 을 느꼈다면, 그보다 훨씬 더 자주 가능성들을 느끼기도 하였다. 말하자면 다른 언어와 접촉하면서 텍스트는 어떻게 나 자신도 미처 모르고 있던 해석적 가능성들을 드러내는가, 때로는 어떻게 번역이 텍스트를 향상시킬 수 있는가를 느끼기도 하였다(경험적 작가로서 나의 원래 의도와는 상관없이 텍스트 자체가 예기치 않게 드러내는 〈의도〉와 관련하여 〈향상시킨다〉는 의미에서 그렇다).

개인적인 경험들에서 출발하고 또한 두 계열의 대화들에서 탄생한 〈이 책은 번역의 이론서로 제시되지 않는다〉. 번역론의 수많은 문제들을 노출하고 있다는 단순한 이유 때문이다. 나는 그리스 로마의 고전 작품들과의 관계에 대해 말하지 않는다. 나는 호메로스를 번역해 본 적도 없고 고전 시리즈를 위한 호메로스의 번역본을 검토한 적도 없다는 단순한 이유 때문이다. 나는 소위 기호 상호 간의 번역에 대해 단지 스쳐 지나가며 말할 뿐이다. 소설에서 소재를 이끌어 내 만든 영화를 감독하거나 시를 발레로 각색해 본 적이 없기 때문이다. 서양 텍스트를 다른 문화들의 감수성에 알맞게 번안하는 작업의 후기 식민지적 전략 또는 전술의 문제도 다루지 않는다. 내 텍스트들이 아랍어, 페르시아어, 한국어, 또는 중국어로 번역된 과정을 추적하고 논의할 수 없었기 때문이다. 나는 여성이 쓴 텍스트를 번역해 본 적이 없다(단지 남성 작가들만 번역하는 습관 때문이 아니라, 내 생애에서 단지 두 권만 번역했기 때문이다). 따라서 거기에 어떤 문제가 있을지 알 수 없다. 일부 나의 여성 번역자들(러시아어, 스페인어, 스웨덴어, 핀란드어, 네덜란드어, 크로아티아어, 그리스어)과의 관계에서 나는 어떤 〈페미니즘〉 번역의 의지도 경험할 수 없을 정도로 그녀들은 나의 텍스트에 유연하게 대처하였다.[17]

나는 〈충실함〉이라는 말에 대해 일부 항목을 할애하였는데, 그 이유는 자기 번역자들의 작업을 지켜보는 작가는 암묵적인 〈충실함〉의 요구에서 출발하기 때문이다. 번역에서는 단지 텍스트 안에서 또 도착지 언어 안에서 — 게다가 다른 시대에 형성된 텍스트를 현재화하려고 시도하는 일부 시기에는 — 실현되는 결과만이 중요하다고 생각하는 비평적 제안들 앞에서는 이 용어가 시대에 뒤떨어진 것처럼 보일 수도

17 마지막 세 문제들에 대해서는 데마리아Demaria 외(2001)와 데마리아(1999 및 2003)를 참조하기 바란다 — 원주.

있다. 하지만 충실함의 개념은, 번역이라는 해석 형식들 중의 하나이며 또한 독자의 교양과 감수성에서 출발하면서도 언제나 작가의 의도가 아니라 〈텍스트의 의도〉, 즉 텍스트가 표현된 언어와 그것이 탄생한 문화적 맥락과 관련하여 말하거나 제시하는 것을 재발견하는 것을 목적으로 한다는 확신과 관련이 있다.

어느 미국 텍스트에서 한 등장인물이 다른 사람에게 *you're just pulling my leg*라고 말한다고 가정해 보자. 번역자는 *stai solo tirandomi la gamba*(너는 바로 내 다리를 잡아당기고 있어) 또는 *ma tu stai menandomi per la gamba*(그런데 너는 지금 내 다리를 잡아당기고 있어)라고 번역해서는 안 되며, *mi stai prendendo in giro*(너는 지금 나를 놀리고 있어) 또는 좀 더 바람직하게 *mi stai prendendo per il naso*〔너는 지금 내 코를 붙잡고(나를 놀리고) 있어〕라고 번역해야 할 것이다. 만약 이 표현을 문자 그대로 번역한다면, 독자는 등장인물이(그리고 그와 함께 작가가) 어떤 과감한 수사학적 비유를 창안해 내고 있다고 생각할 것이다. 이탈리아어에서 이렇게 이례적인 표현은 그런 추정을 하게 만들 것이기 때문이다. 하지만 그게 아니다. 등장인물은 자기 언어로 하나의 관용구를 사용하고 있기 때문이다. 하지만 다리를 코로 대체함으로써, 이탈리아 독자는 텍스트가 영어 독자에게 원하는 것과 똑같은 상황에 처하게 된다. 바로 그렇기 때문에 명백한 불충실함이(문자 그대로 번역하지 않는 것이) 결국에는 충실함으로 드러나게 된다. 이것은 번역자들의 수호성인인 성 히에로니무스의 말대로 번역에서는 〈단어를 단어로 표현하지 않고 의미를 의미로 표현해야 한다*verbum e verbo sed sensum exprimere de sensu*〉고 반복하는 것과 비슷하다(그런 주장조차 얼마나 많은 모호함을 유발할 수 있는지 보겠지만).

그러므로 번역한다는 것은 한 언어의 내적 체계와 그 언어로 주어진 텍스트의 구조를 이해하고, 그 텍스트 체계의 분신, 즉 〈일정한 기술(記述)하에서〉 의미론과 통사론의 측면이나 문체, 운율, 음성 상징적 측면에서, 또한 원천 텍스트[18]가 지향하는 정서적 효과들과 함께 독자에게 유사한 효과들을 창출할 수 있는 분신을 만든다는 것을 의미한다. 〈일정한 기술하에서〉란 모든 번역이 추정상의 충실함이라는 중심부와 비교할 때 불충실함의 주변부들을 드러낸다는 것을 의미한다. 하지만 중심부의 위치와 주변부들의 방대함에 관한 결정은 번역자가 스스로에게 제시하는 목적에 달려 있다.

어쨌든 나는 지금 이런 주장을 깊이 다루려는 것이 아니다. 다음의 글들은 모두 그에 대한 주석이기 때문이다. 단지 번역론에 확산된 많은 개념들(등가, 목표에의 부합, 충실함 또는 번역가의 주도권 등)이 나에게는 〈협상〉의 깃발로 제시된다는 점만 반복해서 말하고 싶다.

번역 이론에 관해서는 지난 몇십 년 동안 수많은 글들이 나왔는데, 그것은 통역과 번역가들을 위한 학교는 말할 것도 없고, 번역의 문제를 다루는 과정들, 학과들, 연구소들이 많

18 원전과 번역본 사이의 관계를 다루면서 이론가들은 다양한 표현들을 사용한다. 영어로는 *source*와 *target* 사이의 차이로 널리 퍼져 있는데, 전자는 *fonte*(원천)로 멋지게 번역될 수 있는 반면, 후자는 부적절하게 *bersaglio*(목표, 표적)가 될 위험이 있다. 현재 이탈리아에서는 *testo di partenza*(출발 텍스트)와 *testo di arrivo*(도착 텍스트) 또는 *testo di destinazione*(목적지 텍스트)라는 말을 상당히 널리 사용하고 있다. 나는 거의 언제나 *testo fonte*(원천 텍스트)라는 표현을 사용할 것인데, 일부 은유적 추론을 허용해 주기 때문이다(제7장의 마지막 부분을 참조하기 바란다). 두 번째 용어에 대해서는 경우에 따라 *arrivo*(도착)나 *destinazione*(목적지)를 사용할 것이다 — 원주.

이 늘어난 사실에도 기인한다. 번역에 대한 관심이 높아진 이유는 많지만 대개 몇 가지로 집중된다. 그중 한 가지인 세계화 현상은 서로 상이한 언어의 개인과 집단들을 더욱 긴밀하게 상호 접촉하도록 만들고 있으며, 또한 기호학적 관심이 발전하면서 번역의 개념이 명시적으로 드러나지 않을 경우에도 핵심적인 위치를 차지하게 되었다〔가령 발화(發話)의 의미, 즉 이론적으로 보면 한 언어에서 다른 언어로 옮기는 과정에서 그대로 남아 있어야 하는 것으로서의 의미에 관한 논의들을 생각해 보기 바란다〕. 마지막으로 정보 이론의 확장과 함께 많은 사람들이 더욱더 인공 번역 모델들을 시도하고(여기서는 모델이 제대로 작동할 때보다는 충분하게 작동되지 않을 때, 더욱더 번역 문제가 결정적인 것이 된다) 또 정교하게 다듬으려고 노력하고 있다.

그 외에도 20세기 중엽 이후 세워진 언어의 구조 이론 또는 언어 활동의 역동성 이론들은 번역의 근본적인 불가능성 현상을 강조하였다. 그것은 이론가들 자신에게 적지 않은 도전이었는데, 그들은 그런 이론을 세우면서도 실제로 수천 년 전부터 〈사람들은 번역한다〉는 사실을 고려했다. 사람들은 때때로, 잘못 번역할 수도 있다. 실제로 끊임없이 성서 텍스트의 이전 번역들을 비판하는 성서학자들 사이의 끊임없는 논쟁을 생각해 보라. 그렇지만 구약과 신약 텍스트들을 상이한 언어의 수십억 신자들에게 전해 준 번역들이 아무리 무능하고 부적절하다 할지라도, 언어에서 언어로, 불가타 성서에서 불가타 성서로 이어지는 그 릴레이 속에서, 인류의 상당 부분은 십계명에서 산상 설교, 모세의 이야기에서 그리스도의 수난에 이르기까지 그 텍스트들에 의해 전해지는 근본적인 사건과 사실들 — 그리고 그 텍스트들에 생명을 불어넣는 정신 — 에 대해서는 의견의 일치를 보았다.

그러니까 원칙상으로는 번역의 불가능성을 주장하면서도, 실제로는 언제나 아킬레우스와 거북이의 역설 앞에 직면하게 되는 것이다. 이론상으로 아킬레우스는 절대 거북이를 따라잡을 수 없어야 하지만 실제로는(경험이 가르치듯이) 추월한다. 혹시 이론은 실제 경험에서는 필요 없을 수도 있는 순수함을 열망하지만, 흥미로운 문제는 경험에서 무엇이 또 얼마만큼 필요 없을 수도 있는가 하는 것이다. 바로 여기에서 번역은 몇몇 협상의 과정에 토대를 둔다는 관념이 나오게 된다. 협상이란 바로 무엇인가를 얻기 위해 다른 무엇인가를 포기하는 과정이기 때문이다. 그리고 결국 당사자들은 모든 것을 가질 수는 없다는 황금률에 비추어 일종의 합리적인 상호 만족감을 가져야 할 것이다.

그러한 협상 과정에서 당사자들이 어떤 것들이든 질문할 수 있을 것이다. 당사자들은 많고 또한 때로는 주도권이 없는 경우도 있다. 한편으로는 고유의 독자적 권리들을 가진 원천 텍스트가 있고, 때로는 우발적인 확인을 요구하는 경험적 작가 — 아직 살아 있는 — 가 있으며, 또한 텍스트를 탄생시킨 모든 문화가 있다. 다른 한편으로는 도착 텍스트가 있고, 그것이 나타나는 문화, 그 가능한 독자들의 기대 체계가 있으며, 심지어 때로는 그 도착 텍스트가 엄격한 문헌학적 총서를 위한 것인가 아니면 오락용 책들의 시리즈를 위한 것인가에 따라 서로 다른 번역 기준을 예상하는 출판 산업이 있다. 어떤 출판인은 추리 소설을 번역하면서 등장인물들의 이름을 음역(音譯)하며 독자들이 좀 더 쉽게 확인하고 기억하도록 분음(分音) 기호들을 없앨 것을 요구할 수도 있다. 번역자는 그러한 현실적 또는 가상적인 당사자들 사이의 중개자로 제시되지만, 그런 협상에서 당사자들의 명백한 동의가 언제나 예상되는 것은 아니다. 하지만 암묵적인 협상은 〈진실 말하기의 계약〉에서도 나타나는데, 그것은 역사책의 독자와 소설 독자에게 서로 다르다. 소설 독자에게는 수천 년의 합의로 〈불신의 중단〉을 요구할 수 있다.

나는 개인적 경험에서 출발하기 때문에 분명히 나의 관심을 끄는 주제는 〈고유한 의미에서의 번역〉, 즉 출판사에서 하는 번역이다. 그런데 비록 어느 이론가가 어떤 번역이 다른 번역보다 훌륭하다고 우위를 정할 수 있는 규칙은 없다고 아무리 주장하더라도, 출판 업무가 가르치는 바에 따르면, 최소한 논의의 여지가 없는 명백한 오류들에 대해서는 어떤 번역이 잘못되었고 수정되어야 하는지 비교적 쉽게 결정할 수 있다. 그건 단지 상식의 문제일 것이다. 하지만 정상적인 출판 편집인의 상식은, 번역자를 불러 편집된 작업에서 번역자가 수용할 수 없는 부분을 표시해 달라고 요구한다.

물론 이때 〈상식〉은 추한 단어가 아니라, 많은 철학에서 아주 진지하게 다루었던 현상임을 서로 이해할 필요가 있다. 다른 한편으로 나는 독자 여러분이 기본적이지만 이해할 만한 가상 실험을 해보라고 권유하고 싶다. 가령 어떤 번역가에게 〈타임스〉 활자체에 크기 12로 인쇄된 A4 용지 2백 페이지 분량의 프랑스어 원고를 맡겼는데, 번역가가 동일한 용지와 활자체에 같은 크기로 작업을 해왔고, 그게 4백 페이지였다고 가정해 보자. 상식적으로 그 번역은 분명 무언가 잘못되어 있음을 알 수 있다. 나는 그 작업을 읽어 보지 않고도 번역가를 해고할 수 있으리라고 믿는다. 그런데 반대로 만약 어느 영화감독에게 레오파르디의 「실비아에게」[19]를 주었는데 그

19 A Silvia. 레오파르디의 대표적인 서정시 중 하나로 63행으로 이루어진 1828년 작품이다. 꽃다운 나이에 죽은 실비아에 대한 회상과 그녀의 이미지를 통해 젊음의 신화를 찬양하면서 동시에 삶과 사랑의 덧없음을 노래한다.

가 두 시간짜리 필름을 가져올 경우, 그것이 받아들일 수 없는 작품인지 결정할 만한 근거는 없다. 우리는 먼저 그 영화를 봐야만 감독이 그 시 텍스트를 어떤 의미로 해석하고 영상으로 옮겼는지 이해할 수 있을 것이다.

월트 디즈니는 『피노키오』를 영화로 만들었다. 물론 콜로디 학자들은 거기에서 피노키오가 티롤로[20]식 인형처럼 등장하고, 따라서 마찬티나 무시노[21]의 최초 삽화들이 집단적 상상력에 부여했던 것처럼 나무의 느낌이 나지 않으며, 또한 스토리의 일부 요소들이 수정되었다고 불평했다. 하지만 일단 월트 디즈니가 개작 권리를 얻었으니(게다가 그것은 『피노키오』에는 더 이상 해당되지 않는 문제이다) 누구도 그런 불충실함을 이유로 그를 법정에 세울 수는 없었다. 기껏해야 할리우드에서 판매되는 책의 살아 있는 저자들만이 감독을 비난하고 논쟁할 수 있다. 그렇지만 그것도 만약 제작자가 권리 양도 계약서를 제시한 경우라면 소용없는 일이다.

그런데 만약 어느 프랑스 출판인이 『피노키오』의 새로운 번역을 맡겼는데 번역가가 〈오래전부터 나는 일찍 잠자리에 들었다〉라고 시작하는 텍스트를 건네준다면, 출판인은 그 원고를 거부하고 번역가를 이행 불가능자로 선언할 권리가 있다. 고유한 의미에서의 번역에는 〈다른 사람이 한 말에 대한 사법적 존중〉[22]을 지켜야 하는 암묵적 원리가 효력을 갖는다.

20 Tirolo(독일식 이름으로는 티롤Tirol). 이탈리아 북부의 작은 소읍으로 주로 독일계 주민들이 거주하며 독특한 이미지의 인형 제작으로 유명하다.

21 엔리코 마찬티Enrico Mazzanti(1852~1910)는 1883년 출판된 『피노키오』 초판의 최초 삽화가였고, 아틸리오 무시노Attilio Mussino(1878~1954)는 1911년에 출판된 판본의 삽화가로 유명하다.

22 바소Basso(2000: 215면) 참조. 페트릴리(2000: 12면)는 〈번역이란 《간접 담론으로 위장된 직접 담론》이다〉라는 멋진 표현을 사용하고 있다. 실제로 모든 번역 텍스트의 서두에서 암시되는 메타 언어적 공식은 이런 것이

비록 한 언어에서 다른 언어로 이행하는 순간 다른 사람의 말에 대한 존중이 무엇을 의미하는지 설정하는 것은 흥미로운 사법적 문제이지만 말이다.

〈고유한 의미에서의 번역〉을 정의하려면 분명히 원작자와 번역자 사이에 실현되어야 하는 공통의 느낌에 대한 신비적 고찰을 시도해야 한다. 그러나 그전에, 나는 무엇보다도 경제의 기준과 전문가다운 당위론을 채택하고 싶은데, 이로 인해 일부 선량한 사람들이 분개하지 않기를 바란다. 나는 어느 위대한 시인이 다른 위대한 시인의 작품을 번역한 것을 도서관에서 찾거나 구입할 때, 원문과 아주 비슷할 것을 기대하지 않는다. 오히려 내가 그런 번역본을 찾을 때는, 대개 이미 원문을 알고 있는 사람으로서 그 예술가 번역자가 번역된 예술가를 어떻게 대했는가(그것이 도전이든 경의의 표시든) 보고 싶은 경우이다. 그런데 영화관에 가서 피에트로 제르미 감독의 「빌어먹을 혼란」을 본다면, 비록 그것이 가다[23]의 『메룰라나 거리의 추악한 뒤범벅』에서 나왔다는 것을 알고 있더라도, 영화를 보았으니까 그 책을 읽지 않아도 된다고 생각하지는 않는다(교양 없는 관객이 아니라면 말이다). 나는 그 영화에서 사건의 요소들, 등장인물들의 심리적 특성

다. 〈아무개 작가는 자신의 언어로 다음과 같이 말하였다.〉 하지만 이런 메타 언어적 고지는 번역자의 당위성을 함축한다 — 원주.

23 Carlo Emilio Gadda(1893~1973). 이탈리아의 작가로 다양한 문학 형식과 사투리 표현들을 뒤섞은 언어적 실험성으로 1950~1960년대의 문학계에 새로운 바람을 불러일으켰다. 『메룰라나 거리의 추악한 뒤범벅*Quer pasticciaccio brutto di via Merulana*』은 1946~1947년 『문학*Letteratura*』에 연재되었던 작품으로 파시즘 시대 로마에서 일어난 살인 사건을 다루면서 당시의 사회 분위기를 풍자적으로 고발한다. 이 소설은 피에트로 제르미 Pietro Germi(1914~1974) 감독이 1960년 〈빌어먹을 혼란*Un maledetto imbroglio*〉이라는 제목으로 영화화했다.

들, 몇몇 로마의 분위기를 발견하겠지만 분명히 가다의 언어와 동일하지는 않으리라는 것을 처음부터 이미 알고 있다. 나는 *Paracadde giù dai nuvoli e implorava che no, che non è vero un corno; ma ne buscò da stiantare* 또는 *L'Urbe, proprio al tempo de' suoi accessi di buon costume e di questurinizzata federzonite*……[24] 같은 표현들이 영상으로 해결되리라고 기대하지도 않는다.

그런데 만약 외국 작품의 이탈리아어 번역본을 구입한다면 그것이 사회학 이론서든 소설이든(소설의 경우 분명히 이론서보다 더 많은 위험이 있다는 것을 알고 있지만) 나는 번역본이 원문에 쓰인 것을 가능한 한 잘 말해 줄 수 있기를 기대한다. 나는 일부 구절이나 장(章) 전체의 누락을 사기로 간주할 것이며, 번역의 명백한 오류에 대해서는 짜증을 낼 것이다(뒤에서 보겠지만 원문을 모르면서 번역본을 읽을 때에도 신중한 독자에게는 번역의 명백한 오류가 눈에 띄어 짜증이 나는 순간이 온다). 그리고 만약 어느 등장인물이 한 말이나 행동을 번역자가 정반대로 옮긴 것을(미숙함 때문이건 교묘한 검열 때문이건) 발견하게 되면 당연히 격분할 것이다. 우리가 소년 시절에 읽었던 우테트Utet 출판사의 〈황금 계단〉 시리즈의 멋진 책들은 위대한 고전들을 〈다시 이야기해〉 주었지만, 종종 〈신탁을 자기 마음대로 해석하는 델피 사람들 방식의*ad usum delphini*〉 개작으로 이루어졌다. 내 기억으로 위고의 『레 미제라블』 축약판에서 자베르는 자신의 의무와 장 발장에게 빚지고 있는 인정 사이의 모순에 사로잡혀

24 사투리와 구어(口語)를 그대로 활용한 표현으로 정확하게 번역할 수 없으나, 대략적인 의미는 이렇다. 〈《그는》 깜짝 놀라서 아니라고, 절대로 아니라고 애원했지만, 바닥에 쓰러질 정도로 두들겨 맞았다.〉 〈로마는 바로 좋은 풍습과 엄격한 치안이 최고조에 이르렀을 무렵에…….〉

자살하는 대신 사표를 제출한다. 그건 개작이었기 때문에 나중에 원문을 읽고 진실을 알게 되었을 때에도 나는 불쾌감을 느끼지 않았다(오히려 그런 개작이 여러 가지 면에서 나에게는 소설의 정신과 줄거리를 잘 전달해 주었다고 생각한다). 하지만 만약 있는 그대로 제시되는 번역에서 그런 사고가 일어난다면, 나는 그것을 나의 권리에 대한 침해라고 말하고 싶다.

그것은 바로 출판의 관례이자 상업적 요구이며, 그런 기준은 여러 가지 유형의 번역에 대한 기호학이나 철학과는 아무런 상관이 없다고 반박할 수 있으리라. 하지만 나는 그런 사법적·상업적 기준이 정말로 미학 또는 기호학적 판단과는 이질적인지 묻고 싶다.

상상하건대 미켈란젤로에게 성 베드로 대성당의 둥근 지붕을 설계해 달라고 요구했을 때, 거기에 함축된 요구는 아름답고 조화로우며 웅장할 뿐만 아니라 그것이 〈제대로 서 있어야〉 한다는 것이리라. 그것은 오늘날에도 가령 렌초 피아노[25]에게 박물관을 하나 설계하고 건축해 달라고 요구할 때에도 동일하게 요구된다. 그것은 사법적·상업적 기준이지만 예술 외적인 것이 아니다. 왜냐하면 기능의 완벽함도 응용 예술 작품의 일부이기 때문이다. 필립 스탁[26]에게 오렌지 과즙기를 디자인해 달라고 요구한 사람은 그 과즙기의 기능들 중 하나가 단지 과즙을 짤 뿐만 아니라 씨앗들을 걸러 내는 것이라고 계약서에다 명시했을까? 그런데 스탁의 과즙기에서는 〈씨앗들이 잔 속에 빠진다〉. 씨앗을 걸러 내는 〈망〉 같은 것이 디자이너에게는 아마 미학적이지 않은 것으로 보

25 Renzo Piano(1937～). 이탈리아의 대표적인 건축가로 파리의 〈퐁피두 센터〉 등의 건축물을 설계했다.

26 Phillipe Starck(1949～). 프랑스 건축가이자 디자이너로 현대 디자인의 가장 혁신적 인물들 가운데 하나로 꼽힌다.

였기 때문이리라. 만약 계약서에 새로운 과즙기는 그 새로운 모습과는 별개로 전통적 과즙기의 모든 특징들을 간직해야 한다고 명시했다면, 위탁자는 그 물건을 디자이너에게 되돌려 줄 권리가 있었을 것이다. 그런 일이 일어나지 않은 것은 아마 위탁자가 진정한 고유의 과즙기를 원한 것이 아니며 예술 작품, 즉 구매자들이 실용적으로 사용 가능한 도구가 아니라 진귀한 물건이나 추상적인 조각 작품(게다가 보기에 매우 아름답고, 심연 속의 괴물처럼 불안스러운 작품)으로 간주하고 싶어 할 〈화제가 되는 물건*conversation piece*〉을 원했기 때문이리라.[27]

다른 한편으로 나는 어렸을 때 종종 들었던 이야기 하나를 언제나 기억하고 있다. 이탈리아의 리비아 정복과 함께 오랫동안 지속된 반군 무리들과 벌인 전쟁의 기억이 아직 생생하던 무렵의 이야기이다(전쟁에 참가했던 사람들이 아직 살아 있었을 때이다). 그것은 점령군을 따라다니는 어느 이탈리아 모험가의 이야기였는데, 그는 아랍어를 전혀 모르면서도 통역관으로 채용되었다. 그런데 반군으로 추정되는 자를 체포해서 심문하게 되었다. 이탈리아 부대의 장교는 이탈리아어로 질문하였고, 그 가짜 통역관은 자신이 고안해 낸 아랍어 몇 마디로 말했다. 심문받는 자는 무슨 말인지 이해하지 못했고 무엇인가를 대답했는데(아마 전혀 이해하지 못했다고), 통역관은 자기 마음대로, 가령 대답하기 거부한다고 또는 모든 것을 고백한다고 이탈리아어로 통역하였다. 그리고 대개

27 흥미롭게도 스탁의 물건들을 생산하는 알레시Alessi 회사는 그것으로 9,999개의 일련번호가 찍힌 〈2000년 특별 기념판, 금으로 도금한 알루미늄〉 제품을 유통시켰는데, 거기에는 이런 경고가 붙어 있었다. 〈주시 살리프 골드Juicy Salif Gold는 수집 물품입니다. 과즙기로 사용하지 마십시오. 산성 물질과 접촉될 경우 금박이 손상될 수도 있습니다.〉 — 원주.

반군은 교수형을 당했다. 때때로 그 불한당은 자신의 불행한 심문 대상자들의 입에 그들을 구원해 줄 말을 하게 함으로써 자비롭게 행동하기도 했으리라 짐작한다. 어쩌면 그 통역관은 그에 상응하는 돈으로 명예롭게 살았을지도 모르고, 또는 발각되었을지도 모른다. 그에게 일어날 수 있는 최악의 경우는 바로 해고당하는 것이었으리라.

그런데 그 이야기를 기억하면서 나는 언제나 〈고유한 의미에서의 번역〉은 진지한 것이며, 어떠한 해체론적 번역 이론도 절대 가로막을 수 없는 전문적 당위성을 부여한다고 생각한다.

〈그러므로 지금부터 《번역》이라는 용어를 사용할 때 — 따옴표나 다른 어떤 방식으로 명시하지 않을 경우 — 나는 한 자연 언어에서 다른 자연 언어로의 번역, 말하자면 고유한 의미에서의 번역을 의미할 것이다.〉

물론 다음 장들에서 나는 소위 기호 상호 간의 번역에 대해서도 언급할 테지만, 그것은 바로 고유한 의미에서의 번역과 무엇이 비슷하고 무엇이 다른가 보여 주기 위해서이다. 우리는 전자의 가능성과 한계들을 잘 이해함으로써 후자의 가능성과 한계들도 이해할 수 있을 것이다. 하지만 그것을 기호 상호 간의 번역들에 대한 불신이나 무관심의 형태로 오해하지 않기 바란다. 예를 들어 네르가르드(2000: 285면)는 기호 상호 간의 번역에 대한 나의 입장을 〈회의적인〉 것으로 평가한다. 내가 회의적이라는 것은 무슨 의미인가? 소설에서 영화로 또는 그림에서 음악으로의 각색들이 실제로 존재하며, 그중 일부는 예술적 가치도 높고, 커다란 지적 자극을 주며, 주위의 문화 조직에 방대한 영향을 준다는 것을 내가 믿지 않는다는 말인가? 분명히 그렇지 않다. 기껏해야 나는 그것들을 번역이라 부르는 것이 적절한지 회의적이며, 뒤에서 보겠지만, 그것들을 각색 또는 변환이라 부르고 싶을 뿐이다. 그것은 회의가 아니라 용어상의 신중함이며 구별 의식이다. 이탈리아어와 독일어 사이의 문화적이고 인종적인 차이들을 지적하는 것은 독일인들의 존재에 대해 또는 서구 문명의 발전 과정에서 그들의 역할에 대해 〈회의적〉이라는 것을 의미하지 않는다. 기호 상호 간의 번역은 매력적인 주제이며, 이에 대한 풍부한 성찰로 나는 『베르수스』 85~87호에 실린 글들을 참조한다. 나는 그 글들의 분석과 이론적 결론들에 최대한 기여할 수 있도록 필요한 정보와 감수성을 갖고 싶다.

바로 그러한 논의의 과정(이 책은 그에 대한 확대 기록이다)에서 나는 몇 가지 구별을 하는 것이 중요하다고 생각했고 또 그렇게 했다. 일단 그런 구별이 명백해지면 닮은 점과 유사성, 기호학적 공통 뿌리들에 대한 연구가 더 오래 지속될 수 있을 것이다.

다시 한 번 상기하건대 이 텍스트들은 학회들에서 탄생하였으며, 대개 학회에서는 지나치게 많은 참고 문헌들을 인용하지 않는다. 전범(典範)적인 글들을 되살리는 경우가 아니라면 대개 참고 문헌 인용들은 한쪽 귀로 들어와 다른 쪽 귀로 빠져나가기 때문이다. 또한 나의 논의가 체계적이지 않기 때문에 관련된 모든 참고 문헌들을 고려하지도 않았다. 이 책에서도 나는 똑같은 기준을 따랐다. 내가 실제로 참조한 텍스트들을 기록하기 위해 마지막에 인용한 참고 문헌을 기록하겠지만, 그것은 전체적인 참고 문헌 목록이 아니다. 또한 각 페이지 하단에 일부 각주를 삽입했는데, 때로는 다른 사람의 관념에서 내 생각을 확인하기 위함이며, 또 때로는 다른 사람이 나에게 암시했던 관념들이 단지 나의 자루에서 나온 밀가루처럼 보이지 않도록 하고 또한 그에 대해 직접 빚을 갚기 위해서이다. 물론 나는 그 빚들을 모두 갚지 못했지만, 그것은 무엇보다도 번역에 대한 일부 일반 이론들이 이제는 이미 공동의 자산으로 널리 유포되고 있기 때문이다. 이와 관련하여 1999년 베이커Baker가 편집한 『번역 백과사전 *Encyclopedia of Translation Studies*』을 참조하기 바란다.

한 가지 잊은 것이 있다. 엄격하게 전문적이지 않은 대중을 대상으로 하면서도 이 책은 최소한 여섯 개 언어로 된 예들이 산재해 있기 때문에 독자에게 지나치게 많은 것을 요구하는 것처럼 보일지도 모른다. 하지만 한편으로 많은 예를 드는 것은, 바로 외국어와 친숙하지 않은 사람도 다른 외국어를 확인할 수 있게 하려는 의도에서이다. 그러므로 독자는 해독할 수 없는 예들을 건너뛸 수 있을 것이다. 다른 한편으로 이것은 번역에 대한 책이며 따라서 이 책을 펼치는 사람은 무엇을 만나게 될지 미리 알고 있을 것으로 짐작한다.

1 알타비스타의 동의어들

번역을 정의하기는 쉽지 않아 보인다. 트레카니[1]가 편집한 『이탈리아어 사전』에는 〈글로 쓰였거나 구술된 텍스트를 한 언어에서 다른 언어로 번역하는 작업이나 활동, 행위〉로 되어 있는데 약간 동어 반복적인 정의이다. 〈번역하다〉라는 항목으로 넘어가 보아도 〈글로 쓰였거나 구술된 텍스트를 원래의 언어와는 다른 언어로 옮기는 것〉으로 되어 있어 별로 명쾌하지 않기 때문이다. 〈옮기다〉라는 항목에는 가능한 모든 말뜻이 들어 있는데, 번역에 관한 것만 빠져 있어서 결국 기껏해야 내가 이미 알고 있는 것만 알 수 있을 뿐이다.

칭가렐리[2] 사전도 별로 도움이 되지 않는다. 거기에서 번역은 번역하는 활동이며, 번역한다는 것은 〈한 언어에서 다

1 Giovanni Treccani degli Alfieri(1877~1961). 섬유 산업가이자 출판인으로 상원 의원을 역임하기도 했다. 그의 업적은 무엇보다도 1925년 백과사전 연구소를 창립하여 간행한 『이탈리아 백과사전*Enciclopedia Italiana*』일 것이다.

2 Nicola Zingarelli(1860~1935). 언어학자로 그가 편집한 『이탈리아어 사전*Vocabolario della lingua italiana*』(1922)은 가장 보편적인 사전 중의 하나가 되었다. 이 사전은 1941년부터 차니켈리Zanichelli 출판사에서 간행되고 있다.

른 언어로 옮기는 것, 전환하는 것〉으로 되어 있다. 비록 바로 뒤에서 〈한 텍스트, 진술, 단어와 동등한 것을 제공하는 것〉으로 정의하고 있지만 말이다. 단지 사전뿐만 아니라 이 책과 모든 번역론의 문제는 바로 〈동등한 것을 제공한다〉는 것이 무엇을 의미하는가에 대한 문제이다.

내가 보기에는 『대학생용 웹스터 새 사전*Webster New Collegiate Dictionary*』이 좀 더 〈과학적〉으로 보인다는 점을 인정해야겠다. 여기에는 〈번역하다〉에 대한 정의들 중에 〈한 상징 세트에서 다른 세트로 옮기거나 바꾸어 말하는 것*to transfer or turn from one set of symbols into another*〉이 들어 있다. 그것은 모스 부호로 쓰면서 알파벳의 모든 문자를 상이한 점과 선들의 연속으로 대체하기로 결정할 경우 정확하게 들어맞는 정의처럼 보인다. 하지만 모스 부호는 키릴 알파벳(러시아어)의 Я를 ja로 옮겨 쓰기로 결정할 때와 똑같이 〈문자 옮겨 쓰기*traslitterazione*〉의 규칙을 제공한다. 이러한 〈코드〉들은 옮겨 쓰는 사람이 가령 독일어를 모르면서도 독일어 메시지를 모스 부호로 옮겨 쓸 때도 사용될 수 있으며, 원고 교정자가 러시아어를 모르지만 분음 기호들의 사용 규칙을 아는 경우에도 사용될 수 있다. 결정적으로 문자 옮겨 쓰기 과정은 컴퓨터에 맡길 수도 있다.

그런데 다양한 사전들이 한 언어에서 다른 언어로의 이행에 대해 말하고 있는데(*a rendering from one language into another*로 보는 웹스터 사전을 포함하여), 하나의 언어는 의미들을 전달하는 상징들의 여러 총체를 포괄한다. 만약 웹스터 사전의 정의를 채택한다면 우리는 이렇게 상상해야 할 것이다. 한 상징들의 총체 a, b, c……z와 다른 상징들의 총체 α, β, γ……가 주어졌을 경우, 번역을 하기 위해서는 단지 어떤 동의어 규칙에 따라 a는 α와, b는 β와 동등한 의미를 갖는다는 식으로 될 경우에만 첫째 총체의 한 항목*item*을 둘째 총체의 항목으로 대체해야 한다고 말이다.

모든 번역 이론의 불행은 〈의미의 등가〉에 대하여 이해할 수 있는(그리고 확고한) 개념에서 출발해야 하는데, 의미론과 언어 철학의 많은 글들에서 종종 의미는 번역 과정에서 불변하는(또는 동등한) 것으로 정의된다는 점이다. 이것은 무시할 수 없는 악순환이다.

1·1 의미의 등가와 동의어

사전들이 말하는 대로 의미의 등가물은 동의어라고 할 수 있으리라. 하지만 동의어가 모든 번역자에게 심각한 문제들을 제기한다는 것을 곧바로 깨닫게 된다. 물론 우리는 *father*, *père*, *padre* 그리고 심지어 *daddy*, *papà* 등도 동의어로 간주한다. 또는 최소한 여행자들을 위한 소사전들은 그렇게 규정한다. 그렇지만 *father*는 *daddy*의 동의어가 아니며(*God is our daddy*라고 말하지 않고 *God is our Father*라고 말한다), 심지어 *père*는 언제나 *padre*의 동의어가 아닌 다양한 상황들이 있다는 것을 우리는 잘 알고 있다(이탈리아어로 우리는 프랑스어 표현 *père X*는 *papà X*로 번역해야 한다고 이해하고 있으며, 따라서 발자크의 『고리오 영감*Le père Goriot*』은 *Papà Goriot*로 번역한다. 그렇지만 영국인들은 *Daddy Goriot*로 번역할 필요성을 느끼지 않고 원래의 프랑스어 제목을 그대로 놔두기를 선호한다). 이론적 관점에서 그것은 지시적 등가(분명히 *John's daddy*는 정확하게 *John's father*, *le père de John*, 또는 *il papà di John*이다)가 내포적 등가와 일치하지 않는 경우일 것이다. 이것은 복합적인 표현이나 단어들이 청자(聽者) 또는 독자의 마음속에 동일한 연상과 정서적 반응들을 자극할 수 있는 방법과 관련된다.

그런데도 여전히 우리는 이렇게 추측한다. 의미의 등가는 〈무미건조한〉 동의어 같은 무엇인가에 의해 가능할 것이며, 번역 기계에 첫 번째로 제공해야 할 것은 언어 상호 간의 동의어 사전인데, 그것은 심지어 기계에도 번역 과정에서 의미의 등가를 실현하도록 해줄 것이라고.

나는 알타비스타가 인터넷에서 제공하는 자동 번역 시스템(소위 〈바벨 피시Babel Fish〉)에 일련의 영어 표현들을 입력하고 이탈리아어 번역을 요구한 다음 이탈리아어 번역을 다시 영어로 번역하라고 요구하였다. 마지막 경우에만 이탈리아어에서 독일어로도 번역하도록 했다. 그 결과는 다음과 같다.

(1) The Works of Shakespeare = Gli impianti di Shakespeare (셰익스피어의 설비들) = The systems of Shakespeare

(2) Harcourt Brace(미국 출판사의 이름) = Sostegno di Harcourt(하쿠트의 버팀대) = Support of Harcourt

(3) Speaker of the chamber of deputies = Altoparlante dell'alloggiamento dei delegati(대리인들 숙소의 확성기) = Loudspeaker of the lodging of the dele-gates

(4) Studies in the logic of Charles Sanders Peirce = Studi nella logica delle sabbiatrici Peirce del Charles〔찰스의 퍼스 사포(砂布) 연마 기계들의 논리학 연구〕 = Studien in der Logik der Charlessandpapierschleifma-schinen Peirce = Studies in the logic of the Charles of sanders paper grinding machines Peirce

(1)번의 경우만 고려해 보자. 알타비스타는 분명히 〈마음 속에〉(만약 알타비스타가 마음을 갖고 있다면) 사전적 정의들을 갖고 있었다. 왜냐하면 영어로 *works*라는 단어는 이탈리아어로 *impianti*로 번역될 수 있으며, 이탈리아어 *impianti*는 영어로 *plants* 또는 *systems*로 번역될 수 있기 때문이다. 하지만 그렇다면 우리는 번역이란 단지 〈하나의 상징 체계에서 다른 체계로 옮기거나 전환하는 것〉을 의미한다는 관념을 포기해야 한다. 왜냐하면 — 알파벳들 사이의 단순한 문자 옮겨 쓰기 경우를 제외하면 — 한 자연 언어 알파의 특정 단어에 해당하는 다른 자연 언어 베타의 단어는 하나 이상이기 때문이다. 특별히 번역뿐만 아니라 영어로만 말하는 화자에게도 그런 문제가 제기된다. 영어로 *work*는 무엇을 의미하는가? 웹스터 사전은 *work*가 활동, 임무, 의무, 그런 활동의 결과(예술 작품의 경우처럼), 공학적 구조물(요새, 다리, 터널의 경우처럼), 산업 활동이 이루어지는 장소(설비 또는 공장 같은), 그리고 다른 많은 것을 의미할 수 있다고 말한다. 따라서 의미의 등가 관념을 받아들인다면 우리는 *work*라는 단어가 의미상으로는 〈문학 걸작〉이나 〈공장〉과도 동의어이며 등가라고 말해야 할 것이다.

만약 알파 언어의 어휘에 단지 동의어들만 있다면〔그리고 동의(同義)가 그다지 모호한 개념이 아니라면〕 그 언어는 매우 풍요로울 것이며 동일한 개념에 대한 다양한 공식화를 허용할 것이다. 예를 들어 영어는 동일한 사물이나 개념에 대해 라틴어 어원에서 유래한 단어와 앵글로색슨 어원에서 유래한 단어를 함께 가지고 있다(예를 들면 *to catch*와 *to capture*, *flaw*와 *defect*). 그렇지만 한 동의어 대신 다른 동의어를 사용하는 것은 서로 다른 교육과 사회적 신분을 내포할 수 있으며, 따라서 소설에서 어느 등장인물이 어떤 단어를 사용하도록 함으로써 그의 지적 수준을 가늠하는 데 기여하고, 그것이 이야기의 총체적인 뜻이나 의미에 영향을 줄 수도 있다는 사실은 무시하기로 하자. 그러니까 만약 언어와 언어 사이에 동의어 단어들이 존재한다면, 번역은 심지어 알타비스타도 무리 없이 수행해 낼 수 있을 것이다.

반대로 동음이의어들이 지나치게 많은 언어, 예를 들어 무수하게 다양한 대상들을 모두 〈그것〉으로 부르는 언어는 매우 초라할 것이다. 그런데 방금 살펴본 소수의 예들에서 드러나는 것은, 종종 한 언어와 다른 언어 사이의 대조에서 두 동의어 단어를 확인하기 위해서는 우선 모국어 화자처럼, 번역해야 할 언어의 내부에서 동음이의어들을 명확하게 밝혀야 한다는 것이다. 그런데 알타비스타는 그것을 할 수 없는 것 같다. 반대로 영어 화자는 *work*가 나오는 언어적 맥락 또는 그렇게 말하는 외부적 상황과 관련하여 *work*를 어떻게 이해해야 할지 결정할 때 동음이의어를 명확하게 찾을 수 있다.

단어들은 맥락에 따라 서로 다른 의미들을 갖는다. 유명한 예를 하나 들자면 *bachelor*는 결혼 문제와 관련된 사람의 맥락에서는 *soltero, scapolo, celibataire*로 번역될 수 있다. 대학과 직업의 맥락에서는 학사 학위를 받은 사람, 중세의 맥락에서는 기사(騎士) 견습생이 될 수도 있다. 동물학의 맥락에서는 물개처럼 짝짓기 계절에 암컷을 찾지 못한 수컷을 의미한다.

여기에서 알타비스타가 무엇 때문에 모든 경우에서 궁지에 빠지게 되었는지 알 수 있다. 바로 알타비스타는 의미론에서 〈맥락적 선택〉(에코, 1975: 2·11 참조)이라 부르는 것을 갖춘 사전을 갖고 있지 않았던 것이다. 아니면 문학에서 *works*는 일련의 텍스트들을 의미하고, 반대로 공학적 맥락에서는 설비들을 의미한다는 지침을 받았지만, 셰익스피어가 지명되는 문장이 문학적 맥락인지 공학적 맥락인지 결정할 수 없었는지도 모른다. 바꾸어 말해 알타비스타에게는 셰익스피어가 유명한 문인이었다고 결정해 줄 인명사전이 결여되어 있었다. 혹시 문제는 백과사전이 아니라 단지 사전(여행자들에게 제공되는 것과 같은)만 〈제공〉되었다는 사실에서 기인하는지도 모른다.

1·2 맥락을 이해하기

이제 우리가 한 단어의 의미라 부르는 것이 사전에서(또는 백과사전에서) 주어진 해당 〈항목〉에 쓰인 모든 것에 상응한다고 가정해 보자. 그 항목이 정의하는 모든 것은 그 단어에 의해 표현된 〈내용〉이다. 그 항목의 정의들을 읽으면서 우리는 이런 사실을 고려한다. (1) 그것은 동일 단어의 다양한 말뜻 또는 의미를 포괄한다. (2) 그 말뜻 또는 의미들은 종종 〈무미건조한〉 동의어로는 표현할 수 없고, 하나의 정의, 바꾸어 말하기, 또는 심지어 하나의 구체적인 예로써 표현된다는 점이다. 자신의 일을 알고 있는 사전 편집자들은 각 항목에 정의들을 제공할 뿐만 아니라 그것의 〈맥락적 명료화〉를 위한 지침들도 제공하는데, 그것은 다른 자연 언어에서 등가의 (어느 주어진 맥락에서) 단어는 무엇이 될 수 있을지 결정하는 데 매우 유용하다.

알타비스타에 그런 사전 편찬 정보들이 제공되지 않았다고 생각할 수 있을까? 거기에 제공된 표현들이 적합한 맥락을 확인하기에는 너무 짧았던 것이 아닐까?

그래서 나는 알타비스타가 맥락의 명료화 규칙들을 갖고

있지만, 만약에 *John, a bachelor who studied at Oxford, followed a PhD program in natural sciences in Berlin and wrote a doctoral dissertation on the North Pole bachelors* 라는 텍스트를 제시하면 이탈리아어로 *Giovanni, una foca spaiata che ha studiato a Oxford, ha seguito un programma PhD nelle scienze naturali a Berlino e ha scritto una tesi di dottorato sui laureati di primo livello all'università del Polo Nord*(옥스퍼드에서 공부했고, 베를린에서 자연 과학 PhD 프로그램을 이수했고 북극의 대학에서 첫 수준의 학위자들에 대한 박사 논문을 쓴 짝 없는 물개 조반니)로 번역하지 않을까 생각했다.[3]

나는 알타비스타에 충분히 방대한 맥락을 부여해야겠다고 결정했고, 제임스 1세의 영어 번역으로 된 「창세기」의 서두를 선택했다.

In the beginning God created the heaven and the earth. And the earth was without form, and void; and darkness *was* upon the face of the *deep*. And the Spirit of God moved upon the face of the waters. And God said, Let there be light: and there was light. And God saw the light, that *it was* good: and God divided the light from the darkness. And

3 절대 낙관적으로 과장하지 말기 바란다. 나는 시도해 보았고 이런 결과를 얻었다.

John, un bachelor che ha studiato a Oxford, seguito un programma di PhD nelle scienze naturali a Berlino ed ha scritto una dissertazione di laurea sui bachelors del palo del nord.

옥스퍼드에서 공부했고, 베를린에서 자연 과학 PhD 프로그램을 이수했고 북쪽 말뚝의 bachelors에 대한 학위 논문을 쓴 bachelor John — 원주.

God called the light Day, and the darkness he called Night. And the evening and the morning were the first day. And God said, Let there be a firmament in the midst of the waters, and let it divide the waters from the waters. And God made the firmament, and divided the waters which *were* under the firmament from the waters which *were* above the firmament. And it was so.

그런 다음 알타비스타에 그것을 스페인어로 번역하라고 요구했고, 다음과 같은 결과를 얻었다(가장 두드러진 오해들을 굵은 글씨체로 표시한다).

En el dios **que comenzaba** creó el cielo y la tierra y la tierra **estaban** sin forma, y **vacío**; y la oscuridad estaba sobre la **cara** del profundo. Y el **alcohol de dios** se movió sobre la **cara** de las aguas. Y el dios dijo, dejó allí ser luz: y había luz. Y el dios vio la luz, de **que que** era bueno: y el dios dividió la luz de la oscuridad. Y el dios llamó el día **ligero**, y la oscuridad que él llamó **a Noche**. Y la tarde y la mañana eran el primer día. Y el dios dijo, dejó allí ser un **firmament** en el medio de las aguas, y lo dejó dividir las aguas de las aguas. Y el dios hizo el firmament, y dividió las aguas que estaban bajo el firmament de las aguas que estaban sobre el firmament. Y **estaba tan**.

어휘의 관점에서 보면, *God called the light Day*가 가벼운 날을 부른(소환한다는 의미에서) 하느님의 이야기로 바뀌었다고, 또 *void*를 형용사가 아니라 명사로 이해했다 하더라도 알타비스타가 잘못한 것은 아니다. 무엇 때문에 *face*를 *surface*가 아니라 *cara*로(그것은 영어로 차라리 *counte-nance*가 될 것이다) 이해했을까? 무엇 때문에 심연은 달처럼 얼굴이 아니라 표면을 가져야 한단 말인가? 최소한 *that it*은 *que que*로 번역되지 않는다는 것을 이해할 수 있었으리라. 그런데 *beginning*을 명사가 아니라 형용사로 이해했다. 왜냐하면 성서와 신학적 정보가 결여되어 있고, 태초에 있는 하느님과 무엇인가 시작하고 있는 하느님 사이에 실질적인 차이를 보지 못했기 때문이다. 다른 한편으로 천지 창조론이나 신학적 관점에서도 그 〈시작하는 하느님〉은 감동적이고 설득력 있는 것으로 드러난다. 우리가 아는 한 처음으로 세상을 창조했고, 아마도 그것은 번역의 어려움을 포함하여 지금 우리가 살아가고 있는 우주의 수많은 불완전함을 설명해 줄 것이다.

이것은 번역이란 단지 언어적 맥락뿐만 아니라, 텍스트 외부에 있는 것, 다시 말해 세계에 대한 정보 또는 백과사전적 정보라 부르고 싶은 것에도 의존하고 있는 게 아닐까 의심하게 만든다.

그런데 알타비스타는 세상에 대한 풍부한 정보를 제공받지 못한 모양이다. 그건 참을 수 있다. 하지만 가장 명백한 〈맥락적 선택들〉도 결여되어 있는 듯하다. 왜냐하면 *spirit*라는 단어가 교회에서 언급되는가, 아니면 술집에서 언급되는가에 따라 상이한 의미를 띤다는 사실을 모른다는 것이 입증되기 때문이다.

나는 알타비스타에 이 스페인어 구절을 다시 영어로 번역하라고 요구하였고 다음과 같은 결과를 얻었다.

> In the God **that began** created the sky and the Earth and the Earth was **without form, and emptiness**; and the dark

was on the face of the deep one. And **the alcohol of the God** moved on the face of the waters. There and the God said, let be light: and there was light. And the God saw the light, **that that** was good: and the God divided **the light of the dark**. And the God called the **slight day**, and the dark that it called **to Night**. And afternoon and the morning was the first day. And the God said, there it let be firmament **in means** of waters, and it let divide it **waters of waters**. And the God did firmament, and divided the waters that were under firmament **of the** waters that were on firmament. And it was so.

이 텍스트는 이전 텍스트 오류들의 희생물이다. 스페인어 *medio*를 *means*로 옮긴 것은 용서받을 만한 어휘상의 오류이며, *de las aguas*를 *of waters*로 옮긴 것은 *waters of waters*가 존재하지 않는다는 백과사전적 정보의 결여 때문이다. 그런데 이런 문제는 이어서 독일어로 번역하자 해결되었다.

Im Gott, **der anfing, stellte** den Himmel und die **Masse** und di **Masse** war ohne **Formular und emptiness her**; und die Dunkelheit war auf dem **Gesicht** vom tiefen. Und der **Spiritus** des Gottes verschob sich auf dem Gesicht des Wassers. Dort und der Gott sagte, **lassend Sie**, Licht zu sein: und es gab Licht. Und der Gott sah das Licht, **das, das** gut war: und der Gott teilte das Licht **der** Dunkelheit. Und der Gott benannte den **geringfügigen** Tag und die Dunkelheit, die sie zur Nacht benannte. Und Nachmittag und der Morgen waren der erste Tag. Und der Gott sagte, **dort ließ**

er firmament in **den Mittelen** des Wassers sein, und er ließes teilen **wässert vom Wasser**. Und der Gott tat firmament und teilte das Wasser, das unter firmament des Wassers waren, das auf firmament waren. Und es war so.

이 독일어 번역본은 시작하는 하느님의 관념을 받아들이지만 *Earth*를 *Masse*로, *form*을 *formular*로 번역하고, 세상은 형태도 없고 진공도 없다는 것, 그리고 이전의 오류들과 가벼운 날을 그대로 반복한다. 성스러운 알코올은 당연히 *Spiritus*가 되고 *that that*은 명백하게 *das das*가 되었다. *created*를 번역하기 위해서 알타비스타는 독일어 동사 *herstellen*을 찾아냈으며, 그것은 *Ich stelle her* 또는 *Ich stellte her*처럼 어미변화를 해야 한다는 것을 알고 있다. 또한 자신이 갖고 있는 통사 규칙에서 *her*를 문장의 끝에 두어야 한다는 것을 알고 있지만, 문장이 *Himmel*로 끝나는 것을 고려하지 않고 *her*를 너무 앞에다 두었다. 게다가 *waters of waters*에 대하여 앞 단어는 동사로 뒤의 단어는 명사로 이해하였다. 나는 알타비스타에 이 독일어 텍스트를 영어로 다시 번역하라고 요구하고 싶은 유혹을 물리치지 못했고, 그 결과는 다음과 같다.

In the God, which began, **placed** the sky and the **mass** and the **mass** was without form and emptiness **ago**; and the darkness was on the face of the deep. And the **white spirits** of the God shifted on the face of the water. There and the God said, **leaving you**, to be light: and there was light. And the God saw the light, **which, which** was good: and the God divided **the light of the darkness**. And the God **designated**

the slight day and the darkness, which **designated it to the night**. And afternoon and the morning were the first day and the God said, there let it **in the means** of the water be firmament, and it left it divides **waessert** from the water. And the God did firmament and divided the water, which firmament **under the water was**, which were on firmament. And it was like that.

흥미롭게도 알타비스타는 독일어 *stellte*…… *her* 앞에서 복합 동사임을 알아보지 못하였고(약간은 합리적으로), 특이하게도 *her*를 *ago*로 이해하여 멋들어진 *placed*…… *ago*를 만들어 냈다(그 대신 영어 텍스트에는 마지막 부분의 동사를 비롯하여 독일어 구문들이 그대로 남아 있다). *Spiritus*는 또 다시 알코올의 일종이 되었고, 알타비스타는 당연히 *wässert*를 번역해 내지 못했다.

마침내 자제력을 완전히 상실한 나는 이 마지막 영어 텍스트를 이탈리아어로 옮기라고 요구했고, 다음의 결과를 얻었다.

Nel dio, che ha cominciato, disposto il cielo e la massa e la massa era senza forma ed il emptiness fa; e la nerezza era sulla faccia del profondo. E le acqua ragia del dio hanno spostato sulla faccia dell'acqua. Là ed il dio ha detto, lasciandoli, per essere luce: e ci era luce. Ed il dio ha visto la luce, che, che buono: ed il dio ha diviso la luce della nerezza. Ed il dio ha indicato il giorno leggero e la nerezza, che la ha indicata alla notte. Ed il pomeriggio e la mattina erano il primo giorno ed il dio detto, la lascia nei mezzi dell'acqua è firmament ed a sinistra esso divide il waessert dall'acqua. Ed il dio ha fatto il firmament ed ha diviso l'acqua, che il firmament sotto l'acqua era, che erano sul firmament. Ed era come quello.

시작한 신에게서 하늘과 덩어리를 배치했고 덩어리는 형태도 없었으며 *emptiness*는 한다. 그리고 검음은 물의 얼굴 위에 있었다. 거기에서 신은 말했다. 그것들을 남겨 두며, 빛이 있기 위해서. 그리고 빛이 있었다. 그리고 신은 빛을 보았고, 그것, 그것 좋다. 그리고 신은 검음의 빛을 나누었다. 그리고 신은 가벼운 날을 지적하였고 검음을 밤에게 지적하였다. 그리고 오후와 아침은 첫날이었고, 하느님은 말했다. 그것을 물의 한가운데에 남겨 둔다 창공이다 그리고 왼쪽으로 그것은 물에서 *waessert*를 나눈다. 그리고 신은 창공을 했고 물을 나누었고, 그것은 창공은 물 아래에 있었고, 그것들은 창공 위에 있었다. 그리고 그것 같았다.

누군가 이렇게 반박할 수 있으리라. 알타비스타의 번역 서비스는 무료이기 때문에 인터넷 항해자들에게 선물하는 단순한 장난감으로 지나치게 많은 것을 요구할 수 없다고. 하지만 지금 나는 최근에 이탈리아어로 번역된 『모비 딕』(밀라노, 프라시넬리Frassinelli, 2001)을 들고 있는데, 번역자 베르나르도 드라기는 재미 삼아 제110장의 서두를 〈현재 약 1백만 리라의 가격으로 판매되는 어느 유명한 번역 소프트웨어〉에 제시해 보았다고 한다.

원본과 드라기의 번역, 그리고 1백만 리라짜리 번역은 다음과 같다.

Upon searching, it was found that the casks last struck

into the hold were perfectly sound, and that the leak must be further off. So, it being calm weather, they broke out deeper and deeper, disturbing the slumbers of the huge ground-tier butts; and form that black midnight sending those gigantic moles into the daylight above. So deep did they go, and so ancient, and corroded, and weedy the aspect of the lowermost puncheons, that you almost looked next for some mouldy corner-stone cask containing coins of Captain Noah, with copies of the posted placards, vainly warning the infatuated old world from the flood.

드라기의 번역. A una prima ispezione, si accertò che le botti calate nella stiva per ultime erano perfettamente sane. La falla doveva quindi essere più in basso. Perciò, approfittando del bel tempo, si esplorò sempre più a fondo, disturbando il sonno delle enormi botti dello strato inferiore e spedendole come giganteschi talponi da quella nera mezzanotte alla viva luce del giorno. Ci si spinse così a fondo, e così antico, corroso e marcescente era l'aspetto delle botti più grandi e profonde, che a quel punto ti saresti quasi aspettato di veder comparire un canterano ammuffito con il gruzzolo di capitan Noè e le copie dei manifesti invano affissi per mettere in guardia dal diluvio quell'antico mondo presuntuoso.

첫 번째 조사에서 선창(船倉)에 마지막으로 실린 통들은 아무렇지도 않다는 것이 확인되었다. 그렇다면 좀 더 아래쪽에서 물이 새는 것이 분명했다. 그래서 날씨가 좋을 때를 이용하여 더 아래쪽을 조사하였고, 아래층의 커다란 통들을 잠에서 깨워 거대한 두더지들 같은 통들을 어두운 한밤중에서 대낮의 환한 빛으로 내보냈다. 그렇게 밑바닥까지 내려갔는데, 깊은 곳의 더 큰 통들은 아주 오래되어 부식되고 썩어 가는 모습이어서, 금방이라도 노아 선장의 동전들이 담긴 곰팡내 나는 궤짝과, 그 오만한 옛날 세상에 홍수를 경고하기 위해 헛되이 붙여 놓은 벽보들이 나타날 것으로 기대할 정도였다.

자동 번역. Al cerco, fu trovato che i barili durano scioperato nella presa era perfettamente suono, e che la crepa deve essere più lontano. Così, esso che è tempo calmo, loro ruppero fuori più profondo e più profondo e disturbano i sonni dell'enorme macinato - strato le grosse botti; e da quel nero spedendo mezzanotte quelle talpe gigantesche nella luce del giorno sopra di. Così profondo fece loro vanno; e così antico, e corrose, e coperto d'erbacce l'aspetto del puncheons del più basso che Lei cercò pressoché seguente del barile dell'angolo - pietra ammuffito che contiene monete di Capitano Noah, con copie degli affissi affissi che avverte vanamente il vecchio mondo infatuato dell'indondazione.

찾는 것에서 통들은 완벽하게 소리 잡기에서 망가진 지속된다는 것이 발견되었고, 균열은 분명히 더욱 멀리 있어야 한다는 것이 발견되었다. 따라서 그것은 평온한 날씨이며, 그들은 더욱 깊고 더욱 깊은 밖으로 망가뜨렸으며 거대한 갈아 놓은 — 층 커다란 통들의 졸음을 방해한다. 그리고 그 검음에서 자정을 낭비하며 그 거대한 두더지들은 그것 위 날의 빛 속에서. 그래서 심오한 했다 그들은 간다. 그래서 오래된, 그리고 부패했고, 풀들로 뒤덮인 당신이 찾은 가장 낮은 것의 *puncheons*의 모습 대략 *Noah* 대장의 동전들을 담고 있는

곰팡이 낀 모퉁이 — 돌의 통의 이어지는, 홍수의 얼빠진 늙은 세계를 헛되이 경고하는 부착물들 부착물들의 복사본들과 함께.

결론적으로 아마 *marito/husband/mari* 같은 극단적 경우들을 제외하면 무미건조한 동의성은 존재하지 않는다. 하지만 여기에도 논쟁의 여지는 있다. 옛날 영어에서 *husband*는 훌륭한 절약가도 의미하고, 뱃사람들의 용어로는 〈출항 준비 책임자〉 또는 〈위탁 관리인〉도 의미하며, 드물기는 하지만 교배에 사용되는 수컷 동물을 의미하기도 한다.

2 체계에서 텍스트로

분명히 알타비스타는 둘 또는 그 이상의 언어 사이에서 용어와 용어 사이(그리고 아마 통사 구조와 통사 구조 사이)의 상응에 관한 지침들을 마련해 놓고 있다. 그런데 만약 번역이 두 개의 기호 체계에서 두 언어 사이의 관계와 관련된 것이라면, 만족스러운 번역이 불가능한 유일하고도 최고인 사례는 아마 두 언어의 사전일 것이다.

하지만 이것은 최소한 사전이란 번역을 위한 도구일 뿐 번역 자체가 아니라는 상식을 위배하는 것처럼 보인다. 그렇지 않다면 라틴어 시험을 보는 학생들은 라틴어 옮기기에서 라틴어-이탈리아어 사전을 제시함으로써 최대 점수를 얻을 것이다. 그런데 학생들은 사전을 갖고 있다는 것을 증명하거나 사전을 외우고 있다는 것을 증명하는 것이 아니라, 〈단일 텍스트〉를 번역함으로써 자신의 능력을 증명해야 한다.

번역론에서 이제는 하나의 명백한 원리가 되었듯이 〈번역이란 체계들 사이에서 이루어지는 것이 아니라 텍스트들 사이에서 이루어진다〉.

2·1 소위 체계들의 비교 불가능성

만약 번역이 두 언어 체계 사이의 관계와 연관된 것이라면, 자연 언어는 화자에게 고유의 세계관을 부여하며, 그 세계관들은 상호 〈비교 가능〉하고, 그러므로 한 언어에서 다른 언어로의 번역은 불가피한 사고를 일으킨다고 주장하는 사람들의 의견에 동조해야 할 것이다. 그것은 훔볼트의 말대로 모든 언어는 자기 고유의 재능을 갖고 있다고, 또는 좀 더 정확히 말해 모든 언어는 세계에 대한 상이한 비전을 표현한다고(이것은 소위 사피어-워프 가설이다) 말하는 것과 같을 것이다.

실제로 알타비스타는, 콰인이 「의미와 번역Meaning and Translation」이라는 탁월한 논문에서 설명한 〈정글 언어학자〉를 상기시킨다. 콰인에 따르면, 심지어 언어학자가 지나가는 토끼를 가리키고 원주민이 그것을 보고 〈가바가이 *gavagai*!〉 하고 외쳤을 때에도, 미지의 언어에서 한 용어의 의미를 설정하기는 어렵다. 원주민은 그것이 그 토끼의 이름이라고, 아니면 토끼 전체를 일컫는 이름이라고 말하려는 것일까? 또는 풀이 움직이고 있다고, 아니면 토끼의 한 시공간(視空間) 구역이 지나가고 있다고 말하려는 것일까? 만약 언어학자가 원주민 문화에 대한 정보를 가지고 있지 않고, 그 토착민들은 어떻게 자신들의 경험을 범주화하고 사물들을 지명하는지, 아니면 총체적으로 어느 주어진 사물의 출현까지 포괄하는 사건 또는 사물의 일부를 어떻게 지명하는지 알지 못한다면, 용어의 의미를 설정하는 것은 불가능하다. 그러므로 언어학자는 하나의 번역 매뉴얼을 세울 수 있는 일련의 〈분석적 가설들〉을 세워야 한다. 그것은 단지 언어학뿐만 아니라 문화 인류학까지 포괄할 수 있는 총체적 매뉴얼에 상응해야 할 것이다.

그런데 최상의 경우 정글의 언어를 해석해야 하는 언어학자는 〈가능한〉 하나의 번역 매뉴얼을 그릴 수 있는, 일련의 가설들을 세운다. 반면 여러 가지 매뉴얼들을 만드는 것도 마찬가지로 가능하다. 각자 서로 다르고 원주민들의 표현에 따라 다른 의미를 표현할 수 있으며, 상호 경쟁적인 매뉴얼들을 말이다.[1] 그러므로 여기에서 〈번역의 불확정성〉이라는 원리(이론적 원리)를 연역해 낼 수 있다. 번역의 불확정성은 〈우리가 단지 어떤 이론과 개념적 도식의 한계 내에서만 진술의 진실성을 말할 수 있듯이, 우리는 단지 분석적 가설들의 특정 체계의 한계 내에서만 언어 상호 간의 동의성을 말할 수 있다〉(콰인, 1960: 16면)는 사실에서 기인한다.

앵글로색슨 철학과 소위 대륙 철학 사이의 상투적인 양립 불가능성에도 불구하고 콰인의 이러한 〈전체론*holism*〉은, 모든 자연 언어는 상이한 세계관을 표현한다는 관념과 그리 다르지 않다고 생각한다. 언어가 어떤 의미에서 고유의 세계관을 표현하는가 하는 것은 옐름슬레우(1943)의 기호학에 분명하게 설명되어 있다. 옐름슬레우에게 언어(일반적으로 모든 기호 체계)는 표현의 단면과 내용의 단면으로 구성되어 있으며, 내용의 단면은 그 언어가 표현할 수 있는 개념들의 우주를 재현한다. 그 두 단면은 각각 형식과 실질로 구성되

1 정신적 실험에 의존할 필요도 없이 아주 흥미로운 예는 17세기에 아타나시우스 키르허Athanasius Kircher에 의한 추정상의 상형 문자 해독(解讀)에서 볼 수 있다. 나중에 샹폴리옹이 증명했듯이, 키르허가 준비한 〈번역 매뉴얼〉은 완전히 엉뚱한 것이었으며, 그가 해독한 텍스트들은 전혀 다른 것을 의미하였다. 그렇지만 잘못된 매뉴얼 덕택에 키르허는 자신에게는 의미로 충만한 일관된 번역을 할 수 있었다. 이에 대해서는 나의 『완벽한 언어 찾기』(1993b)의 제7장을 참조하기 바란다 — 원주.

어 있으며, 둘 다 언어 이전의 질료 또는 연속체*continuum*를 분절한 결과이다.[2]

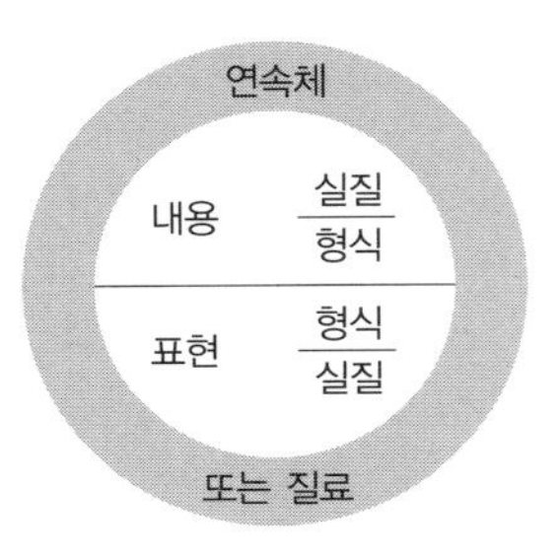

도표 1

자연 언어가 우리의 세계 표현 방식에 질서를 부여하기 전에는, 연속체 또는 질료는 무차별적인 무형의 덩어리이다(나는 일련의 색깔들 또는 일련의 생물들에 대해 말하고 표현하기 위해 소리들의 체계를 만들 수 있다). 다른 기호 체계들에서도 그렇다. 가령 도로 표지판 체계에서는 공간적 방향을 표현하기 위해 특정한 시각적 형태와 특정한 색깔을 선택한다.

자연 언어에서 표현의 형식은 모든 가능한 발성(發聲)의 연속체 또는 질료에서 일부 적절한 요소들을 선택하며, 음성 체계와 어휘 목록, 통사 규칙들로 구성된다. 표현의 형식과 관련하여 다양한 표현 실질들을 생성할 수 있으며, 그리하여 하나의 동일한 표현, 가령 〈렌초는 루치아를 사랑한다〉라는 표현은 고유의 형식을 그대로 유지하면서도, 여자가 말하는

2 다음에 제시하는 도형은 옐름슬레우가 공식화한 것이 아니다. 이것은 에코(1984: 52면)에 나오는 대로 순전히 나의 해석일 뿐이다 — 원주.

가 아니면 남자가 말하는가에 따라 두 개의 상이한 실질로 〈구체화〉된다. 언어의 문법이라는 관점에서 볼 때 표현의 실질은 중요하지 않다. 반면 형식의 차이는 아주 중요하다. 어떻게 알파 언어는 베타 언어가 모르는 일정한 소리들을 적절한 것으로 간주하는지, 또는 상이한 언어들 사이에서 어휘와 통사가 얼마나 다른지 고찰해 보는 것으로 충분하다. 그런데 나중에 살펴보겠지만 실질의 차이는 텍스트에서 텍스트로 번역하는 경우 결정적인 것이 된다.

하지만 지금은 언어가 상이한 표현 형식들에 상이한 내용 형식들을 결합시킨다는 점만 고려해 보자. 내용의 연속체 또는 질료는 우리가 생각할 수 있고 분류할 수 있는 모든 것이 될 것이다. 하지만 다양한 언어(그리고 문화)는 그런 연속체를 때로는 서로 다른 방식으로 나눈다. 그렇기 때문에 (마지막 장에서 보겠지만) 서로 다른 문명에서는 색채의 연속체를 서로 다르게 분할하므로, 때로는 알파 언어에서 이해할 수 있는 한 색채 용어를 베타 언어의 전형적인 색채 용어로 번역하는 것이 불가능해 보이기도 한다.[3]

그 결과 두 개의 내용 체계는 상호 접근하거나 비교할 수 없으며, 따라서 내용 조직에서의 차이는 이론상 번역을 불가능하게 만든다고 주장할 수도 있다. 콰인에 따르면 *neutrinos lack mass*라는 표현을 원시적인 언어로 번역할 수 없을 것이다. 독일어 단어 *Sensucht*로 표현되는 개념을 번역하기가 얼마나 어려운지를 상기해 보는 것으로 충분할 것이다. 독일

3 크루파Krupa(1968: 56면)는 예를 들어 에스키모어와 러시아어처럼 구조와 문화에서 상이한 언어들, 구조에서는 유사하지만 문화에서 상이한 언어들(체코어와 슬로바키아어), 문화에서는 유사하지만 구조에서 상이한 언어들(헝가리어와 슬로바키아어), 구조와 문화에서 유사한 언어들(러시아어와 우크라이나어)로 구별한다 — 원주.

문화는 이탈리아어의 *nostalgia* 개념, 또는 영어의 *yearning*, *craving for* 또는 *wishfulness* 개념이 단지 부분적으로 포괄하는 의미 공간에 대한 정서 개념만을 갖고 있는 듯하다.

때로는 한 언어의 용어가 다른 언어들로 어떻게 표현되는지 모르는 경우가 분명히 있으며, 그것은 번역자들에게 심각한 문제로 떠오른다. 내 고향의 사투리에는 *scarnebiè* 또는 *scarnebbiare*라는 아주 멋진 표현이 있는데, 그것은 단순히 안개나 서리가 아니라 아직 비는 아니지만 빽빽하고 가느다란 보슬비로, 특히 자전거를 타고 가는 속도로 나아갈 때 지나가는 사람의 얼굴과 시야를 약간 불투명하게 만드는 대기 현상을 가리킨다. 그 개념을 효과적으로 번역하거나 그에 따른 경험을 명백하게 표현할 만한 이탈리아어 단어는 존재하지 않는다. 따라서 〈시인〉[4]의 말대로 〈그것을 경험하지 못한 자는 이해할 수 없다〉로 말할 수 있으리라.

프랑스어 *bois*를 확실하게 번역할 방도는 없다. 영어로는 *wood*〔이것은 이탈리아어의 *legno*(나무, 목재)나 *bosco*(숲)에 해당한다〕, *timber*(이것은 제작용 목재이지 가령 옷장처럼 이미 제작된 물건의 목재가 아니다. 피에몬테 사람들은 *bosc*라는 표현을 *timber*의 의미로 사용한다. 그렇지만 이탈리아 사람들은 *timber*에 대해 *legname*라는 말을 사용할 수 있는데도, *timber*나 *wood*를 모두 *legno*로 부른다), 그리고 *a walk in the woods*처럼 *woods*를 가리키기도 한다. 프랑스어 *bois*는 독일어로 *Holz* 또는 *Wald*가 될 수 있다(*kleine Wald*는 자그마한 숲이다). 하지만 독일어에서 *Wald*는 *forest*나

4 시성(詩聖) 단테를 가리킨다. 뒤에 인용되는 말은 단테의 가장 유명한 소네트들 중 하나에 나오는 표현을 약간 바꾼 것으로, 이 소네트는 『새로운 삶*Vita Nuova*』 제26장에 나온다.

foresta, *forêt*를 의미하기도 한다(옐름슬레우, 1943: 제13장 참조). 차이는 여기에서 멈추지 않는다. 왜냐하면 가령 적도 지역에서처럼 아주 빽빽한 숲을 가리켜 프랑스어는 *selve*를 사용하지만, 이탈리아어의 *selva*는 (사전에 따르면) 〈빽빽한 관목들이 펼쳐진 숲〉에도 이 단어를 쓰기 때문이다(이것은 단테뿐만 아니라 산마리노 근처의 숲을 바라보는 파스콜리[5]에게도 찾아볼 수 있다). 그러므로 최소한 식물계의 실체들과 관련하여 이 네 가지 언어 체계는 상호 비교할 수 없는 것처럼 보인다.

그러나 〈비교가 불가능하다고 해서 대조가 불가능한 것은 아니다〉. 그에 대한 증거는 이탈리아어, 프랑스어, 독일어, 영어 체계들을 대조할 수 있다는 사실에서 찾아볼 수 있다. 그렇지 않다면 〈도표 2〉의 도식을 만들 수 없을 것이다.

이탈리아어	프랑스어	독일어	영어
albero(나무)	arbre	Baum	tree
legno(목재)	bois	Holz	timber
bosco(숲)			wood
foresta(숲)	forêt	Wald	forest

도표 2

이런 도식을 토대로 우리는 강물이 목재를 운반한다고 말하는 텍스트 앞에서 *wood*보다는 *timber*를 사용하는 것이 더

5 Giovanni Pascoli(1855~1912). 이탈리아의 시인이며 카르두치G. Carducci의 제자로 그의 뒤를 이어 볼로냐 대학의 문학 교수를 역임하기도 하였다. 현대인들의 위기의식을 서정성 깊은 시로 형상화한 그는 산마리노 공화국과 리미니 사이의 소읍 산마우로 파스콜리San Mauro Pascoli에서 태어났는데, 여러 작품에서 고향의 다양한 모습을 묘사하고 있다.

적합하며, *armoire en bois*는 숲 속의 옷장이 아니라 나무 옷장일 것이라고 판단할 수 있다. 그리고 영어 *Spirit*은 독일어에서 *Spiritus*와 *Geist*로 재현되는 두 가지 의미 범위를 포괄한다고 말할 수 있으며, 또한 알타비스타가 무엇 때문에 상이한 언어들의 의미 공간을 비교할 수 없고 맥락을 이해할 수 없는 상태에서 오류를 범했는지 이해할 수 있다.

이탈리아어는 영어의 세 단어 *nephew*, *niece*, *grandchild*에 대해 단 하나의 단어(*nipote*)만 갖고 있다. 게다가 영어에서는 소유 형용사를 소유자의 성과 일치시키고, 이탈리아어처럼 소유되는 사물의 성과 일치시키지 않는다는 점을 고려해 보면, 가령 *John visita ogni giorno sua sorella Ann per vedere suo nipote Sam*이라는 문장을 번역하는 데 몇 가지 문제가 생긴다.

가능한 영어 번역은 네 가지이다.

1. John visits every day his sister Ann to see his nephew Sam.
2. John visits every day his sister Ann to see her nephew Sam.
3. John visits every day his sister Ann to see her grandchild Sam.
4. John visits every day his sister Ann to see his grandchild Sam.

두 언어가 서로 다른 방식으로 내용의 연속체를 구별했다면 이 이탈리아어 문장을 어떻게 영어로 번역할 것인가?

바로 영국인들은 세 개의 구별된 내용 단위를 알아보는 데 비해, 이탈리아인들은 단 하나 *nipote*만 확인한다. 마치 두 언어가 비교 불가능하게 단 하나의 의미 공간(이탈리아어)을 세 개의 의미 공간(영어)에 대립시키는 것처럼 말이다.

영어	이탈리아어
Nephew	Nipote
Niece	
Grandchild	

도표 3

그런데 사실 이탈리아어에서는 단 하나의 단어가 영어 단어 세 개의 내용들을 표현하지만, *nephew*, *niece*, *grandchild* 와 *nipote*는 내용의 단위가 아니다. 그것들은 내용의 단위를 지시하는 〈언어적 용어들〉이며, 따라서 이탈리아인들이나 영국인들 모두 세 개의 내용 단위들을 알아볼 수 있다. 단지 이탈리아인들은 세 개 모두 하나의 동음이의어로 표현할 뿐이다. 이탈리아인들이 자기 아들/딸의 아들/딸과 자기 누이나 형제의 아들/딸 사이의 차이를 모를 정도로 멍청하거나 원시적이지는 않다. 그 차이를 아주 잘 이해하고 있다. 실제로 성별에 따라 정확한 상속법을 정하고 있는 걸 보면 알 수 있다.

그러니까 〈도표 4〉의 〈내용〉 난에서 알 수 있듯이 영국인이나 이탈리아인 모두 정의나 쉽게 풀어 말하기, 예들을 통해 아주 잘 이해하고 표현할 수 있음을 볼 수 있다. 다만 이탈리아인은 서로 다른 내용 단위들에 대해 단 하나의 단어를 갖고 있기 때문에 일부 발화체들이 적절한 맥락을 벗어나 언급될 경우 그 의미를 명백히 밝히는 데 더 큰 어려움이 생길 수 있다.

<table>
<tr><th>영어</th><th>내용</th><th>이탈리아어</th></tr>
<tr><td>Nephew</td><td>형제 또는 누이의 아들</td><td rowspan="3">Nipote</td></tr>
<tr><td>Niece</td><td>형제 또는 누이의 딸</td></tr>
<tr><td>Grandchild</td><td>아들/딸의 아들/딸</td></tr>
</table>

도표 4

문화권에 따라 서로 다른 친족 체계들이 있기 때문에 영국인도 가령 〈도표 5〉에서 암시하듯 그런 관계들을 더욱더 자세하게 구분하는 언어들과 비교하면 지극히 원시적으로 보일 수도 있다.

<table>
<tr><th>영어</th><th>내용</th><th>용어</th></tr>
<tr><td rowspan="4">Nephew
Niece</td><td>형제의 아들</td><td>용어 A</td></tr>
<tr><td>누이의 아들</td><td>용어 B</td></tr>
<tr><td>형제의 딸</td><td>용어 C</td></tr>
<tr><td>누이의 딸</td><td>용어 D</td></tr>
<tr><td rowspan="2">Grandchild</td><td>아들의 아들/딸</td><td>용어 E</td></tr>
<tr><td>딸의 아들/딸</td><td>용어 F</td></tr>
</table>

도표 5

영어 텍스트를 언어 X로 옮겨야 하는 번역자는 가령 어느 주어진 맥락에서 *grandchild*라는 용어가 사용되는 의미에 대하여 일련의 추측들을 하고 그것을 용어 E로 번역할 것인지 아니면 용어 F로 번역할 것인지 결정해야 할 것이다.

지금까지 맥락에 대해서 알아보았다. 사실 아무런 맥락도 없이 *nipote*라는 단어를 번역해야 하는 일은 어떤 번역자에게도 발생하지 않을 것이다. 그런 일은 기껏해야 사전 편집자(또는 어떤 단어를 다른 언어로는 뭐라고 말하는지 알고 싶어 도움을 요청하는 두 개 언어 사용자)에게나 있을 법하지만, 앞서 보았듯이 그들은 번역을 하는 것이 아니라 필요한 경우 그 용어를 맥락에 따라 어떻게 번역할 것인지에 대한 지침을 제공할 뿐이다. 이와는 달리 번역자는 언제나 〈텍스트〉, 말하자면 어떤 언어적 맥락 속에서 나타나거나 어떤 구체적인 상황에서 진술되는 발화체를 번역한다.

그러므로 위의 이탈리아어 문장에 대하여 영어 번역자는 다음 상황들 중 어느 것에 대해 말하고 있는지 알아야 하거나 또는 어떤 방식으로든 추측해야 할 것이다. (1) 존의 누이 앤이 아들을 낳았고 그는 존의 조카이다. (2) 존의 누이 앤이 빌과 결혼했고 당연히 빌의 누이의 아들을 자신의 조카로(하지만 존의 조카는 아니다) 간주한다. (3) 존의 누이 앤이 아들을 낳았고, 그 아들이 다시 샘을 낳았다. (4) 존의 누이 앤이 존의 아들의 아들을 데리고 있다.

마지막 상황은 앞의 상황들보다 개연성이 적다. 하지만 가령 존에게 아들 막스가 있는데 그가 아들 샘을 낳았고, 뒤이어 막스와 그의 아내가 교통사고로 사망했으며, 그래서 막스의 고모 앤이 샘을 가르치기로 했다고 가정해 보는 것으로 충분하다. 이보다 훨씬 덜 개연적인 상황으로(하지만 요즈음 통탄할 만한 풍습의 퇴락을 보면 전혀 불가능한 것은 아니다) 존의 아들 막스가 자기 고모 앤과 성관계를 가졌고 그 결과 샘이 태어났다면, 샘은 정확하게 정의하자면 존의 〈손자〉인 동시에 〈조카〉가 될 수 있다.

2·2 번역은 가능 세계들과 관련이 있다

지금 우리가 살펴보고 있는 문장은 하나의 텍스트이다. 한 텍스트를 이해하려면 — 당연히 번역하기 위해서 — 그것이 재현하는 〈가능 세계〉에 대한 가설을 세울 필요가 있다. 그러니까 적절한 증거들이 없을 경우 번역은 추측에 의존해야 하며, 그럴듯한 추측을 세운 다음에야 번역자는 텍스트를 한 언어에서 다른 언어로 옮길 수 있다는 것이다. 말하자면 사전의 한 항목에서 활용 가능한 내용의 전체 범위(거기에다 합리적인 백과사전적 정보)가 주어졌을 경우 번역자는 〈그〉 맥락과 그 가능 세계에서 가장 개연적이고 합리적이고 중요한 의미나 말뜻을 선택해야 한다.[6]

알타비스타(아마 많은 사전들을 갖춘)는 〈한 텍스트〉(특히 복잡한 텍스트, 즉 성서학자도 제임스 1세가 번역한 *the spirit of God*이 히브리어 원본의 의미를 효과적으로 옮겼는지 확신할 수 없는 텍스트)에서 동의어들을 설정하도록 강요되었던 것이다. 언어학적·문화적으로 말하면 텍스트는 정글과 같으며, 원주민 화자는 때로는 자신이 사용하는 용어들에 처음으로 어떤 의미를 부여하고, 그 의미는, 똑같은 용어들이 다른 맥락에서 띨 수 있는 의미와 상응하지 않을 수도 있다. 제임스 1세의 텍스트에서 *void*라는 단어는 실질적으로 무엇을 의미하는가? 텅 빈 땅이란 내부가 비어 있다는 것인가, 아니면 그 껍질 위에 생물이 전혀 없다는 것인가?

우리는 사전 편집자들이 수용 가능한 정의들로 설정한 범위 안에서 단어에 의미를 부여한다. 하지만 그런 정의들은, 한 용어가 어떤 맥락 속에 삽입되어 어느 세계에 대해 말하기 〈전에〉 그 용어의 가능한 여러 〈의미들〉과 관련된다. 단어들이 어느 텍스트에서 표현될 경우 〈정말로〉 얻는 의미는 무엇인가? 사전이 *face*와 *deep*이라는 단어에 얼마나 많은 맥락

6 이에 대해서는 므냉Menin(1996: 11·2·4절)도 참조할 것 — 원주.

적 선택을 부여하든, 어떻게 어떤 면, 표면, 겉면이 깊이나 심연을 가질 수 있을까? 무엇 때문에 알타비스타는 *face*를 *cara*로 번역하는 오류를 범했을까? 어떤 가능 세계에서 심연이 얼굴이나 머리가 아니라 면을 가질 수 있을까?
바로 「창세기」의 그 구절은 하느님의 〈시작〉이 아니라 우주의 시작과 관련된다는 것을 이해할 수 없었기 때문이다. 결국 알타비스타는 원본 텍스트가 가리키는 〈세계의 유형〉에 대해 추측할 능력이 없다는 것이 증명되었다.

출판사에서 일했을 때 나는 원본을 번역자가 갖고 있던 탓에 영어 텍스트의 번역본을 보게 되었다. 어쨌든 나는 이탈리아어가 〈술술 흐르는지〉 보려고 읽기 시작했다. 그 책은 초기 원자탄 연구의 역사를 이야기하고 있었는데, 어느 시점에서 과학자들이 특정한 장소에 모여 〈기차 경주〉를 하면서 작업하기 시작했다고 쓰고 있었다. 나는 원자의 비밀을 밝혀야 하는 사람들이 어째서 그토록 쓸모없는 놀이에 시간을 낭비했을까 하는 의문이 들었다. 결국 세계에 대한 나의 지식에 의거하여 그 과학자들은 〈틀림없이〉 다른 무엇을 했을 것이라고 추론하였다. 이 시점에서 내가 알고 있던 영어 표현이 머릿속에 떠올랐는지, 아니면 내가 어떤 흥미로운 작업을 했는지 잘 모르겠지만, 나는 그 이탈리아어 표현을 〈서툴게〉 영어로 다시 번역해 보았다. 그러고는 곧바로 그 과학자들이 *training courses*, 즉 연수 과정을 하고 있었다는 생각이 머릿속에 떠올랐다. 그것이 그 미국의 공헌자들에게는 보다 더 합리적이고 덜 소모적이었다. 물론 나는 원본을 입수하여 실제로 그렇다는 것을 확인하였고, 그 번역자가 자신의 창피한 작업에 대해 보수를 받지 못하도록 조치하였다.
또 한번은 심리학 관련 번역서에서 실험 중에 〈꿀벌은 막

대기를 이용하여 우리 밖에 놓인 바나나를 잡는 데 성공하였다〉는 대목을 발견하였다. 첫 번째 반응은 세계에 대한 지식과 관련된 것이었다. 즉 꿀벌은 바나나를 잡을 수 없다는 것이었다. 두 번째 반응은 언어적 지식에 관한 것이었다. 그러니까 원본은 *ape*,[7] 즉 큰 원숭이에 대해 말하고 있는 것이 분명했고, 세계에 대한 나의 지식(내가 참조한 백과사전적 지식들에 의해 정당화되는 지식)에 따르면 원숭이들은 바나나를 손으로 잡고 먹는다.

이것은 아무리 잘못된 번역에서도 원문 텍스트를 알아볼 수 있다는 것만을 의미하지 않는다. 날카로운 번역자는 미지의 원문 — 분명히 오류가 있는 — 에서도 그 텍스트가 정말로 무엇을 말하려는지 추론할 수 있다는 것을 의미한다.

무엇 때문인가? 기차 경주와 꿀벌의 경우 나는 두 텍스트가 기술하는 가능 세계 — 추정컨대 우리가 지금 살아가는 세계와 유사하거나 동일한 세계 — 에 대해 몇 가지 추론을 했고, 꿀벌과 원자를 다루는 과학자들이 어떻게 행동했을까 상상해 보려고 노력했다. 일단 합리적인 추론을 한 다음에는 영어 어휘를 간략히 점검하는 것으로 나는 가장 합리적인 가설을 세우게 되었다.

모든 텍스트는(〈렌초는 루치아를 사랑한다〉처럼 아주 간단한 문장도) 하나의 〈가능 세계〉를 기술하거나 가정한다. 마지막 예를 보자면, 이 세계에는 남성 렌초와 여성 루치아가 존재하고, 렌초는 루치아에게 사랑의 감정을 품고 있는 반면 루치아가 렌초를 사랑하는지에 대해서는 아직 결정되지 않은 세계이다. 하지만 그 가능 세계들의 환기가 단지 서사 작품들에만 해당한다고 생각하지 말기 바란다. 다른 사람

7 이탈리아어로 *ape*는 〈꿀벌〉을 의미한다.

의 담론을 이해하는 과정, 최소한 그가 무엇을 말하고 있는지 이해하려고 노력하는 과정에서 우리는 가능 세계를 작동시킨다. *nipote*의 예는 그것을 증명한다. 가령 자신을 떠난 사랑하는 여인(나는 그녀가 현실적인 존재인지 또는 상상의 산물인지조차 모른다)을 못 잊어 절망에 빠져 있는 남자와 오랫동안 자주 만났는데, 어느 날 그가 나에게 전화를 걸어 감동에 젖은 목소리로 〈마침내 그녀가 나에게 돌아왔어!〉 하고 말한다면, 나는 상대방의 기억 또는 상상의 가능 세계를 세우려고 노력할 것이며, 돌아온 사람이 바로 사랑하는 여인이라는 것을 이해할 수 있을 것이다(만약 그에게 도대체 누구에 대해 말하고 있느냐고 질문한다면 아마 나는 무지하고 무감각한 사람이 될 것이다).

라틴어 단어 *mus*를 영어로 번역할 정확한 방법은 없다. 라틴어 *mus*는 영어에서 두 개의 단위로 구분하여 하나에는 *mouse*, 다른 하나에는 *rat*이라는 단어를 할당하는 의미 공간 전체를 포괄한다. 프랑스어, 스페인어, 독일어에서도 *souris*/*rat*, *ratón*/*rata*, *Maus*/*Ratte*의 대립으로 똑같은 현상이 발생한다. 이탈리아어에도 *topo*(생쥐)와 *ratto*(집쥐) 사이의 대립이 있지만, 일상 용법에서는 집쥐에 대해서도 *topo*를 사용하며, 기껏해야 집쥐를 *topone*(큰 생쥐), *topaccio*(보기 흉한 생쥐) 또는 심지어 사투리처럼 *pantegana*(큰 쥐)로 부른다. 반면에 *ratto*는 단지 전문적인 맥락에서만 사용된다(어떤 의미에서 이탈리아인들은 아직도 라틴어 *mus*에 가깝게 연결되어 있다).

분명 이탈리아에서도 곡식 창고나 지하실을 뒤지고 다니는 작은 쥐와, 무서운 전염병을 옮길 수도 있는 털북숭이 집쥐 사이의 차이를 느끼고 있다. 베니아미노 달 파브로는 카뮈의 『페스트』에 대한 자신의 번역(봄피아니판)에서, 어느 날 아침 리외 박사가 집의 계단에서 *un sorcio morto*(죽은 쥐 한 마리)를 발견한다고 말한다. *sorcio*는 우아한 단어이며, 실질적으로 *topo*와 동의어이다. 아마 번역자는 프랑스어 *souris*와 어원상의 유사성으로 인해 *sorcio*를 선택한 모양이다. 그러나 맥락에 충실하자면, 오랑에 나타난 페스트를 옮기는 동물은 무시무시한 집쥐여야 한다. 소박한 텍스트 외적인 역량(백과사전과 같은)을 갖춘 한 이탈리아 독자가 그 소설의 가능 세계를 형상화하려고 노력한다면, 분명 번역자가 정확하지 않다고 의심할 것이다. 실제로 원문 텍스트를 보면 카뮈는 *rats*에 대해 말하고 있음을 알 수 있다. 만약 정말로 달 파브로가 *ratto*를 너무 학문적인 용어로 간주하여 사용하기 꺼렸다면, 최소한 그것은 작은 생쥐들이 아니라는 것을 암시했어야 했다.

그러므로 언어 체계들은 서로 대조할 수 있으며, 우발적인 모호함은 맥락에 비추어 또 〈그 주어진 텍스트〉가 말하는 세계에 비추어 텍스트를 번역할 때 해결될 수 있다.

2·3 실질로서의 맥락

텍스트의 성격은 무엇이며, 어떤 의미에서 우리는 텍스트를 언어 체계와는 다른 것으로 간주해야 하는가?

〈도표 1〉에서 우리는 어떻게 언어, 그리고 일반적으로 기호 체계가 질료 연속체에서 표현의 형식과 내용의 형식을 선택하는지 보았다. 그 형식을 토대로 우리는 실질들, 가령 지금 내가 쓰고 있듯이, 이 글의 줄처럼, 내용 — 빈약한 말로 하자면 그 구체적 표현이 〈말하는〉 것 — 의 실질을 전달하

는 질료적 표현들을 생산할 수 있다.

하지만 〈도표 1〉은 옐름슬레우의 개념들을 설명하기 위해, 그러니까 교육적 명료함을 이유로 만들어졌다는 사실에서 많은 모호함이 나타날 수 있다(나 자신이 그런 최초 책임자들 중의 하나라고 생각한다).

그런데 그 그림은 분명히 형식, 실질, 연속체 또는 질료라는 여러 개념들 사이의 차이를 보여 주지만, 마치 동질적인 분류라는 인상을 준다. 하지만 실제로는 그렇지 않다. 어느 동일한 소리 질료가 주어졌을 경우, 알파와 베타 두 언어는 그것을 서로 다르게 분할하여 두 개의 서로 다른 표현 형식들을 만들어 낸다. 표현 형식을 이루는 요소들 간의 조합은 내용 형식의 요소들과 서로 상관된다. 하지만 그것은 각각의 언어가 제공하는 추상적 가능성이며, 언어 〈체계〉의 구조와 관련된다. 표현의 형식이나 내용의 형식이 일단 세워지면, 이전에는 무형의 가능성이었던 질료나 연속체가 이제 형식화되고, 실질들은 아직 생산되지 않은 상태이다. 그러므로 체계와 관련하여 예를 들어 이탈리아어 또는 독일어의 구조에 대하여 말할 때 언어학자는 단지 형식들의 관계만 고려한다.

언어 체계에 의해 제공되는 가능성들을 활용하여 어떤 발화(음성적 또는 그래픽의)가 생산될 때, 우리는 그 체계 자체가 아니라, 그것이 〈텍스트〉의 형성으로 이끈 과정에 관심이 있을 뿐이다.[8]

표현의 형식은 그 주어진 언어의 음운론과 형태론, 어휘와 통사가 무엇인지를 말해 준다. 앞서 보았듯이 내용의 형식과 관련하여 어느 주어진 문화권은 내용의 연속체에서 일부 형식

8 텍스트는 언어학자에게 〈언어의 구조에 대한 증거의 원천으로 관심을 끌 뿐, 메시지 안에 포함된 정보에 대해서는 관심을 끌지 않는다〉(로트만 Lotman, 1964: 이탈리아어 번역본, 87면) — 원주.

들(양 대 염소, 수말 대 암말 등)을 재단하지만, 내용의 실질은 주어진 내용 형식의 한 요소가 발화 과정에서 얻는 〈의미〉로서 실현된다. 단지 발화의 과정에서만 맥락상으로 *cavallo* 라는 표현은 다른 동물들과 대립되는 그 내용의 형식을 지시하는 것이지, 재봉사들의 용어에서 *cavallo dei pantaloni* (바짓가랑이)처럼 허리띠나 접힌 단과 대립되는 내용을 지시하지는 않는다. 가령 *Ma io avevo chiesto la romanza di un altro tenore*(하지만 나는 다른 테너 가수의 아리아를 요구하였다), *Ma io volevo una risposta di un altro tenore*(하지만 나는 다른 어조의 대답을 원하였다)라는 두 가지 표현이 있을 경우 바로 맥락 속에서 *tenore*라는 표현의 의미가 명료해지며, 따라서 그것은 서로 다른 의미(서로 다른 표현으로 번역해야 할)의 두 발화체를 생산한다.

그러므로 텍스트 — 그것은 이미 실현된 〈실질〉이다 — 에서 우리는 하나의 〈선적(線的)인 발현〉[9](읽거나 들으면서 지각되는 것)과 그 주어진 텍스트의 〈의미〉 또는 의미들을 갖게 된다.[10] 하나의 〈선적인 발현〉을 해석할 때 나는 나의 모든 언어적 지식들에 의존하며, 반면 나에게 말하는 것의 의미를 확인하려고 노력하는 순간 지극히 복잡한 과정이 일어나게 된다.

9 *Manifestazione Lineare*. 텍스트의 표면에서 물리적으로 드러나는 표현의 양상을 시각적으로 가리키는 말이다. 한 권의 책을 예로 들자면, 각 페이지들의 제한된 공간을 벗어나서 줄을 바꾸거나 단락을 나누지 않고 거기에 쓰인 모든 낱말들을 잇따라 길게 늘어놓을 경우, 텍스트 전체는 한 줄의 기다란 선 모양이 될 것이다. 이것을 가리켜 표현의 선형성(線形性)이라 말하기도 한다. 소쉬르에 따르면, 이러한 선형성은 자의성과 함께 언어의 기본적 특징들 중 하나이다.

10 이와 관련하여 에코(1975)가 제안하고 설명한 〈도표 2〉 참조 — 원주.

모호하지 않을 경우 최초의 시도에서 나는 문자 그대로의 의미를 이해하려고 노력하고, 필요하다면 그것을 가능 세계들과 상관시키려고 노력한다. 따라서 만약 〈백설 공주는 사과를 먹는다〉라는 문장을 읽는다면, 어느 한 여성이 이러저러한 과일을 조금씩 깨물고 씹고 삼키고 있다는 것을 알게 될 것이고, 그 장면이 전개되는 가능 세계에 대해 가설을 세울 것이다. 그것은 내가 살아가고 있는 세계*an apple a day keeps the doctor away*라고 생각하는 세계일까, 아니면 사과를 먹으면 마법의 희생자가 될 수도 있는 동화의 세계일까? 만약 두 번째 의미라고 결정한다면, 분명히 문학적 유형의 역량까지 포함되는 백과사전적 역량과 〈상호 텍스트적 시나리오〉(동화에서는 대개 이러저러한 일이 일어난다……)에 의존하게 된다. 물론 나는 그 백설 공주에 대해 그리고 사건이 일어나는 시대와 장소에 대해 무언가 더 많은 것을 알기 위해 계속하여 〈선적인 발현〉을 탐색할 것이다.

하지만 만약 *Biancaneve ha mangiato la foglia*[11]라는 문장을 읽는다면 아마 나는 사람들은 대개 잎사귀를 먹지 않는다는 다른 백과사전적 지식들에 의존할 것이다. 그리고 거기에서 일련의 가설들, 혹시 백설 공주는 염소의 이름이 아닐까 결정하기 위해 읽기 과정에서 확인해야 할 가설들을 세우기 시작할 것이다. 아니면 — 좀 더 그럴듯해 보이듯이 — 관용적 표현들의 목록을 가동시켜 *mangiare la foglia*는 문자 그대로의 의미와는 다른 의미를 갖는 속담 같은 표현이라는 것을 이해할 것이다.

마찬가지로 모든 읽기 단계에서 나는 한 문장 또는 장 전

11 직역하면 〈백설 공주는 잎사귀를 먹었다〉이지만, 뒤에 나오듯이 이탈리아어에서 〈잎사귀를 먹는다〉는 말은 관용적 표현으로 〈상황을 깨닫다, 알아차리다〉라는 뜻으로 사용된다.

체가 무엇에 대해 말하는지 스스로 자문할 것이다(그러니까 담론의 화제*topic* 또는 주제가 무엇인지 문제를 제기할 것이다). 또한 각 구절마다 〈동위성(同位性, *isotopia*)〉[12] 또는 동질적인 의미 층위들을 확인하려고 노력할 것이다. 예컨대 *Il fantino non era soddisfatto del cavallo*〔기수(騎手)는 말이 마음에 들지 않았다〕와 *Il sarto non era soddisfatto del cavallo*(재봉사는 바짓가랑이가 마음에 들지 않았다) 두 문장이 주어졌을 경우, 나는 동질적인 동위성을 확인해야만 첫째 경우 *cavallo*는 동물이고 둘째 경우에는 바지의 일부라는 것을 이해할 수 있을 것이다(맥락이 동위성을 뒤집지 않는 경우, 그러니까 복장의 우아함에 신경을 많이 쓰는 기수 또는 승마에 열광적인 재봉사에 대해 이야기하는 경우를 제외하면 그렇다).

다시 한 번 〈일반적 시나리오〉들을 가동시키는 예를 들어보자. 가령 〈루이지는 기차로 로마를 향해 떠났다〉는 문장을 읽는다면 나는 그가 역으로 갔고 기차표를 구입했다는 것 등을 암묵적으로 이해할 것이다. 그래야만 텍스트가 다음 문장에서 루이지는 승무원에게 기차표가 없는 것이 발각되어 벌금을 물어야 했다고 말하더라도 놀라지 않을 것이다.

이 시점에서 아마 나는 〈플롯〉으로부터 〈파불라〉를 재구성할 수 있을 것이다. 파불라는 사건들의 시간적 연쇄이다. 하지만 텍스트는 그것을 서로 다른 플롯으로 〈조립〉할 수 있다. 가령 〈나는 집으로 돌아왔다, 비가 왔기 때문에〉와 〈비가 왔기 때문에 나는 집으로 돌아왔다〉는 서로 다른 플롯을 통해 똑같은 파불라를 전달하는 두 개의 〈선적인 발현〉이다(나는 비가 오지 않을 때 외출하였는데, 비가 오기 시작했고, 집으

12 그레마스Greimas(1966)와 에코(1979: 제5장) 참조 — 원주.

로 돌아왔다). 당연히 파불라나 플롯은 단지 언어적 문제들이 아니라, 다른 기호 체계로도 실현될 수 있는 구조들이다. 『오디세이아』와 똑같은 파불라는 단지 언어적 바꿔 쓰기뿐만 아니라 영화나 심지어 만화 개작을 통해서도 동일한 플롯으로 이야기될 수 있다는 의미에서 그렇다. 요약들의 경우 플롯을 바꾸면서 파불라를 존중할 수 있다. 예를 들면 『오디세이아』의 사건들을 이야기할 때 서사시에서는 오디세우스가 나중에야 파이아케스 사람들에게 이야기하는 사건들과 함께 시작할 수도 있을 것이다.

비가 왔기 때문에 나는 집으로 돌아왔다는 사실에 대한 두 예에서 증명되듯이, 파불라와 플롯은 단지 구체적인 서사 텍스트들에만 존재하는 것이 아니다. 레오파르디의 「실비아에게」 안에도 파불라가 있다(시인의 맞은편 집에 살던 어느 소녀가 있었고, 시인은 그녀를 사랑했고, 그녀는 죽었고, 시인은 사랑의 향수와 함께 그녀를 회상한다). 번역에서 플롯을 얼마나 존중해야 하는가는, 파불라는커녕 플롯조차 존중하지 않는 「실비아에게」의 적절한 번역은 아예 없다는 사실에서도 드러난다. 플롯의 순서를 바꾸는 판본은 단지 시험용 해설 요약이며, 그것은 그 회상의 가슴 아픈 느낌을 상실하게 만들 것이다.

바로 플롯에서 파불라를 재구성하기 때문에, 조금씩 읽기가 진행됨에 따라 나는 텍스트의 많은 부분들을 그걸 요약하는 〈명제〉로 전환시킬 것이다. 가령 읽기의 중간쯤에서 내가 이해한 것을 〈백설 공주는 젊고 아름다운 공주로 계모의 질투심을 유발하고, 계모는 어느 사냥꾼에게 그녀를 숲으로 데리고 가서 죽이라고 명령을 내린다〉로 압축할 수 있을 것이다. 그리고 읽기가 좀 더 진행된 단계에서는 가령 〈구박받는 공주는 일곱 난쟁이의 환대를 받는다〉는 〈초(超)명제〉에 매달릴 수도 있다. 이렇게 명제들을 초명제로 짜 맞춤으로써 (나중에 보겠지만) 텍스트가 나에게 이야기하는 〈심층〉 이야기는 무엇이며, 반대로 여담이나 주변적 사건들은 무엇인지를 결정할 수 있다.

여기에서 나는 등장인물들의 우발적인 심리를 확인할 뿐만 아니라 그들을 소위 〈행위소〉[13] 구조 속에 집어넣을 수 있다. 만약 『약혼자』[14]를 읽는다면 렌초와 루치아라는 두 주체가 주어지고, 그들은 대칭적으로 자기 욕망의 대상을 박탈당하며, 때때로 대립적 요구들과 조력자적 요구들에 직면한다는 것을 고려한다. 하지만 소설 전체에서 돈 로드리고는 변함없이 〈반대자〉 인물을 구현하고 크리스토포로 수사는 〈조력자〉를 구현하는 반면, 텍스트가 전개됨에 따라 놀랍게도 이야기의 중간에서 〈무명인〉이라는 등장인물은 〈반대자〉에서 〈조력자〉 인물로 전환된다. 그리고 〈조력자〉로 등장했던 몬자의 수녀는 무엇 때문에 나중에 〈반대자〉를 대변하며, 또한 돈 아본디오 신부는 어떻게 해서 애처로울 정도로 모호한 인물, 바로 그렇기 때문에 대립된 기능들 사이, 쇠그릇들 사이에 낀 질그릇처럼 동요하는 지극히 인간적인 인물로 남게 되는지 깜짝 놀라게 된다. 아마 소설의 마지막 부분에서 나는 등장인물들이 조금씩 구현하는 진정한 지배적 행위소는 바로 세상의 악과 허약한 인간 본성, 〈역사〉의 맹목적인 변화들에 대립하는 〈섭리〉라고 결정할 것이다.

나의 읽기가 인도하는 다양한 텍스트 층위들을 계속해서 분석할 수 있을 것이다. 거기에는 위에서 아래로 또는 그 반대로의 시간적 진전이 없다. 왜냐하면 한 문장 또는 구절의

13 그레마스(1966: 제8장 및 1973) 참조 — 원주.

14 *I promessi sposi*. 알레산드로 만초니Alessandro Manzoni(1785~1873)의 역사 소설로 근대 이탈리아의 대표적인 고전으로 꼽힌다.

주제를 이해하려고 노력하는 동안, 나는 텍스트가 가동시키는 거대한 이데올로기 구조들이 무엇인가를 감히 분석해 볼 수도 있기 때문이다. 반면에 단순한 마지막 문장을 읽고 나는 내 읽기의 거의 끝까지 유지해 왔던 해석적 가설을 갑자기 버릴 수도 있다(대개 추리 소설들에서 그런 일이 일어난다. 추리 소설은 사건의 진행에 대해 그릇된 예상을 하게 만들고, 또한 독자로서 여러 등장인물들에 대해 지극히 경솔한 도덕적·심리적 판단을 감행하려는 나의 경향을 이용한다).

다음의 글에서 다양한 의미 층위들 중 무엇을 우선적으로 볼 것인가에 대한 해석적 도박이 번역자의 결정에 얼마나 중요한지가 명백히 드러날 것이다.[15] 하지만 중요한 것은 우리가 통째로 표현의 실질로 간주해야 할 그 〈선적인 발현〉에서 그와 똑같이 많은 층위들을 확인할 수 있다는 점이다.

실제로 표현의 층위에는 여러 실질들이 있다.[16] 표현 실질

15 야콥슨Jakobson(1935)과 일반적으로 러시아 형식주의자들의 전통에 의거하여 번역자는 텍스트의 〈지배적 요소〉가 무엇인가에 대해 도박을 해야 한다고 말할 수 있다. 다만 〈지배적 요소〉라는 개념은 오랜 시간이 지난 지금 다시 살펴보면 겉보기보다 훨씬 모호하다. 때로는 기법(예를 들면, 운율 대 각운)이 지배적이고, 때로는 특정 시대에 다른 모든 예술의 모델이 되었던 예술(가령 르네상스 시대의 시각 예술)이 지배적이고, 또 때로는 텍스트의 주요 기능(미학적·정서적 또는 다른 기능)이 지배적이다. 그러므로 나는 그것이 번역의 문제에서 중요한 개념이라고 생각하지 않는다. 그보다는 차라리 〈이 텍스트에서 당신에게 《지배적인 요소》가 무엇인지 찾고, 거기에다 당신의 선택과 배제를 겨냥하시오〉 하는 암시가 결정적일 것이다 — 원주.

16 여기에서 나는 〈하나의 동일한 실질은 나름대로 많은 양상들, 또는 많은 층위들이라 말하고 싶은 것들을 전제로 한다〉는 옐름슬레우의 지적(옐름슬레우, 1954: 이탈리아어 번역본, 229면)에만 집착하지 않는다. 옐름슬레우는 단지 〈생리적·물리적 또는 음향 및 청각적인〉(화자의 지각에 의존하는) 성격의 층위들을 인용하는 데 머무르기 때문이다. 텍스트 기호학의 발전에 비추어 보면 알듯이 언어적 층위와는 뚜렷하게 상관없는 다른 층위들도 고려된다. 실질의 다양한 층위들에 대해서는 두시Dusi(2000: 18면 이

들의 다양성은 비언어적 체계들에도 해당된다. 영화의 표명에서는 분명 이미지들이 중요하지만, 리듬이나 움직임의 속도, 대사, 소음이나 다른 유형의 소리, 때로는 쓰인 글들(무성 영화의 자막이든, 광고 간판들이 나오는 배경이나 도서관에서 이루어지는 장면일 경우 촬영에 따라 보이는 그래픽 요소나 강조들이든), 그리고 두말할 필요도 없이 화면 구도의 문법과 편집의 통사도 중요하다.[17] 그림에서는 다양한 이미지들을 알아보게 해주는 소위 선의 실질들이 중요하지만, 색채 현상들, 음영 비율, 또는 그리스도나 성모, 군주를 알아보게 해주는 정확한 도상(圖像)적 요소들도 중요하다.

물론 언어 텍스트에서는 순수하게 언어적인 실질이 중요하지만 언제나 가장 중요한 것은 아니다. 가령 〈소금 좀 주세요〉라는 문장이 주어질 경우 그것은 어떻게 발음되느냐에 따라 분노, 예의, 사디즘, 소심함을 표현할 수 있고, 또한 발화자가 교양 있거나 문맹이라고, 또는 사투리 억양의 경우 우스꽝스럽다는 것을 함축할 수도 있다(이런 가치들은 이를테면 〈기름 좀 주세요〉라는 문장에서도 전달될 것이다). 이것들은 모두 언어학에서 초분절(超分節)로 간주하는 현상들이며, 언어 체계와는 직접적으로 상관이 없다. 만약 내가 *passami prego il sale*/se *di me pur ti cale*(부탁하건대 소금 좀 주세요 / 저에게도 배려해 주신다면) 하고 말한다면, 문체적 현상들(고전적 어조의 활용을 포함하여)과 각운, 운율상의 해결책들이 개입한다(또한 음성적 상징의 효과들이 개입할 수도 있다). 운율이 언어 체계에 얼마나 이질적인가는 11음절 시행(詩行)의 구조가 다른 언어들에서도 실현될 수

하) 참조 — 원주.

17 메츠Metz(1971: 이탈리아어 번역본, 164면) 참조 — 원주.

있다는 사실이 잘 말해 준다. 번역자들을 괴롭히는 문제는 문체적 특성을 어떻게 옮길 것인가, 또는 서로 다른 단어들을 사용하면서 어떻게 등가의 각운을 찾을 것인가 하는 것이다.

그러므로 시 텍스트에서는 언어적 실질(한 언어 형식을 구현하는)을 갖게 되지만, 더불어 운율적 실질(11음절 시행의 도식처럼 운율 형식을 구현하는)도 갖게 된다.

하지만 앞서 말했듯이 음성 상징적 실질(코드화된 형식이 존재하지 않는)도 있을 수 있다. 또한 「실비아에게」로 돌아가자면, 첫 절을 번역하려는 모든 시도는 그 절의 마지막 단어〔*salivi*(너는 들어서고 있었다)〕가 *Silvia*의 철자 바꾸기 *anagramma*가 될 수도 있도록 하는 데 성공하지 않는다면(대개 성공하지 못한다) 결국 부적절하게 될 것이다. 소녀의 이름을 바꾸지 않는다면 그렇다. 하지만 그럴 경우 *Silvia*나 *salivi*의 소리를 *negli occhi tuoi ridenti e fuggitivi*(너의 수줍고 미소 짓는 눈 속에)와 연결해 주는 i 음의 수많은 모음 압운(押韻)을 상실하게 될 것이다.

원본 텍스트(내가 i 음들을 굵은 글씨체로 강조한)와 미셸 오르셀의 프랑스어 번역을 대조해 보기 바란다(물론 여기에서 실제 발음에서 다른 소리에 상응하는 알파벳 i들은 강조하지 않았다).

Silvia, rimembri ancora
Quel tempo della tua vita mortale,
Quando beltà splendea
Negli occhi tuoi ridenti e fuggitivi,
e tu, lieta e pensosa, il limitare
di gioventù salivi?
실비아, 아직 기억하느냐?

너의 수줍고 미소 짓는 눈 속에
아름다움이 반짝이고,
너는 사려 깊고 행복하게
젊음의 문턱에 들어서고 있던 그때
네 삶의 시절을?

Sylvia, te souvient-il encore
Du temps de cette vie mortelle,
Quand la beauté brillait
Dans tes regards rieurs et fugitifs,
Et que tu t'avnaçais, heureuse et sage,
Au seuil de ta jeunesse?

번역자는 *Silvia*/*salivi* 관계를 무시할 수밖에 없었다. 텍스트 안에 많은 i들이 나타나도록 하는 데에는 성공했지만, 원본과 번역본 사이의 관계는 20개 대 10개이다. 게다가 레오파르디의 텍스트에서 i 음들은 같은 단어 안에서 반복되는 경우가 여섯 번이나 되기 때문에 더욱 잘 느낄 수 있다. 반면에 프랑스어 번역본에서는 단 한 번 그럴 뿐이다. 유능한 오르셀은 분명히 절망적인 전투를 치렀겠지만, 이탈리아어 *Silvia*는 처음의 i에 악센트가 있기 때문에 그 우아한 매력을 길게 지속시키지만, 프랑스어 *Sylvia*는 좀 더 조악한 효과를 얻는다(그 언어 체계에는 강세 악센트가 없기 때문에 숙명적으로 마지막 a에 악센트가 나온다).

여기에서 확인되는 것은, 시에서는 내용보다 표현이 우위에 있다는 보편적 확신이다. 그러니까 내용은 그러한 표현의 장애물에 적응해야만 한다. 산문의 원리는 〈내용을 포착하면 언어가 뒤따른다*rem tene, verba sequentur*〉이며, 운문의 원

리는 〈언어를 포착하면 내용이 뒤따른다*verbum tene, res sequentur*〉이다.[18]

따라서 우리는 물론 실질의 현상으로서의 텍스트에 대해 말해야 하지만, 텍스트의 그 두 단면 모두에서 상이한 표현 실질들과 상이한 내용 실질들을 확인할 줄 알아야 한다. 말하자면 두 단면 모두에서 상이한 층위들을 확인할 줄 알아야 한다.

미학적인 목적의 텍스트에서는 표현의 다양한 층위들과 내용의 다양한 층위들 사이에 미묘한 관계들이 설정되기 때문에, 바로 그러한 층위들을 확인하고, 이런 또는 저런 층위(또는 모든 층위)를 명백히 밝히고 (또는 아무 층위도 밝히지 않고), 또한 (가능할 경우) 그것들을 원본 텍스트 안에 있는 것과 똑같은 관계 속에 배치할 줄 아는 능력 위에서 번역의 도전이 이루어진다.

18 에코(1985)의 「시의 기호와 산문의 기호」 참조 — 원주.

3 가역성과 효과

그렇다면 이제 알타비스타를 옹호해 보자.

만약 누군가 앞서 인용된 성서 구절의 마지막 이탈리아어 번역본을 읽는다면, 그것이 가령 『피노키오』의 서투른 번역이 아니라 「창세기」의 서투른 번역이라는 것을 직관적으로 알아차릴 수 있을까? 나는 그렇다고 말하고 싶다. 또한 만약 그 텍스트를 「창세기」의 서두에 대해 전혀 들어 본 적도 없는 누군가가 읽는다면, 그것이 어떻게 하느님이 세상을 만들었는지 기술하는 구절이라는 것을 알아차릴까(비록 어떤 타락한 혼란을 초래하였는지 잘 이해하지 못할지라도)? 이 두 번째 질문에도 나는 그렇다고 대답하고 싶다.

그렇다면 알타비스타의 것은 알타비스타에게 돌리고, 명예롭게 처신한 다른 경우를 인용해 보자. 보들레르의 「고양이Les chats」 첫 4행을 살펴보자.

Les amoureux fervents et les savants austères
Aiment également, dans leur mûre saison,
Les chats puissants et doux, orgueil de la maison,
Qui comme eux sont frileux et comme eux sédentaires.

나는 받아들일 만하다고 생각되는 영어 번역본[1]을 발견했다.

> Fervent lovers and austere scholars
> Love equally, in their ripe season,
> Powerful and gentle cats, the pride of the house,
> Who like them are sensitive to cold and like them sedentary.

이것은 원천 텍스트와 똑같이 하겠다고 특별히 주장하지도 않고 문자 그대로 번역한 것이다. 하지만 영어 번역본에서 출발하여 프랑스어 원본을 재구성하려는 사람은 의미상(미학적으로는 아니지만) 보들레르의 텍스트와 상당히 유사한 것을 얻으리라고 말할 수 있다. 그런데 알타비스타의 자동 번역 서비스에 이 영어 텍스트를 프랑스어로 옮기라고 요구하자 이런 결과가 나왔다.

> Les amoureux ardants et les disciples austères
> Aiment également, dans leur saison mûre,
> Les chats puissants et doux, la fierté de la maison,
> Qui comme eux sont sensibles au froid et les aiment sédentaires.

의미상의 관점에서 본다면 위 문장은 원본 텍스트의 상당 부분을 복원했다는 점을 인정해야 할 것이다. 넷째 행에서 발생한 유일한 진짜 오류는 부사 *like*를 동사로 이해한 것이

1 로만 야콥슨(1987) 참조 — 원주.

다. 운율의 관점에서는(아마 우연이겠지만) 최소한 첫 행의 12음절 시행과 하나의 각운을 유지함으로써, 원본 텍스트가 시적 기능을 갖고 있음을 드러내고 있다.

우리는 알타비스타의 오류들에 대해 많이 웃었는데, 이번 경우에는 알타비스타의 체계가 두 언어 사이의 〈이상적〉 번역의 개념에 대한 훌륭한 정의(상식에 입각한)를 암시하고 있다고 인정해야 할 것이다. 즉 〈베타 언어로 된 텍스트 B가 알파 언어로 된 텍스트 A의 번역이 되는 것은, 만약 텍스트 B를 알파 언어로 다시 번역하여 얻는 텍스트 A2가 어떤 방식으로든 텍스트 A와 똑같은 의미를 가질 경우이다〉.

물론 〈어떤 방식으로든〉과 〈똑같은 의미〉가 무엇을 의미하는지 정의해야 한다. 하지만 현재로서는 번역이란 비록 잘못되었을지라도 〈어떤 방식으로든〉 출발 텍스트로 되돌아가도록 해준다는 점을 상기하는 것이 중요하다. 마지막 예의 경우 그 〈어떤 방식〉은 아마도 미학적 가치들이 아니라 최소한 〈계보상의〉 확인 가능성과 관련된다. 즉 알타비스타의 번역은 분명히 다른 것이 아니라 〈그〉 프랑스어 시의 영어 번역본이다.

고유한 의미의 번역과 여러 기호 상호 간의 번역을 비교할 때, 우리는 가령 드뷔시의 「목신의 오후」가 말라르메의 「목신의 오후」의 기호 상호 간의 〈번역〉으로 간주된다는 점을 인정해야 한다(많은 사람들은 그것이 어떤 방식으로든 시 텍스트가 창출하고자 했던 심리 상태를 재생산하는 〈해석〉으로 간주한다). 하지만 만약 음악 텍스트에서 출발하여 시 텍스트를 다시 얻으려고 한다면(미지의 가설로), 아무것도 얻을 수 없을 것이다. 해체론자가 아니더라도 우리는 드뷔시 작품의 나른하고 불분명하고 관능적인 음계들을 보들레르의 「고양이」에 대한 기호 상호 간의 번역으로 간주할 권리를 부정할 수 없을 것이다.

3·1 이상적인 가역성

최근 우리는 데아미치스의 『쿠오레』[2]에서 영감을 받은 텔레비전 연속극을 보았다. 그 책을 아는 사람은 거기에서 프란티, 데로시, 가로네 같은 이미 알려진 몇몇 등장인물들을 재발견했고, 특히 리소르지멘토[3] 이후 토리노에 있는 초등학교의 분위기도 재발견하였다. 하지만 또한 연속극은 빨간 펜의 여선생 이야기를 심화시키고 발전시켰으며, 남자 선생과의 특별한 관계를 고안해 내는 등 일부 다른 등장인물들을 바꾸었다는 사실도 알 수 있었다. 연속극을 본 사람은, 자막이 지나간 다음에 알아챘다 하더라도, 의심할 바 없이 이 연속극이 『쿠오레』에서 착안한 것임을 알 수 있었다. 누군가는 그것을 배신이라고 외쳤을 수도 있고, 또 다른 사람들은 그 책의 고무적인 정신을 더 잘 이해시키려면 그런 변화들이 필요하다고 했을 수도 있다. 하지만 나는 그런 평가에 가담하고 싶지 않다.

내가 제기하는 문제는 이런 것이다. 데아미치스의 그 책을 몰랐던 보르헤스의 피에르 메나르는 연속극에서 출발하여 거의 똑같은 책을 다시 쓸 수 있었을까? 나의 대답은 분명히 부정적이다.

그렇다면 『쿠오레』의 첫 문장을 보자.

2 *Cuore*. 전 세계적으로 널리 알려진 데아미치스Edmondo De Amicis(1846~1908)의 아동 소설로 따뜻한 감동과 함께 교훈적이고 도덕적인 내용으로 높게 평가된다. 원제는 〈마음〉이나 〈심장〉을 의미하는데, 우리나라에서는 『사랑의 학교』로 번역되었다.

3 *Risorgimento*. 〈부흥〉, 〈재기(再起)〉라는 뜻으로 서로마 제국의 몰락 후 군소 국가들로 분열되어 있던 이탈리아 반도의 통일을 위한 모든 지적·정신적 움직임을 가리킨다. 이탈리아 반도의 통일은 1861년에야 이루어졌다.

Oggi primo giorno di scuola. Passarono come un sogno quei tre mesi di vacanza in campagna!

오늘은 개학 첫날. 시골에서 보낸 그 3개월 방학이 꿈처럼 지나갔다!

이것이 최근의 프랑스어판 *Le livre Coeur*에서 어떻게 번역되었는지 보자.

Aujourd'hui c'est la rentrée. Les trois mois de vacance à la campagne ont passé comme dans un rêve!

나는 여전히 메나르 같은 정신으로 『쿠오레』의 진짜 서두를 잊으려고 노력하면서, 이 프랑스어 텍스트를 이탈리아어로 번역해 보고자 한다. 분명히 밝히건대 나는 번역을 하기 전에 다시 이탈리아어 텍스트를 보지 않았다. 또한 결과적으로 그것은 〈그 코모 호수의 자락〉이나 〈그 자그마한 여인은 시골에서 온다〉[4]같이 기억 속에 각인되어 있던 서두들 중의 하나가 아니다. 나는 보호의 이탈리아어-프랑스어 사전의 지침들에 따라 문자 그대로 번역하여 다음과 같은 결과를 얻었다.

Oggi è il rientro a scuola. I tre mesi di vacanza in campagna sono passati come in un sogno!

오늘은 학교로 다시 들어가는 날이다. 시골에서의 그 방학 3개월이 꿈속에서처럼 지나갔다!

4 앞에 나오는 *Quel ramo del lago di Como*는 만초니의 역사 소설 『약혼자』의 첫 구절이고, *La donzelletta vien dalla campagna*는 레오파르디의 시 「시골 마을의 토요일Il sabato del villaggio」의 첫 행이다.

보다시피 내 번역은 원본 텍스트와 정확하게 똑같이 나오진 않았지만, 알아볼 수는 있게 해주었다. 무엇이 빠져 있는가? 명사구로 된 서두, 의심할 바 없이 텍스트의 날짜 설정에 유용한 둘째 문장의 서두에 나오는 원과거 시제, 그리고 무엇보다도 순식간에 지나간 방학보다 오히려 3개월에 대한 강조가 그것이다. 그 대신 독자는 원본이 원했던 대로 곧바로 〈사건의 한가운데에*in medias res*〉 있게 된다. 가역성(可逆性)은 비록 문체에서 축소되었지만 내용의 단면에서 거의 완전에 가깝다.

그렇다면 이제 좀 더 혼란스러운 경우를 보자. 『피노키오』의 프랑스어 번역본(가르데Gardair)의 서두는 다음과 같다.

> Il y avait une fois…….
> "Un roi!" diront tout de suite mes petits lecteurs.
> "Non, mes enfants, vous vous êtes trompés.
> Il y avait une fois un morceau de bois."

이 문장도 사전에 의존하여 문자 그대로 다음과 같이 번역할 수 있을 것이다.

> C'era una volta…….
> — Un re! diranno subito i miei piccoli lettori.
> — No, bambini miei, vi siete sbagliati. C'era una volta un pezzo di legno.

여러분이 기억한다면 진짜 『피노키오』는 이렇게 시작된다.

> C'era una volta…….

— Un re! — diranno subito i miei piccoli lettori.

— No ragazzi, avete sbagliato. C'era una volta un pezzo di legno.

원본으로의 복귀는 좋은 결과를 제공한다는 사실을 인정해야 한다. 그런데 다른 번역본(카젤Cazelles)에서 어떤 일이 일어나는지 보자.

— Il était une fois…….

— UN ROI, direz-vous?

— Pas du tout, mes chers petits lecteurs. Il était une fois……. UN MORCEAU DE BOIS!

첫 번째 관찰. *Il était une fois*는 정확한 번역이다. 하지만 마치 이야기의 어느 등장인물이 말하듯이 하이픈과 함께 시작한다. 물론 누군가 말하고 있다. 그러나 그것은 〈서술자〉, 즉 텍스트 전반에 걸쳐 여러 차례 나타나지만 〈극중 인물 *dramatis personae*〉의 목소리가 아닌 목소리이다. 그것은 참을 만하다. 하지만 결정적인 것은 번역본에서 일단 첫 번째 하이픈이 (부당하게) 열린 다음, 두 번째 하이픈에 의해 도입된 그 어린 독자들이 마치 〈현실적인〉 대화의 일부라도 되는 것처럼 무대에 등장한다는 것이다. 따라서 *direz-vous*는 어린 독자들이 작가에게 하는 말인지, 아니면 메타 서사적으로 언급하는 작가가 어린 독자들에게 하는 감탄인지, 말하자면 그들을 〈모델 독자〉 또는 이상적 독자들로 표현하는 것인지 모호하다. 반면에 현실적 독자들이 무슨 말을 할지 우리는 전혀 모르며 또한 알 수도 없다. 왜냐하면 작가의 목소리가 독자가 추측하는 모든 것이 탄생하는 즉시 그것을 차단했기 때문이다.

콜로디의 이러한 메타 서사적 허구는 핵심적인 중요성을 갖는다. 왜냐하면 곧바로 *c'era una volta*에 뒤이어 이 텍스트의 유형을 어린이들을 위한 이야기로 확인하기 때문이다. 그것은 사실이 아니며, 또한 콜로디가 어른들에게도 말하고자 한다는 것은 해석의 문제이다. 하지만 만약 여기에 아이러니가 있다면, 바로 텍스트가 누구의 것인지 모르는 대화의 한 구절로서가 아닌, 명백한 텍스트 신호를 표명하기 때문이다. 마지막의 감탄 부호는 무시하기로 하자(게다가 그것은 이탈리아어보다는 프랑스어 텍스트에서 받아들일 만하다). 하지만 콜로디는 좀 더 절제력이 있다. 반복해서 말하지만 핵심적인 것은, 원본에서는 〈서술자〉 자신이 어리고 순진한 독자의 유령을 불러내면서 시작하는 반면, 카젤의 번역본에서는 마치 〈극중 인물〉들처럼 말하는 자와 듣는 자 사이의 대화에 직면하게 된다는 점이다.

그러므로 이 두 번역은 가역성의 등급에서 서로 다른 위치에 있다. 전자나 후자 모두 진정한 고유의 파불라 측면에서는 거의 완전한 가역성을 보장한다(콜로디와 똑같은 이야기를 들려준다). 하지만 전자는 일부 문체적 특성들과 발화의 전략까지 폭넓게 가역적인 반면, 후자는 훨씬 덜하다. 아마 두 번째 번역을 읽는 어린 프랑스 독자는 똑같이 그 동화를 즐길 수도 있겠지만, 비판적인 독자는 원본 텍스트의 메타 서사적 섬세함을 일부 상실할 것이다.

이것은 (괄호 열고 말하자면), 가령 대화를 도입하는 따옴표나 하이픈처럼 겉보기에는 사소한 문장 부호들도 내용에 적지 않게 중요한 반향을 줄 수 있는 〈선적인 발현〉의 층위라는 것을 우리에게 말해 준다. 나는 네르발의 「실비」를 번역하면서 그런 현상을 진지하게 고려해야만 했다. 왜냐하면 소설

책에서는 시대와 나라, 편집자에 따라 대화 문장들이 하이픈이나 따옴표와 함께 펼쳐지는데, 프랑스어에서는 이것이 더욱 복잡하기 때문이다. 오늘날 가장 보편적인 경향에 따르자면, 어떤 등장인물이 말하기 시작할 때 따옴표가 열린다. 하지만 대화가 계속되면 이어지는 대화자들의 말은 하이픈에 의해 연결되고, 닫는 따옴표는 단지 대화자들의 대화가 끝났을 때만 표시한다. 오가는 대화를 표시하는 삽입구들(가령 〈외쳤다〉, 〈말하기 시작했다〉 등)은 쉼표로 분리되며, 닫는 따옴표나 하이픈은 필요하지 않다. 그 규칙은 이런 것이다. 모든 이야기나 소설에는 순수하게 서술적인 부분(어느 한 목소리가 사건을 이야기하는 부분)과, 〈극적〉 또는 미메시스적 성격의 대화 부분, 그러니까 등장인물들이 무대에 등장하여 〈생방송으로〉 대화하는 부분이 있다고 가정하는 것이다. 그렇기 때문에 따옴표는 그런 미메시스 공간들을 무대에 등장시키기 위해 열리고, 하이픈으로 표시되는 대화의 교환이 종결될 때 닫힌다.

통상적으로 프랑스어 소설을 이탈리아어로 번역할 경우 이런 세부는 무시되며, 이탈리아의 기준에 따라 대화들을 배치한다. 하지만 나는 네르발의 텍스트에서 그런 세부를 무시할 수 없다는 것을 깨달았다. 그런 기법을 더 잘 이해하기 위해서는 플레야드판 텍스트(현대 프랑스어 체계)에서 제1장의 대화 교환 부분이 어떻게 나타나는지 보기 바란다(편의상 나는 이탈리아어로 번역한다).

Gettava monete d'oro su un tavolo di whist e le perdeva con noncuranza. — "Che importa, dissi, che sia lui o un altro? Occorreva pure che uno ci fosse, e quello mi pare degno d'essere stato scelto. — E tu? — Io? Io inseguo un'immagine, null'altro."

그는 휘스트 테이블에 금화를 던지고는 무심히 잃어버리곤 했다. 〈아무려면 어떤가〉 하고 나는 말했다. 「저 친구든 다른 사람이든, 누군가 하나는 있어야 했겠지. 그리고 내 보기엔 저 친구도 선택받을 만한데. — 그럼 자네는? — 나 말인가? 내가 따라다니는 건 어떤 영상일 뿐, 그 이상은 아니라네.」[5]

「실비」가 1853년 처음 발표되었던 『르뷔 드 되 몽드*Revue de Deux Mondes*』에서는 대화 교환이 따옴표 없이 하이픈으로 열리지만, 따옴표와 함께 닫히는 것으로 되어 있다. 그런 방식은 너무나도 무분별해 보여서 단행본 『불의 딸들*Les Filles du Feu*』(1854)에 실린 최종판에서는 마지막의 따옴표가 삭제될 정도였다(물론 시작 따옴표는 없는 채로 남아 있다).

Gettava monete d'oro su un tavolo di whist e le perdeva con noncuranza. — Che importa, dissi, che sia lui o un altro? Occorreva pure che uno ci fosse, e quello mi pare degno d'essere stato scelto. — E tu? — Io? Io inseguo un'immagine, null'altro.

그런데 그렇게 단순한 것일까? 아니다. 『르뷔 드 되 몽드』나 『불의 딸들』에서는 모두 때로는 따옴표가 있는 대화가 삽입되고, 또 때로는 따옴표나 하이픈이 모두 사용되기도 한다. 그것으로도 충분하지 않은 듯, 네르발은 똑같은 하이픈들을 아주 풍부하게 사용했는데, 괄호 안의 관찰 사항들을

5 최애리 옮김, 『실비/오렐리아』(문학과지성사, 1997), 21면.

집어넣기 위해, 또 갑작스러운 서술의 멈춤이나 대화의 단절, 화제 바꾸기, 또는 자유 간접 화법을 표시하기 위해서도 사용하곤 했다. 그런 식으로 네르발이 하이픈을 다양하게 활용했으므로, 독자는 그 하이픈이 지금 말하고 있는 누군가를 표현하는 것인지, 아니면 서술자의 생각 과정 내부에서의 단절을 이끌어 내는 것인지 전혀 확신할 수 없게 되었다.

네르발은 그다지 엄격하지 않은 〈편집*editing*〉의 희생자였다고 말할 수 있을 것이다. 하지만 그러한 우발적 사고에서 그는 최대한의 이익을 이끌어 냈다. 사실 그런 편집상의 혼란은 서사적 흐름을 모호하게 하는 데 큰 영향을 끼친다.[6] 바로 모호한 하이픈들의 사용이 종종 그러한 〈목소리들〉의 교환을 확정하기 어렵게 만든다(그리고 바로 여기에 그 소설의 매력이 한 원인으로 자리 잡고 있다). 등장인물들의 목소리와 서술자의 목소리를 더욱더 혼란스럽게 뒤섞고, 서술자가 현실적인 것으로 제시하는 사건들과 아마도 단지 그의 상상 속에서만 일어난 사건들을 혼동시키고, 정말로 말했다고 제시되는 말들과 단지 꿈꾸었거나 또는 기억 속에서 변형된 말들을 혼동시키기 때문이다.

그런 까닭에 나는 이탈리아어 번역본에서 『불의 딸들』에 나오는 대로 따옴표와 하이픈들을 그대로 놔두기로 결정했다. 또한 무엇보다도 평균적 교양 수준의 이탈리아 독자에게 이러한 하이픈들의 유희는 이 소설이 19세기 텍스트임을 더

6 「실비」의 또 다른 특징은, 겉보기에는 1인칭 서술, 즉 주인공이 자기 과거 삶의 사건들에 대하여 서술하는 것으로 되어 있지만, 종종 마치 자신의 등장인물에게 말을 하도록 시키는 〈작가〉의 목소리가 들리듯이 더 상위의 서사적 요구가 개입하여 등장인물-서술자가 말하는 것을 논평한다는 사실이다. 에코(1990b)에 실린 「〈실비〉 다시 읽기」와 에코(1994)의 첫 장 참조 — 원주.

욱 분명히 함축하면서 옛날 판본으로 소설을 읽는다는 느낌을 상기시켜 줄 것이다. 이것은 적지 않은 유리함이다. 제7장에서 보게 되듯 번역된 텍스트가 때로는 원본이 쓰인 세계와 문화 속으로 독자를 인도해야 한다면 말이다.

그러므로 그래픽의 층위에서도, 또한 『피노키오』의 경우에서 보았듯이, 구두점이나 다른 편집상의 관례들에서도 가역성이 있을 수 있다. 가역성은 필연적으로 어휘나 통사와 관련되는 것이 아니라 발화의 양태와 관련된다.

3·2 가역성의 연속체

그렇다면 분명히 가역성은 평행적 잣대(가역성이 있거나 또는 없다)가 아니라, 아주 미세한 단계들의 문제이다. 가령 *John loves Lucy*가 *John ama Lucy*로 될 때처럼 최대한의 가역성에서 최소한의 가역성까지 있다. 콜로디 동화의 요소를 대부분 존중하는 월트 디즈니의 「피노키오」를 다시 보러 간다면(비록 〈보랏빛 머리카락의 요정〉이 그냥 간략하게 〈보랏빛 요정〉이 되고, 〈말하는 귀뚜라미〉는 노쇠한 교육자에서 가벼운 희극*vaudeville*의 정감 어린 등장인물로 간단하게 전환되는 등 수많은 방만함이 있지만), 그 영화의 서두에서 언어적 이야기의 서두를 재구성할 수 없음을 보게 된다. 마찬가지로 다른 한편으로 서술하는 목소리로서 콜로디의 발화 전략을 모두 상실하게 된다.[7]

7 영화에서 서술하는 사람은 등장인물들 중의 등장인물인 〈말하는 귀뚜라미〉이다. 따라서 주네트(1972)가 제시한 유용한 구분을 따르자면, 그것은 이질적 디에게시스에서 동질적 디에게시스로 바뀐 이야기이다 — 원주.

최소한의 가역성에 대한 예로 기억나는 것이 있다. 과테말라의 작가 아우구스토 몬테로소가 언젠가 세계의 모든 문학 가운데 가장 짧은 소설로 간주될 법한 것을 쓴 것이 그 사례에 해당한다.

Cuando despertó, el dinosaurio todavía estaba allí.
(Quando si svegliò, il dinosauro era ancora lì.)
잠에서 깨었을 때 공룡이 아직도 그곳에 있었다.

만약 이것을 다른 언어로 번역하는 문제라면(방금 나는 괄호 안에서 그렇게 했다), 이탈리아어 텍스트에서 출발하여 스페인어 텍스트와 매우 유사한 것으로 거슬러 올라갈 수 있을 것이다. 그렇다면 어느 영화감독이 이 미니 소설에서 한 시간 분량의 영화를 이끌어 내려 한다고 상상해 보자. 분명히 감독은 어떤 사람이 잠을 자다가 깨어나서 공룡 한 마리를 보는 장면을 보여 줄 수는 없으리라. 그렇게 한다면 소설에서 쓰인 〈아직도*todavía*〉의 불안한 의미를 상실할 것이기 때문이다. 여기에서 이 소설은 그 섬광 같은 단순함 속에서 두 가지 해석을 암시한다는 것을 깨달을 것이다. (1) 어떤 사람이 공룡 곁에서 깨어 있다가 더 이상 그를 보지 않으려고 잠이 들고, 잠에서 깨어 보니 공룡이 아직도 그곳에 있다. (2) 근처에 공룡은 없는데, 어떤 사람이 깨어 있다가 잠이 들고, 공룡을 꿈꾼다. 그리고 깨어날 때 꿈속의 공룡이 아직도 그곳에 있다. 두 번째 해석이 초현실적이라는 면에서, 또한 카프카를 연상시키고 있어 첫 번째 해석보다는 좀 더 풍미가 있지만, 첫 번째 해석도 선사 시대에 대한 현실적 이야기가 될 수도 있는 이 소설에서 배제되지 않는다는 것을 모두들 인정할 것이다.

감독은 빠져나갈 방도가 없다. 두 가지 해석 중 하나를 선택해야 한다. 그 가운데 어느 것을 선택하든, 또한 관객이 마지막에 어떤 식으로 그것을 하나의 거시 명제로 요약하든, 분명히 그 거시 명제를 번역함으로써 원본처럼 인상적인 텍스트에 도달하지는 못할 것이다. 그건 아마 다음과 비슷한 것이 될 것이다.

(a) 잠에서 깼을 때, 그가 잠들면서 무시하려고 노력했던 공룡이 아직도 그곳에 있었다.

(b) 잠에서 깼을 때, 그가 꿈꾸었던 공룡이 아직도 그곳에 있었다.

하지만 어쨌든 감독은 두 번째 해석을 선택했다고 가정해 보자. 나의 가상 실험의 한계 내에서 보면, 그것은 영화이고 최소한 몇 초 이상 지속되어야 하기 때문에 단지 네 가지 가능성이 있을 뿐이다. (1) 그와 비슷한 경험을 보여 주면서 시작하고(등장인물은 공룡을 꿈꾸고, 잠에서 깨어나 아직 그곳에 있는 공룡을 본다), 그런 다음 아마도 극적이고 초현실적인 일련의 사건들로 이야기를 전개시킨다. 그 사건들은 소설에서 명시되지 않았지만, 혹시 그 서두 경험의 이유를 설명하거나, 아니면 고통스럽게도 모든 것을 불확정적인 것으로 남겨 둘 수도 있다. (2) 아마 일상적일 수도 있는 일련의 사건들을 재현하고, 그것들을 복잡하게 연루시키고, 마지막에 적당히 카프카 같은 분위기에서 꿈과 깨어남의 장면으로 끝난다. (3) 처음부터 끝까지 꿈과 깨어남의 경험을 집착적으로 보여 주면서 등장인물의 삶의 측면들을 이야기한다. (4) 실험적 또는 아방가르드적 선택을 하여, 단순하게 두세 시간 동안 언제나 똑같은 장면(꿈과 깨어남)만을 반복한다.

그러고 나서 그 네 가지 영화의 관객들(그 미니 소설을 모르는 관객들)에게 영화가 무엇에 대하여 말하는지, 무엇을 이야기하고자 하는지 물어보자. 영화 (1)과 (2)의 관객들은 몽상적 경험의 가장 기본적인 것으로 그 사건의 일부 측면들, 또는 그것들이 암시하는 도덕을 확인할 수 있을 것이다. 또한 영화가 〈그 이상〉 무엇을 이야기할지 모르기 때문에, 나로서는 그들이 무슨 대답을 할지 모르겠다. (3)번 버전의 관객들은 영화가 처음에는 꿈꾸었지만 나중에는 현실적인 공룡에 관한 반복적인 몽상적 상황에 대하여 말한다고 종합할 것이다. 비록 그들은 분명히 그 미니 소설의 문자 그대로의 의미에 최대한 근접할 것이지만, 아마도 원본의 놀라운 무미건조함을 갖춘 언어로 복원하지는 못할 것이다. (4)번 버전의 관객들에 대해서는 말할 필요도 없다. 만약 꼼꼼한 사람들이라면 가령 이렇게 종합할 것이다.

Quando si svegliò il dinosauro era ancora lì
Quando si svegliò il dinosauro era ancora lì
Quando si svegliò il dinosauro era ancora lì
Quando si svegliò il dinosauro era ancora lì
Quando si svegliò il dinosauro era ancora lì

이것은 원하든 원하지 않든, 다른 소설 또는 〈63 그룹〉[8]의 선집에나 어울릴 시가 될 것이다.

8 Gruppo 63. 1963년 시칠리아의 팔레르모에서 열린 학회에서 나온 이름으로 이탈리아 네오아방가르드*neoavanguardia* 운동을 주도한 여러 작가와 이론가들을 가리키며, 에코도 핵심 이론가로 참여하였다. 이 새로운 문학 운동의 출발점이 된 것은 1961년에 출간된 시 선집 『신예들*I novissimi*』이었다.

그렇다면 우리는 네 가지의 최소 가역성 상황을 보게 될 것이다. 비록 셋째나 넷째 버전은 (이런 표현이 허용된다면) 앞의 두 버전보다 더 최소한의 가역성을 허용한다는 것을 인정하더라도 말이다. 그런데 나의 이탈리아어 번역의 경우 좋은 사전만 들고 있다면 거의 숙명적으로 스페인어 원문으로 되돌아갈 개연성이 아주 높다는 것을 알 수 있다. 따라서 최대 가역성의 경우를 보게 될 것이다.

그렇기 때문에 가역성들 사이에는 단계들의 연속체가 자리 잡게 된다. 그리고 우리는 가역성을 최대한 높이는 것을 번역으로 간주하려는 경향이 있다.

분명히 최대 가역성의 기준은 가령 일기 예보나 상업 통신문처럼 매우 초보적인 텍스트의 번역에 유용하다. 서로 다른 나라의 사업가들이나 외무부 장관들 사이의 만남에서는 정말로 최대한의 가역성이 바람직하다(그렇지 않다면 전쟁이나 주식 시장의 폭락이 뒤따를 수도 있다). 소설이나 시처럼 복잡한 텍스트와 관련될 경우 최대성의 기준은 다양하게 재검토되어야 한다.

예를 들어 조이스의 『젊은 예술가의 초상』의 서두를 보라.

> Once upon a time and a very good time there was a moocow coming down along the road…….

합리적인 가역성 기준에 의하면, 이런 말하기 방식과 관용구들은 문자 그대로 번역되지 않고 도착 언어에서 동등한 것을 선택하면서 번역되어야 한다. 따라서 만약 『피노키오』의 영어 번역자가 *C'era una volta*를 *Once upon a time*으로 번역해야 한다면, 체사레 파베세[9]는 조이스의 소설을 『디덜러스』[10]로 번역하면서 정반대로 했어야 할 것이다. 하지만 파베세의 번역본은 다음과 같다.

Nel tempo dei tempi, ed erano bei tempi davvero, c'era una m*uuu*ca che veniva giù per la strada…….

시절들의 시절 속에, 정말로 아름다운 시절에, 아아암소 한 마리가 길을 따라 내려오고 있었다…….

파베세가 이런 번역을 선택한 이유는 명백하다. 이탈리아어로 너무나도 기괴하게 *C'era una volta ed era davvero una bella volta*(옛날 옛적에 정말로 아름다운 옛날 옛적에)로 번역할 수도 없었고, 원본의 효과를 상실하면서 *C'era una volta, ed erano bei tempi davvero*(옛날 옛적에 정말로 아름다운 시절이었다)로 번역할 수도 없었던 것이다. 자신이 고안한 해결책으로 파베세는 약간의 낯설게하기 효과도 얻었다. 왜냐하면 영어 관용구는 이탈리아인들의 귀에 특히 호소력 있고 고풍스럽게 들리기 때문이다(또한 무엇보다도 가역성과 관련하여 거의 자동적으로 원본으로 되돌아가도록 해줄 것이다). 어쨌든 이것은 어떻게 가역성의 원칙이 지극히 유연하게 이해될 수 있는가를 증명해 준다.

현재로서는 최대성의 기준을 상당히 신중하게 제시하면서, 필연적으로 〈선적인 발현〉에 나타나는 순수하게 어휘적

9 Cesare Pavese(1908~1950). 이탈리아의 작가로 1935년 공산당에 동조했다는 혐의로 파시즘 당국에 체포되어 유배형을 받았으며, 1950년 자신의 문학적 명성이 최고조에 이르렀을 무렵 자살했다. 그는 1930년대부터 영미 작품의 번역가로 활동했으며, 조이스의 『젊은 예술가의 초상』을 번역하여 『디덜러스: 젊은 예술가의 초상*Dedalus: ritratto dell'artista da giovane*』이라는 제목으로 출판하였다.

10 이에 대해서는 파크스Parks(1977: 이탈리아어 번역본, 94~110면) 참조 — 원주.

층위가 아니라, 번역된 텍스트의 최대한 많은 층위들을 가역적인 것으로 유지할 수 있는 번역이 최상이라고 말할 수 있을 것이다.

3·3 느끼게 만들기

사실 1420년 『올바른 번역에 대해』를 썼던 레오나르도 브루니[11]에 따르면, 번역자는 〈(텍스트에서) 우아함과 리듬 감각으로 표현된 것을 망치고 엉망으로 만들지 않도록 청각의 판단에도 의존해야 한다〉. 리듬의 층위를 보존하기 위해 번역자는 원천 텍스트의 문자에 그대로 따르지 않을 수도 있다.

번역을 주제로 열린 여름 세미나 기간 중에 한 동료는 학생들에게 『장미의 이름』 영어본을 주었고(영어 텍스트든 이탈리아어 텍스트든 당시 그 자리에서 활용 가능한 유일한 책이었으므로 순전히 우연으로) 교회 정문에 대한 묘사를 선택하여 그 구절을 이탈리아어로 다시 번역하라고 시켰다 — 물론 다양한 번역 실습을 나중에 원본과 대조할 것이라고 위협하면서. 암시를 하나 해달라는 요청에 나는 학생들에게 원본이 존재한다는 관념에 흔들리지 않아야 한다고 말했다. 학생들은 눈앞에 있는 영어 페이지를 마치 원본처럼 간주해야 했다. 그들은 그 텍스트의 〈원형〉이 무엇인가 결정해야 했다.

문자 그대로 의미의 관점에서 볼 때, 그것은 젊은 아드소를 현기증 나게 만드는 괴물의 형상들에 대한 묘사였다. 나

11 Leonardo Bruni(1369~1444). 이탈리아의 인문학자로 플라톤과 아리스토텔레스의 작품을 번역하였다. 그의 『올바른 번역에 대해*De interpretatione recta*』는 웅변술과 철학, 번역의 문제 등을 포괄적으로 다룬 독창적 저술로 평가된다.

는 학생들에게 말했다. 만약 영어 텍스트에서 *a voluptuous woman, gnawed by foul toads, sucked by serpents*……가 나타났다고 말한다면, 문제는 *gnawed*에 대한 최상의 이탈리아어 용어를 찾는 것도 아니고 뱀들이 정말로 빨아들이는지를 결정하는 것도 아니라고 말이다. 오히려 나는 마치 랩 음악을 연주하듯이 그 페이지를 커다란 목소리로 읽으면서, 번역자(원본의 작가로 간주해야 하는)가 거기에 부여한 리듬을 확인하라고 요구했다. 그 리듬을 존중한다면 뱀들이 빨아들이지 않고 물더라도 그 효과는 동일한 인상을 줄 것이다. 그러니까 그것은 가역성의 원칙이 흔들리는 경우, 또는 순수하게 언어적인 가역성에 대해 말하는 것보다 좀 더 넓은 의미에서 이해되기를 요구하는 경우이다. 내가 보기에 여기에서는 보다 우위의 층위로서 묘사의 리듬을 가역적으로 만들기 위해, 어휘적 상응(그리고 사건과 사물들의 확인 가능성)의 모든 원칙을 위반하는 것이 정당해 보였다.

이제 「실비」 제2장의 한 구절을 보자. 옛날 성(城) 근처 풀밭에서의 무도회, 그리고 소설 전체를 통해 계속 주인공의 마음과 정신을 사로잡는 어느 여성 이미지와의 만남이 묘사되는 부분이다. 네르발의 텍스트는 다음과 같다.

J'étais le seul garçon dans cette ronde, où j'avais amené ma compagne toute jeune encore, Sylvie, une petite fille du hameau voisin, si vive et si fraîche, avec ses yeux noirs, son profil régulier et sa peau légèrement hâlée!…… Je n'aimais qu'elle, je ne voyais qu'elle, — jusque-là! A peine avais-je remarqué, dans la ronde où nous dansions, une blonde, grande et belle, qu'on appelait Adrienne. Tout d'un coup, suivant les règles de la danse, Adrienne se trouva placée seule avec moi au milieu du cercle. Nos tailles étaient pareilles. On nous dit de nous embrasser, et la danse et le chœur tournaient plus vivement que jamais. En lui donnant ce baiser, je ne pus m'empêcher de lui presser la main. Les longs anneaux roulés de ses cheveux d'or effleuraient mes joues. De ce moment, un trouble inconnu s'empara de moi.

나는 그 원무 속의 유일한 소년으로, 아직 어린 소녀이던 내 여자 친구 실비를 데리고 갔었다. 검은 눈에 또렷한 이목구비, 볕에 약간 그을린 살결이 그토록 생기 있고 발랄하던 이웃 마을 소녀!…… 나는 그녀만을 사랑했고, 그녀밖에는 보이지 않았었다. 적어도 그때까지는 그랬었다! 우리가 추던 원무 가운데 아드리엔이라는 이름의 훤칠하고 아름다운 금발 소녀가 있다는 것도 미처 알지 못했었다. 그런데 갑자기, 춤의 규칙에 따라, 아드리엔만이 나와 함께 원의 한복판에 있게 되었다. 우리는 키가 엇비슷했다. 소녀들은 우리에게 키스를 하라고 하였고, 춤과 합창은 한층 더 힘차게 우리 주위를 돌았다. 키스를 하면서, 나는 그녀의 손을 잡지 않을 수 없었다. 그녀의 길고 둥글게 말린 금빛 머리칼이 내 뺨을 스쳤다. 그 순간 알 수 없는 동요가 나를 사로잡았다.[12]

이제 가장 널리 알려져 있고 확산된 이탈리아어 번역본들 중 네 가지와 나의 번역을 보자.

Io ero l'unico ragazzo nel girotondo. Vi avevo condot-to la mia compagna ancora bambina, Sylvie, una fanciul-lina

12 최애리 옮김, 앞의 책, 25면.

del casale accanto, così vivace e così fresca, con i suoi occhi neri, il profilo regolare e la pelle lievemente abbronzata!······ Non amavo che lei, non vodevo che lei, fino a quel momento! Avevo notato appena nel giroton-do in cui si danzava una bionda, alta e bella, che chiama-vano Adrienne. A un tratto, secondo le regole della danza, Adrienne si trovò sola con me in mezzo al cer-chio. Eravamo di eguale statura. Ci dissero di baciarci, mentre il coro e la danza giravano più svelti che mai. Dandole quel bacio non potei fare a meno di stringerle la mano. I lunghi boccoli attorcigliati dei suoi capelli d'oro mi sfioravano le gote. Da quell'attimo un turbamento sconosciuto si impadronì di me. (칼라만드레이)

Ero l'unico ragazzo nel girotondo, dove avevo condotto la mia compagna ancora bambina, Silvia, una fanciullina del casale accanto, vivace e fresca, con i suoi occhi neri, il profilo regolare e la pelle leggermente abbronzata······. Non amavo che lei, non vedevo che lei, fino a quel momento! E avevo appena notato nel girotondo in cui danzavamo una bionda alta e bella che chiamavano Adriana. D'un tratto seguendo le regole della danza Adriana si trovò sola con me in mezzo al cerchio. La nostra statura era uguale. Ci dissero che dovevamo baciarci, mentre la danza e il coro giravano più vorticosamente che mai. Baciandola non potei fare a meno di stringerle la mano. Le lunghe anella attorcigliate dei suoi capelli d'oro sfiorarono le mie gote. Da quell'istante un turbamento strano si impossessò di me. (데베네데티)

Io ero l'unico ragazzo in quel girotondo, al quale avevo condotto Silvia, la mia giovanissima compagna, una fanciulletta del vicino villaggio, tanto viva e fresca, coi suoi occhi neri, il profilo regolare e la pelle leggermente abbronzata!…… Fino a quel momento non amavo che lei, non vedevo che lei! Avevo appena notato, nel girotondo che ballavamo, una ragazza bionda, alta e bella, che si chiamava Adriana. A un certo punto, seguendo le regole della danza, Adriana venne a trovarsi sola con me nel centro del circolo. Le nostre stature erano uguali. Ci fu ordinato di baciarci, e la danza e il coro giravano sempre più animatamente. Nel porgerle il bacio, non seppi trattenermi dal premerle la mano. Le lunghe anella dei suoi capelli d'oro mi sfioravano le guance. Da quell'istante, un ignoto turbamento s'impadronì di me. (마크리)

Io ero il solo ragazzo in quel ballo al quale avevo condotto la mia compagna ancor giovinetta, Silvia, una bambina del villaggio vicino, così viva e fresca, con quegli occhi neri, il profilo regolare e la pelle leggermente abbronzata!…… Non amavo che lei, non vedevo che lei, sino a quel momento! Avevo notato appena, nel giro in cui ballavamo, una bionda, alta e bella, che tutti chiamavano Adriana. A un tratto, seguendo le regole della danza, Adriana si trovò sola con me in mezzo al cerchio. Le nostre stature erano eguali. Ci fu detto di baciarci, e la danza e il coro giravano più vivamente che mai. Dandole quel bacio, non potei fare a meno di stringerle la mano. I lunghi riccioli dei suoi capelli d'oro mi sfioravano le guance. Da questo istante, un turbamento sconosciuto s'impadronì di me. (자르디니)

Ero il solo ragazzo in quella ronda, dove avevo condotto la mia compagna ancora giovinetta, Sylvie, una fanciulla della frazione vicina, così viva e fresca, con i suoi occhi neri, il suo profilo regolare e la sua carnagione leggermente abbronzata!…… Non amavo che lei, non vedevo che lei, — sino a quel punto! Avevo appena scorto, nel giro della danza, una bionda, alta e bella, che chiamavano Adrienne. A un tratto, seguendo le regole del ballo, Adrienne si trovò sola con me, proprio al centro del cerchio. Eravamo di pari statura. Ci dissero di baciarci, e la danza ed il coro volteggiavano ancor più vivaci. Nel darle quel bacio, non potei trat-tenermi dallo stringerle la mano. I lunghi anelli morbidi dei suoi capelli d'oro mi sfioravan la guancia. Da quell'istante, mi prese un turbamento ignoto. (에코)

의미상의 관점에서는 모든 번역이 정확하다. 모두 풀밭에서 일어나는 일을 〈충실〉하게 전달하고 네르발이 환기시키려고 했던 분위기를 제대로 암시한다고 말할 수 있다. 독자들이 사전을 손에 들고 프랑스어로 다시 번역하려고 시도해 보면 네르발의 텍스트와 상당히 비슷한 결과가 나올 것이다. 어떠한 경우든 그건 〈계보상으로〉 쉽게 알아볼 수 있을 것이다.[13] 그런데 다른 비평가들이 이미 주목했듯이, 나는 그 텍

13 무엇보다도 모든 번역이 원문과 똑같은 수의 행을 유지한다는 점을 주목하기 바란다 — 원주.

스트를 여러 번 읽고 또 읽은 후에 실제로 번역하는 과정에서야 네르발이 종종 사용하지만 독자는 미처 깨닫지 못하는 (번역자가 바로 그 리듬을 발견하기 위해 그래야 하듯이, 큰 목소리로 읽지 않는다면) 문체적 기교를 깨닫게 되었다는 점을 고백하고 싶다. 그 기교란 바로 이처럼 고도로 몽상적인 긴장이 넘치는 장면에서는 운문 시행(詩行)들이 나타난다는 점인데, 그것은 때로는 완전한 12음절 행들로, 때로는 그 반구(半句)들로, 때로는 11음절 행들로 나타난다. 인용된 구절에서는 최소한 일곱 개의 시행이 나타난다. 한 개의 11음절 행(*J'étais le seul garçon dans cette ronde*), 두드러진 12음절 행들(가령 *une blonde, grande et belle, qu'on appelait Adrienne*과 *Je ne pus m'empêcher de lui presser la main* 같은) 그리고 다양한 반구들(*Sylvie, une petite fille; Nos tailles étaient pareilles; Les longs anneaux roulés*)이 그렇다. 그 외에도 내적 각운들이 있다(*placée*, *embrasser*, *baiser*, *m'empêcher*, *presser*. 이것들은 모두 세 행 안에서 나타난다).

지금은 널리 알려져 있듯이 산문 구절에서 각운이나 운율은 때로는 바람직하지 않다. 하지만 네르발에게는 그렇지 않다. 반복해서 말하지만 여기에서는 그런 특성들이 특정한 장면, 거의 숭고할 정도로 그런 효과를 느낄 것을 작가가 명백하게 원하는(아니면 의식적으로는 원하지 않지만, 담론이 자연스럽게 가장 적합한 것으로 그렇게 흘러나와서 그의 감동을 전달하는) 장면에서 나타난다.

그렇다면 번역자는 자신의 독자에게 그와 똑같은 효과를 창출해야 하는 임무를 피할 수 없다. 내가 보기에 앞의 네 가지 번역은 그런 효과를 시도하지 않은 듯하다. 다만 문자 그대로의 번역을 한 덕택에 그 효과가 나타난 것이어서, 우연이라고 말할 수 있는 일부 결과는 예외로 하고(가령 *non amavo che lei/non vedevo che lei* 또는 *una bionda alta e bella*, 그리고 첫 번째 번역에서만 나타나는 *eravamo di eguale statura*처럼). 하지만 나에게는 무엇보다도 그 효과를 창출하는 것이 문제였다. 비록 문자를 배반해야 하는 희생을 치르더라도. 그뿐만이 아니다. 만약 내가 여러 가지 언어적 이유로 만약 한 줄 위에서 네르발의 해결책에 필적할 수 없다면, 어떤 식으로든 한 줄 밑에서라도 복원해야 했다.

이에 따라 나는 내 번역을 다시 한 번 제시하고자 한다. 내가 성공적으로 실현한 시행들은 이탤릭체로 표시한다.

Ero il solo ragazzo in quella ronda, dove avevo condotto *la mia compagna ancora giovinetta*, Sylvie, una fanciulla della frazione vicina, così viva e fresca, con i suoi occhi neri, il suo profilo regolare e la sua carnagione leggermente abbronzata!…… *Non amavo che lei, non vedevo che lei, — sino a quel punto! Avevo appena scorto, nel giro della danza, una bionda, alta e bella*, che chiamavano Adrienne. A un tratto, seguendo le regole del ballo, Adrienne si trovò sola con me, proprio al centro del cerchio. *Eravamo di pari statura*. Ci dissero di baciarci, e la danza ed il coro volteggiavano ancor più vivaci. Nel darle quel bacio, non potei trat-tenermi dallo stringerle la mano. *I lunghi anelli morbidi dei suoi capelli d'oro mi sfioravan la guancia*. Da quell'istante, mi prese un turbamento ignoto. (에코)

대체로 매번 완전하게 성공하지는 않았다. *Nos tailles étaient pareilles* 앞에서 나는 똑같이 달콤한 7음절 시행을 찾을 수 없어 11음절 시행에 멈추고 말았는데, 그것은 분리해서 보면 오히려 호전적으로 들릴 수도 있다(*Eravamo di pari statura*). 하지만 그런 경우에도 담론의 흐름 속에서 그런 운율은 서로 마주 보고 있는 두 사람의 대칭성을 강조하는 것처럼 보인다.

또한 만족스러운 시행을 얻기 위해 나는 어휘적 방만함을 허용해야 했다. 말하자면 프랑스어 어법을 사용해야 했다. 바로 *Ero il solo ragazzo in quella ronda*이다. *ronde*는 매우 아름답고 〈노래하는 듯한〉 단어로서, 여기에다 네르발은 *danse*와 *cercle*을 교대로 사용하는데, 이 구절 전체가 반복되는 원운동을 토대로 하기 때문이다. *ronde*는 두 번 반복되고 *danse*는 세 번 반복된다. 그렇지만 이탈리아어 *ronda*는 *danza*를 의미하지 않는다. 비록 단눈치오[14]는 그런 의미로 사용했을지라도 말이다. 하지만 나는 이미 *ballo*를 한 번, *danza*를 세 번 사용했다. 11음절 시행을 만들기 위해 다른 것이 없다면, 나는 또다시 *danza*를 사용하는 수밖에 없는데, *Ero il solo ragazzo in quella danza*라고 썼다면 어울리지 않았을 것이다. 왜냐하면 *ragazzo*의 z 두 개는 그 *danza*의 z와 어울리지 않는 운율을 맞출 것이기 때문이다. 그렇기 때문에 나는 어쩔 수 없이 (또 기쁜 마음으로) *ronda*를 사용하게 되었다(마리오 몰리노 본판티니의 번역에 그랬듯이). 나는 그런 프랑스어 어법을 허용할 충분한 이유가 있었다.

으레 그렇듯이 다른 경우에는 번역에서 상실되는 것들을 되찾기도 한다. 이를테면 이런 경우가 그렇다.

14 Gabriele D'Annunzio(1863~1938). 이탈리아의 대표적인 데카당 문학의 작가로 화려하고 수사학적이며 탐미적인 성향의 작품들을 발표했으며, 극우파 민족주의자로 파시즘을 열렬하게 지지하였다.

J'étais le seul garçon dans cette ronde, où j'avais amené ma compagne toute jeune encore, *Sylvie, une petite fille*,

여기에서 실비는 7음절 시행의 물결을 타고 튀튀*tutu*를 입은 발레리나처럼 무대에 등장한다. 나는 비록 서두의 11음절을 그대로 지키기는 했지만 이탈리아어로 그녀에게 그런 데뷔를 선물할 수 없었다. *la mia compagna ancora giovinetta*로 그걸 앞당기는 데 만족했을 뿐이다. 때로 나는 12음절 시행들을 상실하고 11음절 시행을 도입하기도 했다(*non vedevo che lei*, *sino a quel punto*). 나는 12음절 시행 *Je ne pus m'empêcher/de lui presser la main*을 되살릴 수 없었지만, 곧이어 *Les longs anneaux roulés* 자리에 세 개의 반구(半句), 또는 12음절 한 개 반을 배치하였다. 간단히 말해 인용된 구절과 뒤이어 나오는 앞 구절들에서 네르발의 16개 시행들에 대해 비록 언제나 원본과 똑같은 위치는 아닐지라도 16개 모두를 되살렸다. 나는 나의 의무를 다했다고 생각한다. 최소한 비록 그것들이 원본 텍스트에서 곧바로 느껴지듯이 첫눈에 느껴지지는 않을지라도 말이다.

분명히 나는 「실비」의 감추어진 시행들을 되살리려고 시도한 유일한 번역자는 아니다. 따라서 다른 구절들에 대해서도 세 가지 영어 번역본들[15]을 고려하면서 계속 실험해 보는 것도 흥미로울 것이라고 생각한다. 다음의 예들에서 분리 사선은 내가 넣은 것으로, 필요한 경우 운율의 중단을 명백히 하

15 루도비 알레비Ludovic Halévy(1887), 리처드 올딩턴Richard Aldington(1932), 리처드 시버스Richard Sieburth(1995). 제프리 와그너Geoffrey Wagner의 번역(「실비」, 뉴욕, 그로브 프레스Grove Press)은 제외하였으며, 어쨌든 시버스의 번역이 네 개 중에서 가장 훌륭하다고 생각한다 — 원주.

기 위해서이다.

제3장에서 아드리엔에 대한 회상(비몽사몽간의)은 다음과 같은 문장으로 이루어진다.

Fantôme rose et blond/glissant sur l'herbe verte, à demi baignée de blanches vapeurs.

어렴풋이 안개 서린 푸른 풀밭 위로 미끄러져 가던 장밋빛과 금빛의 환영.[16]

나는 이것을 이렇게 되살리는 데 성공했다.

Fantasma rosa e biondo/lambente l'erba verde,/ appena bagnata di bianchi vapori.

그리고 보다시피 두 개의 7음절 시행 뒤에 나는 이중의 6음절 시행을 집어넣었다. 영어 번역자들 중에서 알레비는 그런 리듬을 거의 상실하고 있다.

A rosy and blond phantom *gliding over the green grass* that lay buried in white vapor.

올딩턴은 처음에는 시행을 상실하지만 나중에 회복한다.

A rose and gold phantom *gliding over the green grass,/ half bathed in white mists.*

16 최애리 옮김, 앞의 책, 28면.

시버스는 나처럼 시행 하나를 덧붙여 앞이나 뒤의 어떤 상실을 회복한다.

A phantom fair and rosy/gliding over the green grass/ half bathed in white mists.

조금 더 나아가면 이런 구절이 나온다.

Aimer une religieuse / sous la forme d'une actrice!…… et si c'était la même! — Il y a de quoi devenir fou! c'est un entrainement fatal où l'inconnu vous attire *comme le feu follet* — fuyant *sur les joncs d'une eau morte*(또는 *comme le feu follet / —fuyant sur les joncs* d'une eau morte).

여배우의 모습을 통해 수녀를 사랑한다는 것! 게다가 그것이 같은 여자라면! 미칠 만한 일이 아닌가! 그것은 마치 늪 터의 골풀 위로 달아나는 도깨비불에 홀리듯 알지 못할 무엇인가에 끌려가는 치명적인 유혹이다.[17]

여기에는 진정한 고유의 12음절 시행 하나로 세 개의 반구가 있다. 알레비는 우연히 일부 리듬을 실현하는데, 단지 문자 그대로의 번역으로 자연스럽게 그렇게 된 듯하다.

To love a nun *in the form of an actress!* — and suppose *it was one and the same!* It was enough to drive one mad! *It is a fatal attraction* when the Unknown leads you on, *like the will-o'-the-wisp* that hovers over the rushes of a

17 최애리 옮김, 앞의 책, 28면.

standing pool.

올딩턴은 어떤 노력도 하지 않으며, 그의 유일한 반구는 다른 번역자들이 그러하듯이 영어로는 *feu follet*를 번역할 다른 방도가 없다는 사실에서 기인한 것이다.

To love a nun in the shape of an actress…… and suppose it was the same woman? It is maddening! It is a fatal fascination where the unknown attracts you *like the will-o'-the-wisp* moving over the reeds of still water.

시버스는 정확하게 두 개의 12음절 시행과 두 개의 반구를 모아 놓는다.

To be in love with a nun / in the guise of an actress!…… and what if they were one and the same! *It is enough to drive one mad* — the fatal lure of the unknown *drawing one ever onward, / like a will o'the wisp / flitting over the rushes* of a stagnant pool.

나는 앞부분의 12음절 시행을 상실하였지만, 다른 상실들을 복원하기 위해 세 개를 도입하였다.

Amare una religiosa sotto le spoglie d'una attrice!…… *e se fosse la stessa? / C'è da perderne il senno! / è un vortice fatale / a cui vi trae l'ignoto, / fuoco fatuo che fugge / su giunchi d'acqua morta*…….

혹시 내가 수사를 너무 풍부하게 꾸몄는지도 모르지만, 그 문장의 〈노래하는 듯한〉 어조가 내 마음을 끌었다. 나는 만약 텍스트의 조직에서 비밀스러운 리듬들이 드러난다면, 입력과 출력 숫자의 계산보다 언어의 특성에 의존하고, 담론의 자연스러운 흐름을 따르고, 또한 나에게 자연스럽게 나타나는 모든 것을 실현해야 한다는 원리에서 출발하였다. 하지만 시버스는 다음과 같은 찬란한 서두 문장들이 나오는 제14장에서 회복하였다.

> *Telles sont les chimères / qui charment et égarent / au matin de la vie. / J'ai essayé de les fixer sans beaucoup d'ordre*, mais bien des cœurs me comprendront. Les illusions *tombent l'une après l'autre, / comme les écorces d'un fruit*, et le fruit, c'est l'expérience. *Sa saveur est amère*: elle a pourtant quelque chose d'âcre qui fortifie.
>
> 이러한 것들이 인생의 아침에 사람을 매혹하고 방황하게 하는 미망들이다. 나는 그것들을 두서없이 그저 적어 보았지만, 많은 마음들이 나를 이해할 것이다. 환상들은 하나씩 차례로, 마치 과일의 껍질들과도 같이 떨어져 나가며, 그러고 나서의 과일, 그것은 경험이다. 그 맛은 쓰지만, 거기에는 사람을 강하게 만드는 얼얼한 무엇이 들어 있다.[18]

보다시피 두 개의 12음절 시행과 두 개의 반구, 11음절 시행 하나가 있다. 다시 한 번 알레비의 번역에서 유지되는 단 두 개의 시행은 문자 그대로의 번역에서 나온 자동적인 결과인 듯하다.

18 최애리 옮김, 앞의 책, 28면.

Such are the charms that *fascinate and beguile us/in the morning of life./I have tried to depict them* without much order, but many hearts will understand me. *Illusions fall, like leaves*, one after another, and the kernel that is left when they are stripped off is experience. The taste is bitter, but it has an acid flavor that acts as a tonic.

올딩턴은 이보다 약간 더 낫다(세 개의 12음절 시행과 하나의 반구).

> *Such are the delusions* which charm and lead us astray *in the morning of life. / I have tried to set them down* in no particular order, *but there are many hearts / which will understand me*. Illusions fall one by one, *like the husks of a fruit, / and the fruit is experience*. Its taste is bitter, yet there is something sharp *about it which is tonic*.

나는 명예롭게 처신하려고 노력했다.

> *Tali sono le chimere / che ammaliano e sconvolgono / all'alba della vita*. Ho cercato di fissarle senza badare all'ordine, ma molti cuori mi comprenderanno. Le illusioni cadono l'una dopo l'altra, *come scorze d'un frutto, / e il frutto è l'esperienza. / Il suo sapore è amara;* e tuttavia esso ha qualcosa di aspro che tonifica.

하지만 시버스는 좀 더 훌륭하게 했고, 언제나 시행들을 정확하게 네르발이 배치한 곳에 두는 데 성공했다.

Such are the chimeras / that beguile and misguide us / in the morning of life. / I have tried to set them down without much order, but many hearts will understand me. *Illusions fall away* one after another *like the husks of a fruit, / and that fruit is experience. It is bitter to the taste, / but there is fortitude* to be found in gall……

다음 단락에는 이런 문장이 나온다.

Que me font maintenant / tes ombrages et tes lacs, / et même ton désert?

이제 네 그늘이며 호수들이, 네 사막까지도, 내게 무슨 뜻이 있겠는가?[19]

나는 처음에는 *Che mi dicono ormai le tue fronde ombrose e i tuoi laghi, e il tuo stesso deserto*라고 번역했는데, 이는 *ombrages*의 이중적 의미(그것은 잎사귀들이고, 그림자를 제공한다)를 복원하기 위해서였다. 하지만 나중에 12음절 시행을 존중하기 위해 그림자를 포기하고 이렇게 선택하였다.

Che mi dicono ormai / le tue fronde e i tuoi laghi, / e il tuo stesso deserto?

나는 잎사귀들에 의해 그림자가 회상되고 전제되기를 희망하면서 제외시켰지만, 운율을 존중했다.

어떤 경우에는 똑같은 딜레마에 직면한다. 만약 무엇인가

19 최애리 옮김, 앞의 책, 88면.

구하고자 한다면 다른 무엇을 잃게 된다. 풀밭에서 아드리엔의 노래에 대해 말하는 제2장의 마지막 부분을 보라.

> La mélodie se terminait à chaque stance *par ces trilles chevrotants / que font valoir si bien* les voix jeunes, quand elles imitent par un frisson modulé la voix tremblante des aïeules.
>
> 노래는 매 소절마다 저 구성진 여운, 나이 든 여인들의 떨리는 음성을 절묘하게 흉내 내는 젊은 음성들을 한층 돋보이게 해주는 여운으로 맺어지곤 했다.[20]

여기에는 나중에 나오는 각운(떨리는 소리는 *chevrotants*이고, 할머니들의 목소리는 *tremblante*이다)에 의해 강화되는 명백한 시행이 나오고, 나이 든 여인들의 목소리를 암시하는 두운(頭韻)들의 유희가 나온다. 많은 이탈리아어 번역자들은 이 시행과 각운을 상실했고, 또한 두운을 맞추기 위해 대개 *chevrotants*에는 *tremuli*, *tremblante*에는 *tremblante*를 사용했다(내 마음에는 들지 않는 반복이다). 나는 모든 것을 두운에 맞추었고 무려 네 개의 7음절 시행을 실현하였다.

> La melodia *terminava a ogni stanza / con quei tremuli trilli/a cui san dar rilievo / le voci adolescenti*, quando imitano con un fremito modulato la voce trepida delle loro antenate.

결론적으로 나는 이 구절의 번역 과정에서 여러 차례 어휘

20 최애리 옮김, 앞의 책, 26면.

와 통사의 가역성을 포기했다. 진정으로 적절한 층위는 바로 운율이라 생각했고, 바로 거기에 집중했기 때문이다. 그러니까 문자 그대로의 가역성보다는, 나의 해석에 의하면 텍스트가 독자에게 유발하고자 하는 것과 〈똑같은 효과〉를 유발하는 데 관심을 기울였다.[21]

〈괜찮다면*si licet*〉 포스콜로[22]가 스턴의 『감상적인 여행*A Sentimental Journey*』을 번역한 것에 대한 테라치니Terracini(1951)의 한 페이지를 인용하고자 한다. 그는 푸비니Fubini의 관찰을 이어받아 다음과 같은 원본 한 구절을 검토하였다.

> Hail, ye small sweet courtesies of life, for smooth do ye make the road of it.

포스콜로는 이렇게 번역하였다.

> Siate pur benedette, o lievissime cortesie! Voi spianate il sentiero alla vita.
>
> 아주 날렵한 친절들이여, 축복 받으시라! 그대들은 삶에 오

21 테일러Taylor(1993)는 『장미의 이름』 영어 번역본의 일부 구절에 주목하여, 특히 두운과 모음 압운(押韻)의 경우들, 또는 통사적 도치 방식들을 고려한다. 그는 가령 *sconvolti i volti*(당황한 얼굴들) 같은 표현은 영어로 똑같이 옮겨지지 않는다는 것을 인정한다. 반면에 *folgorato l'uno da una dilettosa costernazione, trafitto l'altro da un costernato diletto*가 *this one thunderstruck by a pleasurable consternation, that one pierced by a consternated pleasure*로 번역된 것은 성공한 경우들이라고 강조한다 — 원주.

22 Niccol Ugo Foscolo(1778~1827). 이탈리아의 시인이자 소설가로 조국의 통일을 염원하는 작품들로 많은 사랑을 받았다.

솔길을 평탄하게 펼쳐 주노라.

푸비니나 테라치니 모두 지적하듯이, 여기에서는 명백히 문자 그대로에서 대담하게 벗어나며 포스콜로의 감수성이 스턴의 감수성을 대신한다. 그럼에도 불구하고 포스콜로에게서는 〈텍스트에 대한 실질적이고도 동시에 형식적인 아주 뛰어난 충실함〉이 드러나며, 그것은 〈원본이 원하고 암시하는 대로 표현의 물결이 집중되고 확산되도록 해주는 절(節)들의 비례와 함께 자유로우면서도 충실하게 울려 퍼지는 리듬으로 표현된다〉(테라치니, 1951, 1983년판: 82~83면).

3·4 똑같은 효과를 재창출하기

이 장에서는 의미의 유사성, 등가 그리고 다른 순환적 주제들 같은 모호한 개념들을 버릴 수 있을 뿐만 아니라, 순수하게 언어적인 가역성의 관념까지도 버릴 수 있다. 이제는 많은 작가들이 의미의 등가 대신에 〈기능적 등가〉 또는 〈스코포스 이론*skopos theory*〉에 대해 말한다. 즉 번역은(특히 미학적 목적의 텍스트들의 경우) 〈원본이 겨냥하는 것과 똑같은 효과를 창출해야 한다〉는 것이다. 그럴 경우 〈교환 가치의 동등함〉에 대해 말하는데, 그것은 〈협상 가능한 실체〉가 된다(케니Kenny, 1998: 78면). 극단적인 예를 들자면 호메로스 시대의 서사시는 우리 시대의 소설 산문과 같다는 전제하에 호메로스의 작품을 산문으로 번역하는 것이다.[23]

23 이에 대한 문헌들은 방대하다. 예를 들어 니다Nida(1964)와 배스넷Bassnett(1980)을 보라. 기능적 등가에 대해서는 메이슨Mason(1998)과 베르메르Vermeer(1998) 참조. 〈스코포스 이론〉에 대해서는 섀프너(1998) 참

물론 이것은 번역자가 원본의 예상 효과에 대하여 해석적 가설을 세우는 것을 함축한다. 따라서 나는 두시(2000: 41면)의 관찰을 기꺼이 받아들이고 싶다. 두시는 재창출해야 할 효과라는 개념이 〈작품의 의도*intentio operis*〉에 대한 나의 관념(에코, 1979 및 1999)과 연결될 수 있음을 암시한다.

테라치니의 지적들에 자극을 받아 나는 스턴의 텍스트 서두와 포스콜로 번역본의 서두를 비교해 보았다. 그것들은 다음과 같다.

> They order, said I, this matter better in France. — You have been in France? said my gentleman, turning quick upon me, with the most civil triumph in the world. — Strange! quoth I, debating the matter with myself. That one and twenty miles sailing, for 'tis absolutely no further from Dover to Calais, should give a man these rights: — I'll look into them: so, giving up the argument, — I went straight to my lodgings, put up half a dozen shirts and a black pair of silk breeches, — "the coat I have on," said I, looking at the sleeve, "will do"; — took a place in the Dover stage; and the packet sailing at nine the next morning, — by three I had got sat down to my dinner upon a fricaseed chicken, so incontestably in France, that had I

조. 그리고 그들의 차이점들에 대해서는 두시Dusi(2000: 36면 이하) 참조. 케니(1998)의 글에는 다양한 유형의 등가들이 열거되어 있는데, 가령 지시적 또는 외시적*denotativo* 등가, 내시적*connotativo* 등가, 텍스트 규범적 *text-normative* 등가〔효과의 동일성에 대한 콜러(Koller, 1989)에서 나온〕, 화용론적 등가, 역동적 등가, 형식적 등가, 텍스트적 등가, 기능적 등가 등이다. 등가의 부분적 전략들에 대해서는 두시(1998)도 참조 — 원주.

died that night of an indigestion, the whole world could not have suspended the effects of the droits d'aubaine; — my shirts, and black pair of silk breeches, — portmanteau and all, must have gone to the King of France; — even the little picture which I have so long worn, and so often have told thee, Eliza, I would carry with me into my grave, would have been torn from my neck!

A questo in Francia si provvede meglio — diss'io.

— Ma, e vi fu ella? — mi disse quel gentiluomo; e mi si volse incontro prontissimo, e trionfò urbanissimamente di me.

— Poffare! — diss'io, ventilando fra me la questione — adunque ventun miglio di navigazione(da Douvre a Calais non si corre né piú né meno) conferiranno sí fatti diritti? Vo' esaminarli. — E, lasciando andare il discorso, m'avvio diritto a casa: mi piglio mezza dozzina di camicie, e un paio di brache di seta nera.

— L'abito che ho indosso — diss'io, dando un'occhiata alla manica — mi farà.

Mi collocai nella vettura di Douvre: il navicello veleggiò alle nove del dí seguente: e per le tre mi trovai addosso a un pollo fricassé a desinare — in Francia — e sì indubitabilmente che, se mai quella notte mi fossi morto d'indigestione, tutto il genere umano non avrebbe impetrato che le mie camicie, le mie brache di seta nera, la mia valigia e ogni cosa non andassero pel droit d'aubaine in eredità al re di Francia — anche la miniatura ch'io porto meco da tanto tempo e che io tante volte, o Elisa, ti dissi ch'io porterei meco nella mia fossa, mi verrebbe strappata dal collo.

「프랑스에서는 이런 것에 대해 훨씬 잘 배려하지요.」 내가 말했다.

「그런데, 당신은 거기 가본 적 있어요?」 그 신사가 나에게 말했다. 그리고 곧바로 나에게 몸을 돌렸고, 아주 정중하게 나에게 의기양양한 표정을 보였다.

「세상에!」 나는 속으로 그 문제를 검토하면서 말했다. 「그러니까 21마일의 항해는(도버에서 칼레까지는 더도 아니고 덜도 아닌 거리지요) 그런 권리를 부여할까요? 그걸 검토해 보고 싶군요.」 그리고 대화를 내버려 둔 채 나는 곧바로 집으로 향한다. 나는 셔츠 여섯 벌과 검은 실크 바지 두 벌을 챙긴다.

「내가 입은 옷은…….」 나는 내 소매를 바라보며 말했다. 「나에게 어울리겠지.」

나는 도버의 선실에 자리를 잡았다. 작은 배는 다음 날 9시에 돛을 올렸고, 3시에 나는 프리카세 닭 요리로 저녁 식사를 하게 되었다. 그렇게 의심할 바 없이 프랑스에 있었으니, 만약 그날 밤 내가 소화 불량으로 죽는다면, 모든 인류는 나의 셔츠들과 검은 실크 바지들, 내 가방 그리고 모든 것이 재산 몰수권으로 프랑스 왕에게 유산으로 넘어가지 않도록 청원하지 않을 것이다. 내가 오래전부터 지니고 다니고, 또한 나의 무덤 속까지 지니고 갈 것이라고 엘리사 당신에게 내가 여러 번 말했던 그 세밀화도 내 목에서 떨어져 나가겠지.

문자 그대로의 불충실함을 찾아볼 필요는 없을 것이다. 우리는 스턴과 그의 문체를 알고 있다. 어떻게 포스콜로(비록 19세기 이탈리아 독자에게 — 다른 한편으로는 자기 자신에게 — 친숙한 언어를 사용하고 있지만, 신고전적으로 또한

〈귀족적으로〉 영감을 받은 작가로 알고 있는)가 원본의 자유분방하고 냉소적인 대화체 어조를 옮기는 데 성공했는지 놀라울 정도이다. 스턴은 프랑스어 표현을 사용하는 경우마다 문체적 충실함을 그대로 유지하는데, 포스콜로 자신이 주(註)에서 지적하듯이, 자기 모델의 여러 언어 사용 경향에 대한 존중으로 그렇게 하였다.

이것은 비록 문자 그대로는 아니지만 바로 텍스트의 의도에 대한 존중의 멋진 예이다.

4 의미, 해석, 협상

네르발의 「실비」를 번역하면서 나는 소설에서 말하듯 주인공이 살고 있는 마을 루아지의 집들이나, 실비와 〈서술자〉가 방문하는 오티스의 아주머니 집은 모두 *chaumière*라는 사실을 고려해야만 했다. *chaumière*는 이탈리아어에는 존재하지 않는 아름다운 단어이다. 이탈리아 번역자들은 *capanna*(오두막), *casupola*(초라한 집), *casetta*(작은 집), 조그마한 *baita*(움막) 등으로 다양하게 선택하였고, 리처드 시버스는 *cottage*로 번역하였다.

그런데 이 프랑스어 용어는 최소한 다섯 가지의 속성을 표현한다. *chaumière*는 (1) 농민들의 집이다, (2) 작다, (3) 대부분 돌로 되어 있다, (4) 지붕이 짚으로 되어 있다, (5) 소박하다. 이런 속성들 중에서 어떤 것이 이탈리아 번역자에게 적절한 것일까? 단 하나의 단어를 사용할 수는 없다. 특히 만약 제6장처럼 아주머니의 *petite chaumière*는 *en pierres de grès inégales*(고르지 않은 사암 돌로 지은 것)이라고 덧붙여야 한다면 말이다. 그것은 *capanna*가 아니다. *capanna*는 이탈리아에서 나무나 짚으로 되어 있다. 지붕이 짚으로 되어 있기 때문에 *casetta*도 아니다(이탈리아의 *casetta*는 지붕이 기와

로 되어 있으며, 또한 필히 가난한 주거지도 아니다). 산속의 조잡한 구조물이나 임시 피난처를 가리키는 *baita*도 아니다. 사실 그 당시 프랑스의 많은 마을에서 농부의 집들은 대개 그런 것이었으며, 그렇다고 해서 작은 별장도 아니고 아주 가난한 오두막도 아니었다.

그러므로 그 속성들 중의 일부를 포기하고(왜냐하면 그것들을 모두 명시하려면 사전과 같은 정의를 제공함으로써 리듬을 상실할 위험이 있기 때문이다), 그 맥락에서 중요한 것들만 살려야 한다. 나는 루아지의 집들에 대해서는 짚으로 된 지붕을 포기하고, 〈돌로 지은 초라한 집들〉이라는 것을 명백하게 밝히는 것이 좋으리라 생각했다. 나는 무엇인가를 잃었지만, 앞에서 이미 하나의 단어 대신 세 단어를 사용했어야 했다. 어쨌든 — 네르발도 그렇게 했듯이 — 그 소박한 집들은 담쟁이와 덩굴장미들로 우아하게 장식되어 있고, 분명히 초라한 오두막집들은 아니라고 말하면서 말이다.

어쨌든 원문과 나의 번역은 다음과 같다.

> Voici le village au bout de la sente qui côtoie la forêt: vingt chaumières dont la vigne et les roses grimpantes festonnent les murs.

> Ecco il villaggio, al termine del sentiero che fiancheggia la foresta: venti casupole in pietra ai cui muri la vite e la rosa rampicante fanno da festone.

> 마을은 숲을 따라 난 오솔길의 끝에 있었다. 스무 채가량의 돌로 지은 조촐한 집들의 벽에는 포도 넝쿨과 덩굴장미들로 꽃 줄을 두르고 있었다.

아주머니의 집에 대해 텍스트는 *grès*로 되어 있다고 말하는데, 그것은 이탈리아어로 〈*arenaria*(사암)〉로 번역된다. 하지만 그 용어는 나에게 네모 모양으로 잘 다듬어진 돌을 상기시킨다(나는 렉스 스타우트[1]의 독자들이 모두 알고 있듯이 네로 울프가 으레 거주하는, 사암으로 지은 멋들어진 집을 생각한다). 텍스트에서 말하듯이 고르지 않은 사암으로 지은 집이라고 말할 수도 있지만, 이탈리아어로 그런 정확한 지적은 지붕이 짚으로 되어 있다는 사실을 그늘 속에 남겨 둔다. 현대 이탈리아 독자에게 그 집의 시각적 인상을 주기 위해 나는 사암으로 만들어졌다는 세부 사항(간략히 말해 별로 중요하지 않은)을 빠뜨릴 수밖에 없었고, 그냥 돌로 지은 집이라고 말했지만, 지붕이 짚으로 되어 있다는 사실은 분명히 지적하였다. 그리고 돌로 된 벽들은 〈오푸스 인케르툼〉[2]임을 독자들이 상상하도록 만들었다고 생각한다. 더불어, 뒤이어 나오는 설명(벽들은 홉과 머루 넝쿨로 뒤덮여 있다)으로 독자들은 그 집이 초라한 주거지가 아님을 이해할 수 있을 것이다. 그런데 시버스는 다른 선택을 했다. 그는 짚으로 된 지붕을 명시하지 않고 고르지 않은 돌들만을 지적하였다. 물론 그의 번역은 문자 그대로의 번역에 좀 더 가까운 번역이다. 하지만 나는 짚으로 된 지붕과 장미 넝쿨이 촌스럽지만 우아한 주거지의 관념을 더 잘 환기시킨다고 생각하였다.

네르발 — La tante de Sylvie habitait une petite chaumière

1 Rex Stout(1886~1975). 미국의 추리 소설 작가이며, 네로 울프Nero Wolfe는 그의 연작들에 등장하는 탐정의 이름이다.

2 *opus incertum*. 고대 로마에서 여러 가지 돌들을 쌓고 사이에 석회로 고정시킨 성벽을 가리키며, 흔히 불규칙하게 돌로 쌓은 조잡한 벽이나 바닥 구조를 의미한다.

bâtie en pierres de grès inégales que revêtaient des treillages de houblon et de vigne vierge.

에코 — La zia di Sylvie abitava in una casetta di pietra dai tetti di stoppia, ingraticciata di luppolo e di vite selvatica.
실비의 아주머니는 홉과 머루 넝쿨로 뒤덮인, 지붕이 짚으로 되어 있고 돌로 지은 작은 집에 살고 있었다.

시버스 — Sylvie's aunt lived in a small cottage built of uneven granite fieldstones and covered with trellises of hop and honey suckle.

이 두 경우에서 나는 프랑스어 사전의 *chaumière* 항목에 나오는 모든 것을 고려하지는 않았다. 나는 맥락과 관련하여 — 그리고 텍스트가 제시하는 목적과 관련하여 — 나에게 적절해 보이는 속성들(집들은 마을의 조그마한 건물, 소박하지만 가난하지 않고, 잘 가꾸고 화사한 건물이라는 것 등)과 〈협상〉하였다.

4·1 의미와 해석소

앞에서 말했듯이 의미와 동의어를 동일시할 수 없기 때문에, 의미란 사전 또는 백과사전의 한 항목이 주어진 용어에 상응시키는 모든 것으로 이해할 수밖에 없다. 결과적으로 그런 기준은 타당해 보인다. 언어들 사이의 상호 대조 불가능한 현상들을 피하려는 목적에 비추어 보더라도 그렇다. 훌륭한 프랑스어 사전이라면 어떤 맥락에서 *bois*라는 단어가 제작용 목재를 의미하고, 또 어떤 다른 맥락에서는 가공된 나무나 숲을 의미하는지 설명해야 하기 때문이다.

이 기준은 찰스 샌더스 퍼스(알타비스타가 사포 연마 기계들의 이야기와 관련된다고 믿었던 인물)에게서 영감을 받은 기호학과 일치한다.

어느 〈재현체 *representamen*〉(이것은 기호로 표현되는 모든 형식으로, 필수적으로 언어의 용어뿐만 아니라, 분명 하나의 용어, 한 문장, 또는 텍스트 전체가 되기도 한다)의 해석소(解釋素, *interpretante*)는 퍼스에게 동일한 〈대상〉을 지시하는 또 다른 재현이다. 바꾸어 말해 어떤 기호의 의미를 설정하기 위해서는 그것을 다른 기호 또는 기호들 전체로 대체할 필요가 있는데, 이것은 또다시 다른 기호나 기호들 전체에 의해 해석될 수 있으며, 그런 식으로 〈무한하게 *ad infinitum*〉 이어질 수 있다(CP 2·300). 퍼스에게 기호란 〈그 자체가 지시하는 어느 대상을 지시하도록 다른 무엇을 결정하는 모든 것(그것의 해석소)이며…… 똑같은 방식으로 해석소는 다시 나름대로의 기호가 되고, 그런 식으로 무한하게 이어진다〉.

퍼스가 〈하지만 각자 선행하는 것을 재현하는 재현들의 무한한 연쇄는 고유의 한계로 하나의 절대적 대상을 갖고 있는 것으로 이해할 수 있다〉고 덧붙이고, 더 나아가 그 절대적 대상을 사물이 아니라 행동적 습관으로 정의하며, 그것을 최종 해석소로 이해한다(CP 4·536; 5·473, 492)는 사실은 무시하자. 네르발의 「실비」 번역에서 최종 해석소는 분명히 불행한 사랑, 시간, 기억을 바라보는(특히 프루스트에게 그랬듯이)[3] 서로 상이한 성향이 될 수 있으며, 분명히 우리는 번역에 의해 창출되는 그런 성향이 프랑스어 원본에 의해 창출되

3 프루스트(1954) 참조 — 원주.

는 것과 똑같기를 원한다. 하지만 나는 퍼스가 최종 해석소(우리의 관점에서 보면 분명 텍스트의 심층 의미와 최종적인 효과)로 이해했던 것을 얻기 위해서는 중간 해석의 층위에서 번역의 문제들을 해결해야 한다고 생각한다.

어휘의 층위에서 해석소는 동의어가 될 수도 있고(앞서 보았듯이 비록 예외는 있지만, *husband*, *mari*, *marito*에서 찾아볼 수 있는 그런 드문 경우들에서), 다른 기호 체계에 속하는 기호(나는 숲의 그림을 보여 줌으로써 *bois*라는 단어를 해석할 수 있다)가 될 수도 있고, 어느 개별 대상이 속하는 대상들의 부류를 재현하는 것으로 그것을 가리키는 손가락(가령 나무라는 단어를 해석하기 위해 나뭇조각을 가리킨다)이 될 수도 있으며, 정의나 묘사가 될 수도 있다. 퍼스에게 해석소는 심지어 담론, 즉 기호가 함축하는 모든 논리적 가능성들을 번역할 뿐만 아니라 추론적으로 전개시키는 복잡한 담론이나 통상적인 전제에서 연역되는 삼단 논법이 될 수도 있으며, 따라서 해석소의 이론에 비추어 퍼스의 〈화용론적 원리〉를 이해할 수 있을 정도이다. 〈우리는 어떤 효과들이 우리 이해의 대상들을 갖고 있다고 이해하는 실질적 결과들을 이해 가능한 것으로 가질 수 있는가 고려한다. 그렇다면 그 효과들에 대한 우리의 이해는 그 대상에 대한 우리가 이해한 것의 총체이다〉(CP 5·402). 숲에 대해 우리가 갖고 있는 모든 지식들을 최대한 발전시킴으로써, 우리는 작은 숲을 지나가는 것과 삼림(森林)을 지나가는 것 사이에 어떤 차이가 있는지 좀 더 잘 이해할 수 있다.

*chaumière*로 돌아가자면 그 해석소들의 연쇄는 우선 내가 앞에서 열거한 속성들에 의해 주어지고, 다음에는 그런 유형의 주거지에 대한 이미지들, 앞의 해석소들에서 이끌어 낼 수 있는 모든 추론들(그중에는 〈만약 *chaumière*라면 고층

빌딩이 아니다〉라는 사실도 포함된다)에 의해, 그리고 마지막으로 그 용어가 불러일으키는 모든 함축과 네르발의 텍스트에 나타나는 그 용어의 사례들(*chaumière*는 실비와 그녀의 아주머니가 거주하는 것과 같은 유형의 작은 집이다)에 대한 인용 자체 등에 의해 주어진다.

하지만 해석소는 정서적이거나 행동적인 반응이 될 수도 있다. 퍼스는 〈역동적 해석소*energetic interpretant*〉에 대해 말하는데, 폭소는 재치 있는 말에 대한 해석으로 이해될 수 있다는 의미에서 그렇다(그 언어를 모르는 사람은 그것이 유발하는 폭소를 통해 최소한 그게 우스꽝스러운 말이라고 추론할 수 있다). 그렇지만 그렇게 방대한 해석소 개념은 만약 번역이 분명 하나의 해석이라면, 해석이 언제나 번역이 되지는 않는다는 사실을 우리에게 말해 준다. 실제로 어떤 말에 뒤따르는 폭소는 나에게 그것이 말이라는 것을 말해 주지만, 그 내용을 명백히 설명해 주지는 않는다(쇼트Short, 2000: 78면 참조).

그러므로 번역을 하기 위해서는 어떤 용어나 발화체, 또는 원본 텍스트의 해석소를 창출하는 것으로 충분하지 않다. 퍼스의 말에 따르면, 해석소는 내가 그 이상의 무엇인가를 알도록 해주는 것이며, 만약 내가 〈생쥐〉를 〈설치류(齧齒類) 젖먹이 동물〉로 해석한다면 분명히 나는 아마 전에는 모르고 있던 생쥐의 특징을 이해하게 될 것이다. 하지만 그렇다고 『페스트』의 이탈리아어 번역자가, 리외 박사는 계단에서 설치류 젖먹이 동물의 시체를 보았다고 옮긴다면, 그것은 원본 텍스트에 훌륭하게 봉사하는 것이 아니리라(이렇게 말하는 것이 괜찮다면, 상식에 비추어 볼 때 그렇다). 또한 때때로 해석소는 그 이상의 무엇을 말해 주지만, 번역해야 할 텍스트에 비추어 볼 때 그 이하의 무엇이 될 수도 있다. 농담에 뒤따르는 폭소가 전형적인 경우이다. 만약 웃게 만든 말을 번역하지 않고 단지 웃게 만들었다는 그 결과만을 옮긴다면, 그런 말을 한 사람이 평범한 낙천가인지, 아니면 오스카 와일드의 제자라도 되듯 천재적인 재담꾼인지 명백히 밝히지 않은 것이 되기 때문이다.

4·2 인지 유형과 핵심 내용

번역 과정을 설명하기 위해 내가 협상의 관념에 자주 의존하는 것은, 그 개념의 기치 아래 지금까지는 충분히 이해할 수 없는 의미의 개념도 제기할 수 있기 때문이다. 번역이 표현해야 하는 의미는 협상된다. 일상생활에서 우리가 사용하는 표현들에 부여해야 하는 의미는 언제나 협상되기 때문이다. 최소한 『칸트와 오리너구리』(에코, 1997)에서 나는 그렇게 제안하였다. 당시 내가 제안했던 〈인지 유형〉과 〈핵심 내용〉, 〈확장 내용〉 사이의 구분을 다시 사용하더라도 양해해 주기 바란다.

모든 이론을 경멸하듯 사람들은 대개 일치된 의견으로 대상을 알아보며, 길거리에 개가 아니라 고양이가 지나가고 있다는 것, 2층 건물은 집이고 1백 층 건물은 고층 빌딩이라는 것 따위에 상호 주관적으로 동의한다. 그렇다면 우리는, 사람들이 서로 일종의 정신적인 도식을 공통으로 갖고 있으며(두뇌나 정신, 영혼, 또는 다른 무엇이든 어딘가에), 그걸 토대로 주어진 어느 대상의 구체적인 사례를 알아볼 수 있다고 공준(公準)해야 할 것이다. 내가 〈인지 유형들〉로 정의한 도식의 성격에 대한 모든 철학적·심리학적 논의에 대해서는 위에서 인용한 책을 참고하기 바란다. 하지만 사실 우리가

그 도식들을 공준하는 것은, 바로 인식에서 상호 주관적인
동의 현상을 설명하고, 또한 특정한 단어나 문장(가령 〈정원
에 고양이가 있다〉 또는 〈우유 주전자 좀 줘요〉 같은 문장)에
대해 모두들 지극히 유사한 방식으로 반응한다는 최소한의
통계적인 불변성을 설명하기 위해서이다. 그렇지만 우리는
그 도식을 〈볼〉 수도 없고 〈만질〉 수도 없다(기껏해야 우리
머릿속에 어떤 도식들을 갖고 있는가 이해하려고 노력할 수
있지만, 다른 사람들의 머리에 있는 도식에 대해서는 아무것
도 말할 수 없다).

누군가가 생쥐를 알아보거나 또는 〈생쥐〉라는 단어를 이해
할 때 머릿속에 무엇을 갖고 있는지 우리는 알 수 없다. 그 누
군가가 〈생쥐〉라는 단어를 〈해석〉하여(혹시 단순히 손가락으
로 생쥐나 생쥐 그림을 가리킬지라도) 생쥐를 전혀 본 적 없
는 다른 누군가가 생쥐를 알아볼 수 있도록 해준 다음에야
우리는 알 수 있다. 생쥐를 알아보는 사람의 머릿속에서 무
슨 일이 일어나는지 우리는 모른다. 하지만 누군가가 어떤
해석소들을 통해 다른 사람에게 생쥐가 무엇인가 설명하는
지 알 수는 있다. 이렇게 표현된 해석소들의 총체를 〈생쥐〉에
대한 〈핵심 내용〉이라 부르고 싶다. 핵심 내용은 눈으로 볼
수 있고, 손으로 만질 수 있고, 상호 주관적으로 비교할 수 있
다. 왜냐하면 소리를 통해, 필요한 경우 이미지나 몸짓, 또는
청동 조각을 통해서도 물리적으로 표현될 수 있기 때문이다.

〈핵심 내용〉은, 그것이 해석하는 〈인지 유형〉과 마찬가지
로, 우리가 어느 주어진 내용 단위에 대해 알고 있는 모든 것
을 재현하지 않는다. 단지 최소의 개념들, 주어진 대상을 알
아보거나 주어진 개념을 이해하기 위한 — 그리고 그에 해
당하는 언어적 표현을 이해하기 위한 — 기본적 요건들을
재현한다.

〈핵심 내용〉의 예로서 나는 생쥐에 대한 비에르츠비카 Wierzbicka(1996: 340면 이하)의 암시를 빌리고자 한다. 만약 〈생쥐〉라는 용어에 대한 정의가 생쥐를 알아보거나 또는 어쨌든 생쥐를 머릿속에 재현하도록 해주어야 한다면, 분명히 〈젖먹이 동물, 설치류, 쥣과(科)〉 같은 엄격하게 사전적인 정의로는 충분하지 않다. 또한 『브리태니커 백과사전』에 제시된 정의, 즉 동물학적 분류에서 출발하여, 생쥐가 번식하는 구역들을 구체적으로 밝히고, 번식 과정이나 집단생활, 인간과 집 안 환경의 관계 등에 대해 자세히 설명하는 정의도 불충분해 보인다. 생쥐를 전혀 본 적이 없는 사람은 그렇게 방대하고 조직적인 자료 수집을 토대로도 절대 생쥐를 알아볼 수 없을 것이다.

이러한 두 가지 정의와는 대조적으로 비에르츠비카는 자신의 민중적*folk* 개념을 제시한다. 그는 오로지 소박한 용어들만 사용하여 두 페이지에 걸쳐 다음과 같은 항목을 나열하고 있다.

> 사람들은 그것들을 〈생쥐〉라 부른다 — 사람들은 그것들이 모두 똑같은 유형이라고 믿는다 — 왜냐하면 똑같은 유형의 동물에서 나오기 때문이다 — 사람들은 그것들이 사람들이 사는 장소에 산다고 생각한다 — 왜냐하면 사람들이 먹기 위해 보관하는 것들을 먹으려고 하기 때문이다 — 사람들은 그것들이 그곳에 사는 것을 원하지 않는다. ……
>
> 어떤 사람은 그것 하나를 손에 잡을 수도 있다 — (많은 사람들은 그것을 손에 잡으려고 하지 않는다.) 그것들은 회색이거나 암갈색이다 — 그것들은 쉽게 볼 수 있다 — (그 유형 가운데 일부는 하얀색이다.) ……
>
> 다리는 짧다 — 그렇기 때문에 그것들이 움직일 때 움직이

는 다리는 보이지 않고, 몸 전체가 바닥에 닿는 것처럼 보인다. ……

그것들의 머리는 몸과 구분되지 않은 것처럼 보인다 — 몸 전체는 털이 없고 기다랗고 가느다란 꼬리가 달린 조그마한 것처럼 보인다 — 머리 앞부분은 뾰족하다 — 그리고 몇 개의 빳빳한 털이 양쪽으로 솟아나 있다 — 머리 꼭대기에는 둥근 귀가 두 개 있다 — 날카로운 작은 이빨들이 있어서 그것으로 문다.

만약 사교 모임에서 누군가 어떤 대상을 다른 사람에게 묘사하고 그는 그것을 재생해야 하는 게임을 한다면(전자의 언어적 능력과 후자의 시각적 능력을 동시에 측정하면서), 아마도 두 번째 사람은 비에르츠비카가 제시한 묘사에 대해 〈도표 6〉과 같은 그림을 그려 보이는 것으로 대답을 대신할 수 있을 것이다.

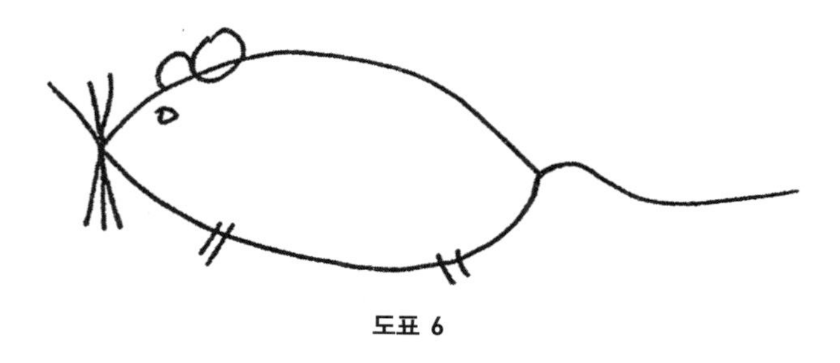

도표 6

나는 최소 조건들에 대해 말했다. 실제로 동물학자는 분명히 생쥐에 대해 일반 화자가 모르는 것들을 많이 알고 있다. 그것은 〈확장된 지식〉으로 지각적 인식에 꼭 필요하지 않은 개념까지 포괄한다(예를 들면 생쥐들은 동물학적으로 말하자면 *mus*라는 것 이외에 실험용 동물로도 사용된다는 것, 또는 이러저러한 질병을 옮긴다는 것 등). 이런 확장된 역량을 〈확장 내용〉이라 부를 것이다.

동물학자는 생쥐에 대해 일반 화자들보다 우수한 〈확장 내용〉을 갖고 있으며, 바로 그 〈확장 내용〉의 층위에서 퍼트넘 Putnam(1975)이 말하는 언어적 작업의 구분이 이루어지는데, 나는 그것을 문화적 구분이라 정의하고 싶다. 〈핵심 내용〉의 층위에서는 비록 흩어지고 모호한 부분들이 있을지라도 어떤 일반화된 동의가 있어야 할 것이다. 반면 〈확장 내용〉은 사람에 따라 각기 다른 규모를 띨 수 있고, 분야별 역량들의 방대한 총체를 대변한다. 〈확장 내용〉의 총합은 에코(1984: 5·2)가 말하는 기호학적 공준이자 규제적 관념으로서의 〈백과사전〉과 동일하다고 말할 수 있다.

동물학자는 생쥐와 집쥐의 차이를 아주 잘 안다. 동물학 논문의 번역자도 마찬가지로 그것을 알아야 할 것이다. 하지만 동물학자와 내가 한방에서 희미하고 자그마한 것이 재빨리 움직이는 것을 보았다고 가정해 보자. 우리 두 사람은 모두 〈조심해, 쥐야!〉 하고 외칠 것이다. 그 경우 우리 두 사람은 모두 똑같은 〈인지 유형〉에 의존할 것이다. 동물학자는 소위 자기 지식의 유산을 내 지식의 규모로 환원하게 된다. 비록 우연히 그 작은 동물이 자신의 논문에서는 정확한 이름과 세부적 특성들을 갖는 쥣과의 하위 종류라는 것을 알아보더라도 그렇다. 그는 기꺼이 나의 〈핵심 내용〉에 적응한 셈이다. 동물학자와 나 사이에 본능적으로 하나의 암묵적인 협상이 이루어진 것이다.

4·3 협상하기: 생쥐인가 집쥐인가?

mouse, *souris*, *topo*, 또는 *Maus*라는 용어를 옮겨야 하는 번역 과정에서 번역자는 자신의 언어에서 해당되는 〈핵심 내용〉을 가장 잘 포함하는 용어를 선택해야 한다고 말하기는 쉽다. 하지만 이것은 두 언어 간의 사전 편집자가 하려고 노력하는 작업이다. 번역자는 텍스트를 번역한다. 따라서 어느 용어의 〈핵심 내용〉을 명백히 밝힌 다음에는 텍스트의 의도에 충실하기 위해 추상적인 문자 그대로의 원칙적 의미에 대한 두드러진 위배를 협상하기로 결정할 수도 있다.

가령 「햄릿」(제3장 제4막)에서 햄릿이 〈*How now! A rat!*〉 하고 외치면서 칼을 뽑아 커튼을 찌르고 그리하여 폴로니어스를 죽이는 장면에 대한 이탈리아어 번역본들을 평가한다고 가정해 보자. 내가 아는 이탈리아어 번역들은 모두 *Cosa c'è, un topo?*(뭐가 있지? 생쥐인가?) 또는 *Come? Un topo?*(어떻게? 생쥐인가?)로 번역하고 있다. 내가 보기에 대부분의 번역자들은 *rat*이 영어로 〈*any of numerous rodents* (*Rattus and related genera*) *differing from the related mice by considerably larger size and by structural details*〉를 의미할 뿐만 아니라 함축적인 의미로는 〈*a contemptible person*〉을 의미하며(셰익스피어는 「리처드 3세」에서 그런 의미로 사용한다), 또한 *to smell a rat*은 〈음모의 냄새를 맡는다〉는 의미라는 것을 알고 있을 것이다. 하지만 이탈리아어 단어 *ratto*는 그런 함축 의미들을 갖고 있지 않으며, 또한 〈재빠르다〉는 관념을 암시할 수도 있다. 그리고 누군가 쥐에 놀라는 모든 상황(코미디에서 부인들이 치마를 들고 의자 위로 올라가고 신사들은 빗자루를 움켜잡는 장면을 상상해 보시라)에서 전통적인 비명은 *un topo!*이다.

따라서 햄릿의 놀라움과 (거짓) 경고의 외침을 이탈리아 독자에게 전달하기 위해서는 *un ratto?*보다는 *un topo?* 하고 외치는 것이 더 편리해 보인다. 이때는 물론 *rat*이 지닌 모든 부정적인 함축 의미들이 상실되지만, 그것은 어떤 경우라도 상실될 것이다. 카뮈를 번역하는 경우 그 설치류 동물들의 크기를 명백히 밝히는 것이 꼭 필요하다면, 셰익스피어의 경우는 그 장면의 친숙함과 생생함, 자연스러움을 전달하고, 그 외침이 자극할 수 있는 반응을 정당화하는 것이 더 중요하다.

〈핵심 내용〉이라는 개념은 비교적 덜 모호한 의미의 등가 관념을 다룰 수 있도록 해주고, 소위 하위 한계, 번역 과정의 최소 요건을 구성하지만, 그렇다고 절대적 기준이 되는 것은 아니다. 카뮈의 텍스트에는 협상할 것이 별로 없다. 단지 *rat*이 프랑스 독자에게 불러일으키는 것과 똑같은 〈핵심 내용〉을 이탈리아 독자에게 불러일으킬 수 있는 용어를 사용하기만 하면 된다. 그런데 *chaumière*를 번역하기 위해(텍스트의 리듬을 변화시킬지도 모르는 기다란 정의를 단 하나의 단어로 대체하지 않으면서) 물론 나는 그 단어로 표현되는 〈핵심 내용〉을 고려해야 했지만, 그 내용의 풍부함에 비추어 부분적 상실을 협상해야만 했다.

가다머Gadamer(1960: 이탈리아어 번역본, 351면)는 이렇게 말했다.

> 만약 번역에서 우리에게 중요해 보이는 원본의 측면을 부각시키고자 한다면, 그것은 때로는 거기에 있는 다른 측면들을 뒤로 제쳐 두거나 또는 심지어 없앰으로써만 가능해질 것이다. 하지만 그것은 바로 우리가 해석이라 부르는 것이다…….

그러나 (번역자는) 텍스트의 모든 차원을 표현할 수 있는 것이 아니기 때문에 그의 작업은 끊임없는 단념도 포함한다.

이러한 성찰은 앞 장에서 말했던 가역성의 이상이 여러 가지가 고려된 희생에 의해 제한된다는 결론을 내리게 만든다. 이제 겉보기에는 매우 상이한 의미 이론들 안에 감추어져 있는 의미에 대한 진짜 관념은 무엇인가를 고찰해 보자. 진실-기능 이론에서 의미란 으레 말하듯이 기준 세계에서 진실인 것만 가리키지는 않는다. 의미는 만약 어느 발화체가 진실이라면 거기에서 수반되는 모든 것이다(만약 필리포가 독신남이라면, 필리포는 결혼하지 않은 성인 남자라는 것도 진실이다). 비트겐슈타인을 상기시키는 계열의 인지 이론에서 어느 발화체를 이해한다는 것은 문장의 내용에 상응하여 행동할 줄 안다는 것을 의미한다. 마지막으로 퍼스의 〈실용주의적 원리〉에 따라 우리의 이해 대상이 실용적 결과로 어떤 효과들을 가질 수 있을 것인가 고려해 본다면, 그 효과들에 대한 우리의 이해가 바로 그 대상에 대한 이해의 총체가 될 것이다.

만약 한 용어의 의미가 그 용어에 대한 완전한 이해에서 추론될 수 있는 모든 것이라면, 서로 다른 언어들에서 겉보기에는 동의어인 용어들은 똑같은 추론을 세우도록 허용하거나 또는 허용하지 않거나 하게 된다. 만약 *chaumière*를 *casetta*로 번역한다면, 짚으로 된 지붕을 배제할 뿐만 아니라, *chaumière*의 지붕 위에 올라가 불꽃놀이를 하는 것은 경솔하다는 사실까지 배제하게 된다(반면 *casetta*의 기와지붕 위에서는 그렇게 할 수도 있을 것이다). 불꽃놀이는 제외하더라도 *chaumière*에서 주민의 조촐한 상황을 추론할 수 있다는 것은 「실비」에서 중요하다. 만약 내가 *home*을 *casa*(집)로 번역한다면 나는 그 영어 용어에서 추론할 수 있는 일련의 결론들을 차단하게 된다. 왜냐하면 거리를 지나갈 때 나는 집들을 보지 *home*들을 보는 것은 아니기 때문이다(내가 그 집 주민들 각자의 감정 속에 동화되지 않는다면 말이다). 만약 아라스 천 커튼 뒤로 집쥐가 아니라 생쥐가 지나간다면 그에 따른 전염병의 결과에 대한 모든 추론은 배제하게 된다(「햄릿」에서 그런 결과는 예상되지 않지만 『페스트』에서는 예상되기 때문에 그렇게 할 수 있다).

번역한다는 것은 언제나 원래의 용어가 포괄하는 결과들 중 일부를 〈다듬어 버린다〉는 것을 의미한다. 이런 의미에서 번역은 〈절대로 똑같은 것을 말하지 않는다〉. 모든 번역에 선행하는 해석은 한 용어가 암시하는 추정상의 가능한 결과들 중에서 어떤 것을 또 얼마만큼 다듬어서 버릴 수 있는가를 설정해야 한다. 자외선 반사광을 상실하지 않았다고 완전히 확신할 수 없는 상태에서 적외선 같은 암시가 남는다.

하지만 협상은 언제나 당사자들 사이의 상실과 이득을 균등하게 배분하는 절충이 아니다. 나는 나에게 양도되는 것보다 더 많은 것을 상대방에게 양도하는 협상도 만족한 것으로 간주할 수 있다. 그렇지만 내가 완전히 불리한 입장에서 출발했다는 것을 알고 또한 나의 최초 의도를 고려함으로써 나도 동일하게 만족했다고 생각할 수 있다.

5 상실과 보상

어떤 상실들은 절대적이라고 정의할 수 있다. 번역이 불가능한 경우들이다. 만약 그런 경우들이 가령 소설의 번역에서 나타나면 번역자는 〈마지막 방법〉, 즉 페이지 아래에 각주를 붙이는 방법에 의존하게 된다. 각주는 그의 패배를 비준해 준다. 절대적 상실의 예는 여러 가지 말장난에서 찾아볼 수 있다.

대부분의 외국어로 번역될 수 없는 이탈리아의 오래된 우스갯소리 하나를 인용하고자 한다. 어느 회사 사장이 몇 달 전부터 로시라는 직원이 매일 3시에서 4시까지 자리를 비운다는 것을 알아챘다. 사장은 직원 비앙키를 불러 그를 몰래 추적하여, 도대체 로시가 그 시간에 어디에 가고 또 무엇 때문에 외출을 하는지 알아보라고 부탁했다. 비앙키는 며칠 동안 로시의 뒤를 추적한 뒤 사장에게 보고했다. 〈로시는 매일 여기에서 나가 샴페인 한 병을 사고, *sua* 집으로 가서 *sua* 아내와 사랑 관계를 가집니다. 그런 다음 이곳으로 돌아옵니다.〉 사장은 무엇 때문에 로시가 자기 집에서 저녁에 충분히 할 수도 있는 일을 오후에 해야 하는지 이해할 수 없었다. 비앙키는 설명하려고 노력했지만, 자신의 보고를 그대로 반복하는 수밖에 없었고, 기껏해야 그 *sua*를 강조할 뿐이었다. 마침내 사건을 명백히 밝힐 수 없게 되자 그는 말했다. 〈미안합니다만, 사장님, 말을 낮추어도 되겠습니까?〉[1]

이탈리아어에서 이 우스갯소리가 가능한 것은 *sua*가 〈그의〉(로시의)나 〈당신의〉(사장의)를 의미할 수 있기 때문이다. 낮춤말로 넘어가야만 비앙키는 불륜 관계를 명백히 밝힐 수 있다. 이것은 프랑스어나 영어, 독일어로 번역할 수 없다. *sa / votre*, *his / your*, *seine / ihre* 쌍을 활용할 수 있기 때문이다. 정말로 되살릴 방도가 없다면 포기하는 게 낫다. 또는 이 우스갯소리가 가령 어느 소설에서 말장난을 좋아하는 어느 연인을 특성화하는 데 활용된다면 개작을 시도해 볼 수 있다. 말하자면 이에 상응하는 우스갯소리를 찾는 것이다(하지만 이에 대해서는 나중에 다룰 것이다).

다행히도 이런 경우가 아주 많지는 않다. 다른 대부분의 경우 앞에서 인용한 *chaumière*의 예처럼 언제나 부분적인 상실의 문제가 개입하며, 이에 대해서는 〈보상〉을 시도해 볼 수 있다.

5·1 상실들

「실비」는 어휘의 활용 면에서 빈약하다는 지적을 받곤 한

1 에코의 지적대로 이 우스갯소리의 묘미를 그대로 살리면서 우리말로 번역하기는 불가능하다. 이탈리아어 *sua*는 여성 단수 소유격으로 문맥에 따라 〈그(녀)의〉 또는 〈당신의〉를 의미한다. 특히 여기에서 직원 비앙키는 사장에게 높임말로 말하기 때문에, 두 가지 의미를 동시에 가질 수 있다. 비앙키는 〈당신의 집〉과 〈당신의 아내〉를 말하려고 했지만, 사장은 〈그의 집〉과 〈그의 아내〉로 이해했던 것이다. 따라서 사장에게 말을 낮출 경우 〈너의 집〉과 〈너의 아내〉로 명백하게 표현할 수 있다.

다. 같은 용어가 여러 번 반복되기 때문이다. 시골 사람들의 피부는 언제나 햇볕에 그을려*halée* 있고, 주인공의 상상들은 장밋빛과 푸른색 또는 장밋빛과 금발이며, 푸른 또는 푸르스름한 색조는 여덟 번이나 나오고, 장밋빛 색조는 아홉 번 나오며, 형용사 *vague*는 다섯 번 나오고, *bouquet*라는 단어는 아홉 번 나타난다. 하지만 어휘의 빈약함을 말하기 전에 텍스트가 상이한 이미지들 사이에 설정하는 상응들(바로 보들레르가 사용하는 용어의 의미로)의 유희에 대해 고찰해 볼 필요가 있다. 그러니까 비록 작가의 어휘를 풍요롭게 만들고 싶은 유혹이 있더라도 그렇게 하지 않는 것이 원칙일 것이다. 하지만 불행히도 때로는 번역자가 바꾸지 않을 수 없는 경우도 있다.

*bouquet*의 경우를 보자. 나는 그 단어가 아홉 번 나온다고 말했는데, 그것은 분명 네르발이 아주 많이 사용했다는 증거다. 헌화(獻花)의 주제는 소설 전체를 가로지른다. 이시스 여신, 아드리엔, 실비, 오렐리아, 아주머니에게 꽃을 바치고, 게다가 어느 시점에서는 〈소나무들의 꽃다발*bouquet de pins*〉이라는 표현도 나온다. 꽃들은 마치 왕의 홀(笏)처럼 손에서 손으로 넘어가 일종의 상징적 전령이 되고, 따라서 그 단어가 그대로 남아 모티프의 반복을 강조하는 것은 정당할 수도 있다.

불행히도 *bouquet*는 이탈리아어로 *mazzo*(다발, 묶음)로 번역되어야 하는데, 그 단어는 똑같은 것이 아니다. *bouquet*는 섬세한 향기의 함축성까지 지니고 있으며 또한 꽃들과 잎사귀들을 상기시킨다. 반면에 *mazzo*는 쐐기풀, 열쇠들, 양말들 또는 걸레로도 만들 수 있다. 그러니까 *bouquet*는 우아한 단어인 반면 *mazzo*는 그렇지 않고, 또한 *mazza*(몽둥이), *mazzata*(몽둥이로 때리는 것) 또는 *ammazzamento*(살해) 같은 야만적인 단어들을 환기시키며, 가령 *scudisciata*(회초리로 때리는 것)처럼 불쾌한 발음까지 난다.

아홉 번에 대해 일곱 번이나 *bouquet*를 그대로 쓸 수 있었던 시버스가 부럽다. 하지만 웹스터 사전은 그 용어를 영어 단어로 인정한다. 사실 이탈리아어 사전들도 이제는 그렇게 하고 있지만, 일반적인 용법에서 *bouquet*는 포도주의 향기를 가리키는 데 사용되며, 꽃다발을 가리킬 경우에는 프랑스어 화법처럼 들린다. 나는 영어에서 번역할 경우 영어 화법을 피해야 하듯이 프랑스어 번역에서는 프랑스어 화법을 피해야 한다고 생각한다.[2] 그래서 나는 사례마다 경우에 따라 *serti*(화관), *fasci*(다발), *mazzolini*(묶음, 더미) 사이에서 서로 다르게 선택해야 했다. 나는 비록 그 단어는 상실했지만, 헌화의 이미지는 상실되지 않았고 또한 모티프의 반복이 그대로 유지되었다고 생각하며 위안을 삼았다. 하지만 어쨌든 반복의 문체가 되기도 하는 네르발의 문체를 배반했다는 점은 의식하고 있다.

「실비」 마지막 장의 제목은 〈마지막 장*Dernier feuillet*〉으로 되어 있다. 그것은 일종의 작별 인사, 작품의 종결에 붙이는 우수 어린 봉인이다. 네르발은 도서 애호가였고(그것은 그의 여러 텍스트에서 증명된다) 전문 용어를 쓰고 있다. *feuillet*는 책의 종잇장(앞면과 뒷면 두 페이지로 된)이며, 책의 마지막 종잇장은 대개 간기(刊記, *colophon*)로 되어 있다(여기에는 책이 언제, 누가 인쇄했는지 적혀 있으며, 옛날 책들에서는 공식적인 작별 인사 또는 종교적 기원을 담고 있기도 하였다). 시버스는 정확하게 *Last leaf*로 번역했지만, 반면 다른 영어 번역본은 *Last pages*로 번역하여 고서들에 대

2 하지만 포스콜로는 영어 텍스트에 있는 프랑스어 화법들은 그대로 놔두어야 한다고 가르친다 — 원주.

한 암시를 상실하고 말았다. *feuillet*는 이탈리아어의 전문 용어로 *carta*(종이, 종잇장)로 번역되지만, *Ultima carta*는 이질적인 함축성을 끌어 들일 위험이 있었다. 사실 이탈리아어로 *giocare l'ultima carta*는 마지막 도박을 시도한다는 의미로 사용된다. 이런 함축성은 원본의 의미를 배반할 것이다. 왜냐하면 여기에서 서술자는 전혀 도박을 시도하지도 않고, 오히려 자신의 운명에 체념하며 우수 어린 심정으로 자신의 과거와 작별하기 때문이다.

고서 목록에서 전문 용어로 사용되는 라틴어 표현을 활용하여 *Ultimo folio*로 번역할 수도 있었다〔예를 들어 책의 크기를 가리키기 위해 *in-folio*(2절판)라는 용어를 사용한다〕. 하지만 네르발은 일반 독자가 이해할 수 없었던(지금도 마찬가지이지만) 그런 전문 용어를 도입하려고 하지 않았다. 따라서 나는 약간 부정확하지만 *Ultimo foglio*로 번역해야 했다. 실제로 책의 종이는 이탈리아어로 *foglio*로 부르기도 한다. 하지만 *foglio*는 *carta*에 비해 덜 전문적인 의미를 갖고 있다. 그러므로 나는 중요한 암시를 상실했다는 사실을 알고 있다.

만약 텍스트의 문자에 집착할 경우 상실을 치유하지 못하는 경우들도 있다.

앞에서 나는 절대적 상실에 대해 말했는데 예를 하나 들겠다. 나의 소설 『전날의 섬』에서 카스파르 신부는 독일 성직자인데 독일어 악센트로 말할 뿐만 아니라 독일어의 전형적인 통사 구조들을 직접 이탈리아어에 도입하여 풍자적인 효과를 내기도 한다. 다음과 같은 이탈리아어 구절을, 영어 번역자 윌리엄 위버와 프랑스어 번역자 장노엘 스키파노는 독일어의 전형적인 오류를 각자의 언어로 재생시키려고 노력하면서 이렇게 옮겼다.

"Oh mein Gott, il Signore mi perdona che il Suo Santissimo Nome invano ho pronunziato. In primis, dopo che Salomone il Tempio costruito aveva, aveva fatto una grosse flotte, come dice il Libro dei Re, e questa flotte arriva all'Isola di Ophír, da dove gli riportano (come dici tu?)…… quadringenti und viginti……."

"Quattrocentoventi."

"Quattrocentoventi talenti d'oro, una molto grossa ricchezza: la Bibbia dice molto poco per dire tantissimo, come dire pars pro toto. E nessuna landa vicino a Israele aveva una tanto grosse ricchezza, quod significat che quella flotta all'ultimo confine del mondo era arrivata. Qui."

「오 *mein Gott*(나의 하느님), 주님, 제가 거룩하신 당신의 이름을 헛되이 부른 것을 용서해 주십시오. *In primis*(첫째로), 〈열왕기〉에서 말하듯이 솔로몬은 성전을 세운 다음 대규모 함대를 만들었지. 그 함대는 오빌 섬에 가서, 거기에서 솔로몬에게 (이걸 어떻게 말하지?)…… *quadringenti und viginti*…….」

「420.」

「420달란트의 황금을 갖다 바쳤는데, 아주 엄청난 돈이었지. 성서에서는 아주 많은 것을 아주 조금이라고 말하지. 마치 *pars pro toto*(부분이 전체를 대신하는 것)처럼 말이야. 그리고 이스라엘 근처의 어떤 땅도 그렇게 많은 재물을 갖고 있지 않았어. *quod significat*(그것은 의미한다) 그 함대가 세상의 마지막 경계선까지 갔다는 뜻이지. 바로 여기 말이야.」

"Ach mein Gott, the Lord forgive I take His most Holy Name in vain. In primis, after Solomon the Temple had constructed, he made a great fleet, as the Book of Kings says, and this fleet arrives at the Island of Ophir, from where they bring him —how do you say? —quadringenti und viginti……."

"Four hundred twenty."

"Four hundred twenty talents of gold, a very big richness: the Bible says very little to say very much, as if pars pro toto. And no land near Israel had such big riches, quod significat that the fleet to ultimate edge of the world had gone. Here." (위버)

"Oh mein Gott, le Seigneur me pardonne pour ce que Son Très Saint Nom en vain j'ai prononcé. In primis, après que Salomon le Temple construit avait, il avait fait une grosse flotte, comme dit le Livre des Rois, et cette flotte arrive à l'Ile d'Ophir, d'où on lui rapporte (Comment dis-toi?)…… quadringenti und viginti……."

"Quatre cent vingt."

"Quatre cent vingt talents d'or, une beaucoup grosse richesse: la Bible dit beaucoup peu pour dire tant et tant, comme dire pars pro toto. Et aucune lande près d'Israël avait una aussi tant grosse richesse, quod significat que cette flotte aux derniers confins du monde était arrivée. Ici." (스키파노)

하지만 부르크하르트 크뢰버는 독일어에서 심각한 당혹감에 빠지게 되었다. 어떻게 독일 사람이 이탈리아어를 말하는 것처럼 독일어로 말하게 할 것인가? 그는 카스파르 신부의 특징은 바로 17세기의 독일인이라고 결정했고, 그래서 일종의 바로크 독일어로 말하게 함으로써 궁지에서 벗어났다. 낯설게하기의 효과는 똑같았고, 카스파르 신부는 결과적으로 똑같이 기괴하게 보였다. 하지만 그가 이탈리아어로 *quattrocentoventi*(420)를 말하는 순간 망설이는 카스파르 신부의 또 다른 희극적 특성은 옮길 수 없었다는 점을 주목하기 바란다. 독일인이라면 *vierhundertzwanzig*라고 말할 것이고, 따라서 문제가 없을 것이다. 하지만 카스파르 신부는 가령 *ventuno*(21)를 독일어로 *ein und zwanzig*로 말하듯이 *uno e venti*(하나와 스물)로 번역했던 다른 경우들을 분명하게 기억하고 있으며, 따라서 망설이다가 차라리 라틴어 표현으로 시도해 보았던 것이다. 분명히 독일어 번역에서 그런 유희는 아무런 맛도 없을 것이다. 그래서 번역자는 질문 하나와 대답 하나를 삭제하고 카스파르 신부의 언급 두 부분을 하나로 합칠 수밖에 없었다.

"O mein Gott, der Herr im Himmel vergebe mir, daß ich Sein' Allerheyligsten Namen unnütz im Munde geführet. Doch zum Ersten: Nachdem König Salomo seinen Tempel erbauet, hatte er auch eine große Flotte gebaut, wie berichtet im Buche der Könige, und diese Flotte ist zur Insel Ophir gelangt, von wo sie ihm vierhundertundzwanzig Talente Goldes gebracht, was ein sehr gewaltiger Reichthum ist: die Biblia sagt sehr Weniges, um sehr Vieles zu sagen, wie wann man saget pars pro toto. Und kein Land in Israels Nachbarschafft hatte solch grossen Reichthum, was bedeutet, daß diese Flotte muß angelanget gewesen seyn am Ultimo Confinio Mundi. Hier." (크뢰버)

5·2 당사자들 사이의 합의에 의한 상실들

적절한 번역이 불가능할 경우 작가는 번역자에게 어떤 단어나 문장 전체를 건너뛰도록 허용하는데, 그런 상실이 작품 전체를 놓고 그 경제성을 따져 볼 때 그다지 중요하지 않다고 생각하는 경우가 상당히 많다. 전형적인 경우는 기괴하고 이상한 용어들의 목록(내가 종종 사용하는 기법)이다. 목록의 용어 열 개 중에서 하나가 절대로 번역할 수 없는 것으로 드러난다면 아홉 개로 축소하더라도 나쁘지 않다. 테일러(1993)는 위버의 『장미의 이름』 번역본에서 가령 *viola*(오랑캐꽃), *citiso*〔금작화(金雀花)〕, *serpilla*〔백리향(百里香)〕, *giglio*(나리꽃), *ligustro*(쥐똥나무), *narciso*(수선화), *colocasia*(토란), *acanto*(아칸서스), *malobatro*(당아욱), *mirra*(미르라), *opobalsamo*(페루 발삼) 같은 식물들의 목록에 적합한 등가의 용어를 찾으려고 노력하는 경우를 아주 꼼꼼하게 분석하였다. *violet*, *lily*, *narcissus*, *acanthus*, *myrrh*를 찾는 데에는 별 어려움이 없다. *serpilla*에 대해 위버는 *thyme*으로 번역하는데, 테일러의 지적에 따르면 *serpilla*가 백리향이 아닌 것은 아니지만, 이탈리아어에서 *serpilla*라는 용어는 영어에서 *thyme*보다 훨씬 더 희귀하고 귀중하다는 것이다. 하지만 그런 점에 집착하는 것은 〈상당히 어리석은 *fairly fatuous*〉 것이며, 실용적인 입장에서 두 문화 사이에 존재하는 원예학적 차이들을 고려하면 *thyme*도 똑같이 기능할 수 있다고 인정한다.

드라마는 *citiso*와 *colocasia*에서 시작한다. 이에 상응하는 영어 용어는 없다. 위버는 이런 식으로 궁지에서 벗어났다. *citiso*는 *cystus*로 번역함으로써 라틴어 어근과 식물학의 맛을 유지했고, *colocasia*는 *taro*로 번역했는데, 그것은 원본에 비해 조금은 일반적이고 또 분명히 이탈리아어 단어가 지닌 멋진 소리를 상실하지만 테일러에 따르면 이 번역도 정확하다. *opobalsamo*는 영어로 *balsams of Peru*가 되겠지만 중세의 사람들이 페루를 알 수 없었을 것이므로 위버는 *Mecca balsam*이라는 단어를 선택하였다.[3] 그보다 테일러는 *malobatro*를 *mallow*로 번역함으로써 다시 한 번 성서의 시편들을 불러일으키는 용어를 일반 용어로 대체한 것에 대해 불평한다. 하지만 이 부분에서도 나는 번역자를 용서한다. 작가로서 나는 이러한 대체들에 대해 논의하였고 또 그것을 인정하였다.

하지만 문제는 단어 하나를 대체할 때보다 한 구절을 삭제할 때 나타난다. 차모사Chamosa와 산토요Santoyo(1993)는 잔인할 정도로 정확하게 『장미의 이름』 영어판에서 누락된 1백 가지 부분을 지적하였다.[4] 그들은 아마 작가가 그것을 인정했을 것이라고 자신하면서도, 그런 우발적인 텍스트 외적 자료들은 중요하지 않다고 주장한다. 또한 내가 〈서문〉에서 이미 말했던 원칙, 즉 번역은 〈작가의 말〉 또는 〈원본의 말〉을 사법적으로 존중해야 한다는 원칙에 암묵적으로 동의한다. 사실 나는 만약 『레 미제라블』의 번역본을 구입했는데 일부 장들이 누락되어 있음을 발견한다면 항의할 권리가 있

3 프랑스어 번역자는 그의 경탄할 만한 번역에서 유일한 흠으로 — 아마도 언어적 자동 현상에 이끌려 — 바로 *baumes du Perou*로 번역하였다. 이런 시대착오는 변명의 여지가 있다. 왜냐하면 나는 처음부터 내 이야기를 중세 수기(手記)의 19세기 프랑스어 번역본에서 이끌어 낸다고 말하고 있으며, 따라서 그 페루는 발레 수사의 낭만적인 부주의로 돌릴 수 있기 때문이다. 게다가 스키파노가 일관되게 선택한 문체는 중세 연대기 작가의 문체를 모방하기보다는 그 추정상의 19세기 번역자의 문체를 따랐다. 어쨌든 페루보다는 메카가 더 낫다 — 원주.

4 이에 대해서는 맥그레이디McGrady(1994)도 참조 — 원주.

음을 상기시켰다.

차모사와 산토요가 지적한 누락되어 있는 목록을 검토해 볼 경우, 각각의 줄을 계산하여 모두 합하면 총 24페이지에 이르는데, 그 책의 6백 페이지에 비하면 그리 많지 않다는 것을 알 수 있다. 하지만 당연히 그것은 양의 문제가 아니다. 합의된 검열의 전형적인 경우에 해당하는 그 이야기는 다음과 같다. 미국의 출판사는 그 소설을 번역하고 싶었지만 소설의 복잡성 때문에 3천 부 이하의 소량만 판매될 것으로 예상하였다. 편집자는 책에서 최소한 50페이지를 줄일 것을 요구했다. 위버나 나는 그렇게 하고 싶지 않았지만, 삭제했다는 인상을 줄 필요가 있었다. 그래서 나는 텍스트 다듬기 작업을 시작했고 결과적으로 과잉으로 보였던 일부 문장과 일부 구절을 제거했으며(만약 내가 이탈리아어 텍스트를 수정해야 했다면 그런 삭제가 담론의 흐름에 상당히 기능적인 역할을 했음을 발견했을 것이다), 지나치게 길고 영미 독자들에게는 너무 장황해 보이는 일부 라틴어 인용문들을 줄였다. 그런 작업 끝에 텍스트는 앞서 말했듯이 대략 24페이지가 줄어 가벼워졌고, 그 방대한 이탈리아어 책은 거의 모든 페이지마다 빨간색으로 지운 표시가 있어서 편집자의 눈에는 충분히 줄어들었다는 인상을 주었다. 그렇게 번역이 시작되었고 출판사의 누구도 더 이상 불평하지 않게 되었던 것이다.

하지만 그런 〈검열〉을 작가가 동의했다고 해서 그 영어 번역본이 법적인 관점에서 결함 있는 텍스트라는 사실이 사라지지는 않는다. 비록 작가인 내가 문학적 관점에서 아무것도 상실되지 않았다고 생각하더라도 말이다.

그렇지만 일부에서는 〈검열〉이 눈에 띄게 두드러지고 또한 분명한 상실이 일어나기도 한다. 〈셋째 날. 6시과〉 장에는 여러 지방을 방랑하는 악당들과 소외된 자들의 목록이 나온다.

한 페이지 건너 최소한 두 개의 목록이 나오는데, 첫 번째는 다음과 같다.

> 그의 이야기를 들어 보니 그는 방랑자 무리에 휩쓸렸던 모양인데, 이후에 나는 그런 무리들이 더욱더 많이 유럽을 배회하는 모습을 보았다. 그들은 가짜 수도사, 거짓말쟁이, 협잡꾼, 사기꾼, 거지와 빈털터리, 문둥이와 불구자, 뜨내기, 유랑민, 이야기꾼, 고향 없는 성직자, 편력 서생, 사기 도박꾼, 마술사, 불구가 된 용병, 파괴된 정신을 가진 이교도들에게 도망친 방랑하는 유대인, 미치광이, 군대 소집령에서 도망친 기피자, 귀가 잘린 죄수, 남색가들이었고, 또 그들 중에는 떠돌이 수공업자, 직조공, 땜장이, 의자 수선공, 칼갈이, 박제사, 벽돌공 그리고 온갖 종류의 불량배, 도박꾼, 야바위꾼, 건달, 불한당, 악당, 무뢰한, 사기꾼, 깡패, 떠돌이, 걸인…….

그런 식으로 거의 한 페이지에 이른다. 다음 페이지에서 나는 다시 목록을 열거하며 이렇게 인용하였다.

> Accaponi, lotori, protomedici, pauperes verecundi, morghigeri, affamiglioli, crociarii, alacerbati, reliquiari, affarinati, palpatori, iucchi, spectini, cochini, admirati, appezzanti e attarantani, acconi e admiracti, mutuatori, attremanti, cagnabaldi, falsibordoni, accadenti, alacrimanti e affarfanti…….[5]

5 에코의 지적대로 이 용어들의 구체적인 의미를 파악하기는 어렵다. 다만 앞에서 열거된 부랑자들의 수많은 이름들과 비슷하다고 짐작된다.

차모사와 산토요가 말하듯이 이것은 지나치게 박식함을 과시하는 것이며, 이런 용어들을 연속해서 나열하는 것은 어떤 번역자라도 곤경에 빠지게 할 법하다.[6] 나는 이 목록을 피에로 캄포레시의 아주 멋진 『방랑자들의 책*Il libro dei vagabondi*』[7]에서 이끌어 냈는데, 그 주변 사람들의 무리에서 나중에 이단자들과 룸펜 혁명가들이 나오게 되었다는 것을 보여 주고 싶었다. 나는 그 이름들의 소리에 매료되었고, 독자가 그것을 이해하기보다는 완전히 생소한 그 용어들의 무리에서 사회적 파편화와 무질서의 상황을 포착하기를 원했다.

대부분의 번역자들이 첫 번째 목록에서는 커다란 문제가 없었다. 비록 중요한 것은 목록의 불일치와 길이라는 점을 깨닫고 각자 어느 정도 정당하게 허용된 범위 안에서 고유의 민족적 목록에서 자유롭게 이끌어 냈지만 말이다. 두 번째 목록은 단지 이탈리아의 전통에만 존재하는 용어들을 담고 있는데(이것은 캄포레시 같은 현학적인 열정만이 발굴해 낼 수 있는 것이다), 여기에서는 문제가 좀 심각하다.

카스티야어의 경우 포츠타르Pochtar는 목록을 고스란히 유지했는데, 소수의 용어들만 번역하고 나머지에 대해서는 마치 신조어나 되는 것처럼 이탈리아어 이름을 그대로 자신의 언어에 적응시켰다(가령 *falsibordones*, *affarfantes*). 카탈루냐어의 경우 다우렐Daurell은 이탈리아어 이름들을 그대로 두었다. 그토록 유사한 언어에서는 분명히 받아들일 만한 해결 방식이다. 마치 스페인 피카레스크 소설의 이탈리아

6 내가 지금 이 구절을 컴퓨터로 옮겨 쓰는 동안 〈윈워드Winword〉는 모든 단어들을 이탈리아어로 인식하지 못하고 빨간색으로 밑줄을 치고 있다. 하물며 마이크로소프트사가 준비한 사전보다 더 풍부한 사전을 갖추지 못한 독자를 상상해 보시라 — 원주.

7 토리노, Einaudi, 1973 — 원주.

어 번역본에서 독자가 모르는 용어를 발견하지만 그것이 카스티야어 단어라는 것을 알아보는 것과 같다. 그리고 다른 텍스트에서 *banderillero* 또는 *picador* 같은 단어를 읽을 때에도 이와 다르지 않다. 독일어 번역자도 똑같은 방식으로 이탈리아어 이름들을 그대로 두었고 기껏해야 이따금 라틴어 식으로 바꾸었다.

프랑스어 번역자는 자신의 언어에서 탁월한 등가의 용어들을 찾아냈는데, 가령 *capons*, *rifodés*, *franc-mitous*, *narquois*, *archisuppôts*, *cagous*, *hubins*, *sabouleux*, *farinoises*, *feutrards*, *baguenauds*, *trouillefous*, *piedebous*, *hapuants*, *attarantulés*, *surlacrimes*, *surands* 등이다. 어느 구석의 목록에서 이것들을 찾아냈는지 나로서는 모르겠다. 어쨌든 찬사를 보낸다.

문제는 영어에서 발생했다. 분명히 어떤 음성적 또는 어휘적 유사성을 토대로 용어들을 만들어 낼 수 없었고, 영어 사용 독자에게는 함축성이 전혀 없는 이탈리아어 이름들을 그대로 놔둘 수도 없었을 것이다. 그것은 마치 이탈리아어 텍스트에 핀란드어 용어들의 목록이 나오는 것과 비슷하다. 바로 무엇인가를 삭제해야 한다는 결정 덕택에, 그리고 한 페이지 앞에 이미 나온 목록이 이것과 별로 다르지 않고 두드러지게 기억을 되살린다는 점을 고려하여, 이 두 번째 목록을 삭제하기로 결정했다. 최소한 나에게 그것은 갑작스러운 상실이라는 것을 인정하지만, 의식적으로 그런 위험을 무릅쓴 것이었다.

이와 유사한 결정은 아드소의 꿈(〈여섯째 날. 3시과〉)에서도 있었다. 그의 꿈은 중세의 텍스트 『키프리아누스의 만찬 *Coena Cypriani*』에서 영감을 받은 것이며, 거기에서 나타나는 모든 것은 몽상적이다. 그 출전을 나는 이렇게 조작했다.

그러니까 아드소는 — 이전 며칠 동안 겪었던 경험들의 조각들 이외에도 — 다른 책들, 자기 시대 문화의 목록에서 도출된 이미지들을 꿈꾸는데, 거기에다 나는 예술과 언어, 문학의 역사에 대한 다소 빗나간 언급들을 삽입하면서 심지어는 리오타르의 텍스트까지 포함시켰고 따라서 어느 시점에서는 〈리오타르 같은 거대한 짐승〉에 대해 언급하게 만들었던 것이다. 그 다양한 인용들 중에는 〈카푸아 문서〉[8]도 들어 있다. 그것은 *sao ko kelle terre per kelle fini ke ki contene, trenta anni le possette parte sancti Benedicti*(여기 포함된 그 경계선까지의 땅은 30년 동안 성 베네딕트 수도원이 소유했다는 것을 나는 안다)로, 분명 모든 독자에게 이탈리아 문학사의 첫 장을 상기시키는 인용이다.

이것을 다른 언어들로 어떻게 할 것인가? 카스티야어와 카탈루냐어 번역자들은 초기 이탈리아어로 된 인용문을 그대로 두었는데, 이베리아 반도의 독자가 그런 인용을 얼마나 포착할 수 있을지 의문이다. 스키파노는 그 문장을 유사 프랑스 고어로 옮겼는데(*Saü avek kes terres pour kes fins ke ki kontient* 등), 결과적으로 그것은 카스티야어나 카탈루냐어와 마찬가지로 이해할 수 없는 것이다. 프랑스어의 역사에서 똑같은 위치를 차지하는 〈스트라스부르의 서약*Sarment de Strasbourg*〉에서 인용할 수도 있었을 것이다. 하지만 아드소가 그 텍스트를 알 수 있었을까? 게다가 그는 독일 사람이었는데 이탈리아어의 최고(最古) 문헌을 알 수 있었을까? 분명

8 Carta Capuana(또는 placito di Capua). 960년 카푸아에서 작성된 것으로 이탈리아어로 쓰인 가장 오래된 자료 중의 하나로 꼽힌다. 토지를 둘러싼 분쟁의 증언을 기록한 것으로 라틴어가 아닌 〈민중의 언어*volgare*〉로 되어 있으며, 따라서 이탈리아어의 발전 과정을 예시적으로 보여 주는 중요한 자료이다.

히 나의 인용은 현실적인 의도를 갖고 있었던 것이 아니라, 이탈리아 독자에게 공모의 눈짓을 보내는 것이었다. 크뢰버는 아드소가 독일인이라는 사실을 활용하여 독일어의 가장 오래된 문서인 〈메르세부르크의 마법 주문*Merseburger Zaubersprüche*〉에 나오는 인용문을 삽입하였다(*Sose benrenki, sose bluotren-ki, sose lidirenki, ben zi bena, bluot zi bluoda, lid zi geli-den, sose gilimida sin!*). 분명히 그는 나처럼 자기 독자들의 교양에 의존했다.[9]

위버의 경우에는 바로 그 문장을 건너뛰었다(무자비한 차모사와 산토요는 이 누락도 놓치지 않았다). 내 기억에 따르면 번역을 위해 텍스트를 수정하면서 삭제했던 것이다. 영어의 최초 자료에 의존하는 것은 원활하지 않았을 것이다. 왜냐하면 아드소는 영어를 몰랐기 때문이다. 우리는 바로 불가능한 번역에 직면해 있었고, 따라서 나는 그 구절, 더구나 완전히 꿈속에서 이루어지는 구절에는 교활하게 현학적인 인용문들이 많기 때문에 하나를 더하든 빼든 차이가 없을 것이라고 결정하였다.

위버의 또 다른 분명한 검열로 카탄Katan(1993: 154면)은 이렇게 지적한다. 『장미의 이름』에서 윌리엄 수사는 우베르티노와 함께 수도원에 도착할 프란체스코 수도회의 대표자들에 대해 이야기하고 있는데, 텍스트는 다음과 같다.

9 또한 분명히 나에게(그리고 꿈꾸던 아드소에게) 그러했듯이 크뢰버에게 인용문의 의미는 전혀 중요하지 않았다. 그것은 대략 이런 말이다〔그것은 말(馬)의 다리나 발이 뒤틀린 것을 치료하기 위한 마법 주문이다〕. 〈다리 뒤틀린 것이 피 뒤틀린 것처럼 사지(四肢) 뒤틀린 것처럼, 다리에는 다리, 피에는 피, 사지에는 사지가 함께 붙어 버린 것처럼〉 — 원주.

「이제 자네가 우리와 함께 있으니, 며칠 후 체세나의 미켈레도 도착할 때 커다란 도움이 될 것이야. 힘겨운 싸움이 되겠지.」
「나는 5년 전 아비뇽에서 말했던 것 이상으로 할 말은 없어. 미켈레와 함께 누가 오지?」
「페루자 총회에 참석했던 몇 사람, 아퀴타니아의 아르날도, 뉴캐슬의 우고…….」
「누구?」 우베르티노가 물었다.
「노보카스트로[10]의 우고 말이야. 미안해, 나는 멋진 라틴어로 말할 때에도 우리말을 쓴다니까.」

분명 이 구절은 번역하기 복잡하다. 원본에서 나는 이탈리아어를 사용하는데, 실제로는 등장인물들이 라틴어로 말하고 있다는 암묵적인 합의와 함께 그렇게 한다. 윌리엄이 지명하는 인물(역사상 실존했던 인물)은 이탈리아에 이탈리아어식 이름으로 알려져 있었고 당시의 연대기들에도 그렇게 나와 있다. 그런데 윌리엄이 영어 이름으로 인용하자 우베르티노는 이해하지 못하고, 따라서 그 이름을 이탈리아어로(그러니까 허구에 의하면 라틴어로) 다시 번역한다. 허구적 약정을 통해 영어를 라틴어로 이해해야 하는 텍스트에서 영어 번역자는 어떻게 해야 할까? 혼란을 피하기 위해 영어 번역에서는 그 고유 명사의 모호함을 삭제하는 것이 더 바람직했다. 게다가 이탈리아어 텍스트에서 윌리엄은 분명히 여러 차례 〈지나치게〉 영국인으로 등장하지만, 영어 텍스트에서는 그런 차이가 드러나지 않을 것이다. 따라서 그것은 부분적으

10 Novocastro. 윌리엄 수사가 해명하듯이 Newcastle의 이탈리아어식 이름이다.

로라도 미국 출판사의 요청에 부응하기 위해 내가 없애기로 결정한 구절들 중의 하나였다.[11]

5·3 보상들

그런데 때로는 상실들이 〈보상〉될 수도 있다. 「실비」 제11장에서 〈서술자〉는 실비에게 소설의 구절들을 낭송해 주지만, 이제는 이미 대중 소설에서 루소로 넘어간 그 젊은 아가씨는 그런 저속한 취향을 알아볼(또 비난할) 수 있음을 깨닫고 전략을 바꾸어 이렇게 말한다(비록 감상적이기는 하지만, 그에 따른 모든 수단을 동원한 구애 전략이기 때문이다). *Je m'arrêtais alors avec un goût tout classique, et elle s'étonnait parfois de ces effusions interrompues*. 고전에 대한 취향을 버렸다는 것은 번역자들을 곤경에 처하게 했고,

11 다른 한편으로 번역에 대하여 비평가들은 지나치게 배반의 경우들만 찾으려는 경향이 있다. 카탄(1993: 157면)은 우베르티노가 윌리엄에게 그의 책을 모두 버리라는 애정 어린 충고를 하고 윌리엄은 (카탄에 의하면) 〈*tratterò soltanto il tuo*(나는 단지 자네 것만 다루겠네)〉 하고 대답하는 구절을 검토한다. 카탄은 위버가 *I will devote myself only to yours*로 번역했다고 지적하며, 위버는 윌리엄의 아이러니를 과장함으로써 그 *tratterò*를 〈과잉 번역했다*overtranslated*〉고 결론 내린다. 실제로 나의 텍스트는 *tratterò*라고 말하지 않고 *tratterrò*(나는 간직할 것이다), 말하자면 〈나는 자네 것, 분명히 진지하게 다룰 자네 것만 빼고 모든 책을 버릴 거야〉라고 말하고 있다. 그러므로 그의 번역은 이탈리아어에서 상당히 현학적이고 고어처럼 들리는 용어를 분명히 근대적인 용어로 바꿈으로써 실제로 표현하고자 했던 관념을 아주 잘 옮기고 있다. 혹시라도 단지 전문가들만이 감지할 수 있는 오류는 그 복수형에 있다. 왜냐하면 윌리엄은 분명히 우베르티노의 유일한 책, 즉 『십자가에 못 박힌 생명의 책*Arbor vitae crucifixae*』을 언급하고 있기 때문이다 — 원주.

독자에게 아무런 도움도 되지 않는 번역으로 유도하기도 하였다. 누가 〈고전적 태도〉에 대해 말하고, 누가 〈고전적 취향〉에 대해 말하는가? 그런데 내가 보기에 여기에서는 과거 고전적 연극의 전통과 낭만적 과장법 사이의 대립이 개입하는 듯하다(더구나 그것은 신고전주의적 기억들이 사방에 흩어진 낭만적인 자연의 풍경 속에서 나타난다).[12] 그렇기 때문에 나는, 그것이 담론의 리듬을 늦추지 않기를 바라면서, 고전 연극에 나오는 영웅의 위엄 있는 침묵에 의존하여 약간의 풀어 쓰기를 했다. *Allora m'irrigidivo tacendo, come un eroe da teatro classico, ed ella si stupiva di quelle effusioni interrotte*(그래서 나는 고전 연극의 영웅처럼 입을 굳게 다물었고, 그녀는 그런 중단된 감정의 발로에 깜짝 놀랐다). 모든 독자가 갑작스럽게 젊은 베르테르와, 〈그는 죽었다*Qu'il mourût*〉고 엄격하고 간결하게 낭송하는 호라티우스가 대립하는 모습을 목격한다는 말이 아니다(또한 그러기를 바라지도 않는다). 하지만 나는 최소한 그 두 허구 사이의 대립이 부각될 것으로 믿는다.

때로는 그 이상을 말하고 싶은 유혹에 사로잡히기도 한다. 원본 텍스트를 이해할 수 없기 때문이라기보다는 이야기의 진행에 전략적인 어떤 대립을 강조해야 한다고 생각하기 때문이다.

연극/삶의 대립은 이 소설 전체를 지배한다(최소한 서두에서 연극이 삶보다 더 진실하게 보이는 곳에서). 그런데 소설의 서두는 이렇게 시작된다.

12 그뿐만 아니라 젊은 네르발은 낭만주의자들과 고전주의자들이 대립했던 소위 〈『에르나니*Hernani*』 논쟁〉에도 가담했다 — 원주.

Je sortais d'un théâtre où tous les soirs je paraissais aux avant-scènes en grande tenue de soupirant.

나는 어느 극장에서 나오는 길이었다. 매일 저녁 나는 구애자와도 같은 성장을 하고 그 귀빈석에 나타나곤 했던 것이다.[13]

그 구애자*soupirant*(뒤이어 알 수 있듯이 매일 저녁 흠모하는 여배우의 공연을 보러 가는)는 분명, 다른 사람들이 다양하게 번역했듯이, 사랑에 빠진 사람, 구혼자, 상사병자, 댄디 *dandy*이다. 하지만 단지 그것뿐일까(〈상사병자〉와 〈댄디〉는 내가 보기에 네르발 산문의 어조를 낮추는 것 같다는 사실은 제외하더라도)? 서술자는 귀빈석에*aux avant-scènes*, 마치 공연에 참여하려는 듯이 바로 풋라이트 근처에 모습을 드러낸다. 누군가 실제로 그랬듯이 〈*elegantissimo spasi-mante*(아주 우아한 구혼자)〉로 번역하는 것은 잘못이라고 생각한다. 왜냐하면 성장(盛裝, *grande tenue*)은 분명히 의상의 품질보다 그가 갖는 역할의 충만함을 가리키며, 그것은 분명히 이탈리아 고전 연극의 용어에서 〈*primo amoroso*(첫 번째 연인)〉라 일컫는 것이기 때문이다. 실제로 네르발은 제13장에서 그런 역할을 지적하면서 극단 단장을 가리켜 *jeune premier de drame*(연극의 젊은 남자 주인공), *rôle d'amoureux*(연인 역할)라고 말한다. 만약 그가 활용할 수 있었던 용어들이 그랬다면 분명히 서두에서 그것들을 사용할 수는 없었다. 문체상의 이유 때문이라고 말하고 싶다. 왜냐하면 *soupirant*보다 더 전문적이면서 보다 덜 〈노래하듯이〉 들렸을 것이기 때문이다. 귀로 듣기에는 이탈리아 사람들에게 부드럽게 아이러니한 함축성으로 풍부하고 또 옛날 표현 같은 용어 *primo*

13 최애리 옮김, 앞의 책, 15면.

*amoroso*를 사용할 수 있다고 생각하였다. 그래서 나는 사전이 보장하지 않는 방만함을 허용했고, 그 결과 다음과 같이 번역했다.

> Uscivo da un teatro, dove ogni sera mi esibivo al palco di proscenio in gran tenuta di primo amoroso.
>
> 나는 매일 저녁 첫 번째 연인 같은 성장 차림으로 무대 앞 객석에 내 모습을 드러내곤 했던 어느 극장에서 나오는 길이었다.

하지만 마치 작가를 대신하듯이 지나치게 텍스트를 도와주려는 유혹에 저항할 필요가 있다. 바로 그 단락의 끝 부분에서, 억제할 수 없는 환영(갑자기 무대 위에 나타나는 여배우)의 생명력 앞에서 관객들은 허상*vaines figures*이 되어 버린다. 여기에서도 연극의 진정한 현실성과 삶의 환영 사이의 대립이 나타나며, 따라서 그것을 직접적으로 *fantasmi*(유령들)(〈서술자〉에게는 그렇게 보인다)로 번역하면 멋질 것이다. 하지만 네르발은 그 용어를 사용하지 않았다. 다른 곳에서는 사용하면서 말이다. 형용사 *vain*이 간직되어야 한다는 것은 그것이(*en vain* 같은 표현들을 제외하면) 이 소설의 전략적인 위치에서 두 번이나 다시 나온다는 사실에서 암시되었다(서두에서의 헛됨은 허구적인 무대의 힘 앞에 직면한 현실적 관객들과 관련되는 반면, 뒤에서는 실비의 현실성에 비해 이제는 더 이상 붙잡을 수 없는 아드리엔에 대한 회상으로 옮겨 간다). 어쨌든 일부 번역자들의 *vane figure*(헛된 형상)는 나에게 너무나도 빈약해 보였고, 그렇다고 다른 번역자의 *volti inespressivi*(무표정한 얼굴들)를 받아들일 수도 없었다. 나는 몰리노 본판티니의 번역본에서 충분히 유령의 이미지가 풍기는 아주 멋진 표현 *vane parvenze*(공허한 모습들)를 발견하였고 그것을 채택하였다.

원문보다 더 많은 것을 말하지 않아야 하지만 어쨌든 이탈리아 독자에게 좀 더 이해하기 쉽게 말하는 것이 좋다고 생각했던 경우는 샬리의 방문(제7장)으로, 거기에서는 *le soir de la Saint-Barthélemy*와 *le jour de la Saint-Barthélemy*에 대해 말한다. 모든 번역자들이 두 표현 모두를 문자 그대로 성 바르텔미의 *giorno*(날, 낮) 또는 *sera*(저녁)로 번역했다. 하지만 *la Saint-Barthélemy*라는 표현이 프랑스 독자에게 갖는 함축적 가치를 잊을 수 없다. 그 가치는 오로지 이탈리아의 관습적인 표현, 즉 *la notte di San Bartolomeo*(성 바르톨로메오 축일 전야)를 사용해야만 복원될 수 있다. 그렇기 때문에 나는 언제나 *notte*로 번역하였다. 그리고 무엇보다도 그 장면은 늦은 저녁에 전개된다.

제3장에서 서술자는 루아지로 떠나기로 결정하고 팔레 루아얄 앞에서 *fiacre*(마차)에 올라탄다. 마부는 손님을 여덟 마장 거리의 상리스 근처에 태워다 주어야 한다는 것을 알고 이렇게 말한다〔그리고 그는 손님보다 *moins préoccupé*(덜 급하다)라는 점을 강조한다〕. *Je vais vous conduire à la poste*. 어느 번역자는 그 *à la poste*를 *di buon passo*(빠른 걸음으로)로 이해했는데, 첫눈에 보기에는 잘못이 아니다. 실제로 *poste*는 말을 갈아타는 역참(驛站)이기 때문에 *à la poste*로 간다는 것은 되도록 빨리, 아주 빠르게, 전속력으로 간다는 것을 의미한다. 『가르찬티 이탈리아어-프랑스어 사전』에는 〈*courir la poste*: 미친 듯이 달리다〉로 되어 있다. 그런데 제7장 마지막 부분에서 마차는 플레시스 가도에 멈추고, 여행자는 15분만 걸어가면 루아지에 도착한다고 말한다. 그렇다면 이 여행은 손님을 요청한 주소까지 곧장 데려다 주

는 임대 마차가 아니라 공공 운행 마차를 이용해서 가는 것이다. 실제로〔프랑스어 판본들의 주(註)에서 설명하듯이〕 마부는 손님을 우편 역마차 정류장까지 데려다 주는 것이 더 편리하다고 생각한 것이다. 우편 역마차는 밤에도 출발하고 한두 명의 승객도 받아들이는 가장 빠른(시간당 12킬로미터) 교통수단이었기 때문이다. 네르발과 동시대 사람은 당연히 그런 세부 사항을 이해했을 테지만, 오늘날의 이탈리아 독자도 이해해야 할 것이다. 물론 나는 마부가 손님을 *alla posta*(우체국까지)로 데려다 줄 것이라고 말하는 기존의 번역들을 거부했고, *alla corriera*(역마차까지)로 옮긴 번역본들이 더 낫다고 생각하여 서술자를 *alla corriera postale*(우편 역마차까지)로 데려다 주는 것으로 번역했다. 그리고 그 사건의 메커니즘을 좀 더 명백히 밝히기 위하여 *moins préoccupé*를 *meno ansioso*(덜 조급한)로 옮겼다.[14]

제13장에서 오렐리아(주인공이 사랑하는 여배우로, 도달할 수 없는 실비의 이미지와는 대립되는)의 연인은 *spahis*에 들어갔기 때문에 무대에서 사라지고 절호의 기회를 제공한다고 말한다. 결정적으로 무대에서 사라지는 것이다. *spahis*는 식민지 군대이며, 따라서 그 거추장스러운 인물이 바다 건너로 떠났기 때문이다. 하지만 프랑스 사람이 아닌 어떤 독자가(또한 아마 오늘날의 프랑스 사람도) 그런 섬세함을 포착할 수 있을까? 많은 이탈리아 번역자들이 충실하게 *spahis*로 번역하며, 시버스도 마찬가지이다. 하지만 그는 어쩔 수 없이 〈*Algerian cavalry units in the French army*〉라는 주를 덧붙이고 있다. 다른 이탈리아 번역자는 *cavalleria*

14 번역 모험들의 극치와 관련하여 이야기할 만한 일화 중의 하나로 올딩턴이 *I'll drive you at the police station*으로 번역한 것을 기억할 수 있다 — 원주.

coloniale(식민지 기병대)로 번역하여 그 경쟁자가 멀리 떠났음을 이해하도록 하였다. 나는 부분적으로 이런 선택에 따라 *si era arruolato oltremare negli spahis*(그는 바다 건너 기병대에 입대하였다)라고 번역했다. 나는 부사 하나를 덧붙임으로써, 앞서 말했듯이 언제나 번역자의 무능함을 드러내는 각주를 피했다.

5·4 텍스트를 풍부하게 만들지 않기

어떤 번역들은 도착지 언어를 찬란하고 풍요롭게 만들고, 많은 사람들이 행운이라고 말할 수 있는 경우, 원본보다 더 많은 것을(또는 암시들이 더 풍부하게) 말하기도 한다. 하지만 대개 이런 사건은 바로 도착 언어에서 실현되는 작품과 관련된다. 그것은 원천 텍스트의 번역본이 아니라 그 자체로서 평가될 수 있는 작품과 관련된다는 의미에서 그렇다. 〈그 이상을 말하는〉 번역은 그 자체로는 탁월한 작품이 될 수 있지만 훌륭한 번역은 아니다.[15]

「실비」를 번역할 때 나는 앞부분에서 실비가 아직 순진한 시골 여직공일 때 그녀의 방에 *cage de fauvettes*가 있었다는 사실과 관련하여 어휘상의 결정을 해야만 했다. 나중에 실비가 이제 거의 도시 아가씨가 되었을 때(또한 서술자는 그녀가 이제 멀어졌다고, 영원히 그녀를 잃었다고 느낄 때), 아주 세련되게 장식된 그녀의 방에는 카나리아 새장이 걸려 있다. 만약 사전에서 *fauvettes*가 이탈리아어로 무엇인지 확인해

15 원본 텍스트보다 길게 늘이거나 설명하려는 시도들에 대한 비판으로 베르만Berman(1999: 54~59면)을 참조하기 바란다 — 원주.

본다면 바로 〈실비에*silvie*〉[16]를 일컫는 것을 알 수 있다. 이것은 번역자가 원본 텍스트가 말하는 것 이상을 말하고 싶어 하는 경우이다. 생각해 보시라, 실비아의 실비에라니! 불행히도 네르발은 프랑스어를 말했고 따라서 그런 말장난을 의식했을 리가 없다. 번역한다는 것은 때로는 자신의 언어가 원본 언어에서는 의도되지 않았던 의미 효과가 나타날 때 거기에 저항해야 한다는 것을 의미한다. 만약 번역자가 그런 말장난을 도입한다면 원천 텍스트의 의도를 배반하게 될 것이다.

모든 이탈리아 번역자들은(나도 물론 거기에 포함된다) *capinere*를 선택했다(그리고 실제로 *capinere*는 *Sylvia atricapilla*이다). 시버스는 *linnets*를 선택했는데(그것은 프랑스어로 *grisets*에 해당할 것이다) 커다란 차이가 없다. 어쨌든 그것은 들판에서 잡는 야생 새들이며, 따라서 실내에서 기르는 새인 카나리아와는 대립된다.

가다머(1960: 이탈리아어 번역본, 444면)는 〈번역은 모든 해석과 마찬가지로 강조하는 해명이다〉라고 지적한 바 있다. 제10장에서 우리는 해석하면서 해명하는 것과, 번역하면서 해명하는 것이 얼마나 다른지 살펴볼 것이다. 어쨌든 가다머의 지적에 따르면 번역자는 다음과 같은 자세를 취해야 한다.

> 자신이 명백히 이해하지 못하는 어떤 것도 미해결로 놔두어서는 안 된다. 모든 미묘한 의미를 결정해야 한다. 원본에서도 (〈독창적인〉 독자에게) 무엇인가 불명료한 것이 있는 극단적

16 단수형은 실비아*silvia*로 〈휘파람새〉를 의미한다. 그리고 이탈리아어 고유 명사에서 실비아는 바로 프랑스어의 실비에 해당한다.

인 경우들이 있다. 하지만 바로 그런 경우에도 해석자가 피할 수 없는 결정의 필요성이 대두한다. 그것을 받아들이고, 텍스트의 그 불명료한 부분들까지 자신이 어떻게 이해하는가 명백하게 말해야 한다……. 고유의 임무를 진지하게 받아들이는 모든 번역은 원본보다 더 명백하고 더 표면적인 것이 된다.

이런 관찰은 사실 네 가지 상이한 문제들을 감추고 있다고 생각한다. 첫째는 원본 텍스트의 어느 표현이 번역자에게 모호하게 보이고, 번역자는 어떤 단어나 문장이 그 언어에서 두 가지 상이한 것을 의미할 수 있음을 알거나 또는 그렇지 않을까 염려하는 경우에 나타난다. 이 경우 물론 번역자는 맥락에 비추어서 명백히 밝혀야 하지만, 원래의 독자도 겉보기에는 불확실한 표현들을 밝힐 수 있을 것이라는 원칙에서 출발해야 한다. 나의 경우 번역자가 나의 어느 문장에서 두 가지 해석이 가능하다고 지적해 준 일이 있었는데, 나는 맥락에 비추어 볼 때 한 가지만이 신빙성 있다고 대답했다.

두 번째 경우는 정말로 원래의 저자가 아마 부주의로 원하지 않았던 모호함의 잘못을 범했을 때 나타난다. 그럴 경우 번역자는 도착 텍스트에서 그 문제를 해결할 뿐만 아니라, 저자를 깨우쳐서(만약 그가 아직 살아 있고, 또한 번역본으로 다시 읽을 수 있다면), 모호하게 보이려는 어떤 의도도 없었으므로(또한 텍스트는 그럴 필요성이 전혀 없었으므로), 원본 작품의 다음 판본에서 자신이 말하고자 했던 것을 좀 더 분명히 밝히도록 유도할 수도 있다.

세 번째 경우는 작가가 모호함을 원하지 않았는데 부주의로 그렇게 되었고, 그렇지만 독자(또는 번역자)는 그 모호함이 텍스트상으로 흥미롭다고 생각할 때 나타난다. 그렇다면 번역자는 그것을 그대로 옮기려고 최선을 다할 것이며, 작가는 거기에 반발하지 않아야 할 것이다. 왜냐하면 (행복하게도) 〈작품의 의도〉가 〈작가의 의도〉보다 더 교묘하다는 것을 드러낼 것이기 때문이다.

네 번째 경우는 작가(그리고 텍스트)가 바로 두 가지 선택 사이에서 동요하는 해석을 유발하기 위해 모호함을 〈원했을〉 때 나타난다. 이런 경우 번역자는 그 모호함을 존중하고 인정해야 하며, 만약 명백히 밝힌다면 잘못이라고 생각한다.

베르나르도 드라기는 자신의 『모비 딕』 이탈리아어 번역본 서문에서 그 유명한 서두 〈*Call me Ishmael*〉에 관해 세 페이지를 할애한다. 파베세의 고전적인 번역에는 〈*Chiamatemi Ismaele*(나를 이스마엘이라 불러 다오)〉로 되어 있다. 드라기는 이 서두가 최소한 세 가지 상이한 읽기를 암시한다고 지적한다. (1) 〈나의 진짜 이름은 이스마엘이 아니지만 그렇게 불러 다오. 내가 왜 그런 선택을 하는지 결정하는 것은 당신들의 몫이다(아브람과 하갈의 아들 이스마엘의 운명을 생각할 수도 있다).〉 (2) 〈내 이름은 중요하지 않다. 나는 단지 지금 여러분에게 이야기하려는 비극의 증인일 뿐이다.〉 (3) 〈나를 세례명으로 불러 다오(이것은 영어에서 서로 말을 낮추자는 권유에 해당한다). 나를 친구로 생각하고 내가 여러분에게 이야기하는 것을 믿어 다오.〉

멜빌은 자신의 독자들이 결정하도록 내버려 두고 싶었고 그래서 *My name is Ishmael*〔이탈리아어로 *Mi chiamo Ismaele*(내 이름은 이스마엘이다)로 번역될 수 있다〕로 쓰지 않았다고 가정해 보자. 드라기는 *Diciamo che mi chiamo Ismaele*(내 이름은 이스마엘이라고 하자)로 번역하기로 결정하였다. 나는 드라기 번역의 나머지 부분을 높게 평가하지만, 이런 결정은 이탈리아어 텍스트를 영어 텍스트에 비해 덜 간결하게 만들 뿐만 아니라(문학에서 단어들의 수가 얼마나 중요한지에 대해서는 나중에 살펴볼 것이다) (1)의 읽기를 부추긴다고 생각한다. 어쨌든 *diciamo*를 통해 그는 이탈리아 독자들에게 그런 자기소개가 무언가 암묵적인 것을 암시한다는 것을 강조하여 지적해 준다. 내가 보기에 원본 텍스트는 독자에게 무언가 이례적인 것을 알아차리도록 좀 더 자유롭게 내버려 두는 것 같다. 드라기는 (3)의 읽기를 배제하였다. 그러므로 그의 번역은 원본 텍스트가 말하는 것보다 한편으로는 더 말하고 또 다른 한편으로는 덜 말하게 된다. 한편으로는 모호함을 도입하면서 다른 한편으로는 그것을 배제하는 것이다.

다음과 같은 해명의 경우는, 결국엔 내가 동의해야 했지만, 약간의 의혹을 불러일으킨다. 위버는 자신의 번역 일기(1990)에서 『푸코의 진자』 제107장을 상기시킨다. 간단히 말하자면 벨보는 로렌차와 함께 리구리아 지방의 아펜니노 산맥을 넘어가는 그 저주받을 여행에서 자동차로 개 한 마리를 치었고, 두 사람은 어떻게 해야 할지 모른 채 개 앞에서 오후를 보내게 된다. 어느 시점에서 텍스트는 이렇게 말한다.

> Uggiola, aveva detto Belbo, cruscante…….
> 신음하는구나, 벨보는 말했다, 크루스카[17] 회원처럼…….

나에게 *uggiola*라는 용어는 올바르고 모두 이해할 수 있는

17 Crusca. 1583년 피렌체에서 창립된 아카데미로 이탈리아 언어의 순수성을 유지하고 발전시키는 것을 주요 목적으로 한다.

(아마도 *cruscante*보다 더 쉽게) 것처럼 보였다. 하지만 분명히 나는 벨보가 의욕적으로 문학 용어들을 사용하여 말하는 습관을 갖도록 만들었고, 따라서 그 혼란스러운 순간에 그가 말한 것은 사실에 대한 확인이 아니라 사전 같은 것에서 이끌어 낸 하나의 인용이다. 위버는 그 동사의 세련된 어조를 고려했는데, 영어의 *whimpers*는 똑같이 〈신비스럽지*arcane*〉 않으리라는(또한 크루스카에 대한 언급도 분명하지 않으리라는) 점을 주목했다. 그래서 그의 인용 취향을 가속시켜 다음과 같이 번역하고 싶다고 나에게 허락을 요구했다.

He's whimpering, Belbo said, and then, with Eliotlike detachment: He's ending with a whimper.

나는 등장인물의 인용 버릇을 분명히 밝혀 주는 그의 선택에 동의하는 수밖에 없었다. 하지만 이제 와서 생각해 보니, 특히 그 일화에 대한 위버의 고찰을 읽어 보니, 원문의 인용은 공모의 눈짓으로 제시되었는데(독자는 그것을 무시할 수도 있다), 반면에 번역에서는 〈설명〉된 것처럼 보인다. 혹시 위버가 지나치게 해명한 것일까? 만약 지금 다시 선택한다면 나는 그냥 간략하게 이렇게 번역하라고 충고하고 싶다.

He's ending with a whimper, Belbo said…….

그걸 포착할 수 있는 독자는 포착할 것이고, 만약 머릿속에 엘리엇을 떠올리지 않더라도 어쩔 수 없다. 이런 상황에 대해서는, 상호 텍스트적 인용에 관해 설명한 제9장에서 다시 이야기할 것이다.

5·5 텍스트를 개량한다?

번역이 텍스트를 개량한다고 생각하는 여러 경우에 대해 언급할 수 있을 것이다. 하지만 나는 시의 개작, 가령 어느 위대한 작가가 예전의 작품을 자기 나름대로 다시 말하는 경우들은 배제하고 싶다. 그것은 아주 오래된 작업으로, 거기에는 머나먼 텍스트들 사이의 때로는 무의식적인 대화, 선조들에 대한 경의(그리고 소위 〈영향 관계의 고민〉), 풍요로운 〈잘못 읽기(誤讀)〉가 개입되며, 때로는 심지어 원천 언어에 대한 빈약한 지식에서 기인된 번역의 오류에다 모델에 대한 과도한 사랑이 수반되는데, 거기에서 지극히 시적인 재창조가 나오는 경우도 있다.

의도적인 수정이 아니라 오히려 실제로 강요된 문자 그대로의 선택에 의해 나타나는 비의도적인 〈개량〉들도 있다. 예를 들어 나는 마리오 조베Mario Giobbe가 이탈리아어로 번역한 「시라노 드베르주라크Cyrano de Bergerac」가 종종 로스탕의 원본보다 더 훌륭하다고 확신한다. 마지막 장면을 보자. 시라노는 죽어 가고, 그의 목소리는 약해지고, 마지막으로 힘겹게 말한다.

CYRANO
Oui, vous m'arrachez tout, le laurier et la rose!
Arrachez! Il y a malgré vous quelque chose
Que j'emporte, et ce soir, quand j'entrerai chez Dieu,
Mon salut balaiera largement le seuil bleu,
Quelque chose que sans un pli, sans une tache,
J'emporte malgré vous……
(*Il se lance l'epée haute*)……et c'est……

(*L'epée s'échappe de ses mains, il chancelle, tombe dans les bras de Le Bret et Ragueneau*)

ROXANE

(*se penchant sur lui et lui baisant le front*)

C'est?……

CYRANO

(*rouvre les yeux, la reconnaît et dit souriant*)

Mon panache.

마리오 조베의 번역은 다음과 같다.

CYRANO

Voi mi strappate tutto, tutto: il lauro e la rosa!
Strappate pur! Malgrado vostro c'è qualche cosa
ch'io porto meco, senza piega né macchia, a Dio,
vostro malgrado……
(*Si lancia, la spada levata*)

Ed è……

(*la spada gli cade di mano, egli barcolla e cade nelle braccia di Le Bret e Ragueneau*)

ROSSANA

(*piegandosi sopra di lui e baciandogli la fronte*)

Ed è?……

CYRANO

(*riapre gli occhi, la riconosce, e sorridendo dice*)

Il pennacchio mio!

시라노:

당신은 내 모든 것을 빼앗는군, 영광과 장미, 모든 것을!

빼앗아 보시오! 그럼에도 불구하고, 흠 하나 없고 얼룩도 없이,

내가 하느님께 고스란히 지니고 갈 것이 있지.

그럼에도 불구하고……

(칼을 높이 쳐든 채 몸을 던진다)

그것은……

(칼이 그의 손에서 떨어진다. 그는 비틀거리고 르 브레와 라그노의 팔에 쓰러진다)

록산:

(그의 위에 몸을 굽히고 그의 이마에 입을 맞추면서)

그것은?……

시라노:

(눈을 다시 뜨고, 그녀를 알아본다. 그리고 미소를 지으며 말한다)

내 깃털 장식이오!

프랑스어 *mon panache*는 악센트 때문에 약해지고 속삭임으로 희미해진다. 로스탕은 그 점을 잘 알고 있었고, 그래서 마지막에 느낌표가 아니라 마침표를 찍었다. 이탈리아어 *pennacchio*는 멜로드라마처럼 날카롭다(그래서 실제로 조베는 느낌표를 찍었다). 읽기에는 프랑스어가 더 낫다. 하지만 무대 위에서 그 프랑스어의 속삭임은 낭송하기에 더 어렵다. 왜냐하면 그 말을 하며 죽어 가는 자는 마지막 자부심의 경련 속에 어떤 식으로든 다시 몸을 일으켜야 하는데 목소리

가 나오지 않기 때문이다. 이탈리아어로는 *pennacchio*를 외치지 않고 속삭인다 하더라도, 언어가 행동을 암시하며 따라서 목소리가 꺼지는데도 불구하고 죽어 가는 자가 다시 몸을 일으키고 있다는 인상을 준다.

물론 나는 시라노 역의 일부 프랑스 배우들(가령 벨몽도)이 *mon panache*를 말하면서 가볍게 몸을 일으키는 데 성공하는 것을 본 적이 있으며, 마찬가지로 일부 이탈리아의 시라노 역 배우들이 지나치게 *pennacchio*에 이끌려 가는 것을 본 적이 있다. 하지만 최소한 연극의 관점에서는 여전히 로스탕보다 조베를 더 좋아한다.

소위 〈덧붙이기 번역*translation by accretion*〉이라는 여성주의 번역의 경우를 어느 정도 정당한 풍부화로 분류해야 할지 아니면 부분적 개작(뒷부분 참조)으로 분류해야 할지 모르겠다. 〈여기에서는 어떤 말장난 또는 용어의 한 가지 의미에만 특전을 부여하지 않고, 그 안에 포함된 상이한 의미 경로들을 공공연히 드러냄으로써 복합적인 의미 효과를 내려고 한다. *coupable*은 *culpable*과 *cuttable*이 되고, *voler*는 *to fly*와 *to steal*이 되며, *dépenser*는 *to spend*와 *to unthink*가 된다……. 여성적 다시 쓰기는 번역하는 작품들을 다른 맥락 또는 초월적 맥락 속에 위치시킴으로써 《신비화*mises en abîme*》를 실현하고, 여성 번역자가 갖는 의도적으로 모호하고 비틀린 시선에 의존하여 허구의 메커니즘을 강조하며 동시에 그것을 새로운 목적들에 재활용할 수 있게 한다.〉[18]

18 데마리아(2003: 3·2·2 및 3·2·3)는 이와 관련하여 윙Wing(1991)과 그녀의 엘렌 식수Hélene Cixous 작품 번역을 인용하면서 이렇게 주장한다. 여성 번역자는 〈텍스트에 많은 관심을 기울이고 자신의 언어가 텍스트를 가로지르도록 해야 하며 …… 번역은 몸과 몸의 리듬을 따라 작업해야

어떤 추상적인 구별 기준을 세울 수는 없다. 하지만 그중에서 많은 경우는 개작 또는 새로운 작품이라 말할 수 있다고 생각한다. 어쨌든 그런 게임이 드러나 있을 경우, 독자는 재해석 작업과 마주하게 된다는 것을 알며 혹시 원본보다 번역상의 도전을 더 높게 평가할 수도 있다. 반대로 만약 그런 게임이 드러나지 않을 경우에는 — 그런 현상의 중요성이나 그 결과들에 대한 모든 고찰을 제외하면 — 합법성의 맥락에서 순진한 독자에 대한 전횡이라 말할 수 있을 것이다.

마지막으로 번역자가 실수로 무엇인가를 잃지만, 뜻밖의 행운으로 잃으면서 다른 무엇을 얻는 경우들이 있다. 『전날의 섬』의 일본어 번역자 후지무라 마사키가 나에게 지적해 준 흥미로운 사례는 다음과 같다. 그는(모든 훌륭한 번역자가 그래야 하듯이) 다른 언어로 된 번역본들을 참조했는데, 심술궂게도 윌리엄 위버의 영어 번역본에서 오류를 하나 찾아냈다.

제6장의 서두에 주인공이 남태평양 바다의 해돋이에서 본 일종의 환영에 대해 서술하는 장면에서 텍스트는 이렇게 말한다.

> 곧이어 그것은 마치 울퉁불퉁한 청록색 윤곽처럼 보였고, 몇 분 뒤에는 벌써 두 개의 수평 띠로 나뉘고 있었다. 산들의 어두운 구역 아래에서는 벌써부터 해맑은 야자수와 초목들이 솔처럼 반짝였고, 그 위로는 밤의 구름이 아직도 집요하게 드리워 있었다. 하지만 그 구름들은 여전히 중심부는 칠흑 같으면서도 가장자리에서 흰색과 장밋빛으로 뒤섞이며 무너져 내

한다〉(7~9면). 또한 데마리아의 같은 책(2003: 3·4)에서는 〈식민지〉 번역에 관한 글과, 후기 식민지주의 문학의 문제에 관한 글(분명히 번역의 문제를 가로지르는)을 볼 수 있다 — 원주.

리고 있었다.

마치 햇살이 구름들을 정면으로 비추는 것이 아니라 오히려 교묘하게 그 안에서 뚫고 나오려고 애쓰는 것 같았다. 그리고 구름들은 가장자리에서 빛으로 쇠진해지면서도 오히려 연무(煙霧)로 충만하게 부풀어 오름으로써, 하늘 속으로 녹아들어 바다의 충실한 거울이 되기를 거부하는 듯하였다. 이제 경이로울 정도로 맑은 바다는, 마치 등불이 달린 물고기 떼들이 지나가듯이, 눈부신 반짝임으로 뒤덮였다. 그러나 순식간에 구름들은 햇살의 초대에 굴복했고, 산꼭대기 위로 가볍게 달아나 버렸다. 그리하여 한편으로는 산등성이에 들러붙어 우유 크림처럼 농축되고 침전되어, 아래쪽을 향해 엉겨 붙는 곳에서는 부드럽고, 위쪽에서는 좀 더 빽빽하게 빙설 같은 것이 되었으며, 다른 한편으로는 산꼭대기의 빙설이 단지 얼음의 용암을 이루어 허공에서 버섯 모양으로 폭발하면서, 요술나라의 맛있는 음식들이 분출하는 것 같았다.

좀 더 나아가 경이로운 새로운 경험에 충격을 받은 등장인물은 혹시 자기가 꿈을 꾸고 있는 것이 아닌가 스스로에게 묻는다.

Non avrebbe potuto, pertanto, essere sogno anche il gran teatro di celesti ciurmerie che egli credeva di vedere ora all'orizzonte?

그러니까 그가 지금 지평선에서 보고 있다고 믿는 천상의 눈속임들의 위대한 극장도 꿈일 수 있지 않을까?

위버는 앞 구절을 아주 훌륭하게 번역한 다음 그 *ciurmerie* (내 기억으로 이 용어는 속임수, 기만, 눈속임을 의미한다)

앞에서 그것을 〈*ciurma*(선원)와 관련된 것〉으로 이해하였고 그래서 *celestial crews*로 번역하였다. 문자 그대로 말하자면 그것은 오류, 또는 최소한 실수이다. 하지만 그 하늘에 천상의 선원들이 떠돈다는 것이 뭐 그리 나쁜가? 솔직히 말해 나는 번역 원고를 읽으면서 어떤 혼란스러움도 발견하지 못했다. 내 구절(환영의 속임수와 바로크적 착각에 대한)에는 눈속임의 동위성이 있고, 도착 텍스트에서는 그것이 사라지면서 어쨌든 여전히 나타나 있는 배의 동위성에 자리를 내준다. 하늘(시각적 눈속임들의 극장)에 춤추는 유령 선원들이 나타난다는 것은 혹시 그 환영(그리고 착각)에 초현실적 맛을 더해 줄지도 모른다.

하지만 원칙상 번역자는 텍스트를 개량하려고 하지 않아야 한다. 만약 이야기나 묘사가 개량될 수 있다고 믿는다면, 가령 사르트르가 뒤마의 『킨*Kean*』을 다시 썼듯이 작가로서 개작을 하면 된다. 만약 잘못 쓰인 평범한 작품을 번역할 경우 그 상태로 번역하여 도대체 작가가 무엇을 했는지 도착 텍스트의 독자가 알도록 내버려 두어야 한다. 혹시 저급한 수준의 추리 이야기, 연애 소설이나 외설적인 포르노를 제공하는 여흥 시리즈를 위해 번역하지 않는다면 말이다. 그런 경우 독자는 작가가 누구인지 모르거나 종종 작가의 이름을 곧바로 잊어버리며, 또한 만약 금전적인 이유로 출판업자나 번역자가 성과 폭력의 장면을 더욱 맛있게 만들고자 한다면 마음대로 가속 페달을 밟도록 내버려 두는 수밖에 없다. 마치 피아노 바의 훌륭한 피아니스트가 밤 2시에 경쾌한 분위기의 음악을 눈물 짜내는 비가(悲歌)로 전환시키듯이 말이다. 하지만 눈물을 짜내려는 목적도 없이 단지 경이로운 효과를 얻으려는 그런 자유분방함은 재즈의 대가들, 즉 어떤 주제에서도 〈즉흥 재즈 연주회*jam session*〉를 이끌어 내고 따라서 만약 녹음하여 나중에 다시 듣더라도 감동과 존경심이 생기는 대가들이 했던 것이다.

하지만 그런 경우 근본적 개작(이에 대해서는 제12장에서 다룰 것이다), 또는 각색이나 번안(이에 대해서는 제13장에서 다룰 것이다)으로 넘어가게 된다.

이제 개량의 유혹이 아주 강렬한 극단적인 경우를 고려해 보고 싶은데, 나의 개인적인 경험을 하나 이야기하겠다.[19] 몇 해 전에 에이나우디 출판사[20]는 파란색 표지로 된, 작가들이 번역한 텍스트들의 시리즈(나중에 나는 여기에서 「실비」를 번역하였다)를 시작했는데, 나는 뒤마의 『몽테크리스토 백작』을 번역해 보라는 칼비노[21]의 권유에 응했다. 나는 언제나 이 소설을 서사 세계의 걸작으로 간주하고 있다. 하지만 작품의 서사적 힘을 유지한다고 해서 필연적으로 완벽한 예술 작품이 되는 것은 아니다. 대부분 그런 책들은 소위 〈유사 문학 *paraletteratura*〉의 걸작이라는 주장과 함께 높게 평가된다. 따라서 수베스트르와 알랭[22]이 〈위대한〉 작가들이 아니라는 것은 인정하지만, 어쨌든 초현실주의자들이 종종 그랬듯이

19 여기에서 나는 『몽테크리스토 백작』을 새로이 번역하려고 시도했다가 실패한 이야기(에코, 1985)를 다시 반복하는 수밖에 없다 — 원주.

20 Einaudi. 1933년 줄리오 에이나우디(1912~1999)가 토리노에 세운 출판사로 그 당시 주로 반파시스트 지식인들을 중심으로 이탈리아 문화계에 개혁 바람을 불러일으켰으며, 지금도 이탈리아의 대표적인 출판사로 꼽힌다. 줄리오 에이나우디는 2차 세계 대전 후 수립된 이탈리아 공화국의 초대 대통령을 역임하기도 했다.

21 Italo Calvino(1923~1985). 현대 이탈리아의 대표적인 소설가로 동화의 특징적인 표현력을 잘 활용한 작품들로 주목을 받고 있다.

22 Pierre Souvestre(1874~1914)와 Marcel Allain(1885~1969). 둘 다 프랑스의 작가로 1911년에 시작된 일련의 공포 소설 시리즈에서 팡토마 Fantômas라는 절대 붙잡히지 않는 범죄자 주인공을 탄생시켰다.

거의 신화적인 힘을 지닌 팡토마 같은 등장인물을 찬양하기도 한다. 유사 문학은 분명 존재한다. 그것은 바로 해변에서 읽을 만한 추리 소설이나 연애 소설, 시리즈로 기획된 상품으로서 독자의 기분 전환이라는 명백한 목표를 갖고 있으며 문체나 창안의 문제를 전혀 제기하지 않는다(오히려 그것들은 반복적이고 독자에게 친숙한 도식을 따르기 때문에 성공한다). 유사 문학은 〈추잉껌〉만큼 건전하다. 껌은 고급 요리의 메뉴판에 절대 오르지 않지만 치아 위생의 측면에서 고유의 기능을 갖고 있다. 하지만 뒤마 같은 인물에 대해서는, 비록 돈을 위하여 그리고 독자 대중을 자극하고 기분 좋게 해주기 위하여 연재로 쓰기는 했지만, 오로지 (그리고 언제나) 유사 문학만 했을까 질문해 보는 것이 타당할 것이다.

뒤마의 소설이 어떤 것인가는 그와 동시대의 작가 외젠 쉬[23]를 다시 읽어 볼 경우 분명하게 드러난다. 쉬는 당시 뒤마보다 더 유명했으며, 뒤마는 그에게서 적지 않은 암시를 이끌어 냈다. 예를 들어 복수의 심판관을 찬양하는 『몽테크리스토 백작』은 쉬의 『파리의 신비』의 성공을 보고 뒤따라 쓴 것이다.[24] 그런데 바로 『파리의 신비』(집단적 히스테리, 등장인물과의 동일시, 심지어 정치적·사회적 반응들까지 창출했던)를 다시 읽어 보면 우리는 장황함이 그 책을 납처럼 무겁게 만든다는 것을 깨닫게 되며, 그 결과 이제는 단지 참고 자료로서만 그 책을 읽게 된다. 반면에 『삼총사』는 여전히 재즈

23 Eugène Sue(1804~1857). 본명은 Marie-Joseph Sue. 프랑스 작가이며, 특히 신문 연재 소설로 대중의 엄청난 인기를 끌었다. 에코는 『대중문화의 이데올로기』(1978)에서 그의 대표작 『파리의 신비*Les Mystères de Paris*』(1842~1844)에 대한 흥미로운 분석을 하고 있다.

24 쉬와 뒤마에 관한 나의 고찰(에코, 1978) 참조. 하지만 여기에서 나는 그 이전에 출판된 저술들을 다루었다 — 원주.

악구처럼 신속하게 진행되는 날렵한 책이며, 내가 〈품삯 받는〉 대화라고 정의했던 것, 말하자면 글 한 줄에 얼마 하는 식으로 돈을 받았기 때문에 두세 페이지에 걸쳐 늘어난 짤막하고 비본질적인 대사들을 만들 때에도 연극 같은 우아함을 창출한다.

그렇다면 이렇게 말할 수 있다. 뒤마는 쉬보다 나은 문체를 갖고 있었으며, 따라서 크로체[25]가 〈문학〉으로 정의했던 것을 〈잘〉 생산했던 반면 쉬는 그런 재능을 갖고 있지 않았다고 말이다. 하지만 이런 너그러운 양보가 『몽테크리스토 백작』에서는 통하지 않는다. 앞으로 보겠지만 이 작품은 아주 〈잘못〉 쓰인 것처럼 보인다.

사실 글쓰기 역량은 필연적으로 어휘나 통사에서 나타나지 않고 오히려 리듬과 신중한 서사적 투여 기법들로 나타나는데, 그것은 문학과 유사 문학 사이의 경계선을 미세하게나마 넘나들면서 집단적 상상력을 사로잡는 신화적인 인물과 상황을 창출한다. 사실 우리는 종종 원래의 저자(또는 민중적 이야기를 문학 형식으로 바꾼 사람)를 모르는 동화들처럼 〈단순한 형식〉으로 정의된 문체를 알고 있는데, 그것은 상호텍스트의 전통 속에서 빨간 모자, 신데렐라, 또는 장화 신은 고양이처럼 잊을 수 없는 등장인물들을 유포시킨다. 그런 등장인물들은 누가 이야기하든 또 어떻게 이야기하든 상관없이 우리 현실 세계에서 마치 실존 인물처럼 살아간다.

이야기하는 사람이 어린이들을 위해 이야기를 들려주는 사람이든, 자기 아이들의 침대 곁에 앉아 있는 엄마든, 아니면 이야기를 발레나 만화 영화로 개작하는 사람이든 상관없

25 Benedetto Croce(1866~1952). 20세기 이탈리아의 지성계를 대표하는 인물 중의 하나로, 신관념론*neoidealismo* 철학의 대표자이며, 동시에 탁월한 미학 이론가, 비평가, 역사학자로 많은 업적을 남겼다.

다. 신화들도 그렇게 구성되어 있다. 오이디푸스는 소포클레스 이전에도 이미 존재했고, 키르케는 호메로스 이전에도 존재했으며, 하나의 똑같은 신화적 모델이 스페인의 〈피카로 *picaro*〉들, 질 블라스,[26] 짐플리치시무스[27]나 틸 오일렌슈피겔[28]에 의해 구현되었다. 그런 단순한 형식들이 존재한다면, 무엇 때문에 우리는 그 〈단순함〉이 필연적으로 간략함과 동일시되지 않는다는 것, 4백 페이지의 소설을 탄생시키는 단순한 형식들도 있을 수 있다는 것을 인정하지 않아야 한단 말인가?

때로는 우연 때문에, 성급한 방만함 때문에, 냉소적인 상업적 계산 때문에 수많은 원형(原型)들을 등장시키고 가령 「카사블랑카」[29] 같은 컬트 영화를 탄생시키는 작품도 단순한 형식들로 볼 수 있다. 그렇다면 『몽테크리스토 백작』은 그러한 〈진흙투성이〉, 또는 모순 어법을 허용한다면, 아주 복잡한 〈단순한 형식들〉의 범주에 속할 것이다.

잠시 소설의 언어는 잊고 『몽테크리스토 백작』이 이야기하는 플롯과 파불라에 대해서만 생각해 보자. 무수한 사건들과 무수한 반전들의 집중 속에서 나로서는 주저 없이 〈크리스토적〉이라고 정의하고 싶은 몇몇 원형적 구조들이 나타난다.

26 Gil Blas. 프랑스의 작가 르사주Alain René Lesage(1668~1747)가 쓴 네 권의 방대한 소설에 나오는 주인공으로 피카레스크 소설을 모델로 하고 있다.

27 Simplizissimus. 독일의 작가 그리멜스하우젠Hans J. Christoffel von Grimmelshausen(1621/22~1676)의 소설에 나오는 주인공으로 피카레스크의 전형적 특징을 가진 모험가이다.

28 Till Eulenspiegel. 독일의 작곡가 리하르트 슈트라우스Richard G. Strauss(1864~1949)의 교향시에 나오는 모험적인 주인공.

29 「카사블랑카 또는 신들의 재탄생」(에코, 1977b: 138~146면) 참조 — 원주.

거기에는 자기 동료들에게 배신당한 무고한 사람이 있고, 이프 성(城)의 무시무시한 지옥으로의 하강도 있고, 자신의 죽음과 함께 자신의 염습(殮襲) 천으로 당테스를 둘러싸서 구해 주는 아버지 같은 파리아 신부와의 만남도 있다. 당테스는 마치 구원의 자궁에서 나오듯이 염습 천에서 깊은 바다로 나오고(부활하고), 엄청난 부와 권능으로 상승한다. 거의 전능한 〈심판관〉의 신화도 있는데, 그는 산 자와 죽은 자들을 심판하고 모든 독자의 고백할 수 없는 복수의 욕망들을 충족시켜 준다. 그 〈복수의 크리스토〉는 여러 번 올리브 산의 예수[30]처럼 약해진 마음으로 괴로워한다. 왜냐하면 무엇보다도 그는 사람의 아들이기 때문이다. 그래서 죄인들에게 잔인한 심판을 내릴 권한이 정말로 자신에게 있는지 자문한다. 그뿐만이 아니다. 거기에는 『천일야화』의 동방도 있고, 배신자들과 해적들이 들끓는 지중해도 있으며, 음모와 세속적 향락들이 넘치는 초기 자본주의 시대의 프랑스 사회도 있다. 비록 그것은 발자크의 작품에서 더 잘 묘사되어 있으며, 또한 당테스는 실수로 보나파르트주의의 꿈에 이끌림으로써 쥘리앵 소렐이나 파브리스 델 동고 같은 복잡함이나 모호함을 갖고 있지 않지만, 어쨌든 방대한 시대 묘사는 강력하다. 그리고 몽테크리스토는 자신과 같은 — 그리고 독자들 같은 — 프롤레타리아와 소시민들을 축복하면서 싸우고, 자신의 세 가지 적, 그러니까 재무부와 사법부, 군대에 저항한다. 그뿐만 아니라 주식 시장의 취약성을 이용하여 은행가를 파산시키며, 옛날 범죄를 폭로하여 판사를 물리치고, 군대의 비리를 들춰내어 장군을 굴복시킨다. 그리고 『몽테크리스토 백작』은 현기증 나는 신분 확인, 그리스 비극 이후 서사의 기본적 원

30 「루가의 복음서」 22장 39~46절 참조.

동력이 되는 신분 확인을 제공하는데, 아리스토텔레스와는 달리 단 하나로 만족하지 않고 연쇄적으로 제공한다. 몽테크리스토는 여러 번에 걸쳐 모든 사람들에게 자신을 폭로한다. 매번 우리가 똑같은 진실을 알게 되더라도 중요하지 않다. 우리는 바로 그의 권력을 즐기며 계속하여 다른 사람의 놀라움을 보면서 만족해하고, 그가 끊임없이 〈내가 바로 에드몽 당테스요!〉 하고 또다시 폭로하기를 원한다.

그러니까 『몽테크리스토 백작』에는 숨 막히는 소설이 될 만한 훌륭한 이유가 모두 들어 있다. 그렇지만, 그렇지만…… 「카사블랑카」는 고유의 야생적 에너지 속에서 『삼총사』처럼 신속하게 진행되기 때문에 컬트 영화가 되었다. 반면에 『몽테크리스토 백작』은 (여기에서 매 순간 과잉 폭발하는 것처럼 보이는 그의 언어로 돌아가 보자) 진흙탕에 빠진 듯하고 힘겹게 나아간다. 과잉들로 넘치고, 뻔뻔스럽게 똑같은 형용사를 한 줄 건너 반복하고, 격언 같은 말투의 여담들 속에서 허우적거리며 〈시제 일치*consecutio temporum*〉에 발이 걸리고, 스무 줄이나 되는 문장을 마무리하지도 못하는데, 그의 등장인물들은 끊임없이 창백해지고, 이마로 흘러내리는 식은땀을 닦고, 인간적인 맛이 전혀 없는 목소리로 더듬거리며, 몇 페이지 앞에서 지나가는 개한테 이야기했던 것을 이번에는 돼지들한테 이야기한다. 앞의 세 장에서 당테스가 모든 사람들에게 자신은 결혼할 것이며 행복하다고 도대체 몇 번이나 반복해서 말하는지 계산해 보면 알 수 있다. 마치 이프 성에 14년 동안 갇혔던 것이 그런 다변(多辯)의 에너지 낭비에 대한 정당한 형벌인 것처럼 말이다. 아주 볼품없는 은유들의 무절제에 대해서는 제61장의 한 구절을 인용해 보면 충분히 알 수 있는데, 오래된 전신주 탑을 다음과 같이 묘사하고 있다.

On n'eût pas dit, à la voir ainsi ridée et fleurie comme une aïeule à qui ses petit-enfants viennent de souhaiter la fête, qu'elle pourrait raconter bien de drames terribles, si elle joignait une voix aux oreilles menaçantes qu'un vieux proverbe donne aux murailles.[31]

여기에 대해서는 손초뇨 출판사[32]의 잊을 수 없는 판본으로 나온 익명의 고색창연한 이탈리아어 번역본을 읽어 보면 경탄의 전율을 느끼지 않을 수 없다.

Si sarebbe detto, vedendola così ornata e fiorita come una bisavola di cui i suoi nipotini celebrano il giorno natalizio, che essa avrebbe potuto raccogliere drammi assai terribili, se avesse aggiunto la voce alle orecchie minaccevoli che un vecchio proverbio attribuisce alle muraglie.

마치 자신의 어린 손자들이 생일을 축하해 주는 할머니처럼 꽃으로 장식된 모습을 보니 만약 옛날 속담이 벽에게 제공하는 위협적인 귀에다 목소리를 덧붙인다면, 그것은 아주 무시무시한 드라마들을 모을 수 있을 것이라고 말할 정도였다.

앞서 말했듯이 무엇 때문에 뒤마가 뻔뻔스러울 정도로 길게 썼는지는 널리 알려져 있다. 그는 한 줄에 얼마 하는 식으

31 오증자의 번역본(『몬테크리스토 백작』 제3권, 민음사, 2002, 360면)은 다음과 같이 옮기고 있다. 〈마치 손자들로부터 생일잔치를 받고 있는 할머니처럼, 그 탑은 주름살투성이인 데다가 꽃으로 둘러싸여 있었다. 그래서 벽에도 귀가 있다는 옛날 속담대로 그 무시무시한 귀와 입이 그 탑에 있다 하더라도, 그가 본 참극 같은 것을 이야기하는 성싶지는 않았다.〉

32 1861년 에도아르도 손초뇨Edoardo Sonzogno(1836~1920)가 밀라노에 세운 출판사로 초기부터 주로 대중 소설 종류를 전문으로 출판하였다.

로 돈을 받았던 것이다. 여러 번 반복해서 이야기하는 이유는 바로 소설이 연재로 나왔고 그래서 이전 연재에서 일어난 일을 잊어버린 독자에게 상기시킬 필요가 있었기 때문이다. 하지만 오늘날의 번역에서도 여전히 똑같은 필요성을 고려해야 할까? 만약 뒤마가 무거움을 줄일 수 있도록 충분히 돈을 받았을 경우 작업했을 것처럼 번역할 수 없을까? 만약 자기 독자들이 이미 헤밍웨이나 데실 해밋[33]의 작품으로 교육받았다는 것을 알았더라면, 뒤마 자신이 훨씬 더 신속하게 진행시키지 않았을까? 불필요한 과잉이 넘치는 곳을 신속하게 진행시킴으로써 『몽테크리스토 백작』을 도와줄 수는 없을까?

나는 계산해 보기 시작했다. 뒤마는 언제나 누군가가 앉았던 의자에서 일어난다고 말한다. 도대체 어떤 의자에서 일어나야 한단 말인가? 그러므로 의자에서 일어난다고 번역하는 것으로는 충분하지 않다. 심지어는 일어난다고 말할 필요도 없지 않을까? 만약 그가 탁자에 또는 자기 책상에 있다는 것이 이미 명백하다면 말이다. 뒤마는 이렇게 쓴다.

> Danglars arracha machinalement, et l'une après l'autre, les fleurs d'un magnifique oranger; quand il eut fini avec l'oranger, il s'adressa à un cactus, mais alors le cactus, d'un caractère moins facile que l'oranger, le piqua outrageusement.[34]

33 Dashiell Hammett(1894~1961). 미국의 작가로 간결하고 효과적인 문체와 리듬을 자랑하는 추리 소설들을 발표하였다.

34 오증자는 다음과 같이 옮기고 있다(앞의 책, 383면). 〈그러는 동안 골동품에는 취미가 없는 〔에코의 인용에서는 *peu amateur de curiosités*가 빠져 있다〕 당글라르는 아름다운 오렌지 나무에서 꽃을 하나씩 하나씩 따버리고 있었다. 오렌지 꽃을 다 따고 나자, 이번에는 선인장에 손을 댔다. 그러나 선인장은 오렌지처럼 잘 따지질 않고, 오히려 손만 찔렀다.〉

이것을 다음과 같이 번역하면 어떨까?

Strappò macchinalmente, uno dopo l'altro, i fiori di un magnifico arancio; quando ebbe finito si rivolse a un cactus il quale, di carattere più difficile, lo punse oltraggiosamente.

그는 거대한 오렌지 나무의 꽃들을 하나하나 기계적으로 뜯어냈다. 그것이 끝나자 그는 선인장으로 향했는데, 좀 더 까다로운 성격의 선인장은 모욕적으로 그를 찔렀다.

첫눈에 알 수 있듯이 네 줄 대신 세 줄로 줄어들었고, 43개의 프랑스어 단어에 비해 이탈리아어 단어는 29개이다. 대략 25퍼센트가 넘는 절약이다. 플레야드판으로 빽빽한 1천4백 페이지에 달하는 소설 전체의 길이로 따지면 무려 350페이지가 절약된다! 그리고 가령 다음과 같은 표현에서는,

comme pour le prier de le tirer de l'embarras où se trouvait.

단어들을 절반만 사용해도 된다.

come per pregarlo di trarlo d'imbarazzo.

곤경에서 구해 달라고 그에게 부탁하려는 듯이.

또한 그 모든 *monsieur*를 없애고 싶은 유혹은 말할 필요도 없다. 프랑스인들은 이탈리아인들이 *signore*를 쓰는 것보다 훨씬 더 많이 *monsieur*를 쓴다. 오늘날에도 프랑스에서는 두 이웃 사람이 엘리베이터에 들어가면서 *bonjour*, *monsieur* 하고 인사하는 경우가 있지만, 이탈리아어에서는 지나치게 형식적인 요소를 끌어들일 필요 없이 *buongiorno*로 충분하

다. 19세기 소설에 얼마나 많은 *monsieur*들이 들어 있는지는 말할 필요도 없다. 신분이 똑같은 두 사람이 서로 이야기하는 경우에도 일일이 그것을 번역할 필요가 있을까? 모든 *monsieur*를 없애면 얼마나 많은 페이지를 절약할까?

그렇지만 나는 바로 이런 의도에서 위기에 빠졌다. 그 모든 *monsieur*의 존재는 소설에서 19세기 프랑스의 어조를 유지할 뿐만 아니라, 등장인물들 사이의 관계를 이해하는 데 필수적인 상호 존중의 대화 전략들을 제시한다. 바로 여기에서 나는 *je vous en prie*를 말 그대로 *vi prego*(부탁합니다)로 번역하는 것이 옳은지, 아니면 혹시 손초뇨 출판사의 옛 번역가들처럼 *ve ne prego*로 번역하는 것이 옳았는지 자문해 보았다.

이 시점에서 내가 피하고자 했던 모든 장황함, 겉보기에는 불필요한 그 350페이지가 중요한 전략적 기능을 갖고 있으며, 사건의 해결을 늦추면서 기대감을 창출하고, 그 차갑게 먹는 음식 같은 복수의 걸작에 필수적이라고 생각하게 되었다. 그리고 여기에서 나는 나의 과업을 포기하고 말았다. 『몽테크리스토 백작』은 고유의 서사 전략으로 인해, 비록 〈잘 쓴〉 것은 아닐지라도, 분명히 〈그래야 마땅한〉 방식으로 쓰였으며, 그와 달리 쓰일 수는 없었으리라고 결론을 내리면서 말이다. 뒤마는 비록 별로 고상하지 않은 동기에 이끌려 쓰기는 했지만 결과적으로는 이런 사실을 깨달았던 것이다. 즉 『삼총사』에서는 우리 모두가 〈다른 사람들〉이 어떻게 궁지에서 벗어나는가 알고 싶어 하기 때문에 신속하게 전개되어야 했다면, 『몽테크리스토 백작』은 거기에서 이야기하는 고뇌가 바로 〈우리 것〉이기 때문에 천천히 힘겹게 진행되어야 했다고. 쥐사크가 결투에서 패배한다는 것을 아는 데에는 몇 페이지로 충분한데, 그것은 〈맨발의 카르멜 수도사들〉에게 칼을 뽑아 드는 일이 독자에게는 절대 일어나지 않을 것이기 때문이다. 반면에 좌절의 삶 전체에 대하여 우리가 오랫동안 상상하는 시간을 묘사하는 데에는 많은 페이지가 필요하다.

언젠가 또다시 내 생각으로 되돌아와 그러한 사이비 번역을 하려고 결정할지도 모르겠다. 하지만 그것은 하나의 〈개작〉, 양면적인 작업으로 제시되어야 할 것이다. 소설을 줄일 경우 나는 이렇게 가정해야 할 것이다. 그러니까 독자들은 이미 원본을 알고 있으며, 더 이상 에드몽 당테스의 열정에 동참하지 않고, 그의 사건을 우리 동시대인의 아이러니하고 이질적인 눈으로 바라보며, 또한 이제는 더 이상 그 영웅들과 함께 눈물을 흘리지 않으면서 몽테크리스토가 얼마나 재빠른 움직임으로 자신의 복수를 엮어 가는지 즐겁게 발견하고 싶어 한다고 말이다.

5·6 개작하면서 보상하기

그럴 경우 우리는 근본적 또는 절대적 개작이라 부르고 싶은 작업과 마주하게 될 터인데, 이에 대해서는 제12장에서 언급할 것이다. 여기에서는 텍스트가 얻고자 했던 효과를 존중하기 위하여 〈부분적〉 또는 〈국소적 개작〉을 시도하도록 인정되는 상황을 검토해 보고자 한다.

내 소설 『장미의 이름』에는 살바토레라는 등장인물이 나오는데, 그는 여러 언어들의 조각들로 만들어진 언어로 말한다. 당연히 이탈리아어 텍스트에서 외국어 용어들의 도입은 낯설게하기의 효과를 얻었지만, 만약 어느 등장인물이 *Ich aime spaghetti*라고 말하는데 영어 번역자가 이 다언어 표현을 *I like noodles*로 번역한다면 그 〈바벨탑 언어〉의 효과는 상실될 것이다. 나의 원본 텍스트와 함께 세 명의 번역자가 어떻게 내 등장인물의 표현을 각자의 언어와 문화로 바꾸었는지 살펴보자.

"Penitenziagite! Vide quando draco venturus est a rodegarla l'anima tua! La mortz est super nos! Prega che vene lo papa santo a liberar nos a malo de todas le peccata! Ah ah, ve piase ista negromanzia de Domini Nostri Iesu Christi! Et anco jois m'es dols e plazer m'es dolors…… Cave el diabolo! Semper m'aguaita in qualche canto per adentarme le carcagna. Ma Salvatore non est insipiens! Bonum monasterium, et aqui se magna et se priega dominum nostrum. Et el resto valet un figo seco. Et amen. No?"

「회개하라! 보아라, 도래할 용(龍)이 언제 와서 그대의 영혼을 갉아먹을지! 죽음은 우리 위에 있도다! 성스러운 교황이 와서 우리를 모든 악으로부터 구해 주도록 기도하라! 하하, 그대는 우리 주 예수 그리스도의 이 강신술(降神術)을 좋아하는구나. 그러니 기쁨도 고통이고 쾌락도 고통이지…… 악마를 조심해라! 언제나 어느 구석에 웅크리고 있다가 발꿈치를 깨문다. 하지만 살바토레는 멍청이가 아니다! 훌륭한 수도원, 사람들은 여기에서 먹고 우리 주님께 기도하지. 나머지는 아무런 가치도 없다. 아멘. 그렇지 않은가?」

"Penitenziagite! Watch out for the draco who cometh in futurum to gnaw your anima! Death is super nos! Pray the Santo Pater come to liberar nos a malo and all our sin! Ha ha, you like this negromanzia de Domini Nostri Jesu Christi! Et anco jois m'es dols e plazer m'es dolors……

Cave el diabolo! Semper lying in wait for me in some angulum to snap at my heels. But Salvatore is not stupidus! Bonum monasterium, and aquí refectorium and pray to dominum nostrum. And the resto is not worth merda. Amen. No?" (위버)

"Penitenziagite! Voye quand dracon venturus est pour la ronger ton âme! La mortz est super nos! Prie que vient le pape saint pour libérer nos a malo de todas le péchés! Ah ah, vous plait ista nécromancie de Domini Nostri Iesu Christi! Et anco jois m'es dols e plazer m'es dolors⋯⋯ Cave el diabolo! Semper il me guette en quelque coin pour me planter les dents dans les talons. Mais Salvatore non est insipiens! Bonum monasterium, et aqui on baffre et on prie dominum nostrum. Et el reste valet une queue de cerise. Et amen. No?" (스키파노)

"Penitenziagite! Siehe, draco venturus est am Fressen anima tua! La mortz est super nos! Prego, daß Vater unser komm, a liberar nos vom Übel de todas le peccata! Ah ah, hihhi, Euch gfallt wohl ista negromanzia de Domini Nostri Jesu Christi! Et anco jois m'es dols e plazer m'es dolors⋯⋯ Cave el diabolo! Semper m'aguaita, immer piekster und stichter, el diabolo, per adentarme le carcagna. Aber Salvatore non est insipiens, no no, Salvatore weiß Bescheid. Et aqui bonum monasterium, hier lebstu gut, se tu priega dominum nostrum. Et el resto valet un figo secco. Amen. Oder?" (크뢰버)

『푸코의 진자』에서 나는 피에르라는 등장인물을 선보였는데, 그는 매우 〈프랑스어에 가까운〉 이탈리아어를 말한다. 다른 번역자들은 각자 자신의 언어에다 프랑스어 악센트와 어휘를 섞어 말하는 누군가를 생각하면 별 어려움이 없었지만, 심각한 문제는 바로 프랑스어 번역자에게 나타났다. 그는 가령 독일어나 스페인어 악센트와 어휘를 섞어 말하는 등장인물을 선택할 수도 있지만, 나의 등장인물이 〈세기말*fin de siècle*〉 프랑스 비교(秘敎) 사상의 전형적인 상황에 몰두해 있다는 점을 고려했다. 그래서 그가 프랑스 사람이라는 사실보다 어쨌든 풍자적인 인물이라는 사실을 강조하기로 결정했고, 따라서 마르세유 사투리 냄새가 풍기는 표현들을 사용하여 말하게 만들었다.

부분적 개작의 또 다른 멋진 예는 『전날의 섬』 스페인어 번역에서 나왔다. 나는 텍스트가 바로크 어휘를 사용하고 있으며 등장인물들은 바로크 시대 이탈리아 시에서 인용된 구절들을 자주 사용한다는 점을 번역자들에게 미리 알려 주었다.

다음과 같은 구절을 보자. 여기에서 나는 잠바티스타 마리노[35]의 시구들을 사용하였다(여기에서도 시구들을 나누는 사선은 지금 내가 집어넣은 것이다).

> 그 순간부터 그에게 〈여인〉은 릴리아였고, 릴리아에게 사랑의 시들을 바쳤지만, 부적당한 헌사가 될까 두려워 곧바로 없애 버렸다. *Oh dolcissima Lilia, / a pena colsi un fior, che ti perdei! / Sdegni ch'io ti riveggi? / Io ti seguo e tu fuggi, / io ti parlo e tu taci*……(오, 정말로 달콤한 릴리아 / 꽃 한 송이 따

35 Giambattista Marino(1569~1625). 바로크 시대 이탈리아의 대표 시인. 그의 대표작 『아도네*Adone*』(1623)는 총 4만 984행으로 이루어졌으며 베누스와 아도니스의 사랑 이야기를 노래한다.

는 순간 나는 그대를 잃었으니! /내가 그대를 다시 보는 게 싫은가요? /나는 그대를 따르고 그대는 달아나는군요. /나는 그대에게 말하고 그대는 침묵하는군요……). 하지만 질투의 사랑으로 가득한 눈길로만 그녀에게 말할 뿐이었다. 더욱 사랑할수록 더욱더 원한에 기울어지며, 차가운 불길의 오한을 느끼고, 병에 걸린 건강함으로 흥분되고, 즐거운 영혼은 마치 납으로 된 깃털 같고, 애정 없는 사랑의 그 애틋한 효과에 사로잡히기 때문이었다. 그리고 그는 계속해서 〈여인〉에게 서명 없는 편지들을 써서 보냈지만, 릴리아에게 쓴 시들은 질투하듯 자신이 간직했고 매일 다시 읽어 보았다.

그는 계속하여 ***Lilia, Lilia, ove sei? ove t'ascondi? / Lilia, fulgor del cielo / venisti in un baleno/ a ferire, a sparire***(릴리아, 릴리아 어디에 있나요? 어디에 숨었나요? /릴리아, 하늘의 빛이여, /그대는 번개처럼 와서 /나에게 상처를 주고 사라졌군요) 하고 쓰면서(또 보내지 않으면서), 그녀의 존재를 무수하게 늘려 나갔다. 그는 밤에 하녀와 함께 집으로 돌아가는 그녀의 뒤를 밟았고〔***per le più cupe selve, / per le più cupe calli, / godrò pur di seguire, ancorché invano / del leggiadretto pié l'orme fugaci***……(어두운 숲을 지나/어두운 골목길을 지나 /나는 헛되이 뒤따르는 것을 즐기리 /날렵한 발길의 덧없는 흔적을 따라……)〕, 그녀가 사는 곳을 찾아냈다.

위버의 영어 번역본은 17세기의 어휘와 철자법을 선택했지만 원본 시구들을 거의 문자 그대로 번역하려고 노력했다. 혹시 이탈리아 바로크의 〈기발한 착상주의〉[36]와 당시 영어

36 *concettismo*. 17세기 예술과 미학적 경향을 지칭하는 용어로 기발하

시 사이의 거리감 때문에 혼합된 표현이 어려웠기 때문인지도 모른다.

From that moment on the Lady was for him Lilia, and it was to Lilia that he dedicated amorous verses, which he promptly destroyed, fearing they were an inadequate tribute: *Ah sweetest Lilia / hardly had I plucked a flower when I lost it! / Do you scorn to see me? / I pursue you and you flee / I speak to you and you are mute* ……

*Lilia, Lilia, were are thou? Where dost you hide? / Lilia, splendor of Heaven, an instant in thy presence / and I was wounded, as thou didst vanis*h…….

반면에 스페인어 번역자 엘레나 로사노의 결정은 이와 달랐다. 그녀는 이탈리아의 〈기발한 착상주의〉와 여러 가지 면에서 유사한 스페인 〈황금 세기〉의 문학을 연관시켰다. 자신의 경험을 이야기하는 논문(로사노, 2001)에서 그녀는 이렇게 말한다. 〈『전날의 섬』 그리고 일반적으로 에코의 《모델 독자》는 발견의 취향을 갖고 있으며, 또한 출전을 확인하면서 맛보는 즐거움을 독서의 커다란 원천으로 삼는다. 번역의 모델 독자가 형성되는 것은 《황금 세기》 텍스트들의 도입 없이는 불가능할 것이다.〉

따라서 로사노는 개작을 선택했다. 이 구절처럼 통제할 수 없는 사랑의 열정을 표현하는 대목에서는 사랑하는 사람이 실제로 무엇을 말했는가는 별로 중요하지 않으며, 오히려

고 재치 있는 표현, 대담하고 특이한 은유로 넘치는 문학적 표현을 특징으로 한다.

〈황금 세기〉의 사랑의 담론과 똑같은 방식으로 말하는 것이 더 중요했다. 〈근본적으로 당시의 시대와 어울리는 번역의 재창조적 성격을 고려하여 텍스트들을 선택했다. 즉 핵심적 기능(그것이 내용이든 또는 형식이든)을 확인했고, 그것을 나름의 방식으로 전개했다. 우리의 경우 여기에서 중요한 동위성은 릴리아/꽃의 동일시, 사랑받는 여인의 회피, 고통스러운 뒤쫓음이었다. 나는 에레라Herrera와 공고라Góngora의 소품 한 편에다 가르실라소Garcilaso를 일부 혼합하여 나의 계획을 실현시켰다.〉

그리하여 로사노의 번역은 다음과 같다.

Desde ese momento, la Señora fue para él Lilia, y como Lilia dedicábale amorosos versos, que luego destruía inmediatamente temiendo que fueran desiguales homenajes:i *Huyendo vas Lilia de mí, / oh tú, cuyo nombre ahora / y siempre es hermosa flor / fragrantísimo esplendor / del cabello de la Aurora!*…… Pero no le hablaba, sino con la mirada, lleno de litigioso amor, pues que más se ama y más se es propenso al rencor, experimentando calofríos de fuego frío excitado por flaca salud, con el ánimo jovial como pluma de plomo, arrollado por aquellos queridos efectos de amor sin afecto; y seguía escribiendo cartas que enviaba sin firma a la Señora, y versos para Lilia, que guardaba celosamente para sí y releía día.

Escribiendo (y no enviando) *Lilia, Lilia, vida mía / ¿adónde estás? ¿A dó ascondes / de mi vista tu belleza? / ¿O por qué no, di, respondes / a la voz de mi tristeza?*, multiplicaba sus presencias. Siguiéndola de noche, mientras volvía a casa con su doncella (*Voy siguiendo de fuerza de mi hado / por este campo estéril y ascondi-do*……), había descusbierto dónde vivía.

이 경우 개작은 충실함의 행위처럼 보인다. 로사노가 번역한 텍스트는 바로 원본이 창출하고 싶었던 효과를 정확하게 만들어 낸다고 생각한다. 사실 세련된 독자는 이탈리아 시가 아니라 스페인 시에서 인용되었다는 것을 알아차릴 것이다. 하지만 한편으로 이 사건은 이탈리아의 그 지역을 스페인이 지배하던 시기에 일어난 사건이며, 다른 한편으로 번역자는 〈그 자료의 사용 조건은《별로 알려지지 않았다》는 점이었다〉고 지적한다. 마지막으로 로사노 역시 콜라주 기법을 활용하였다. 그러므로 스페인 독자들은 정확한 출전을 확인하기 어려웠다. 오히려 독자들은 분위기를 〈호흡〉하도록 유도되었다. 그것은 바로 내가 이탈리아어로 하고 싶었던 것이다.

부분적 개작의 가장 흥미로운 예이면서 나에게 가장 놀라웠던 경우는『바우돌리노』제1장의 번역이었다. 여기에서 나는 사이비 피에몬테 언어를 발명해 냈는데, 바로 12세기, 말하자면 최소한 그 지역에는 당시의 이탈리아어로 된 자료가 전혀 남아 있지 않은 시기에 거의 문맹에 가까운 소년이 쓴 것이다.

나의 의도는 문헌학적인 것이 아니었다. 비록 내 고향의 일부 사투리 표현들과 내 유년기의 메아리들을 뒤좇아 거의 순식간에 그 텍스트를 쓴 다음에는, 최소한 3년 동안 내가 찾을 수 있는 모든 역사 자료와 어원 사전들을 참조하면서 적어도 눈에 띄게 시대착오적인 표현을 피하려고 노력했지만 말이다. 심지어 나는 오늘날에도 사용되는 일부 음란한 표현이 롬바르디아 어원에서 나왔다는 것을 깨달았고, 따라서 어떤 식으로든 그 당시의 불분명한 파다니아 사투리로 통했을 것이라고 가정할 수 있었다. 물론 나는 번역자들에게 그와 비슷한 언어적 상황을 재창조해야 할 것이라고 미리 지적해 두었다. 하지만 나라에 따라 문제가 달라질 것이라는 점을 고려했다. 동일한 시기에 영국에서는 중세 영어를 사용했지만, 그것은 오늘날의 영국인이 이해할 수 없을 것이며, 프랑스에는 〈오크*oc*어〉와 〈오일*oil*어〉로 된 시들이 이미 있었고, 스페인에는 『엘 시드의 노래*El cantar de mio Cid*』가 이미 나와 있었다…….

유감스럽게도 여기에서 모든 다양한 번역본을 인용할 수는 없다. 각자 그 존재하지 않는 언어를 언어의 천재에게 적용하도록 노력함으로써 서로 상이한 효과들을 창출했을 것이기 때문이다. 단지 몇 개의 예만 보기로 하자.

바우돌리노는 자신이 오토 주교의 중요한 작품을 〈긁어내고〉 그 위에다 자신의 불분명한 회고록을 씀으로써 그것을 〈겹쳐 쓴 양피지〉로 만들어 버린 사실을 황제의 서기국에서 알아차릴까 두려워한다. 하지만 결국 거기서는 아무도 그것을 알아보지 못할 것이라고 생각하며 스스로 위안하고, 심지어 음란한 표현까지 감행했다가 나중에 지우고 또 다른 사투리 표현으로 바꾸기도 한다. 지워진 표현은 전형적으로 피에몬테 사투리이며, 반면에 대체한 표현은 롬바르디아 사투리에 좀 더 가깝다는 점을 주목하기 바란다(하지만 나는 바우돌리노가 파다니아의 다양한 사투리들을 무질서하게 흡수했을 것이라고 가정하였다).

ma forse non li importa a nessuno in chanceleria scrivono tutto anca quando non serve et ki li trova(questi folii) ~~se li~~

~~infila nel büs del kü~~ non se ne fa negott.

하지만 아마 서기국에서는 누구도 중요하게 생각하지 않을지도 모른다 그들은 아무 소용이 없을 때에도 모든 것을 쓰니까 그리고 그것들(이 종이들)을 발견하는 사람은 ~~그걸 자기 똥구멍에 처박아 버릴 것이다~~ 전혀 신경을 쓰지 않을 것이다.

아주 정확한 문헌학적 문제를 제기한 번역자는 엘레나 로사노였다. 그녀는 나의 텍스트를 『엘 시드의 노래』와 특히 외국어식 표현들이 아주 풍부한 『바다 건너의 위업*Fazienda de Ultramar*』을 상기시키도록 고안해 낸 스페인어로 번역하기로 결정했다(로사노, 2003). 하지만 이 구절에 대해 번역자는 어떻게 해서든지 그것을 중세 스페인어로 고치려고 시도하지 않으면서도 원문의 일부 소리 효과들을 유지하는 문제까지 제기하였다. 따라서 지워진 표현에 대해 원문을 거의 그대로 유지하면서 단지 속된 표현 *ojete*를 고어 형식으로 바꾸고 *kulo*를 절단하여 강조했을 뿐이다(〈이것이 이중적 검열인지…… 또는 대화체 언어에서 습관적으로 나타나는 음성적 어미 생략인지 독자가 결정하도록 자유롭게 내버려 두면서〉). 그리하여 다음과 같이 번역하였다.

Pero quiçab non le importa a nadie en chancellería eschrivont tot incluso quando non sirve et kien los encuentra (isti folii) ~~se los mete en el ollete del ku~~ non se faz negotium.

또 다른 표현 *fistiorbo che fatica skrivere mi fa già male tuti i diti*(빌어먹을 글쓰기는 얼마나 힘든지 벌써 내 모든 손가락이 아프다)에 대해서는 *fistiorbo*가 〈네가 장님이 되어 버릴 수도 있다〉는 의미의 사투리 욕지거리라고 밝힌 다음 로사노는 라틴어식으로 *fistiorbus ke cansedad eskrevir*로 옮기기로 결정했다. 물론 여기에서 사용한 신조어의 의미는 분명히 스페인 독자에게 불투명하지만, 바우돌리노의 알레산드리아 사투리에 익숙하지 않은 모든 이탈리아 독자에게도 원래 불투명하다고 인정하면서 말이다.

다른 번역자들이 어떻게 반응했는지 살펴보는 것도 흥미로울 것이다. 카탈루냐어 번역자 아레나스 노게라Arenas Noguera도 최소한 첫 번째 구절에 대해 이와 비슷하게 고려한 것처럼 보인다.

> mes potser no.l interessa negu a cancelleria scriuen tot ancar quan no val e qu.ils trova(ests folii) ~~se.ls fica forat del cul~~ no.n fa res.

두 번째 구절에 대해서는 거의 문자 그대로의 번역을 시도하였다. 내 언어 능력의 한계로 인해 그것이 도착 텍스트의 독자에게 무엇을 의미하는지 모르겠지만, *eu tornare orb*로 옮겼다.

스키파노는 으레 그러하듯이 프랑스어에 아주 가까운 개작을 시도하였고, 내가 보기에 결과가 좋은 것 같다.

> mais il se peut k'a nulk importe en la cancellerie ils escrivent tout mesme quanto point ne sert et ke ki les trouve(les feuilles) ~~kil se les enfile dans le pertuis du kü~~ n'en fasse goute.

마찬가지로 *fistiorbo*에 대해서는 이에 해당하는 프랑스 민중의 표현 *morsoeil*로 바꾸었다. 위버는(다음 장에서도 보겠지만) 〈친숙한 표현〉과 〈근대적 표현〉을 사용했다(*fistiorbo*는 *Jesù*로 바뀌었는데, 그것은 분명 실망의 절규처럼 작용하지만, 〈다른〉 언어에 대한 모든 참조를 포기한다). 그리고 거의 동시대의 영어 속어에 의존하면서도 수치심 때문에 약간의 과묵함을 유지하였다.

> but may be nobody cares in the chancellery thay write and write even when theres no need and whoever finds them(these pages) ~~can shove them up his~~ ······ wont do anything about them.

좀 더 흥미로운 것은 크뢰버의 태도이다. *fistiorbo*는 독일어식으로 바뀌어서 *verflixt swêr*(〈빌어먹을 정도로 힘들다〉와 비슷한 의미)가 되었지만, 문헌학적 요구 때문에 번역자는 다른 구절에서 원문을 그대로 유지하고 싶었던 모양이다.

> aber villeicht merkets ja kainer in der kanzlei wo sie allweil irgentwas schreiben auch wanns niëmandem nutzen tuot und wer diese bögen finder ~~si li infila nel büs del kü~~ denkt sie villeicht weitewr darbei.

분명히 이것은 원본의 사투리 맛을 복원하려는 시도이다. 하지만 나는 그렇지 않다고 생각한다. 여기에는 매우 섬세한 문제가 개입하는데, 바로 외설적인 표현의 문제이다. 외설적인 말은 〈바우돌리노식〉 언어로 쓰인 도입부뿐만 아니라 나머지 텍스트의 여기저기에서, 특히 민중 등장인물들이 자기들끼리 이야기하거나 사투리 표현 방식이나 욕지거리들을 사용할 때에도 나온다.

이탈리아어는(그리고 일반적으로 라틴 언어들은) 외설적인 표현이나 욕지거리가 풍부한 반면 독일어는 훨씬 더 절제되어 있다. 그래서 가령 어떤 감탄사는 이탈리아어로 혹시 무례할지는 모르지만 이례적으로 보이지 않고, 또한 화자의 출신이나 사회적 수준을 함축할 수도 있는데, 독일어로는 참을 수 없을 정도로 모욕적으로 들리거나 또는 어쨌든 지나치게 천박한 것으로 들릴 수도 있다. 우디 앨런의 「해리 파괴하기Deconstructing Harry」를 본 사람은 알고 있듯이 그 영화에 나오는 뉴욕 출신의 어느 부인은 10초마다 마치 후렴처럼 *fucking*이라는 표현을 반복한다. 하지만 뮌헨의 부인은 그에 해당하는 말을 그토록 자유분방하게 말하지 않을 것이다.

소설의 제2장 서두에서 바우돌리노는 말을 탄 채 콘스탄티노플의 성 소피아 성당으로 들어가서, 십자군 병사들이 신성한 장식물들을 약탈하고 술 취한 망나니 같은 행동으로 성전을 더럽히는 것을 보고 자신의 분노를 표현하기 위해 욕지거리를 퍼붓는다. 그 장면은 희극적인 효과를 노리는 것이었다. 바우돌리노는 신성 모독적인 행동을 서슴지 않는 침입자들을 비난하려고 바로 자신이 신성 모독적인 욕을 퍼붓는다. 비록 성스러운 열정과 덕망 있는 의도에 이끌렸을지라도. 이탈리아 독자에게 바우돌리노는 전혀 〈적그리스도〉의 추종자처럼 보이지 않고 진지하게 분노한 착한 그리스도교인처럼 보인다. 물론 자신의 언어를 좀 더 조절할 줄 알았어야 하지만 말이다.

바우돌리노는 칼을 쳐들고 신성 모독자들을 향해 돌진하면서 이렇게 소리친다.

Ventrediddio, madonna lupa, mortediddio, schifosi

bestemmiatori, maiali simoniaci, è questo il modo di trattare le cose di nostrosignore?

하느님의 복부, 암늑대 마돈나, 하느님의 죽음, 역겨운 신성 모독자들, 성직을 팔아먹은 돼지들, 이것이 우리 주님의 물건을 다루는 방식이냐?

윌리엄 위버는 영어로 최대한 신성 모독적으로 번역하고자 했고, 다음과 같이 옮겼다.

God's belly! By the Virgin! 'sdeath! Filthy blasphemers, simonist pigs! Is this any way to treat the things of our lord?

물론 그 *madonna lupa*의 민중적인 효과는 상실되었다. 그것은 내가 젊었을 때 군대 생활을 하는 동안 나의 분대장 교관이 수없이 반복했던 말이다. 하지만 잘 알려져 있듯이 영국인들 — 특히 미국의 청교도들 — 은 가톨릭 민족들이 성스러운 것들에 대해 갖고 있는 것과 똑같은 친밀함을 갖고 있지 않다(가령 스페인 사람들은 우리 이탈리아 사람들보다 더 엄청난 욕을 알고 있다).

스페인어, 브라질어, 프랑스어, 카탈루냐어 번역자들은 바우돌리노의 성스러운 분노를 옮기는 데 별 문제가 없었다.

Ventredieu, viergelouve, mordieu, répugnante sacrilèges, porcs de simoniaques, c'est la manière de traiter les choses de nostreseigneur? (스키파노)

Ventredediós, virgenloba, muertedediós, asquerosos blasfemadores, cerdos simoníacos, es ésta la manera de tratar las cosa de nuestroseñor? (로사노)

Ventre de deus, mäe de deus, morte de deus, nojentos blasfemadores, porcos simoníacos, é este o modo de tratar las coisas de Nosso Senhor? (루케시Lucchesi)

Pelventre dedéu, maredédeudellsops, perlamorted-edèu, blasfemadores fastigosos, porcos simoníacs, aquesta és manera de tractar les coses de nostre Senyor? (아레나스 노게라)

그런데 극도로 신중하고 또 〈신중한〉 태도는 독일어 번역자에게 나왔다.

Gottverfluchte Saubande, Lumpenpack, Hurenböcke, Himmelsakra, ist das die Art, wie man mit den Dingen unseres Herrn umgeht? (크뢰버)

보다시피 크뢰버는 하느님이나 성처녀를 직접 언급하지 않으며, 십자군 병사들이 하느님의 저주를 받은 돼지들, 거지들, 더러운 창녀의 새끼들이라고 말하면서 모욕한다. 바우돌리노가 말하는 유일한 사이비 모욕은 바로 가장 무례하고 격분한 독일인이나 내뱉을 수 있는 유일한 말인 *Himmelsakra* 인데, 그것은 〈하늘과 성사(聖事)〉로 격분한 피에몬테 농부에게는 별것 아니다.

제1장(바우돌리노의 언어로 된 장)에서는 토르토나 포위 공격을 묘사하는데, 마침내 도시가 침략당하고 가장 광포한 자들은 파비아 사람들이었다고 묘사한다. 이탈리아어 텍스

트는 다음과 같다.

et poi vedevo i Derthonesi ke usivano tutti da la Città homini donne bambini et vetuli et si plangevano adosso mentre i alamanni li portavano via come se erano beeeccie o vero berbices et universa pecora et quelli di Papìa ke alé alé entravano a Turtona come matti con fasine et martelli et masse et piconi ke a loro sbatere giù una città dai fundament li faceva sborare.

그리고 나는 토르토나 사람들이 모두 도시 밖으로 나오는 것을 보았는데 남자 여자 어린아이 그리고 노인네들까지 펑펑 울고 있었고 독일인들은 그들을 마치 가축들, 그러니까 사방에 있는 염소나 양들이나 되는 것처럼 끌고 갔고 파비아 사람들은 가자 가자 하며 미친 사람들처럼 낫과 망치와 몽둥이와 곡괭이들을 들고 토르토나로 들어갔는데 도시를 바닥까지 때려 부수는 것은 그들을 질질 싸게 만들었기 때문이다.

이 마지막 표현은 분명 민중적이고 교양 없는 표현이지만, 상당히 일반적인 표현이다. 장노엘 스키파노는 망설이지 않고 이것을 프랑스어로 옮겼다.

et puis je veoie li Derthoneis ki sortoient toz de la Citet homes femes enfans et vielz et ploroient en lor nombril endementre que li alemans les emmenoient com se fussent breeebies oltrement dict des berbices et universa pecora et cil de Papiia ki ale ale entroient a Turtona com fols aveques fagots et masses et mails et pics qu'a eulx abatre une citet jouske dedens li fondacion les faisoient deschargier les coilles.

엘레나 로사노는 이와 똑같은 스페인어 표현 *correrse*를 활용할 수도 있었다고 나에게 설명했다. 그렇지만 그것은 문자 그대로는 〈달리다〉를 의미하며, 따라서 각자 이리저리 움직이고 있는 그 문맥에서는 성적 함축성을 상실할 위험이 있었고 또한 도시를 파괴한다는 생각에 파비아 사람들이 서둘러 움직인다고 생각하게 할 위험이 있었다. 그래서 그녀는 독자에게 혼란의 여지를 남기지 않는 라틴어식 표현을 선택하였다.

et dende veia los Derthonesi ke eixian todos da la Cibtat, hornini donne ninnos et vetuli de los sos oios tan fuerternientre lorando et los alamanos ge los lleuauan como si fueran beejas o sea berbices et universa ovicula et aquellotros de Papia ke arre arre entrauan en Turtona como enaxenados con faxinas et martillos et mazas et picos ca a ellos derriuar una cibtat desde los fundamenta los fazia eiaculare.

윌리엄 위버는 고어식 개작을 시도하지 않았고, 우디 앨런의 뉴욕 부인이 사용했을 법한 표현을 사용하였다. 내가 보기에는 지나치게 교양 있어 보인다. 혹시 속어가 더 나은 것을 제공했을지도 모르기 때문이다. 하지만 다른 표현은 지나치게 현대적이거나 또는 지나치게 미국적인 것으로 보였을지도 모른다.

And then I saw the Derthonesi who were all coming out of the city men women and children and oldsters too and they were crying while the Alamans carried them away like they were becciee that is berbices and sheep everywhere and the people of Pavia who cheered and entered Turtona like lunatics with faggots and hammers and clubs and picks because for them tearing down a city to the foundations was enough to make them come.

언제나 그렇듯이 부르크하르트 크뢰버는 가장 정숙함을 유지하였다.

und dann sah ich die Tortonesen die aus der stadt herauskamen männer frauen kinder und greise und alle weinten und klagten indes die alemannen sie wegfürten als wärens schafe und andres schlachtvieh und die aus Pavia schrien Alé Alé und stürmten nach Tortona hinein mit äxten und hämmern und keulen und piken denn eine stadt dem erdboden gleichzumachen daz war ihnen eine grôsze lust.

*eine grôsze lust*는 비록 고어의 표현으로 읽더라도 기껏해야 〈커다란 쾌락〉을 의미할 뿐이다. 혹시 파비아 사람들이 도시를 파괴하는 데서 느꼈던 거의 성적인 과장법을 동일하게 표현한 것인지도 모른다. 어쨌든 독일어로는 더 이상 말할 수 없었을 것이다.

텍스트의 나머지 부분에서 내가 현대 이탈리아어를 사용할 때에도, 바우돌리노와 그의 고향 사람들은 종종 자신들의 사투리를 참조하면서 표현하고 있다. 그것은 단지 〈원주민 화자들〉만이 이해하리라는 것을 나는 잘 알고 있었다. 하지만 솔직히 피에몬테 사투리를 모르는 독자들도 하나의 문체, 사투리 억양을 포착할 수 있으리라고 믿었다(가령 롬바르디아 사람이 트로이시[37] 같은 나폴리 희극 배우의 말을 들을 때 그러하듯이). 충분히 고려한 끝에(전형적인 사투리 습관, 그러니까 언급한 것을 강조하고 싶을 경우 속어 표현 뒤에다 이탈리아어 번역을 덧붙이는 방식에 따라) 나는 불투명한 표현들에 대한 일종의 번역을 제공하였다. 그것은 번역자들에게 하나의 커다란 도전이었다. 만약 사투리 표현과 번역문 사이의 유희를 유지하고 싶다면, 그에 상응하는 사투리 표현을 찾아내야 하는데, 그럴 경우 바우돌리노의 언어에서 파다니아 사투리의 특성을 상실할 것이기 때문이다. 곡예 같은 작업을 시도하는 경우를 제외하면 이것은 바로 숙명적인 상실이 발생하는 경우이다.

다음과 같은 제13장의 한 구절에서 나는(이것 역시 사투리의 악습이지만 이탈리아어식으로 바꾸면서) *squatagnè cmé'n babi*라는 표현을 집어넣었다. 이것은 지극히 생생한 표현이다. 바로 누군가가 발로 두꺼비를 짓밟아서 납작한 실루엣으로 만들어 버리고 그것이 나중에 햇살 아래 나뭇잎처럼 바싹 마르게 하는 행위를 연상시키기 때문이다.

> Sì, ma poi arriva il Barbarossa e vi squatagna come un babio, ovverosia vi spiaccica come un rospo.
>
> 그래, 하지만 나중에 〈빨간 수염〉이 와서 너희들을 두꺼비처럼 납작하게 밟아 버릴 거야.

일부 번역자들은 이 사투리-번역 유희를 옮기는 것을 포

37 Massimo Troisi(1953~1994). 나폴리 근처의 조그마한 소읍에서 태어나 나폴리에서 연극 활동을 시작했고 곧이어 텔레비전을 통해 많은 인기를 끌었으며, 1981년부터는 영화계에 진출하여 성공을 거두었다. 그가 출연한 대표적인 영화로는 사망하기 직전에 나온 「일 포스티노Il postino」가 있다.

기했고, 단지 자신들의 언어에서 민중적 어법을 사용하여 그런 행위의 의미를 효과적으로 옮기는 데에만 머물렀다.

> Sì, peró després arribarà Barba-roja i us esclafarà como si res. (노게라)

> Yes, but then Barbarossa comes along and squashes you like a bug. (위버)

> Ja, aber dann kommt der Barbarossa und zertritt euch wie eine Kröte. (크뢰버)

로사노는 어쨌든 그 표현이 뒤에 번역된다는 사실을 이용하여 그것을 기괴한 신조어처럼 그대로 유지하면서 카스티야어의 음성적 특성들에 적용시키려고 노력하였다. 스키파노는 암시의 은어(隱語)적 성격을 강조했지만, 모든 것을 프랑스어 영역으로 옮겨 놓았다.

> Sí, pero luego llega el Barbarroja y os escuataña como a un babio, o hablando propiamente, os revienta como a un sapo. (로사노)

> Oui, mais ensuite arrive Barbarousse et il vous réduit à une vesse de conil, autrement dit il vous souffle comme un pet de lapin. (스키파노)

사투리 표현과 번역 사이의 유희를 없앰으로써 카탈루냐어, 영어, 독일어 텍스트는 다른 두 텍스트(그리고 원본)에 비해 당연히 더 짧아 보인다.

네르가르드(2000: 289면)는 때로는 개작이 소위 〈충실한〉 번역을 실현하기 위한 유일한 방법이라고 지적하면서 나의 『애석하지만 출판할 수 없습니다*Diario minimo*』에 실린 「단편들」을 자신이 노르웨이어로 번역한 것을 인용한다. 거기에서 나는 미래의 사회가 원자탄의 대재앙 이후 간단한 노래 모음집을 발견하여 그것을 20세기 이탈리아 시의 최고봉으로 간주한다고 상상했다. 우스꽝스러운 유희가 나오는 것은, 발견자들이 「피포는 몰라」[38] 또는 산레모 가요제의 노래 같은 텍스트들에 대해 복잡한 비평적 분석을 가하는 부분이다. 이 텍스트를 노르웨이어로 옮겨야 했던 네르가르드는, 만약 노르웨이 사람들이 모르는 이탈리아 노래의 구절들을 문자 그대로 번역하여 인용할 경우, 아무도 그 장난의 희극성을 포착하지 못할 것이라고 생각했다. 그래서 이탈리아 노래를 그에 상응하는 노르웨이 노래로 대체하기로 결정했다. 사실 윌리엄 위버의 영어 번역에서도 똑같이 그랬다. 물론 나는 브로드웨이의 대중적인 후렴들을 알아볼 수 있기 때문에 그 이상이라고 평가하고 싶다.[39]

당연히 이것은 〈부분적〉 또는 〈국소적〉 개작의 예들이다. 즉 노래는 대체되었지만 나머지 이야기는 대체되지 않았다. 아니, 바로 다른 언어로 나머지 이야기를 이해할 수 있도록

38 Pippo non lo sa. 1940년 크라메르G. Kramer와 판체리M. Panzeri, 라스텔리N. Rastelli가 작곡한 노래로 많은 인기를 끌었다.

39 이와는 달리 프랑스어, 카탈루냐어, 카스티야어 그리고 포르투갈어 번역자들은 이탈리아어 텍스트를 그대로 간직하였다. 분명히 문화들 사이의 유사성으로 인해 아마 그 나라들에도 알려진 그 노래의 유형을 알아볼 수 있었을 것이다. 하지만 그들은 페이지마다 각주를 덧붙였다. 흥미롭게도 독일어 편집자는 그 구절을 삭제하고 다른 것으로 대체하기로 결정했다 — 원주.

하기 위하여(전체적으로는 똑같은 효과를 얻으면서) 노래를 대체했던 것이다. 제12장에서 보겠지만 전체 또는 근본적 개작은 이것과는 다른 경우들이다.

분명히 이 모든 예들에서 번역자들은(비록 정도는 다르지만) 이탈리아어 텍스트가 창출하려고 했던 것과 똑같은 효과를 창출했다. 정확함을 판단할 수 있는 것은, 창출해야 할 효과는 Xn인 데 반하여 도착지 텍스트는 기껏해야 효과 Xn_{-1}을 창출한다고 추정하는 경우뿐이리라. 하지만 우리는 지금 취향의 판단을 고려하고 있으며, 여기에는 구별 규칙이 없다. 그래도 번역이라고 말할 수 있는 유일한 기준은 가역성의 조건이 존중된다는 것이다.

물론 다시 한 번 말하지만 가역성은 협상되어야 한다. 『전날의 섬』의 구절에 대한 로사노의 번역본을 이탈리아어로 다시 번역해 보면 비록 사랑에 빠진 로베르토가 쓴 구절들은 바뀔지라도 원천 텍스트를 알아볼 수는 있을 것이다. 아니, 예민한 번역자는 이탈리아의 바로크 시들에서 비슷한 것(혹시 똑같은 것은 아닐지라도 똑같은 효과를 낼 수 있는 것)을 찾아내 자기 나름대로 개작해 보고 싶어 할 것이다. 네르가르드가 인용한 경우도 이와 똑같다. 나는 만약 어느 가상의 번역자가 나의 텍스트를 노르웨이어로 다시 옮길 경우, 그 스칸디나비아 지역의 노래 대신 바로 「피포는 몰라」는 아닐지라도 최소한 「비주의 소방수들」[40]을 떠올릴 수 있으리라고 생각한다.

40 I pompieri di Viggiù. 1949년에 제작된 똑같은 제목의 이탈리아 희극 영화에 나오는 노래.

6 지시와 심층 의미

의미론 분야에서는 오래전부터 어느 주어진 용어에 의해 표현되는 속성들이 본질적인지, 진단(診斷)적인지, 또는 부수적인지에 대해 방대하게 논의되었고 지금도 계속 논의되고 있다. 이 방대한 논의(가령 비올리 Violi, 1997 참조)를 다시 거론할 필요 없이, 나는 그런 차이들이 언제나 맥락에 의존한다고 암시하고 싶다. *chaumière*의 경우 주거지의 일종이라는 속성은 분명 필수적이다. 하지만 앞에서 보았듯이 두 명의 상이한 번역자는 짚으로 된 지붕을 갖고 있다는 속성을 다소 부수적인 것으로 간주하였다. 〈핵심 내용〉을 협상한다는 것은 맥락에서 어떤 속성이 부수적인 것으로 간주될 수 있고 따라서 소위 마취될 수 있는지 결정하는 것을 의미한다.[1]

하지만 여기에서는 겉보기에 아주 정확하지만 어쨌든 불안한 문제를 제기하는 협상의 예를 하나 제시하고 싶다.

1 한 의미소(또는 어휘)에는 여러 가지 의미 속성들이 포함되는데, 텍스트의 구체적인 맥락에 따라 그중 일부는 명시적으로 드러나고 나머지는 잠재적인 것으로 남아 있게 된다. 에코의 은유적 표현에 의하면 일부 속성은 〈확대〉되고, 일부 속성은 〈마취〉되어 잠재적 가능성의 상태로 남아 있게 된다.

6·1 지시를 위반하기

『이야기 속의 독자』(에코, 1979)에서 나는 알퐁스 알레 Alphonse Allais의 단편 소설 「아주 파리다운 드라마Un drame bien parisien」를 분석했는데 그 작업의 영어 번역본에서 나의 친구 프레더릭 제임슨은 공개적으로 그 단편 소설을 번역하였다. 소설의 제2장에서 두 주인공 라울과 마르게리트는 어느 날 저녁 극장에서 나와 〈쿠페*coupé*〉를 타고 집으로 돌아가면서 말다툼을 하기 시작한다. 말다툼의 주제와 어조는 소설의 나머지 부분에서 본질적인 것이 된다는 점을 주목하기 바란다.

제임슨은 그들이 〈핸섬 캡*hansom cab*〉을 타고 집으로 돌아간다고 번역하였다. 그것은 〈쿠페〉에 대한 훌륭한 번역이었을까? 사전들에 따르면 쿠페는 지붕이 있는 조그마한 마차로 바퀴가 네 개이고, 안에는 좌석이 두 개 있고, 마부는 바깥의 앞쪽에 앉도록 되어 있다. 쿠페는 종종 〈브루엄*brougham*〉과 혼동된다. 하지만 브루엄은 바퀴가 두 개 또는 네 개이고, 내부 좌석은 둘 또는 네 개이며, 마부가 앉는 곳은 바깥쪽이지만 뒤에 있다. 핸섬은 실제로 브루엄과 비슷하며 똑같이 마부가 뒤에 앉도록 되어 있다(다만 바퀴가 언제나 두 개라는 것만 다르다). 따라서 쿠페와 핸섬을 비교할 경우 마부의 위치는 진단적인 요소가 되며, 그런 차이는 적절한 맥락에서는 결정적인 것이 될 수도 있다. 「아주 파리다운 드라마」에서는 결정적인 것이었을까? 그리고 제임슨의 번역이 불충실하다고 말할 수 있을까?

나로서는 무엇 때문에 제임슨이 이제는 이미 영어 어휘에 속하는 쿠페라는 용어를 사용하지 않았는지 모르겠다. 아마 핸섬이 독자가 이해하기 쉬운 단어라고 생각했기 때문이며,

특히 일반 화자에게 쿠페는 이제 마차가 아니라 자동차를 연상시키기 때문이었을 것이다. 만약 그렇다면 잘한 것이며, 그것은 협상의 멋진 예가 된다.[2]

사실 그 구절에서는 최악의 번역이라도 두 사람이 마차를 타고 집으로 돌아간다는 것을 분명하게 옮길 것이다. 하지만 특히 중요한 것은 그들이 말다툼하고 있으며, 유복한 부르주아 부부이기 때문에 자신들의 문제를 〈사적인 방식으로〉 해결하고자 한다는 점이다. 그들이 필요로 했던 것은 부르주아 성격의 〈닫힌〉 마차이지 한 무리의 승객들이 타고 있는 아주 서민적인 합승 마차*omnibus*는 분명 아니었다. 그런 상황에서 마부의 위치는 중요하지 않다. 쿠페건, 브루엄이건, 또는 핸섬 캡이건 그들의 경우에는 무관했을 것이다. 만약 사건의 이해에서 마부의 위치가 필수적이지 않다면 번역자는 그것을 충분히 부수적인 것으로 간주하고 마취시킬 수 있다.

그럼에도 문제는 발생한다. 원본 텍스트는 두 사람이 쿠페

2 〈핸섬 캡〉의 이야기는 여기에서 끝나지 않는다. 2002년 8월 「루니타 l'Unità」는 신문 독자들에게 1886년의 오래된 추리 소설인 퍼거스 흄 Fergus Hume의 『이륜마차의 비밀*Il mistero del calesse*』을 단행본으로 제공했다. 원래의 제목은 *The Mystery of a Hansom Cab*이었으며, 19세기 판본의 표지에는 핸섬이 나와 있었다. 아마 그 영향 때문인지 2002년의 이탈리아어판에도 핸섬이 그려져 있었는데, 당연히 마부는 뒤에 있었다(아니면 삽화가가 그 책을 읽고 사전을 참조했는지도 모른다). 그런데 〈칼레세 *calesse*〉는 마부가 앞에 앉도록 되어 있고, 대개 덮개가 없으며, 무엇보다 그것은 광장의 공용 마차가 아니라 대부분 소유자가 직접 몰고 다닌다. 그렇다면 왜 그런 선택을 했을까? 분명히 핸섬 캡을 번역하기 어려웠기 때문일 것이다. 물론 만약 범죄가 가령 〈피아크르*fiacre*〉 마차 안에서 일어났다면 좀 더 신비스럽게 보였을 것이다. 그런데 혹시 그것은 신비로 가득한 또 다른 작품인 사비에르 드 몽트팽Xavier de Montepin의 『광장 마차 13번*Il fiacre n. 13*』을 연상시킬지도 모른다. 하지만 불행히도 사건은 피아크르에 대해 아무도 모르는 오스트레일리아에서 일어난다 — 원주.

를 탔다고 말하는데, 번역된 텍스트는 핸섬 캡을 탔다고 말한다. 그 장면을 시각적으로 그려 보자. 프랑스어 텍스트의 경우(만약 우리가 단어들의 의미를 잘 안다고 하면) 우리의 두 주인공은 마부가 앞에 앉아 있는 마차를 타고 간다. 반면에 영어 텍스트의 경우 독자는 마부가 뒤에 앉아 있는 마차를 눈앞에 그려 보게 된다. 앞서 말했듯이 그 차이는 중요하지 않다. 하지만 진실 기준의 관점에서 보면 두 텍스트는 상이한 두 장면, 또는 서로 다른 두 명의 개인이(그리고 각각의 마차 두 대가) 있는 상이한 두 개의 가능 세계를 구성한다. 만약 어느 신문에서 수상이 헬리콥터로 재난 현장에 도착했다고 보도하는데 실제로는 자동차로 도착했다면, 만약 수상이 실제로 그 장소에 갔다는 사실이 중요한 뉴스라면, 아마 어느 독자도 불평하지 않을 것이다. 하지만 만약 서둘러서 갔는지 아니면 편안하게 갔는지가 중요한 차이가 된다면? 그럴 경우 신문은 거짓 뉴스를 제공한 것이 될 것이다.

여기에서 개입하는 것은 지시의 문제이며, 번역은 원본 텍스트의 지시 행위들을 어떻게 존중해야 하는가 하는 문제이다. 나는 지시를 아주 좁은 의미에서 이해하고자 한다(에코, 1997: 제5장 참조). 말하자면 사용되는 용어들의 의미를 확인할 수 있을 경우, 어느 가능 세계(그것은 우리가 살아가고 있는 세계가 될 수도 있고 어떤 이야기에서 묘사되는 세계일 수도 있다)의 상황과 개인들을 가리키고, 따라서 어느 주어진 시간 및 공간의 상황에 특정한 사물들이 있다고, 또는 특정한 상황들이 확인된다고 말하는 언어 행위로 이해하고자 한다. 이러한 나의 관점에서 보면 〈고양이는 젖먹이 동물이다〉는 지시 행위에 해당하지 않는다. 그것은 단지 우리가 〈고양이〉라는 단어를 상호 주관적이고 합리적인 방식으로 사용할 수 있도록, 또한 필요한 지시 행위들에서 그 단어를 사용할 수 있도록 일반적인 고양이에 부여해야 하는 속성들이 무엇인가 설정할 뿐이다(이것은 〈유니콘은 하얀색이다〉라는 진술에서도 마찬가지일 것이다). 만약 〈고양이는 양서류이다〉 또는 〈유니콘은 줄무늬가 있다〉 같은 표현들이 나에게 주어진다면, 아마 나는 〈거짓〉이라고 비난할 것이다. 하지만 실제로 나는 〈잘못〉이라고 말하고 싶다. 최소한 좋은 동물학 사전을 갖고 있거나, 옛 동물지(動物誌)들이 우리에게 전해주는 유니콘에 대한 묘사들을 간직하고 있다면 말이다. 〈고양이는 양서류이다〉가 올바른 표현이라고 결정하기 위해서는, 〈고래는 어류이다〉라는 진술이 잘못이라고 결정할 때 그랬듯이, 우리 지식들의 전체 체계를 재구성해야 할 필요가 있다.

그런데 〈부엌에 고양이가 있다〉, 〈내 고양이 펠릭스는 병이 들었다〉, 〈마르코 폴로는 『동방견문록』에서 유니콘을 보았다고 말한다〉 같은 표현들은 현실 세계의 상황들을 지시한다. 이런 진술들은 경험적으로 확인되고, 참 또는 거짓이라고 판단될 수 있다. 물론 〈고래는 젖먹이 동물이다〉 같은 일반적 정의를 내리기 위해서는 구체적 경험들에 대한 수많은 지시 행위들이 필요했다는 점을 덧붙여야 할 것이다. 하지만 일상생활에서 우리는 분명히 〈고양이는 젖먹이 동물이다〉와 〈고양이가 카펫 위에 있다〉는 표현을 서로 다르게 사용한다. 후자의 경우 우리는(만약 화자의 말을 믿지 못한다면) 〈눈으로*de visu*〉 확인하며, 전자의 경우에는 그 진술이 옳은지 보기 위해 백과사전을 펼치게 된다.

어떤 텍스트들은 지시 행위들을 포함하지 않을 수도 있지만(가령 사전, 문법 책, 평면 기하학 교본), 대부분의 경우 텍스트들은(보고서, 이야기, 서사시 또는 다른 무엇이든) 지시

행위들을 개입시킨다. 어떤 정치적 인물이 사망했다고 진술하는 신문의 기사 텍스트는(만약 우리가 그 신문을 신뢰하지 않는다면) 어떤 방식으로든 거기에서 말한 것이 사실인지 확인해 볼 것을 요구한다. 그런데 어느 서사 텍스트에서 안드레이 공작이 죽었다고 말할 경우, 우리는(『전쟁과 평화』의 가능 세계에서) 안드레이 공작이 정말로 죽었다는 관념을 받아들여야 한다. 그래서 만약 그가 소설의 나머지 부분에서 다시 등장한다면 독자는 항의할 것이며, 안드레이 공작이 살아 있다고 말하는 다른 등장인물의 진술을 거짓이라고 판단할 것이다.

번역자는 서사 텍스트의 지시들을 절대 바꾸지 말아야 할 것이다. 사실 어떤 번역자도 자신의 번역본에서 데이비드 코퍼필드는 마드리드에 살았다고, 또는 돈키호테는 가스코뉴의 성(城)에서 살았다고 말하지 않을 것이다.

6·2 지시와 문체

그렇지만 원본 텍스트의 문체적 의도를 전달하기 위하여 지시를 위배하는 경우들도 있다.

『전날의 섬』은 본질적으로 바로크 문체의 적용을 토대로 하며 그 당시 시인들과 산문가들을 암시적으로 많이 인용하고 있다. 따라서 번역자들이 나의 텍스트를 문자 그대로 번역하지 않고, 가능하다면 자신들 문학 전통의 17세기 시에서 동등한 것을 찾도록 유도하는 것은 당연하다. 제32장에서 주인공은 태평양의 산호를 묘사한다. 산호를 처음 보았기 때문에 그는 자신이 아는 식물이나 광물의 우주에서 이끌어 낸 은유와 비유에 의존할 수밖에 없다. 나에게 어휘상의 두드러진 문제를 제기했던 문체적 세부 사항 중 하나는, 똑같은 색깔의 서로 다른 색조를 지명해야 했기 때문에 주인공이 빨강이나 진홍 또는 제라늄 색깔 같은 용어를 여러 번 반복해서 사용할 수 없었고, 동의어들의 사용을 통해 다양하게 바꾸어야 한다는 것이었다. 그것은 단지 문체적 이유 때문만은 아니었다. 박진법(迫眞法, *ipotiposi*)들을 창조해야 하는 수사학적 요구, 그러니까 독자에게 무수히 다양한 색깔들에 대한 〈시각적〉 인상을 주기 위해서도 그랬다. 따라서 번역자에게는 이중적인 문제가 제기되었다. 즉 자신의 언어에서 적절한 색깔의 지시들을 찾아내고, 또한 똑같은 색깔에 대해 비슷한 동의어가 되는 똑같은 숫자의 용어들을 찾아내야만 했다.

예를 들어 로사노(2001: 591면)는 제22장에서 이미 비슷한 문제 앞에 직면하였다. 카스파르 신부는 로베르토에게 신비스러운 〈불꽃의 암비둘기〉의 색깔을 묘사하려고 노력하는데, 빨강은 적합한 용어가 아니라는 것을 발견하고, 이에 대해 로베르토는 암시하려고 노력한다.

Rubbio, rubeo, rossetto, rubeolo, rubescente, rubecchio, rossino, rubefacente, suggeriva Roberto. *Nein, Nein,* si irritava padre Caspar. E Roberto: come una fragola, un geranio, un lampone, una marasca, un ravanello.

붉은색, 진홍, 선홍색, 새빨간, 시뻘건, 불그스레, 불그스름, 불그죽죽, 로베르토는 암시했다. 아니, 아니, 카스파르 신부는 짜증을 냈다. 그러자 로베르토는, 딸기 같은, 제라늄 같은, 산딸기 같은, 야생 버찌 같은, 홍당무 같은.

로사노는 지적했다. 이탈리아어 텍스트에서는 빨강에 대해 여덟 개의 용어를 사용하고 있는 데 비해 스페인어 텍스트는 일곱 개에 머물러야 한다는 사실 이외에도 문제가 있었다. 즉 17세기에 제라늄은 스페인어로 *pico de cigüeña*(황새의 부리)로 일컬어졌으며, 〈그것은 별로 달갑지 않은 두 가지 결과를 초래하였다. 한편으로는 비전문적인 용어라 이해하기 어려운 것과 이탈리아어에서는 보통으로 사용되는 용어에 대해 스페인어에서는 그다지 사용되지 않는 용어의 대립이라는 문제가 있었고(실제로 그것은 17세기 용어가 아닌 《제라늄》으로 대체되었다), 다른 한편으로는 형식상 완전히 식물적인 요소들의 연쇄 속에 동물적인 성격의 요소를 떠올리게 만드는 용어가 개입된다는 문제가 있었다〉. 따라서 로사노는 제라늄을 *clavellina*로 대체했다.

> Rojo, rubro, rubicundo, rubio, rufo, rojeante, rosicler, sugería Roberto. *Nein, nein,* irritábase el padre Caspar. Y Roberto: como una fresa, una **clavellina**, una frambuesa, una guianda, un rabanillo.

그러고 나선 이렇게 논평한다. 〈이렇게 함으로써 *fresa / frambuesa, clavellina / rabanillo*를 불가피하게 나란히 배치하는 간접적인 반운(半韻)을 얻게 되었다.〉

다시 산호로 돌아가자면, 여기에서도 어떤 언어로든 작업이 쉽게 이루어질 수 있는 것은 아니었다. 그래서 나는 번역자들에게 똑같은 색깔에 대한 동의어가 없을 경우 자유롭게 색조를 바꾸라고 권유했다. 주어진 산호가 빨간색이든 또는 노란색이든 별로 중요하지 않았다(태평양에서는 모든 색깔의 산호를 발견할 수 있다). 하지만 똑같은 용어가 동일한 문맥에서 두 번 사용되지 않는 것, 그리고 독자가 (등장인물처럼) 놀라울 정도로 다양한 색깔들(다양한 어휘들로 암시되는)의 경험에 사로잡히는 것은 중요했다. 이것은 바로 원본의 텍스트 표면을 넘어서서 비록 용어들의 즉각적인 의미를 희생하더라도 언어적 발명이 텍스트의 의미를 재창조하고, 원본 텍스트가 독자에게 창출하고자 했던 인상을 재창조하는 데 협력해야 하는 경우이다.

나의 원본 텍스트와 네 명의 번역자가 해결한 방식은 다음과 같다.

Forse, a furia di trattenere il fiato, si era obnubilato, l'acqua che gli stava invadendo la maschera gli confondeva le forme e le sfumature. Aveva messo fuori la testa per dare aria ai polmoni, e aveva ripreso a galleggiare ai bordi dell'argine, seguendone anfratti e spezzature, là dove si aprivano corridoi di cretone in cui si infilavano arlecchini avvinati, mentre su di un balzo vedeva riposare, mosso da lento respiro e agitare di chele, un gambero crestato di fior di latte, sopra una rete di coralli(questi simili a quelli che conosceva, ma disposti come il cacio di fra' Stefano, che non finisce mai).

Quello che vedeva ora non era un pesce, ma neppure una foglia, certo era cosa vivente, come due larghe fette di materia albicante, bordati di chermisi, e un ventaglio di piume; e là dove ci si sarebbero attesi degli occhi, due corna di ceralacca agitata.

Polipi soriani, che nel loro vermicolare lubrico rivelavano l'incarnatino di un grande labbro centrale, sfioravano piantagioni di mentule albine con il glande d'amaranto; pescioini rosati e picchiettati di ulivigno sfioravano cavolfiori cenerognoli spruzzolati di scarlattino, tuberi tigrati di ramature negricanti……. E poi si vedeva il fegato poroso color colchico di un grande animale, oppure un fuoco artificiale di rabeschi argento vivo, ispidumi di spine gocciolate di sanguigno e infine una sorta di calice di flaccida madreperla…….

아마 계속해서 숨을 참았기 때문인지 정신이 흐릿해졌고, 가면 속으로 물이 계속 들어오고 있어서 형태와 색조가 혼란스러워졌다. 그는 허파에 공기를 집어넣기 위해 머리를 수면 밖으로 내밀었다. 그리고 산호 둑의 가장자리에서, 갈라진 틈새와 후미진 곳을 따라 둥둥 떠다니기 시작했다. 틈새에는 포도주 빛의 다채로운 색깔 사이사이에 늘어선 진흙 빛 복도들이 펼쳐져 있었고, 어느 절벽 위에는 새하얀 우윳빛 볏이 돋아난 바닷가재 한 마리가 천천히 숨을 쉬며 집게발을 흔들면서, 산호들의 그물 위에서 휴식을 취하고 있는 것이 보였다(그 산호들은 그가 알고 있는 산호와 비슷했지만, 스테파노 수사의 치즈처럼 끝없이 펼쳐져 있었다).

이제 그가 본 것은 물고기도 아니고 해초 잎도 아니었다. 그것은 분명 살아 있는 것이었고, 마치 백색 물질의 넓적한 조각 두 개 같았는데, 가장자리는 분홍빛에다 깃털 부채가 달려 있었다. 그리고 눈이 있을 것으로 생각되는 곳에는 휘저은 밀랍 빛깔의 뿔 두 개가 붙어 있었다.

줄무늬 말미잘들이 미끌미끌하고 벌레 같은 모습으로 가운데 부분에 장밋빛의 커다란 입술을 드러내면서, 자줏빛 귀두(龜頭)의 새하얀 남근(男根) 같은 식물들을 가볍게 스치고 있었다. 올리브색 점들이 찍힌 발그스레한 작은 물고기들이, 거무스레한 구릿빛 줄무늬 돌기들이 돋아 있고 보랏빛 작은 점들이 있는 잿빛 꽃양배추들을 스치고 있었다……. 그리고 어떤 커다란 동물의 콜키쿰 색깔의 구멍 뚫린 간(肝), 또는 생생한 은빛 아라베스크의 꽃불, 피가 뚝뚝 떨어지는 가시 다발, 일종의 흐느적거리는 진주조개의 술잔 같은 것이 보였다…….

Perhaps, holding his breath so long, he had grown befuddled, and the water entering his mask blurred shapes and hues. He thrust his head up to let air into his lungs, and resumed floating along the edge of the barrier, following its rifts and anfracts, past corridors of chalk in which vinous harlequins were stuck, while on a promontory he saw reposing, stirred by slow respiration and a waving of claws, a lobster crested with whey over a coral net(this coral looked like the coral he knew, but was spread out like the legendary cheese of Fra Stefano, which never ends).

What he saw now was not a fish, nor was it a leaf; certainly it was a living thing, like two broad slices of whitish matter edged in crimson and with a feather fan; and where you would have expected eyes there were two horns of whipped sealing-wax.

Cypress-polyps, which in their vermicular writhin revealed the rosy color of a great central lip, stroked plantations of albino phalli with amaranth glandes; pink minnows dotted with olive grazed ashen cauliflowers sprayed with scarlet striped tubers of blackening copper……. And, then he could see the porous, saffron liver of a great animal, or else an artificial fire of mercury arabesques, wisps of thorns dripping sanguine and finally a kind of chalice of flaccid mother-of-pearl……. (위버)

Peut-être, à force de retenir son souffle, s'était-il obnubilé, l'eau qui envahissait son masque lui brouillait-elle les formes et les nuances. Il avait mis sa tête à l'air pour emplir ses poumons, et avait recommencé de flotter sur les bords de la barrière, à suivre les anfractuosités et les trouées où s'ouvraient des couloirs de cretonne dans lesquels se faufilaient des arlequins ivres, tandis qu'au-dessus d'un escarpement il voyait se reposer, animé de lente respiration et remuement de pinces, un homard crêté de mozzarella, surplombant un lacis de coraux(ceux-ci semblables à ceux-là qu'il connaissait, mais disposés comme le fromage de Frère Etienne, qui ne finit jamais).

Ce qu'il voyait maintenant n'était pas un poisson, mais pas non plus une feuille, à coup sûr une chose vive, telles deux larges tranches de matière blanchâtre, bordées de rouge de kermès, et un éventail de plumes; et là où l'on aurait attendu des yeux, s'agitaient deux cornes de cire à cacheter.

Des polypes ocellés, qui dans leur grouillement vermiculaire et lubrifié révélaient l'incarnadin d'une grande lèvre centrale, effleuraient des plantations d'olothuries albuginées au gland de passe-velours; de petits poissons rosés et piquetés d'olivette effleuraient des choux-fleurs cendreux éclaboussés d'écarlate, des tubercules tigrés de ramures fuligineuses……. Et puis on voyait le foie poreux couleur colchique d'un grand animal, ou encore un feu d'artifice d'arabesques vif-argent, des hispidités d'épines dégouttantes de rouge sang et enfin une sorte de calice de nacre flasque……. (스키파노)

Vielleicht hatte sich infolge des langen Atemanhaltens sein Blick getrübt, oder das in die Maske eindringende Wasser ließ die Formen und Farbtöne vor seinen Augen verschwimmen. Er hob den Kopf und reckte ihn hoch, um sich die Lunge mit frischer Luft zu füllen, und schwamm dann weiter am Rand des unterseeischen Abgrunds entlang, vorbei an Schluchten und Schründen und Spalten, in denen sich weinselige Harlekine tummelten, während reglos auf einem Felsvorsprung, bewegt nur durch langsames Atmen und Scherensch-wenken, ein Hummer hockte mit einem Kamm wie aus Sahne, laurend über einem Netzgeflecht von Korallen(diese gleich denen, die Roberto schon kannte, aber angeordnet wie Bruder Stephans Hefepilz, der nie endet).

Was er jetzt sah, war kein Fisch, aber auch kein Blatt, es war gewiß etwas Lebendiges: zwei große Scheiben weißlicher Materie, karmesinrot gerändert, mit einem fächerförmigen Federbusch; und wo man Augen erwartet hätte, zwei umhertastende Hörner aus Siegellack.

Getigerte Polypen, die im glitschigen Wurmgeschlinge ihrer Tentakel das Fleischrot einer großen zentralen Lippe enthüllten, streiften Plantagen albinoweißer Phalli mit amarantroter Eichel; rosarot und olivbraun gefleckte Fischchen streiften aschgraue Blumenkohlköpfe mit scharlachroten Pünktchen und gelblich geflammte Knollen schwärzlichen Astwerks……. Und weiter sah man die lilarote poröse Leber eines großen Tiers oder auch ein Feuerwerk von quecksilbrigen Arabesken, Nadelkissen voll bluttriefender Dornen und schließlich eine Art Kelch aus mattem Perlmutt……. (크뢰버)

Quizá, a fuer de contener la respiración, habíase obnubilado, el agua de estaba invadiendo la máscara, confundíale formas y matices. Había sacado la cabeza para aire a los pulmones, y había vuelto a sobrenadar al borde del dique, siguiendo anfractos y quebradas, allá donde se abrían pasillos de greda en los que introducíanse arlequines envinados, mientras sobre un peñasco veía descansar, movido por una lenta respíración y agitar de pinzas, un cangrejo con cresta nacarada, encima de una red de corales(éstos similares a los que conocía, pero dispuestos como panes y peces, que no se acaban nunca).

Lo que veía ahora era un pez, mas ni siquiera una hoja, sin duda era algo vivo, corno dos anchas rebanadas de materia albicante, bordadas de carmesí, y un abanico de plumas; y allá donde nos habríamos esperado los ojos, dos cuernos de lacre agitado.

Pólipos sirios, que en su vermicular lúbrico manifestaban el encarnadino de un gran labio central, acariciaban planteles de méntulas albinas con el glande de amaranto; pececillos rosados y jaspeados de aceituní acariciaban coliflores cenicientas sembradas de escarlata, raigones listados de cobre negreante……. Y luego veíase el hígado poroso color cólquico de un gran animal, o un fuego artificial de arabescos de plata viva, hispidumbres de espinas salpicadas de sangriento y, por fin, una suerte de cáliz de fláccida madreperla……. (로사노)

번역자들이 나의 색채 암시들을 존중하기 위하여 최선을 다했을지라도 주목해야 할 것이 있다. 나는 *si vedeva il fegato poroso color colchico di un grande animale*[어떤 커다란 동물의 콜키쿰 색깔의 구멍 뚫린 간(肝)이 보였다]라고 말하면서 색깔을 확정하지 않았다. 왜냐하면 콜키쿰은 노란색이거나 하얀색 또는 다른 색깔도 될 수 있기 때문이다. 그런데 위버는 *saffron*을 선택했고, 크뢰버는 *lilarote*를 선택했다. 또한 위버는 *Cypress-polyps*, 스키파노는 *polyps ocellés*, 로사노는 *pólipos sirios*에 대해 말하지만, 원본은 줄무늬 말미잘*polipi soriani*(호피 무늬를 연상시키는)에 대해 이야기하고 있다. 상식적으로 이것은 다른 이야기를 한다는 것을 의미하며, 만약 학교에서 *soriano*를 *ocellé*로 번역하면 틀렸다고 할 것이다.

독일어 번역자는 나의 줄무늬 말미잘에 대해 *getigerte Polypen*이라는 표현을 찾아냈다. 아마도 이 표현은 자신의 담론 리듬을 유지하도록 해주었을 것이다. 반면에 위버와 로사노, 스키파노는 문자 그대로 똑같은 것에 방해된다고 느꼈을 것이다. 왜냐하면 줄무늬에 대한 명백한 언급은 조금 전 *tuberi tigrati*(줄무늬 돌기들)를 말하는 곳에서 나왔기 때문이기도 하다. 그것은 바로 *striped tubers*, *tubercules tigrées*, *raigones listados*가 된다. 반면 여기에서 *getigerte*를 이미 사용한 크뢰버는 형태와 색깔을 완전히 바꾸어 *gelblich geflammte Knollen schwärzlichen Astwerks*, 즉 노란색 불꽃 같은 돌기들을 드러내 보이는 거무스레한 가지들에 대해 말한다.

한 줄 아래에서 나는 *mentule albine con il glande d'amaranto*(자줏빛 귀두의 새하얀 음경)를 언급하는데, *mentule*는 음경을 가리키는 라틴어 용어이며, 위버나 크뢰버는 모두 *phalli*로 번역하였다. 반면 로사노는 카스티야 색채가 강한 신조어를 만들어 냈다(*hispidumbres*에서도 그러했듯이). 스키파노에게는 아마 프랑스어 용어가 자신의 리듬, 또는 자신에게는 간직해야 할 음성 상징적 가치들로 보였던 것을 유지하는 데 어울리지 않았던 모양이다. 그래서 *olothuries*로 번역하였는데, 그것은 음경 모양의 형태를 암시하는 용어이다. 아마 뒤이어 곧바로 귀두에 대한 언급으로 해부학적 암시가 강화된다는 것을 알고 그랬을 것이다.

첫 단락에서 나는 진흙*creta*이 풍부한 토양을 가리키는 고어 용어를 사용하여 *cretone*의 복도에 대해 말했다. 위버는 *chalk*로, 로사노는 *greda*로 번역했고, 반면 크뢰버는 그 용어를 피하고 좀 더 일반적으로 *Schluchten und Schründen und Spalten*에 대해 말하고, 그럼으로써 바위의 틈새들을 상기시킨다. 그런데 스키파노는 *cretone*를 *cretonne*(다채로운 색깔의 무명천)로 이해한 것 같다. 하지만 아마도 이탈리아어 단어의 소리를 그대로 유지하고 싶었던 모양이며, 또한 비유와 은유들로 가득한 그 페이지에서 천과 비슷한 해저의 복도가 나타나는 것도 나쁘지는 않다.

또 다른 명백한 방만함은 나의 *avvinati*에서 나왔다. 그것은 포도주 색깔을 암시하는 용어이지만 단지 바로크 시대의 이탈리아어에만 있다. 이것은 언뜻 보기에는 *avvinazzati*(술에 취한)로 이해될 수 있다. 위버는 *vinous*로 궁지에서 벗어나는데 그것은 포도주 색깔과 술에 취한 것을 동시에 의미한다. 로사노는 *envinados* 같은 희귀한 용어에 의존하여 색깔을 암시한다. 이와는 달리 크뢰버와 스키파노는 알코올의 동위성을 선택하여 *weinselige*와 *ivres*로 번역하였다. 단순한 오해인지 분명하지는 않다. 아마 두 번역자는 자신들의 언어에서 그와 똑같이 희귀한 용어를 갖고 있지 않았고, 그래서 〈포도주의〉 함축 의미를 다채로운 색깔 물고기들의 물결치는 움직임으로 옮기고자 했는지도 모른다. 내가 주목하고자 하는 것은 그들의 번역본을 원고로 읽었을 때 그런 변화를 전혀 느끼지 못했다는 사실이다. 나에게는 그 장면의 생생함과 리듬이 아주 잘 작용하는 것처럼 보였다는 증거이다.

간단히 말해 번역자들은 다음과 같은 해석적 결정을 내려야 한다. 그러니까 파불라는 로베르토가 이러저러한 산호들을 보고 있다는 사실이지만, 텍스트가 도달하고자 하는 효과(즉 〈작품의 의도〉)는 독자가 아주 다양한 색깔에 대한 인상을 받는 것이며, 이런 색깔의 인상을 옮기기 위해 사용되는 문체의 특성은 똑같은 색깔 용어의 반복을 피하는 데 있다. 따라서 번역의 의도는 용어들의 수와 색깔들의 수 사이의 똑같은 비율을 유지하는 것이라고 말이다.

6·3 지시와 〈심층〉 이야기

『푸코의 진자』 영어 번역본에서 나는 다음과 같은 대화에서 제기되는 문제에 직면하게 되었다(이 대화를 이해하기 쉽도록 〈그는 말했다〉 같은 표현 없이 연극 대사처럼 옮겨 쓴다).

Diotallevi — Dio ha creato in mondo parlando, mica ha mandato un telegramma.

Belbo — Fiat lux, stop. Segue lettera.[3]

3 *Segue lettera*. 전보 말미에 붙이는 관용적인 표현으로, 상세한 내용은 나중에 편지로 하겠다는 의미이다. 주로 어떤 계약의 제안을 일단 전보로 수용할 때 사용되었다. *lettera*는 〈편지〉 말고도 〈문자〉, 〈글자〉라는 의미를 갖고 있으며, 여기에서는 사도 바울로가 〈데살로니카인들에게 보낸 편지〉와 연결된다.

Casaubon — Ai Tessalonicesi, immagino.

디오탈레비 — 하느님은 말씀으로써 세상을 창조하셨다네. 전보 쳐서 창조한 게 아니고.

벨보 — 빛이 있으라. 마침표. 나중에 편지하겠음.

카소봉 — 〈데살로니카인들에게 보낸 편지〉 이야긴가요?

이것은 현학적인 대화의 단순한 교환이다. 하지만 등장인물들의 정신적 상태를 특성화하는 데 중요한 대화이다. 프랑스어와 독일어 번역자들은 아무런 문제 없이 다음과 같이 번역하였다.

Diotallevi — Dieu a crée le monde en parlant, que l'on sache il n'a pas envoyé un télégramme.

Belbo — Fiat lux, stop. Lettre suit.

Casaubon — Aux Thessaloniciens, j'imagine. (스키파노)

Diotallevi — Gott schuft die Welt, indem er sprach. Er hat kein Telegramm geschickt.

Belbo — Fiat lux, stop. Brief folgt.

Casaubon — Vermutlich an die Thessalonicher. (크뢰버)

하지만 영어 번역자에게는 그리 쉽지 않았다. 이 대화는 이탈리아어로(프랑스어와 독일어에서도 마찬가지로) 똑같은 단어 *lettera*를 사용하여 우편 문서나 사도 바울로의 메시지를 모두 가리킨다는 사실을 토대로 하였다. 하지만 영어에서 사도 바울로의 메시지는 *letters*라고 말하지 않고 *epistles*라고 말한다. 그러므로 만약 벨보가 *letter*에 대해 말한다면 바울로에 대한 지시를 이해하지 못할 것이며, 그와는 반대로

*epistle*에 대해 말한다면 전보에 대한 지시를 이해하지 못할 것이다. 따라서 번역자와 함께 이 대화를 다음과 같이 바꾸기로 결정하여 재치의 책임을 다르게 분배하였다.

Diotallevi — God created the world by speaking. He didn't send a telegram.

Belbo — Fiat lux, stop.

Casaubon — Epistle follows.

여기에서 카소봉은 편지-전보의 유희와 바울로에 대한 이중적 지시의 기능을 맡게 되고, 반면에 독자는 생략적이고 암시적으로 남아 있는 구절을 통합하도록 요구받는다. 이탈리아어로 이 장난은 어휘 또는 기표의 동일성에 토대를 두었고, 영어에서는 상이한 두 어휘 사이에서 추론해 내야 할 의미의 동일성에 토대를 두고 있다.

이 예에서 나는 번역자에게 〈심층 의미〉를 간직하기 위해서는 원본의 문자 그대로의 의미를 무시하라고 권유했다. 여기에서 이렇게 반박할 수 있으리라. 작가는 어떤 특권적 해석을 제시하지 않아야 한다는 원칙을 작가인 내가 위반하고, 내 텍스트에 대한 권위 있는 해석을 강요하고 있다고. 하지만 문자 그대로의 번역이 올바른 뜻을 전달하지 못하리라고 번역자가 먼저 깨달았던 것이며, 나는 단지 하나의 해결책을 제시하는 데에만 머물렀다. 대부분 작가는 번역자에게 영향을 주기보다는, 번역자가 대담하다고 느끼는 수정에 대해 작가에게 위안을 구하면서 작가가 쓴 것의 진짜 의미가 무엇인지 이해하도록 만든다. 여기에서 영어 해결책은 원본보다 더 섬광 같다고 말하고 싶다. 만약 내가 다시 소설을 쓴다면 그걸 채택하고 싶다.

또한 『푸코의 진자』에서 나는 등장인물들이 수많은 문학적 인용들을 쓸 수 있게 하였다. 그런 인용의 기능은 그 등장인물들이 인용의 개입 없이는 세상을 바라볼 수 없다는 것을 보여 주려는 것이었다. 그런데 제57장에서 자동차를 타고 언덕들 사이로 여행하는 것을 묘사하면서 이탈리아어 텍스트는 다음과 같이 말한다.

> ……우리가 앞으로 나아갈수록 지평선은 더욱 넓어졌다. 비록 모퉁이를 돌 때마다 작은 마을이 들어선 언덕 꼭대기들이 더 많아졌지만. 하지만 꼭대기와 꼭대기 사이로 지평선들은 무한하게 펼쳐졌다. 디오탈레비가 말했듯이, 산울타리 너머로*al di là della siepe*…….

만약 그 〈산울타리 너머로〉를 문자 그대로 번역한다면 무엇인가를 잃게 될 것이다. 사실 그 표현은 레오파르디의 「무한L'infinito」을 인용하고 있으며, 여기에서 인용이 나타나는 것은 산울타리가 있다는 것을 독자에게 알려 주기 위해서가 아니라, 디오탈레비는 오로지 자신의 문학적 경험으로 환원시킴으로써만 풍경을 감상할 수 있다는 것을 보여 주고 싶었기 때문이다.

나는 여러 번역자들에게 지적해 주었다. 산울타리는 중요하지 않으며 레오파르디에 대한 암시도 중요하지 않지만, 어떻게든 문학적 환기가 있어야 한다고. 일부 번역자들은 이 문제를 다음과 같이 해결했다(카스티야어와 카탈루냐어처럼 아주 유사한 두 언어 사이에서도 인용은 서로 다르다).

> Mais entre un pic et l'autre s'ouvraient des horizons infinis — au-dessus des étangs, au-dessus des vallées,

comme observait Diotallevi……. (스키파노)

……at every curve the peaks grew, some crowned by little villages; we glimpsed endless vista. Like Darién, Diotallevi remarked……. (위버)

Doch zwischen den Gipfeln taten sich endlose Horizonte auf — jenseits des Heckenzaunes, wie Diotallevi bemerkte……. (크뢰버)

Pero entre pico y pico se abrián horizontes illimitados: el sublime espacioso llano, como observaba Diotallevi……. (포츠타르/로사노)

Però entre pic i pic s'obrien horitzons interminables: tot era prop i lluny, i tot tenia com una resplendor d'eternitat, com ho observava Diotallevi……. (비센스Vicens)

다른 명백한 선택이나 문체적 방임을 넘어서서 각 번역자는 고유의 독자가 알아볼 수 있는 고유 문학의 한 구절에 대한 암시를 집어넣었다.

이와 똑같은 해결책은 비슷한 예에서도 채택되었다. 제29장에서 번역자들은 이렇게 말한다.

감미로운 저녁이었다. 하지만 문학에 지친 벨보는 자기 파일에서 이렇게 썼을 것이다. 바람 한 점 일지 않았다고*non spirava un alito di vento*.

나는 번역자들에게 〈바람 한 점 일지 않았다〉는 만초니에게서 인용하였으며, 레오파르디의 산울타리와 비슷한 기능을 한다고 지적해 주었다. 다음은 세 가지 번역이다.

It was a mild evening; as Belbo exhausted with literature, might have put it one of his files, there was nought but a lovely sighing of the wind. (위버)

Le soir était doux mais, comme l'aurait écrit Belbo dans ses *files*, harassè de littérature, les souffles de la nuit ne flottaient pas sur Galgala. (스키파노)

Es war ein schöner Abend, aber, wie Belbo bekifft von Literatur in seinen *files* geschreiben hätte, kein Lufthauch regte sich, über alle Gipfeln war Ruh. (크뢰버)

나로서는 독일어 해결책이 마음에 든다(비록 텍스트를 약간 풍부하게 만들지만 말이다). 왜냐하면 바람 한 점 없다고 말한 다음 알아보기 쉬운 괴테의 인용(〈그것은 산꼭대기에 정적이 흘렀다고 말한다〉)을 덧붙이기 때문이다. 그 장면이 바이아의 호텔 방 안에서 전개되기 때문에 문맥과는 전혀 상관없는 산을 덧붙임으로써 〈문학성〉 그리고 이와 함께 서술자가 의식적으로 보여 주고자 하는 아이러니가 더욱 분명해진다.

하지만 〈햇섬 캡〉의 경우처럼 문제는 위에 인용된 모든 번역이 〈충실〉한가, 그리고 무엇에 충실한가 질문하는 데 있지 않다. 번역들이 모두 〈지시적으로 거짓〉이라는 것이 문제이다.

원본에서는 카소봉이 p를 말했다고 하는데 영어 번역본에서는 q를 말했다고 하고 있으며, 디오탈레비는 산울타리를 보는데 다른 언어로는 다른 것을 보고 있으며, 카소봉은 이탈리아어로 바람 한 점 없다고 말하는데 독일어로는 소설의 사건과는 아무런 상관도 없는 산을 거론한다……. 세상들에 대한 지시는 서사 텍스트의 특징들 중 하나인데, 고유의 지시를 바꾸면서도 텍스트의 의미를 간직하는 번역이 있을 수 있을까?

허구 세계에서의 지시 행위들은 가령 신문에서의 지시 행위에 비해 통제를 덜 받는다고 반박할 수 있을 것이다. 하지만 만약 프랑스어 번역자가 *to be or not to be* 대신 *vivre ou bien mourir*라고 말하는 햄릿을 보여 준다면 무어라고 말하겠는가? 나는 이런 반박을 예상한다. 「햄릿」처럼 탁월한 텍스트는 그 말장난의 이해를 돕기 위한 것이라도 절대 바뀔 수 없지만, 반면 『푸코의 진자』에 대해서는 누구든지 원하는 대로 할 수 있으며 아무도 거기에 신경 쓰지 않을 것이라고 말이다. 그렇지만 우리가 앞서 보았듯이, 이탈리아어 번역에서 햄릿이 아라스 천 커튼 뒤에 생쥐, 말하자면 *rat*이 아니라 *mouse*가 있는 것을 눈치챘다고 말하는 것은 타당해 보인다. 무엇 때문에 이런 변화가 셰익스피어의 번역에서는 중요하지 않고, 카뮈의 『페스트』 번역에서는 아주 중요한 것이 되는가?

카소봉과 디오탈레비, 벨보 사이의 농담에 대해 나와 번역자들은 말장난에 대한 방임을 허용하였다. 하지만 「창세기」의 첫 문장 〈한 처음에 하느님께서 하늘과 땅을 지어내셨다〉를 〈악마가 하늘과 땅을 지어냈다〉 또는 〈하느님이 하늘과 땅을 지어내지 않았다〉로 감히 바꿀 수는 없을 것이다. 무엇 때문에 어떤 방임은 받아들일 수 있고 다른 방임은 절대 받아들일 수 없는 것일까?

하지만 이러한 문자 그대로의 〈불충실함〉을 통해서만 번역자는 분명히 에피소드들의 의미, 또는 그것이 이야기되고 소설의 과정에서 중요성을 얻게 되는 동기를 암시할 수 있었다. 이런 결정을 내리기 위해서는(하지만 나는 나의 번역자들이 나의 암시 없이도 똑같이 그랬을 것이라고 믿는다), 번역자가 텍스트 전체를 해석하여 어떤 방식으로 등장인물들이 생각하고 행동하는 경향이 있는가를 결정했어야 한다.

해석한다는 것은 텍스트의 의미에 대해 내기를 건다는 것을 의미한다. 번역자가 확인해 내기로 결정할 수 있는 그 의미는 어느 하늘 저 너머에 감추어져 있는 것도 아니고, 〈선적인 발현〉에 얽매인 채 명백하게 드러나 있는 것도 아니다. 그것은 다른 독자들에 의해 공유되거나 그렇지 않을 수도 있는 일련의 추론들의 결과일 뿐이다. 산울타리의 경우 번역자는 텍스트에 대하여 가령 이런 추정*abduzione*을 해야 한다. (1) 산울타리에 대한 지시는 어떤 가능한 상호 텍스트적 인용 습관의 흥미로운 경우처럼 보인다. 하지만 내가 어휘상의 단순한 우연을 과잉 해석했을 수도 있다. (2) 하지만 만약 내가 디오탈레비와 그의 친구들이 언제나 문학적 암시들을 통해 이야기한다는 〈규칙〉을 가정하고, 산울타리의 언급은 그 〈규칙〉의 한 〈경우〉일 것이라고 가정한다면, (3) 그렇다면 지금 내 앞에 있는 〈결과〉는 전혀 우연이 아닐 것이다. 번역자는 소설의 다른 부분들을 확인할 것이며, 세 등장인물이 종종 문학적 암시들을 한다는 결론을 이끌어 낼 것이며(사도 바울로의 편지 이야기와 만초니의 인용이 그 예이다), 따라서 산울타리에 대한 암시를 진지하게 고려하기로 결정할 것이다.

의심할 바 없이 마치 모든 확률 이론이 룰렛 앞의 도박꾼을 지원하듯이, 문화의 역사 전체가 내기를 하는 번역자를 도와줄 것이다. 그럼에도 모든 해석은 하나의 내기로 남게 된다. 가령 외국인 독자는 *Darién*이나 *horizons infinis, sublime espacioso llano*에 관심을 기울이지 않을 것이라고 말할 수도 있다. 혹시 그 산울타리가 예전에 거론되었는지 질문하지도 않고 이탈리아 문화에서 나온 것으로 받아들일 수도 있다. 하지만 나의 번역자들과 나는 그 세부의 중요성에 내기를 걸었다.

6·4 파불라의 층위들

그러니까 텍스트의 심층 의미에 충실하기 위해 번역에서 지시를 바꿀 수 있다. 하지만 어느 정도까지인가? 이 문제를 밝히기 위해 나는 제2장에서 다루었듯이 텍스트를 요약적 명제들로 전환시킬 수 있는 가능성, 파불라와 플롯 사이의 구별로 돌아가지 않을 수 없다.

파불라를 존중한다는 것은 서사적 가능 세계들에 대한 텍스트의 지시를 존중한다는 의미이다. 만약 어느 소설에서 집사가 주방에서 등에 칼이 꽂힌 백작의 시체를 발견했다고 이야기한다면, 그가 창고의 서까래에 목이 매달린 백작을 발견했다고 번역할 수 없다는 것은 분명하다. 그렇지만 원칙이란 언제나 예외들을 참작한다. 디오탈레비와 산울타리의 예로 돌아가자면, 번역자들이 파불라를 바꾸었다는 것을 알 수 있다. 원본의 가능 세계에는 산울타리가 있는데, 스페인어 번역본의 가능 세계에는 고상하고 광활한 평원이 있다.

하지만 내 소설의 그 페이지에서 이야기되는 진짜 파불라는 무엇일까? 디오탈레비가 산울타리를 보았다는 사실인가, 아니면 그가 문학병에 걸려서 문학을 거치지 않고는 자연을 감상할 줄 모른다는 사실인가? 소설에서 내용의 층위는 단지 생경한 사건들(어느 등장인물이 이러저러한 일을 한다)로만 이루어지는 것이 아니라, 심리적 뉘앙스들, 행위소 역할들에 의존하는 이데올로기 가치들 등으로도 이루어진다.

번역자는 번역에서 전달해야 하는 내용의 층위(또는 층위들)가 무엇인지, 말하자면 〈심층〉 파불라를 전달하기 위해 〈표면〉 파불라를 바꿀 수 있는지 결정해야 한다.

앞서 말했듯이 〈선적인 발현〉에서 나타나는 모든 문장(또는 문장들의 연쇄)은 하나의 미시 명제로 요약(또는 해석)될 수 있다. 예를 들어 『푸코의 진자』 제57장에서 인용된 몇 줄은 다음과 같이 요약될 수 있다.

(1) 그들은 차를 타고 언덕들을 가로질러 가고 있다.
(2) 디오탈레비는 풍경에 대해 문학적 성찰을 한다.

이 미시 명제들은 읽기 과정에서 좀 더 방대한 거시 명제들 안에 포괄된다. 예를 들어 제57장 전체는 다음과 같이 요약될 수 있다.

(1) 등장인물들은 차를 타고 랑게 지방의 언덕들을 가로질러 간다.
(2) 그들은 다양한 연금술 상징들이 나타나는 어느 흥미로운 성(城)을 방문한다.
(3) 거기에서 그들은 이미 알고 있던 몇몇 신비주의자들을 만난다.

소설 전체는 다음과 같은 초(超)거시 명제로 요약될 수 있을 것이다.

> 세 친구는 장난삼아 총체적 음모를 고안해 내고 그들이 상상한 이야기는 사실로 드러난다.

만약 이야기들이 그렇게 짜 맞추어진다면(또는 짜 맞추어질 수 있다면), 어느 층위에서 번역자는 심층 이야기를 유지하기 위해 표면 이야기를 바꿀 수 있을까? 나는 각 텍스트가 상이한 대답을 허용한다고 생각한다. 상식이 암시하는 바에 따르면 『전날의 섬』에서 번역자들은 〈로베르토는 줄무늬 말미잘을 본다〉를 〈로베르토는 점박이 말미잘을 본다〉로 바꿀 수 있지만, 분명히 〈로베르토는 경도 180도 너머에 있는 어느 섬 앞에서 좌초한 버려진 배 위에서 조난을 당한다〉는 초거시 명제를 바꿀 수는 없다.

그러므로 곧바로 요약되는 미시 명제의 의미를 간직하기 위해 개별 문장의 의미(그리고 지시)를 바꿀 수는 있지만, 보다 높은 층위의 거시 명제들의 의미를 바꿀 수는 없다고 말할 수 있다. 하지만 중간 층위들의 수많은 거시 명제들에 대해서는 어떻게 해야 하는가? 그 규칙은 없으며, 해결책은 경우에 따라 협상해야 한다. 앞서 말했듯이 만약 어느 등장인물이 통속적인 말장난을 토대로 한 무미건조한 우스갯소리를 하는데 어떤 번역도 그것을 옮길 수 없다면, 번역자는 도착 언어에서 등장인물의 무미건조함을 효과적으로 보여 주는 다른 우스갯소리로 원본을 대체해도 정당화된다. 벨보와 디오탈레비, 카소봉 사이의 현학적 대화에 대해 위버와 나는 바로 그렇게 결정했던 것이다.

6·5 레부스의 지시들과 지시의 레부스

실제로 텍스트가 무엇을 지시하는지(그리고 거기에서 확인해야 하는 심층 파불라가 무엇인지) 이해하기 위해 레부스 *rebus* 같은 수수께끼 놀이와의 유사성을 살펴보는 것도 필요하다고 생각한다. 다음은 2002년 8월 31일 자 『잡지 수수께끼 주일 *La Settimana Enigmistica*』에 실렸던 것이다.

75144. 레부스(10, 1, 6, 4, 2, 13) (E. Vivanet)

도표 7

잘 알려져 있듯이 레부스에는 등장인물들, 사건들, 물건들이 그려져 있고, 그중 일부에는 알파벳 글자가 표시되어 있으며 또 일부는 그렇지 않다. 초심자는 두 가지 오류를 범할 수 있다. 즉 글자들이 표시된 그림들만 중요하다고(그리고 해석되어야 한다고) 생각하거나, 또는 해결책이 전체 장면에 의존한다고 생각하는 것이다. 사실은 그렇지 않다. 장면 전체는 순수하게 장식적인 요소들, 때로는 초현실적 효과의 요소들이 많으며, 또한 때로는 글자들이 표시되지 않은 그림들도 중요하다. 우리의 레부스를 보자. 모든 장면이 아프리카에서 전개된다는 것이 본질적일까? 처음에는 아니라고 가정하는 것이 좋다. 하지만 그건 알 수 없는 일이다. 예를 들어 오른쪽 마지막 인물을 보자. 그는 아니라는 신호를 하고 자기 배를 만진다. 그에게 음식이 제공되는 것을 보니, 그는 충분히 먹었기 때문에 음식을 그만 먹겠다고 거절하는 것처럼 보인다. 그러므로 급사(글자가 표시되지 않은)가 그에게 음식을 제공한다는 사실도 중요해 보인다. 만약 그에게 술병을 제시한다면, 등장인물의 행동은 그 의미가 바뀔 수도 있다. 가령 배가 아프기 때문에 알코올을 마시고 싶지 않다는 의미일 수도 있다. 만약 급사가 중요하다면, 그가 아프리카 사람이라는 사실도 중요할까? 아니면 그것은 모든 것을 식민지 맥락에 적용하기 위해 도안가가 고안해 낸 연출에 의한 것일까?

그리고 만약 급사의 음식 제공이 중요하다면, 왼쪽의 두 여자가 겉보기에는 화가 나고 기분이 언짢아 보이는 한 무리의 원주민들을 대하고 있는 사실도 중요할까? 게다가 그 두 여자는 무엇을 하고 있는가? 항의하는가? 자극하는가? 모욕하는가? 호소하는가? 선동하는가? 화를 내는가? 아니면 남자들에게 분노를 터뜨리고 있는가? 그리고 그런 행위를 하는 것이 여자이고 말을 듣는 사람은 남자라는 것도 중요할까? 그리고 만약 두 여자가 아프리카 여자들이라면, 필히 검고, 거무스레하고, 거무튀튀하고, 아프리카 흑인처럼 그렸어야 할까? 그녀들이 검은 피부라는 사실, 또는 여자이며 두 사람이라는 사실도 중요할까? 게다가 뒤의 배경에 지나가는 세 명의 등장인물은 누구인가? 그들이 탐험가, 식민지 이주민, 여행자, 백인(흑인과는 대립되는)이라는 사실, 그리고 왼쪽에서 무엇인가 동요되고 흥분된 일이 일어나고 있는데도 그들은 무관심하게 지나간다는 사실도 중요할까?

수수께끼를 푸는 사람은 이런 모든 질문을 제기한다. 두 여자와 그들의 행동을 어떻게 정의하기로 결정하든, *VI*에 연결될 수 있는 알파벳 글자 10개로 된 어떤 단어도 그의 머릿속에 떠오르지 않는다. 또한 실제로 내가 그랬듯이, 오른쪽의 마지막 인물에 대해 잘못된 길을 찾을 수도 있다. 글자 13개는 많다. 나는 〈배부른〉 또는 〈포식한〉의 뜻이 담긴 그렇게 긴 어떤 단어도 생각해 낼 수 없었다. 나는 만약 앞의 인물들에서 *IN*을 이끌어 낼 수 있다면 13개 글자로 된 *INsoddisfatto* 〈《불》만족한〉를 얻을 수 있을 것이라고 생각했다. 하지만 〈불만족한〉 앞에 두 글자로 된 어떤 관사나 부사〔*ma*(그러나) 또는 *da*(-에서) 같은〕가 분명히 있어야 할 것이며, 따라서 나는 그 탐험자들 무리에서 어떻게 그것을 이끌어 내야 할지 몰랐다. 이런 잘못된 가설에 가로막힌 나는 많은 시간을 낭비한 후에야 마지막 인물에서 *sazio N è*(배부른 N이다)가 나올 수도 있다는 것을 깨달았다. 그런 가설과 함께 13개 글자로 된 단어는 *conversazione*(대화)가 될 수 있었고, 그 앞에 정관사 *La*가 붙을 수 있었다. 이 시점에서 세 명의 탐험가는 왕과 두 명의 시종, 또는 장교와 두 명의 사병이 될 수 있었다. 왜냐하면 그들의 행위에 초점을 맞추고, 그들의 다른 특징들에서 추정해 내고, 또한 두 아프리카 여자의 *VI*와 연결시키면 *VI va LA con V e R*를 얻을 수 있기 때문이다. 대화가 〈생생하게 유지된다*tenuta viva*〉는 것은 직관적인 것이었다. 따라서 그 문장은 *te nere VI va LA con V e R sazio N è*, 즉 *tenere viva la conversazione*(대화를 생생하게 유지하다)로 끝나야 했다.

그러므로 두 여자는 〈*nere*(검은, 흑인의)〉이며, *te*로 끝나는 무엇인가를 하고 있다. 하지만 어떤 해결책이 10개 글자의 단어와, *a*(-에게) 같은 전치사(한 글자로 된 단어는 그것밖에 될 수 없다)를 제공할 수 있을까? *Ci si ingegna a tenere viva*(생생하게 유지하도록 고안해 낸다), *ci si sforza a tenere viva*(생생하게 유지하도록 노력한), *si riesce a tenere viva*(생생하게 유지하는 데 성공한다), 하지만 그중 어느 것도 받아들일 만한 10개 글자의 단어를 제공하지 않았다. 이럴 경우 수수께끼를 푸는 사람은 계속하여 두 흑인 여자가 무엇을 하고 있는지 이해하려고 노력하거나, 아니면 대화를 생생하게 유지하기 위해 무엇을 할 수 있는지 찾아내려고 어휘들을 탐색할 것이다. 두 번째 길을 선택한 나는 대화를 생생하게 유지하는 데 〈기여한다*contribuire*〉는 것을 발견했고, 그리하여 왼쪽의 첫째 인물 집단에서 이야기되는 진짜 파불라는 두 흑인 여자가 자기 종족*tribù*의 구성원들에게 화가 나 있다*irate*는 것이라고 깨달았다. 결과: *con tribù irate nere VI*. 그러므로 이 레부스의 해답은 *contribuir a tenere viva la conversazione*(대화를 생생하게 유지하는 데 기여하다)이다.

보다시피 왼쪽의 인물들에 대해 나는 그림에서 보이는 모든 것을 말로 〈번역〉해야 했으며, 더 나아가 〈진짜 이야기〉는 흑인 여자들이 자기 종족의 남자들에게 항의한다는 것이라고 추론함으로써 그렇게 하였다. 이와는 반대로 백인들의 집단에서 진짜 이야기는 그들이 탐험가라는 것도 아니고, 아프리카나 또는 다른 곳에 있다는 것도 아니며, 단지 그들 중 한 여자가 다른 두 사람과 함께 가고 있다는 것이었다.

무엇 때문에 여기에서 나는 특히 본질적 지시들의 간직 및 주변적 지시들에 대한 방임과 관련된 번역 과정과 이 레부스가 유사하다고 생각하는가? 레부스에는 장면 전체에 동위적으로 일관적인 심층 파불라가 없고, 각 부분들에 따라 어떤 경우에는 심층 파불라가 추론되어야 하며(만약 두 명의 인디언 여자가 붉은 피부의 사람들 집단에 말하고 있더라도 똑같을 것이다), 반면 중앙의 집단에 대해서는 심층 파불라를 찾느라 길을 잃을 필요가 없고, 단지 가장 표면적인 이야기(누구인지 중요하지 않은 어느 여자가, 역시 누구인지 중요하지 않은 다른 두 사람과 함께 가고 있다는 것)를 확인하는 것(그리고 어떻게 해서든지 간직하는 것)으로 충분하다고 말해 주기 때문이다. 중간 깊이의 파불라는 배부른 백인과 관련된 것이다. 따라서 여기에서는 그가 배부르다는 것, 누군가가 그에게 음식을 제공한다는 것이 중요할 뿐, 그가 백인이고 급사는 흑인이라는 것은 중요하지 않다(그에게 닭고기, 캐비아, 또는 사과를 제공하는 사람은 티롤로 사람들의 의상을 입은 여자 급사가 될 수도 있다). 또한 그 장면이 식민지 환경에서 전개된다는 것도 중요하지 않다. 레부스 고유의 몽상적인 비일관성은 거기에다 호화로운 호텔이나 중세의 성(城)을 세울 수도 있기 때문이다.

앞의 단락들에서 제공된 모든 예는 일련의 비슷한 선택들(디오탈레비가 산울타리를 보는 것은 적절한가, 산호들은 빨간색인가 아니면 노란색인가, 그것이 산울타리가 아니라 산호들이라는 것은 본질적인가 등)에 몰두해 있는 번역자의 모습을 보여 준다.

레부스의 해결 방식을 텍스트 해석의 〈모델〉로 선택할 경우, 무엇보다도 독자(그리고 그와 함께 번역자)는 〈모든〉 가설을 세우도록 허용되지 않는다는 암시를 읽을 수 있다. 즉 백인이 〈만족하였다〉는 가설은 맥락과 어울리지 않고, 반면 〈배부르다〉는 가설은 나머지와 어울리는 일관적인 의미를 찾도록 허용하고 따라서(끝에서부터 출발하여) 전체 문장을 재구성할 수 있게 한다.

모델은 단지 모델에 불과할 뿐이다. 그렇지 않다면 사물 그 자체가 될 것이다. 레부스는 결코 『신곡』이 아니며, 『신곡』 읽기는 더 많은 해석적 방임을 허용한다는 것을 인정한다. 하지만 일반적으로 믿거나 바라는 것보다는 그렇지 않다.

7 원천, 하구, 델타, 강어귀

오르테가이가세트는 「번역의 괴로움과 영광」에 대한 논문(1937: 이탈리아 번역본, 193면)에서 메이예Meillet가 표명했던 견해와는 반대로, 모든 언어가 어떤 것이든지 표현할 수 있다는 것은 사실이 아니라고 말한다〔콰인(1960)이 정글의 언어로는 가령 *neutrinos lack mass* 같은 진술을 번역할 수 없다고 말한 것을 상기시킨다〕. 오르테가이가세트는 다음과 같은 증거를 제시하였다.

> 바스크어는 메이예가 원하는 만큼 완벽한 언어겠지만, 하느님을 가리키는 기호는 고유의 어휘 속에 포함되어 있지 않아 〈높은 곳에 있는 것의 주인〉을 의미하는 단어 *Jaungoikua*에 의존해야만 했다. 이미 오래전에 영주들의 권위가 사라졌기 때문에 오늘날 *Jaungoikua*는 곧바로 하느님을 의미한다. 하지만 우리는 하느님을 이 세상의 정치적 권위로 생각하고, 하느님을 시민적 통치자 또는 그와 비슷한 것으로 생각할 수밖에 없었던 시기에 무슨 일이 일어났는지 생각해 보아야 한다. 바로 이 경우는 하느님을 가리킬 이름이 없기 때문에 하느님을 생각한다는 것은 바스크 사람들에게 커다란 노력을

요구했다는 것을 보여 준다. 그렇기 때문에 그들은 그리스도교로 개종하는 데 많은 어려움이 있었다…….

나는 이런 식의 사피어-워프 가설에 대해 언제나 회의적이다. 만약 오르테가이가세트가 옳다면 라틴 사람들은 하느님을 시민적이고 정치적 이름이었던 *dominus*로 불렀기 때문에 개종하는 데 어려움을 겪었을 것이다. 또한 영국인들은 오늘날에도 하느님을 *Lord*로, 마치 상원 의원이나 되는 것처럼 부르기 때문에 하느님에 대한 관념을 갖는 데 어려움을 겪을 것이다. 슐라이어마허Schleiermacher는 「번역의 다양한 방식에 대해」(1813)에서 이렇게 지적했다. 명백하게 〈개개인은 자신이 말하는 언어에 의해 좌우된다. 그 자신과 그의 생각은 언어의 산물이다. 그는 언어의 경계선 너머에 있는 어떤 것도 완전히 확정적으로 생각할 수 없다〉. 하지만 몇 줄 뒤에서 〈하지만 다른 한편으로 자유롭게 생각하고 지적으로 자율적인 각 개인은 나름대로 언어를 형성할 수 있다〉고 덧붙인다. 훔볼트(1816)는 번역이 의미와 표현성에서 도착지 언어를 풍부하게 만들 수 있다고 말한 최초의 인물이다.

7·1 문화에서 문화로 번역하기

앞서 말했듯이 번역이 단지 두 언어 사이의 이행이 아니라 두 문화 또는 두 백과사전 사이의 이행과 관련된다는 것은 이제 널리 인정되고 있다. 번역자는 엄격하게 언어적인 규칙들만 고려할 것이 아니라 좀 더 넓은 의미에서 문화적 요소들도 고려해야 한다.[1]

사실 오랜 세월 전에 쓰인 텍스트를 읽을 때에도 똑같은 일이 발생한다. 스타이너(1975)는 제1장에서 셰익스피어와 제인 오스틴의 일부 텍스트들은 현대 독자, 즉 당시의 어휘뿐만 아니라 저자들의 문화적 배경도 모르는 현대 독자가 완전하게 이해할 수 없음을 아주 잘 보여 준다.

이탈리아 학생들은 이탈리아어가 지난 세월 동안 유럽의 다른 언어들에 비해 변화가 별로 없었다는 원칙을 내세워, 자신들이 다음과 같은 단테의 소네트의 의미를 아주 잘 이해하고 있다고 생각한다.

> Tanto **gentile** e tanto **onesta pare**
> la **donna** mia, quand'ella altrui saluta,
> ch'ogne lingua deven tremando muta,
> e li occhi no l'ardiscon di guardare.
> Ella si va, sentendosi laudare,
> **benignamente e d'umiltà vestuta;**
> e par che sia una cosa venuta
> dal cielo in terra a **miracol** mostrare.
> 나의 여인은 다른 사람에게 인사할 때
> 얼마나 고상하고 품위 있게 보이는지,
> 모든 혀가 떨리며 입을 다물고
> 눈은 감히 그녀를 바라보지 못하네.
> 찬사를 들으면서 그녀는 너그럽게도
> 겸손한 태도로 걸어가니,

1 스넬혼비 Snell-Hornby(1988)는 한때 철학에서 〈언어학적 전환 *linguistic turn*〉에 대해 말했듯이, 번역론에서 〈문화적 전환*cultural turn*〉에 대해 언급한 바 있다. 르페베르Lefevere(1992: xiv)는 〈언어는 아마 가장 덜 중요한 것일지도 모른다〉고 주장한다. 배스넷과 르페베르(1990) 및 핌Pym(1992)도 참조 — 원주.

마치 기적을 보이려고
하늘에서 땅으로 내려온 존재 같구나.

실제로 학생은 단테가 자기 여인의 상냥함 또는 예절과 훌륭한 태도, 너그러우면서도 겸손하게 보이는 태도를 칭찬하고 있다고 말할 것이다.

그런데 콘티니Contini(1979: 166면)가 잘 설명했듯이, 현대 이탈리아어와는 아주 다른 문법과 통사적 변화들은 별개로 하더라도, 어휘의 측면에서 내가 진하게 표시한 모든 단어들은 단테의 시대에 우리가 지금 통상적으로 부여하는 것과는 다른 의미를 띠고 있었다. *gentile*는 잘 교육받은 데서 나오는 좋은 태도를 의미했던 것이 아니라, 궁정 언어의 용어로 귀족 태생을 의미했다. *onesta*는 외부적인 예절을 가리켰으며, *pare*는 *sembra*(~처럼 보이다)나 *appare*(나타나다)를 의미하지 않고 〈명백하게 드러내다〉를 의미했다(베아트리체는 신성한 권능의 눈에 보이는 발현이다). *donna*는 봉건적 의미에서의 *domina*(여주인)를 의미했으며(이 맥락에서 베아트리체는 단테의 마음을 사로잡은 〈귀부인〉이다), *cosa*는 오히려 *essere*(존재)(보다 높은 의미에서의)를 의미했다. 그러므로 콘티니에 따르면 이 소네트의 서두는 다음과 같이 해석되어야 할 것이다. 〈내 여주인이 인사하는 동안 그녀의 고귀함과 예절의 증거는 아주 분명해서, 모든 혀가 떨려 침묵하고 눈은 감히 그녀를 바라볼 수 없다. …… 그녀는 칭찬의 말을 들으면서, 자신의 내적인 너그러움이 겉으로 드러나는 태도로 걸어간다. 그리고 성스러운 권능을 구체적으로 재현하기 위해 하늘에서 지상으로 내려온 자신의 성격을 명백히 드러낸다.〉

다음에 든 예문은 흥미롭게도 서로 다른 시대에 이 소네트를 영어로 번역하려는 시도들을 모아 놓은 것이다. 이 세 번의 시도에서 번역자들은 순진한 이탈리아 독자처럼 일부 오류들을 범하지만, 그러면서도 진짜 의미의 일부 요소들은 복원되기도 하였다. 혹시 문헌학적 훈련보다는 도착지 언어의 시적 전통에 대한 기억 때문인지도 모른다. 세 가지 번역은 다음과 같다. 첫 번째는 19세기 후반의 것으로 단테 게이브리얼 로세티Danet Gabriel Rossetti의 번역이다.

My lady looks so gentle and so pure
When yielding salutation by the way,
That the tongue tremble and has nought to say,
And the eyes, which fain would see, may not endure.
And still, amid the praise she hears secure,
She walks with humbleness for her array;
Seeming a creature sent from Heaven to stay
On earth, and show a miracle made sure.

다른 두 가지는 현대의 번역으로 하나는 마크 무사Mark Musa가, 다른 하나는 매리언 쇼어Marion Shore가 번역한 것이다.

Such sweet decorum and such gentle grace
attend my lady's greetings as she moves
that lips can only tremble in silence
and eyes dare not attempt to gaze at her.
Moving, benignly clothed in humility,
untouched by all the praise along her way,
she seems to be a creature come from Heaven

to earth, to manifest a miracle.

My lady seems so fine and full of grace
When she greets others, passing on her way,
That trembling tongues can find no words to say,
And eyes, bedazzled, dare not meet her gaze.
Modestly she goes amid the praise,
Serene and sweet, with virtue her array;
And seems a wonder sent here to display
A glimpse of heaven in earthly place.

보다시피 *pare*나 다른 세부들은 아니더라도 최소한 *donna*와 *gentile*의 원래 의미가 부분적으로 복원되었다. 어떤 방식으로든 이 영어 번역본들의 독자는 현대 이탈리아의 성급한 독자에 비해 부분적으로 혜택을 입고 있다. 성급한 현대 이탈리아 독자는 이 소네트를 영어로 번역할 경우, 마치 토니 올드콘Tony Oldcorn(2001)이 도발적인 의도로 문헌학적 기준들을 엄청나게 경멸하여 다음과 같이 번역했던 것처럼 옮길 위험이 있다.

When she says he, my baby looks so neat,
yhe fellas all calm up and check their feet.
She hears their whistles but she's such a cutie,
she walks on by, and no, she isn't snooty.
You'd think she'd been sent down from the skies
to lay a little magic on us guys.

7·2 아베로에스의 탐구

연쇄적인 언어적 오해를 유발하는 문화적 오해의 가장 두드러진 예는 아리스토텔레스의 『시학』과 『수사학』을 아베로에스[2]가 최초로 번역한 것에서 찾아볼 수 있다. 아베로에스는 그리스어를 몰랐고, 시리아어는 가까스로 알고 있었다. 그는 아리스토텔레스의 저술을 10세기의 아랍어 번역본으로 읽었는데, 그것은 바로 어떤 그리스어 원본의 시리아어 번역본에서 옮긴 것이었다. 상황을 더욱 복잡하게 만들려는 듯이 1175년에 쓰인 아베로에스의 『시학』에 대한 〈주석〉은 1256년에 그리스어를 전혀 모르는 〈독일인〉 헤르만 Hermann에 의해 아랍어에서 라틴어로 번역되었다. 그후 1278년에야 뫼르베케Moerbeke의 빌헬름이 『시학』을 그리스어로 번역하였다. 『수사학』에 대해서는 1256년 〈독일인〉 헤르만이 아랍어로 번역하였지만, 아리스토텔레스의 텍스트와 다른 아랍어 주석들을 뒤섞어 번역하였다. 그 이후에야 그리스어로 옮긴 〈옛날 번역본*translatio vetus*〉이 뒤따라 나왔는데, 아마도 메시나의 바르톨로메오가 한 것으로 짐작된다. 마침내 1269년 또는 1270년에 뫼르베케의 빌헬름이 그리스어로 번역한 것이 나왔다.

아리스토텔레스의 텍스트는 그리스 연극에 대한 지시들과 문학적 예들로 가득한데, 아베로에스 또는 그보다 앞선 번역자들은 아랍의 문학 전통에 적용하려고 노력하였다. 그렇다면 라틴어 번역자가 아리스토텔레스와 그의 지극히 섬세한 분석들에 대해 도대체 무엇을 이해할 수 있었을까 상상해 볼

2 Averroës(1126~1198). 스페인에서 태어난 아랍인 철학가이자 과학자. 특히 아리스토텔레스의 작품에 대한 탁월한 주석가로 유럽 세계에 지대한 영향을 끼쳤다.

만하다. 아마 앞서 인용한 성서와 〈찰스의 사포 연마 기계들〉의 상황과 아주 비슷할 것이다. 아니 그 이상이다.

많은 사람들이 보르헤스의 〈아베로에스의 탐구〉(『알레프 *El Aleph*』)라는 제목의 단편 소설을 기억할 것이다. 여기에서 아르헨티나 작가는 아부 알왈리드 무하마드 이븐 아흐마드 이븐 무하마드 이븐 루시드Abū al-Walid Muhammad ibn Ahmad ibn Muhammad ibn Rushd(말하자면 우리의 아베로에스)가 아리스토텔레스의 『시학』을 해설하려고 노력하는 모습을 상상한다. 그를 괴롭히는 것은 〈비극〉과 〈희극〉이라는 단어의 의미를 모른다는 것이다. 왜냐하면 그것은 아랍 전통에는 알려지지 않은 예술 형식들이기 때문이다. 아베로에스가 그 모호한 용어들의 의미에 대해 고심하고 있는 동안 그의 창문 밖 아래에서는 어린아이들이 무에진과 뾰족탑[3] 그리고 신도들의 역할 놀이, 그러니까 연극을 하고 있다. 하지만 어린아이들도 아베로에스도 그것을 모른다. 나중에 누군가 철학자에게 중국에서 본 이상스러운 의식(儀式)에 대해 이야기해 주는데, 그 묘사에서 독자는 그것이 연극 행위라는 것을 깨닫는다(하지만 소설의 등장인물들은 깨닫지 못한다). 이런 모호함의 희극이 끝날 무렵 아베로에스는 아리스토텔레스에 대해 다시 성찰하기 시작하고 이렇게 결론을 내린다. 〈아리스투(아리스토텔레스)는 찬가(讚歌)를 비극이라 부르고, 풍자와 저주들을 희극이라 부른다. 뛰어난 비극과 희극들은 코란의 글들과 성소(聖所)의 비문(碑文)들 곳곳에 가득 있다.〉

독자들은 이러한 역설적인 상황을 보르헤스의 상상력으로

3 영어로는 *muezzin*과 *minaret*. *minaret*는 이슬람 사원에 덧붙여 세워진 탑이며, 여기에서 〈무에진〉은 의례적인 노래로 신자들에게 예배 시간을 알린다.

돌리지만, 그가 이야기하는 것은 바로 아베로에스에게 일어났던 것이다. 아리스토텔레스가 비극과 관련하여 언급하는 모든 것이 아베로에스의 〈주석〉에서는 시, 특히 〈비난*vituperatio*〉이나 〈칭찬*laudatio*〉 같은 시 형식과 관련된 것으로 언급된다. 이러한 설득적 시는 재현을 활용하지만 그것은 언어적 재현이다. 그리고 그런 재현은 〈덕성 있는 행위를 부추기려고〉 하며, 따라서 그 의도는 교육적이다. 당연히 이러한 도덕적 시 관념으로 인해 아베로에스는 비극의 기본인 카타르시스 기능(교육적 기능이 아닌)에 대한 아리스토텔레스의 개념을 이해하지 못한다.

아베로에스는 『시학』 1450a 이하를 해설하는데, 거기에서 아리스토텔레스는 비극의 구성 요소들로 뮈토스*mûthos*, 에테*êthê*, 렉시스*léxis*, 디아노이아*diánoia*, 오프시스*ópsis*, 멜로포이아*melopoiía*를 든다(오늘날 이것은 일반적으로 이야기, 성격, 웅변술, 사상, 공연, 음악으로 번역된다). 아베로에스는 첫째 용어를 〈신화적 진술〉로 이해하고, 둘째 용어는 〈성격〉, 셋째 용어는 〈운율〉, 넷째 용어는 〈믿음〉, 여섯째 용어는 〈멜로디〉(하지만 분명히 아베로에스는 무대 위에 음악가들이 나오는 것을 생각하지 않고 시적 멜로디를 생각한다)로 이해한다. 극적인 것은 다섯째 요소 오프시스에서 발생한다. 아베로에스는 행위들의 공연으로 이루어지는 재현이 있다는 것을 생각할 수 없었기에 재현된 믿음들의 선함을 증명하는(여전히 도덕적 목적으로) 논증 유형에 대한 것으로 번역한다. 헤르만의 라틴어 번역본도 이러한 번역에 따른다(〈활동이나 믿음의 올바름에 대한 고찰, 즉 논증 또는 증명*consideratio, scilicet argumentatio seu probatio rectitudinis credulitatis aut operationis*〉이라고 번역하면서).

그뿐만이 아니다. 아베로에스의 오해를 또 오해하여 헤르만은 라틴 독자들에게 그 〈찬양의 시*carmen laudativum*〉는 행위의 예술을 사용하지 않는다고 설명한다. 그리하여 비극의 유일한 극적 측면을 배제한다.

뫼르베케의 빌헬름은 그리스어로 번역하면서 트라고디아*tragodia*와 코모디아*komodia*에 대해 이야기하고 그것이 연극 행위들이라는 점을 고려한다. 사실 중세의 여러 작가들에게 희극은 비록 연인들의 고통을 노래하는 애가(哀歌)적 구절들이 있더라도 행복한 결말로 끝나는 이야기를 의미했으며, 따라서 단테의 시도 〈희극〉으로 정의될 수 있었다. 반면 가를란디아의 요한네스Johannes de Garlandia는 『새로운 시*Poetria Nova*』에서 비극을 〈즐겁게 시작해서 슬프게 끝나는 시*carmen quod incipit a gaudio et terminat in luctu*〉로 정의한다. 하지만 결정적으로 중세에는 어릿광대들과 〈배우들*histriones*〉의 구경거리와 신성한 종교극이 있었으며, 따라서 연극에 대한 관념을 갖고 있었다. 그러므로 뫼르베케의 빌헬름에게 아리스토텔레스의 오프시스는 올바르게 〈눈으로 보는 것*visus*〉이 되었으며, 따라서 그것은 당연히 이포크리타*ypocrita*, 즉 배우의 모방 행위와 관련된 것이었다. 그리하여 어휘상 옳은 번역에 다가가게 되었는데, 바로 여러 가지 다양성에도 불구하고 고전 그리스 문화나 중세의 라틴 문화 모두에 있는 예술 장르로 확인되었기 때문이다.

7·3 몇 가지 경우들

나는 언제나 발레리의 「해변의 묘지Le cimitière marin」 서두를 번역하는 것이 가능할까 하는 호기심을 갖고 있었다. 그것은 이렇게 시작된다.

Ce toit tranquille, où marchent des colombes,
entre les pins palpite, entre les tombes;
midi le juste y compose de feux
la mer, la mer, toujours recommencée![4]

분명히 비둘기들이 산책하는 그 지붕은 배들의 하얀 돛이 흩어진 바다이다. 만약 독자가 첫 행의 은유를 포착하지 못한다면 넷째 행이 하나의 해석을 제공한다. 하지만 문제는 은유의 명료화 과정에서 독자가 운반 수단(은유하는 것)을 단지 언어적 현실로 간주할 뿐만 아니라 그것이 암시하는 이미지들도 가동하게 되어 푸른 바다가 가장 분명한 이미지가 된다는 점이다. 무엇 때문에 푸른 바다 표면이 지붕처럼 보여야 한단 말인가? 지붕이 대개 붉은색으로 되어 있는 고장(프로방스를 포함하여)의 독자나 이탈리아 독자는 그것을 이해하기 어렵다. 사실 발레리는 프로방스에서 태어났고 또한 프로방스의 묘지에 대해 이야기하고 있을지라도, 내가 보기에는 파리 사람처럼 생각하였다. 파리의 지붕들은 푸르스름한 회색이며 태양 아래에서는 금속성 반사광을 내기도 한다. 그래서 〈정오 정각*midi le juste*〉에 바다 표면이 은빛 반사광들을 내자 그것이 발레리에게 넓게 펼쳐진 파리의 지붕들을 상기시켰던 것이다. 나는 이러한 은유의 선택에 대해 다른 설명을 찾을 수 없다. 그런데 그것은 명백하게 밝히려는 어떠한 번역의 시도에도 저항한다는 점을 고려하고 싶다(만약 리듬을 죽이고 따라서 시의 성격을 변질시키는 설명적

4 김현의 번역(『海邊의 墓地』, 민음사, 1985, 59면)은 다음과 같다. 〈비둘기들이 걸어 다니는 저 조용한 지붕이/소나무 사이 무덤 사이에서 파닥거린다./올바른 者 正午가 불꽃으로 짠다/언제나 다시 시작하는 바다 바다를!〉 하지만 여기에서 3연의 *midi le juste*는 〈정오 정각〉으로 보아야 할 것이다.

풀어 쓰기 속에 빠지지 않는다면 말이다).

이러한 문화적 차이들은 우리가 한 언어에서 다른 언어로 번역할 수 있다고 평이하게 생각하는 표현들에서도 느낄 수 있다.

가령 *coffee*, *café*, *caffè*라는 단어들은 단지 특정한 식물을 가리키는 경우에만 합리적인 동의어로 간주될 수 있다. *donnez moi un café*, *give me a coffee*, *mi dia un caffè* 같은 표현은(언어적 관점에서 보면 분명히 등가이며, 똑같은 명제를 운반하는 발화체들의 멋진 예이지만) 문화적으로 동등하지 않다. 서로 다른 나라에서 발화되는 이 표현들은 서로 다른 효과들을 창출하며 서로 다른 용법과 관련된다. 그것들은 서로 다른 이야기들을 창출한다. 다음의 두 텍스트를 고려해 보기 바란다. 하나는 이탈리아의 소설에서 나타날 수 있는 것이고, 다른 하나는 미국 소설에서 나타날 수 있는 것이다.

Ordinai un caffè, lo buttai giù in un secondo ed uscii dal bar.

나는 커피 한 잔을 주문했고, 그것을 단숨에 털어 넣은 다음, 바에서 나갔다.

He spent half an hour with the cup in his hands, sipping his coffee and thinking of Mary.

첫째 문장은 단지 이탈리아의 커피와 바에만 해당될 수 있다. 왜냐하면 미국의 커피는 그 양이나 온도 때문에 단숨에 삼킬 수 없기 때문이다. 둘째 문장은 이탈리아에 살며 에스

프레소 커피를 마시는 등장인물과 관련될 수는 없을 것이다. 왜냐하면 열 배나 더 많은 양의 음료를 담을 수 있는 크고 깊은 잔의 존재를 전제로 하기 때문이다.

『전쟁과 평화』는 당연히 러시아어로 쓰였지만, 제1장은 프랑스어로 된 긴 대화로 시작된다. 나는 톨스토이 시대에 얼마나 많은 독자들이 프랑스어를 이해했는지 모르겠다. 혹시 톨스토이는 당시 프랑스어를 모르는 사람은 당연히 러시아어도 읽을 줄 모른다고 생각했을지 모른다. 또는 좀 더 그럴듯한 이유로 프랑스어를 모르는 독자는 나폴레옹 시대의 귀족들이 러시아의 민족적 삶과 너무나도 동떨어져 있어서 당시 문화와 외교, 고상함의 국제적 언어였던 프랑스어 — 비록 적의 언어였지만 — 로 말할 정도였다고 이해하기를 바랐는지도 모른다.

만약 그 페이지를 다시 읽어 본다면 등장인물들이 무엇을 말하는지 이해하는 것은 중요하지 않다는 사실을 알 수 있을 것이다. 중요한 것은 프랑스어로 말한다는 점이다. 아니, 톨스토이는 등장인물들이 프랑스어로 말하는 것은 화려하고 세련된 대화의 방법이지만 사건의 전개에는 별로 중요하지 않다는 점을 자기 독자들에게 알리기 위해 최선을 다한다. 예를 들어 어느 시점에서 안나 파블로브나는 바실리 공작에게 그가 자신의 아들들을 제대로 평가하지 않는다고 말하고 공작은 이렇게 대답한다. 〈*Lavater aurait dit que je n'ai pas la bosse de la paternité*.〉 그러자 안나 파블로브나는 대꾸한다. 〈농담하지 마세요. 나는 진지하게 이야기하고 싶어요.〉 여기에서 독자는 바실리가 말한 것을 무시해도 좋으며, 단지 그가 프랑스어로 가볍고 재치 있는 말을 하고 있다는 것만 이해하면 된다.

어쨌든 독자들은 어떤 언어의 독자든 상관없이 그 등장인물들이 프랑스어로 말한다는 것만 이해하면 된다고 생각한다. 나는 『전쟁과 평화』를 중국어로 번역할 때 구체적인 역사 및 문체적 함축 의미가 결여된 낯선 언어의 소리들을 그대로 옮겨 적으며 번역할 수 있을까 자문해 보았다. 비슷한 효과(즉 등장인물들은 속물적으로 적의 언어를 말한다)를 실현하기 위해서는 아마 영어로 말해야 할 것이다. 하지만 그럴 경우 정확한 역사적 시기에 대한 지시를 상실할 것이다. 당시 러시아인들은 영국인들이 아니라 프랑스 사람들과 전쟁을 치르고 있었다.

언제나 나를 매료시켰던 문제들 중의 하나는 어떻게 프랑스 독자가 프랑스어로 번역된 『전쟁과 평화』의 첫 장을 음미할 수 있을까 하는 것이었다. 독자는 프랑스어로 된 책에서 등장인물들이 프랑스어로 말하는 것을 읽을 테고, 따라서 낯설게하기의 효과는 상실될 것이다. 물론 일부 프랑스어 화자들이 나에게 확인해 준 바에 따르면 그 등장인물들의 프랑스어는(아마 톨스토이 자신의 잘못이겠지만) 분명히 외국인들이 말하는 프랑스어라는 것이다.

7·4 원천과 목적지

『전쟁과 평화』가 보여 주는 극단적인 예는 번역이 〈목적 지향적*target oriented*〉이거나 또는 〈원천 지향적*source oriented*〉일 수 있다는 것, 말하자면 원천(또는 출발) 텍스트 지향적이거나, 아니면 목적지 또는 도착 텍스트(그리고 독자) 지향적일 수도 있다는 것을 상기시켜 준다. 이것들은 번역 이론에서 이미 널리 사용되는 용어들인데, 번역이란 독자들을 원본 텍스트의 특정한 시대와 특정한 문화적 환경에 동화되도록 안내해야 하는가, 아니면 그 시대와 환경을 도착지 언어와 문화의 독자가 접근하기 쉽도록 만들어야 하는가 하는 해묵은 문제와 관련된 것처럼 보인다.

이러한 논쟁을 토대로 내가 보기에는 고유한 의미의 번역론에서 벗어나 문화사나 비교 문학과 관련되는 것처럼 보이는 연구가 수행될 수도 있다. 예컨대 원천 텍스트에 대한 충실함의 여부와는 전혀 무관하게 번역이 자체의 문화에 얼마나 영향을 끼칠 수 있는가 연구할 수도 있다. 그런 의미에서 보면 어휘상의 오류로 가득하고 최악의 언어로 쓰였지만 몇 세대의 독자들 사이에 널리 유통되고 방대한 영향을 주었던 번역과, 객관적으로는 아주 정확하다고 정의할 수 있지만 겨우 몇백 부 정도만 유통된 번역 사이에 텍스트상의 중요한 차이는 없을 것이다. 만약 받아들이는 문화의 사고방식이나 글쓰기 방식을 변화시킨 번역이 〈불량〉 번역이었다면, 그것은 좀 더 진지하게 고려되어야 할 것이다.

20세기 초 바리온Barion 출판사에서 펴낸 러시아 소설들, 즉 두 개의 이름을 가진 귀족 부인들에게 맡겨 프랑스어로 번역되고 모든 러시아 이름의 어미가 〈이네*ine*〉로 끝나게 옮겨 적은 소설들이 이탈리아 문화에 끼친 영향을 연구하는 일은 분명히 흥미로울 것이다(이미 그런 연구가 있는지 나는 모르겠다). 어쨌든 대표적인 예로 루터에 의한 성서의 독일어 번역을 인용하는 것으로 충분할 것이다. 루터(1530: 이탈리아어 번역본, 101면)는 동사 *übersetzen*(번역하다)과 *verdeutschen*(독일어화하다)을 상호 교환 가능한 것으로 사용함으로써, 〈문화적 동화〉로서 번역에 부여되는 중요성을 분명하게 강조하면서 자신의 독일어 성서 번역본에 대한 비평가들에게 이렇게 대답했다. 〈그들은 나의 번역 방식에서 독일어로 말하고 쓰는 방법을 배운다. 그렇게 그들은 예전에는 거의 몰랐던 언어를

나에게서 빼앗아 간다.〉

일부 번역들은 어느 주어진 언어가 새로운 표현 가능성과(심지어는 새로운 어휘들과) 직면하도록 강요하기도 하였다. 루터의 번역이 독일어에 끼친 영향을 평가하기 위해 히브리어를 알아야 할 필요는 없다. 빈첸초 몬티[5]의 『일리아스』 번역을 평가하기 위해 고전 그리스어를 알아야 할 필요가 없는 것과 마찬가지이다. 게다가 번역을 하기 위해 그리스어를 알 필요도 없었다. 왜냐하면 몬티는 〈호메로스의 번역자들의 번역자〉였기 때문이다. 하이데거 작품의 번역들은 많은 프랑스 철학자들의 문체를 근본적으로 바꾸었으며, 마찬가지로 독일 관념론자들의 이탈리아어 번역들은 거의 한 세기 동안 이탈리아의 철학적 문체에 널리 영향을 끼쳤다. 또한 이탈리아에서는 비토리니[6]에 의한 미국 소설가들의 번역이(비록 종종 자유롭고 별로 충실하지 않은 번역이지만) 제2차 세계 대전 후의 이탈리아에서 소설 문체의 탄생에 기여하기도 하였다.

도착지 문화에서 번역이 수행하는 기능에 대한 연구는 매우 중요하다. 하지만 이러한 관점에서 볼 때 번역은 그 문화의 역사 내부의 문제가 되며, 원본에서 제시된 모든 언어와 문화적 문제들은 중요하지 않게 된다.

5 Vincenzo Monti(1754~1828). 이탈리아의 시인이자 문인으로 그의 가장 뛰어난 업적 중 하나는 『일리아스』의 번역(1810)으로 꼽히는데, 이 번역본은 여러 번에 걸쳐 수정되었다.

6 Elio Vittorini(1908~1966). 시칠리아 출신의 소설가이자 평론가. 파시즘 치하에서 공산당에 가입하여 반파시스트 활동을 전개하였고, 제2차 세계 대전 후에는 이탈리아 문화계의 혁신 운동이었던 〈네오레알리스모 *neorealismo*〉의 대표적 이론가로 활동하였다. 특히 파시즘 시대에는 미국 소설들을 번역하여 소개함으로써 소위 〈미국의 신화〉를 확산시키는 데 결정적인 역할을 했다.

그러므로 나는 그런 문제들에 대해서는 다루고 싶지 않다. 나의 관심을 끄는 것은 원천 텍스트와 도착 텍스트 사이의 개입 과정이다. 이와 관련된 문제는 19세기에 훔볼트와 슐라이어마허 같은 학자들에 의해 이미 제기되었던 것이다(베르만, 1984도 참조). 즉 번역은 독자가 원본 텍스트의 언어와 문화적 우주를 이해하도록 유도해야 하는가, 아니면 도착지 문화와 언어의 독자가 접근할 수 있도록 원본 텍스트를 바꾸어야 하는가? 바꾸어 말하자면, 가령 호메로스를 번역할 경우 번역자는 자신의 독자를 호메로스 시대의 그리스 독자로 전환시켜야 하는가, 아니면 호메로스로 하여금 마치 우리 시대의 작가인 것처럼 쓰도록 강요해야 하는가?

이러한 맥락에서 문제는 역설적으로 보일 수도 있다. 하지만 번역은 〈늙어 간다〉는 분명한 사실을 고려해 보기 바란다. 셰익스피어의 영어는 언제나 똑같은 것으로 남아 있지만, 한 세기 전 셰익스피어 번역본들의 이탈리아어는 자신의 나이를 드러낼 수밖에 없다. 이것은 번역자들이 비록 그럴 의도가 없었고, 또한 원래의 역사적 시기와 언어의 맛을 되살리려고 노력했는데도, 실제로는 원본을 어느 정도 현대화하였다는 것을 의미한다.

7·5 익숙하게 하기와 낯설게하기

번역 이론들은 텍스트를 〈현대화하기〉와 〈고풍스럽게 하기〉 사이의 대안을 제시한다. 하지만 그것은 *foreignizing*과 *domesticating*(베누티 Venuti, 1998 참조), 말하자면 〈낯설게하기〉와 〈익숙하게 하기〉(또는 원한다면 〈외국 선호〉와 〈국산화〉) 사이에 제기되는 대립과 동일하지는 않다. 비록 두 쌍 모두의 극단 사이에서 뚜렷한 선택을 하는 다양한 번역들을 찾아볼 수 있을지라도, 먼저 낯설게하기와 익숙하게 하기 사이의 대립을 살펴보기로 하자.

익숙하게 하기의 가장 도발적인 예는 아마 루터의 성서 번역일 것이다. 예를 들어 그는 「마태오의 복음서」 12장 34절의 *Ex abuntantia cordis os loquitur*(마음에 가득 찬 것이 입으로 나오는 법이다)를 번역하는 최상의 방법을 논의하면서 이렇게 썼다.

> 만약 내가 그 멍청이들을 따라야 한다면 그들은 내 앞에다 이렇게 번역한 글을 늘어놓을 것이다. 〈마음의 풍부함에서 입이 말한다.〉 말해 보라, 이게 독일어로 말하는 방식인가? 어떤 독일 사람이 이해하겠는가? 그 마음의 풍부함이란 것이 도대체 무엇인가? ……하지만 집안의 주부나 민중은 이렇게 말한다. 〈마음에 가득 찬 것이 입으로 나오는 법이다.〉

또한 *Ut quid perditio haec!*(이렇게 낭비를 하다니!)(「마태오의 복음서」 26장 8절)와 *Ut quid perditio ista unguenti facta est?*(왜 향유를 이렇게 낭비하는가?)(「마르코의 복음서」 14장 4절)라는 표현에 대해 이렇게 말한다.

> 만약 내가 멍청이들과 문자주의자들을 따른다면 다음과 같이 독일어로 번역해야 할 것이다. 〈무엇 때문에 이런 향유의 상실이 일어났는가?〉 도대체 이게 무슨 독일어인가? 어떤 독일 사람이 그렇게 말하겠는가? 향유의 상실이 있었는가? 그 말을 잘 이해하는 사람은 향유를 잃어버렸으니 다시 찾아야 할 것이라고 생각할 것이다. 비록 그런 의미로는 모호하고 불확실하더라도 말이다……. 하지만 독일 사람은 〈그런 낭비가

무슨 소용이 있는가?〉 또는 〈아깝다!〉 하고 말한다. 그리고 〈향유가 아깝다!〉고 말하지는 않는다. 이것이 좋은 독일어이며, 어떻게 해서 막달레나가 무분별하게 행동했고 손해를 입혔는지 이해할 수 있도록 해준다. 그것은 유다의 견해로, 향유를 좀 더 낫게 사용할 수 있었다고 생각하는 것이다. (루터, 1530: 이탈리아어 번역본, 106~107면)

*foreignizing*에 대해 베누티(1998: 243면)는 매슈 아널드 Matthew Arnold와 프랜시스 뉴먼Francis Newman 사이에 19세기에 있었던 호메로스의 번역에 대한 논쟁을 인용한다. 아널드는 당시 아카데미 환경에서 호메로스를 수용하던 것에 어울리는 번역을 유지하려면 호메로스의 작품을 6보격(六步格)으로 또 근대 영어로 옮겨야 한다고 주장했다. 이와는 반대로 뉴먼은 호메로스가 엘리트 시인이 아니라 민중 시인이었음을 명백하게 드러낼 수 있도록, 일부러 고풍스러운 어휘를 만들었을 뿐만 아니라 발라드풍 시구를 사용하기도 했다. 베누티의 관찰에 따르면 역설적으로 뉴먼은 민중주의적인 이유로 낯설게하고 고풍스럽게 만들고 있었으며, 반면 아널드는 아카데미상의 이유로 익숙하게 하고 현대화하고 있었다는 것이다.

훔볼트(1816: 이탈리아어 번역본, 137면)는 *Fremdheit*(〈낯섦〉이라 번역할 수 있는)와 *Das Fremde*(〈이방인〉으로 번역할 수 있는) 사이의 구별을 제안하였다. 용어들을 잘못 선택한 것 같은데, 어쨌든 그의 생각은 명백해 보인다. 즉 독자는 번역자의 선택이 마치 오류인 것처럼 이해할 수 없어 보일 때 낯섦을 느끼고, 이와는 달리 이해할 수는 있지만 정말로 처음 보는 듯한 인상을 받은 무엇인가가 약간 친숙하지 않게 자기 앞에 제시될 때 스스로 〈이방인〉으로 느낀다. 이러한 이방인 관념은 러시아 형식주의자들의 〈낯설게하기의 효과〉, 즉 예술가가 독자로 하여금 다른 측면과 관점에서 묘사된 것을 지각하게 함으로써 당시까지 느꼈던 것보다 훨씬 더 잘 이해하도록 유도하는 기법과 별로 다르지 않다고 생각한다. 내가 보기에 훔볼트가 제시한 예는 나의 읽기 방식을 뒷받침하는 것 같다.

> 번역은 주석이 될 수도 없고 또 그래서도 안 된다……. 때로는 옛사람들의 글들, 특히 『아가멤논』에서 발견되는 모호함은, 바로 등위(等位) 문장들을 경멸하여 생각들, 이미지들, 감정들, 기억들, 예감들 등이 영혼의 깊은 정서에서 용솟음쳐 나오는 그대로 열거하는 대담함과 간략함에서 나오는 것이다. 만약 우리가 시인과 그의 시대, 재현된 등장인물들의 분위기 속에 동화된다면, 모호함은 조금씩 조금씩 사라지고 고도의 명료함이 뒤따르게 된다. (이탈리아어 번역본, 138면)

이런 문제는 시간 또는 공간상으로 멀리 떨어진 텍스트들의 번역에서 결정적인 것이다. 하지만 현대의 텍스트들에서는? 프랑스 소설의 번역에서 〈왼쪽 기슭〉이라 해야 하는가, 아니면 *Rive Gauche*라 해야 하는가? 쇼트(2000: 78면)는 *mon petit chou*라는 흥미로운 프랑스어 표현을 예로 든다. 만약 그것을 *my little cabbage*, 말하자면 〈나의 작은 양배추〉로 번역한다면, 단지 우스꽝스러운 효과, 그리고 간단히 말해 모욕적인 효과를 얻을 뿐이라고 지적한다. 그 대신 그는 *sweetheart*를 제안하는데, 그것은 이탈리아어로 *tesoro*(보물)에 해당할 것이다. 하지만 그렇게 함으로써 애정과 유머의 대립은 상실될 것이며, 또한 *chou*의 소리 자체도 상실될 것이다(그것은 감미로울 뿐만 아니라 입맞춤을 하는 입술의 움직임을 암시한다). *sweetheart* 또는 *tesoro*는 익숙하게 하기의 멋진 예가 되겠지만, 나는 그런 행위가 프랑스에서 일어나고 있기 때문에 약간은 낯설게 만들고 원본의 표현을 그대로 남겨 두는 것이 좋으리라고 생각한다. 아마도 일부 독자들은 개별 용어들의 의미를 이해하지는 못하겠지만, 프랑스인 특유의 함축성은 포착하며 감미로운 속삭임은 느낄 수 있을 것이다.

Jane, I find you very attractive. 이런 문장은 특히 추리 소설 번역에서 이탈리아어로 가령 *Jane, vi trovo molto attraente*(제인, 당신은 무척 매력적이군요)로 번역된다. 이것은 지나치게 영어식 번역인데, 두 가지 이유에서 그렇다. 첫째, 비록 사전들이 *attractive*를 *attraente*로 번역하는 것을 허용한다 할지라도, 그런 경우 이탈리아 사람은 *bella*(아름다운), *carina*(귀여운), *affascinate*(매력적인)라고 말할 것이다. 아마도 번역자들은 *attraente*가 영어와 아주 비슷하게 들린다고 생각했을 것이다. 둘째, 만약 영어 화자가 제인을 세례명으로 부른다면 그것은 그녀와 친구 또는 가족 관계에 있다는 것을 의미한다. 그럴 경우 이탈리아어로는 *tu*(너)를 써야 할 것이다. *voi*(당신)는〔그런데 무엇 때문에 *lei*(당신)를 쓰지 않는가?〕 가령 원문이 *Miss Jane, I find you very attractive*라고 말할 경우 쓰여야 할 것이다. 따라서 이 번역은 영어식으로 표현하려는 시도에서 엄밀하게 말해 화자의 감정이나 대화자들 사이의 관계들을 표현하지 못한다.

이탈리아 번역자들은 London을 Londra로, Paris를 Parigi로 번역해 친숙하게 하는 데 언제나 동의한다(다른 나라들에서도 그렇게 한다). 하지만 Bolzano / Bozen, Kaliningrad /

Königsberg에 대해서는 어떻게 해야 하는가? 내 생각에는 이것은 협상의 대상이 된다. 만약 어느 러시아 소설에서 Kaliningrad에 대해 말하고 또한 이야기의 〈소비에트적〉 분위기가 중요하다면, Königsberg로 말하는 것은 무미건조한 상실이 될 것이다. 아이라 부파Aira Buffa(1987)는 『장미의 이름』을 핀란드어로 번역하는 과정에서 부딪친 어려움을 이야기하면서, 중세의 맛이 풍기는 많은 용어와 언급들을 역사적으로 유럽의 중세를 거치지 않은 문화에 옮기는 과정뿐만 아니라, 이름을 자국의 언어 스타일로 표현해야 할지 결정하는 과정에서 혼란스러웠다고 고백한다(이탈리아어처럼 독일 황제를 페데리코Federico라고 부른다). 왜냐하면 누군가를 Kaarle로 부르는 것은 지나치게 핀란드어식으로 들려 문화적 거리감을 상실할 것이며, 또 만약 배스커빌의 윌리엄을 Vilhelm으로 부르면(비록 오컴의 윌리엄을 그곳에서는 Vilhelm Okkamilainen으로 부르지만) 갑자기 그에게 〈핀란드 국적〉을 갖도록 하는 것이기 때문이었다. 따라서 그가 영국 사람이었다는 사실을 강조하여 그냥 윌리엄으로 부르기로 했다는 것이다.

이와 똑같은 문제가 헝가리어 번역자 임레 버르너(1993)에게도 있었다. 무엇보다도 고유 이름들을 헝가리어식으로 번역하자면 먼저 성(姓)이 나오고 그다음에 이름이 나온다는 사실을 고려해 보면 그렇다(실제로 번역자도 밖에서는 임레 버르너로 서명하지만, 자기 고향에서는 버르너 임레로 부른다). 그렇다면 Ubertino da Casale(카살레 사람 우베르티노)로 번역하지 않고 Casalei Hubertinus로 번역했어야 할까? 하지만 그렇다면 Berengario Talloni 또는 Roger Bacon은 어떻게 해야 할까? 버르너는 유일한 해결책으로 일관적이지 않게 옮겼다고 고백한다. 내가 짐작하기에 아마도 귀에 들리기 좋은 대로, 아니면 어느 등장인물이 추정컨대 독자에게 이미 잘 알려진 역사상의 인물인가 아니면 허구적 인물인가를 고려하면서 번역했을 것이다. 〈그 결과 이런 식으로 옮겼다. Baskerville-i Vilmos, Melki Adso, Burgosi Jorge, Bernard Gui, Berengario Talloni…….〉

토로프Torop(1995)는 지역적 사투리 요소가 핵심적인 소설들에서 번역은 숙명적으로 그런 요소를 그늘 속에 남겨 둘 수밖에 없다고 탄식한다. 사실 그것은 『바우돌리노』에서 나타난 문제로(제5장 참조), 번역에서는 피에몬테 어법들과 사투리의 맛을 상실할 수밖에 없다. 번역자들이 자신들의 언어에서 등가의 표현을 찾아내는 막중한 임무에서 벗어났다는 말이 아니다. 그런 해결 방식에서는 등장인물들이 민중의 언어로 말하지만, 그렇다고 그 언어가 이탈리아 독자들에게 좀 더 친숙한 구체적인 지리적 영역과 시대를 지시하지는 않는다는 말이다. 분명 원본의 경우에도 피에몬테 독자들은 시칠리아 독자들에 비해 사투리의 분위기를 좀 더 제대로 맛볼 것이다.

이와 관련하여 앞에서 말했듯이 『푸코의 진자』에 나오는 산울타리의 경우 내가 번역자들에게 레오파르디의 인용 대신 그들 문학에서의 인용을 집어넣어도 좋다고 인정했을 때 제기된 반박 하나를 인용하고 싶다. 외국인 독자는 그런 지시를 잘 포착하면서도, 세 명의 이탈리아 등장인물들이(그 사건은 분명히 이탈리아에서 전개된다) 외국의 문학 작품들을 인용하는 것을 보고 이상하다고 생각하지 않을까? 여기에 대해 나는 그 경우 변경은 허용될 수 있다고 대답했다. 왜냐하면 세 명의 등장인물은 출판사의 편집자들이었고 소설 전체에서 지나칠 정도로 비교 문학적인 지식들을 많이 갖고 있음을 분명히 보여 주기 때문이다.

물론 다른 경우들에는 그런 식으로 탁자의 카드들을 마음대로 바꿀 수는 없을 것이다. 지드는 콘래드의 『태풍*Typhoon*』을 번역했는데, 제2장에서 어느 등장인물에 대해 *He didn't care a tinker curse*라고 말한다. 문자 그대로 보면 〈그는 땜장이의 저주만큼 신경 쓰지 않았다〉는 의미지만, 그에게는 정말 아무것도 중요하지 않았다는 의미의 관용적 표현이다. 지드는 *Il s'en fichait comme du juron d'un étameur*로 번역했다(그에게는 땜장이의 저주보다 중요하지 않았다는 말인데, 그것은 프랑스 속어 표현이 아니며, 따라서 분명 낯설게 하기의 효과를 가질 것이다). 게다가 제6장에서는 누군가 *Damn, if this ship isn't worse than Bedlam!*(*Bedlam*은 정신 병원이다) 하고 외치는데, 지드는 자신의 영어식 표현 계획에 어울리게 *Que le diable m'emporte si l'on se croyait pas à Bedlam!*으로 번역하였다.

베르만(1999: 65면)은 반박 하나를 인용하는데,[7] 그에 의하면 똑같은 개념을 표현하는 전형적인 프랑스 속어 표현에 따라서 *il s'en fichait comme d'une guigne*로 번역하고, *Bedlam*을 *Charenton*으로 바꿀 수 있었으리라는 것이다. 하지만 『태풍』의 등장인물들이 프랑스 사람들처럼 표현하는 것은 이상해 보일 거라고 지적한다.

분명 영국의 등장인물들이 프랑스 사람들처럼 표현할 수는 없으며, *Charenton*은 지나친 익숙하게 하기의 경우가 될 것이다. 하지만 프랑스 독자가 얼마나 *guigne*에 대한 지시를 매우 〈민족적인〉 것으로 느낄지 모르겠다. 사실 우고 무르시아Ugo Mursia와 브루노 오데라Bruno Oddera는 *Non gli importava un cavolo*(그에게는 양배추만큼도 중요하지 않았

7 반 데르 메르크셴Van der Meerschen(1986: 80면) 참조 — 원주.

다)와 *Non gli importava un fico secco*(그에게는 마른 무화과만큼도 중요하지 않았다)로 옮겼다. 내가 보기에 이탈리아 독자는 그 표현의 속어적 성격을 감지하면서도 그렇다고 지나치게 〈이탈리아식〉으로 느끼지 않을 것이다. 반면 두 번째 경우에는 각각 *Maledizione, se questa nave non è peggio del manicomio di Bedlam*(빌어먹을, 이 배는 베들람 정신병원보다 더 나쁘군) 그리고 *Il diavolo mi porti se questa nave non è peggio di un manicomio*(이 배가 정신 병원보다 더 나쁘지 않다면 악마더러 나를 데려가라지)로 옮겼다. 그럼으로써 민중적 표현을 간직하면서 동시에 텍스트가 쉽게 읽히도록 하는 약간의 익숙하게 하기를 실현하였다.

익숙하게 하기의 가장 우스꽝스러운 경우들 가운데 하나로 1944년 작 영화 「나의 길Going my way」의 이탈리아어 번역본을 인용하고 싶다(이탈리아어로는 *La mia via*로 나왔고, 빙 크로스비가 오말리O'Malley 신부로 출연했는데, 그는 뉴욕의 신부로, 이름에서 드러나듯이 아일랜드 출신이라는 것이 중요했다. 최소한 당시에는 아일랜드 사람들이 최고의 가톨릭 신자들이었기 때문이다). 그것은 제2차 세계 대전 이후 유럽에 수출된 최초의 미국 영화들 중 하나였으며, 더구나 미국에서 이탈리아계 미국인들이 더빙했는데, 불가피하게 우스꽝스러운 그들의 억양은 스탄리오와 올리오[8]의 대화를 상기시킬 정도였다. 아마도 배급자들은 자신들이 미국의 실정을 모르는 것처럼 이탈리아 관객들이 외국인 이름들을 이해하지 못할 것이라고 생각했는지 모든 등장인물에게

8 Stanlio와 Ollio. 인기 있는 희극 영화들에서 명콤비를 이루었던 미국의 희극 배우들인 Stan Laurel(1890~1965)과 Oliver Hardy(1892~1957)의 이탈리아어식 이름.

이탈리아식 이름을 부여했다. 그래서 father O'Malley는 Padre Bonelli가 되었다. 당시 열네 살 관객이었던 나는 미국에서 모두 이탈리아식 이름을 갖고 있다는 사실에 깜짝 놀랐던 기억이 난다. 더구나 신부가(이탈리아에서는 *Don*으로 불렀을) 마치 수사처럼 *Padre*(아버지)로 불린다는 사실에 대해서도 깜짝 놀랐다.[9] 그러니까 Bonelli가 익숙하게 만들었다면, Padre는 낯설게 만들었다.

때로는 익숙하게 하기가 불가피한 경우들이 있다. 바로 텍스트를 도착지 언어의 천부적 역량과 어울리도록 만들어야 하기 때문이다. 윌리엄 위버는 『푸코의 진자』와 『전날의 섬』을 번역하는 과정에서 두 개의 일기(그야말로 거의 매일매일 기록한)를 썼다.[10] 그가 직면한 문제들 중 하나는 동사 시제들에 관한 것이었다. 그는 나의 대과거들이 영어로는 거슬리게 보일 위험이 있다고 여러 차례 지적했고, 그래서 *he had gone* 대신에 *he went*로 번역하는 것을 선호했다. 그리고 그런 문제는 이탈리아 소설들에서 종종 나타나며, 그로 인해 그는 과거의 여러 층위들에 대하여 다시 생각하지 않을 수 없다고 지적한다. 특히 『푸코의 진자』처럼 플래시백으로 짜인 유희에서 다양한 〈시간적 단계들〉을 기억하는 등장인물을 다루어야 하는 경우가 그렇다. 물론 나에게 시제들의 사용은

9 번역의 영향과 관련하여 이런 사실을 주목하기 바란다. 많은 미국 영화에서 신부들을 마치 수사처럼 *Padre*로 부른 이후 그런 용법은 이탈리아에도 정착되었다. 텔레비전 연속극 「돈 마테오Don Matteo」에서는 신부의 이름을 부르지 않고 그에게 말할 때, 예전에 그랬던 것처럼 *reverendo*가 아니라 *Padre*로 부른다 — 원주.

10 하나는 위버(1990)이고, 다른 하나는 〈다른 말로 말하기: 어느 번역자의 일지In other words: A translator's journal〉, 「뉴욕 타임스」인데, 나는 그 날짜를 다시 찾을 수 없었다 — 원주.

본질적인 것이었다. 하지만 이 점에서 이탈리아어는 영어와는 다른 감수성을 갖고 있다는 것을 알 수 있다. 따라서 그것은 훌륭한 번역자에게는 언제나 제기되는 문제들이며, 이에 대해 작가의 동의를 구할 필요는 없다.

다른 언어에 적용하기 아주 어려운 경우들 중의 하나는 『푸코의 진자』 제66장에서 찾아볼 수 있다. 여기에서 비교 신봉자들이 〈세상의 모든 모습, 모든 목소리, 글로 쓰였거나 말한 모든 낱말은 겉으로 드러난 의미를 갖고 있는 것이 아니라 어떤 《비밀》에 대해 말한다고 생각하는〉 경향을 빈정대기 위해, 벨보는 자동차의 구조, 또는 최소한 동력 전달 축과 관련된 체계의 구조에서도 신비적 상징들을 찾을 수 있다고 증명하는데, 그것은 바로 카발라[11]의 〈세피로트〉 나무를 암시한다. 영어 번역자에게 그것은 처음부터 어려움을 주었다. 왜냐하면 이탈리아어 *albero*(나무, 축)는 자동차나 세피로트에 모두 해당되는 용어인데, 영어로 *axle*은 자동차에만 해당하기 때문이다. 위버는 사전들을 구석구석 뒤진 끝에 *axletree*도 타당한 표현이라는 것을 발견할 수 있었다. 그것을 토대로 그는 수많은 패러디 같은 암시들을 아주 정확하게 번역할 수 있었다. 하지만 ***Per questo i figli della Gnosi dicono che non bisogna fidarsi degli Ilici ma degli Pneumatici***(바로 그렇기 때문에 그노시스의 스승들은 〈물질적 인간들〉을 믿지 말고 〈영적 인간들〉을 믿어야 한다고 말한다)라는 문장을 만나 곤경에 처하게 되었다.

순수한 어휘상의 우연으로(공통적인 어원은 그대로 남아

11 *Kabbalah*(또는 *Cabbala*, *Qabbalah* 등 여러 가지로 표기된다). 히브리어로 〈전승(傳承)〉을 뜻하는 중세의 신비주의 사상을 가리킨다. 10세기 무렵부터 주로 유대인들을 중심으로 유럽에 널리 확산되었다.

있지만) 자동차 타이어 *pneumatici*는, 그노시스 사상에서 일리치*Ilici* 또는 〈물질적 인간들〉과 대립되는 〈영적 인간들〉과 똑같다. 하지만 영어로 자동차 타이어는 단지 *tire*일 뿐이다. 어떻게 할 것인가? 위버가 번역 일기에서 이야기하듯이, 우리 두 사람이 가능한 해결책에 대하여 논의하는 동안, 그는 유명한 타이어 상표 Firestone을 언급했고, 나는 *philosopher's stone*, 즉 연금술에서 말하는 〈현자의 돌〉을 기억해 냈다. 그리하여 그 문장은 *They never saw the connection between the philosopher's stone and Firestone*으로 바뀌었다.

이 문장은 뛰어나게 재치가 넘치는 것은 아니지만, 해석학의 그릇된 실습(또는 그릇된 해석학의 진정한 실습)이 보이는, 황홀경에 빠진 듯하고 패러디 같은 분위기와 어울린다.

최대한 낯설게 만들기 위한 익숙하게 하기의 흥미로운 예 하나는 크로아티아어 번역자 모라나 칼레 크네제비치Morana Cale Knezević(1993)가 이야기해 주었다.[12] 그녀는 『장미의 이름』에 상호 텍스트적 인용들이 풍부하다는(지나칠 정도로) 사실을 깨달았지만, 동시에 인용문들을 이끌어 낸 많은 텍스트들이 크로아티아어로 번역되어 있지 않다는 사실도 의식했다. 따라서 많은 작품들에 대해서는 이탈리아어로 나타난 그대로의 인용을 번역했다(〈그러니까 교양 있는 독자는 당연히 거기에서 이전에 외국어로 읽었던 것의 영향을 발견해 낼 것으로 믿었다〉). 다른 경우들에 대해 번역자는, 내가 원래의 출전으로 거슬러 올라갔든 아니든, 유사한 인용들이 크로아티아어로 번역된 작품들에도 나온다는 것을 발견했

12 이 경우는 어떻게 상호 텍스트적 아이러니를 느끼게 할 수 있는가에 대해 다룰 제9장에서도 논의될 수 있을 것이다 — 원주.

고, 그래서 그 작품들에서 비록 인용이 이탈리아어 텍스트와 똑같이 나오지 않을지라도 거기에서 인용된 것처럼 바꾸었다. 예를 들어 〈프롤로그〉에서 나는 뒤집힌 세상의 테마를 전개하면서 「카르미나 부르나Carmina Burna」에서 나왔지만 산문으로 되어 있고 쿠르티우스Curtius가 「유럽 문학과 라틴 중세」에서 인용한 그대로 옮겼다는 사실을 깨달았다. 분명히 말하지만 나는 당시 「카르미나 부르나」를 바로 눈앞에 갖고 있었지만, 그 테마에 대해 분명히 쿠르티우스의 글에서 영향을 받았다. 그러므로 모라나 칼레는 제대로 보았던 것이다. 그렇지만 쿠르티우스의 크로아티아어 번역은 다른 곳에서는 아주 잘되었지만, 〈문제의 그 구절이 독일어 원본이나 라틴어 구절과는 상당히 달랐고, 따라서 『장미의 이름』에 나오는 대로의 텍스트와도 일치하지 않았다. 그럼에도 그 모든 오류들과 함께 쿠르티우스의 크로아티아어 번역자의 멋진 착상을 그대로 베꼈는데, 이는 교양 있는 독자에게 의구심을 촉발함으로써 텍스트 해독(解讀)을 감행하도록 유도하기 위해서였다〉.

나는 이런 선택이나 다른 선택에 동의하는 수밖에 없었다. 만약 그 구절의 효과가 무엇보다도 다른 텍스트들에 대한 참조를 포착하고, 그리하여 낯설고 고풍스러운 맛을 느끼도록 하는 것이었다면, 익숙하게 하기의 가속 페달을 밟아야 했다. 다른 한편으로 내 소설에서는 아드소가 「카르미나 부르나」를 직접 인용한다고 말하지 않는다. 다른 많은 경우들처럼, 그리고 훌륭한 중세인답게 그는 예전에 읽었거나 들었던 것들을 아무런 문헌학적 염려 없이 기억나는 대로 떠올리고 있었던 것이다. 따라서 크로아티아의 아드소는 이탈리아의 아드소보다 훨씬 더 당당하게 보였을 것이다.

아마도 나의 모든 번역자들 중에서 크뢰버는 익숙하게 하기, 또는 루터의 훌륭한 후손답게 독일어화하기의 문제를 가장 명료하게 제기한 사람이었을 것이다.[13] 종종 그는 두 언어 사이의 통사적 차이점의 문제뿐만 아니라 지금도 사용되는 일부 이탈리아어 표현들이 독일 독자에게는 지나치게 고풍스러워 보인다는 사실도 지적했다. 〈이탈리아어에서 독일어로 문자 그대로 번역할 경우 약간 근엄하거나 《고풍스러운 *altmodisch*》 효과를 얻는데, 그것은 이탈리아어에서 제룬디오[14] 또는 분사 구문들의 빈번한 사용 — 또는 심지어 절대적 탈격(奪格)과 함께 — 때문이며, 그것은 현대 독일어에서 거의 라틴어에 가까운 옛날 구문들처럼 보인다.〉 하지만 『장미의 이름』의 경우 중세의 낡은 연대기 같은 이러한 어조는 유지되어야 했고, 그래서 크뢰버는 토마스 만의 『요셉과 그의 형제들』의 문체를 생각했다. 또한 아드소는 중세인답게 글을 쓰는 것으로 가정되었을 뿐만 아니라 독일 사람이기도 했으며, 따라서 이탈리아어로는 그것을 느낄 수 없다 할지라도 크뢰버에게는 강조해야 할 특성이 되었다. 그리하여 크뢰버는 〈그런 가면은 독일식으로 재구성하는〉 문제를 제기했고, 바로 〈충실〉하게 번역하기 위해 텍스트 여기저기에 전형적인 독일 요소들을 삽입하게 되었다. 〈예를 들어 대화에서 *dissi*(나는 말했다) 또는 *disse*(그는 말했다)를 언제나 쓰지 않고, 가령 *versetze ich*, *erwirdert er*, *gab er zu bedenken* 같은 존경할 만한 모든 고전적인 독일어 《전환 보조물*turn ancillary*》들을 사용하는 것이었다. 전통적인 독일 서술자는

13 다음에 나오는 예들은 크뢰버(1993)에서 나온 것이다. 하지만 크뢰버와 에코(1991), 크뢰버(2000 및 2002)도 참조하기 바란다 — 원주.

14 *gerundio*. 이탈리아어의 동사 활용 방식들 중 하나로, 영어의 동명사와 달리 명사적 성격은 전혀 갖지 않는다.

그렇게 썼기 때문이다.〉

원본 텍스트에 무엇인가 집어넣기 시작하면 언제나 정도를 지나칠 위험이 있다고 크뢰버는 분명히 지적한다. 아드소의 꿈에 대한 일화(앞서 제5장에서 이미 언급했던)를 번역하면서 크뢰버는 『키프리아누스의 만찬*Coena Cypriani*』과 문학사와 예술사의 다양한 에피소드들에서 나온 인용뿐만 아니라 (그의 말에 따르면) 나의 개인적인 문학적 기억들도 포착했다. 그래서 (내가 제시한 그 게임을 즐기기 위해) 무언가 자신의 것, 가령 토마스 만의 『요셉과 그의 형제들』에 대한 희미한 회상 또는 훨씬 더 모호한 브레히트의 인용 같은 것을 집어넣어도 괜찮다고 느꼈다. 바로 그 장이 아닌 다른 곳에서 나는 적절하게 옛날 독일어로 바꾸기는 했지만 윌리엄이 비트겐슈타인을 인용하도록 만들었기 때문에, 세심한 독자에게 보내는 다양한 공모의 눈짓들 사이에서 브레히트로 장난하지 못할 이유가 없다고 생각했다. 크뢰버는 자신의 경험을 이야기하면서 〈아름답지만 부정(不貞)한 여인*belle infidèle*〉처럼 한 것에 대해 사과하는 듯하다. 하지만 내가 문자 그대로보다 텍스트가 얻고자 하는 효과를 전달할 필요성에 대해 지금까지 말했던 것에 비추어 볼 때, 크뢰버는 피상적이지 않은 충실함의 개념을 따랐다고 생각한다.

7·6 현대화하기와 고풍스럽게 하기

현대화하기/고풍스럽게 하기의 대립과 관련하여 〈전도서*Ecclesiaste*〉라는 제목의 성서에 대한 여러 가지 번역들을 살펴보자. 원래의 히브리어 제목은 *Qohèlèt*인데, 해석자들은 그것이 누구에 대한 것인지 확실하게 모른다. *Qohèlèt*는 고유 명사일 수도 있지만, 〈모임〉을 의미하는 어원 *qahal*을 상기시킨다. 따라서 *Qohèlèt*는 신자들의 〈모임〉에서 말하는 사람이 될 수도 있다. 그리고 〈모임〉을 가리키는 그리스어 용어는 *Ekklesia*이기 때문에 *Ecclesiaste*는 나쁜 번역이 아니다. 이제 다양한 번역들에서 어떻게 그 인물의 성격을 수신자들의 문화에 접근 가능한 것으로 옮기려고 노력하는지, 아니면 수신자들을 인도하여 그 인물이 말했던 히브리 세계를 이해시키려고 노력하는지 살펴보자.[15]

Verba Ecclesiastae, filii David, regis Jerusalem.

Vanitas vanitatum, dixit Ecclesiastes. Vanitas vanitatum et omnia vanitas.

Quid habet amplius homo de universo labore suo, quo laborat sub sole?

Generatio praeterit, et generatio advenit; terra autem in aeternum stat.

Oritur sol, et occidit, et ad locum suum revertitur: ibique renascens. (불가타)

The words of the Preacher, the son of David, king in Jerusalem.

15 뒤이어 인용되는 번역들은 「전도서」 1장 1～5절인데, 참고로 공동 번역 『성서』(가톨릭용, 대한성서공회 발행, 1986)의 우리말 번역본은 다음과 같다. 〈다윗의 아들로서 예루살렘의 왕이었던 설교자의 말이다. /헛되고 헛되다, 설교자는 말한다, 헛되고 헛되다. 세상만사 헛되다. /사람이 하늘 아래서 아무리 수고한들 무슨 보람이 있으랴! /한 세대가 가면 또 한 세대가 오지만 이 땅은 영원히 그대로이다. /떴다 지는 해는 다시 떴던 곳으로 숨가삐 가고.〉

Vanity of vanities, saith the Preacher, vanity of vanities; all is vanity.

What profit hath a man of all his labour which he taketh under the sun?

One generation passeth away, and another generation cometh; but the earth abideth for ever.

The sun also ariseth, and the sun goeth down, and hasteth to his place where he arose. (제임스 1세)

Dies sind die Reden des Predigter, des Sohnes Davids, des Königs zu Jerusalem.

Es ist ganz eitel, sprach der Predigter, es ist alles ganz eitel.

Was hat der Mensch fü Gewinn von all seiner Mühe, die er hat unter der Sonne?

Ein Geschecht vergeth, das andere kommt; die Erde bleibt aber ewiglich.

Die Sonne geth auf und geth unter und läuft an ihren Ort, dass sie wieder dasselbst aufgehe. (루터)

Parole di Kohelet, figlio di David, re in Gerusalemme.
"Vanità delle vanità! — dice Kohelet —
Vanità delle vanità! Tutto è vanità!"
Quale utilità ricava da tutto il suo affaticarsi
l'uomo nella penosa esistenza sotto il sole?
Una generazione parte, una generazione arriva;
ma la terra resta sempre la stessa.
Il sole sorge e il sole tramonta;

si affretta verso il luogo
donde sorge di nuovo.
다윗의 아들, 예루살렘의 왕, Kohelet의 말이다.
「헛됨들의 헛됨이다! Kohelet가 말했다.
헛됨들의 헛됨이다! 모든 것이 헛됨이다!」
인간이 태양 아래의 괴로운 존재 속에서
그의 모든 노고에서 무슨 유익함을 얻는가?
한 세대는 떠나고, 한 세대는 도착하지만,
땅은 언제나 똑같다.
태양은 떠오르고 태양은 지고,
또다시 떠오르는 장소를 향해
서둘러 간다. (갈비아티Galbiati)

Paroles de Qohèlèt, le fils de David, roi de Jeroushalhaîm.

Fumée de fumée, dit Qohèlèt: fumée de fumée, tout est fumée.

Quel avantage pour l'humain, en tout son labeur,
dont il a labeur sous le soleil?

Un cycle va, un cycle vient: en perennité la terre se dresse.

Le soleil brille, le soleil décline: à son lieu il aspire et brille là. (슈라키Chouraqui)

Parole di Kohèlet, figlio di Davide, re in Gerusalemme.

Spreco di sprechi ha detto Kohèlet, spreco di sprechi il tutto è spreco.

Cos'è di avanzo per l'Adàm: in tutto il suo affanno per cui si affannerà sotto il sole?

Una generazione va e una generazione viene e la terra per

sempre sta ferma.

E è spuntato il sole e se n'è venuto il sole: e al suo luogo ansima, spunta lui là.

다윗의 아들, 예루살렘의 왕, Kohèlet의 말이다.

낭비들의 낭비다, Kohèlet가 말했다, 낭비들의 낭비다, 모든 것이 낭비다.

아담에게 무엇이 남겠는가? 그가 태양 아래 수고하는 그의 모든 수고에서?

태양은 떠올랐고 태양은 갔다. 그 자리에서 숨이 차고, 거기에서 솟아오른다. (데 루카De Luca)

Parole di Qohélet
Figlio di Davide
Re in Ierushalèm

Un infinito vuoto
    Dice Qohélet
Un infinito niente

Tutto è vuoto niente

Tanto soffrire d'uomo sotto il sole
Che cosa vale?

Venire andare di generazioni
E la terra che dura

Levarsi il sole e tramontare il sole

Corre in un altro punto
In un altro riappare
다윗의 아들
예루살렘의 왕
Qohélet의 말

무한한 공허
Qohèlet가 말한다
무한한 허무

모든 것이 공허하고 허무하다

태양 아래 인간의 수많은 고뇌
무슨 소용이 있는가?

세대들의 오고 감
그리고 지속하는 땅

태양은 떠오르고 태양은 지고

다른 곳으로 달려가고
다른 곳에서 다시 나타난다. (체로네티 Ceronetti, 1970)

I detti di Qohélet
Figlio di David
Re in Ierushalem

Fumo di fumi

Dice Qohélet
Fumo di fumi

Tutto non è che fumo

È un guadagno per l'uomo
In tutto lo sforzo suo che fa
Penando sotto il sole?

Vengono al nascere
I nati e vanno via
E da sempre la terra è là

E il sole che si leva
È il sole tramontato
Per levarsi di nuovo
Dal suo luogo
다윗의 아들
예루살렘의 왕
Qohélet가 한 말들

연기들의 연기
Qohélet가 말한다
연기들의 연기

모든 것이 연기에 불과하다

태양 아래 고통을 받으며

행하는 모든 노력에서
인간에게 이익이 되는가?

태어난 자들이
태어나게 되고 떠난다
그리고 영원히 땅은 저기 있다

떠오르는 태양은
져버린 태양이다
자기 장소에서
또다시 떠오르기 위해. (체로네티, 2001)

분명히 이전의 〈70인 역〉[16] 그리스어 번역본에서 영향을 받은 〈불가타〉 성서는 당시의 독자들이 *Ekklesia*가 모임을 의미한다는 것을 알고 있었다고 간주한다. 이와는 달리 제임스 1세와 루터의 번역본은 현대화하여 설교자에 대하여 말한다. 아마도 원래의 의미를 배반하겠지만, 자기 독자들에게 알아볼 수 있는 인물을 제시한다.

갈비아티 번역본에서 현대의 이탈리아어 번역자는 독자를 히브리 세계로 인도하려고 시도한다. 가톨릭계에서 출판된 공인 번역이지만, 신성한 텍스트에 대한 해석으로 나아가려고 노력하며, 따라서 *Kohelet*를 번역하지 않기로 결정했음에도 설명적 주를 붙일 수밖에 없었다.

마지막 네 개의 번역은 명백히 고풍스럽게 만들면서 동시

16 *Septuaginta*. 기원전 3세기 무렵 히브리어에서 그리스어로 번역된 구약 성서를 가리킨다. 전설에 의하면 당시 이집트의 알렉산드리아에 거주하던 72명의 히브리 현자들(이스라엘 열두 부족에서 각각 여섯 명씩)에 의해 72일 만에 번역되었다.

에 히브리어화하려는 의도를 갖고 있으며, 그래서 셈어 텍스트의 시적 분위기를 재창조하려고 시도한다.

앞의 번역 네 가지는 *habèl*을 〈헛됨〉(*vanità*, *vanitas*, *vanity*, *eitel*)으로 옮겼는데, 당시 그 용어는 오늘날처럼 자신의 외관에 대한 지나친 배려를 가리키지 않고, 형이상학적 의미에서 헛된 모습, 모든 것의 모순을 가리켰다는 것을 알았기 때문이다. 체로네티는 자신의 마지막 번역에 대한 해설에서 문자 그대로의 의미는 원래 〈습기 찬 증기〉라고 지적하고, 부버Buber의 번역본(*Dunst der Dünste*)과 메쇼니크Meschonnic의 번역본(*buée des buées*)을 상기시킨다. 또한 그리스도교의 *vanitas*는 우리의 지상적 존재, 언젠가 사라질 운명과 연결되어 있는데, 반면 「전도서」에서 말하는 것은 끝도 없고 시간도 없으며 치유할 수도 없는 흐름, 몰락, 해체라고 강조한다. 바로 그렇기 때문에 1970년의 번역본에서는 여전히 성 히에로니무스의 해석을 따랐지만, 2001년 번역본에서는 *fumo di fumi*로 옮겼다.

슈라키도 *vanité*라는 용어는 원래의 의미를 상실했다고 생각하며, 또한 거기에는 가치의 함축적 의미가 있다고 지적한다. 반면 「전도서」는 도덕적 태도가 아니라 바로 철학적 회의론을 표현한다는 것이다. 그래서 *fumée*로 번역했다. 데 루카는 서문에서 *habèl*(*hèvel*)은 1천6백 년 전부터 *vanitas*였으며, 〈그 누구도 번역자들의 할아버지 성 히에로니무스가 한 그 번역을 수정할 수 없다〉고 지적한다. 그렇지만 〈*habèl*과 아벨의 우연한 일치〉 때문에 전통적 번역을 단념하면서, 그 우연의 일치를 비록 모든 번역자들이 놓쳤지만 과소평가해서는 안 된다고 지적한다. 그리하여 그는 무엇 때문에 다음 행에서 인간(모든 다른 번역자들이 그렇게 이해하듯이)을 아담으로 바꾸었는지 설명한다. 아벨은 아담의 최초 낭비라는 것이다. 그런 의미에서 고풍스럽게 하기는 완벽할 것이다. 다만 〈낭비〉라는 단어를 사용하고 아벨에 대한 지시를 명백하게 만들지 못함으로써, 그것은 어중간한 입장에 놓이게 되고 독자의 눈에서 완전히 벗어나게 된다.

마지막 행에 대해 슈라키나 데 루카는 비틀린 통사를 선택하는데(그것은 이탈리아어도 아니고 프랑스어도 아니다), 바로 원래 문체의 향기를 암시하기 위해서이다. 데 루카는 다른 곳에서 말했듯이,[17] 독자에게 〈원본에 대한 향수〉를 불러일으키고자 했다. 그리고 그것은, 내가 보기에, 훔볼트가 말했던 〈이방인*Das Fremde*〉의 감정이다.

성서 다음으로 단테를 살펴보자. 단테의 운율과 3행 연구(聯句), 어휘를 충실하게 옮기려는 시도는 무수하게 많았다(이에 대해서는 제11장에서 다룰 관찰들을 참조하기 바란다). 다만 나는 여기에서 세 편의 프랑스어 번역본 서두를 검토하고 싶은데, 고풍스럽게 하기가 점차 줄어드는 순서로 살펴보고자 한다. 첫 번째는 19세기 리트레Littré의 번역이다.[18]

> En mi chemin de ceste nostre vie
> Me retrouvais par une selve obscure

17 『탈출기/이름들*Esodo/Nomi*』의 번역본(펠트리넬리, 1994), 6면 참조 — 원주.

18 참고로 뒤이어 인용되는 단테의 『신곡』 첫머리 6행은 다음과 같다. *Nel mezzo del cammin di nostra vita / mi ritrovai per una selva oscura, / che la diritta via era smarrita. / Ahi quanto a dir qual era è cosa dura / esta selva selvaggia e aspra e forte / che nel pensier rinova la paura!*(우리 인생길의 한가운데에서 / 나는 올바른 길을 잃고 / 어두운 숲 속에 처해 있었다. / 아, 이 거칠고 쓰라리고 험난한 숲이 / 얼마나 힘겨웠는지 말하자면 / 생각만 해도 두려움이 되살아나는구나!)

Et vis perdue la droiturière voie.

Ha, comme à la décrire est dure chose
Cette forêt sauvage et âpre et forte,
Qui, en pensant, renouvelle ma peur!

두 번째는 페자르Pézard의 고전적 번역이다.

Au milieu du chemin de notre vie
Je me trouvai par une selve obscure
et vis perdue la droiturière voie.

Ha, comme à la décrire est dure chose
cette forêt sauvage et âpre et forte,
qui, en pensant, renouvelle ma peur!

세 번째는 자클린 리세Jacqueline Risset의 비교적 최근 번역본이다.

Au milieu du chemin de notre vie
Je me retrouvai par une forêt obscure
Car la voie droite était perdue.

Ah dire ce qu'elle était est chose dure
Cette forêt féroce et âpre et forte
Qui ranime la peur dans la pensée!

이것은 여전히 단테지만, 서서히 비교하는 과정에서 눈에 띄는 차이들을 깨달을 수 있을 것이다. 자클린 리세는 아무리 실질의 가치들(운율, 각운, 어휘와 그 음성 상징적 효과들)이 원본에서 본질적이라 할지라도 번역에서는 복원될 수 없다고 번역자가 결정을 내린 대표적인 경우에 해당한다. 리세는 자기 작업의 서문(「단테 번역하기Traduire Dante」)에서 『향연』[19]의 주장, 즉 어떤 시 텍스트도 감미로움과 조화를 잃지 않고 다른 언어로 옮길 수 없다는 주장에서 출발한다. 만약 그렇다면, 그러니까 번역이 언제나 하나의 〈축소〉에 불과하다면, 지나친 반복과 기계적인 인상을 주지 않으면서 다른 언어(현대 언어)로 단테의 3행 연구를 복원하려고 노력하는 것은 불필요할 것이다. 기계적인 반복은 단테의 또 다른 측면, 〈아마 훨씬 더 본질적인 것, 저승 세계 미지의 길들로 걸음을 옮길 때마다 독자에게 충격을 주고 당황하게 만드는 그 최고의 창안〉을 배반할 것이다. 그렇기 때문에 그녀는 『신곡』에서 중요하다고 간주하는 것을 분명하게 선택하였다. 다른 한편으로 서문의 앞 페이지에서 그녀는 우리의 현대 문학과 관련하여 고찰한 『신곡』의 입문적 가치들과 다른 내용 측면들, 단테와 그의 주체성 및 그의 육체와의 관계, 몽상적 요소들, 단테가 자신이 본 것을 이야기하면서 써야 했던 책을 통해 설정하는, 거의 프루스트 같은 관계에 대해 강조하였다.

리세는 『신곡』의 최초 프랑스어 번역가 리바롤Rivarol을 상기하는데, 그는 프랑스어가 단테의 공포와 수수께끼들을 다루기에는 지나치게 정숙하고 소심하다고 생각했다. 따라서 비록 오늘날의 프랑스어가 그보다 덜 정숙하다고 인정하

19 *Convivio*. 단테가 망명 중에(1304~1307) 민중어*volgare*로 쓴 미완성 작품으로 서문을 포함하여 열다섯 편의 논고로 이루어질 예정이었으나 네 편만 집필되었다. 단테 자신이 쓴 시 네 편에 대해 각각 해설하면서 다양한 분야에 걸쳐 자신의 사상과 철학을 설명하는 중요한 저술이다.

더라도, 여전히 단테의 이중 언어적 성격, 〈낮은 것〉과 〈역겨운 것〉에 대한 그의 취향은 근본적으로 프랑스의 전통에는 이질적이라고 생각한다. 페자르처럼 『신곡』의 고어 표현들을 되살리려고 노력하는 것은 프랑스가 아닌 이탈리아의 중세로 되돌아가게 할 것이다. 게다가 고어 표현을 다른 언어로 재창출하는 것은 텍스트에 향수 어린 분위기를 부여할 텐데, 반면 단테는 완전히 미래를 지향하는 시인이라는 것이다. 결론적으로 리세는 번역이란 〈결정의 과정〉이라는 관념(이것은 분명 협상이라는 우리의 관념과 다르지 않다)을 받아들이고, 따라서 매 구절마다 단테 이야기의 아주 신속한 전개에 초점을 맞추고, 그렇게 하기 위해서는 되도록 문자 그대로 번역할 필요가 있다고 결정을 내린다.

> 3행 연구와 운율 자체는 고정화하고 반복적인 대칭성의 효과를 창출하기 때문에, 각 행의 끝 부분에서 강요된 진행을 일반화된 동음(同音)들의 조직으로 대체하도록 노력해야 한다. 이것은 모든 것이 가능한 한 치밀하고 자유로운 내면적 리듬에 상응하는 공간의 개념을 직접 전달한다. 그러므로 펜 아래에서 떠오르는 모든 12음절 및 10음절 시행들[20]을 억압하는 것이 아니다. 그것들은 우리의 가장 깊은 언어적 기억, 가장 즉각적인 기억의 일부분을 이룬다. 바로 그것들이 문자와 문자의 폭력, 그리고 텍스트가 갖고 있는, 때로는 〈스스로〉 번역될 수 있는 능력을 명백히 비쳐 준다……. 사실 그것은 우리가 활용할 수 있는 현대의 작시법(作詩法)에서 출발하는 문제이다. (21면)

20 『신곡』은 11음절 시행들로 되어 있다.

리세는 계속하여 다른 고찰들을 하지만 우리는 여기에서 멈추어도 좋을 것이다. 그녀의 번역을 어떻게 평가하든 그녀는 익숙하게 하기가 아니라 분명히 현대화하기의 예를 제공하며, 또한 그렇게 받아들여졌다.

그녀의 의도들을 포착하기 위해서는 단테가 중세 토스카나 사람으로서 자신의 모든 조잡함을 드러내는 몇몇 구절을 찾아내 그것이 현대 프랑스 독자가 이해할 수 있도록 어떻게 옮겼는지 보는 것으로 충분할 것이다.

Diverse lingue, orribili favelle,
parole di dolore, accenti d'ira,
voci alte e fioche, e suon di man con elle

facevano un tumulto, il qual s'aggira
sempre in quell'aura sanza tempo tinta,
come la rena quando turbo spira.
수많은 언어들과 무서운 말소리들,
고통의 소리들, 분노의 억양들, 크고
작은 목소리들, 손바닥 치는 소리들이

함께 어우러져 아수라장을 이루었고,
마치 회오리바람에 모래가 일듯이
영원히 검은 대기 속으로 울려 퍼졌다. (「지옥」 제3곡 25～30행)

Diverses langues, et orribles jargons,
mots de douleur, accents de rage,
voix foirtes, rauques, bruits de mains avec elles,

faisaient un fracas tournoyant
toujours, dans cet air éternellement sombre
comme le sable où souffle un tourbillon.

S'io avessi le rime aspre e chiocce,
come si converrebbe al tristo buco
sovra 'l qual pontan tutte l'altre rocce,

io premerei di mio concetto il suco
più pienamente; ma perch'io non l'abbo,
non sanza tema a dicer mi conduco;

ché non è impresa da pigliare a gabbo
discriver fondo a tutto l'universo,
né da lingua che chiami mamma o babbo.
다른 모든 바위들이 짓누르고 있는
그 사악한 웅덩이에 걸맞을 만큼
거칠고 귀에 거슬리는 시구들을 가졌다면,

내 상념의 핵심을 좀 더 충분히
짜낼 테지만, 그것을 갖지 못했으니
두려움 없이 내 이야기를 이끌기 어렵구나.

모든 우주의 바닥을 묘사하기는
농담조로 가볍게 다룰 일도 아니고
엄마 아빠를 부르는 말도 아니기 때문이다. (「지옥」 제32곡 1~9행)

Si j'avais les rimes âpres et rauques
comme il conviendrait à ce lugubre trou
sur lequel s'appuient tous les autres rocs,

j'exprimerais le suc de ma pensée
plus pleinement; mais je ne les ai point,
et non sans frayeur je m'apprête à parler:

car ce n'est pas affaire à prendre à la légère
que de décrire le fond de l'univers entier
ni celle d'une langue disant "papa, maman".

7·7 혼합된 상황들

낯설게하기/익숙하게 하기와 고풍스럽게 하기/현대화하기의 이중적 쌍이 어떻게 다양한 조합들을 만들어 낼 수 있는가 보여 주기 위해 『장미의 이름』 러시아어 번역을 인용하고자 한다.

나는 나의 등장인물들을 현대화하려고 하지 않았으며, 오히려 독자에게 가능한 한 중세적인 사고를 하도록 요구하였다. 예를 들어 독자에게 독자의 눈에는 이상하게 보일 것을 보여 주면서, 등장인물들이 거기에 대해 전혀 놀라지 않는 것으로 묘사하였다. 그럼으로써 그 주어진 물건이나 행동이 중세 세계에서는 일상적인 것이었음을 이해하도록 만들었다. 아니면 반대로 현대 독자는 분명히 일상적인 것으로 간주할 무엇인가를 보여 주면서, 등장인물들은 그것에 대해 깜짝 놀라는 모습을 묘사함으로써, 그것이 그 당시에는 이례적인 것이었음을 명백하게 보여 주었다(예를 들어 윌리엄이 코위에 안경을 걸치자 다른 수도사들이 호기심 어린 눈으로 바라보고, 따라서 그 무렵 안경은 아직 일상적이지 않았다는 것이 분명해진다).

이러한 서사 방식은 번역자들에게 문제가 되지 않았다. 문제는 빈번한 라틴어 인용문들에서 나타났다. 물론 그것도 시대적 분위기를 되살리려는 것이었다. 나는 나의 〈모델 독자〉가 중세 수도원의 분위기 속에 들어가기 위해서는 단지 그 풍습이나 의례들뿐만 아니라 그 언어에도 동일화되기를 원했다. 분명히 나는 비록 라틴어를 공부하지 않았더라도 소위 귀에 익은 서방의 독자를 생각했으며, 그것은 분명 이탈리아, 스페인, 독일 독자들에게 해당하는 것이었다. 사실 고전 공부를 하지 않은 영어 독자들도 텔레비전 영화를 통해서나마 가령 사법 분야에서 *affidavit*(진술서)나 *subpoe-na*(소환장) 같은 라틴어 표현들을 들어 보았을 것이다.

그런데도 미국의 출판사는 자기 독자들이 많은 라틴어 용어들을 이해하지 못할 것이라 염려했고, 위버는 나의 동의하에 때로는 지나치게 긴 인용을 줄이고 거기에 영어로 된 부연 설명을 집어넣기도 했다. 그것은 익숙하게 하기이면서 동시에 현대화하기 과정으로, 원문의 정신을 배반하지 않으면서 일부 구절들을 좀 더 유연하게 만들었다.

그와는 정반대 현상이 러시아어 번역자 엘레나 코스티우코비치에게서 나타났다. 우리는 라틴어를 공부하지 않은 미국인 독자도 어쨌든 그것이 중세 성직자 세계의 언어라는 것을 안다고 생각했으며, 만약 *De pentagono Salomonis*를 읽는다면 *pentagon*이나 *Solomon*과 비슷한 것을 알아볼 수 있으리라고 생각했다. 하지만 슬라브 독자에게 키릴 문자로 옮겨 쓴 라틴어 문장과 제목들은 아무것도 암시하지 못했을 것이다. 라틴어는 러시아 독자에게 중세나 교회 분위기를 전혀 환기시키지 않기 때문이었다. 따라서 번역자는 라틴어 대신에 중세 그리스 정교 교회의 옛날 성직 슬라브어를 사용할 것을 제안했다. 그럼으로써 독자는 무엇에 대해 말하고 있는지 최소한 모호하게나마 이해하면서 똑같은 거리감, 똑같은 종교 분위기를 포착할 수 있었다.

그러므로 위버가 익숙하게 하기 위해 현대화했다면, 코스티우코비치는 고풍스럽게 하기 위해 익숙하게 만들었다고 볼 수 있었다.[21]

이런 문제는 단지 언어에서 언어로의 번역에만 해당되는 것이 아니라 음악 연주에도 해당된다.[22] 때로는 고전 음악의 〈정격(正格)〉 연주라고 일컫는 것에 대한 마르코니Marconi (2000, 게다가 이 저술은 해당 주제에 관한 모든 문헌을 다룬다)의 논의를 인용하고자 한다. 원칙상 단지 소리들뿐만 아니라 음색들까지 최초 연주 시대처럼 들릴 수 있도록 하는 악보의 연주가 정격 연주로 간주된다. 그러니까 르네상스 음악을 그 당시의 악기들을 이용하여 문헌학적으로 연주하는데, 하프시코드를 위해 착상된 악절들을 피아노포르테로 연주하거나, 포르테피아노를 위해 착상된 악절을 그랜드 피아노포르테로 연주하지 않도록 피하는 것이다.

그렇지만 문헌학적 연주는 작가(또는 텍스트)의 의도를 존중하지 않을 수도 있는 것처럼 보이는데, 당시의 청취자에게 창출했던 것과 똑같은 효과를 현대 청취자에게는 창출하지

21 어쨌든 코스티우코비치(1993)의 이에 대한 고찰들을 참조하기 바란다 — 원주.

22 연주의 문제에 대해서는 제10장에서 좀 더 심도 있게 다룰 것이다 — 원주.

못한다는 사실 때문이다. 하프시코드를 위해 착상된 복잡한 다성(多聲) 음악 구조의 어떤 악절이 주어졌을 경우, 18세기의 청취자들은 우리와 비교해 볼 때 다성 조직의 모든 멜로디들을 포착할 수 있는 상이한 능력을 갖고 있었다고 한다. 그래서 일부 연주자들은 바로 오늘날의 청취자가 그런 효과를 느낄 수 있도록 종종 적당하게 조정된 현대 악기들을 사용하기로 결정하기도 하는데, 그렇게 함으로써(비록 작곡가가 몰랐던 해결 기법들을 사용하지만) 청취자는 이상적인 청취 여건에 놓인다고 생각하기 때문이다.

흥미롭게도 그런 경우 고풍스럽게 만드는 〈번역〉인지 아니면 현대화하는 번역인지, 청취자가 원래의 문화와 텍스트의 분위기를 느끼도록 유도하기 위하여 가능한 모든 것을 하는 것인지, 아니면 오히려 그 문화를 오늘날의 수신자들이 이해하고 받아들일 수 있도록 하기 위해 작업하는 것인지 말하기는 무척 어렵다. 이것은 가능한 해결책들의 연속체 안에서 〈목적지 지향〉 번역과 〈원천 지향〉 번역 사이의 지나치게 엄격한 이분법이 경우에 따라 협상되는 다수의 방식들로 해결되어야 한다는 것을 말해 준다.

이제 현대화하기와 익숙하게 하기를 동시에 시도했다가 실패한, 비극적으로 흥미로운 예를 하나 보기로 하자. 나의 『완벽한 언어 찾기』(에코, 1984b)의 장들 중 하나를 처음 번역한 것에서 나온 것이다(다행히도 그 번역은 적기에 수정되었다).

나의 텍스트는 분명히 다루기 힘든 테마인 라몬 유이[23]의

23 Ramon Llull(1232?~1316). 라틴어 이름으로 라이문두스 룰루스 Raymundus Lullus라 부르기도 한다. 스페인 카탈루냐 태생의 신학자이며 작가, 철학자. 프란체스코회 수도사로 북아프리카와 아시아에서 선교 활동을 했으며, 라틴어와 아랍어, 프로방스어, 카탈루냐어로 여러 저술을 남겼

『위대한 기술』에 대해 언급하고, 유이가 사용했던 신학적 주제에 대한 일련의 삼단 논법들을 설명했는데, 그중에 이런 것이 들어 있었다. 〈위대함에 의해 찬양되는 모든 것은 위대하다. 그런데 선함은 위대함에 의해 찬양되는 것이다. 그러므로 선함은 위대하다.〉

앞서 제4장에서 말했던 것에 따르자면, 번역자는 작가가 활용하는 〈확장 내용〉, 말하자면 상당히 방대한 백과사전적 역량을 갖도록 여러 가지 측면에서 노력해야 한다. 그런데 이 경우 번역자는 아마도 유이의 추론이 지나치게 추상적이며, 따라서 소위 독자를 마중하러 가야 한다고 생각했던 모양이다. 그래서 이렇게 번역하였다. *All cats are mammals, Suzy is a cat, therefore Suzy is a mammal*.

이것은 문자 그대로의 번역이 아니라는 것은 분명하다. 그런데 그것은 원본의 지시들마저 존중하지 않는다. 어느 역사상의 인물이 〈위대함에 의해 찬양되는 모든 것은 위대하다〉고 말했다고 하는 것은 암고양이 수지에 대해 말했다고 하는 것과는 매우 다르다(더군다나 영어를 사용하는 나라를 전혀 여행한 적이 없는 중세 카탈루냐 사람은 절대 암고양이를 수지라 부르지 않았을 것이다). 역사를 다루는 작품의 경우 원본 텍스트의 지시들을 존중하지 않는 것은, 허구의 소설 세계에서 가령 디오탈레비가 산울타리 대신 *sublime espacioso llano*를 보았다고 말하는 것과 완전히 다르다. 디오탈레비가 무엇을 보았는가 하는 것은 작가와 번역자 사이의 협의에 의존하는데, 그들은 허구 작품의 가능 세계를 어떻게 〈장식〉했는지 누구에게도 대답하지 않아야 한다. 만약 그런 변경이

다. 특히 『위대한 기술*Ars magna*』은 기계적인 조합 기술을 활용하여 모든 지식들(또는 명제들)을 총망라하려는 과감한 시도로 널리 알려져 있다.

이야기의 심층 의미를 바꾸지 않는다면 말이다. 하지만 유이가 말하지 않은 것을 말했다고 하는 것은 역사적 거짓이다.

마지막으로 번역자의 엄청난 교육적 노력은 유이에 대한 나의 논의 전체의 심층 의미까지 배반했고, 작가의 의도에 대한 사법적 존중이라는 암시적 임무에 충실하지도 않았다. 왜냐하면 유이가 하느님에 대한 정확한 진술을 할 수 있도록 삼단 논법 체계들을 정교하게 만들었다고 말하는 것과, 고양이에 대한 정확한 진술을 할 수 있도록 자신의 『위대한 기술』 전체를 작동시켰다고 말하는 것은 전혀 다르기 때문이다.

결론적으로 간단하게 이렇게 말할 수 있으리라. 그 번역자는 고유의 의무에 대한 흥미로운 관념을 갖고 있었으며 지나치게 현대 영어 독자들을 편안하게 해주려고 시도했다고. 하지만 그런 오류는 텍스트의 심층 의미에 대한 잘못된 해석에서 나온 것이다. 만약 그렇지 않다면 번역자는 원본 텍스트가 라몬 유이의 정신세계로 독자를 안내하려고 최대한 노력했다는 것을 깨달았어야 할 것이다. 그런 좋은 의지의 요청은 절대 없앨 수도 없고 또한 없애서도 안 된다.

7·8 또다시 협상에 대해

슐라이어마허(1813: 이탈리아어 번역본, 153면)는 이렇게 말했다. 〈번역자는 가능한 한 작가를 편안하게 내버려 두고 그를 향해 독자가 가도록 만들거나, 아니면 가능한 한 독자를 편안하게 내버려 두고 그를 향해 작가가 가도록 만든다. 이 두 가지 길은 너무나도 달라서 그중 한쪽 길로 들어서면 가능한 한 최대로 엄격하게 끝까지 그 길을 가야 한다. 두 개의 길을 동시에 가려는 시도에서는 작가나 독자가 완전히 길을 잃을 위험과 함께, 지극히 불확실한 결과밖에 기대할 수 없다.〉 반복해서 말하지만 그렇게 엄격한 기준은 단지 고대의 오래된 텍스트나 문화적으로 완전히 상이한 텍스트들에만 해당한다. 분명히 만약 성서의 번역에서 〈헛됨〉 대신 〈연기〉를 선택했다면, *Deus Sabaoth*를 〈군대들의 하느님〉으로 번역하는 것은 합당하지 않을 것이다. 하지만 그런 기준은 현대 텍스트들에 대해서는 좀 더 유연해야 할 것이다. 원천 지향을 선택할 것인가 아니면 목적지 지향을 선택할 것인가 하는 것은 이런 경우 각 문장마다 협상해야 할 기준으로 남아 있다.

미국 추리 소설들의 이탈리아어 번역본들을 읽다 보면 거의 언제나 탐정이 택시 기사에게 *Città Alta*(높은 도시) 또는 *Città Bassa*(낮은 도시)로 가자고 말하는 것을 볼 수 있다.[24] 분명히 원본 텍스트는 *Uptown*과 *Downtown*을 말하는데, 번역자들이 일종의 사악한 협정이라도 맺은 것인지 암묵적인 동의하에 계속 그 기괴한 표현을 사용하고 있다. 그리하여 순진한 독자들은 미국의 모든 도시가 베르가모나 부다페스트, 또는 트빌리시처럼 한쪽은 언덕 위나 때로는 강 건너에 있고, 다른 한쪽은 평원에 있다고 확신하게 된다.

물론 *Uptown*과 *Downtown*을 번역하기는 어려운 일이다. 만약 웹스터 사전을 찾아본다면, *downtown*(부사, 형용사, 명사로) 항목에서 그 유명한 사전은 그것이 상업 구역 또는 남쪽의 구역이라고 말할 것이다. 유감스럽게도 그곳이 악의 구역이라고 덧붙이는 법은 없다. 택시 기사에게 은행으로 가자고 요구하는 것과 창녀촌으로 가자고 요구하는 것이 다른

24 이 예에 대해 나는 이미 『하버드 대학에서 한 문학 강의』에서 논의하였다. 하지만 여기에서 불가피하게 다시 한 번 다룰 수밖에 없다 — 원주.

데, 번역자는 어떻게 해야 할까? 사실 번역자는 단지 언어만 알아야 하는 것이 아니라 각 개별 도시의 지형과 역사까지 알아야 한다.

개척자들은 강변이나 바닷가에 도시를 세웠고, 도시는 나중에 강을 따라 또는 해변을 따라 확장되었다. 〈낮은 도시〉는 도시의 최초 핵심이었다. 물론 서부 영화들이 가르쳐 주듯이, 맨 먼저 은행과 술집*saloon*이 세워졌다. 나중에 도시가 확장될 때 은행이 옮겨 가거나 아니면 술집이 옮겨 갔다. 업무 구역으로 확정되어 남았을 때 *Downtown*은 밤이면 달빛 아래 대협곡처럼 보이는 장소가 되었다. 업무 구역이 옮겨 갔을 경우 밤의 *Downtown*은 유쾌하고 더럽고 위험한 장소가 되었다. 마지막으로 뉴욕에서는 *Uptown*과 *Downtown*이 상대적인 개념이다. 센트럴 파크는 할렘에서 오는 사람에게는 *Downtown*이고, 월 스트리트에서 오는 사람에게는 *Uptown*이다(비록 *Downtown*이 일반적으로 월 스트리트의 구역을 가리키기는 하지만 말이다. 그런데 상황을 더욱 복잡하게 만들려는 듯이 홍등가는 *Midtown*이다).

형식상으로 좀 더 완벽한 해결책(〈역사적 중심지〉)은 작동하지 않는다. 왜냐하면 유럽에서 그 용어는 고색창연한 성당이 우뚝 솟은 나른한 인상을 주는 광장을 상기시키기 때문이다. 스테파노 바르테차기Stefano Bartezzaghi는 언젠가 「스탐파」[25]에 실린 기사에서 *Uptown*과 *Downtown*을 평온하게 그냥 내버려 두라고 제안했다(덧붙여 말하자면 으레 *Rive Gauche* 또는 *Rive Droite*를 그대로 놔두는 것처럼). 왜냐하면 *Colt*라고 쓰여 있을 때 베레타[26]로 번역하지 않기 때문이

25 *La Stampa*. 1895년 토리노에서 창간된 일간 신문으로 1925년부터 피아트 그룹의 회장인 아넬리Giovanni Agnelli(1866~1945)가 소유하였다.

다. 그렇지만 탐정이 거물과 겨루기 위해 가는 것인지, 아니면 알코올 중독자의 옷깃을 움켜잡으러 가는 것인지 아는 것은 중요하다.

번역자는 해당되는 미국 도시의 안내 책자와 지도를 보면서 작업해야 할 것이며, 도시에 따라 탐정이 시내 중심지로, 항구로, 옛날 시장으로, 증권가로 가자고 요구하는 대로 옮겨야 할 것이다. 오로지 택시 기사가 얼굴이 창백해지면서 그 시간에 자신은 그곳에 위험을 무릅쓰고 가지 않겠다고 대답할 경우에만 *Downtown*으로 그대로 놔둘 수 있을 것이다.

그렇지만 만약 바르셀로나에서 사건이 전개되는 스페인 소설에서 탐정이 택시 기사에게 *Barrio Chino*로 가자고 요구한다면, 원래의 표현을 그대로 유지하고(비록 독자가 널리 알려진 *Barrio Gotico*와 *Barrio Chino* 사이의 차이를 모른다고 하더라도), 〈차이나타운으로 갑시다〉 하고 번역하는 것보다 차라리 바르셀로나의 향기를 느끼도록 내버려 두는 것이 나을 것이다.

이런 것이 단지 이탈리아 번역자들에게만 제기되는 문제라는 말이 아니다. 다음의 경우(「진자 일기Pendulum Diary」에서 이야기된)에서 윌리엄 위버는 이탈리아어에서 영어로 번역하면서 이와 비슷한 문제에 직면하였다.

> 오늘의 생각. *Periferia*(교외, 외곽). *Outskirts*. 이탈리아의 많은 도시들에서 *periferia*는 빈민가*slums*이다. 오늘날 미국의 도시들에서 빈민가는 *downtown*, 도시 안에 있다. 따라서 누군가 *periferia*에 산다고 말할 경우, 이탈리아의 빈민가를

26 Pietro Beretta. 1680년 이탈리아 북부 브레시아에 세워진 무기 공장.

라치몬트Larchmont와 비슷한 것으로 만들어 *in the suburbs*로 번역하지 않도록 주의해야 한다. 카소봉은 *periferia*에 있는 옛날 공장에서 산다. 나는 *outlying*이라 번역함으로써 문제를 회피하였다고 생각한다.

사실은 조그마한 도시의 외곽에 살면서 정원이 딸린 우아한 집에서 거주할 수도 있다. 하지만 카소봉은 밀라노에 살았고, 따라서 위버가 *suburbs*를 피한 것은 잘한 것이다. 카소봉은 넉넉한 부자가 아니었다.

결론을 내리자면 몬타나리Montanari(2000: 175면)는 *source* / *target*을 원천 텍스트 / 하구*foce* 텍스트로 번역하자고 제안했다. 아마도 〈하구〉가 영어 *target*보다 훨씬 낫겠지만, 최고 점수의 결과나 승리처럼 종종 또는 거의 언제나 불가능한 관념을 상기시키며, 지나치게 사무적인*businesslike* 제안처럼 보일 수 있다. 하지만 〈하구〉는 원본을 흥미로운 의미 그물로 안내하고, 〈델타〉와 〈강어귀〉 사이의 구별에 대한 성찰을 열어 준다. 아마 어떤 텍스트들은 번역을 하면서 그 의미가 깔때기 모양으로 확장되고(이곳에서 도착 텍스트는 원천 텍스트가 새로운 상호 텍스트성의 바다로 들어가게 함으로써 원천 텍스트를 더 풍부하게 만든다), 또한 〈델타〉 텍스트는 수많은 번역들로 갈라지는데, 각각의 번역은 그 역량을 힘에 부치게 만들지만, 모든 번역이 함께 새로운 영토, 〈두 갈래 갈림길의 정원〉을 창조하기도 한다.

8 보도록 만들기

『푸코의 진자』 프랑스어 번역본이 나온 후 어느 여기자는 (친절한 마음에서) 나에게 도대체 어떻게 공간들을 그처럼 잘 묘사할 수 있었느냐고 질문해 왔다. 나는 그 질문에 은근히 기분이 좋았고, 동시에 깜짝 놀라기도 했다. 그 점에 대해서는 지금까지 전혀 생각해 본 적이 없었기 때문이다. 나는 그 기자에게 아마 그것은 내가 글쓰기를 시작하기 전에 사건이 전개될 〈세계〉에 완전히 숙달하려고 많은 도면과 지도들을 그려 보았고, 그래서 나의 등장인물들이 언제나 내가 잘 알고 있는 공간 속에서 움직이도록 했기 때문일 것이라고 대답해 주었다. 하지만 나는 그 대답이 충분하지 않다고 생각했다. 어떤 공간을 아주 잘 보거나 아주 잘 상상할 수는 있다. 하지만 그렇다고 해서 그 이미지를 말로 잘 옮길 수 있다는 의미는 아니다.

그 후에야 나는 〈박진법(迫眞法)〉에 대해 고찰하기 시작했다.[1]

1 이것은 말리Magli(2000)와 파레트Parret(2000)의 암시 덕택이기도 하다 — 원주.

8·1 박진법

박진법이란 언어로 시각적 현상들을 분명하게 옮길 수 있는 수사학적 효과를 말한다. 불행히도 박진법에 대한 모든 정의는 순환한다. 말하자면 언어적 과정들을 통해 시각적 경험들을 재현하거나 불러일으키는 수사학적 기법을 박진법으로 정의하는 것이다(그런데 모든 수사학적 전통이 그렇다). 지난 몇 년 동안 나는 작가가 박진법을 실현하는 다양한 기법들을 규명하려고 다양한 언어 텍스트를 분석했는데, 이에 대해서는 나의 다른 글[2]을 참조하기 바란다. 박진법은 〈명시적인 표현*denotation*〉을 통해(가령 한 장소와 다른 장소 사이에는 20킬로미터의 거리가 떨어져 있다고 언급할 때처럼), 〈자세한 묘사〉를 통해(어느 광장에 오른쪽에는 교회가 있고 왼쪽에는 오래된 건물이 하나 있다고 말할 때처럼 — 이 기법은 로브그리예의 일부 구절들처럼 극단적인 자세함과 섬세함의 단계에 이를 수도 있다), 〈열거〉를 통해(호메로스의 『일리아스』에 나오는 트로이 성벽 앞의 군대들의 목록, 또는 『율리시스』의 마지막 둘째 장에 나오는 레오폴드 블룸의 부엌 서랍에 있는 물건들에 대한 정말로 게걸스러운 목록을 생각해 보기 바란다), 〈사건들이나 등장인물들의 축적〉을 통해(라블레의 작품에서 탁월한 예들을 발견할 수 있는데, 그런 일들이 일어나는 공간을 시각적으로 보여 준다) 창출될 수 있다는 점을 상기하고 싶다.

여기에서는 그런 기법들이 번역자에게 특별한 문제들을 제기하지 않는다는 점을 지적하는 것으로 충분하리라. 하지만 문제는 어떤 언어적 묘사가 시각적 이미지를 자극하기 위

2 에코(2002)의 「빗속의 신호등」 참조 — 원주.

해 독자의 예전 경험에 의존할 때 발생한다. 때로는 그런 의존이 명시적인데, 가령 어느 소설에서 〈그녀는 번존스[3]의 전기 라파엘로 처녀 같은 순수한 윤곽을 갖고 있었다〉는 표현이 나올 경우에 그렇다. 솔직하게 말해 내가 보기에 이것은 게으른 묘사처럼 보인다. 다른 경우에는 독자로 하여금 참조되는 경험을 직접 해보라고 권유하기도 한다. 예를 들어 애벗[4]의 『평평한 나라』의 많은 페이지들 중 하나를 보면, 작가는 자신이 무엇을 묘사하고 싶은지 독자가 직접 상상해 보도록 권유하는데, 3차원을 모르는 완전히 에우클레이데스적인 2차원적 표면 위에서 우리의 모험 동료들이 어떻게 살아가는지 직접 느껴 보도록 권유한다.

〈공간〉 속에 있는 여러분의 탁자들 중 한가운데에다 동전을 올려놓고, 몸을 숙여 위에서 바라보라. 동전은 마치 원처럼 보일 것이다.

하지만 탁자의 가장자리 쪽으로 물러나 점차로 눈을 낮추어 보라(그럼으로써 여러분은 〈평평한 나라〉 주민들의 상황에 점점 더 가까워지게 될 것이다). 그러면 동전이 점차로 타원형이 되는 것을 볼 것이다. 그러다가 마침내 여러분의 눈이 정확하게 탁자 면의 높이에 이를 때(말하자면 마치 여러분이 〈평평한 나라〉의 진짜 주민처럼 될 때), 동전은 더 이상 타원형으로 보이지 않고, 여러분이 볼 수 있는 한, 하나의 직선이

3 Edward Coley Burne-Jones(1833~1898). 영국의 화가로 전기 라파엘로 화풍의 섬세한 해석을 통한 독창적인 화법으로 유명하다.

4 Edwin A. Abbott(1838~1926). 영국의 성직자이며 작가로 신학적 저술들 이외에 프랜시스 베이컨의 전기를 쓰기도 하였다. 『평평한 나라*Flatland*』는 1884년에 익명으로 발표된 소설로 〈많은 차원들의 이야기*A romance of many dimensions*〉라는 부제가 붙어 있다.

될 것이다.[5]

때로는 그런 참조가 더욱 섬세하여 심지어 번역자가 참조의 현실적 감각을 상실할 수도 있을 정도이다. 이와 관련하여 나는(에코, 2002 참조) 블레즈 상드라르[6]의 『시베리아 횡단 열차 여행기*Prose du transsiberien*』의 두 구절을 인용하였다(이 텍스트는 아주 긴 여행에 대해 이야기하기 때문에 앞에서 이미 말했던, 자세한 묘사에서 목록에 이르기까지 많은 기법들을 활용하고 있다). 어느 시점에서 상드라르는 이렇게 회상한다.

Toutes les femmes que j'ai rencontrées se dressent aux horizons
Avec les gestes piteux et les regards tristes des sémaphores sous la pluie…….

리노 코르티아나Rino Cortiana의 번역은 다음과 같다.

Tutte le donne che ho incontrato si erigono agli orizzonti
Come i pietosi gesti e gli sguardi tristi dei semafori sotto la pioggia.
내가 만났던 모든 여인들이 지평선 위로 우뚝 서 있다,
빗속의 신호등 같은 슬픈 시선과 애처로운 몸짓으로.

5 마솔리노 다미코Masolino d'Amico의 번역(『평평한 나라*Flatlandia*』, 밀라노, 아델피, 1966) — 원주.

6 Blaise Cendrars(1887~1961). 본명은 Frederic Suaser Halle. 스위스 태생의 프랑스어 작가로, 특히 순간적인 이미지들을 선호했는데, 이것은 초현실주의자들에게 많은 영향을 주었다.

이것은 내가 기억하는 한 다른 번역자들도 그대로 따랐던 거의 강요된 해결책이다. 그렇지만 프랑스어로 *sémaphores*는 우리 도시의 신호등이 아니라(그것은 프랑스 사람들에게 *feux rouges*이다) 철길을 따라 세워진 신호기이다. 안개 낀 밤에 천천히 나아가는 기차를 타본 경험이 있는 사람은 아마 회상할 수 있을 것이다. 그러니까 차창으로 어둠 속에 잠긴 들판을 바라보는 동안, 열차의 헐떡이는 리듬〔몬탈레[7]가 「안녕, 어둠 속의 기적(汽笛)」에서 회상한 브라질 민속춤의 율동〕을 따라, 그 신호등들이 부슬비 속으로 거의 용해되듯이 사라지는 유령 같은 형상들을 말이다.

첫 번째 문제는 차창들이 완전히 밀폐된 고속 열차 시대에 태어난 사람이(비록 프랑스 독자라 할지라도) 이 구절을 어떻게 받아들일 것인가 하는 것이다. 나는 최근 일부 학생들에게 내가 얼마 전에 방문했던 사막의 버려진 도시가 어땠는지 설명하기 위해 1945년 8월의 히로시마 같았다고 말한 적이 있다. 나는 모든 신문에 난 사진들을 보았기 때문에 최초의 원자탄이 투하된 직후의 히로시마가 어떤 모습이었는지 잘 기억하고 있으며, 그 모습은 정서로 충만했던 내 청소년기의 기억 가운데 하나로 진하게 남아 있다. 그런데 20대의 젊은이들에게 그런 환기는 그다지 명백하지 않다는 것을 곧바로 깨달았다. 전혀 본 적이 없는 무엇인가에 대한 기억을 부추기는 박진법에 어떻게 반응할 수 있단 말인가?

위에 인용한 글에서 나는 바로 박진법 표현이 제공하는 요소들을 토대로 마치 무엇인가를 본 〈척하면서〉 반응한다고

7 Eugenio Montale(1896~1981). 1975년 노벨 문학상을 수상한 현대 이탈리아의 대표적 시인. 에코가 인용하는 「안녕, 어둠 속의 기적Addii, fischi nel buio」은 1939년에 출간된 시집 『기회들*Le occasioni*』에 실려 있는 모테트 중의 하나이다.

암시하였다. 상드라르의 두 구절이 나오는 맥락에서 말하는 기차는 끝없는 벌판을 며칠 동안 지나가고, 거기에서 지명되는 신호등들은 어떤 식으로든 어둠 속에서 나타나는 윤곽들을 상기시키며, 지평선에 대한 지적은 기차의 움직임이 매 순간마다 더 이상 확대시킬 수 없는 아득히 먼 곳으로 사라지는 것을 상상하게 만든다……. 다른 한편으로 오늘날의 고속 기차들만 아는 사람도 밤 속으로 사라지는 불빛을 차창으로 보았을 것이다. 그렇기 때문에 기억해야 할 경험은 시험적으로 나타날 수 있다. 박진법은 실현되기 위해 필요한 기억을 〈창조〉할 수도 있다.

하지만 두 번째 문제는 상드라르의 자극에 이탈리아 독자들이 어떻게 반응할 수 있을까 하는 것이다. 왜냐하면 *semaforo*는 숙명적으로 도시 교차로의 신호등을 상기시키기 때문이다. 도시의 신호등들은 환하다(심지어는 세 가지 색깔로 즐겁게 보이기도 한다). 반면에 상드라르가 언급하는 *gestes piteux*는, 마치 불안스럽고 멀리 떨어진 해군 병사가 어둠 속에서 신호 깃발들을 흔들듯이, 밤에 기계적인 사지(四肢)를 슬프게 움직이는 검은 형상들을 상기시킨다(물론 만약 무한하게 펼쳐진 풍경 대신 도시의 길거리를 바라본다면, 그 무한한 지평선의 개념 자체도 바뀔 것이다). 상드라르의 젊은 독자였던 나는 오랫동안 이 구절에서 애처로운 꼭두각시 인형들의 절망적인 몸짓이 아니라 — 비록 안개 때문에 희미해지고 슬픈 모습이지만 — 빨간색과 초록색의 명멸을 보았던 것으로 기억된다. 아마도 발레리의 *toit tranquille*에 대한 해결책이 없는 것처럼 이 문제에도 해결책이 없다고 생각한다.

8·2 아주머니의 방

네르발을 번역하면서 그가(실제로 그랬듯이 연극인이었던) 많은 장면들을 마치 무대 위에서 공연하는 것처럼 묘사한다는 점을 무시할 수 없는데, 특히 조명과 관련될 경우에 그렇다. 서술자가 사랑하는 여배우는 제1장에서 풋라이트를 받으며 나타나고 뒤이어 조명 불빛으로 환하게 비친다. 또한 조명 기법은 풀밭 위의 첫 번째 무도회에서도 나타나는데, 거기에서는 태양의 마지막 빛살들이 내막(內幕) 역할을 하는 나무 잎사귀들을 통해 비친다. 그리고 아드리엔은 노래하는 동안 달빛의 반사광 속에 혼자 남아 있게 된다(그리고 무엇보다도 관객과 작별을 고하는 여배우의 우아한 인사와 함께 오늘날 〈스포트라이트〉라 부르는 곳에서 나온다). 제4장 〈시테르 여행〉(이것은 무엇보다 바토[8]의 그림에서 영감을 받았기 때문에, 시각적 재현을 언어적으로 재현한다)에서 또다시 무대는 위에서 내려오는 불그스레한 저녁 햇살의 조명을 받는다. 마지막으로 제8장에서 서술자가 루아지의 무도회에 들어갈 때, 우리는 연출의 걸작을 보게 된다. 여기에서 보리수들의 아래쪽은 어둠에 잠겨 있고 위쪽은 서서히 푸르스름하게 물들고 있는데, 인위적 불빛들과 밝아 오는 새벽빛 사이의 그 싸움에서 마침내 무대는 천천히 아침의 창백한 빛으로 충만해진다.

이 모든 것은 신중한 번역자가 소위 원본 텍스트가 제공하는 〈연출 지침들〉에 따라 똑같은 효과를 얻을 수 있는 경우들이다. 하지만 어떤 경우 네르발은 무엇인가를 보도록 만들기

8 Jean Antoine Watteau(1684~1721). 프랑스의 화가로 연극 세계의 영감을 받아 몽상적이고 신화적인 분위기의 작품들을 남겼다.

위해 그 당시의 독자들에게는 분명 친숙했을 것이지만 현대 독자에게, 심지어 오늘날의 프랑스 독자에게도 모호하게 보일 수 있는 용어들을 사용한다. 마치 〈그는 어두운 방에서 컴퓨터를 켰고 마치 최면에 걸린 듯 그대로 있었다〉고 말하는 현대의 어느 텍스트를, 컴퓨터를 전혀 본 적이 없는, 과거에서 방금 온 독자가 읽는 것과 마찬가지일 것이다. 그 독자는 어둠 속에서 되살아나는 환한 스크린에 대한 즉각적인 인상을 받지 못할 것이며, 무엇 때문에 최면 효과가 이루어지는지 이해할 수도 없을 것이다.

이제 실비와 서술자가 나이 든 아주머니를 방문하러 오티스로 가는 장을 자세히 분석해 보고자 한다. 그것이 전형적인 예처럼 보이기 때문이다. 그것은 마법에 걸려 지난 세기로 되돌아가는 듯하다. 아주머니는 실비가 침실로 가서, 자신이 젊었을 적 이제는 이미 사망한 아저씨와 결혼했을 때의 유품들을 뒤져 보는 것을 허락한다. 그것은 마치 18세기 후반의 친절한 시골뜨기 키치*Kitsch*의 현현(顯現)과 같다. 하지만 실비와 그녀의 동반자가 무엇을 발견하는지 이해하기 위해서는, 그 오래된 시절의 유행과 관련된 이례적인 용어들(네르발의 동시대 사람들은 분명히 아직 이해했을 용어들)을 이해할 필요가 있다. 나는 그런 용어들을 진하게 표시하였다.

Je la suivis, montant rapidement l'escalier de bois qui conduisait à la chambre. — Ô jeunesse, ô vieillesse saintes! — qui donc eût songé à ternir la pureté d'un premier amour dans ce sanctuaire des souvenirs fidèles? Le portrait d'un jeune homme du bon vieux temps souriait avec ses yeux noirs et sa bouche rose, dans un ovale au cadre doré, suspendu à la tête du lit rustique. Il portait l'uniforme des gardes-chasse de la maison de Condé; son attitude à demi martiale, sa figure rose et bienveillante, son front pur sous ses cheveux poudrés, relevaient ce pastel, médiocre peut-être, des grâces de la jeunesse et de la simplicité. Quelque artiste modeste invité aux chasses princières s'était appliqué à le *pourtraire* de son mieux, ainsi que sa jeune épouse, qu'on voyait dans un autre médaillon, attrayante, maligne, **élancée dans son corsage ouvert à échelle de rubans**, agaçant de sa mine retroussée un oiseau posé sur son doigt. C'était pourtant la même bonne vieille qui cuisinait en ce moment, courbée sur le feu de l'âtre. Cela me fit penser aux fées des Funambules qui cachent, sous leur masque ridé, un visage attrayant, qu'elles révèlent au dénouement, lorsque apparaît le temple de l'Amour et son soleil tournant qui rayonne de feux magiques. "O bonne tante, m'écriai-je, que vous étiez jolie! — Et moi donc" dit Sylvie, qui était parvenue à ouvrir le fameux tiroir. Elle y avait trouvé **une grande robe en taffetas flambé, qui criait du froissement de ses plis**. "Je veux essayer si cela m'ira, dit-elle. Ah! je vais avoir l'air d'une vieille fée!"

"La fée des légendes éternellement jeune!……" dis-je en moi-même. — Et déjà Sylvie **avait dégrafé sa robe d'indienne** et la laissait tomber à ses pieds. La robe étoffée de la vieille tante s'ajusta parfaitement sur la taille mince de Sylvie, qui me dit de l'agrafer. **"Oh! les manches plates, que c'est ridicule!" dit-elle. Et cependant les sabots garnis de dentelles découvraient admirablement ses bras nus**, la gorge s'encadrait dans le pur corsage aux tulles jaunis, aux rubans passés, qui n'avait serré que bien peu les charmes évanouis de la tante. "Mais finissez-en! Vous ne savez donc pas agrafer une robe?" me disait Sylvie. Elle avait l'air de l'accordée de village de Greuze. "Il faudrait de la poudre, dis-je. — Nous allons en trouver." Elle fureta de nouveau dans les tiroirs. Oh! que de richesses! que cela sentait bon, comme cela brillait, comme cela chatoyait de vives couleurs et de modeste clinquant! deux éventails de nacre un peu cassés, des boites de pâte à sujets chinois, un collier d'ambre et mille fanfreluches, parmi lesquelles éclataient **deux petits souliers de droguet blanc avec des boucles incrustées de diamants d'Irlande!** "Oh! je veux les mettre, dit Sylvie, si je trouve les bas brodés!"

Un instant après, nous déroulions **des bas de soie rose tendre à coins verts;** mais la voix de la tante, accompagnée du frémissement de la poêle, nous rappela soudain à la réalité. "Descendez vite!" dit Sylvie, et quoi que je pusse dire, elle ne me permit pas de l'aider à se chausser.

다음은 내가 이 페이지를 번역한 방식이다(다시 한 번 논의할 필요가 있는 부분들을 진하게 표시한다).

La seguii, salendo rapido la scala di legno che portava alla camera. — O beata giovinezza, o vecchiezza benedetta! — chi avrebbe dunque pensato a offuscare la purezza di un primo amore in quel santuario di ricordi fedeli? Il ritratto di un giovane del buon tempo antico sorrideva con gli occhi neri e la bocca rosea, in una cornice ovale dorata, appesa al capezzale del letto di campagna. Portava l'uniforme di guardiacaccia della casa dei Condé: il suo atteggiamento piuttosto marziale, il volto roseo e affabile, la fronte pura sotto i capelli incipriati, ravvivavano quel pastello, forse mediocre, con tutte le grazie della giovinezza e della semplicità. Qualche modesto artista invitato alle cacce principesche s'era ingegnato a ritrattarlo come meglio poteva, insieme alla sua giovane sposa, che appariva in un altro medaglione, maliziosa e incantevole, **slanciata nel suo corsetto dalla vasta scollatura serrato a vespa da grandi nastri**, col visetto proteso come a provocare un uccellino che teneva sul dito. Ed era bene la stessa buona vecchia che stava cucinando laggiù, curva sul focolare. Il che mi faceva pensare alle fate dei Funamboli quando nascondono, sotto la loro maschera grinzosa, un volto seducente, che mostrano solo all'ultimo atto, all'apparire del tempio dell'Amore con il sole che ruota irradiando i suoi magici fuochi. "O cara zia, esclamai, come eravate carina! — E io allora?" disse Sylvie, che era riuscita ad aprire l'agognato casetto. **Vi aveva trovato una gran veste in taffettà fiammato, che cangiava colore a ogni fruscio delle sue pieghe**. "Voglio vedere se mi va bene, disse. Ah avrò certo l'aspetto di una vecchia fata!"

"La fata eternamente giovane delle leggende!……" mi dissi. — **E già Sylvie aveva slacciato il suo abito di cotonina sfilandolo sino ai piedi**. La veste sontuosa della vecchia zia si adattò perfettamente alla figura sottile di Sylvie, che mi chiese di allacciargliela. **"Oh, come cadono male, le spalle**

senza sbuffo!" E tuttavia la corta merlettatura svasata di quelle maniche metteva mirabilmente in mostra le sue braccia nude, il seno risaltava nel casto corsetto dai tulle ingialliti, dai nastri sbiaditi, che aveva fasciato ben poche volte le grazie ormai svanite della zia. "Ma andiamo! Non sapete allacciare una veste?" mi diceva Sylvie. Sembrava la fidanzata di paese di Greuze. "Ci vorrebbe della cipria, dissi. — La troveremo." Curiosò di nuovo nei cassetti. Che meraviglie! Come tutto sapeva di buono, come brillava e gatteggiava di colori vivaci quella cianfrusaglia! Due ventagli di madreperla un poco rovinati, delle scatole di porcellana dai motivi cinesi, una collana d'ambra e mille fronzoli, tra cui brillavano **due scarpini di lana bianca con fibbie incrostate di diamantini d'Irlanda**. "Voglio proprio metterli, disse Sylvie, se appena trovo le calze ricamate!"

Un istante dopo srotolammo delle calze di un color rosa tenero, trapunte di verde alla caviglia, ma la voce della zia, accompagnata dallo sfrigolio della padella, ci ricondusse subito alla realtà. "Scendete subito!" disse Sylvie, e per quanto insistessi, non mi permise di aiutarla a calzarsi.

나는 그녀를 따라 침실로 가는 나무 계단을 재빨리 올라갔다. 오 행복한 젊음이여, 오 축복받은 노년이여! 누가 감히 그 충실한 기억들의 성소(聖所)에서 첫사랑의 순수함을 흐리게 할 생각을 하겠는가? 소박한 침대의 머리맡에 걸린 타원형의 금빛 액자 안에서, 옛날 좋은 시절 청년의 초상이 검은 눈에 붉그스레한 입술로 미소 짓고 있었다. 그는 콩데 가문의 수렵 관리인 제복을 입고 있었다. 다소 군인 같은 그의 태도, 상냥하고 발그스레한 얼굴, 분을 뿌린 머리카락 아래의 깨끗한 이마는 젊음과 소박함의 모든 우아함으로 평범한 그 파스텔화를 생생하게 만들어 주었다. 귀족들의 사냥에 초대받은 어느 평범한 화가가 최선을 다해 청년과 그의 젊은 아내를 함께 그렸을 것이다. 다른 메달 안에서 매력적이고 장난스럽게 보이는 그녀는, 목둘레가 넓게 드러나고 커다란 리본들로 말벌 허리처럼 조이는 코르셋을 입은 날씬한 모습으로, 손가락 위에 있는 작은 새와 장난하려는 듯이 작은 얼굴을 내밀고 있었다. 그녀는 바로 지금 아래에서 화덕 위에 몸을 굽히고 요리하고 있는 나이 든 착한 여인이었다. 그것은 퓌낭빌 극장의 요정들, 주름진 가면 속에 매혹적인 얼굴을 감추고 있다가, 마지막 장에서 〈사랑〉의 여신 신전이 마법의 불빛들을 발산하며 도는 태양과 함께 나타날 때에야 얼굴을 드러내는 요정들을 생각나게 했다. 「오, 사랑스러운 아주머니.」 나는 외쳤다. 「당신은 얼마나 예뻤는지!」 「그럼 나는 어때요?」 실비가 말했다. 그녀는 기대하던 서랍을 여는 데 성공했다. 그녀는 그 안에서 주름들이 스칠 때마다 색깔이 바뀌는 불꽃 무늬 호박단으로 된 커다란 드레스를 발견하였다. 「이게 나한테 어울리는지 보고 싶어요.」 그녀가 말했다. 「아, 분명 늙은 요정처럼 보일 거예요!」

「전설 속의 영원히 젊은 요정!……」 나는 속으로 말했다. 그런데 실비는 이미 자기 무명옷의 고리를 풀어 발치까지 흘러내리게 하였다. 나이 든 아주머니의 풍성한 드레스는 실비의 날씬한 몸매에 꼭 맞았고, 그녀는 내게 고리를 채워 달라고 하였다. 「오, 밋밋한 어깨가 줄줄 흘러내리네!」 그렇지만 레이스가 달려 있고 폭이 좁아지는 그 짧은 소매는 그녀의 벗은 팔을 아름답게 드러내고 있었고, 이제는 스러진 아주머니의 우아함을 몇 번 감싸지도 못했던, 빛바랜 리본에다 노랗게 바랜 망사로 된 순결한 코르셋으로 가슴이 돋보였다. 「자, 빨리요! 드레스 고리도 채울 줄 몰라요?」 실비가 말했다. 그녀는 마치 그뢰즈가 그린 시골 마을의 약혼녀처럼 보였다. 「분도 있어야겠군.」 내가 말했다. 「우리 함께 찾아봐요.」 그녀는 다시 서랍 속을 뒤졌다. 얼마나 놀라운 일인가! 모든 것에서 얼마나 좋은 냄새가 났던가! 그 잡동사니들은 얼마나 생생한 빛깔들로 빛나고 반짝였던가! 조금 흠이 간 나전(螺鈿) 부채 두 개, 중국풍 그림들이 그려진 자기(瓷器) 상자들, 호박(琥珀) 목걸이 하나와 수많은 싸구려 패물들, 그중에는 아일랜드 금강석 장식이 달린 고리들이 있는 하얀 나삼(羅衫)으로 만든 작은 구두도 한 켤레 있었다. 「한번 신어 보고 싶어요.」 실비가 말했다. 「수놓은 양말을 찾아보아야겠어요!」

잠시 후 우리는 발목 부분에 녹색 자수가 놓인 부드러운 장밋빛 양말들을 펼쳐 보았다. 하지만 프라이팬의 지글거리는 소리와 함께 들려온 아주머니의 목소리가 우리를 곧바로 현실로 돌아오게 했다. 「빨리 내려가요!」 실비가 말했다. 그리고 내가 아무리 고집해도 그녀는 양말 신는 것을 도와주지 못하게 했다.

이런 텍스트 앞에서 번역자는 마치 이 이야기를 영화로 옮기려는 감독인 것처럼 해야 할 것이다. 그렇지만 이미지도 사용할 수 없고 자세한 해명도 할 수 없으며, 이야기의 리듬을 존중해야 한다. 묘사하는 데 머뭇거리는 것은 치명적일 것이기 때문이다.

초상화에서 젊은 시절의 아주머니의 모습이 *élancée dans son corsage ouvert a échelle de rubans*으로 보인다는 것은 무엇을 의미하는가? 이탈리아의 여러 번역자들은 이렇게 옮겼다. *corpetto aperto sul davanti a nastri incrociati*(교차된 리본들로 앞이 열린 조끼), *corpetto dai nastri a zig-zag*(지

그재그 리본들이 달린 조끼), *corpetto aperto coi nastri incrociati sul davanti*(앞에 교차된 리본들이 달린 조끼), *camicetta aperta a scala di nastri*(층층이 리본들로 열린 셔츠), *corpetto aperto a scala di nastri*(층층이 리본들로 열린 조끼), *corsetto aperto sotto la scala dei nastri*(층층이 리본들 아래로 열린 코르셋), *corsetto aperto a nastri scalati*(본들이 층층이 열린 코르셋), *corpetto aperto in volantini di nastri*(리본들이 흩어진 열린 조끼), *corsetto aperto a scala di nastri*(층층이 리본들로 열린 코르셋), *corpetto aperto ed allacciato dai nastri incrociati sul davanti*(앞부분이 교차된 리본들로 열리고 잠긴 조끼). 알레비는 *attractive and lissom in her open corsage crossed with ribbons*, 올딩턴은 *slender in her open corset with its crossed ribbons*, 시버스는 *slender in her open bodice laced with ribbons*로 옮겼다. 하지만 문자 그대로 볼 때 그것은 셔츠도 아니고 조끼도 아니며, 아마 영어의 *bodice*도 완전히 만족스러운 것은 아니다. 어쨌든 이 옷이 어떻게 열리는지 분명하지 않으며, 리본들의 사다리가 무엇인지 또는 어떻게 리본들이 교차되는지 아무도 모른다.

그런데 *corsage à échelle de rubans*은 최소한 가슴이 봉긋 솟아오르기 시작하는 부분까지 넓게 목둘레가 파인 코르셋으로, 점차 크기가 작아지는 일련의 매듭들로 말벌처럼 허리를 조인다. 그것은 예를 들어 부셰[9]의 퐁파두르 부인의 초상화에서 볼 수 있다. 그 코르셋은 분명히 애교 있고 우아하며, 가슴을 넓게 드러내고, 깔때기처럼 좁아져 매력적으로

9 François Boucher(1703~1770). 프랑스의 화가. 루이 15세의 궁정 화가로 당시의 이상적 아름다움을 표현하였다.

좁은 허리를 형성한다. 바로 이것이 중요한 것이다. 그래서 나는 *corsetto dalla vasta scollatura serrato a vespa da grandi nastri*로 옮겼다(그리고 리본들이 층층이 되어 있다는 것은 코르셋의 열린 부분이 허리를 향해 점차로 좁아진다는 사실에 의해 암시될 것으로 생각하였다).

번역자들을 당황하게 만든 것들 중의 하나는 두 젊은이가 서랍 안에서 발견한 그 *grande robe en taffetas flambé, qui criait du froissement de ses plis*였다. 시버스는 *a flowering gown of shot silk whose every fold rustled at her touch*로 옮겼다. 무엇보다도 *flambé*는 무엇을 의미하는가? 분명히 여러 이탈리아 번역가들처럼 *squillante*(시끄러운), *luccicante*(반짝거리는), *color bruciato*(불탄 색깔), 또는 심지어 *sciupato*(손상된)(*flambé*라는 용어를 친숙하게 사용하여 파산한 사람을 가리키는 데에서 유혹을 받은 어느 번역자가 그랬듯이)로 번역해서는 안 된다. *flammé*라는 단어가 프랑스어에 있다는 사실에서 실마리를 찾을 수 있다. 이탈리아어 사전들은 모두 *fiammato*로 번역하는데, 그것은 전문 용어로, 다양한 색깔의 실들로 색조가 다른 것으로 바뀌어 불꽃의 효과를 내도록 생생한 줄무늬들로 짠 천을 가리킨다. 만약 그렇다면 일부 번역자들이 그것을 색깔이 바뀌는 호박단으로 정의한 것이 옳다. 그것은 바로 시버스의 해결책처럼 보인다. 천과 관련될 경우 *shot*은 〈*woven with threads of different colors so as to appear iridescent*〉(『웹스터 사전』)를 의미하기도 하기 때문이다. 불행히도 파리의 〈패션 박물관Musée de la Mode〉의 여성 관장은 처음에는 본능적으로 *cangiante*(색깔이 바뀌는)를 선택하고 싶다고 했는데, 몇 가지 확인을 한 뒤 *flambé*는 〈*orné de fleurs dont les teintes se fondent*〉을 의미한다고 나에게 알려 주면서 그 표현은 다마스쿠스 천에 사용될 것이라고 구체적으로 지적해 주었다.

다마스쿠스 천은 부셰의 *corset en echelle de rubans*을 입은 퐁파두르 부인의 치마를 머릿속에 떠오르게 한다. 그런데 궁정의 지체 높은 귀부인이 다마스쿠스 천 치마를 입었다면, 실비의 아주머니는 비록 *flambé*이지만 호박단으로 된 치마에 만족했을 것이다. 그런데 다마스쿠스 천처럼 반사되는 천을 가리키는 어떤 번역도 필요 이상의 것을 암시할 것이다. 어떻게 할 것인가? 게다가 그 호박단은 시버스가 번역하였듯이 *to rustle*에만 머무르지 않고 (네르발이 말하듯이) 〈외쳤다*criait*〉. 그 〈외침〉을 옮기려는 시도에서 다른 이탈리아 번역자들은 이렇게 표현했다(데시벨이 높아지는 순서로). *si sentiva leggermente frusciare*(가볍게 바스락거리는 소리가 들렸다), *frusciava con le sue pieghe*(그 주름들로 바스락거렸다), *frusciava da ogni piega*(각 주름마다 바스락거렸다), *era tutto frusciante nelle sue pieghe*(그 주름들에서 온통 바스락거렸다), *faceva con le pieghe un gran fruscio*(주름들로 크게 바스락거렸다), *strideva dalle pieghe gualcite*(구겨진 주름들이 서걱거렸다), *strideva frusciante dalle sue pieghe*(주름들이 바스락거리며 서걱거렸다), *faceva un gran chiasso con il fruscio delle sue pieghe*(주름들의 바스락거림과 함께 커다란 소음을 냈다), *rumoreggiava allegramente nello scuotersi delle sue pieghe*(주름들의 뒤흔들림 속에서 즐겁게 소음을 냈다). 이 천이 어떤 번역에서는 속삭이고, 또 어떤 번역에서는 지나친 소음을 내고 있다. 더군다나 그 〈외침〉은 단지 청각적일 뿐만 아니라 시각적인 것이기도 하다.

독자에게 섬유 산업에 대한 백과사전의 표제어를 제시할 수도 없다. 여기에서는 그 천에서 퍼져 나오는 다채로운 색조들의 유희와, 그 주름들의 신선함(나는 〈바삭거리는〉이라고 감히 말하고 싶지만 그렇게 하지는 않겠다)이 두 젊은이에게 제공하는 열광적인 효과에 대해 말하고 있다. 나는 그 호박단을 *flambé*보다는 *flammé*로 이해하기로 결정했고, 그에 해당하는 이탈리아어 용어를 사용했는데, 그것은 한편으로는 고풍스럽게(또는 최소한 신비롭게) 보이면서 다른 한편으로는 은유적으로 보이며, 또한 불꽃의 시각적이고 청각적인 함축성에 대한 〈외침〉을 전달해 준다. 마지막으로 나는 색깔이 바뀌는 총체적인 효과를 살렸다. 혹시 그 천은 다른 무엇일지도 모르지만, 나는 독자가 실비와 그녀의 동반자처럼 그것을 〈보고〉 또 〈만질〉 것으로 믿으며, 실비가 거의 순식간에 벗어 버리는 부드럽고 별로 엄숙하지 않은 옷과는 대립되는 그 드레스의 매력이 명백히 드러날 것으로 믿는다.

실제로 네르발은 *robe d'indienne*에 대해 말한다. 사전에 따르면, 그 염색한 면으로 된 천을 *indiana*(인디언의)로 번역할 수 있다. 사실 많은 이탈리아 번역자들이 인디언 옷, 의상, 의복으로 옮기고 있지만, 나는 실비가 어휘상으로 부족한 독자에게 갑자기 붉은 피부의 처녀로 보일까 염려된다. 누군가는 *il vestitino di tela stampata*(염색된 천으로 된 작은 옷) 또는 *la sua veste di tela indiana*(인디언 천으로 된 그녀의 옷)로 번역한다. 설명적 풀어 쓰기는 옳지만 리듬을 상실한다. 실비는 갑자기 옷을 벗으며, 따라서 그녀의 우아하고도 순진하게 도발적인 몸짓의 신속함을 존중할 필요가 있다. 시버스는 내가 보기에 올바르게 *Sylvie had already under-done her calico dressing and let it slip to her feet*로 번역하였다. 나는 *cotonina*라는 용어를 선택했는데, 그것은 바로 염색된 값싼 천을 가리킨다.

실비는 아주머니의 드레스를 입은 후 *manches plates*에 대해 불평한다. 이탈리아 번역자들은 대개 *maniche lisce*(매끄러운 소매), *maniche piatte*(납작한 소매)를 선택하지만, 그렇다면 무엇 때문에 서술자는 대조적으로 *sabots garnis*가 그녀의 벗은 팔을 아름답게 보여 준다고, 또는 시버스가 번역했듯이 *the lace-trimmed puffs showed off her bare arms* 라고 주목하는지 이해할 수 없다. 간단히 말해 그 소매는 매끄러운가 아니면 장식되어 있는가? 긴가 아니면 짧은가? 텍스트에 의해 야기된 당혹감 앞에서 시버스는 밋밋한 소매에 대해 말하는 것을 포기하고, 단지 실비가 *these sleeves are ridiculous*라고 말하게 한다.

사실 *manches plates*(또는 *manches à sabots* 또는 그냥 *sabots*라고도 하는)는 레이스들이 달려 있고 폭이 좁아지는 짧은 소매로 18세기에 유행한 것이다(일부 의상의 역사에서는 바토 스타일이라고 말하기도 한다). 하지만 19세기의 유행처럼 어깨 부분이 부풀어 오른 것이 아니었다. 그래서 실비는 그 옷이 어깨 위에서 너무 처진다는 것을 발견했다. 왜냐하면 이탈리아에서도 말하듯이 *sboffo* 또는 *sbuffo*(부풀림)가 없었기 때문이다. 독자에게 그 소매가 어떻게 생겼는지, 그리고 실비가 무엇에 대해 불평하는지를 이해시키기 위해 나는 실비가 이렇게 말하도록 했다. 〈*Oh, come cadono male, le spalle senza sbuffo!*(오, 밋밋한 어깨가 줄줄 흘러내리네!)〉 뒤이어서 나는 *sabots garnis de dentelles*을 번역하려고 시도하지 않고 *la corta merlettatura svasata di quelle maniche metteva mirabilmente in mostra le sue braccia nude*(레이스가 달려 있고 폭이 좁아지는 그 짧은 소매는 그녀의 벗은 팔을 아름답게 드러내고 있었다)로 옮겼다. 독자들은 분명 바토 스타일의 그 소매를 〈볼〉 수 있을 것이고, 또한 동시에 실비가 유행이 지난 스타일을 발견하고 있다는 것을 이해할 수 있을 것이다. 그리고 혹시 그녀의 근대성 개념에 대해 미소를 지을지도 모른다. 그것은 독자들이 머나먼 시절로 돌아가 있음을 느끼게 만드는 또 다른 방식이다.

서랍에서 발견된 다른 물건들을 보도록 만들기 위해 네르발이 사용한 용어들을 내가 어떻게 번역했는지 뒤이어서 거론하지는 않겠다. 그 모든 경우에서 나는 언제나 문자 그대로의 번역을 피해야만 했고, 물건들을 너무 자세하게 묘사하느라 리듬을 잃지 않으면서, 형용사 하나로 그것들이 어떻게 보였는지 이해하도록 해야 했다. 다만 마지막에 실비가 신는 양말 한 켤레, *des bas de soie rose tendre à coins verts*로 지시된 양말에 대해 말하고 싶다. 거의 모든 번역자들이 그것을 뒤꿈치와 끝 부분이 녹색으로 된 장밋빛 양말로 이해하고 있으며, 심지어 이야기의 삽화가 들어 있는 어느 판본에서는 우리 시대의 삽화가가 그렇게 그려 놓은 것도 보았다.

하지만 실비는 *bas brodés*를 찾아야겠다고 말한다(그리고 찾아냈다). 그러므로 그것은 실크로 된 수놓은 양말이지, *patchwork*로 된 양털 양말이 아니다. 나는 네르발 전집의 플레야드판에서 (분명히 오늘날의 프랑스 독자에게도 필수적인) 주석을 하나 발견했는데, 거기에 따르면 *coins*은 〈*ornement en pointe à la partie inferieure des bas*〉이다. 그것은 발목에서 장딴지 중간까지의 측면 장식, 때로는 이탈리아어로 *freccia*(화살) 또는 *baghetta*(양말의 화살 모양 자수)로 부르는 가시 모양의 수가 놓인 장식을 가리키는 것으로 생각한다. 파리의 〈패션 박물관〉에서는 내게 이렇게 말했다. 〈*les coins sont des ornements — souvent des fils tirés comme les jours des draps — à la cheville, parfois agrémentés de fils de couleurs différentes.*〉 시버스는 그와 비슷하게 이해한 듯 *pale pink stockings with green figure-work about the* *ankles*에 대해 말한다. 내가 *coins verts*에 대해 이해한 것을 모두 과시하는 것을 피하고, 자수 업자들의 전문 잡지와 경쟁하지 않도록, 나는 단순하게 *calze di un color rosa tenero, trapunte di verde alla caviglia*(발목 부분에 녹색 자수가 놓인 부드러운 장밋빛 양말)라 말하는 것이 적절하다고 생각했다. 독자의 눈에 그토록 감동적이리만치 놀라운 실비의 성격이 반짝이게 만드는 데에는 그것으로 충분하다고 생각한다.

8·3 에크프라시스

언어 텍스트는 어떻게 무엇인가를 보게 만드는가 하는 것과 관련하여, 그림이든 조각이든 시각적 작품에 대한 묘사로 이해되는 에크프라시스*ekphrasis*의 문제를 무시할 수 없다. 대개 우리는 정반대 유형인 기호 상호 간의 번역, 말하자면 글로 쓰인 텍스트를 시각적 텍스트로 옮기는(가령 책에서 영화로, 책에서 만화로 옮기는) 번역의 수용 가능성에 대해 논의하는 데 익숙하다. 하지만 에크프라시스는 시각 텍스트를 글로 쓰인 텍스트로 옮긴다. 그런 실습은 고대에 커다란 명성을 얻었으며, 아직도 우리는 사라진 예술 작품들에 대한 에크프라시스 덕택에 그 작품들에 대해 무언가 아는 경우가 종종 있다. 에크프라시스의 탁월한 예로는 필로스트라투스[10]의 『이마기네스』[11]와 칼리스트라투스[12]의 『묘사들』이 있다.

10 Philostratus. 3세기경에 활동한 그리스 출신의 수사학자로 보통 〈렘노스의 필로스트라투스〉라고 일컫는다. 그의 저술 『이마기네스*Imagines*』는 나폴리의 어느 저택을 장식했던 것으로 여겨지는 65편의 그림들에 대해 논의하고 있다.

11 Philostratus, *Imagines*, The Loeb Classical Library (London,

오늘날에는 더 이상 수사학적 실습으로 에크프라시스를 하지 않고, 소위 언어적 장치로서의 자기 자신보다 그것이 환기시키려는 이미지에 관심을 끌기 위한 도구로서 그 구실을 한다. 그런 의미에서 그림에 대한 예술 비평가들의 자세한 분석들 대다수가 에크프라시스의 좋은 예이다. 푸코의 『말과 사물』 서두에 나오는 벨라스케스[13]의 「시녀들」에 대한 묘사가 그 탁월한 예이다.

사실 여러 시인들과 소설가들을 잘 읽어 보면 그들의 텍스트가 어떤 그림의 묘사에서 탄생했다는 것을 알 수 있다. 하지만 그럴 경우 작가는 출전을 감추거나, 또는 출전을 명백히 밝히는 데 별로 신경 쓰지 않는다. 이와는 달리 수사학적 실습으로서의 에크프라시스는 그 자체로 인정될 것을 요구하였다. 그러므로 나는 고전적(〈명백한〉) 에크프라시스와 〈감추어진〉 에크프라시스를 구별하고자 한다.

만약 명백한 에크프라시스가 이미 알려진(또는 널리 알리려고 하는) 시각적 작품을 언어로 번역한 것으로 인정되기를 원했다면, 감추어진 에크프라시스는 읽는 사람의 마음속에 가능한 한 정확한 어떤 비전을 불러일으키려는 언어적 장치로 제시된다. 엘스티르의 그림들에 대한 프루스트의 묘사들을 보면, 작가는 상상 속 화가의 작품을 묘사하는 척하면서 실제로는 자기 시대 화가들의 작품(또는 작품들)에서 영감을 받았다는 것을 알 수 있다.

Heinemann & Cambridge, Harvard U. P., 1969) — 원주.

12 Callistratus. 3세기경에 활동한 그리스 출신의 철학자이며 수사학자로 보통 〈소피스트 칼리스트라투스〉라고 일컫는다. 『묘사들*Descriptiones*』은 유명한 예술가들의 청동 또는 석조 작품 14편을 묘사하고 있다.

13 Diego Rodríguez de Silva Velázquez(1599~1660). 스페인의 화가로 예리한 사실주의 기법의 초상화를 많이 남겼다. 「시녀들Las meninas」은 1656년 작품이다.

나는 내 소설들에서 감추어진 에크프라시스를 즐겨 활용했다. 『장미의 이름』에 나오는 두 개의 문설주(무아사크와 베즐레[14])에 대한 묘사, 그리고 세밀화가 그려진 책들의 다양한 페이지에 대한 묘사는 모두 에크프라시스이며, 『푸코의 진자』에 나오는 〈공예 박물관Conservatoire des Arts et Metiers〉의 입구 홀에 대한 모든 묘사도 에크프라시스이다(그런데 불행히도 그 분위기는 현대화되었기 때문에, 나는 미래에 나의 텍스트가 예전에는 얼마나 불안하게 유혹적이었는가 설정하는 데 활용될 수 있을 것으로 기대한다).

나는 『전날의 섬』에 들어 있는 두 개의 감추어진 에크프라시스를 살펴보고 싶은데, 하나는 조르주 드 라투르[15]에게서, 다른 하나는 베르메르[16]에게서 영감을 받은 것이다. 글을 쓰면서 나는 그림에서 영감을 받았고 그것을 되도록 생생하게 묘사하려고 노력했지만, 실제로는 에크프라시스 실습으로 제시하지 않고 오히려 독자로 하여금 현실적인 장면을 묘사하고 있다고 생각하도록 유도했다. 그것은 약간의 방임을 허용했고, 그래서 나는 몇몇 세부들을 덧붙이거나 수정했다. 어쨌든 나는 교양 있는 독자의 반응도 기대했다. 즉 영감을 준 그림을 확인할 수 있고 또한 만약 내가 에크프라시스를 하고 있다면 그것은 내가 이야기하는 시대의 예술 작품들이며, 따라서 내 작업은 순수한 수사학적 실습이 아니라 〈문헌학적 치장〉의 실습이라는 것을 이해할 수 있는 독자이다.

14 Moissac과 Vézelay. 둘 다 프랑스의 도시로 중세의 수도원으로 유명하다.

15 Georges de La Tour(1593~1652). 프랑스 바로크 시대의 대표적인 화가. 에코는 1630년대 말의 작품인 「참회하는 막달레나」 시리즈 중 하나를 인용한다.

16 Jan Vermeer(1632~1675). 네덜란드의 화가로 17세기 네덜란드 화풍의 대표적 인물로 꼽힌다.

대개 나는 번역자들에게 출전들을 알려 주었지만, 영감을 준 작품을 보면서 번역할 것을 요구하지는 않는다. 나의 언어적 묘사가 훌륭하다면 번역에서도 제대로 작용해야 할 것이다. 어쨌든 앞서 말했듯이 감추어진 에크프라시스는 이중적 원칙에서 출발한다. 즉 (1) 만약 순진한 독자가 작가에게 영감을 준 시각적 작품을 모른다면, 어떤 의미에서는 마치 처음으로 그것을 보듯이 자신의 상상력으로 발견할 수 있을 것이며, 또한 (2) 만약 교양 있는 독자가 이미 그 시각적 작품을 알고 있다면, 언어적 담론이 그것을 알아볼 수 있도록 해줄 것이라는 원칙이다.

그렇다면 조르주 드 라투르에게서 영감을 받은 제31장의 다음과 같은 이미지를 보기 바란다.

> 이제 로베르토는 어둠 속에서 거울 앞에 앉아 있는 페란테를 보았는데, 거울은 옆으로 앉은 사람에게 단지 맞은편의 촛불만을 비치고 있었다. 두 개의 작은 불빛, 서로가 서로를 닮은 두 불빛을 관조하고 있노라면, 눈은 고정되고, 정신이 몽롱해지면서, 환상들이 떠오른다. 고개를 약간 돌린 페란테는 릴리아를 보았다. 밀랍 같은 처녀의 얼굴, 모든 다른 빛을 흡수할 정도로 빛에 젖은 얼굴, 어깨 너머로 물렛가락처럼 검은 타래로 묶은 금발 머리칼이 흘러내리는 얼굴, 목이 드러나는 가벼운 옷 아래에서 보일 듯 말 듯한 가슴…….

이 에크프라시스가 번역들에서 얼마나 생생하게 남아 있는가 보자. 단지 스키파노와 위버의 번역만 예시하고자 한다.

> Roberto voyait maintenant Ferrante assis dans l'obscurité devant le miroir qui, vu de côté, reflétait seulement la

chandelle placée en face. A contempler deux lumignons, l'un singe de l'autre, l'œil se fixe, l'esprit s'en engoue, surgissent des visions. En déplaçant à peine la tête, Ferrante voyait Lilia, le minois de cire vierge, si moite de lumière qu'il s'en absorbe tout autre rayon, et laisse fluer ses cheveux blonds telle une masse sombre recueillie en fuseau entre ses épaules, la poitrine à peine visible sous une légère robe à demi écranchée.

Roberto now saw Ferrante in the darkness at the mirror that reflected only the candle set before it. Contemplating two little flames, one aping the other, the eye stares, the mind is infatuated, visions rise. Shifting his head slightly, Ferrante sees Lilia, her face of virgin wax, so bathed in light that it absorbs every other ray and causes her blond hair to flow like a dark mass wound in a spindle behind her back, her bossom just visible beneath a delicate dress, its neck cut low.

이제 제12장에서 베르메르에게 영감을 받아 여인의 모습을 다음과 같이 묘사한 부분을 보자.

며칠 뒤 어느 날 저녁 로베르토는 어느 집 앞을 지나다가 1층의 어두운 방에 있는 그녀를 보았다. 그녀는 몬페라토의 무더위를 가까스로 식혀 주는 실바람을 쐬기 위해 창가에 앉아 있었는데, 밖에서는 보이지 않는, 창틀 근처에 놓인 등불로 환해진 모습이었다. 첫눈에는 그녀를 알아보지 못했다. 아름다운 머리칼은 머리 위로 감아 묶여 있었고, 두 가닥 머릿

결만이 귀 위로 흘러내리고 있었기 때문이다. 단지 약간 숙인 얼굴만 알아볼 수 있었는데, 타원형의 아주 순수한 얼굴, 몇 방울 땀이 송골송골 맺힌 얼굴이 그 어슴푸레한 방에서 유일한 진짜 등불처럼 보였다.

그녀는 나지막한 작은 탁자 위에서 바느질을 하고 있었고, 그녀의 시선은 거기에 집중되어 있었다. …… 로베르토는 금빛 솜털이 희미하게 드리운 그녀의 입술을 보았다. 갑자기 그녀는 얼굴보다 더 빛나는 한 손을 들어 올리더니 검은색 실을 입으로 가져갔다. 새하얀 이빨을 드러내며 빨간 입술 사이로 실을 집어넣더니 단번에 끊었다. 상냥한 야수 같은 움직임으로, 자신의 익숙한 잔인함에 대해 행복하게 미소를 지으면서.

내가 판단을 내릴 수 있는 다양한 번역들은 베르메르의 그림을 모르는 사람이 그 이미지를 잘 시각화하도록 해주었다. 하지만 나는 혹시 지나친 꼼꼼함인지도 모르겠지만 *fatta chiara da una lampada*(등불로 환해진 모습)라는 나의 표현에 대해 살펴보고자 한다.

위버는 그 아가씨가 *in the light of an unseen lamp*에 있다고 번역하고, 스키파노는 *éclairée par une lampe invisible*로, 로사노는 *aclarada por una lámpara*로, 크뢰버는 *das Gesicht im Schein einer Lampe*로 번역하였다. 멋진 묘사로는 충분하고도 남는다. 하지만 하나의 에크프라시스로서 나는 좀 더 요구하고 싶다. 등불에 의해 비친다고 말하는 것과, 아가씨가 등불에 의해 〈환해졌다〉고 말하는 것은 다르다. 나의 표현은 빛의 원천을 등불에서 얼굴로 옮기고 있으며, 얼굴을 단지 수동적인 빛의 수용이 아니라 능동적인 빛의 원천으로 만든다. 이것은 17세기 그림에서 종종 마치 몸이 〈불붙은〉 것처럼 얼굴이나 손, 손가락에서 빛이 발산된다는 것을 아는 교양 있는 독자에게 하나의 암시가 될 것이다.

무엇 때문에 나는 독자가 시각적 인용을 지각할 수 있도록 만드는 방식에 대해 이렇게 강조하는가? 그것은 상호 텍스트의 메아리, 대화주의, 아이러니의 문제와 관련되기 때문이다.

9 상호 텍스트의 참조를 느끼게 만들기

많은 작가들이 상호 텍스트적인 인용, 즉 소설이나 시에 다른 작품이나 문학적(또는 일반적으로는 예술적) 상황들을 여기저기 배치하는 것은 소위 여러 포스트 모던 예술, 특히 린다 허천Linda Hutcheon(1988: 제7장)이 〈메타 픽션〉이라 불렀던 것의 기본이 된다고 말한다.

텍스트들이 자기들끼리 대화한다는 것, 모든 작품에서 선배 작가들의 영향(그리고 거기에서 유래하는 번민)을 느낄 수 있다는 것은 문학과 예술의 변함없는 요소라고 말하고 싶다. 하지만 지금 내가 말하는 것은 하나의 분명한 전략인데, 그 덕택에 작가는 이전의 작품들에 대하여 〈명시적이지 않은〉 암시를 하고 다음과 같은 이중적 읽기를 받아들인다. (1) 순진한 독자는 인용을 확인하지 못하더라도 여전히 동일하게 담론과 플롯의 전개를 따르고, 이야기되는 것이 마치 새로운 것인 양, 전혀 기대하지 않았던 것인 양 받아들인다(그러므로 어느 등장인물이 〈생쥐로군!〉 하고 외치면서 아라스 천 커튼을 칼로 찌른다고 말할 경우, 셰익스피어에 대한 참조를 확인하지 못하더라도, 극적이고 예외적인 상황을 즐길 수 있다). (2) 교양 있고 유능한 독자는 그런 참조를 확인

하고 교묘한 인용으로 느낀다.[1]

그런 경우 포스트모더니즘의 이론가들은 〈하이퍼텍스트의 아이러니〉라고 말하는데, 이는 수사학 애호가들에게 약간의 반박을 받기도 한다. 왜냐하면 엄밀하게 말해 아이러니는 일부러 수신자가 사실로 믿거나 또는 그렇게 알고 있는 것과 정반대로 말할 때 나타나기 때문이다. 하지만 그 용어는 앵글로색슨 환경에서 탄생했고, 그곳에서는 *ironically* 같은 표현이 좀 더 넓은 의미로 사용된다. 예를 들어 〈타이태닉〉호에서의 신혼여행은 〈아이러니하게〉 장례식으로 바뀌었다고 말하는 경우처럼, 〈역설적으로〉 또는 〈모든 예상과는 반대로, 예기치 않게〉라는 의미로 사용된다(다른 한편으로 이탈리아에서도 운명의 아이러니라고 말하기도 한다).

한 텍스트가 다른 텍스트를 분명히 제시하지 않으면서 인용할 경우, 〈농담조로*tongue-in-cheek*〉 말하기, 역량 있는 독자에게 보내는 공모의 눈짓이라 부르고 싶은 것이 나타난다. 혹시 거기에 아이러니가 있다면, 언급되는 것과는 정반대로 이해되기를 원하기 때문이 아니라, 때로는 오히려 암시적으로 인용된 텍스트가 말했던 것과 정반대로 이해되고자 하기 때문이다. 따라서 인용되는 상황이나 문장이 삽입된 새로운 맥락에서 의미가 바뀔 때, 어조의 도약, 또는 낮추기 전략이 나타난다(마치 어느 우유부단한 영웅이 삶의 의미에 대해 독백을 한 뒤 〈생쥐로군!〉 하고 외치면서, 커튼 뒤에서 생쥐 한 마리가 나오는 것을 보고 무대에서 달아나는 것처럼 말이다).

이와 같은 입장에서 만약 내가 다음 글에서 이따금 그런

1 나는 이 주제에 대해 이미 「상호 텍스트적 아이러니와 읽기의 층위들」(에코, 2000)에서 다룬 적이 있다. 여기서는 그중에서 번역의 문제와 관련하여 중요한 몇 가지 점들만 다시 고려하고자 한다 — 원주.

현상들을 가리켜 상호 텍스트적 아이러니라 부른다면 바로 그런 용법을 따르기 위한 것이다.

그렇지만 상호 텍스트적 아이러니라는 용어의 부적절함에 대한 이러한 성찰이 수사학과 기호학의 일부 고찰들에서 벗어나는 것은 아니다. 때로는 상호 텍스트적 암시가 너무나 감지하기 어려운 것이어서, 만약에 그런 교묘한 태도가 있을 경우, 모든 책임은 경험적 작가에게 있는데, 반면 텍스트 자체는 그렇게 포착되도록 하기 위해 아무것도 하지 않는다고 (비록 이전 문학의 토포스*topos*에 대한 참조를 확인해 낼 수 있는 〈모델 독자〉의 교묘한 역량에 호소한다 할지라도) 말할 수 있다. 이런 경우들이 번역의 문제와 관련된다. 이 경우 번역하는 사람은 경험적 작가, 특히 수천 년 전에 죽었을 수도 있는 작가의 의도를 고려할 필요 없이, 원천 텍스트가 말하는 것을 표현하기 위해 최선을 다해야 할 것이다.

두 가지 경우를 고려해 보자. 첫 번째는 텍스트상에서 참조가 명백한 경우이다. 가령 어느 희극적 등장인물이 〈죽느냐 사느냐〉에 대해 고찰할 경우, 또는 예를 들기 위해 너무 과장하는지 모르겠지만 초기의 기계 파괴*Luddite* 운동가들에 대한 〈뮤직홀*music hall*〉에서 어느 방직 기계 파괴자가 〈짤 것이냐 안 짤 것이냐〉 자문하는 경우가 그렇다. 그럴 경우 만약 번역자가 자신의 언어로 *to be or not to be*의 현대적 번역을 사용할 것인지 스스로 결정한다면, 그것은 바로 텍스트에서 무엇인가가 그 참조를 거의 의무적인 것으로 만든다는 증거이다. 번역자가 그걸 깨달았기 때문이다.

두 번째는 참조가 명백하지 않거나 또는 번역자의 문화에서 명백하지 않을 경우이다. 현대 문학의 위대한 걸작들이 아직 번역되지 않은, 상당히 주변적인 언어의 어느 여성 번역자가 최근에 나에게 질문해 온 내용은, 엘리엇의 작품에 대한 참조를 포착하지 못한 채 미켈란젤로에 대해 이야기하면서 방 안을 오고 가는 부인들이 무엇을 의미하느냐는 것이었다. 하지만 비교적 널리 알려진 언어의 번역자가 〈뜨겁게 달아오른 채소밭의 담벼락 아래에서 / 창백하게 한낮의 오수(午睡)에 잠겨〉[2]에 대한 이탈리아어 참조를 포착하지 못하는 경우도 있다(분명히 이것은 앞서 인용했듯이 작가가 번역자에게 그들 나라의 문학에서 등가의 참조를 찾아보라고 권유하는 경우이다). 어쨌든 만약 번역자가 참조를 포착하지 못한다면 바로 작가가 그걸 강조하도록 유도한다. 그렇다면 이렇게 말할 수 있다. (1) 작가는 일부 독자가 번역자보다 더 유능할 수도 있다고 생각하고, 그래서 번역자에게 독자를 올바른 방향으로 이끌라고 권유한다. 아니면 (2) 작가는 절망적인 게임을 하고 있는데, 바로 텍스트가 자신보다 더 둔감하기는 하지만, 최소한 백만 명의 독자들 중 한 명이라도 공모의 눈짓을 포착할 수 있으리라는 환상의 여지를 남김으로써, 왜 애정 어린 번역자들이 자신을 즐겁게 해주지 못하는지 알 수 없게 된다.

바로 이것이 내가 뒤이어서 상호 텍스트적 아이러니들의 번역에 대해 논의하고자 하는 것이다.

어떤 작품은 다른 텍스트들의 인용이 풍부하지만, 그렇다고 해서 모두 다 소위 〈상호 텍스트적 아이러니〉 또는 〈상호 텍스트적 참조〉의 예가 되는 것은 아니다. 엘리엇의 『황무지』에 나오는 문학의 보물에 대한 모든 참조를 확인하려면 수십 페이지가 넘어가는 주석이 필요하지만, 엘리엇은 모든

2 *Meriggiare pallido e assorto / presso un rovente muro d'orto*. 몬탈레의 시집 『오징어 뼈들*Ossi di seppia*』(1925)에 실린 작품으로, 이 시집의 작품들 중에서 가장 먼저(1916) 창작된 시이다.

참조를 포착하지 못하는 순진한 독자를 상상하기 어려웠기 때문에 작품의 일부로서만 주석을 붙였다. 혹은 교양이 부족한 독자는 그 텍스트를 리듬으로, 소리로 감상할 수도 있고, 스테트슨, 소소스트리스 부인, 필로멜라 같은 이름들, 또는 독일어나 프랑스어 인용들이 환기시키는 그 불안한 느낌으로 감상할 수도 있지만, 마치 살짝 열린 문틈으로 엿듣는 사람처럼 단지 약속된 계시의 일부만을 포착하면서 텍스트를 즐기게 된다.

상호 텍스트성에 대한 아이러니한 참조는 어떤 텍스트가 단지 두 개가 아닌 네 개의 읽기 층위들, 말하자면 모든 성서 해석학이 가르치듯이, 문자적 층위, 도덕적 층위, 알레고리적 층위, 신비 해석*anagogia*적 층위가 있을 수 있다는 사실과 관련된다. 다양한 텍스트들이 이중적인 의미 층위를 갖고 있다. 복음서의 비유들이나 우화들의 도덕적 의미를 생각해 보면 충분히 알 수 있다. 순진한 독자는 파이드루스[3]의 늑대와 양의 우화[4]를 동물들 사이의 논쟁에 대한 단순한 이야기로 이해할 수도 있지만, 행간에서 보편적 성격의 가르침을 느끼지 않기란 매우 어려울 것이며, 정말로 그럴 능력이 없는 사람은 그 우화의 가장 중요한 의미를 놓칠 것이다.

그런데 상호 텍스트적 참조의 경우들은 매우 다양하며, 바

3 Phaedrus. 기원후 1세기 무렵 그리스 해방 노예 출신의 라틴 우화 작가. 특히 그는 기원전 7~6세기경의 전설적인 인물 이솝(그리스어 이름으로는 아이소포스Aisopos)의 작품으로 알려진 우화들을 산뜻한 라틴어로 번역하여 아우구스투스 시대의 로마 식자층에 소개한 것으로 유명하다.

4 일반적으로 이솝의 우화로 알려져 있으나 분명하지 않다. 양과 늑대가 같은 개울에서 물을 마시다가 늑대가 양에게 개울물을 더럽힌다고 나무라자, 양은 〈네가 위쪽에서 마시고 나는 아래쪽에서 마시는데 어떻게 물을 더럽힐 수 있는가〉 하고 반박했는데, 그 합리적인 반박에도 불구하고 늑대는 양을 잡아먹어 버렸다는 이야기이다.

로 그렇기 때문에 아무리 박식하더라도 대중적인 성공을 거둘 수 있는 문학 형식들을 특징짓기도 한다. 텍스트는 상호 텍스트적 참조들을 전혀 포착하지 않은 채 순진하게 읽고 즐길 수도 있고, 또는 그런 참조들에 대한 충분한 의식과 함께 — 또한 그런 것을 찾는 취향과 함께 — 읽을 수도 있다.

극단적인 예를 들자면 피에르 메나르가 다시 쓴 『돈키호테』를 읽어야 한다고 가정해 보자. 보르헤스가 상상하듯이, 메나르는 세르반테스의 텍스트를 베끼지 않으면서 문자 그대로 다시 고안해 내는 데 성공한다. 하지만 교양 있는 독자만이 어떻게 메나르의 표현들이, 오늘날 다시 쓰일 경우, 17세기에 가졌던 것과는 다른 의미를 얻게 되는지 이해할 수 있으며, 단지 그런 방식으로만 메나르 텍스트의 아이러니는 작동하게 된다. 그렇지만 세르반테스에 대해 전혀 들어 본 적이 없는 사람도 간단히 말해 열광적인 이야기, 완전하게 현대적이지 않은 언어에서도 그 맛이 살아남는 일련의 영웅 희극적인 모험들의 이야기를 즐길 수 있을 것이다.

메나르의 『돈키호테』를 다른 언어로 번역해야 하는 기괴한 경우 번역자는 어떻게 해야 할까? 역설에 대한 역설이겠지만, 자신의 언어에서 세르반테스 소설의 가장 널리 알려진 번역본을 찾아내 똑같이 베껴야 할 것이다.

그렇기 때문에 번역은 어느 텍스트에서 상호 텍스트적 참조의 존재를 확인하기 위한 시금석을 제공한다. 그것은 번역자가 원본 텍스트의 원천을 자신의 언어에서 감지할 수 있도록 만들어야 한다는 의무감을 느낄 때 이루어진다.

디오탈레비가 레오파르디의 산울타리를 언급할 때 어떤 일이 있었는지 상기해 보자. 번역자들은 상호 텍스트적 인용을 확인하고, 그것을 어떻게 자기 독자들에게 분명하게 전달할지 결정해야 했다(그 경우에는 심지어 원천도 바꾸면서).

그렇지 않다면 상호 텍스트적 참조는 상실될 것이다. 그것은 파이드루스의 번역자들과는 상관없는 임무이다. 그들은 단지 이야기를(아마도 문자 그대로) 번역하기만 하면 되고, 그것의 도덕적 의미를 포착하거나 포착하지 못하는 것은 독자의 몫이다.

9·1 상호 텍스트를 번역자에게 암시하기

상호 텍스트의 메아리들에 아주 많이 의존하는 소설 작가로서 나는 독자가 그런 참조와 공모의 눈짓을 포착할 때 언제나 기쁘다. 하지만 경험적 독자를 불러들일 필요도 없이 누구든지 가령 『전날의 섬』에서 쥘 베른의 『신비의 섬』에 대한 눈짓(예를 들어 서두에서 이것이 섬인가 아니면 대륙인가 하는 질문)을 포착한 사람이라면, 텍스트의 이러한 눈짓을 다른 독자들도 알아채기를 바랄 것이다. 여기에서 번역자의 문제는 내가 〈섬인가 아니면 대륙인가〉 하는 대안을 암시하면서 『신비의 섬』 제9장의 요약적 제목에서 나타나는 질문을 인용하고 있다는 사실을 이해하는 것이며, 따라서 자신의 언어로 된 베른의 번역본에서 사용된 것과 똑같은 용어들을 사용해야 할 것이다. 그런 참조를 포착하지 못하는 독자는 어느 조난자가 그토록 극적인 질문을 스스로에게 제기한다는 것을 아는 데에서 동일하게 만족감을 느낄 것이다.

하지만 가능하다면 이러저러한 이유로 놓칠 수도 있는 암시들에 대해 자신의 번역자들에게 알려 줄 필요가 있다. 따라서 대개 나는 다양한 참조들을 명백히 밝히는 수십 페이지의 주석을 그들에게 보낸다. 그뿐만이 아니라 가능한 경우에는 그들의 언어로 그걸 감지할 수 있게 만드는 방법을 암시하기도 한다. 그런 문제는 『푸코의 진자』 같은 소설에서 특히 절실하였다. 그 소설에서는 상호 텍스트적 참조가 4중으로 제시되는데, 왜냐하면 내가 작가로서 감추어진 인용들을 할 뿐만 아니라, 세 명의 등장인물인 벨보와 카소봉, 디오탈레비가 명백하게 아이러니한 의도로, 또한 아주 분명하게 끊임없이 인용들을 하기 때문이다.

예를 들어 제11장에서 야코포 벨보(그는 디오탈레비와 마찬가지로 문학의 개입 없이는 삶을 볼 수 없는 출판 편집자로 자신의 콤플렉스를 극복하기 위해 방대하게 상호 텍스트적인 상상의 세계를 세운다)가 컴퓨터에 쓴 파일 가운데 하나는, 이탈리아어로 *Jim della Canapa*〔대마(大麻)의 짐〕라 불리고, 모험의 원형들〔여기에서는 폴리네시아의 장소들, 순다 열도(列島)의 바다, 그리고 문학에서 야자수 아래 사랑과 열정의 사건이 벌어졌던 세상의 다른 지역들이 뒤섞인다〕의 콜라주 같은 삶을 살아가는 등장인물에게 할애되어 있다. 번역자들에게 보낸 지침에서 나는 *Jim della Canapa*는 남태평양 바다들과 다른 문학적 천국들(또는 지옥들)을 상기시키는 이름이 되어야 할 것이라고 말했다. 물론 이탈리아어 이름이 문자 그대로 번역될 수 있는 것은 아니었다(가령 영어로 *Hemp Jim*은 이상하게 들릴 것이다). 문제는 대마에 대해 언급하는 것이 아니었다. 짐은 대마뿐만 아니라 코코넛도 팔 수 있었고, 따라서 〈코코넛 짐〉 또는 〈일곱 바다의 짐〉으로 불릴 수도 있었다. 분명히 이 등장인물은 로드 짐Lord Jim, 코르토 말테세,[5] 고갱, 스티븐슨, 또는 〈강의 샌더스〉[6]가 혼

5 Corto Maltese. 현대 이탈리아의 대표적인 만화가 우고 프라트Hugo Pratt(1927~1995)의 연작 만화에 나오는 주인공으로 주로 남태평양을 무대로 활약한다.

6 Sanders of the River. 영국의 소설가 에드거 월리스Edgar Wallace

합된 인물이 되어야 했다.

실제로 짐은 프랑스어로 Jim de la Papaye, 영어로는 Seven Seas Jim, 스페인어로는 Jim el del Cáñam, 그리스어로는 O Tzim tes kànnabes, 독일어로는 쿠르트 바일[7]에 대한 멋진 환기와 함께 Surabaya-Jim이 되었다.

제22장에서 경찰의 경감은 〈인생은 추리 소설들처럼 간단하지 않다〉고 말하고, 벨보는 *Lo supponevo*(나는 그러리라 짐작했지요)라고 대답한다. 나는 번역자들에게 이것은 이탈리아 만화에 나오는 등장인물들이 하는 전형적인 표현(최소한 내 세대의 독자들이나, 아마 다음 세대의 교양 있는 독자들은 쉽게 알아볼 수 있는 표현)이라고 알려 주었다. 가령 야코비티[8]의 경찰관 칩은 자신에게 아주 명백한 것을 폭로할 때 그렇게 대답하곤 했다. 나는 영어 번역자에게 참조를 바꾸어서 가령 *Elementary, my dear Watson* 하고 말하게 할 수도 있다고 말했다. 나는 무엇 때문에 윌리엄 위버가 그 제안을 받아들이지 않았는지 모르겠다(아마도 홈스에 대한 환기가 너무 낡았다고 생각했을지도 모른다). 그는 단지 *I guess not*이라 말하는 데 머물렀다. 여기에서 나는 영국이나 미국 문학에 대한 다른 어떤 참조도 포착할 수 없는데, 아마 내 잘못일지도 모른다.

『전날의 섬』 각 장에는 거기에서 일어나는 것을 단지 모호하게 암시하는 제목이 붙어 있다. 사실 나는 각 장에다 17세

(1875~1932)의 연작 소설 주인공으로 아프리카를 배경으로 활약한다.

7 Kurt Weil(1900~1950) 독일 출생의 미국 작곡가. 추상적인 기악곡을 작곡했으나 오페라 작곡가로 더 주목받았다.

8 Benito Jacovitti(1923~1997). 현대 이탈리아의 가장 인기 있는 삽화가이자 만화가 중의 하나로 특징적인 등장인물들을 탄생시켰는데, 경찰관 칩Cip은 그중에서도 대표적인 인물이다.

기 책의 제목을 붙이는 것을 즐겼다. 나에게 그것은 보상이 거의 없는 〈절묘한 역작*tour de force*〉이었다. 왜냐하면 그 놀이는 단지 그 시대에 대한 전문가들(그들 모두가 이해하는 것도 아니다), 특히 고서(古書) 업자나 도서 수집가들만이 이해할 수 있기 때문이다. 나에게는 그것으로 충분했고 여전히 만족스러웠다. 어떤 때는 혹시 내가 단지 나 자신만 이해할 수 있는 그런 참조들을 허용하기 위해 소설을 쓰는 것이 아닌가 자문해 본다. 하지만 나는 자신을 다마스쿠스 천에 그림을 그리면서 둥근 천장들과 꽃들, 꽃 장식들 사이에 — 거의 보이지 않게 — 자기가 사랑하는 여인의 이름 머리글자들을 집어넣는 화가처럼 느끼기도 한다. 그녀조차 그것을 찾아내지 못하더라도 중요하지 않다. 사랑의 행위는 보상을 바라는 것이 아니니까.

하지만 나는 번역자들이 그런 놀이를 여러 언어로 알아볼 수 있도록 해주기를 원했다. 어떤 작품들에는 원문의 제목과 일부 번역본들의 제목이 있었다. 예를 들어 『그 시대의 멋진 영혼들의 흥미로운 이론*La dottrina curiosa dei begli spiriti di quel tempo*』은 자동적으로 프랑스어로 *La doctrine curieuse des beaux esprit de ce temps*이 되었는데, 바로 가라스Garasse가 그렇게 제목을 붙였기 때문이다. 그라시안Gracián의 *Oraculo Manual y Arte de Prudencia*에서 나온 『신중함의 기술*L'Arte di Prudenza*』도 마찬가지였다. 가파렐Gaffarel의 『전대미문의 호기심*Curiosità Inaudite*』에 대해 프랑스어 원본의 제목은 *Curiositez inouyes*였고, 최초 영어 번역본의 제목은 *Unheard-of Curiosities*였다.

다른 경우들에 대해서는 도서 수집가로서 나의 지식들을 활용하거나, 이용 가능한 목록들을 활용하여 유사한 주제에 관한 다른 책들의 제목을 암시하였다. 그리하여 『경도들의 바람직한 과학*La Desiderata Scienza delle Longitudini*』(이것은 모랭Morin의 라틴어 저술 *Longitudinum Optata Scientia*와 관련된다)에 대해 영어로는 댐피어Dampier의 작품 제목 *A New Voyage Round the World*에 의존할 수 있다고 제안하였고, 스페인어로는 세르반테스의 *Dialogo de los perros*에서 〈고정점*Punto Fijo*〉의 탐구에 대한 암시를 이끌어 낼 수 있다고 제안하였다.

또한 나는 『빛나는 항해술*La Nautica Rilucente*』이라는 멋진 이탈리아어 제목(로사Rosa라는 사람의)을 갖고 있었는데, 그것은 거의 알려지지 않았을 뿐만 아니라 번역하기도 힘들다는 것을 깨달았다. 나는 대안으로 이렇게 제안하였다. *Arte del Navigar*(메디나Medina의), *General and Rare Memorial Pertaining to the Perfect Art of Navigation*(이것은 존 디John Dee의 저술이다), 그리고 독일어로는 당연히 *Narrenschiff*가 있었다. 라멜리Ramelli의 『다양한 인공 기계들*Diverse e Artificiose Macchine*』에 대해서는 1620년의 독일어 번역본을 지적해 주었고, 프랑스어로는 그 대신 베송Besson의 *Thêatre des Instruments Mathematiques et Mechaniques*를 제안하였다. 페로Ferro의 『표장(標章)들의 극장*Teatro d'Imprese*』에 대한 대안으로 나는 문장학(紋章學)에 대한 많은 책들을 제안하였는데, 가령 *Philosophie des images enigmatiques, Empresas Morales, Declaración magistral sobre los emblemas, Delights for the Ingenious, A Collection of Emblems, Emblematisches Lust Cabinet, Emblematische Schatz-Kammer* 같은 것이다.

글라우버Glauber의 *Consolatio Navigatium*에서 나온 『항해자들의 위안*La Consolazione dei Naviganti*』에 대하여 나는 프랑스어 번역본 *La Consolation des Navigants*을 인용

하였고, 다른 언어들에 대해서는 똑같이 매력적인 제목으로 이를테면 *Joyful News out of the Newfound Worlds*, *A Collection of Original Voyages*, *Rélation de Divers Voyages Curieux*, *Nueva descripción de la tierra* 등을 제안하였다.

특히 바로 이 장에 나오는 다양한 자연적 물질들이 가득한 환관(宦官)의 후미진 방에 대한 묘사는 부분적으로 로하스Rojas의 「셀레스티나La Celestina」 제1막의 일부를 인용한다고 지적해 주었다. 최소한 스페인 독자에게는 그런 환기가 유용할 것으로 기대할 수 있었다. 다른 독자들에게는 유감스럽게도 더 나쁜 상황이지만, 그렇다고 이탈리아 독자보다 더 불투명한 상황에 처하지는 않았을 것이다.

다른 지침 중의 하나는 이런 것이다. 〈아마릴리호(號)의 여행 전반에 걸쳐 다양한 섬들과 유명한 인물들에 대한 언급이 나옵니다. 비록 실제로는 그다지 명백하지 않지만, 여러분이 그런 암시를 놓치지 않도록 미리 알려 드립니다. 마스아푸에라Mas Afuera는 후안페르난데스Juan Fernandez 제도(諸島)의 섬으로 그곳에서 로빈슨 크루소(역사적 인물, 즉 셀커크Selkirk)가 난파하지요. 귀걸이를 한 몰타의 기사는 에스콘디다 섬을 찾던 코르토 말테세에 대한 암시입니다. 갈라파고스 제도를 지나서 도착하는 이름 없는 섬은 핏케언Pitcairn이고, 기사는 바운티Bounty의 항명(抗命)을 환기시킵니다. 그다음 섬은 고갱의 섬입니다. 몰타의 기사가 원주민들에게 이야기를 들려주고 원주민들이 투시탈라Tusitala라고 부르는 섬은 스티븐슨R. L. Stevenson에 대한 명백한 암시입니다. 기사가 로베르토에게 바다 속에 빠져 죽고 싶다고 말하는 것은, 마틴 에덴의 자살에 대한 환기입니다. 《하지만 그것을 알자마자 우리는 더 이상 알지 못할 것이다》라는 로베르토의 문장은 잭 런던의 동명(同名) 소설의 마지막 문장(*and at the instant he knew, he ceased to know*)을 환기시킵니다.〉 분명 위버는 그 참조를 포착하였고 그래서 이렇게 번역하였다. 〈*Yes, but at the instant we knew it, we would cease to know.*〉

9·2 어려움

그러나 다음과 같은 경우 나의 번역자들은 (나의 잘못으로) 원본의 문자 그대로에 대한 존중 때문에 상호 텍스트적 참조를 상실했다. 『푸코의 진자』에서 야코포 벨보는 컴퓨터에 집착한 몽상적 환상들 중의 하나에서 이렇게 쓴다.

> 이 마지막 적을 어떻게 처치할까? 오래전부터 어떤 인간 영혼도 그의 눈앞에서는 침범할 수 없는 비밀 장소를 갖지 못했던 자만이 가질 수 있는 예기치 않은 직관이 나에게 떠오른다.
> 「자, 나를 봐.」 나는 말한다. 「나도 역시 〈호랑이〉야.」

이 문장은 등장인물의 연재 소설 세계에 대한 취향을 암시하는 데 기여한다. 이탈리아 독자에게 명백한 그 참조는 살가리[9]에게서 나온 것이다. 이것은 〈말레이시아의 호랑이〉 산도칸이 인도산 호랑이와 대결할 때 던지는 말이다. 문자 그

9 Emilio Salgari(1862~1911). 이탈리아의 작가로 주로 어린이들을 위한 모험 소설로 많은 인기를 끌었다. 뒤에 인용되는 산도칸은 『말레이시아의 해적*I pirati della Malesia*』(1897) 이후 일련의 연작 소설에 나오는 주인공이다. 특히 그가 인도의 진짜 호랑이와 맨몸으로 대결하는 장면은 유명하다.

대로 영어로 번역하면 다음과 같다.

> How to strike this last enemy? To my aid comes an unexpected intuition······ an intuition that can come only to one for whom the human soul, for centuries, has kept no inviolable secret place.
>
> "Look at me", I say. "I, too, am a Tiger."

다른 번역자들도 그렇게 하였다(*Regarde-moi, moi aussi je suis un Tigre; Auch ich bin ein Tiger*). 누구도 살가리에 대한 암시(정말로 지극히 〈민족적〉이고 단지 일부 세대에게만 해당하는 암시)를 포착하지 못했는데, 내가 그 점을 알려 주는 걸 잊었던 것이다. 텍스트가 창출하고자 했던 효과는 어떻게 벨보가 19세기의 연재 소설에서 자신의 〈힘의 욕망〉에 대한 풍자를 찾는가를 명백히 보여 주는 것이었으므로, 다양한 문학에서 그와 유사한 것을 찾을 수 있었을 것이다. 가령 프랑스어로는 *Regarde moi, je suis Edmond Dantès!* 같은 것도 나쁘지 않았을 것이다.

하지만 텍스트가 상호 텍스트적 참조의 메커니즘을 풀어 놓을 때, 이중적 읽기의 가능성은 독자의 백과사전의 규모에 달려 있고, 그 규모는 경우에 따라 달라질 수 있다는 것을 예상해야 한다.

관계들의 매력에 저항하기는 어렵다. 비록 어떤 관계는 완전히 우연한 것일 수 있는데 말이다. 린다 허천(1998: 166면)은 미국에서 출판된 『푸코의 진자』 378면에서 *The Rule is simple: suspect, only suspect*라는 문장을 발견하고, 거기에서 포스터E. M. Forster의 *Connect, only connect*에 대한 상호 텍스트적 참조를 찾아낸다. 언제나 그렇듯이 날카로운 그녀는 신중하게 그런 〈아이러니한 놀이〉는 영어로만 제기된다고 말한다. 이탈리아어 텍스트는(내가 글을 쓰면서 그걸 의식했는지는 분명하지 않다) 그런 상호 텍스트적 참조를 담고 있지 않다. *sospettare, sospettare sempre*(의심하기, 언제나 의심하기)로 되어 있기 때문이다. 명백하게 의식적인 그 참조는 윌리엄 위버가 집어넣은 것이다. 할 말이 없다. 영어 텍스트는 그것을 담고 있다. 이것은 번역이 상호 텍스트적 아이러니의 게임을 변화시킬 수 있을 뿐만 아니라 더 풍부하게 만들 수도 있다는 것을 의미한다.

『푸코의 진자』 제30장의 어느 페이지에서 주인공들은 복음서들이 이야기하는 모든 이야기도 그들이 지금 구성하고 있는 〈계획〉의 이야기처럼 꾸며 낸 것일 수도 있다고 상상한다. 그 장면에서 카소봉은 〔거짓 복음서는 위경(僞經) 복음서라고 생각하면서〕 보들레르에 대한 명백한 패러디로 과감하게 논평한다. *Toi, apochryphe lecteur, mon semblable, mon frère*(그대, 위경의 독자여, 나를 닮은 자여, 나의 형제여). 나라면 보들레르와의 상호 텍스트적 관계에 만족했을 것이다. 하지만 린다 허천(1998: 168면)은 이 표현을 〈엘리엇에 의한 보들레르의 패러디〉로 정의한다(실제로 여러분이 기억하듯이, 엘리엇은 『황무지』에서 보들레르를 인용한다). 그러므로 상황은 분명히 더욱 흥미로워진다. 어쨌든 만약 린다 허천이 내 책을 번역해야 했다고 하더라도, 그녀의 날카로운 해석이 거기에 부가적인 문제들을 덧붙이지는 않았을 것이다(물론 나의 번역자들이 대부분 그랬듯이 프랑스어 인용을 그대로 유지하는 것은 거의 의무에 가까웠으리라). 하지만 그녀의 지적은 상호 텍스트적 아이러니에 대한 흥미로운 문제를 제기한다. 혹시 보들레르까지 이르는 독자들과, 엘리엇에게까지 도달하는 독자들을 서로 나누어야 할까? 그리고 만약 엘리엇에게서 〈위선적 독자〉를 발견하고 그걸 기억하고 있지만, 엘리엇이 보들레르를 인용했다는 것을 모르는 독자가 있다면? 그가 상호 텍스트성의 클럽에 속하는 것은 정당하지 않다고 간주할 것인가?

『전날의 섬』에는 뚜렷하게 뒤마를 인용하는 몇몇 반전들이 나오고, 때로는 문자 그대로 인용하기도 한다. 하지만 그런 참조를 포착하지 못하는 독자도 순수하게 장면의 반전을 즐길 수 있다. 제17장에서 마자랭 추기경이 로베르토 데 라 그리바에게 정탐 임무를 부여한 다음 보내는 장면에서 이렇게 말한다.

> 그는 한쪽 무릎을 꿇었고 이렇게 말했다. 「각하, 저는 당신의 것입니다.」 또는 최소한 그랬을 것이라고 나는 생각한다. 가령 〈*C'est par mon ordre et pour le bien de l'état que le porteur du présent a fait ce qu'il a fait*(본 통행증을 소지한 자가 행하는 것은 나의 명령에 따라 국가의 이익을 위한 것이다〉라고 쓰인 통행 허가증을 그에게 주도록 하는 것은 어울리지 않는 것처럼 보이기 때문이다.

여기에서 텍스트의 유희는 이중적이다. 한편으로는 〈서술자〉의 개입이 있는데 그는 1인칭 화자로 자신이 유명한 에피소드를 반복하고 싶은 연재 소설적 유혹에 굴복하지 않았다고 해명한다〔이것은 역언법(逆言法)의 멋진 예이다. 왜냐하면 〈서술자〉는 인용하지 않는다고 말하면서 실제로는 인용하고 있기 때문이다〕. 다른 한편으로 『삼총사』에서 리슐리외 추기경이 밀라디에게 주고, 마지막에는 다르타냥이 추기경에게 제시하는 통행증의 텍스트에 대한 인용이 있다. 여기에서 순진한 독자는 홀로 남겨진 듯하다. 즉 만약 프랑스어를 모른다면, 통행증이 무엇에 관한 것인지 이해하지 못할 것이며, 또한 어쨌든 무엇 때문에 이야기하는 목소리가 나타나서 마자랭이 자신에게 기대할 이유가 전혀 없는 무엇인가를 하지 〈않았다〉고 말할 필요성을 느끼는지 이해할 수 없을 것이다. 하지만 통행증 텍스트가 다른 언어로 나타나기 때문에, 최소한 그것이 인용일 것이라고 의심하게 될 것이다. 그러므로 윌리엄 위버가 통행증 텍스트를 프랑스어로 그대로 놔둔 것은 잘한 일이다. 그는 (나도 그렇게 했듯이) 이해 가능성을 희생하더라도 상호 텍스트적 참조를 존중했던 것이다.

위버처럼 슬로바키아어, 핀란드어, 스웨덴어, 루마니아어, 체코어, 세르비아어, 폴란드어, 터키어, 스페인어, 포르투갈어(포르투갈어와 브라질어 두 번역본 모두에서), 카탈루냐어, 덴마크어, 네덜란드어, 리투아니아어, 노르웨이어, 그리스어 번역자들도 똑같이 그랬다는 점을 주목하기 바란다. 하지만 독일어, 러시아어, 중국어, 일본어, 마케도니아어, 헝가리어 번역자들은 자신들의 언어로 통행증 텍스트를 번역하였다. 독일어와 헝가리어의 경우 번역자들은 뒤마의 번역본들이 자기 나라에 널리 유통되고 잘 알려져 있기 때문에 독자들이 그 텍스트를 알아볼 수 있을 것으로 확신했다고 말하고 싶다. 일본어와 중국어 번역자는 자신들의 독자가 그토록 자기 지식과는 멀리 떨어진 암시를 포착할 수 있을 것으로 기대하지 않았다고 말할 수 있다(또한 아마 라틴 알파벳으로 된 인용문을 집어넣는 것이 당혹스러웠을 것이다). 하지만 알파벳의 문제는 이차적인 것처럼 보인다. 그렇지 않다면 세르비아어와 그리스어는 원본의 인용에 의존할 수 없었을 것이다. 따라서 그것은 나로서는 이해할 수 없는 결정이며, 여기에서 번역자는 이해 가능성을 높이기 위해 상호 텍스트적 참조를 희생하는 것이 좋을까, 아니면 상호 텍스트적 참조를 분명하게 드러내기 위해 이해 가능성을 희생하는 것이 좋을까 〈협상〉했을 것이다.

교양 있고 아이러니한 참조를 이해하지 못한다는 것은 원천 텍스트를 빈곤하게 만든다는 것을 의미한다. 거기에다 그 이상의 참조를 덧붙이는 것은 지나치게 풍부하게 만드는 것을 의미할 수도 있다. 이상적인 번역은 원천 텍스트가 암시하는 것을 그 이상도 아니고 그 이하도 아닌 그대로 다른 언어로 옮기는 것이다. 이것은 하찮은 문제가 아니다. 그것은 소위 기호 상호 간의 번역에 대해 이야기하면서 알 수 있을 것이다.[10]

10 번역자에게 흥미로운 또 다른 문제는 〈아이러니〉하지 않지만 어쨌든 명시적이지 않으며, 차용하여 새로운 맥락 속에 집어넣음으로써 원본의 의미를 바꿀 수 있는 인용의 경우이다. 〈편집*editing*〉 작업으로 나타나는 이러한 해석 행위에 대해서는 라 마티나La Matina(2001: 제42장) 참조. 다른 한편으로 이와 유사한 문제는 『장미의 이름』 서두에 대한 번역에서 제기되었는데, 여기에 대해서는 10·7에서 다룰 것이다 — 원주.

10 해석은 번역이 아니다

야콥슨(1959)은 번역의 언어학적 측면들에 대한 논문에서 세 가지 유형의 번역, 즉 〈언어 내적〉 번역, 〈언어 상호 간의〉 번역, 〈기호 상호 간의〉 번역이 있다고 암시했다. 언어 상호 간의 번역은 텍스트를 한 언어에서 다른 언어로 번역할 때, 말하자면 〈어떤 다른 언어의 기호들을 통한 언어 기호들의 해석〉이 이루어질 때 확인되는 것이다(이것은 고유한 의미에서의 번역이 될 것이다). 기호 상호 간의 번역(이것이 야콥슨이 제안한 것 가운데 가장 혁신적인 특징이다)은 〈언어가 아닌 기호 체계를 통한 언어 기호들의 해석〉이 이루어질 때, 가령 소설을 영화로, 또는 동화를 발레로 〈번역〉할 때 나타나는 것이다. 야콥슨이 이러한 번역을 〈변환*transmutation*〉이라 부를 수 있다고 제안했다는 점에 주목하기 바란다. 그 용어는 분명 우리에게 생각할 거리를 제공하는데, 이에 대해서는 나중에 다룰 것이다. 하지만 먼저 야콥슨은 언어 내적 번역, 소위 〈바꾸어 말하기*rewording*〉를 인용했는데, 그것은 〈똑같은 언어의 다른 기호들을 통한 언어 기호들의 해석〉이다.

이러한 세 가지 구분은 다른 여러 가지 구별들을 위한 길을 열어 준다. 같은 언어의 내부에서 바꾸어 말하기가 존재하는 것과 마찬가지로, 다른 기호 체계들 내부에서도, 예를 들어 음악 작품의 음조를 바꿀 때처럼, 재공식화[1](〈바꾸어 말하기〉는 하나의 은유가 될 것이다) 형식들이 존재한다. 변환에 대하여 말하면서 야콥슨은 언어 텍스트를 다른 기호 체계로 옮기는 것을 생각했다〔야콥슨(1960)에게도 제시된 예들은 『폭풍의 언덕』을 영화로, 중세의 전설을 프레스코 벽화로, 말라르메의 「목신의 오후」를 발레로, 심지어는 『오디세이아』를 만화로 번역하는 것이었다〕. 그렇지만 가령 드뷔시의 「목신의 오후」를 발레로 옮기는 것이나, 어느 전시회의 일부 그림들을 「전람회의 그림들」[2] 같은 음악 작품을 통해 해석하는 것, 또는 어떤 그림을 언어로 옮기는 것(에크프라시스)처럼, 언어가 아닌 다른 기호 체계들 사이의 변환을 고려하지는 않았다.

하지만 좀 더 중요한 문제는 다른 것이다. 야콥슨은 번역의 세 가지 유형을 정의하는 과정에서 무려 세 번에 걸쳐 〈해석〉이라는 단어를 사용했는데, 구조주의 전통에 속하면서도 퍼스 개념들의 풍요로움을 최초로 발견한 언어학자로서 달리 표현할 수 없었을 것이다. 따라서 번역의 세 가지 유형에 대한 그의 정의는 모호함의 여지를 남겼다. 만약에 번역의 세 가지 유형 모두가 해석이라면, 야콥슨은 번역의 세 가지 유형은 바로 해석의 세 가지 유형이라고, 말하자면 번역은 바로 해석의 일종이라고 말하고 싶지 않았을까? 그것이 좀 더 분명한 해결책처럼 보이며, 그가 〈번역〉이라는 용어에 집착한 것은, 논문집 『번역에 대해』(브라우어Brower, 1959)에

1 *riformulazione*. 바꾸어 말하기에 해당하는 이탈리아어 표현을 문자 그대로 옮겼다.

2 러시아의 음악가 무소륵스키Modest Petrovich Musorgsky(1839~1881)의 작품이다.

실린 자신의 글에서 다양한 유형의 번역들이 모두 해석의 형식들이라고 암시하면서 그것들을 구별하는 데 관심을 기울였다는 사실에서 기인했을 수도 있다. 하지만 뒤이은 논의에서 야콥슨은 다음과 같은 도식을 암시하는 것처럼 보였다.

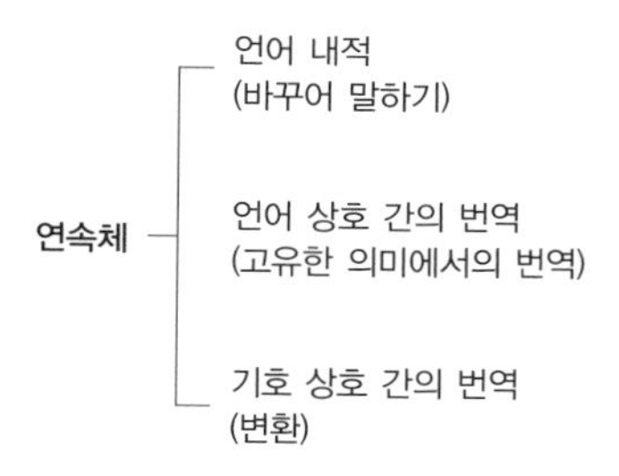

뒤에서 보겠지만 이 바꾸어 말하기라는 항목 아래에는 엄청나게 다양한 유형의 번역들이 있기 때문에, 여기에서 세미오시스*semiosis* 전체를 끊임없는 번역 작업과 동일시하고 싶은 유혹, 말하자면 번역의 개념을 해석의 개념과 동일시하고 싶은 유혹과 부딪치기 쉽다.

10·1 야콥슨과 퍼스

야콥슨은 그 후의 다른 많은 사람들처럼 퍼스가 해석의 개념을 정의하기 위해 여러 차례 번역이라는 관념에 의존했다는 사실에 매료되었다. 퍼스가 번역으로서의 해석에 대하여 여러 번 말했다는 사실은 부정할 수 없다. 『전집*Collected Papers*』(4 · 127)을 인용하는 것으로 충분할 것이다. 바로 한 기호의 의미는 다른 기호를 통해 해석됨으로써 표현된다는 퍼스의 핵심 관념을 강조하는 맥락이다(퍼스가 기호라는 용어를 이해하는 보다 폭넓은 의미에서 보면, 기호 〈질투〉는 셰익스피어의 「오셀로」 전체에서 해석될 수 있을 것이며, 또한 그 역도 가능하다). 여기에서 퍼스는 한 표현의 의미는 〈첫 번째 진술에서 수반되는 모든 것이 동일하게 두 번째 진술에서 수반되게 하는 진술, 그리고 그 역도 똑같은 진술〉이다(또는 그 진술에 의해 명시될 수 없다)라는 점을 확정적으로 명백히 밝히고 있다.

그의 논증의 핵심은 이런 것이다. 화용론적 원리에 맞추어 설정된 해석의 원칙에 따르면, 두 표현 사이의 다소 포착할 수 없는 모든 의미의 〈등가〉는 오로지 그 표현들이 함축하고 또 관련시키는 결과들의 동일성에 의해서만 주어질 수 있다. 자신이 말하고자 하는 것을 좀 더 분명히 밝히기 위해 퍼스는 같은 맥락에서, 일차적인 말뜻에서의 의미*significato*는 〈한 기호의 다른 기호 체계로의 번역〉이라고 주장한다.

널리 알려져 있듯이 퍼스의 어휘는 변화무쌍하고 종종 인상주의적이며, 따라서 다른 맥락들과 마찬가지로 이 맥락에서도 퍼스는 *translation*이라는 용어를 비유적인 의미로, 은유가 아니라 〈전체에 대한 부분*pars pro toto*〉으로〔〈번역〉이 〈해석〉의 제유(提喩)로서 갖는 의미에서〕 사용하고 있다는 것을 쉽게 알 수 있다.[3] 이 맥락에서 퍼스는 미립자의 속도에 대한 정의에서 사용된 〈바로 이웃*immediate neighborhood*〉

3 예를 들어 『전집』(2·89)에서 *translation*이라는 용어는, 원래성*Originality*(또는 〈다른 무엇과도 상관없이 그 존재가 있는 그대로의 존재*being such as that being is, regardless of aught else*〉인 일차성*Firstness*) 그리고 집요성*Obstinence*(이차성*Secondness*으로서의)과는 달리 중재로서의 삼차성*Thirdness*을 가리키는 초월성*Transuasion*이라는 용어에 의해 〈암시될*suggested*〉 수 있는 것으로서, *transaction*, *transfusion*, *transcendental*과 함께 사용되는 것을 보기 바란다 — 원주.

의 의미와 관련하여 일부 논리학자들(〈그 사람들 *those people*〉)에 반대하여 논증하고 있다. 우리의 관심을 끄는 것은 논쟁의 성격이 아니라, 퍼스가 *immediate neighborhood*는 다른 식으로 정의할 수 없는 관습적인 단순한 표현이라고 논박하고 있다는 사실이다. 그것은 〈해석〉되어야 하며〔아마 도상(圖像), 특히 이 경우에는 그가 바로 그 절에서 실제로 하고 있듯이 도형을 통해〕, 오로지 그럼으로써 그것의 〈의미 *meaning*〉를 알 수 있을 것이다. 퍼스는 해석이 무엇을 의미하는지 설명하고자 하며, 따라서 생략된 방식으로 다음과 같은 논증을 전개하려는 것 같다.

(1) 의미는 한 표현이 다른 표현으로 대체되어, 첫 번째 표현에서 수반되는 모든 추론적 결과들이 두 번째 표현에서 수반될 때 주어진다.

(2) 여러분이 만약 내가 말하고자 하는 것을 이해하지 못한다면, 분명히 누구에게나 힘든 과정, 말하자면 한 언어에서 다른 언어로 어떤 문장을 번역할 때(이상적으로) 무슨 일이 일어나는가 생각해 보기 바란다. 거기에서는 출발 언어의 표현에서 수반되는 모든 추론적 결과들이 도착지 언어의 표현에서 수반될 것으로 요구되거나 또는 가정된다.

(3) 언어에서 언어로의 번역은 어떻게 서로 다른 기호 체계들로 똑같은 것을 말하려고 노력하는가에 대한 가장 명백한 예이다.

(4) 이러한 능력, 이러한 해석적 어려움은 단지 언어에서 언어로의 번역에서만 나타나는 것이 아니라, 한 표현의 의미를 밝히려는 모든 시도에서도 나타난다.

퍼스가 언어에서 언어로의 번역에 대해 비록 〈전문적으로 *ex professo*〉는 다루지 않았을지라도 다른 다양한 해석 방식과 비교하여 그 현상의 구체적인 특징을 주목하지 못할 정도는 아니었으며, 오히려 그것들을 구별할 줄 알았다는 사실은 고를레Gorlée(1993 : 특히 168면 참조)가 이미 증명한 바 있다. 하지만 그의 제유는 야콥슨을 매료시켰으며, 야콥슨(1977 : 1,029면)은 다음과 같이 열광적으로 주장했다. 〈일반 언어학과 기호학이 그 미국의 사상가에게서 받은 가장 행복하고도 눈부신 관념들 중의 하나는 《한 기호의 다른 기호 체계로의 번역》(4 · 127)으로서 의미에 대한 정의이다. 번역으로서의 의미 개념을 받아들였다면, 유심론과 반(反)유심론에 관한 수많은 논의들을 피할 수 있었을 것이다. 번역의 문제는 퍼스의 관점에서 근본적이며, 체계적으로 활용될 수 있고 또 활용되어야 한다.〉

야콥슨은 단지 기호에서 기호로의 번역으로서 해석 개념은 의미가 어디에 있는지, 정신 속에 있는지 또는 행동 속에 있는지에 대한 논쟁을 극복하도록 해준다고 말하고 있었을 뿐이다. 따라서 해석과 번역은 언제나 또 어쨌든 똑같은 작업이라는 말이 아니라, 의미의 개념을 번역과 관련하여 다루는 것(나로서는 〈마치〉 번역인 것처럼 다루는 것이라고 주석을 붙이고 싶다)이 유용하다고 말하고 있는 것이다. 야콥슨의 이런 입장들을 설명하면서 나는(에코, 1978 : 24면) 이렇게 썼다. 〈야콥슨은, 한 기호 요소를 해석한다는 것은 다른 요소(하나의 담론 전체가 될 수도 있는)로 《번역한다》는 것을 의미하며, 그런 번역에 의해 해석해야 할 요소는 언제나 창조적으로 풍부해진다는 것을 증명하고 있다.〉 보다시피 나는 〈번역한다〉를 강조했는데, 이는 그것이 비유적인 표현임을 지적하기 위해서였다. 나의 읽기에는 논박의 여지가 있을 수 있지만, 나는 내 글을 출판하기 전에 야콥슨에게 보여 주었고, 그는 여러 가지에 대해 의견을 피력했는데, 분명히 내가 도달한 결론과 다른 결론을 나에게 부과하기 위한 것이 절대 아니라(그런 것은 그의 스타일이 아니다), 자신의 다른 글들에서 나의 읽기를 확인해 줄 만한 참조 사항들을 암시해 주고, 꼼꼼할 정도로 명백히 밝히고 설명하기 위해서였다. 그 자리에서 나의 강조에 대한 반박은 없었다. 나는 야콥슨의 글을 거의 〈문자 그대로*verbatim*〉 인용하고 있었기에, 만약 그가 그것을 어긋나는 것으로 생각했다면, 자신은 전문적인 의미에서 〈번역하기*to translate*〉라는 용어를 사용하고자 했다고 친절하게 나에게 알려 주었을 것이다.

인용된 야콥슨의 구절에서 혹시라도 논쟁의 여지가 있을 만한 것은, 번역에 대한 환기는 퍼스의 사상에서 중요한 것이므로 좀 더 〈체계적으로〉 사용되었어야 할 것이라는 결론이다. 하지만 내가 보기에 야콥슨은 의미 문제의 그런 측면을 〈언제나〉 염두에 두어야 한다고 말하고자 했던 것이지, 번역과 해석 사이의 절대적 등가를 설정해야 한다고 말하려는 것은 아니었다고 생각한다.

10·2 해석학적 계열

모든 해석 활동은 번역으로 간주해야 한다는 관념은 해석학의 전통에 깊은 뿌리를 내리고 있다.[4] 그 이유는 명백하다.

4 여기에서 용어상의 혼란에 주의할 필요가 있다. 퍼스의 사상을 이어받은 에코의 기호학 이론에서 가장 핵심적인 용어는 〈해석*interpretation*〉인데, 이것은 철학적 전통의 〈해석학*hermeneutics*〉과 혼동될 여지가 있다. 특히 우리말로 번역할 경우 혼란의 여지는 더욱 커지며, 또한 기호학과 해석학 사이의 일부 방법론적 유사성으로 인해 혼란이 가중되기도 한다. 둘 다 텍스트의 이해 또는 의미 파악을 일차적인 목표로 하며, 따라서 겉보기에는 유사한 작업으로 보인다. 하지만 기본적인 출발점(해석학은 특히 성서 텍스트에 대한 주석*exegesis* 작업과도 밀접하게 연결되어 있다)과 방법론적 입장에서

해석학의 관점에서 볼 때 모든 해석 과정은 다른 사람의 말에 대한 〈이해〉의 시도이며, 따라서 〈타자〉가 말한 것을 이해하려는 모든 시도들 사이의 실질적인 통일성을 강조한다. 그런 의미에서 번역은 가다머가 말했듯이 〈해석학적 대화〉의 한 형식이다.

하이데거는 1943년에 이미(대학에서 헤라클레이토스에 대한 강의 동안에) 번역과 해석 사이의 동일성을 선언하였다.[5] 번역과 관련된 폴 리쾨르의 글들에 대한 서문에서 예르볼리노Jervolino(2001: 17면)는 게르하르트 에벨링Gerhard Ebeling이 백과사전의 〈해석학*Hermeneutik*〉 항목에서 쓴 텍스트를 인용한다.

> 〈헤르메네우오*hermenéuo*〉와 그 파생어들의 어원적 기원은 모호하지만 〈말하다〉, 〈언급하다〉(라틴어 *verbum* 또는 *sermo*와 관련하여)의 의미를 가진 뿌리와 연결된다. 이 어휘의 의미는 세 가지 방향으로 찾아야 한다. 즉 진술하다(표현하다), 해석하다(설명하다), 번역하다(해석자 역할을 하다). …… 이것은 〈이해로 안내하다〉, 〈이해를 중재하다〉라는 기본적인 의미의 수정에 관한 것으로, 이해하기의 문제가 제기되는 서로 다른 방식들, 즉 어떤 사실을 언어를 통해 〈해석〉하는가, 어떤 담론을 설명을 통해 〈해석〉하는가, 외국어로 된 어떤 발화체를 번역을 통해 〈해석〉하는가 등과 관련된다. 여기에서 이미 그런 의미들 중의 하나뿐만 아니라, 그 의미들의 구조적인 상호 관

약간의 차이를 보인다. 이것은 폴 리쾨르와 그레마스 사이의 미묘한 입장 차이에서도 알 수 있는데, 이에 대해서는 마르시아니Francesco Marsciani 편, 『기호학과 해석학 사이*Tra semiotica ed ermeneutica*』(Roma: Meltemi, 2000)를 참조하기 바란다.

5 하이데거(1987) 참조 — 원주.

련과 연결되는 해석학적 문제의 복잡한 갈래를 엿볼 수 있다.

하지만 상호 관련은 동일성을 의미하지 않으며, 에르볼리노가 올바르게 지적하듯이, 문제는 해석의 관념을 번역의 관념과 동일시하는 문제보다, 오히려 해석학적 전통이 번역에 관한 새롭고도 오래된 논의의 결과들을 고유의 담론 속에 도입하는 것(그리고 그 역)이 얼마나 유용할까 살펴보는 것이다.

가다머(1960)는 아주 신중하게 접근하는데, 어느 정도 모순의 위험이 없지 않다. 한편으로 그는 〈모든 번역은 언제나 하나의 해석이다〉(1960: 이탈리아어 번역본, 342면)라고 주장하며, 게다가 모든 번역은 번역자가 자기 앞에 있는 단어에 부여한 해석의 완성으로 이루어진다고 강조한다. 뒤에 나오겠지만, 번역을 하려면 먼저 텍스트를 해석해야 한다는 것은 완전히 공감할 수 있는 관념이다. 그런데 다른 한편으로(위의 책, 346~347면) 그는 해석과 번역 사이의 심오한 구조적 동일성을 증명하려고 노력하며, 두 가지 모두를 타협, 즉 내가 협상이라 부르는 것의 깃발(긍정적인) 아래 위치시킨다.

> 대화에서…… 토론의 상호 교대(交代) 움직임이 마지막에 타협으로 인도할 수 있는 것처럼, 번역자는 시도와 시험들의 교대 움직임 속에서 최선의 해결책, 언제나 단지 타협될 수 있는 해결책을 찾는다. 대화에서 그런 목적을 달성하기 위해 상대방의 입장에 서서 그의 관점을 이해하려고 노력하는 것처럼, 번역자는 자기 저자 안으로 완전히 들어가 보려고 노력한다. 하지만 이러한 이입은 대화에서는 완전한 이해와 똑같지 않으며, 분명히 번역에서는 재창출의 성공과 동일하지 않

> 다……. 그러므로 번역자의 상황과 해석자의 상황은 실질적으로 동일하다.

하지만 곧이어 모든 번역자는 바로 해석자라고 재차 주장하는데, 이것은 모든 해석자가 번역자라는 의미가 아니다. 그리고 마지막으로 〈번역자의 임무는 모든 텍스트가 제시하는 해석학적 임무와 질적으로 구별되는 것이 아니라, 단지 강렬함의 정도 차이로 구별된다〉고 인정한다. 내가 보기에는 그 〈강렬함의 정도〉 차이에 대한 주장이 중요해 보인다.

물론 가다머(위의 책, 349면)는 〈이해와 해석은 결국 똑같은 것이다〉라고 주장한다(그의 전망에 따르면, 어떤 텍스트의 의미를 다시 실현하는 과정에서 해석자 고유의 지평이 결정적인 것 — 누구도 의심하지 않는 측면 — 으로 드러나기 때문이다). 하지만 몇 페이지 뒤에서(위의 책, 353면) 중요하게 고려해 볼 만한 예를 하나 제시한다. 〈전적으로 이해의 과정은 언어의 중재를 통하여 전달되는 의미 영역 안에서 움직인다. 그러므로 어떤 비문(碑文) 앞에서 해석학자의 임무는 오로지 그것의 해독(解讀)이 이미 완성될 때(물론 올바르게) 비로소 시작된다.〉

그런데 이러한 비문의 올바른 해독은 퍼스에게 이미 하나의 해석이다(샹폴리옹이 〈로제타석〉에서 상형 문자, 그리스 민중어, 그리스어로 된 세 가지 텍스트를 비교함으로써 해독해 낸 것이 바로 해석이었던 것처럼). 여기에서 퍼스의 해석은 해석학적 해석보다 훨씬 방대한 개념이라는 것을 알 수 있다. 그러므로 〈로제타석〉의 해독은 퍼스에게 분명히 해석이지만, 동일한 텍스트의 세 가지 버전 사이의(또는 두 가지 해석과 하나의 원형 텍스트 사이의) 비교에 토대를 둔 해독은 해석학적 관점에서 볼 때 아직은 이해, 말하자면 해석이 아닐 것이다.

스타이너(1975)는 〈번역으로서의 이해〉라는 제목의 장에서 좁은 의미에서의 번역이란 모든 성공한 언어 행위가, 주어진 언어의 내부에서 추적하는 커뮤니케이션 관계의 특수한 경우일 뿐이라고 주장한다. 뒤이어(1975 : 4 · 3) 그는 언어 상호 간의 번역 이론은 두 가지 길을 택할 수 있다고 인정한다. 즉 〈모든〉 의미 교환들(기호 상호 간의 번역 또는 야콥슨의 변환까지 포함되는)의 작업 모델을 그리는 방법이 되거나, 아니면 그 모델을 세부적으로 나누는 것이다. 스타이너는 자신이 제시하는 그런 총체적 정의가 훨씬 유익하다고 결론을 내린다. 그렇지만 자신의 선호를 명백하게 밝힌 다음 스타이너는 신중하게도 그 선택은 기저의 언어 이론(나로서는 기호학이라 말하고 싶다)에 의존할 수밖에 없다고 인정한다. 뒤에서 보겠지만, 나는 분명히 다른 언어 이론에서 출발하고 있으며, 나의 선택은 야콥슨의 선택보다 퍼스의 선택에 — 비슷한 겉모습에도 불구하고 — 더 충실하다고 주장함으로써 그것을 분명하게 밝힐 것이다.

리쾨르(1999)는 분명히 스타이너의 입장, 즉 해석(퍼스의 의미에서도)과 번역은 사전들이 그렇게 하듯이, 또는 이해되지 않은 어떤 논증을 바꾸어 말할 때 그렇듯이, 〈똑같은 것을 다른 방식으로〉 말한다는 사실에 기초하며, 따라서 어떤 것을 다른 말로 말하는 것은 바로 번역자가 하는 작업이라고 결론을 내린다. 흥미롭게도 직접적인 영향은 없었지만, 똑같은 주제가 페트릴리(2000)에게서 다시 나타난다. 페트릴리는, 내가 서문의 각주에서 인용했듯이, 번역을 간접 담론으로 위장된 직접 담론과 동일시했다. 하지만 고유한 의미의 번역에서 〈아무개 작가는 자신의 언어로 다음과 같이 말한다〉는 암시적인 메타 언어적 알림이 유용하다는 관념은, 리쾨르처럼 그 과정이 〈이 용어 또는 이 문장은 이런 의미이다〉, 혹은 〈나는 이렇게 말하고자 했다〉는 것을 함축하는 바꾸어 말하기와 동일하다는 결론에 이르게 된다.

다음에 이어질 내 반박의 일부를 미리 말하기 위해 이런 사실을 상기하고 싶다. 크노[6]의 뛰어난 역량에 의해 형성된 프랑스의 〈울리포〉[7] 환경에서, 프루스트의 『잃어버린 시간을 찾아서』의 서두〔*Lomtemps je me suis couché de bonne heure*(오랫동안 나는 일찌감치 잠자리에 들었다)〕는 추론적으로 〈나는 내가 9시 넘어 잠자리에 들도록 내버려 두라고 나의 부모님을 설득하는 데 아주 힘이 들었다〉고 멋지게 바꾸어 쓸 수 있다고 암시했다는 사실이다. 이것은 분명 〈나는 이렇게 말하고자 했다〉의 극단적인 경우지만, 〈프루스트는 다음과 같이 프랑스어로 말했다〉는 메타 언어적 알림으로 환원될 수는 없다.

그러므로 모든 해석 과정들에서 공통적인 핵심을 확인하라는 해석학적 계열의 호소 앞에서, 다양한 유형의 해석들 사이에 개입하는 심오한 차이들을 확인하려고 노력하는 것도 똑같이 절박해 보인다. 슐라이어마허의 저술에 대한 멋진 번역은 그의 사상을 이해하는 데 도움을 준다. 하지만 가다머가 그에게 바친 글, 분명히 그를 해석하고, 그의 사상을 명백히 밝히고(때로는 비판하고), 그 철학자의 텍스트(원본이든 아니면 번역본이든)에서 명백히 드러나지 않는 추론들까

6 Raymond Queneau(1903～1976). 프랑스의 시인이자 소설가, 출판인으로 포스트모더니즘의 선구자로 간주되기도 한다. 에코는 그의 『문체 연습 *Exercices de style*』(1947)을 이탈리아어로 번역하기도 하였다.

7 Oulipo. 〈잠재 문학 공방Ouvroir de littérature potentielle〉의 약자이며 프랑스에서 결성된 실험적 문학 운동으로 크노, 리요네Lyonnais 등이 여기에 참여했다.

지 이끌어 낼 수 있도록 소위 우리의 손을 잡아 이끌었던 글과는 다른 기능과 양상을 갖는다.

해석학보다는 오히려 퍼스에 의존하는 파올로 파브리[8] (1998: 115~116면)는 스타이너와 똑같은 입장에 있는 듯하다. 파브리는 〈만약 주의 깊게 퍼스를 읽어 보면, 기호는 다른 기호와의 관계 속에서 단순한 참조가 아니라는 것을 깨닫게 된다. 사실 퍼스에 따르면 한 기호의 의미는 그것이 번역되어야 하는 기호이다〉라고 말하는데, 이것은 물론 논박의 여지가 없다. 파브리는 곧바로 아마 그것이 하나의 은유일 것이라고 인정하지만, 〈그것을 진지하게 받아들이자〉고 제안한다. 그리하여 로트만에 대해 언급한 다음 〈번역 행위는 의미화의 최초 행위이다〉라고 단호하게 주장하며, 또한 사물들은 그 내부의 번역 행위 덕택에 의미를 갖는다고 주장한다. 분명 파브리는, 번역의 원리는 세미오시스의 기본적인 원동력이며, 따라서 모든 해석은 무엇보다도 번역이라고 말하고 있다. 하지만 그것은 바로 퍼스의 은유를 문자 그대로 받아들이는 방식이다.

은유를 진지하게 받아들인다는 것은 거기에서 가능한 모든 암시들을 촉발시키는 것을 의미하며, 은유적 수단을 전문적인 용어로 전환시킨다는 것을 의미하지는 않는다. 바로 그 은유를 완벽하게 작동시키려고 노력함으로써, 파브리는 다음 페이지에서 행복하게도 그 범위를 제한할 수밖에 없다. 그가 말하는 것에 대해서는 나중에 다루도록 하겠다. 다만 그는 〈표현의 질료에 상이함〉이 있을 때 번역의 한계가 있음을 깨닫고 있다고(많은 사람들이 그걸 깨닫지 못

8 Paolo Fabbri(1939~). 볼로냐 대학의 예술 기호학 교수로 에코와 더불어 소위 〈볼로냐 학파〉의 핵심적인 기호학자이다.

한다) 말하는 것으로 충분할 것이다. 그런 한계를 확인하면 〈최소한 어떤 경우에는〉 자연 언어들 사이의 번역과 완전히 동일시될 수 없는 해석 형식들이 있다고 말하지 않을 수 없으리라.

해석의 우주는 고유한 의미에서의 번역의 우주보다 훨씬 방대하다. 누군가는 이렇게 반박할 수도 있다. 그 점을 강조하는 것은 단지 단어들의 문제에 불과하며, 만약 언제든지 〈번역〉을 〈해석〉의 동의어로 사용하려고 한다면 거기에 동의하는 것으로 충분할 것이라고. 하지만 무엇보다도 최소한 어원적 관점에서 볼 때 단어들의 문제는 중요하지 않다.[9]

라틴어 용어인 *translatio*는 원래 〈바꾸기〉를 의미했지만, 〈옮기기〉, 은행의 환전, 식물의 접붙이기, 은유[10]의 의미로도 사용되었다. 세네카에 이르러서야 한 언어에서 다른 언어로 옮기기로 사용되었다. 이와 마찬가지로 *traducere*는 〈그 너머로 인도하다〉를 의미했다. 하지만 중세에 들어와서도 *translatio imperii*를 옮기기, 제국의 권위를 로마에서 게르만 세계로 옮기는 것으로 언급했다는 점을 기억하기 바란다.

9 몬타나리(2000: 203면)는 모든 해석을 번역의 방패 아래 두는 것은 〈예술 작품의 자기 성격 부여에는 대개 부합되지 않는다〉고 지적한다. 이것은 아마 무엇 때문에 예술가들은 기호학자들이 찾아내는 공통의 매듭들을 보지 못하는가에 관한 논의는 아닐 것이다. 하지만 흥미롭게도 영화로 번역하는 영화감독은 스스로 번역자로 서명하지 않고, 오히려 제목에서 원천 텍스트(거기에서 인용된, 자유롭게 영감을 받은)를 인용하면서 새로운 영화의 작가로 서명한다. 멋진 미학을 만들기 위해서는 예술가들의 시학을 고려해야 할 필요가 있다고 생각하기 때문에, 이러한 그들의 자기의식은 무시될 수 없다 — 원주.

10 오늘날 그리스에서 거대한 트럭들이 측면에 〈메타포라*metaphora*〉라고 써 붙이고 돌아다니는 것을 보면 언제나 인상적이다. 그것은 바로 이탈리아의 곤드란드Gondrand 회사의 트럭 같은 이삿짐 운반 트럭이다 — 원주.

〈한 장소에서 다른 장소로 옮기기〉에서 〈한 언어에서 다른 언어로 번역하기〉로 이행한 것은 레오나르도 브루니[11]가 아울루스 겔리우스[12](『아티카의 밤』 1권, 18면)의 *Vocabulum graecum vetus traductum in linguam romanam*이라는 구절을 잘못 해석한 오류에서 기인한 듯하다. 여기에서는 그리스어 단어들이 라틴어로 옮겨졌다 또는 이식되었다는 것을 의미하였다. 어쨌든 〈번역하다〉는 15세기에 오늘날의 의미로 널리 확산되었고, (최소한 이탈리아어와 프랑스어에서는) 〈옮기기〉의 의미가 사라졌으며 그 대신 용어의 옛날 의미로 *traductus*가 나타났다. 영어에서는 *to translate*로 이식되었다(폴레나Folena, 1991 참조). 그리하여 한 언어에서 다른 언어로 옮기기라는 최초의 의미로서 번역하기가 나타나게 되었다.

용어의 의미 공간을 확장하여 그 안에다 (어떤 측면 또는 특정한 양상하에서) 유사하거나 비슷한 현상들을 포함시키는 것을 금지하지는 못한다. 하지만 종종 세미오시스의 다양성 안에서, 만약 유사성을 강조하는 것이 유용하다면, 최소한 기호학 이론의 관점에서는 차이점을 강조하는 것도 마찬가지로 유용하다. 〈속인(俗人)〉에게는 사람들이 서로 의사소통을 하고, 서로 이해하고, 오해하며, 때로는 그런 것이 잘되기도 하고 또 때로는 잘못되기도 한다는 사실을 깨닫는 것으로 충분할 것이다. 하지만 기호학을 연구하는 것은 바로 그런 차이들을 이해하고 그것이 세미오시스 과정들에서 얼마

11 Leonardo Bruni(1369?~1444). 이탈리아 출신의 인문주의자로 교황청과 피렌체 공화국의 서기로 활동하기도 하였다.

12 Aulus Gellius(130?~180?). 로마 시대의 문법학자. 유일하게 남아 있는 그의 저서 『아티카의 밤*Noctes Atticae*』은 아티카에서 보낸 긴 겨울밤에 시작되었기 때문에 그런 제목을 붙였다.

나 중요한지 살펴보기 위해서이다. 그리고 그런 차이들에도 불구하고 또 그걸 넘어서서 유사성이 발견될 수도 있다는 것, 혹시 그 이상의 것, 가령 『신곡』을 만화로 옮기는 것이 스와힐리어로 미숙하게 번역하는 것보다 심층 의미들을 더 잘 표현할 수도 있다는 것은 나중에, 즉 『신곡』을 이탈리아어로 요약하는 것이 다르고, 스와힐리어로 번역하는 것이 다르고, 만화로 옮기는 것이 다르다는 것을 깨달은 후에 나타나는 문제이다.

10·3 해석의 유형들

야콥슨의 유형론 이외에도 번역에 대한 다른 유형론들이 있는데, 예를 들면 투리Toury(1986), 토로프(1995, 하지만 이것은 번역 〈기준들〉의 목록을 제시한다), 페트릴리(2000)에 의한 유형이 있다. 여기서 나는 또 다른 유형론을 제시하고 싶지는 않다. 번역은 바로 지속적인 협상들을 통해 각 텍스트에 따라(또한 텍스트의 각 부분에 따라) 진행되기 때문에 등가들, 가역성 또는 충실함의 연속체를 따라 다양하게 나타나는 그리고 바로 그 연속체의 풍부함과 예측 불가능성을 존중해야 한다. 활동을 제한된 유형 속에 가두는 위험을 피하기 위해서이다.

그 대신 나는 구별을 하기 위해 해석의 다양한 형식들에 대한 분류를 찾아냈다. 여기에서는 고유한 의미에서의 번역이 갖고 있는 무수하게 다양한 양상들이 매우 포괄적인 항목하에 모여 있다. 기호 상호 간 번역의 무한한 가능성들에 대해서도 마찬가지이다.

1. 옮겨 쓰기에 의한 해석

2. 체계 내적 해석

   2.1. 다른 기호 체계들 안에서의 기호 내적 해석

   2.2. 동일한 자연 언어 안에서의 언어 내적 해석

   2.3. 공연

3. 체계 상호 간의 해석

   3.1. 실질에서 두드러진 변화들이 있는 해석

      3.1.1. 기호 상호 간의 해석

      3.1.2. 언어 상호 간의 해석, 또는 자연 언어들 사이의 번역[13]

      3.1.3. 고쳐 쓰기

   3.2. 질료의 변화가 있는 해석

      3.2.1. 유사 동의어*parasinonimia*

      3.2.2. 개작 또는 변환

우리는 옮겨 쓰기, 또는 모스 부호 같은 자동적인 대체에 의한 해석에서 벗어나도 좋을 것이다. 옮겨 쓰기는 엄격한 코드화에 복종하며, 따라서 기계에 의해서도 실현될 수 있다. 그것은 해석적 결정의 부재, 그리고 맥락이나 발화의 상

13 모든 번역은 해석의 하위 종류이기 때문에 하나의 해석이다. 사소한 실수로 두시(2000: 9면)는 에코(2000)에 대해 언급하면서, 나에게 해석들의 우주는 번역들의 우주보다 훨씬 더 방대하다고 말한다. 그것은 사실이다. 하지만 두시는 〈출발 텍스트, 예를 들면 시 텍스트의 어떤 주요 효과나 목적을 따라야 할지 결정하는 데 성공하고, 그럼으로써 텍스트의 의도들에 대한 최상의 해석이 되는 번역들의 존재를 인정하더라도〉 그렇다고 말한다. 내가 말한 것은 양보가 아니다. 그 논문에서 나는 (여기에서 다시 반복하지만) 〈모든〉 번역, 가령 *piove*를 *it rains*로 번역하는 것도 하나의 해석이라고 말했다 — 원주.

황에 대한 모든 참조의 부재로 인해 우리의 논의 목적에 별로 흥미롭지 않은 경우이다.

기껏해야 옮겨 쓰기 현상은 도형상으로 표현된 알파벳과 그에 해당하는 소리들 사이의 관계가 된다는 점을 주목할 수 있다. 이탈리아어 알파벳은 모스 부호와 거의 비슷한 구조로 되어 있다. 단지 소수의 예외〔가령 경음(硬音) 또는 연음(軟音)의 c와 g, gn 또는 sc〕만 제외하면 일반적으로 모든 문자가 하나의 정확한 소리에 상응한다. 특히 악센트를 사용하고 가령 개음(開音) è와 폐음(閉音) é가 구별될 경우에도 그렇다. 어쨌든 구별*diacritico* 기호들로 표현된 특수한 음성적 알파벳은 옮겨 쓰기의 코드가 될 것이다. 나머지는 모두 언어 체계에 영향을 주지 않는 초분절적(超分節的) 변화들(발음 형식들, 억양들 등)이다. 글로 쓰인 이탈리아어 텍스트를 컴퓨터에 제시하고 최소한 모든 화자가 알아볼 수 있는 음성적 효과를 자동적으로 얻는 것도 가능할 것이다. 초분절적 변화들은 단지 역동성, 강조, 어조 등이 중요한 극장 같은 곳의 발화에서만 중요할 것이다. 그것들은 곧이어 보듯이 단지 미학적 기능의 텍스트들에서만 중요한 실질의 현상들이다.

영어는 정반대의 극단에 서 있다. 버나드 쇼는 영어의 어려움을 증명하기 위해 *ghoti*라는 단어를 *fish*로 발음해야 하지 않을까 하고 질문하기도 했다. 즉 *laugh*에서와 같은 *gh*, *women*에서와 같은 *i*, *nation*에서와 같은 *ti*로 발음함으로써 말이다. 그렇지만 소리에서 알파벳 기호로(또한 그 역으로)의 이행을 고려하지 않고, *laugh*와 *Maugham*, *rush*와 *bush*, *plow*와 *row* 등이 어떻게 달리 발음되어야 하는가 규정하는 복잡한 코드를 통해, 소리와 쓰인 모든 단어 사이(또한 그 역으로)의 이행을 고려하는 것이 가능한 자동 옮겨 쓰기에 대해 말할 수도 있을 것이다.

10·4 기호 내적 해석

체계 내적 해석은 하나의 동일한 기호 체계 안에서 이루어지며 야콥슨이 개괄적으로 바꾸어 말하기라고 말했던 경우들이 여기에 해당한다. 비언어적 체계들 안에서, 체계 내적 해석 또는 기호 내적 해석의 흥미로운 경우들이 있다. 약간의 은유적 방만함과 함께 우리는 다른 음조로 옮겨 쓴 음악 구절, 가령 장조에서 단조로 또는 (옛날식으로 말하자면) 도리아식에서 프리기아식으로 이행되는 음악 구절에 대해서도 바꾸어 말하기라고 말할 수 있을 것이다. 아니면 설계도를 전사(全寫)할 때, 또는 지도의 축척(縮尺)을 줄이거나 단순화할 때(또는 정반대로 좀 더 자세하게 그릴 때)에도 그렇다. 그런 경우에도 하나의 동일한 내용이 다른 기호들로 표현된다는 사실로 인해, 내용의 형식을 좀 더 정확하게 확정하려고 하지만(예를 들면, 지도를 단순화함으로써 특정한 고장이나 지방의 윤곽을 좀 더 분명하게 밝히려고 하지만), 언제나 똑같은 표현의 형식과 연속체 또는 질료가 그 안에 남아 있다고 생각할 수 있다. 축소된 축척에 투영할 때마다 표현의 실질은 바뀌지만, 그것은 똑같은 문장을 서로 다른 두 명의 화자가 발음하거나 외치거나 속삭일 때에도 바뀌며, 그런 변화는 해석과 상관없는 것으로 받아들여진다.

가령 어느 건축 학교에 축소된 축척의 콜로세움 모형이 전시되어 있다고 가정해 보자. 그 모형이 다양한 요소들 사이의 비례를 바꾸지 않고 그대로 간직하기만 한다면, 축척의 축소는 상관없을 것이다. 표면의 색깔이 실제 건물의 색깔을 그대로 재생하는 한, 모형을 나무나 석고, 또는 청동으로(심지어 아주 유능한 장인들을 활용할 경우 초콜릿으로) 만들 것인가의 선택은 상관없다고 생각할 수 있다. 하지만 그 모형을 사용하는 사람은 바로 하나의 모형, 콜로세움에 대한 일종의 〈요약〉 또는 〈바꾸어 말하기〉를 사용한다는 것을 알아야 할 것이며, 첼리니[14]의 〈소금 그릇〉을 감상하듯이 로마 시대의 흥미로운 세공 작품을 감상한다고 생각하지는 말아야 할 것이다.

피렌체의 가게에서는 축소된 축척으로 재생된 미켈란젤로의 〈다비드〉 상을 팔고 있다. 기념이나 연구를 목적으로 할 경우, 비율 관계가 정확히 재생되었다면, 소재는 중요하지 않으며 체계 내적 해석으로 받아들일 만할 것이다. 그렇지만 만약 〈다비드〉 상을 20센티미터 높이로 재생한다면 미학적 향유의 일부를 상실할 것이라고 어떤 비평가라도 말할 것이다. 왜냐하면 예술 작품을 충분하게 향유하는 데에는 실제적인 크기도 본질적인 요소이기 때문이다. 따라서 시스티나 예배당을 직접 눈으로 감상하는 것과, 책이나 슬라이드를 통해 거의 완벽한 재생으로 감상하는 것 사이에는 차이가 있다. 만약 어느 동상이 주형(鑄型)을 통해 재생되는데, 원래의 질료가 시각과 촉감에 제시하는 모든 특성과 크기를 존중한다면, 조각에서의 〈번역〉이라고 은유적으로 말할 수 있다. 그리하여 관광객들은 비록 원본이 다른 곳에 있다는 것을 알면서도, 피렌체의 팔라초 베키오[15] 밖에 재생된 〈다비드〉 상에서 만족스러운 미학적 경험을 이끌어 낼 수 있다. 하지만 만약 〈다비드〉 상이 황금 채색이 된 청동이나 주석 또는 플라스틱

14 Benvenuto Cellini(1500~1571). 이탈리아의 귀금속 세공업자이며 조각가로 특히 빈의 미술사 박물관에 보관된 〈소금 그릇Saliera〉은 그의 대표적인 걸작으로 꼽힌다.

15 Palazzo Vecchio. 〈오래된 궁전〉이라는 뜻으로 피렌체 정치의 중심지 역할을 한 건물이다. 1299년에 착공되었으며, 이 궁전 앞 광장에 미켈란젤로의 〈다비드〉 상 복제품이 서 있다. 원래의 작품은 〈아카데미아 미술관〉에 보존되어 있다.

으로 재생된다면, 비록 어떤 방식으로든 조작 가능한 3차원적 질료들의 똑같은 연속체 내부에 그대로 남아 있다 할지라도, 실질의 변화가 원본의 미학적 효과를 대부분 없앨 것이다. 이것은 비언어적 기호 체계들 안에서도 미학적 효과를 얻고자 할 때 실질의 변화는 중요하다는 것을 말해 준다.

10·5 언어 내적 해석 또는 바꾸어 말하기

그런데 우리의 목적에 좀 더 흥미로운 것은 동일한 자연 언어 안에서의 체계 내적 해석의 경우들이다. 여기에는 하나의 자연 언어 그 자체를 통한 해석의 모든 경우들이 포함된다. 가령 *padre*(아버지)=*papà* 같은 무미건조하거나 때로는 환각적인 동의어, 정의(定義), 즉 매우 도식적이거나(〈고양이〉=〈고양잇과 젖먹이 동물〉처럼) 널리 알려진 정의(가령 고양이에 대한 백과사전의 항목처럼), 바꾸어 말하기, 요약, 또는 주석, 해설, 보급화(이것은 어려운 것을 좀 더 쉬운 말로 다시 말하는 방식이다), 심지어는 좀 더 확장된 추론들, 패러디에 이르기까지 다양하다. 이것들은 모두 퍼스가 원했던 것처럼, 언제나 해석된 것 이상의 무엇인가를 알기 위한 것이다. 패러디도 극단적이기는 하지만 어떤 경우에는 매우 명쾌한 해석의 형식이 되기 때문이다. 가령 일부 작가의 무의식적인 버릇*tics*, 타성, 자동적인 문체론적 습관을 확인하도록 도와주는 프루스트의 『모방과 혼합*Pastiches et mélanges*』에 나오는 패러디들을 생각해 보기 바란다. 그 모든 경우 하나의 동일한 내용이 상이한 실질들로 표현된다는 사실은 바로 해석이라는 이름으로 충분히 허용된다.

바꾸어 말하기가 번역이 아니라는 사실은 지금 내가 제시하는 몇 가지 장난으로 쉽게 증명될 수 있다. 만약 가장 초보적인 바꾸어 말하기 중의 하나가 정의라고 한다면, 가령 한 텍스트의 용어들을 등가의 정의들로 대체한다고 상상해 보자. 가령 생쥐, 또는 원한다면 집쥐를 죽이는 것과 관련하여 햄릿이 폴로니어스를 죽이는 장면을 보자.

Queen Gertrude — *What wilt thou do? thou wilt not murder me? Help, help, ho!*

Lord Polonius — *(Behind) What, ho! help, help, help!*

Hamlet — *(Drawing) How now! a rat? Dead, for a ducat, dead!*

Make a pass through the arras.

Lord Polonius — *(Behind) O, I am slain!*

Falls and dies.

우리는 지금 동일한 언어 내부에서의 바꾸어 말하기에 대해 말하고 있으므로, 모든 것을 좀 더 쉽게 만들기 위해 이 장면을 이탈리아어로 가능한 한 문자 그대로 번역한 것에서 출발해 보자.

Regina — *Che vuoi fare? Mi vuoi tu forse uccidere? Aiuto, aiuto, oh!*

Polonio*(da dietro)* — *Olà! Aiuto, aiuto, aiuto!*

Amleto*(sguainando)* — *Come! Un ratto! Morto, per un ducato, morto!*

Tira un colpo di spada attraverso l'arazzo.

Polonio*(da dietro)* — *Oh, m'hanno ammazzato!*

Cade e muore.

왕비 — 무엇 하려는 것이냐? 혹시 나를 죽이려는 것이냐? 도와줘요, 도와줘, 오!

폴로니어스 — (뒤에서) 오! 도와줘요, 도와줘요, 도와줘요!

햄릿 — (칼을 뽑아 들며) 어떻게! 집쥐인가? 죽은 것, 한 두카토 때문에, 죽은 것!

칼로 아라스 천 커튼을 찌른다.

폴로니어스 — (뒤에서) 오, 나를 죽였어!

쓰러져 죽는다.

이 구절을 맥락에 가장 알맞게 일반적인 사전에서 찾아낸 〈정의〉들로 바꾸어 보자.

왕비 — 무엇을 실행하려는 것이냐? 확실함 없이 나를 다소 신속하게 죽음으로 인도하려는 것이냐? 위험에 처한 자의 호소의 외침, 위험에 처한 자의 호소의 외침, 오!

폴로니어스 — (어느 사물의 너머에서) 오! 위험에 처한 자의 호소의 외침, 위험에 처한 자의 호소의 외침, 위험에 처한 자의 호소의 외침!

햄릿 — (칼을 칼집에서 밖으로 이끌어 내며) 어떤 방법으로! 꼬리가 길고 길이가 15에서 30센티미터 사이의 크기이며, 〈라투스*Rattus*〉 종(種)에 속하는 쥣과(科)의 쥐 모양 설치류 젖먹이 동물들의 다양한 종류들 중의 하나? 생명 기능이 없어진 사람이나 동물, 생물, 공작(公爵)의 관할하에 금이나 은으로 주조된 동전 하나 때문에, 생명 기능이 없어진 사람이나 동물, 생물!

대부분 칼날이 길고 곧으며 끝이 날카롭고, 절단하는 면이 하나이거나 두 개, 또는 없는 백색의 무기를 수직으로 세우지 않고 충격이나 타격을 가하여, 손이나 직기로 이용하여, 양털 실, 때로는 금이나 은으로 채색된 비단실을 날실과 씨실로 뒤섞어 어떤 그림을 이루도록 짜서, 귀족 궁전들의 벽면 장식으로 사용하는 특수한 천의 한쪽 면에서 다른 쪽 면으로 통과시킨다.

폴로니어스 — (어느 사물의 너머에서) 오, 격렬한 수단을 이용하여 나를 죽음으로 인도하였어!

균형이나 받침대의 결핍으로 인해 바닥으로 가고, 사는 것을 중단한다.

가역성의 관점에서 혹시 이 텍스트에서 거슬러 올라가 원본을 재구성할 수 있을지도 모른다. 하지만 분별 있는 어떤 사람도 위에 인용된 텍스트가 셰익스피어 작품의 번역이라고 말하지 않을 것이다.

만약 용어들을 적절한 사전에서 〈동의어〉로 인정하는 용어들로 대체하더라도 마찬가지일 것이다.

왕비 — 무슨 일을 하려는 것이냐? 아마 나를 제거하고 싶은 것이냐? 원조, 원조, 오!

폴로니어스 — (후방 쪽에서) 오! 원조, 원조, 원조!

햄릿 — (칼을 추출하며) 어떤 방식으로! 생쥐인가? 서거, 나폴레옹 금화 한 닢 때문에, 서거!

커튼을 가로질러 검의 타격을 가한다.

폴로니어스 — (후방 쪽에서) 오, 나를 살해하였어!

나뒹그러지고 뻗는다.

우리는 지금 패러디를 보고 있다. 그런데도 누군가는 패러디를 번역과 유사한 것으로 간주하려고 한다.

다시 말하지만 〈풀어 쓰기〉는 번역이 아니다. 귀도 알만시와 귀도 핑크는 언젠가 『거의 비슷한 *Quasi Come*』[16]이라는 패러디 모음집을 출판했는데, 그중에서 한 장은 〈순수한 거짓〉, 즉 비의도적인 패러디들에 할애된 것이었다. 그중에는 위대한 문학 작품들을 〈델피 사람들 방식으로〉 마음대로 조작한 버전들이 있었다. 저자들은 요약적인 풀어 쓰기의 예로 19세기 초 찰스와 메리 램이 쓴 『셰익스피어 이야기들 *Tales from Shakespeare*』을 인용하였다. 거기에서 우리의 장면은 이렇게 이야기된다.

「그렇다면」 왕비가 말했다. 「만약 네가 그렇게 나에게 존경심을 보이지 않는다면, 너를 양식 있는 사람들 앞에 세우겠다.」 그러고는 왕이나 폴로니어스를 부르기 위해 가려고 하였다. 하지만 햄릿은 왕비가 가게 내버려 두지 않았고, 그녀와 단둘이 있고 싶었으며, 자신의 말로 왕비가 자기 삶의 악행을 느끼게 할 수 있을지 확인할 때까지 왕비를 붙잡아 두려고 하였다. 그래서 왕비의 손목을 잡아 단단히 움켜쥐고 앉게 하였다. 그의 열광적인 태도에 겁이 난 왕비는 그가 광기 속에서 자신을 해칠까 두려워서 소리를 질렀다. 그러자 아라스 천 커튼 뒤에서 한 목소리가 들려왔다. 「도와줘요, 도와줘요, 왕비님을 도와줘요!」 그 소리를 듣고 햄릿은 왕이 직접 그곳에 숨어 있다고 생각하여, 칼을 뽑아 들고 마치 그곳에서 달려가는 생쥐 한 마리를 찌르듯이, 목소리가 들려온 지점을 찔렀다. 마침내 목소리가 그치고, 햄릿은 그 사람이 죽었을 것이라고 결론을 내렸다. 하지만 시체를 밖으로 끌어냈을 때, 그것은 왕이 아니라, 바로 염탐하기 위해 아라스 천 커튼 뒤에 숨어

16 밀라노, 봄피아니, 1976 — 원주.

있던 음모의 조언자 폴로니어스였다.

이제 풀어 쓰기의 다른 예를 하나 제시하고 싶은데, 이번에는 내가 한 것이다.[17]

Un lonfo, che non vatercava mai, né gluiva, e barigattava assai di rado, soffiando un giorno il bego, si sdilencò archipattandosi gnagio. Dissero tutti che quel lonfo era frusco, ma il re rispose che era piuttosto lupignoso e sofolentava una malversa arrafferia. Ed ecco che il lonfo, vedendo il re che si cionfava, lo sbiduglió arripignandolo, e come quello tentò di lugrare, lo botallò sino a che quello fu tutto criventato.

절대 *vatercare*하지도 않고 *gluire*하지도 않으며, 아주 드물게 *barigattare*하였던 *lonfo*는 어느 날 *bego*를 입김으로 불어 *archipattare*함으로써 *gnagio*로 *sdilencare*하였다. 모두들 그 *lonfo*가 *frusco*하였다고 말했지만, 왕은 오히려 *lupignoso*하였고 *malversa arrafferia*를 *sofo-lentare*하였다고 대답하였다. 그러자 *lonfo*는 *cionfare*하는 왕을 보고는 그를 *arrupignare*하면서 *sbidugliare*하였고, 그가 *lugrare*하려고 시도하자, 그를 완전히 *criventare*될 때까지 *botallare*하였다.

우리는 이 비(非)이야기가 아무리 재미있게 보이더라도 이야기처럼 보이지 않는다고 말할 수 있으며, 오히려 이런 용

17 뒤에서 인용되듯이, 동양학자이며 작가였던 포스코 마라이니Fosco Maraini(1912~2004)의 시를 풀어 쓴 것이다. 원래 이 시는 아무런 의미도 없이 만들어 낸 단어들로 이루어진 일종의 〈메타 의미적 시〉이지만 나름대로의 운율과 소리를 통한 암시 효과를 드러낸다.

어들로 쓰인 철학 논문은 말할 것도 없고 소설을 읽는 데도 당혹감을 느낄 것이다. 사실 나는 포스코 마라이니의 「판폴레Fànfole」의 일부를 풀어썼는데, 원래의 텍스트는 다음과 같다.

> Il lonfo non vaterca né gluisce
> e molto raramente barigatta,
> ma quando soffia il bego a bisce bisce
> sdilenca un poco, e gnagio s'archipatta.
> É frusco il lonfo! É pieno di lupigna
> arrafferia malversa e sofolenta.
> Se cionfi ti sbiduglia e t'arripigna
> se lugri ti botalla e ti criventa.

이 놀이가 앞의 것보다 더 나을 뿐만 아니라, 나의 풀어 쓰기는 시 텍스트의 적절한 번역으로 정의될 수 없다고 여러분 모두가 인정할 것이다. 풀어 쓰기에서 우리는 어떤 내용이 표현을 정당화시킬 것을 기대한다. 하지만 내용이 모호하기 때문에 우리는 왜 표현이 그런 식으로 배치되었는지 이해하지 못한다. 그런데 두 번째 예에서는 그런 불안감을 전혀 느끼지 않는다. 우리는 비록 그것이 무엇을 의미하는지 이해하지는 못하지만, 운율적으로 만족스러운 시를 읽는다는 느낌을 받는다. 아니, 바로 시에서는 내용보다 표현이 훨씬 더 중요하다는 관념을 극단적으로 활용하기 때문에, 만족스러운 시를 읽고 있다는 느낌이 든다. 그러므로 이 풀어 쓰기는 〈똑같은 효과〉 또는 원문 구절의 핵심적 의도를 재창출하지 못하기 때문에 번역이 아니다.

나는 지금까지 농담을 했다. 위에 인용된 것들이 번역이라고 주장하는 것은 거울 위로 기어오르려는 것과 같다. 하지만 모든 해석이 번역이라고 주장하면 그런 관념을 가장 극단적인 결말로 이끌 경우 마치 거울 위로 기어오르려는 것과 같다는 것을 증명할 필요가 있었다. 최소한 내가 주장하듯이 이 경우 〈번역〉은 하나의 은유, 번역과 〈거의 비슷한〉 것이다. 그런데 그게 무엇에 관한 것인지 아주 잘 말해주는 〈해석〉(그리고 그것의 세부 유형인 바꾸어 말하기)이라는 전문 용어가 이미 있다면, 혹시 학생들을 가르치는 데에는 유용할지 모르겠지만, 무엇 때문에 습관적으로 은유를 사용하는가?

나는 이런 사이비 번역들이 독자에게 원본 텍스트와 똑같은 효과를 창출하지 않는다고 지적하였다. 「햄릿」의 장면에 대한 나의 바꾸어 말하기를 읽을 경우, 폴로니어스를 찌르는 햄릿의 반전 앞에서 우리가 느끼는 것과 똑같이 강렬한 감동을 느낄 수 있을지 의심스럽다. 비록 바꾸어 말하기의 예지만 무엇 때문에 똑같은 내용을 전달하려고 노력하는가? 그것이 자극하지 못하는 그 〈이상〉의 효과가 도대체 무엇이란 말인가? 무엇 때문에 *how now! a rat?*을 *come! un topo?*(아니 어떻게! 생쥐인가?)로 번역하는 것은 합당해 보이고, 반면에 〈꼬리가 길고 길이가 15에서 30센티미터 사이의 크기이며, 라투스 종에 속하는 쥣과의 쥐 모양 설치류 젖먹이동물들의 다양한 종류들 중의 하나〉는 우스꽝스럽다고 간주하는 것일까?

이 문제에 대해서는 내용이 아니라 표현의 실질에 관한 다음 장에서 다시 다룰 것이다. 지금으로서는 바꾸어 말하기와 번역하기 사이의 차이를 좀 더 명백히 밝히고자 한다.

10·6 먼저 해석하고 다음에 번역하기

렙슈키Lepschky(1981: 456~457면)가 지적했듯이 *His friend could not see the window*라는 영어 문장을 어떻게 번역할 수 있는가 살펴보자. 이 단순한 문장에 대해 렙슈키는 무려 24개의 상이한 이탈리아어 번역이 가능하다고 지적하는데, 그것은 다음과 같은 일련의 선택들에 의해 서로 다르게 조합될 수 있다. (1) *friend*가 남자인지 여자인지, (2) *could not*을 반과거로 보아야 하는지 아니면 원과거로 보아야 하는지, (3) *window*를 〈창문〉, 기차의 〈차창〉, 또는 은행의 〈창구〉로 보아야 하는지에 따라서 말이다. 렙슈키는 그 24개의 해결책이 단지 추상적으로만 존재한다고 인정한 최초의 학자였다. 왜냐하면 맥락 안에서는 단지 하나만이 적절할 것이기 때문이다. 하지만 그렇다면 서로 다른 세 가지 문제가 제기된다.

(1) 24개 가능성은 단지 언어 체계의 잠재적 가능성으로만 존재한다(그리고 그런 의미에서 예를 들어 좋은 사전은 *window*의 모든 가능한 의미들, 말하자면 모든 가능한 해석소들을 기록해야 할 것이다).

(2) 그런데 이 문장을 담고 있는 〈텍스트〉 앞에서 독자는 영어 독자도 포함된다. 맥락에 따라 그것이 어떤 이야기를 지시하는지 결정해야 할 것이다. 예를 들면,

(가) 남자 X가 있고, 여자 Y가 있다. Y는 X의 여자 친구이다. Y는 과거의 어느 구체적인 순간에 창문을 보지 못한다(X는 그녀에게 길을 가르쳐 주고 있다).

(나) 남자 X가 있고, 남자 Y가 있다. Y는 X의 남자 친구이다. Y는 은행에 들어갈 때마다 창구(수표책을 인출해야 하

는)를 찾지 못하곤 하였다.

(다) 남자 X가 있고, 여자 Y가 있다. Y는 X의 여자 친구이다. 과거의 어느 구체적인 순간에 Y는 차창(기차의)을 볼 수 없었다.

등등.

(3) 그러므로 이 문장을 번역하기 위해서는 먼저 (2)의 작업을 수행해야 하는데, 그것은 원천 텍스트의 바꾸어 말하기가 된다. 하지만 (가)-(다)의 바꾸어 말하기 예들은 번역의 예들이 아니다. 번역자는 무엇보다도 원천 문장이 묘사하는 가능 세계에 대한 추측을 토대로 그 문장을 바꾸어 말해야 한다. 그런 후에야 다음과 같이 번역하기로 결정할 수 있다. (가1) 〈그의 여자 친구는 창문을 보지 못하였다〉, (나2) 〈그의 남자 친구는 창구를 보지 못하곤 했다〉, (다1) 〈그의 여자 친구는 차창을 보지 못하였다〉. 그러므로 암묵적인 몇 가지 바꾸어 말하기 작업은 분명 맥락에 따라(그리고 가능 세계에 따라) 용어들의 의미를 명백히 밝히는 데 필수적이다. 하지만 그 순간은 번역의 순간과 비교해 볼 때 부수적이다.

팀 파크스Tim Parks(1997 : 79면 이하)는 조이스의 『더블린 사람들』에 나오는 「죽은 자」의 한 구절을 섬세하게 분석했는데, 바로 남편과 아내 사이의 미묘한 관계에 대해 말하는 부분이다. 남편은 아내가 다른 남자와 관계를 맺었을 것이라고 의심한다. 질투심에 사로잡힌 남편은 옆에서 아내가 잠자고 있는 동안 방 안을 이리저리 둘러본다.

A petticoat string dangled to the floor. One boot stood

upright, its limp upper fallen down: the fellow of it lay upon its side.

파피와 타디니의 이탈리아어 번역은 다음과 같다.

Il laccio di una sottoveste che penzolava a terra, uno stivale diritto, con il gambale afflosciato, accanto al compagno rovesciato su un fianco.

속옷 끈은 바닥에 대롱거렸고, 한쪽 장화는 입구 부분이 맥없이 휘어진 채, 옆으로 뒤집어져 있는 동료 곁에 반듯하게 서 있었다.

파크스의 비판은 특히 *accanto*(곁에)와 *rovesciato*(뒤집어진)에 집중된다. 그의 텍스트 해석에 따르면, 남편은 반듯하게 서 있지만 입구 부분이 맥없이 휘어진 첫 번째 장화에서 자기 자신의 모습을 보고, 반대로 다른 한쪽 장화에서 아내의 모습을 본다는 것이다. 동사 *to lay*의 사용이 그것을 폭로하는 것처럼 보이는데, 다음 절에서 그 동사가 바로 남편과 아내의 자세를 묘사하기 위해 두 번이나 다시 사용되기 때문이다. 그러므로 영어 텍스트는 두 짝의 장화를 대립시키고 있는데(뚜렷하게 구별되는 두 개의 단음절 동사 *stood*와 *lay*로), 그에 반해 이탈리아어 번역은 〈영어 텍스트에는 없는 결합을 암시한다〉는 것이다. 또한 *lay*에 대한 *rovesciato*는 〈누군가 양탄자 위에 누워 있거나 뒤집어져 있다는 관념을 암시〉하며, 그것은 장화에는 해당될 수 있겠지만 아내에게는 어울리지 않기 때문에 부적절하게 들린다는 것이다.

물론 파크스는 전체적으로 볼 때 파피와 타디니의 번역이 훌륭하며 그런 세부에 너무 집착하는 것은 바람직하지 않다고 지적한다. 나는 프랑카 캉코니의 번역본을 확인해 보았는데 다음과 같다.

> Il laccio di una sottana pendeva sul pavimento, uno stivaletto stava in terra per ritto, il gambale floscio ripiegato, e il compagno gli giaceva accanto su un fianco.
>
> 속옷 끈은 바닥을 향해 매달려 있었고, 한쪽 장화는 바닥에 똑바로 서 있었는데, 입구 부분이 맥없이 구부러져 있었고, 동료는 곁에서 옆으로 누워 있었다.

*lay*는 해결되었지만, 한 가지 세부 사항이 남아 있는데, 그것은 두 번역에 공통된 것이다. 우선 *fellow*를 *compagno*로 옮김으로써 이탈리아어에서는 숙명적으로 장화(분명하게 이미 남성인)에 성을 부여했다. 반면 특히 무생물 사물에 대해 말할 경우 *fellow*나 *boot*는 성을 갖고 있지 않으며, 따라서 쉽게 아내와 동일시할 수 있다. 그런데 캉코니의 번역에서 장화가 *stivaletto*(작은 장화)로 된 것은 흥미롭다. 단지 여성의 함축성을 덧붙이고, 위의 부분이 부드럽게 구부러진 첫 번째 장화에서 약간의 남성적 성격을 박탈하기 때문만이 아니라, 여성의 작은 장화는 군대의 군화와는 달리 바로 *upper* 부분(말하자면 발이 맨 먼저 들어가는 곳인, 입구 또는 〈주둥이〉)에서 물론 끈을 묶을 수 있도록 펼쳐져 있으며, 따라서 일단 끈을 풀면 힘없이 구부러질 수 있기 때문이기도 하다. 그러므로 텍스트의 〈심층〉 의미와 관련하여 가역적인 번역이 되도록 하기 위해서는 아마 본질적인 것을 겨냥함으로써, 아니면 무엇인가를 덧붙임으로써 텍스트를 좀 더 총체적인 것으로 만들 필요가 있을 것이다. 따라서 나는 감히 이런 해결책을 시도해 보았다.

Uno stivaletto stava ritto, ma aperto con la gamba afflosciata: l'altro giaceva su un fianco.

한쪽 장화는 똑바로 서 있었지만, 맥없이 휘어진 입구 부분이 열려 있었고, 다른 한쪽은 옆으로 누워 있었다.

나는 지금 『더블린 사람들』에 대한 새로운 번역자로 나서려고 하는 것이 아니다. 하나의 가정을 세우고 있을 뿐이다. 다만 이런저런 해결책들을 시도하기 위해 파크스의 해석을 받아들일 필요가 있다는 것, 말하자면 비판적 읽기, 해석, 또는 원한다면 텍스트 분석에서 출발하여 번역으로 나아가야 할 필요가 있다는 것을 지적하고 싶다. 해석은 언제나 번역에 선행한다. 시간 낭비 없이 돈을 끌어내기 위해 이루어지는 값싼 텍스트들의 값싼 번역이 아니라면 말이다. 사실 훌륭한 번역자는 번역을 시작하기 전에 많은 시간을 들여 텍스트를 읽고 또 읽으며, 모호한 용어들이나 애매한 구절들, 현학적인 참조들을 — 또는 마지막의 예처럼 거의 심리 분석적인 암시들을 — 가장 적절하게 이해할 수 있도록 모든 보조 자료들을 참조한다.

그런 의미에서 좋은 번역은 언제나 번역되는 작품의 이해에 결정적인 기여를 한다. 번역은 고유한 의미에서의 비평이 그러하듯이 언제나 일정한 유형의 작품 읽기를 지향한다. 왜냐하면 만약 번역자가 텍스트의 특정 층위들에 관심을 기울이기로 선택하고 협상을 한다면, 그럼으로써 자동적으로 독자의 관심을 그곳으로 집중시키기 때문이다. 이런 의미에서도 똑같은 작품에 대한 다양한 번역은 서로 통합된다. 그것들은 종종 원본을 다양한 각도에서 보도록 유도하기 때문이다.[18]

하나의 동일한 텍스트에 대해 많은 가설들을 세울 수 있으며, 따라서 서로 통합되는 두 개 또는 그 이상의 번역들이 근본적으로 서로 다른 두 작품을 제시하지는 않아야 할 것이다. 결과적으로 동일한 텍스트에 대한 두 가지 번역본을 읽은 두 독자는 서로 다른 두 관점에서 동일한 대상에 대해 논의한다는 느낌과 함께 원본 텍스트(그들이 모르는)에 대해 오랫동안 서로 비교할 수 있을 것이다.[19]

『신곡』의 유명한 3행 연구 한 구절이 있는데(「지옥」 편 제1곡 103~105행), 바로 신비의 〈사냥개〉에 대해 말하는 부분이다.

> Questi non ciberà terra né peltro,
> ma sapïenza, amore e virtute,
> e sua nazïon sarà tra feltro e feltro.
> 이 사냥개는 흙이나 쇠를 먹지 않고,
> 지혜와 사랑과 덕성을 먹고 살 것이며,
> 그의 고향은 *feltro*와 *feltro* 사이가 될 것이다.

이 마지막 11음절 시행이 얼마나 많은 잉크를 흘리게 했는지 모두들 잘 알고 있다. 만약 *feltro*를 초라한 천으로 이해한다면, 단테는 〈사냥개〉가 비천한 곳에서 태어날 것이라고 말하는 것이 되고, 만약에 *feltro*가 두 번 모두 대문자로 쓰여

18 마리나 피냐티Marina Pignatti(1998)는 「실비」의 이탈리아어 번역들에 대한 학위 논문에서, 다른 사람들의 번역이 원본 텍스트에 더 가깝다고 생각하여 내가 제시한 일부 해결책들을 비판한다. 그러니까 내가 비판하는 번역들도 나의 번역과 통합될 수 있다 — 원주.

19 어떤 의미에서 번역은 그 자체가 하나의 해석이면서도, 다른 해석 행위, 즉 번역이 아니라 번역을 가능하게 만들어 주는 해석 행위를 예상하는가에 대해서는 제11장에서 다시 논의할 것이다 — 원주.

Feltro와 Feltro가 된다면, 〈사냥개〉는 베네토 지방에 있는 Feltre와 Montefeltro 사이의 지역에서 나타날 것이라고 말하는 셈이 된다. 그리고 마지막으로 나처럼 지극히 개인적인 애정을 이유로 이런 가설을 공유하는 사람도 있다. 즉 〈사냥개〉는 파졸라의 우구초네[20]이며, 파졸라는 알베르티노 무사토[21]의 증언에 따르면 카스텔데치에 있는 토스카나의 파졸라가 아니라 리미니 근처에 있는 것이며, 따라서 파졸라는 바로 옛날의 몬테펠트로와 새로운 몬테펠트로 사이(즉 두 펠트로 사이)의 경계선에 있는 몬테 체리냐노 마을 앞에 있기 때문에 모든 것이 명백해질 것이라고 말이다.[22]

이 이탈리아어 텍스트에 대한 해석을 결정하기 전에는 어떤 언어로도 단테를 번역할 수가 없다. 도로시 세이어스Dorothy Sayers는 자기 번역의 역주에서 이 *feltro*를 지리적인 의미로 간주할 수 없을 것이라고 지적한다. 그럴 경우 가장 명백한 번역은 *In cloth of frieze his people shall be found*가 될 것이며, 여기에서 *frieze*는 〈*coarse cloth*〉, 〈*felt*〉, 〈*robe of poverty*〉를 의미한다. 하지만 단지 역주에서 암시하는 데 머무른다. 그녀의 번역은 *His birthplace between Feltro and Feltro found*로 되어 있다. 그러므로 세이어스는 롱펠로[23]의 고전적 번역을 따르고 있는데, 그것은 바로 *Twixt Feltro and Feltro shall his nation be*로 되어 있다.

자클린 리세는 자신의 프랑스어 번역본에서 하나의 수수께

20 Uguccione della Faggiola(1250～1319). 귀족 출신의 용병 대장으로 이탈리아 중북부의 여러 지역에서 활동하였다.

21 Albertino Mussato(1261～1329). 이탈리아의 문인이자 외교관.

22 물론 이것은 에코의 또 다른 말장난이다.

23 Henry Wadsworth Longfellow(1807～1882). 미국의 시인으로 풍부한 감성과 음악성을 특징으로 하는 서정시를 남겼으며, 특히 『신곡』의 뛰어난 영어 번역으로도 유명하다.

끼에 직면하게 된다고 지적하면서 *entre feutre et feutre …… donc, dans l'humilité*와 *entre Feltre et Montefeltro* 사이의 대안을 암시한다. 그렇지만 번역에서 그녀는 *et sa nation sera entre feltre et feltre*를 선택했는데, 그것은 영어 번역에서 그렇듯이 프랑스 독자에게 가능한 두 가지 읽기 중의 하나를 배제하는 해결책이다. 클로드 페뤼Claude Perrus의 *et il naîtra entre un feutre et un feutre*라는 정반대 선택은 흥미롭다. 결과는 바뀌지 않는다. 번역자는 가능한 해석들 중의 하나를 선택한 것이다.

단테 텍스트의 모호함을 다른 언어로 재창출할 수 없다는 객관적인 사실 앞에서 번역자들은 분명히 스스로 그 책임을 지는 선택을 하였다. 하지만 원본 텍스트에 대한 〈해석〉을 시도한 후에야 어떻게 번역할 것인가 결정하며, 또한 그럼으로써 수수께끼를 제거하기로 결정하게 된다. 해석이 번역에 선행하는 것이다. 가다머가 말했듯이 번역은 언제나 〈해석학적 대화〉를 전제로 한다.

그런데 이것은 제7장에서 논의되었던 문제들과 관련됨을 고찰해 볼 수 있다. 리세의 번역으로 돌아가 보자. 현대 프랑스 독자에게 그녀의 번역본은 분명히 *feutre*보다 *Feltre*를 선택하도록 한다. 그런데 프랑스어의 역사 사전을 참조해 본다면 현대의 *feutre*는 12세기 무렵에 좀 더 오래된 *feltre* 또는 *fieltre*에서 파생되었다는 것을 알 수 있다. 그러므로 수수께끼는 그대로 남을 수 있다. 프랑스 독자(최소한 교양 있는 독자)에게 이중적 읽기의 가능성을 암시하기 때문이다. 무엇 때문에 리세는 그러한 가능성을 부각시키지 않았을까? 내가 보기에는 지극히 단순한 이유 때문이다. 고풍스러움의 회복을 피하려는 그녀의 의도와 관련하여 제7장에서 내가 인용한 것을 다시 읽어 보기 바란다. 모호함이 남아 있도록 하기 위해서는 프랑스 독자가 전체 맥락에 의해 수많은 다른 옛날식 표현들에 관심을 기울이도록 권유받고 〈형성되어〉 있어야 할 필요가 있다. 그것은 바로 리세의 번역이 의도적으로 피하려고 했던 것이다. 그러므로 지극히 행복한 이 사고는 정의상 현대화하기 번역의 구도 안에서 어떤 기능도 발휘할 수 없을 것이다.

10·7 어려운 읽기

*feltre*의 이중적 읽기에 대한 게임은 최초의 텍스트 접근에서 놓치기 쉬운 지나치게 복잡한 해석을 요구하고, 아마 지극히 현학적인 조사를 통해서만 가능할 것이다.

드럼블Drumble은 자신의 논문 「어려운 읽기Lectio difficilior」(1993)에서 『장미의 이름』의 서두에 대한 몇몇 번역들을 분석했다. 그것은 바로 사도 요한의 복음서에서 인용한 풀어쓰기(〈태초에 말씀이 계셨다〉)로 시작하여 사도 바울이 고린토인들에게 보내는 첫 번째 편지의 간접적인 인용(〈우리는 지금 거울을 통해 희미하게 보고 있다〉)이 계속되는 부분이다. 드럼블의 분석은 너무나도 섬세하여 여기에서 모두 인용할 수는 없고 단지 종합적으로만 지적하고자 한다. 노인이 된 아드소는 자신의 회고록을 집필하면서 이 텍스트를 쓰는데, 사도 요한이나 사도 바울로를 기억으로 인용하며, 그 당시에 으레 그랬듯이 인용하면서 바꾸거나 맥락을 벗어나 인용하기도 한다. 사실 나도 그 텍스트를 쓰면서 중세 연대기 작가의 문체에 동화되도록 노력하면서 똑같은 방식으로 인용했으며, 고백하건대 섬세한 철학적 문제들보다는 문장의 리듬에 더 관심이 많았다. 물론 나는 서술자의 비관론적 정신에 이미 젖어 있었다. 서술자는 마지막 장에서 우리가 세계의 기호들을 해독해 낼 능력에 대한 자신의 회의를 명시적으로 표현하는데, 라인 강 지방 특유의 신비론과 〈근대적 신심(信心)〉을 미리 예고하는 어조로 표현한다.

사실 드럼블은 나의 텍스트(말하자면 아드소의 텍스트)에서 종교 재판소의 엄격한 조사에 따르면 잠재적인 이단, 〈세상 악의 존재론적 현존〉에 대한 확신을 드러낼 수도 있는 회의적 요소들을 찾아낸다. 최소한 주의 깊고 예민한 해석자의 눈으로 볼 때 경험적 작가가 생각했던 것 이상으로 텍스트가 말하는 경우이다. 나는 거기에 동의하는 수밖에 없다. 또한 나는 비록 아드소의 입을 통하여 말한 것에 신학적 관심을 기울이지 않았지만, 실제로는 무의식적으로 소설 전체에 흐르는 어려운 질문에 대한 서론, 의심할 바 없이 진리에 대한 우리 탐구들의 오류 가능성이라는 주제와 관련된 서론을 쓰고 있었던 것이다.

영어와 독일어 번역자들은(프랑스어 번역자는 부분적으로 무죄 방면된다) 충실하게 번역하기 위하여 사도 요한의 인용이나 사도 바울로의 인용을 확인하여 정확하게 옮김으로써 어떤 식으로든(비록 무의식적이지만) 나의 텍스트를 해석했다고 드럼블은 지적한다. 결론: 그들의 서두는 나보다 더 정통파처럼 보일 수도 있다. 드럼블은 번역자들을 헐뜯으려고 하는 것은 아니라고 곧바로 지적하면서, 오히려 번역자들의 칭찬받을 만한 해석학적 노력을 인정한다. 하지만 그들의 읽기를 〈원본의 해석을 위한 과학적 수단〉으로 간주한다.

이제 실제로 무슨 일이 일어났는지 재구성해 보고자 한다. 번역자들은 나와 마찬가지로 그 서두의 문체에 몰두해 있었다. 번역을 시작하기 전에 소설 전체를 읽고 해석했을지라도,

바로 첫 문장들부터 가능한 해석을 확인하는 데 몰두할 필요성을 느끼지는 않았던 것이다. 문헌학적 정확함을 위해 자신들의 언어로 된 현행 텍스트에서 신약 성서의 두 인용을 이끌어 냈으며, 따라서 그런 일이 일어났던 것이다. 그들에게서(그리고 그들의 번역본을 읽으면서 간단히 말해 적절하다고 생각했던 나 자신에게서) 드럼블이 했던 것과 같은 해석학적 노력을 요구하는 것은 지나치다(드럼블은, 그가 명시적으로 인정하듯이, 원본과 세 가지 번역본을 꼼꼼하게 대조하고 분명 거기에 대해 오랫동안 성찰한 뒤에야 그렇게 할 수 있었다). 그러니까 이것은 그 구절의 심층 의미와 비교해 볼 때 상실을 유발한, 어느 정도 〈자유로운〉 해석의 경우이다.

소설 전체와 비교해 보았을 때 상실을 유발하였는가? 나는 그렇지 않다고 생각한다. 혹시 독자는 영어나 독일어로 그 서두의 모든 함축성들을 포착하지 못할지도 모른다. 하지만 소설이 펼치는 세계의 일반적인 감정, 개념들은 (바라건대) 나중에 각 페이지마다, 각 논쟁마다 포착된다. 결론적으로 나는 그 상실이 최소라고 생각한다. 하지만 이것은 앞 절의 제목처럼 〈먼저 해석하고 다음에 번역하기〉가 얼마나 중요한가를 말해 준다.

10·8 공연

특수한 해석 형식 중의 하나가 공연이다. 음악 작품의 공연, 발레 작품의 공연, 연극 장면의 연출은 가장 통상적인 해석의 경우들 중 하나를 대표하며, 일반적으로 음악적 해석이라고 말하기도 하고 훌륭한 공연자를 〈해석자〉로 부르기도 한다.[24] 공연에서는 〈쓰인〉 악보(우리는 연극 텍스트도 악보라 부를 수 있다)의 기보(記譜)에서 소리나 몸짓, 발음된 단어들, 또는 큰 목소리로 노래하는 단어들의 실현으로 넘어간다. 그러나 악보는 언제나, 굿맨Goodman(1968)이 말하듯이, 대필적(代筆的, *allografico*) 예술 작품들의 실현을 위한 지침들의 총체이다. 그러므로 실현되어야 할 질료를 미리 처방하고 규정한다. 음악 악보는 단지 멜로디, 리듬, 화음뿐만 아니라 음조까지 처방하며, 연극 텍스트는 글로 쓰인 단어들이 궁극적으로는 목소리로 실현되도록 처방한다는 의미에서 그렇다. 에코(1997: 3·7·8)에서 말했듯이 악보는(소나타나 소설과 마찬가지로) 무한하게 복사 또는 〈복제〉될 수 있는 〈형식적 개별〉 또는 유형이다. 작가들은 악보를 소리나 이미지, 몸짓으로 실현시키지 않으면서 읽을 수도 있다는 것을 배제하지 않는다. 하지만 그런 경우에도 악보는 어떻게 정신적으로 그 표현들이 상기될 수 있는가를 암시한다. 이 페이지 역시 어떻게 큰 목소리로 읽을 수 있는가를 지적하는 하나의 악보이다. 기호 내적 해석에 대해 말할 수도 있다. 왜냐하면 모든 글쓰기 형식은 그것이 의존하는 기호 체계에 대해 시녀 역할을 하기 때문이다. 결국 연극 〈대본〉의 개념이 아직 충분히 발전되지 않았던 시대에 배우들은 전날 저녁의 공연을 다음 날 〈복제〉하였고, 모든 공연은 어떤 하나의 유형 또는 형식적 개별을 참조했으며, 나중에야 우리가 결정판으로 간주하는 글로 된 판본이 나타나게 되었던 것이다.[25]

24 해석으로서의 공연에 대해서는 파레이손Pareyson(1954)의 글을 참조하기 바란다 — 원주.

25 파레이손의 암시에 따르면, 나중에 굿맨이 〈대필적〉 예술이라 부른 예술의 범위 안에서 주로 공연이 이루어진다면, 나중에 굿맨이 〈자필적(自筆的, *autografico*〉 예술(간단히 말해 그것은 그림이나 동상 같은 자기 자신의 유형이다)이라 부른 예술의 범위 안에서도 공연이 이루어질 수 있다. 어떤 그림을 전시회나 박물관에서 새롭게 조명하는 것은 방문객들에 의한

어쨌든 공연은 지금까지 내가 다룬 체계 내적 해석들과, 뒤이어 다룰 체계 상호 간의 해석들 사이의 연결 고리로 제시된다. 바이올린 소나타의 두 가지 연주, 또는 연극 작품의 두 가지 해석은 〈악보〉의 지시를 따른다. 간단히 말해 음악가가 원하는 멜로디와 음조, 희곡 작가가 원하는 단어들은 똑같다. 하지만 음조들이 변할 수 있을 뿐만 아니라(가령 두 번째 바이올린 연주자는 스트라디바리우스를 갖고 있고, 두 번째 배우는 이전의 배우와는 다른 목소리를 갖고 있다), 훌륭한 해석자는 역동성과 관련하여 얼마나 많은 변화들을 도입할 수 있는지 우리는 잘 알고 있다. 가령 〈알레그로 마 논 트로포 allegro ma non troppo〉를 약간 늦추거나, 〈루바토rubato〉에서 약간 초과하거나, 혹은 연극에서 똑같은 문장을 화난 어조로, 또는 냉소적으로, 또는 모호하게 중립적인 어조로 발음할 수도 있다. 상이한 무대 장치, 상이한 의상, 상이한 낭송 스타일을 무대에 올리는 두 명의 감독은 감수성 있고 두드러진 변화를 통해 고전 비극을 해석한다. 심지어 최근에 피터 브룩Peter Brook과 마르틴 쿠셰이Martin Kušej가 실제로 그랬듯이 모차르트의 「돈 조반니」를 현대 의상으로 무대에 올릴 수도 있다. 영화감독은 겉보기에는 〈강철 같은〉 작가의 시나리오도 해석함으로써 〈공연〉한다. 시나리오는 어느 등장인물이 〈미소 짓는다〉고 말할 수 있지만, 감독은 배우에게 지시하거나 아니면 어느 한쪽을 좀 더 조명함으로써 그 미소를 감지할 수 없게, 좀 더 쓰라리게, 또는 좀 더 부드럽게 만들 수도 있다.

그러므로 공연은 분명히 유형 텍스트를 확인할 수 있도록

해석의 방식을 바꿀 수 있으며, 그것은 준비하는 사람의 해석을 토대로 이루어진다 — 원주.

만들어 주거나, 두 가지 공연을 〈똑같은〉 〈악보〉의 해석과 동일시할 수 있도록 해준다. 만약 순전히 정보의 차원에서, 가령 어떤 소나타를 확인하거나 또는 햄릿이 독백에서 무엇을 말하는지 알기 위해 특정한 공연을 사용한다면, 해석적 변화들은 적절하지 않을 것이다(이 공연이나 저 공연이나 마찬가지이다). 하지만 취향의 기준을 적용하면서 두 가지 공연을 본다면, 우리는 여러 가지 면에서 상이한 두 가지 텍스트의 명시와 직면하게 되며, 따라서 어느 하나를 더 높게 평가하면서 판단을 내리기도 한다.

사실 두 개의 공연 사이에는 〈실질〉의 변화들이 있다. 우리는 바로 실질이라는 개념의 복잡성에 관심을 기울여, 그것이 번역의 개념에 어떤 중요성을 가질 수 있는지 살펴보아야 할 것이다.

11 실질이 바뀔 때

언어 내적 해석들에는 실질의 문제가 개입한다. 즉 어떤 형태의 바꾸어 말하기도 바꾸어 말한 용어와는 다른 실질의 창출을 유발한다. 그렇지만 그 과정에서 중요한 것은 주어진 표현을 좀 더 분명하게 설명하는 것이므로, 그런 변화는 중요하지 않다고 간주하는 경향이 있다. 하지만 다른 기호 체계들로 넘어갈 때는 어떤 일이 일어나는지 살펴보자.

11·1 다른 기호 체계들로 실질이 변화할 때

예를 들어 회화 작품을 인쇄물로 재생산하는 것을 생각해 보자. 인쇄물에서는 그려진 표면이 인쇄 망판(網版)으로 번역된다. 이 과정은 순전히 기계적인 기준들에 의해 통제되는 것처럼 보이지만, 일부 출판인들은 예술 작품의 목록이나 책들을 준비하는 과정에서, 가령 재생산되는 그림의 색깔을 좀 더 빛나고 매력적으로 만들기 위하여 때로는 자의적인 선택을 하기도 한다. 19세기에 아주 세련된 인쇄 방법들이 아직 개발되지 않았을 때, 유능한 동판 제작자는 〈아연(亞鉛) 제판으로〉 유화, 프레스코 벽화, 또는 세밀화를 흑백으로 〈번역하였다〉. 아르간Argan(1970)은 동판 제작자의 다양한 기법들을 분석했는데, 동판 제작자는 재생할 그림에서 중요하다고 판단되는 측면을 부각시키기로 결정하여, 가령 색조나 명암 관계보다 주제를 높게 평가하거나, 심지어는 커다란 크기로 실현된 표현들을 작은 크기로 감지할 수 있도록 함으로써, 때로는 비율들의 재조정을 통해 크기의 요인을 보상하려는 경향을 보이기도 했다. 물론 사용자들은 그 이상 할 수 없다는 것을 잘 알고 있었기 때문에 적절한 층위의 그러한 협상을 받아들였다.[1]

그런 경우 질료의 변화(여기에 대해서는 나중에 다룰 것이다)는 없었다. 왜냐하면 원천 텍스트와 목적지 텍스트는 그림-회화의 연속체라 부르고 싶은 공통의 연속체(2차원 표면 위에 그린 기호와 흔적들)의 내부에서 발현되기 때문이다.

일반적으로 그것은 해석소가 해석되는 표현보다 〈덜〉 말하는 것처럼 보이는 경우이다(예를 들어 색깔의 상실이 있다). 하지만 어떤 면에서는 19세기의 일부 동판이나 석판 인쇄에서 원본의 이미지를 고유 수신자들의 취향에 맞추었기 때문에 〈그 이상 말했다〉고 할 수도 있다.

앞에서 우리는 음악 작품을 다른 음조로 옮겨 쓰는 것을 체계 내적 해석(동일한 기호 체계 내부에서의)으로 다루었다. 그렇지만 옮겨 쓰기가 음색의 변화를 함축하는 경우도 있다. 가령 바흐의 「무반주 첼로를 위한 모음곡」을 콘트랄토 *contralto* 리코더를 위해 옮겨 쓸 때 그렇다. 그것은 가령 첼로에서는 활이 동시에 여러 개의 현(弦) 위로 스치도록 함으로써 얻는 화음들을 아르페지오*arpeggio* 형식으로 〈번역〉함

1 이와 관련하여 마르코니(2002: 220~223면) 참조 — 원주.

으로써, 감미로운 소리의 변화 속에서도 원본 작품의 음악적 가치들 대부분을 그대로 간직하는 경우이다.

하지만 음색의 변화는 사소한 현상이 아니다. 멜로디와 하모니의 관점에서 볼 때 원본 악보나 옮겨 쓴 악보는 모두 〈똑같은〉 작품을 확인하도록 해주겠지만, 그 확인이 그다지 평온하게 이루어지는 것은 아니다. 만약 내가 바흐의 「무반주 첼로를 위한 모음곡」을 콘트랄토 리코더로 연주한다면, 아무리 잘못 연주한다 할지라도 그 작품을 기억하고 있다고 말할 수 있다. 그런데 때로는 내가 다른 일을 하고 있는 동안 라디오에서 첼로로 연주되는 멜로디를 듣는데, 그것을 알고 있다는 느낌이 들지만 확인하지 못하고, 그것이 바로 내가 리코더로 연주했던 〈모음곡〉들 중의 하나라는 것을 깨닫는 데 많은 노력이 필요할 수도 있다. 음색을 바꿀 경우 청취자에 대한 효과는 달라진다. 바로 여기에 실질의 명백한 변화가 개입한다.[2]

실질의 변화는 언어에서 언어로의 번역에서도 중요하다.

11·2 두 자연 언어 사이의 번역에서 실질의 문제

제2장에서 우리는 어떻게 번역이 텍스트의 리듬을 느끼도록 만들어야 하는지에 대해 다루었다. 거기에서 나는 〈선적인 발현〉, 즉 표현의 단면에서 볼 때, 텍스트의 리듬, 운율, 음성 상징적 가치들 등의 층위에서 정확하게 언어적이지 않

2 음악의 옮겨 쓰기 문제는 아주 방대하다. 고전 음악이나 그보다 훨씬 더 자주 또한 자유롭게 〈대중음악*popular music*〉에서 이루어지는 다양한 해결책들의 풍부한 현상에 대해서는 마르코니(2000)와 스파치안테 Spaziante(2000)를 참조하기 바란다 — 원주.

은 다양한 실질들이 나타난다는 사실을 지적했다. 물론 언어 외적 현상들에 대해 말한다고 해서 그런 현상들이 기호학적이지 않다는 의미가 아니다. 이 점은 중요하다. 왜냐하면 언어학만으로는 좀 더 일반적인 기호학의 관점에서 고려되어야 하는 번역의 모든 현상들을 밝힐 수 없기 때문이다.

운율은 어느 주어진 자연 언어에만 의존하지 않고, 따라서 11음절 시행의 도식은 다른 언어들에서도 실행될 수 있다고 이미 지적한 바 있다. 이런 도식에 따르면, 나는 어느 발명된 언어에서도 11음절 시행을 만들어 낼 수 있다고 덧붙이고 싶다. 가령 *tapàti tapatà patò patìru*처럼 관례상 어떤 의미도 없는 소리들을 사용하면서 말이다.

이런 문제는 단지 미학적 목적의 텍스트에만 해당하지 않는다. 다시 한 번 좀 더 낮은 차원으로 내려가 보자. 가령 누군가 *buongiorno*라는 이탈리아어 표현을 다른 언어로 번역해 달라고 요구한다고 가정해 보자(그것은 *bonjour*, 또는 특정한 범위 안에서는 *guten Tag*나 *good day*에서도 똑같을 것이다). 우리는 *buongiorno*가 다음과 같은 의미라고 말할 것이다.

(1) 문자 그대로는, 기분 좋은 하루에 대한 묘사이다.

(2) 일부 현행 관례에 따르면, 한 마디로 발음될 경우, 예절의 표현으로 그 기능은 무엇보다도 〈교감적(交感的)〉이다〔교감적 기능은 아주 중요하여, 서로 신뢰하는 관계일 경우 *buongiorno*를 *come va?*(어떻게 지내세요?)로 대체하더라도 상호 작용을 위태롭게 할 위험이 없다〕.

(3) 의미론적 관점에서 *buongiorno*는 관례적으로 그 인사를 받는 사람이 걱정이나 염려가 없는 하루를 보내라는 희망을 표현한다.

(4) 화용론적 관점에서 그런 기원의 진지함은, 공격 의사

가 없고 예의를 보이려는 의도보다 덜 중요하다(특수한 초분절적 버전에서는 예외인데, 가령 이빨을 물고 적대적인 어조로 그런 기원을 말하는 경우가 그렇다).

(5) 이탈리아어로 *buongiorno*는 오전이나 오후에 모두 사용할 수 있다(그것은 예컨대 영어와는 다르다).

(6) *buongiorno*는 상호 작용이 시작될 때나 끝날 때 모두 말할 수 있다〔비록 지금은 아마 프랑스어를 모방하여 *buona giornata*(좋은 하루 되십시오)로 상호 작용을 종결하는 습관이 널리 확산되었지만〕.

(1)~(6)의 지침들은 모두 좋은 해석(그리고 〈바꾸어 말하기〉)의 예를 보여 줄 뿐 번역이 아니다. 그 증거로 *buongiorno*의 의미와 화용론적 적절함의 지침들을 해석한 다음 누군가를 만났는데, 만약 내가 〈언어의 교감적 사용에 어울리게, 그리고 예절에 따라 나는 비록 이런 기원의 진지함이 공격 의사가 없고 예의를 보이려는 의도보다 덜 중요하다고 할지라도, 당신이 걱정이나 염려 없는 하루를 보내기를 바라는 희망을 표현합니다〉라고 말한다면, 아무리 좋게 생각해 본들 기괴한 사람으로 보일 것이다.

무엇 때문에 기괴한가? 해석의 관점에서 보면 이의를 제기할 것이 전혀 없다. 나는 *buongiorno*가 표현해야 하는 모든 것을 정확하게 표현했을 뿐이다. 문제는 모든 인사 표현의 기본적인 측면 중 하나는(가령 〈계단 조심!〉 또는 〈낙석 주의!〉 같은 모든 위험 경고와 마찬가지로) 〈간략함〉이라는 점이다. 그런 표현들에 대한 훌륭한 번역은 모두 발화의 속도감까지 그대로 간직해야 한다.

그런데 그 간략함은 표현에 의해 운반되는 내용과는 아무런 상관도 없으며, 어떤 주어진 언어의 표현 형식에 의해 부과되는 것도 아니다. 어느 주어진 언어는 가령 *buongiorno*나 〈당신에게 행복한 하루를 기원합니다〉가 될 수도 있는 기호열(列, *string*)들을 창출하는 데 필요한 모든 음소들을 활용할 수 있도록 해준다. 그런 공식의 간략함은 문체적 특성이며, 결과적으로 화용론적 규칙(가령 〈인사할 때는 간략하게 하라〉처럼 공식화할 수 있는)에 의존한다.

가령 내가 다음과 같이 하나의 표현을 생산하고 뒤이어 이 페이지 위에 그 표현을 여러 번 재생산하기로 결정한다고 가정해 보자.

엄마들은 자기 자식들을 사랑한다
엄마들은 자기 자식들을 사랑한다
엄마들은 자기 자식들을 사랑한다
엄마들은 자기 자식들을 사랑한다
엄마들은 자기 자식들을 사랑한다

언어학의 관점에서 볼 때 우리는 똑같은 〈선적인 발현〉을 보게 될 것이며, 인쇄된 이 다섯 열의 물리적 변화는 중요하지 않다(현미경으로 볼 때에만 잉크 층의 무한하게 작은 변화들을 관찰할 수 있을 것이다). 그러니까 우리는 〈똑같은〉 문장을 반복하였다. 하지만 이제 똑같은 문장을 세 개의 상이한 활자체로 재생산한다고 가정해 보자.

엄마들은 자기 자식들을 사랑한다
엄마들은 자기 자식들을 사랑한다
엄마들은 자기 자식들을 사랑한다

우리는 똑같은 문장을 세 개의 상이한 실질로 실현했다고 말할 수 있다. 그렇다면 아직도 똑같은 〈선적인 발현〉의 〈형식〉이라고 말할 수 있을까? 언어학적 관점에서 보면 세 개의 상이한 실질들로 실현된 똑같은 형식이다. 그래픽의 관점에서 보면 인쇄 활자는 무한하게 복제될 수 있는 유형이기 때문에 그래픽 체계 형식의 한 요소이다. 하지만 우리의 경우 형식의 변화는 세 가지 상이한 실질도 창출하였으며, 만약 문제의 텍스트에서 세 가지 상이한 인쇄의 선호, 인쇄자에 의한 세 가지 상이한 〈미학〉을 높게 평가하거나 비난해야 한다면, 우리는 그런 점도 고려해야 할 것이다.

이제 똑같은 문장을 피에몬테의 농부 파우타소, 나폴리의 변호사 페르쿠오코, 약간은 서투른 비극 배우 아그라만테가 발음한다고 가정해 보자. 우리는 음성적 실질과 관련하여 세 가지 상이한 실현들과 마주하게 되는데, 그 각각의 실현은 출신 지역이나 문화적 수준의 함축성에서 각자 커다란 중요성을 가질 것이며, 배우의 경우 억양은 의혹에서 강조로, 아이러니에서 감상적인 어조에 이르기까지 다양할 것이다. 여기 초보적인 문장에서도 언어적이지 않은 특성들, 즉 초분절적 특성, 성조(聲調)상의 특성, 유사 언어학적 특성 등으로 다양하게 일컫는 특성들이 개입한다.

순수하게 언어적인 표명의 실질은 최소한 파우타소나 페르쿠오코, 또는 아그라만테가 말하고자 하는 의미와 관련될 경우, 초분절적 변화에 무감각하다. 하지만 다른 경우에는 그렇지 않다.

가령 일종의 사이비 미래주의[3] 시를 상상해 보자.

3 *Futurismo*. 1909년 2월 20일 마리네티T. F. Marinetti(1897~1944)의 〈미래주의 선언〉과 함께 시작된 이탈리아의 아방가르드 예술 운동으로, 형식과 내용에서 새로운 표현 방식을 모색하려는 강한 실험 정신이 특징이다.

EsplosiooOne! Una boooOmba!

이 시의 영어 번역에서 우리는 그래픽 실질이나 형식을 모두 엄격하게 적절한 것으로 간주해야 할 것이며, 다음과 같이 번역해야 할 것이다.

ExplosiooOn! A boooOmb!

그런데 파우타소나 페르쿠오코, 또는 아그라만테가 발음했다고 가정한 문장들이 어느 희극의 일부를 이룰 경우에도 똑같은 일이 일어날 것이다. 그럴 경우 사투리 발음은 적절한 것이 될 것이다(만약 농부 파우타소가 아그라만테처럼 말하거나 또는 그 반대일 경우, 우리는 무시할 수 없는 희극적 효과를 얻을 것이다). 곤란한 것은 이런 세부가 번역에서도 적절한 것이 되는 경우이며, 여기에서 문제가 발생한다. 왜냐하면 파우타소가 런던 말투*cockney*로 또는 브르타뉴 악센트로 말하도록 하는 것은 별로 유용하지 않을 뿐더러, 원래의 함축성을 상실할 것이기 때문이다. 앞서 보았듯이 이것은 나의 『바우돌리노』 번역에서 나타났던 문제이다.

그렇다면 우리는 〈미학적〉 목적을 인정하는 일부 경우에서 실질의 차이는 지극히 중요해진다고 말해야 할 것이다. 하지만 단지 그런 경우뿐일까?

11·3 세 가지 공식

앞에서 나는 정의나 풀어 쓰기 같은 바꾸어 말하기 작업에서도 언어적 실질이 바뀐다고 지적했다. 왜냐하면 〈부엌에

topo(생쥐)가 있다〉와 〈부엌에 *sorcio*(생쥐)가 있다〉 사이에는 두 개의 상이한 선적인 발현이 일어나기 때문이다. 두 개의 언어적 실질은 소위 상이한 질료적 일관성을 갖기 때문에 서로 다르다(가령 둘째 문장은 큰 소리로 발음할 경우 첫째 문장과는 다른 소리의 울림을 만들어 내고, 녹음테이프에 상이한 흔적을 남긴다). 그렇지만 적절한 바꾸어 말하기를 얻기 위해서는, 그 표현 실질의 변화에서 똑같은 내용 실질을 표현하려고 의도하고(절대적 동의어라는 이상적 조건에서 *topo*와 *sorcio*는 완전히 상호 교환될 수 있다고 가정하자), 그리하여 언어적 실질의 변화가 중요하지 않아야 한다. 그런데 고유한 의미의 번역에서 〈부엌에 *sorcio*가 있다〉와 *there is a mouse in the kitchen*은 물론 똑같은 내용 실질을 가리키지만, 그것은 언어적 실질의 차이가 최대한의 중요성을 갖는 두 개의 선적인 발현을 통해 이루어진다(최소한 두 번째 경우 화자는 다른 언어로 표현한다는 것을 알 수 있다).

바꾸어 말하기의 경우 똑같은 내용 실질이 확인되는 한, 언어적 실질에 대해서는 지극히 관대하다. *buongiorno*를 〈비록 그런 기원의 진지함이 공격 의사가 없고 예의를 보이려는 의도보다 덜 중요하다고 할지라도, 대화 상대자가 아무런 걱정 없이 만족감을 예고하는 하루를 보낼 것을 기원하는 교감적 기능의 표현〉으로 해석하는 것은 바꾸어 말하기의 관점에서 충분히 만족스럽다. 왜냐하면 언어적 실질의 물리적 〈무게〉는 적절하지 않기 때문이다.

그러므로 내용이 가장 〈섬세하고〉 자세하게 해석되는 정의, 풀어 쓰기, 또는 추론의 경우 우리는 그 과정이 다음과 같은 공식으로 표현된다고 말할 수 있다.

(1) $SL_1 / C_1 \rightarrow SL_2 / C_{1a}$ 여기에서 $C_{1a} > C_1$

말하자면 〈내용$_1$C$_1$〉을 표현하는 원천 텍스트의 〈언어적 실질$_1$SL$_1$〉은 〈내용$_{1a}$C$_{1a}$〉를 표현하는 다른 〈언어적 실질$_2$SL$_2$〉로 바뀌게 되며, 여기에서 C_{1a}는(별로 전문적이지 않은 의미로 >기호를 사용하는 것을 용서하기 바란다) 똑같은 C_1이지만, 좀 더 섬세하게 해석된 것이다. 가령 〈주세페는 코카인을 흡입한다〉 대신 〈주세페는 코의 경로를 통해 코카의 잎사귀에 함유된 알칼로이드의 주요 성분을 취한다〉고 말하는 것과 같다.

그런데 초보적인 번역 과정에서〔예를 들어 기차에서 *è pericoloso sporgersi*(밖으로 몸을 내미는 것은 위험합니다)를 *il est interdit de se pencher au dehors*로 번역할 때처럼〕 최대한으로 똑같은 정보를 전달하더라도 언어적 실질의 두드러진 차이에 대해서는 타협한다(프랑스어 표현은 이탈리아어 표현보다 더 길고, 물질적으로 더 많은 공간을 차지한다). 그러므로 초보적인 번역에서 〈내용$_1$〉을 운반하는 〈언어적 실질$_1$〉(음성적이든 그래픽이든)은 (기대하건대) 똑같은 C_1 을 표현하는 〈언어적 실질$_2$〉로 바뀌게 된다.

$$(2)\ SL_1 / C_1 \rightarrow SL_2 / C_1$$

하지만 어느 정도까지 우리는 이 공식이 옳다고 간주해야 할까? 정말로 SL_2는 (〈임의적으로*ad libitum*〉) SL_1과 다를 수 있을까? 공식 (2)는 앞서 보았듯이 똑같은 언어적 실질을 그대로 간직하는 것이 바람직한 *mon petit chou*를 번역하는 방식에 비해 불만족스러운 것이 될 것이다.

좀 더 아래로 내려가 보자. 잘 알고 있듯이 영어 텍스트는 이탈리아어, 프랑스어, 또는 독일어로 번역될 때 통사적인 이유 때문에 숙명적으로 좀 더 길어진다. 영어는 다른 세 언어보다 단음절 단어들이 더 많으며, 독일어는 많은 복합 단어들을 사용한다. 이런 차이들은 양적으로 표현될 수 있어서, 가령 어느 출판사의 인쇄 담당자는 어떻게 한 텍스트의 다른 번역본들과 나란하게 행들을 배치해야 할지 예측할 수도 있다. 이제 User's Guide of the Musical Instrument Casio CTK-671의 둘째 페이지 첫 단락을 검토해 보자. 영어 텍스트는 다음과 같다.

384 tones, including 1000 'Advanced Tones'.

A total of 238 standard tones, including piano, organ, brass, and other presets provide you with the sounds you need, while memory for 10 user tones lets you store your own original creations. 100 of the present tones are 'Advanced Tones', which are variations of standard tones create by programming in effects (DSP) and other settings.

뒤이어 이탈리아어, 프랑스어, 독일어로 된 세 가지 번역본이 나와 있다. 이 다양한 언어로 된 텍스트들의 단어 수와 줄 수를 기록해 보면 다음과 같다.

영어	프랑스어	이탈리아어	독일어
62, 5	63, 6	64, 6	60, 7

분명히 영어 텍스트가 가장 짧다. 독일어는 가장 적은 단어를 사용하지만 가장 길다. 이탈리아어 텍스트는 프랑스어 텍스트와 다소 비슷한 길이이다. 이제 이 매뉴얼의 둘째 페이지 전체의 모든 줄 수를 고려해 보면 다음과 같다.

영어	프랑스어	이탈리아어	독일어
27	30	31	34

영어 텍스트는 단지 둘째 페이지 하나만 차지하는 반면, 다른 텍스트들은 부분적으로 다음 페이지로 이어진다. 이런 현상에 놀라는 사람은 아무도 없다. 하지만 만약 매뉴얼에서 영어 텍스트는 27줄인데, 독일어 텍스트는 60줄이라고 가정해 보자. 누구든지 비록 독일어를 모르더라도 그것은 번역이 아니라 풀어 쓰기, 또는 다른 텍스트라고 장담할 것이다.

이것은 우리가 본능적으로 번역의 적절성을 언어 실질들 사이의 〈양적 관계〉에서도 고려하게 된다는 것을 의미한다.[4]

앞에서 보았듯이 인사의 경우 간략함이 적절하다. 그러므로 종종 번역에서(문학적 목적이 아닌 텍스트의 경우에도) 문체적 실질의 문제는 중요하다. *buongiorno* 같은 인사는 에티켓 문체에 속하는데, 에티켓 문체는 엄격하게 통제되기 때

4 데리다(1967: 312면)는 『글쓰기와 차이*L'écriture et la différence*』에서 〈언어적 실체는 다른 언어로 번역되거나 옮기는 것을 허용하지 않는다. 그것은 바로 번역이 놓치는 것이다. 실체를 놓치게 내버려 두는 것, 그것이 번역의 본질적 에너지이다〉라고 썼다. 실체(즉 실질)가 바뀐다는 것은 숙명적이다. 하지만 번역자는 실체가 바뀐다는 것을 알기 때문에 그것을 완전히 놓치지 않고 재창조하기 위해 온갖 노력을 한다. 따라서 데리다(2000: 29면 이하)는 지극히 섬세한 관찰들에 대한 전제이지만 이런 의무를 제시한다. 〈번역은 원본과 《양적으로 동등한 것》이 되어야 한다. …… 어떤 번역도 이러한 양적 차이, 말하자면 그 단어에 대한 칸트의 의미에서 미학적인 차이를 절대 축소하지 않아야 한다. 왜냐하면 그것은 감수성의 시간 및 공간적 형식과 관련되기 때문이다. …… 그것은 기호들, 기표들, 기의들의 숫자가 아니라 〈단어들의 숫자〉를 세는 문제이다. …… 비록 접근할 수 없을지라도, 분명 〈단어 대 단어〉나 〈단어에 대한 단어〉로 번역하지 않고, 그럼에도 불구하고 되도록 하나의 단어를 《통한》, 하나의 단어의 등가에 가깝게 머무는 것이 법칙이자 이상이다〉 — 원주.

문에 전례(典禮) 의식과 비슷하다. 에티켓 형식과 고유한 의미에서의 전례 형식(가령 〈미사가 끝났습니다*Ite missa est*〉처럼)은 시 언어의 경계선에 매우 가깝게 자리 잡고 있으며, 따라서 문체적 규범들에 복종해야 한다. 그러므로 모든 번역은 도로 표지판의 번역일지라도 자체 안에 미학적-문체적 측면을 갖고 있다고 말할 수 있다.

11·4 시에서의 실질

이제 내가 알타비스타에 보들레르의 「고양이」를 번역하라고 제시했던 예로 돌아가 보자. 그리고 이 텍스트가 자동 번역기가 아닌 인간 번역자, 특히 마리오 본판티니가 어떻게 번역했는지 살펴보자. 대조의 편리함을 위해 다시 한 번 원본을 인용하면 다음과 같다.

> Les amoureux fervents et les savants austères
> Aiment également, dans leurs mûre saison,
> Les chats puissants et doux, orgueil de la maison,
> Qui comme eux sont frileux et comme eux sédentaires.
>
> I fedeli d'amore, e gli austeri sapienti
> Prediligon, negli anni che li fanno indolenti,
> I gatti forti e miti, onor dei focolari
> Come lor freddolosi, come lor sedentari.
> 사랑의 신봉자들과 근엄한 현자들은
> 그들을 무감각하게 만드는 세월 속에서 선호한다.
> 강하고 온화한 고양이들, 화덕의 영광,

그들처럼 추위를 타고, 그들처럼 틀어박혀 있는.

번역자는 문자 그대로의 의미론적 가치들에 대해서 약간은 방만하게 번역하였다. 가령 논쟁의 여지가 있는 *fedeli d'amore*에 대한 환기가 그렇다(이것은 텍스트에 이질적인 일련의 함축성을 전개시킨다. 아마 단테도 속했을 어떤 전설적인 집단에 대한 관념을 암시하기 때문이다. 하지만 분명히 본판티니는 나름대로의 이유로 그 박식한 함축성이 대다수 독자들에게는 드러나지 않을 것으로 기대했을 것이다). 또한 성숙한 시기를 무감각한 세월로 옮겼으며(이것은 완전히 자의적인 것은 아니다. 왜냐하면 무감각함은 틀어박혀 있는 것과 똑같은 연상 영역에 속하기 때문이다), *doux*를 *miti*로, *maison*을 *focolare*로 옮겼다.

내용의 측면에서는 일부 두드러진 변화들이 발생하였다. 예를 들어 *focolare*는 *maison*보다 의미 영역을 축소하지만, 오히려 전통적인 시골집의 따뜻함과 내밀함을 암시하고 불붙은 난로나 벽난로의 존재를 상기시키는데, 반면 보들레르의 텍스트는 *maison*으로 *savants austères*가 책장들이 가득한 거실에다 넓고 차가운 저택에 거주한다는 것을 암시하기 때문이다. 그런 의미에서 본판티니는 기본적인 번역 과정을 가리키는 공식 (2)를 따르는 대신, 오히려 풀어 쓰기와 추론, 말하자면 우리가 고유한 의미에서의 번역 부류에서 제외하려고 했던 과정들을 기술하는 공식 (1)을 따른 것처럼 보인다.

하지만 그는 두 개의 교차운(交叉韻, ABBA)을 두 개의 대운(對韻, AABB)으로 옮기는 데 성공했으며, 특히 이중(二重) 7음절 시행들을 사용하여 12음절 시행을 존중하였다. 만약 나머지 번역을 본다면, 둘째 연에서 본판티니는 비록 각운보다 반운(半韻)에 의존했지만 ABBA 변화를 충실하게 존중하고 있으며, 또한 아마도 피할 수 있었을 방만함을 도입했지만 나머지 두 개의 3행 연구(AAB CBC)를 AAB CDC로 옮겼다는 것을 관찰할 수 있을 것이다.

그러므로 번역자는 프랑스어 텍스트의 내용을 넘어서서 존중해야 할 주요 〈효과〉 또는 〈목적〉은 시적인 것이라고 결정했고, 바로 그것에 모든 것을 걸었다. 번역자는 문자 그대로에 대한 경의를 상실하더라도 특히 운율과 각운을 보존하려는 데 관심을 기울였다.

앞에서 우리가 「햄릿」의 에피소드를 정의 또는 동의어들로 번역하는 데 대해 당혹감을 느꼈다면, 분명 어떤 텍스트들의 효과는 언어 구조와는 상관없고 언어 외적 실질에 속하는 리듬의 특징들에 토대를 두기 때문이다. 그런 특징들이 일단 확인될 경우(「실비」에 감추어진 시행들의 경우처럼) 번역자는 그것들을 존중해야 한다.

그렇다면 〈특히 단지 언어적 실질뿐만 아니라 언어 외적 실질들까지 중요하게 만들기 때문에 미학적 성격을 인정하는 텍스트들도 있다〉고 말할 수 있다. 그런 텍스트들은 야콥슨이 말했듯이, 바로 그런 특징들을 보이기 때문에 〈자기 성찰적〉이다.

만약에 원본 텍스트의 표현 실질에 의해 창출되는 효과를 가능한 한 간직해야 한다면, 공식 (1)과 (2)는 다음과 같이 다시 써야 할 것이다.

(3) $SL_1\ SE_1 / C_1 \rightarrow SL_{1a}\ SE_{1a} / C_{1a}$

여기에서 목적지 텍스트의 표현 실질은(일상적으로 사용하는 텍스트의 번역보다 훨씬 이상으로), 〈거의〉 똑같은 효과를 창출하기 위하여, 원천 텍스트의 언어적 실질 SL이나 언어 외적 실질 SE에 모두 어느 정도 동등한 것이 되도록 노력한다.

수사학에서는 내용의 형상*figura*들(가령 은유나 환유, 모순 어법 같은)을 구별하는데, 그것들을 번역할 경우 언어적 실질(그리고 당연히 언어 외적 실질)은 적절하지 않은 것이 된다(*une forte faiblesse*는 비록 소리는 다르지만 *a strong weakness*로 잘 번역된다). 하지만 그런 실질이 가령 유음 중첩법(類音重疊法, *paronomasia*), 반운, 두운법(頭韻法), 또는 철자 바꾸기 같은 대부분의 표현 형식들에서는 중요해진다. 마찬가지로 언어 외적 실질은 음성 상징성, 그리고 일반적으로 낭송 리듬의 문제들에서 중요한 것이 된다.

운율적 가치와 관련하여 모음들의 길이와 음절은 강세 악센트(가령 이탈리아어 어휘 체계에서 이것은 의미의 차이를 결정한다)와 마찬가지로 체계의 현상들이다. 하지만 양적인 운율의 법칙에 따라, 또는 음절들의 숫자와 악센트에 따라 길이가 서로 다른 소리들의 연쇄를 통사로 분절하는 것은 텍스트 생산 과정을 조직하는 현상인데, 그럼에도 불구하고 그런 해결책들은(비록 운율과 문체의 특수한 규칙들에 의존하지만) 단지 언어 외적 실질의 현상으로만 지각될 수 있다. 마찬가지로 각운(첨가된 시행 도식들)은 비록 어휘 체계에 의해 이미 마련된 요소들을 활용할지라도 언어 외적 실질로 지각될 수 있다.

더글러스 호프스태터Douglas Hofstadter(1997)는 『마로의 아름다운 어조*Le ton beau de Marot*』에서 『신곡』의 다양한 영어 번역본들을 검토하는데, 이 작품의 문체 및 운율적 특징은 ABA, BCB, CDC 같은 각운으로 끝나는 11음절 시행들의 3행 연구들에 있다는 원칙에서 출발한다. 호프스태터는 어떻게 해서 그 구조가 언어적 성격이 아니라, 다음과 같이 거의 음악적인 도형으로 표현될 수 있는지를 아주 잘 증명하고 있다.

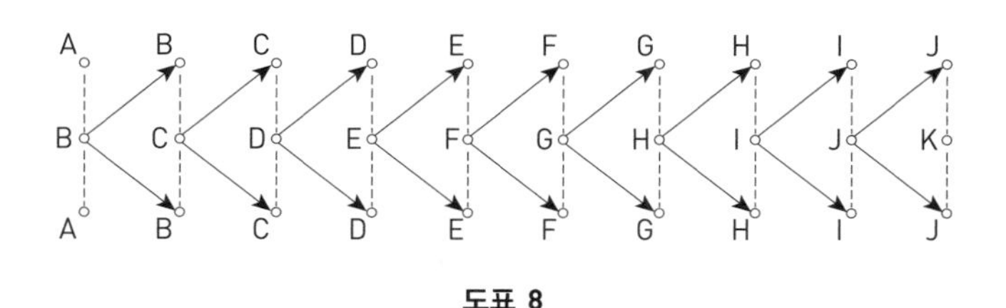

도표 8

호프스태터는 제3곡의 첫 3행 연구들을 예로 든다.

PER ME SI VA NE LA CITTÀ DOLENTE,
PER ME SI VA NE L'ETTERNO DOLORE,
PER ME SI VA TRA LA PERDUTA GENTE.

GIUSTIZIA MOSSE IL MIO ALTO FATTORE:
FACEMI LA DIVINA PODESTATE,
LA SOMMA SAPIENZA E 'L PRIMO AMORE.

DINANZI A ME NON FOUR COSE CREATE
SE NON ETTERNE, E IO ETTERNO DURO.
LASCIATE OGNE SPERANZA, VON CH'INTRATE.

Queste parole di colore oscuro
vid'io scritte al sommo d'una porta;

per ch'io: "Maestro, il senso lor m'è duro".
나를 거쳐 고통의 도시로 들어가고,
나를 거쳐 영원한 고통 속으로 들어가고,
나를 거쳐 길 잃은 무리 속에 들어가노라.

정의는 지존하신 내 창조주를 움직여,
성스러운 힘과 최고의 지혜,
최초의 사랑이 나를 만드셨노라.

내 앞에 창조된 것은 영원한 것들뿐,
나는 영원히 지속되니, 여기 들어오는
너희들은 모든 희망을 버릴지어다.

어느 문의 꼭대기에 검은 빛깔로
이런 말이 쓰인 것을 보고 내가 말했다.
「스승님, 저 말뜻이 저에게는 무섭군요.」

그러고는 일부 영어 번역들이 각운을 포기하였을 뿐만 아니라 단테가 생각했던 3행 연구 나누기도 존중하지 않은 것을 검토한다. 원본에서는 방문객에 대한 경고가 세 개의 3행 연구로 전개되고, 네 번째 3행 연구에 이르러서야 시인은 자신이 읽은 것에 대해 논평한다. 당연히 호프스태터는 로버트 핀스키 Robert Pinsky의 번역에 대한 자신의 불쾌함을 표현한다.

THROUGH ME YOU ENTER INTO THE CITY OF WOES,
THROUGH ME YOU ENTER INTO ETERNAL PAIN,
THROUGH ME YOU ENTER THE POPULATION OF

LOSS.

JUSTICE MOVED MY HIGH MAKER, IN POWER DIVINE,

WISDOM SUPREME, LOVE PRIMAL. NO THINGS WERE

BEFORE ME NOT ETERNAL; ETERNAL I REMAIN.

ABANDON ALL HOPE, YE WHO ENTER HERE.

These words I saw inscribed in some dark color
Over a portal. "Master", I said, "make clear

Their meaning, which I find too hard to gather."
Then he, as one who understands: "All fear
Must be left here, and cowardice die. Together, ……

여기에는 11음절 시행도 없고 각운도 없으며, 3행 연구의 분배도 존중되지 않았다. 이 곡에서 단테는 45개의 3행 연구를 배치했는데, 민스키는 단지 37개뿐이다. 호프스태터는 그런 결정의 미학적 동기를 전혀 알 수 없으며 깜짝 놀랄 정도라고 논평한다(1997: 533면).

호프스태터는 셰이머스 히니Seamus Heaney 같은 위대한 시인의 번역에 대해서도 냉소적으로 비판하는데, 그의 번역도 운율이나 각운을 유지하지 않는다(호프스태터는 만약 고등학생이 그 시구들을 썼다면 낙제를 받을 것이라고 지적한다). 하지만 마크 무사의 번역은 구제되는데, 그는 각운을 사용함으로써 일어날 최악의 결과들을 고려하여 각운을 포기했다고 고백하지만, 운율은 존중하고 있다.

그런 검토에서 도로시 세이어스를 간과하고 있는 것은 흥미롭다. 세이어스는 거의 언제나 운율을 유지하고 부분적으로는 각운도 구하고 있을 뿐만 아니라 3행 연구의 정확한 구분도 존중하고 있다.

THROUGH ME THE ROAD TO THE CITY OF DESOLATION,
THROUGH ME THE ROAD TO SORROWS DIUTURNAL,
THROUGH ME THE ROAD AMONG THE LOST CREATION.

JUSTICE MOVED MY GREAT MAKER; GOD ETERNAL
WROUGHT ME: THE POWER, AND THE UNSEARCHABLY
HIGH WISDOM, AND THE PRIMAL LOVE SUPERNAL.

NOTHING ERE I WAS MADE WAS MADE TO BE
SAVE THINGS ETERNE, AND I ETERNE ABIDE;
LAY DOWN ALL HOPE, YOU THAT GO IN BY ME.

These words, of sombre colour, I descried
Writ on the lintel of a gateway; "Sir,
This sentence is right hard to me", I cried.

이제 『장미의 설화*Roman de la rose*』에 나오는 하나의 2행 연구와, 프랑스어 풀어 쓰기(현대 독자들이 접근할 수 있는 텍스트로 만들기 위한), 두 가지 이탈리아어 번역을 살펴보자.

Maintes genz cuident qu'en songe

N'ait se fable non et mençonge. (『장미의 설화』)

Nombreux son ceux qui s'imaginent que dans les rêves il n'y a que fables et mensonges. (스트뤼벨Strubel)

Molti dicono che nei sogni
non v'è che favola e menzogna. (예볼렐라Jevolella)
많은 사람들이 꿈속에는
꾸며 낸 이야기와 거짓말만 있다고 말한다.

Dice la gente: fiabe e menzogne
sono e saranno sempre i tuoi sogni. (단젤로 마타사D'Angelo Matassa)
사람들은 꾸며 낸 이야기와 거짓말이
언제나 당신의 꿈속에 있고 또 있을 것이라고 말한다.

명백함을 지향하는 프랑스어 풀어 쓰기는 말할 것도 없고, 이탈리아어 시행으로 된 첫 번째 번역은 운율이나 각운을 전혀 유지하지 않기 때문에 프랑스어 풀어 쓰기와 별로 다를 바 없음을 주목할 수 있다. 두 번째 번역은 각운을 포기하고 원본의 8음절 시행을 이중의 5음절 시행으로 해결하려고 노력하고 있다. 이것은 독자에게 원본 텍스트에 운율이 있다는 것을 암시하지만, 어떤 것인지 말해 주지 않고 또한 대신할 아무것도 제공하지 않는다. 내용(지극히 상투적인)은 살아남지만 표현은 상실되거나 변형되었다.

분명히 기욤 드 로리스는 이어지는 시행들에서 말하듯이 진실을 말하는 꿈들이 있다고 주장하려 했다. 하지만 만약 자신의 언어가 *songe*와 *mençonge* 사이의 음성적 관계를 암시하지 않았더라면, 자신과는 다르게 주장하는 사람의 말을 인용하면서 그렇게 양보*concessio*의 수사 기법으로 시작했을까? 무엇 때문에 두 가지 이탈리아어 번역은 그런 각운을 무시한 채, 하나는 *sogni / menzogne*에 만족하고 다른 하나는 *menzogne / sogni*에 만족하는가? 특히 두 번째 번역은 첫 2행 연구를 불충실하게 옮긴 다음 대운으로 진행한다는 것을 고려하면 그렇다. 가령 *Dice la gente che quei che sogna — sol concepisce fiaba e menzogna*(사람들은 말한다, 꿈꾸는 사람은 / 단지 꾸며 낸 이야기와 거짓말만 상상한다고)로 시작할 수 없었을까?

하지만 각운의 존중만으로 텍스트의 효과를 유지하는 데 충분하지 않은 경우도 있다. 엘리엇의 「앨프리드 프루프록의 사랑 노래The Love Song of J. Alfred Prufrock」에 유명한 시행이 나온다.

> In the room the women come and go
> Talking of Michelangelo.

전체 시의 나머지 부분에서도 그렇듯이 텍스트는 비록 내적이지만 각운이나 반운을 활용하고 있으며, 이 경우처럼 때로는 아이러니한 효과들을 얻기도 한다(이탈리아 이름의 영어 발음을 예상하면서). 번역자는 그로테스크한 해결책들을 피하기 위해 운율이나 반운을 표기할 수도 있다. 그리하여 루이지 베르티Luigi Berti와 로베르토 사네시Roberto Sanesi는 모두 다음과 같이 번역한다.

> Nella stanza le donne vanno e vengono

Parlando di Michelangelo.
방 안에서 여인들이 갔다 왔다 한다,
미켈란젤로에 대해 이야기하면서.

그런데 프랑스어 번역에서 피에르 레리스Pierre Leyris는 원천 텍스트의 의미가 바뀌는 것을 받아들이면서 각운 효과를 유지하려고 노력한다.

Dans la pièce les femmes vont et viennent
En parlant des maîtres de Sienne.

이 경우 각운을 구하기 위하여 번역자는 지시를 위반했다(여자들은 미켈란젤로에 대해 이야기하는 것이 아니라 가령 두초 디 부오닌세냐[5]에 대해 이야기하고 있다). 그런데 각운을 구했음에도 모음 / ö /에 기초한 원본의 반음(여자들은 적당한 콧소리로 *Maikelangiloo*라고 말하고 있다)의 재치를 상실한 것처럼 보인다. 또한 시에나 화가들에 대해 이야기하는 것은(존경할 만한 영국 부인들 — 결과적으로 엘리엇이 〈잘난 체하는 여자들*bas bleu*〉로 제시하는 — 에게) 이탈리아 회화의 역사에 대한 상당한 역량을 전제로 하는 반면, 미켈란젤로는(라파엘로나 다빈치와 함께) 피상적인 대화에 더욱 어울린다는 느낌이 든다. 어쨌든 콧소리 효과는 상실되는 마당에, 각운을 존중하는 것이 더 나을까, 아니면 지시의 통속적인 냄새를 존중하는 것이 더 나을까?

나는 에코(1995a)에서 비슷한 관찰을 하면서 장난삼아 몇

5 Duccio di Buoninsegna(1255?~1319). 이탈리아의 화가로 당시의 소위 〈시에나*Siena* 화파〉에 가장 커다란 영향을 준 것으로 알려져 있다.

가지 그로테스크한 대안들을 고안해 보았는데, 가령 *Nella stanza le donne cambian posto / parlando dell'Ariosto*(방 안에서 여인들이 자리를 바꾼다, 아리오스토[6]에 대해 이야기하면서) 또는 *Nella stanza le donne a vol d'augello / parlan di Raffaello*(방 안에서 여인들이 스쳐 지나가듯이 라파엘로에 대해 이야기한다) 같은 것이다. 사네시(1997)는 나의 분석에 동의하면서 그 숙명의 두 행을 다음과 같이 옮긴 바치갈루포Bacigalupo의 번역을 인용한다.

> Le donne vanno e vengono nei salotti
> Parlando di Michelangelo Buonarotti.
> 여인들이 거실 안에서 갔다 왔다 한다,
> 미켈란젤로 부오나로티에 대해 이야기하면서.

모든 판단은 독자에게 맡긴다. 하지만 이 번역은 불완전한 반운을 겨우 얻으면서 나머지 모두를 송두리째 상실한 것처럼 보인다.

「앨프리드 프루프록의 사랑 노래」와 관련하여 나는 그 텍스트(아마 내가 가장 사랑하는 현대 시)를 처음 이탈리아어 번역본으로 접하면서 각운을 맞추지 않은 시행으로 이해했다는 사실을 고백해야겠다. 실제로 베르티의 번역과 사네시의 번역을 보기 바란다.

> Allora andiamo, tu ed io,

6 Ludovico Ariosto(1474~1533). 16세기 이탈리아의 대표적 시인으로 그의 걸작 『광란의 오를란도*Orlando furioso*』는 기사 문학의 마지막을 장식하는 작품으로 꼽힌다.

Quando la sera si tende contro il cielo
Come il paziente in preda alla narcosi;
Andiamo, per certe semideserte strade,
Ritrovi mormoranti
Di chi passa notti agitate in dormitori pubblici.
E *restaurants* pieni di segatura e gusci d'ostrica;
Strade che ci seguono come un tedioso argomento
D'ingannevole intento
E c'inducono a una domanda opprimente……
Oh, non chiedere "cos'è?"
Andiamo a fare la nostra visita. (베르티)
그러면 우리 가자, 너와 나,
마취에 사로잡힌 환자처럼
하늘을 향해 저녁이 펼쳐질 때,
우리 가자, 반쯤 황량한 거리들을 거쳐,
공공 숙소에서 동요된 밤을 보내는 자의
중얼거리는 모임 장소들.
톱밥과 굴 껍데기들이 가득한 레스토랑들,
속임수 의도의
지겨운 주제처럼 우리를 뒤따르고
억압적인 질문으로 이끄는 거리들……
오, 〈무엇이야?〉 묻지 마라.
우리의 방문을 하러 가자.

Allora andiamo, tu ed io,
Quando la sera si stende contro il cielo
Come un paziente eterizzato sopra una tavola;[7]
Andiamo, per certe strade semideserte,

Mormoranti ricoveri
Di notti senza riposo in alberghi di passo a poco prezzo
E ristoranti pieni di segatura e gusci d'ostriche;
Strade che si succedono come un tedioso argomento
Con l'insidioso proposito
Di condurti a domande che opprimono……
Oh, non chiedere "Cosa?"
Andiamo a fare la nostra visita. (사네시)
그러면 우리 가자, 너와 나,
탁자 위에 에테르로 마취된 환자처럼
하늘을 향해 저녁이 펼쳐질 때,
우리 가자, 반쯤 황량한 거리들을 거쳐,
싼값에 거쳐 가는 여관에서 휴식 없는 밤들의
중얼거리는 은신처들.
톱밥과 굴 껍데기들이 가득한 식당들,
짓누르는 질문으로 너를 이끌려는
교활한 의도와 함께
지겨운 주제처럼 이어지는 거리들……
오, 〈무엇?〉이라고 묻지 마라.
우리의 방문을 하러 가자.

사실 원래의 작품은 운율과 각운(일부는 내적인), 반운(*go* 와 *Michelangelo* 사이의 그 끝 부분을 정당화하는)을 갖고 있는데, 이탈리아어 번역에서 상실되었던 것이다.

7 1966년 번역본에서 사네시는 이렇게 옮겼다. *Come un paziente eterizzato disteso su una tavola*(에테르로 마취되어 탁자 위에 늘어진 환자처럼) — 원주.

Let us go, you and I,
When the evening is spread out against the sky
Like a patient etherised upon a table;
Let us go, through certain half-deserted streets,
The muttering retreats
Of restless nights in one-night cheap hotels
And sawdust restaurants with oyster shells:
Streets that follow like a tedious argument
Of insidious intent
To lead you to an overwhelming question……
Oh, do not ask, "What is it?"
Let us go and make our visit.

In the room the women come and go
Talking of Michelangelo.

나는 만약 엘리엇이 운율과 각운을 사용했다면 그것을 간직하도록 최대한 노력할 필요가 있다고 생각했다. 그래서 시도해 보았고(커다란 열정을 기울여 작업하지는 않았다) 다음과 같은 결과를 얻었다.

Tu ed io, è già l'ora, andiamo nella sera
che nel cielo si spande in ombra nera
come un malato già in anestesia.
Andiam per certe strade desolate
nel brusio polveroso
di certi alberghi ad ore, in cui folate
senti di notti insonni, e l'acre odore

di ristorianti pregni di sudore……
너와 나, 벌써 시간이 되었다, 가자,
이미 마취된 병자처럼 하늘에
검은 그림자로 펼쳐지는 저녁 속으로.
가자, 황량한 거리들을 거쳐
네가 불면의 밤들의 바람을 느끼는
시간당 빌리는 여관들의
먼지투성이 소음 속으로.
땀에 젖은 식당들의 강렬한 냄새……

그리고 나는 멈추었다. 곧바로 나는 19세기 말 또는 20세기 초의 이탈리아 시와 마주하고 있다는 느낌이 들었다. 사실 〈프루프록〉은 1911년에 쓰였고, 따라서 그 시대의 정신으로 옮기는 것은 잘못된 것이 아니었다. 하지만 엘리엇이 영어로 썼던 맥락은 가령 로렌초 스테케티[8]가 쓰던(길고도 지겨운 나날들 / 하품을 하며 혼자서 무기력해지는 것, / 침대에 길게 누워 잠을 자는 것, / 또다시 잠이 올 때까지 / 결핵에 걸린 가슴과 정신을 느끼는 것, / 이것이 나의 삶이다) 맥락과 동일했는가 자문해 보았다.

나는 전혀 문제를 제기하지 않기로 결정했다. 나는 20세기 초 영시의 전문가도 아니며 영시를 번역해 본 적도 없었기 때문이다. 하루아침에 직업을 바꿀 수는 없다. 내가 직면하고 있다고 느끼는 문제는 오히려 다른 종류의 문제처럼 보인다. 즉 나의 번역이 만약(나의 가설을 허용해 주기 바란다) 20세기 초에 이루어져 출판되었더라도 받아들여졌을까

8 Lorenzo Stecchetti(1845～1916). 본명은 Olindo Guerrini. 이탈리아의 시인이자 비평가로 그의 시들은 신성 모독적인 어조와 외설적인 주제들로 물의를 일으키기도 했다.

하는 것이다. 베르티의 번역은 1940년대에 나왔고, 사네시의 번역은 1960년대 초부터 나오기 시작했다. 그러니까 이탈리아 문화에서는 에르메티스모[9]와 다른 사조들을 경험한 다음에 엘리엇을 현대 시인으로 받아들였으며(나중에 네오아방구아르디아[10]로 이어진 이탈리아의 많은 시들에 엘리엇이 얼마나 많은 영향을 주었는지 생각해 보기 바란다), 엘리엇의 거의 산문적인 건조함, 관념들의 유희, 풍부한 상징성을 높게 평가하였다.

여기에 〈번역의 지평〉[11]이라는 개념이 개입한다. 모든 번역은(그렇기 때문에 번역들은 늙어 간다) 숙명적으로 취향의 선택에 영향을 주는 문학적 관습과 전통들의 지평 안에서 움직인다. 베르티와 사네시는 1940년대와 1960년대의 이탈리아 문학 지평 속에서 움직였다. 그렇기 때문에 그런 선택을 했던 것이다. 그들은 적절한 등가들을 찾을 능력이 없었기 때문에 각운을 피한 것이 아니라, 엘리엇의 시에서 이탈리아 독자가 기대하고 또 원할 만한 이미지에 초점을 맞추면서 협

9 *Ermetismo*. 1930~1940년대 이탈리아의 대표적인 시파로서, 프랑스 상징주의의 영향과 함께 순수한 시어의 가능성을 최대한 활용하여 인간 내면의 순수하고 심오한 시적 순간을 포착하여 표현하고자 하였다. 따라서 지극히 암시적이고 모호한 그들의 시는 대부분 난해하기로 유명하다. 다른 한편으로 개인의 내면세계에 침잠함으로써 당시의 사회 문제를 외면했다는 비판을 받기도 하였다.

10 *neoavanguardia*. 1960년대 초반 이탈리아에서 전개된 문예 운동으로 네오레알리스모*neorealismo*에 대한 반발로 태동하였다. 네오아방구아르디아라는 명칭이 암시하듯이 20세기 초의 아방가르드 운동을 새롭게 되살리려는 것이 주요 목표였다. 이 운동의 구심점은 1961년에 출간된 시 선집 『신예들*I novissimi*』과 1963년 시칠리아의 팔레르모에서 개최된 학회를 계기로 결성된 〈63 그룹〉이었는데, 에코도 여기에 가담하여 핵심적 이론가로 활동하였다.

11 이에 대해서는 〈다체계 이론*Polisystem Theory*〉의 입장과 이븐 조하르Even Zohar의 작업들, 그리고 그 주제들을 다시 다룬 베르만(1995)과 카트리스Cattrysse(2000)를 참조하기 바란다 — 원주.

상하였던 것이다. 엘리엇의 작품에서 각운은 「황무지」의 재현과 비교해 볼 때 이차적인 것이며 어떠한 각운의 요구도 *sawdust*와 *oyster shells*(게다가 이것은 이탈리아 독자에게 오징어 뼈들[12]을 상기시킨다!)가 흩어진 식당들에 대한 지시를 상실해서는 안 된다고 결정했던 것이다(그리고 그것은 해석적 선택이었다). 어떻게 해서든지 각운을 추구할 경우, 먼지 같고 찌르는 듯한 담론을 부드럽고 〈노래하는 것처럼〉 만들 위험이 있었다(왜냐하면 널리 알려져 있듯이, 두려움은 한 줌의 먼지 속에서도 보일 수 있기 때문이다). 그러므로 엘리엇의 황량함에 대한 충실함 때문에 이탈리아어의 맥락에서 위안을 주듯이 과장되게 〈기분 좋아〉 보일 수도 있는 각운에 의존하지 않아야 했다.

〈프루프록〉의 이탈리아어 번역들은 그것이 이루어진 역사적 시기 또는 관련된 번역의 전통에 의해 결정되었다. 그것은 문화가(그리고 문화를 형성하고 평가하는 비평이) 비록 암시적이지만 사전에 합의한 해석적 규칙들에 비추어 볼 때에만 근본적으로 〈충실한〉 것으로 정의될 수 있다.[13]

그렇게 함으로써 두 번역자는 분명히 〈목적 지향적〉 방향으로 움직였으며, 텍스트에서 환기되는 노골적이고 자명한 이미지들의 연쇄를 선택했고 산발적인(그리고 쉬운) 경우들에 각운을 집어넣으려고 시도하지 않았다. 하지만 언어적 실질의 문제에 무감각하지 않았으며, 〈선적인 발현〉의 가치들에는 무관심한 채 단지 내용만 중요하게 다루려고 하지도 않

12 몬탈레의 첫 시집 제목이 〈오징어 뼈들*Ossi di seppia*〉이다.

13 사네시(1997)는 자신의 결정에 대한 나의 해석에 동의한다. 그에게 유일하게 지적할 수 있는 것은 *argument*를 *argomento*로 번역한 것이다. 베르티도 똑같이 번역했지만, 그 구절의 유일한 각운을 보존하려는 분명한 목적 때문이었다 — 원주.

았다. 다만 다른 가치들에 초점을 맞추었을 뿐이다. 마지막 두 행으로 돌아가 보자. 베르티와 사네시의 운율은 엘리엇의 운율과는 다르다. 하지만 9음절 리듬에서 12음절 리듬으로의 이행은 그 2행 연구에 거의 금언 같은 성격을 지탱해 준다. 그런 〈예시*exemplum*〉는 이탈리아어 번역본에서도 나름대로 음악적이고 기억할 만한 것으로 남아 있다.

번역자의 지평이라는 주제와 연결되기 때문에 실질의 문제와 직접 관련되는 것은 아니지만, 에밀리오 프란체스키니 Emilio Franceschini의 『몽테크리스토 백작』 번역본에서 발견한 이상한 경우를 인용하고자 한다. 우리 모두 알고 있듯이 에드몽 당테스는 감방에서 한 등장인물과 만나는데, 그는 제14장에서 이프 성의 책임자에 의해 *abbé Faria*로 지명되고, 제16장에서 에드몽에게 *Je suis l'abbé Faria*라고 자신을 소개하며 계속해서 그렇게 지명된다. 오늘날 우리는 그가 허구의 등장인물이 아니라, 포르투갈 사람이며(그런데 뒤마는 이탈리아 사람으로 만든다), 대혁명의 사건들에 가담한 철학 교수로, 샤토브리앙도 『저승의 회고록』[14]에서 지명했던 스베덴보리와 메스머의 추종자였다는 것을 알고 있다.[15] 역사적 출전은 별개로 하더라도 어쨌든 계몽 철학자이며 보나파르트주의자인 그 인물이 성직자라는 사실은 특이하다. 왜냐하면 당시의 특징적 인물인 데다가, 그가 에드몽에 대해 정신적 지도자이며 아버지, 거짓말쟁이로서 갖는 기능은 너무나도 독특한 중요성을 갖기 때문이다.

14 *Mémoires d'outre-tombe*. 프랑스의 작가이자 정치가 F. R. Chateaubriand (1768~1848)의 자서전적 작품으로 모두 7권으로 되어 있다.

15 질베르 시고Gilbert Sigaux의 『몽테크리스토 백작』(파리: 비블리오테크 드 라 플레야드, 1981: xvii)에 대한 서문 참조 — 원주.

그런데 프란체스키니의 번역본에서는 파리아가 *abbé*라는 것을 전혀 말하지 않는다. 제17장은 프랑스어로 *La chambre de l'abbé*라는 제목으로 되어 있는데, 이탈리아어 번역본에서는 *La cella dello scienziato*(과학자의 감방)가 될 정도이다. 비록 사소하지만 분명 이야기가 바뀌고, 그 파리아가 원래의 함축성을 상실하고 모험가-과학자 같은 좀 더 모호한 함축성을 띠게 되는 것은 분명하다. 무엇 때문에 번역자가 그런 검열을 했는지 도무지 그 이유를 알 수 없다. 반(反)성직자의 광기로 그렇게 했을 것이라고 생각하는 것은 우스꽝스러울 것이며, 그렇다면 단 하나의 설명만 남는다. 프랑스에서 *abbé*라는 직함은 세속의 모든 성직자에게 부여되며, 이탈리아어로는 *don* 또는 *reverendo*에 해당할 것이다. 그렇지 않으면 *abate*(수도원장), 말하자면 수도원의 규정상 최고 수도사를 생각하게 될 것이다. 번역자는 don Faria가 그 죄수의 성직자 이미지를 시골 본당 신부의 차원으로 축소시킬 것으로 생각하여 당혹감을 느꼈을 수도 있다. 하지만 바로 여기에서 번역자의 지평이라는 개념이 작동해야 할 것이다.

있는 그대로의 집단적 상상계에서 파리아 신부는 이탈리아에서도 파리아 신부이며, 이전의 많은 번역본들에서도 그렇게 지명되었다. 전설적인 파리아는 신부로서 니차와 모르벨리의 「4총사」[16]에도 나오고,[17] 심지어 토토와 카를로 캄파니니[18]가 출연한 「두 고아」에도 나온다. 그 이름은 빨간 모자

16 I quattro moschettieri. Angelo Nizza와 Riccardo Morbelli의 대본으로 1934년 〈라디오 토리노Radio Torino〉에서 방학을 맞은 어린이들을 위한 방송 프로그램으로 커다란 인기를 끌었는데, 제목이 암시하듯이 뒤마의 작품을 패러디하였다.

17 페루지나Perugina: S. A. 및 산세폴크로Sansepolcro: S. A. 부이토니Buitoni, 1935: 제3장 — 원주.

나 해적 네로[19] 같은 상호 텍스트의 전설에 속한다. 그러므로 나는 파리아에게서 성직의 위엄을 박탈하며 『몽테크리스토 백작』을 번역할 수는 없다고 생각한다. 그리고 독자가 그를 신부가 아니라 수도사로 믿을 수도 있다는 것은 이차적인 문제이다.

11·5 시의 번역에서 〈거의〉

언어 외적 실질의 중요성은 시적 기능의 담론에서 핵심적이다. 그리고 단지 보이는 것, 가령 어느 그림에서 얼굴의 입이나 눈 같은 것뿐만 아니라, 선(線)이나 붓질, 때로는 그것이 실현되는(바로 〈실질화되는〉) 재료의 점도(粘度)까지 중요시하는 모든 예술에서도 그렇다.

실용적인 목적의 커뮤니케이션에서 언어적 및 언어 외적 실질의 존재는 순수하게 기능적이고 의미를 포착하는 데 기여하며, 바로 거기에서 출발하여 내용을 해석한다. 만약 내가 누군가에게 프루프록이 어디에 있는가 질문하고, 그는 나에게 몇몇 여인들이 미켈란젤로에 대해 이야기하고 있는 방안에 있다고 대답한다면, 그 이름의 발음, 또는 문장에 *go*와 함께 반음이 나타난다는 사실(또 이탈리아어의 마지막에서

18 Totò(본명은 Antonio de Curtis: 1898~1967)와 Carlo Campanini(1906~1984)는 모두 이탈리아의 희극 배우들로 독특하고 표현력 강한 영화들에서 많은 인기를 끌었다. 두 사람이 함께 출연한 「두 고아I due orfanelli」는 1947년 작품이다.

19 살가리Emilio Salgari(1862~1911)의 소설 『해적 네로*Il Corsaro Nero*』의 주인공. 살가리는 주로 프랑스의 쥘 베른, 뒤마의 영향을 받아 방대한 분량의 작품들을 남겼는데, 주인공 네로가 등장하는 해적 시리즈 외에도 여러 특징적인 등장인물을 탄생시킨 다양한 모험 소설들을 남겼다.

두 번째 행은 12음절이라는 사실)은 비본질적인 것이 될 것이다. 나는 그 방을 확인하려는 데 몰두하여 근엄하고 추위를 잘 타는 학자들이 앉아 있는 다른 방을 제외하느라고 실질의 문제를 잊을 것이다.

하지만 시적 기능의 담론에서는 분명 외시적(外示的) 내용이나 내시적(內示的) 내용(그 불쌍한 여자들에 대한 분명한 비난)을 모두 포착할 것이며, 그것을 포착한 다음에야 실질의 문제로 돌아갈 것이고, 실질과 내용 사이의 관계에 대해 기꺼이 고찰할 것이다.

나는 〈거의〉의 기치 아래 번역에 대해 이러한 성찰을 하였다. 아무리 훌륭하다 할지라도 번역을 하면 〈거의〉 똑같은 것을 말하게 된다. 〈거의〉의 문제는 분명히 시의 번역에서 핵심적인 것이 된다. 〈거의〉에서 완전히 〈다른〉 것, 원본에 대해서는 일종의 도덕적 빚만 지고 있을 뿐 완전히 다른 것으로 넘어갈 정도로 천재적인 재창조라는 극단에 이를 경우에도 마찬가지이다.

하지만 때로 번역자는 단지 〈거의〉만 말할 수 있다는 것을 알면서도 어떻게 해서든지(비록 〈거의〉지만) 옮기고자 하는 〈것의 핵심〉을 어디에서 찾는가 살펴보는 것은 흥미로울 것이다.

아마 나의 한계겠지만 어떤 적절한 번역이나 근본적인 개작을 찾아볼 수 없는 경우부터 시작해 보자. 현대 시에서 가장 아름다운 사랑의 노래에 속하는 작품인 상드라르의 「시베리아 횡단 열차 여행기*Prose du transsibérien*」에 나오는 구절이다. 어느 시점에서 시인은 기차의 율동, 덜컹거림과 함께 끝없는 벌판으로 나아가는 동안, 자신의 여인, 자그마한 잔 드 프랑스, 사랑스러운 병든 창녀에게 말한다.

Jeanne Jeannette Ninette nini ninon nichon
Mimi mamour ma poupoule mon Pérou
Dodo dondon
Carotte ma crotte
Chouchou p'tit-cœur
Cocotte
Chérie p'tite-chèvre
Mon p'tit-péché mignon
Concon
Coucou
Elle dort.

유감스럽게도 리노 코르티아나Rino Cortiana의 번역은 감미로움의 어조를 유지하기 위해 객차의 어두운 흔들림을 전달하지 못하는 명백한 어조로 애교를 부리고 있다.

Giovanna Giovannina Ninetta Ninettina tettina
Mimì mio amor mia gattina mio Perù
Nanna nannina
Patata mia patatina
Stella stellina
Paciocchina
Cara caprettina
Vizietto mio
Mona monella
Ciri ciritella
Dorme.
조반나 조반니나 니네타 니네티나 작은 가슴

미미 내 사랑 내 고양이 내 페루
자장자장 잠들어라
감자 나의 작은 감자
별 작은 별
착한 아이
사랑스러운 어린 양
나의 변덕
여인 작은 여인
치리 치리텔라
잠잔다.

하지만 코르티아나의 잘못이 아니다. 그는 아마 그 시행들에서 두 가지 핵심을 감지했을 것이다. 앞서 말했듯이 객차의 흔들림과 사랑의 감미로움이 그것이다. 그는 선택해야 했다. 프랑스어 텍스트는(여러분은 앞에서 살펴보았던 *mon petit chou*를 기억할 것이다) 소위 애교와 협궤(狹軌) 열차를 함께 융해시킬 수 있었지만 이탈리아어 텍스트는 아마 그렇게 할 수 없었을 것이다(혹시 에디트 피아프가 프란체스코 마리아 피아베[20]의 언어로 노래 부를 수 있었을까?).

철도와 관련하여 내가 가장 사랑하는 시들 중 하나는 몬탈레의 다음 시이다.

Addio, fischi nel buio, cenni, tosse
e sportelli abbassati. È l'ora. Forse

20 Francesco Maria Piave(1810~1876). 이탈리아의 시인이자 오페라 대본 작가로 베르디의 여러 오페라 대본을 썼다.

gli automi hanno ragione: Come appaiono
dai corridoi, murati!
……

— Presti anche tu alla fioca
litania del tuo rapido quest'orrida
e fedele cadenza di carioca?
안녕, 어둠 속의 기적들, 손짓들, 기침,
내린 차창들. 시간이 되었다. 아마
자동 인간들이 옳다. 그들은 객실 통로에서
벽에 갇힌 채 어떻게 보이는가!
……

너도 네 급행열차의 희미한 연도(煉禱),
이 가공스럽고 충실한 카리오카의
율동에 귀를 기울이는가?

이탈리아어로 된 시이기 때문에 번역의 경의를 표할 수 없었지만, 나는 11개의 〈울리포 방식〉 연습을 시도해 보는 것을 즐겼다. 말하자면 다섯 개의 글자 빼기[21](매번 다시 쓸 때마다 다섯 개의 모음들 중에서 하나씩 사용하지 않는), 다섯 개의 단일 모음 텍스트(매번 언제나 단 하나의 모음만 사용하는), 그리고 하나의 모든 글자 사용하기[22](알파벳의 각 문자를 단 한 번만 사용하는) 연습이 그것이다. 내 연습의 모든

21 *lipogramma*. 일종의 수사학 기법으로, 알파벳의 특정 글자가 들어가는 단어들을 완전히 빼고 텍스트를 쓰는 방법을 가리킨다.

22 역시 수사학적 기법들 중의 하나로, 알파벳 문자를 한 번씩만 사용하도록 하는 텍스트를 가리킨다.

결과를 검토해 보고 싶은 사람은 「몬탈레를 위한 열한 개의 춤」(에코, 1992b: 278~281면)을 참조하기 바란다.

물론 내가 제기한 문제는 나에게 스스로 부과한 제한들에 따라 그 시의 의미를 〈번역〉하는 것이 아니었다. 그렇지 않다면 훌륭한 풀어 쓰기로 충분했을 것이기 때문이다. 바로 그런 개작에서 〈똑같은 것〉을 간직하려고 노력하는 것이 문제였다. 내 해석에 따르면 거기에는 다섯 개의 똑같은 것이 개입되어 있었다. (1) 그중 두 개는 마지막에서 세 번째 음절에 악센트가 있는 다섯 개의 11음절 행과, 두 개의 7음절 행, (2) 각운을 맞추지 않은 처음 4행과, 하나의 각운이 있는 나머지 3행, (3) 앞부분에서 자동 인간들의 출현(나는 각각의 버전에서 그것들이 어떤 기계적인 것, 로봇, 복잡한 기계 등의 형태를 띠어야 한다고 결정하였다), (4) 마지막 3행에서 기차의 율동, (5) 마지막으로 어떤 춤의 최종적인 인용이 그것인데, 원본에서는 카리오카였지만 나의 개작에서는 열한 개의 서로 다른 춤이 개입하였다(바로 여기에서 내 연습의 제목이 나왔다).

여기서는 단지 첫 번째 글자 빼기(A가 없는)만 전체를 재인용하고, 나머지는 마지막 3행에 대해서만 아홉 개의 개작을 재인용하고자 한다. 우리가 관심을 기울여야 할 것은 바로 그 부분이기 때문이다. 열한 번째의 모든 글자 사용하기를 인용할 필요는 없다. 알파벳의 모든 글자를 단 한 번만 사용하기 위해서는 엄청난 곡예를 해야 하고, 그런 〈역작〉, 숙명적으로 거의 수수께끼 같고 단지 춤과 자동 인간의 존재 이외에는 어떤 〈것〉도 존중할 수 없는 그러한 역작에 성공하는 것만으로도 이미 대단하기 때문이다.

Congedi, fischi, buio, cenni, tosse

e sportelli rinchiusi. È tempo. Forse
son nel giusto i robot. Come si vedono
nei corridoi, reclusi!
……

— Odi pur tu il severo
sussulto del diretto con quest'orrido
ossessivo ritorno di un bolero?
작별들, 기적들, 어둠, 손짓들, 기침,
닫힌 차창들. 시간이 되었다. 아마
로봇들이 정당하다. 통로 안에서
차단된 채 어떻게 보이는가!
……

너도 특급 열차의 덜컹거림을,
이 무시무시하고 집요한 볼레로의
되돌아옴을 듣느냐?

— Dona pur tu, su, prova
al litaniar di un rapido l'improvvido
ostinato ritmar di bossa nova……
너도 몰입해라, 자, 시도해 보아라,
급행열차의 연도, 예상치 못한
보사노바의 집요한 리듬에……

— Do forse alla macumba
che danza questo treno la tremenda
ed ottusa cadenza di una rumba?

이 기차가 춤추는 마쿰바,
엄청나고 둔감한 룸바의 율동에
내가 혹시 몰입하는가?

— Presti anche tu, chissà,
al litaniar dei rapidi quest'arida
cadenza di un demente cha-cha-cha?
너도 역시, 혹시,
급행열차들의 연도, 미친 듯한 차차차의
이 삭막한 율동에 귀를 기울이는가?

— Non senti forse, a sera,
la litania del rapido nell'orrido
ancheggiare lascivo di habanera?
혹시 너는, 저녁에,
하바네라의 무시무시하게 음탕한
엉덩이 짓을 느끼지 않는가?

— Salta magra la gamba,
canta la fratta strada, pazza arranca,
assatanata d'asma l'atra samba.
야윈 다리로 뛰어라,
부서진 거리를 노래하라, 미친 듯이 나아가라,
천식의 사탄에 사로잡힌 음울한 삼바.

— Del TEE presente
l'effervescenze fredde, le tremende
demenze meste d'ebete merenghe?

이 유럽 횡단 특급 열차의
차가운 거품들, 멍청한 메렝게의
놀랍게도 비통한 광기들?

— Sì, ridi, ridi, insisti:
sibilin di sinistri ispidi brividi
misti ritmi scipiti, tristi twist.
그래, 너는 웃는다, 웃는다, 고집한다,
사악하고 견고한 전율의 무당들,
혼합된 무뚝뚝한 리듬들, 슬픈 트위스트.

— Colgo sol do-do-sol……
Fosco locomotor, con moto roco
mormoro l'ostrogoto rock'n'roll.
나는 단지 도-도-솔만 포착한다……
음울한 기관차, 목쉰 움직임과 함께
나는 동고트족의 로큰롤을 중얼거린다.

— Ruhr, Turku…… Tumbuctù?
Uh, fu sul bus, sul currus d'un Vudù
un murmur (zum, zum, zum) d'un blu zulù.[23]
루르, 투르쿠…… 툼북투?
우, 버스 위에, 어느 부두교도의 마차 위에 있었다,
어느 줄루 블루스의 중얼거림(줌, 줌, 줌).

23 물론 나는 블루스가 춤이 아니라는 것을 알고 있었다. 하지만 단지 U 자만 사용하는 다른 춤을 찾아 여러분이 한번 시도해 보기 바란다 — 원주.

모음들을 갖고 가능한 모든 장난을 할 수 있겠지만, 나는 장난기 어린 비틀기 속에서도 그 시의 다섯 가지 기본적 특징들을 존중할 수 있다는 것을 보여 주고 싶었다. 문제는 번역도 똑같이 해야 하지 않을까 하는 것이다. 나는 지금 두 가지 번역본을 눈앞에 갖고 있다. 하나는 영어 번역본이고 다른 하나는 프랑스어 번역본인데, 내가 보기에는 마지막 3행에서 최소한 급행열차의 리듬은 상실된 것처럼 보인다.

첫 번째는 캐서린 잭슨Katherine Jackson의 번역이고, 두 번째는 파트리체 디어발 안젤리니Patrice Dyerval Angelini의 번역이다.

> Goodbyes, whistles in the dark, nods, coughing,
> and train windows down. It's time. Perhaps
> the robots are right. How they lean
> from the corridors, walled in!
>
> And do you too lend, to the dim
> litany of your express train, this constant
> fearful cadenza of a carioca?
>
> Adieux, sifflets dans l'ombre, signes, toux
> Et vitres fermées. C'est l'heure. Peut-être
> Les automates ont-ils raison. Comme des couloirs
> Ils apparissent murés!
> ……
> Toi aussi, prêtes-tu à la sourde
> Litanie de ton rapide cette affreuse
> Et fidèle cadence de carioca? —

운율을 유지할 수 있었을까? 기차의 율동을 전달할 수 있었을까? 무엇 때문에 겉보기에는 객관적인 묘사를 한 다음, 시인의 목소리가 개입하는(생방송으로) 마지막 3행의 도입 하이픈을 과소평가했을까? 무엇 때문에 하이픈이 프랑스어 번역에서는 마지막에 나오는 것일까? 무엇 때문에 영어 번역은 그 말없음표, 단절의 징조, 어떤 기록의 도약에 대한 경고, 또는 출발 전 작별들의 슬프고도 끝없는 희극의 진행을 스쳐 지나감에 대해 경고하는 말없음표를 존중하지 않을까? 이에 대해 나는 대답하고 싶지 않으며, 글자 빼기가 번역보다 더 쉽다는 걸 인정한다. 하지만 결과적으로 이 두 번역본은 시의 형식적 구조보다는 내용, 이야기되는 빈약한 사건들에 더 초점을 맞춘 것 같다.

지금도 나는 똑같은 것이 어디 있는가 이해하는 데에는 글자 빼기 연습이 많은 도움이 된다고 생각한다. 몬탈레의 다른 시를 예로 들어 보자.

Spesso il male di vivere ho incontrato:
era il rivo strozzato che gorgoglia,
era l'incartocciarsi della foglia
riarsa, era il cavallo stramazzato.

Bene non seppi, fuori del prodigio
che schiude la divina Indifferenza:
era la statua nella sonnolenza
del meriggio, e la nuvola, e il falco alto levato.
종종 나는 삶의 악을 만났는데
그것은 가로막힌 개울이 꾸르륵거리는 것이었고
바싹 마른 나뭇잎의 오그라듦이었고

쓰러진 말〔馬〕이었다.

나는 선을 몰랐다, 성스러운 〈무관심〉이
살짝 열어 보이는 기적 이외에는.
그것은 오수(午睡)의 졸음 속에 잠긴
동상, 구름, 높이 날아오른 매였다.

이 시가 분명 앞의 시보다 철학적으로 쉽게 풀어 쓸 수 있는 〈내용〉을 갖고 있음을 아무도 부정할 수 없을 것이다. 또한 그 내용은 어떤 번역에서도 간직되어야 하며, 마찬가지로 원래의 이미지들, 모두 현현(顯現)하면서 삶의 악과 객관적으로 상호 관련되는 이미지들을 드러내야 한다는 것을 부정할 수는 없다. 그렇지만 삶의 악을 드러내는 것은 좁아지는 개울의 이미지가 아니다. 그것은 *strozzato*와 *gorgoglia*의 거칢이기도 하며, 몬탈레의 문체를 결정적으로 보여 주는 두 개의 앙장브망*enjambement*이기도 하다. 그것은(엘리엇은 말했을 것이다) 한 줌의 먼지에서 보이는 악이다. 하지만 그것은 극소수 선의 이미지와 마찬가지로, 11음절의 평온한 절제에 따라 펼쳐진다. 또한 처음의 11음절 일곱 행은 지상의 선과 악을 묘사하는 반면, 마지막 행은 11음절 리듬을 깨뜨리고 하늘을 향해 소위 〈호흡을 이끈다〉.

나는 이 시에 대해 다섯 개의 글자 빼기 개작을 시도했는데(에코, 1991), 다음과 같은 특징들을 존중하려고 노력했다. 그것들을 모두 재인용하고 싶은데, 어떻게 똑같은 11음절 행들, 두 개의 앙장브망, 몇 개의 거친 소리, 마지막 행의 긴 호흡을 존중할 수 있는가 보여 주기 위해서이다.

〈A 없이〉

Spesso il dolor di vivere l'ho intuito:
fosse il rivo insistito che gorgogli,
fosse il secco contorcersi di fogli
combusti, od il corsiero indebolito.
Bene non seppi, fuori del prodigio
che schiude un cielo che si mostri inerte:
forse l'idolo immoto su per l'erte
del meriggio, od il corvo che voli, e l'infinito.
종종 나는 삶의 고통을 직관하였는데,
그것은 꾸르륵거리는 집요한 개울이었을 것이고
메마른 나뭇잎들의 오그라듦, 또는
허약해진 준마였을 것이다.
나는 선을 몰랐다, 무기력해 보이는 하늘이
살짝 열어 보이는 기적 이외에는.
아마 오수의 무기력함으로 움직이지 않는
우상, 또는 날아가는 까마귀, 무한이었을 것이다.

〈E 없이〉

Talora il duolo cosmico ho incontrato:
dico il rivo strozzato qual gorgoglia
quando l'accartocciarsi di una foglia
l'ingolfa, od il cavallo stramazzato.
Bontà non vidi, fuori d'un prodigio
dischiuso da divina noncuranza:
dico la statua in una vuota stanza
abbagliata, o la nuvola, o il falco alto librato.
종종 나는 우주적 고통을 만났는데,

말하자면 나뭇잎의 바싹 메마름이 가로막을 때
꾸르륵거리는 가로막힌 개울이었고,
또는 쓰러진 말이었다.
나는 선을 보지 못했다, 성스러운 냉담함이
살짝 열어 보이는 기적 이외에는.
말하자면 눈부신 텅 빈 방 안의
동상, 또는 구름, 또는 높게 균형 잡은 매였다.

〈I 없이〉
S'è spesso un mal dell'essere mostrato:
era un botro strozzato, od un batrace
che nel padule è colto da un rapace
feroce, era il cavallo stramazzato.
Al ben non credo, fuor del lampo ebéte
che svela la celeste obsolescenza:
era la statua nella sonnolenza
dell'estate, o la nube, o un falco alto levato.
종종 존재의 악이 모습을 드러냈다면,
그것은 가로막힌 도랑, 늪에서
광포한 맹금류에게 잡힌 양서류였고
그것은 쓰러진 말이었다.
나는 선을 믿지 않는다, 하늘의 희미함이
드러내는 어리석은 번개 이외에는.
그것은 여름의 졸음 속에 잠긴
동상, 구름, 또는 높이 날아오른 매였다.

〈O 없이〉
Sempre nel mal di vivere t'imbatti:

vedi l'acqua in arsura che si sfibra,
i pistilli e gli stami d'una fibra
disfarsi, ed i cavalli che tu abbatti.
Bene? Che sappia, c'è la luce scialba
che schiude la divina indifferenza
Ed hai la statua nella stupescenza
di quest'alba, e la nube, se l'aquila si libra.
언제나 너는 삶의 악과 부딪친다.
너는 가뭄 속에 소진하는 물과,
섬유의 암술과 수술들이 용해되는 것을 보고
네가 쓰러뜨리는 말들을 본다.
선? 무엇을 알까, 성스러운 무관심이
살짝 열어 보이는 희미한 빛이 있다.
그리고 이 새벽의 어리석음에 잠긴
동상, 구름이 있고, 매는 균형을 잡는다.

〈U 없이〉
Spesso il male di vivere ho incontrato:
era il rivo strozzato che gorgoglia
era l'incartocciarsi della foglia
riarsa, era il cavallo stramazzato.
Bene non seppi, salvo che il prodigio
che ostenta la divina indifferenza:
era l'icona nella sonnolenza
del meriggio, ed il cirro, ed il falco alto levato.
종종 나는 삶의 악을 만났는데,
그것은 가로막힌 개울이 꾸르륵거리는 것이었고
바싹 마른 나뭇잎의 오그라듦이었고

쓰러진 말이었다.
나는 선을 몰랐다, 성스러운 무관심이
과시하는 기적 이외에는.
그것은 오수의 졸음 속에 잠긴
우상, 새털구름, 높이 날아오른 매였다.

이제 세 가지 번역본으로 넘어가 보겠는데, 하나는 솔직히 말해 누구의 번역인지 알 수 없다. 으레 그렇듯이 문헌학적 참조들을 무시하는 인터넷(www.geocities.com/Paris/LeftBank/5739/eng-living.html)에서 발견했기 때문이다. 다른 하나는 안토니노 마차Antonino Mazza의 영어 번역이고, 또 하나는 피에르 반 베베르Pierre Van Bever의 프랑스어 번역이다.

Often I have encountered the evil of living:
it was the strangled stream which gurgles,
it was the crumpling sound of the dried out
leaf, it was the horse weaty and exhausted.

The good I knew not, other than the miracle
revealed by divine Indifference:
it was the statue in the slumber
of the afternoon, and the cloud, and the high flying falcon.

Often the pain of living have I met:
it was the chocked stream that gurgles,
it was the curling up of the parched
leaf, it was the horse fallen off its feet.

Well-being I have not known, save the prodigy
that reveals divine Indifference:
it was the statue in the midday
somnolence, and the cloud, and the falcon high lifted.

Souvent j'ai rencontré le malheur de vivre:
c'était le ruisseau étranglé qui bouillonne,
c'était la feuille toute recoquillée
et acornie, c'était le cheval foudroyé.

Le bonheur je ne l'ai pas connu, hormis le prodige
qui dévoile la divine Indifférence:
c'était la statue dans la torpeur
méridienne, et le nuage
et le faucon qui plane haut dans le ciel.

세 번역자는 두 개의 앙장브망을 존중했고, 거친 소리들을 전달하려고 최선을 다했으며, 두 영어 번역자는 어떻게든 마지막 행에다 앞 행들보다 긴 호흡을 부여했다. 그렇지만 누구도 동일하게 중요한 일관적 운율을 채택하려고 노력하지 않았다. 그것이 불가능했을까? 가능하지만, 이미지들의 변화를 감수해야 했을까? 여기서도 나는 대답하지 않겠다. 그들은 각자 자신의 〈거의〉를 선택했다.

이제 각 번역자가 구하려는 것과 상실하려는 것을 명백하게 구별했던 일련의 〈거의〉를 검토해 보고자 한다. 그것은 작가 자신이 자기 텍스트의 기본 특징이 무엇인가 설명하려고 노력했기 때문에 정말로 대단한 도전이 되었다. 바로 에드거 앨런 포의 「갈까마귀The Raven」와, 그가 자신의 시를 어떻게 착상했는가 이야기하는 「구성의 철학The Philosophy of Composition」이 그것이다.

포는 「갈까마귀」에서 〈그 구성의 어떤 세부도 우연이나 직관으로 돌릴 수 없다〉는 것과 〈그 작품은 수학 문제처럼 정확함과 엄격한 결과로 한 걸음 한 걸음 완결을 향해 나아갔다〉고 도발적으로 말한다.[24] 언제나 지적되었듯이 그것은 정말로 도발적인 입장이다. 왜냐하면 시를 즉각적인 영감의 산물로 간주하는 낭만적 관념이 지배하던 분위기(〈대부분의 작가들은…… 자신들이 일종의 찬란한 영광 속에서 시를 쓴다고 이해하기를 원한다〉)에 형식적 계산의 요소를 도입했기 때문이다. 이 책의 앞 장들에서 말한 것과 관련하여 그것은 커다란 관심을 끄는 입장이다. 아마도 포는 최소한 근대의 시인들 중에서 최초로,[25] 텍스트가 소위 모델 독자에게 유발해야 하는 〈효과〉의 문제를 제기한 작가일 것이다.

포는 시가 가져야 하는 정확한 지속 시간을 계산하는데, 한 번에 읽을 수 있도록 비교적 간략해야 한다고 지적한다. 그러니까 가능한 독자의 심리 자체까지 고려한다. 그런 다음 자신의 〈다음 생각〉은(섬광이 아니라 생각이라는 점을 주목하기 바란다) 창출해야 할 효과가 무엇인지 결정하는 것이었는데, 그것은 아름다움을 관조할 때 느끼는 효과라는 것이다. 여기에서 명백한 냉소와 함께 — 하지만 만약 현대의 잣대로 판단하지 않고 낭만적 전통의 범위에서 판단해 본다면

24 뒤이어 나오는 모든 인용은 E. A. 포의 『방주(旁註, *Marginalia*)』(루이지 베르티 옮김, Milano: Mondadori, 1949)에 실린 「구성의 철학」에서 따온 것이다 — 원주.

25 고대 작가들 중에서 나는 『고상함에 대해*De sublimitate*』를 쓴 익명의 작가를 들고 싶다. 그에 대해서는 에코(2002)의 「문체에 대해」에 실린 관찰들을 참조하기 바란다 — 원주.

훨씬 덜 냉소적으로 보인다 — 그는 주장한다. 〈어떤 종류의 《아름다움》이든 최고조에 이르면 틀림없이 예민한 사람들을 자극하여 눈물을 흘리게 만들며, 따라서 비애감은 모든 시의 어조들 중에서 가장 합당한 것이다〉라고.

그런 다음 포는 자신의 경우 어떤 초유의 예술적 창안, 어떤 〈중심축〉이 주위에 시의 전체 구조를 돌게 할 수 있을지 자문하고, 그 중심축은 〈후렴*refrain*〉이 되어야 한다고 결정한다. 그리고 뒤이은 생각의 변화에 따라 소리의 단조로움에 어울릴 공식을 찾는다. 후렴은 짧아야 하고, 가능하다면 각 연의 종결을 표현할 만한 하나의 단어가 되어야 할 것이다.

> 그런 종결이 힘을 갖기 위해서는 유성음이 되어야 하고 목소리를 길게 지속하려는 노력을 뒷받침할 수 있어야 한다는 것은 의심할 여지가 없었고, 따라서 그런 고찰의 결과 불가피하게 나는 가장 길게 울려 퍼지는 모음인 장음 o와 모음을 가장 길게 지속시켜 주는 자음 r를 채택하게 되었다.

여기에서 그 단어는 ***nevermore***가 되어야 한다는 관념이 떠올랐는데, 그 단어가 인간의 불합리하고 비이성적인 집요함 때문에 여러 번 반복해서 말하기 어렵다는 문제가 발생하였다. 따라서 말할 수 있는 동물이 있어야 했다. 갈까마귀, 그것은 무엇보다도 사악한 전조의 새이다.

> 이제 그런 목적을 절대 놓치지 않으면서…… 나는 자문해 보았다. 〈비애감의 모든 주제들 중에서, 사람들의 《보편적인》 견해에 의하면, 무엇이 《가장》 슬픈 것일까?〉 그 명백한 대답은 죽음이었다. 나는 말했다. 〈그러면 그 가장 슬픈 주제가 언제 가장 시적일까?〉 내가 이미 상당히 길게 설명하였듯이 여

기서도 대답은 명백하다. 〈그것이 《아름다움》과 가장 밀접하게 연결될 때〉이다. 그렇다면 의심할 바 없이 아름다운 여인의 죽음은 세상에서 가장 시적인 주제이다. 그리고 그런 주제를 말하는 데 가장 적합한 인물은 사랑하는 여인과 사별한 연인이라는 것도 마찬가지로 의심할 바 없다. 이제 나는 두 가지 관념, 즉 죽은 여인을 애도하는 연인과, 끊임없이 *nevermore*라는 단어를 반복하는 갈까마귀를 함께 연결시켜야 했다.

이러저러한 원리들을 세운 다음 포는 적합한 운율과 리듬을 찾으려 하고, 장단(長短) 보격 리듬 및 〈다섯째 행의 후렴에서 반복되는 불완전 각운의 6보격이 교대로 나타나다가, 불완전 각운의 4보격으로 종결되는, 불완전 각운의 8보격〉으로 결정한다. 바꾸어 말해 포가 겸손하게 설명하듯이 〈시 전체에서 사용되는 보격(장단 보격)들은 긴 음절과 뒤이은 짧은 음절로 되어 있는데, 각 연의 첫 행은 그런 보격 여덟 개로 구성되고, 둘째 행은 일곱 개 반(실제로는 3분의 2), 셋째 행은 여덟 개, 넷째 행은 일곱 개 반, 다섯째 행도 마찬가지이고, 여섯째 행은 세 개 반으로 구성된다〉. 그리고 그런 행들은 개별적으로 시에서 자주 사용되었지만, 누구도 그것들을 단 하나의 연으로 조합하려고 전혀 생각하지 않았다는 사실에 대해 흡족해한다.

이제 절망한 연인과 갈까마귀가 어떻게 만날 것인가 결정하는 일만 남았다. 포는 사랑하던 여인의 기억들이 아직도 가득한 방, 밖에 폭풍우 치는 밤과 대비를 이루는 방을 가장 적합한 것으로 선택한다. 게다가 폭풍우 치는 밤은 왜 갈까마귀가 집 안으로 들어오게 되는지 설명해 준다. 그리고 갈까마귀가 팔라스[26] 흉상 위에 앉도록 하여, 흰색과 검은색 사이의 대비를 창출한 관념이 결정적이라고 생각한다. 지혜의 여신은 연인의 박식함을 잘 지적해 주기 때문이며, 또한 Pallas라는 단어의 울림 때문이라는 것이다(여기에서 포는 귀를 통해서도 〈생각했다〉는 것을 알 수 있다).

이러한 포의 사후 고백에 대해 비평가들이 얼마나 많은 잉크를 흘렸는지는 잘 알려져 있다. 영감이라 일컬어지는 것이 재빠른 생각에 불과하며, 아주 짧은 시간에 전개되더라도 여전히 하나의 계산이라는(때로는 무한하게 많은 재성찰과 교정들을 요구하는) 관념은 거부감을 주었고, 지금도 많은 사람들에게는 그렇다. 그래서 포가 실제로는 순식간에 착상했던 것을 나중에 책상에서 인위적으로 재구성하면서 자신의 비평가들을 조롱했을 것이라고 생각하기도 하였다. 실제로는 어찌 되었든, 포의 묘사는 〈텍스트 안에 무엇이 있는지 정확하게 말해 주며〉, 또한 비록 포가 말하지 않았더라도, 형식적 가치들과 서사 전략들에 관심 있는 비평가가 거기에서 무엇을 찾아낼 것인지 말해 주었다고 전혀 생각하지 않았다. 그러니까 포는 자신이 창작하면서 거쳤던 과정, 때로는 단지 음성적 암시에만 반응하던 과정을 분석적으로 또 현학적으로 다시 되새기고 있었는지도 모른다. 혹시 Pallas라는 소리가 흰색 동상이 되어야 한다는 관념보다 먼저 떠올랐을지도 모르고, 혹시 흰색과 검은색의 대비가 먼저 떠올랐을지도 모르고, 혹시 포가 어느 날 아침 잠에서 깨면서 또는 어느 날 밤 잠들면서 우연히 *nevermore*라는 단어가 머릿속에 떠올랐을지도 모른다. 하지만 그런 이미지들이 어디에서 그의 궁전에 들어가게 되었는지는 중요하지 않다. 사실 그의 시 궁전은 그렇게 만들어져 있었고, 그가 나중에 그걸 깨달을 수 있었던 것은, 어떤 식으로든 구성 과정에서도 깨닫고 있었기 때문이다.

26 Pallas. 그리스 신화에 나오는 지혜의 여신 아테나Athena의 다른 이름.

어쨌든 그것은 번역자에게 얼마나 커다란 도전인가! 포는 이렇게 말하는 듯하다. 당신은 내 시의 비밀스러운 메커니즘이 무엇인지 깨달으려고 그렇게 고민할 필요가 없어요, 내가 말해 줄 테니까. 그것이 아니라고 부정해 보시오. 그리고 그걸 무시하고 번역해 보시오…….

다행히 「갈까마귀」의 위대한 초기 번역자 두 사람, 즉 보들레르와 말라르메의 텍스트와 비평적 고찰이 있다. 무엇보다 두 사람은 오늘날까지 대서양 저쪽보다 이쪽에서 최고의 시인으로 꼽히는 포의 유럽적 명성을 정립하였다. 보들레르와 말라르메는 「갈까마귀」와 「구성의 철학」을 모두 읽었고, 특히 그 형식적 완성도를 찬양하였다. 무슨 일이 있었던 것일까?

보들레르는 「갈까마귀」를 1856년에 번역했는데, 특히 「구성의 철학」에 대한 평론을 설명하기 위한 예로 번역했고, 그 모든 것에다 자신의 고찰을 덧붙여 「어느 시의 기원La genèse d'un poème」으로 소개했으며, 그것을 『기괴하고 흥미로운 이야기들*Histoires grotesques et curieuses*』에 포함시켰다. 그는 시학에 대해 말하면서, 대개 시학은 작품들 이후에 형성된다는 것을 인정한다. 그런데 자신의 시가 바로 자신의 시학을 토대로 구성되었다고 〈주장하는〉 시인이 있다고 알려 준다. 하지만 곧바로 어떻게 그런 일이 일어날 수 있는가 의심하며, 혹시 포가 이상한 허영으로 실제 그런 것보다 덜 영감을 받은 것처럼 보이려고 하지 않았을까 자문한다. 〈《열광》의 애호가들은 아마 그 《냉소적》 경구들에 반감을 느낄지도 모른다. 하지만 각자 자신이 원하는 것을 얻을 수 있을 것이다.〉 결국 그는 〈시〉라 일컬어지는 사치품이 얼마나 노력을 요구하는지 독자들에게 보여 주는 것도 나쁘지 않을 것이라고 인정한다. 또한 결과적으로 천재에게는 약간의 허풍을 인정할 수도 있다.

간단히 말해 보들레르는 포의 도전에 매료되면서 동시에 거부감을 느낀다. 시학의 선언에 이끌려(하지만 아마 독자의 본능적인 반응들에도 이끌려) 그는 전체 텍스트가 〈신비하고 심오한, 무한처럼 무시무시한〉 단어 하나에 의해 지탱되고 있음을 발견한다. 하지만, 오 세상에, 그는 그 단어를 곧바로 프랑스어로 생각하는데, 프랑스어로는 바로 *Jamais plus*이다. o와 r에 목소리를 길게 늘이려는 노력에 대한 포의 선언을 읽었는데도, 실제로 그는 표현이 아니라 내용을 포착했던 것이다. 뒤따르는 번역은 이런 처음의 반역에 의해 지배될 수밖에 없었다. *Jamais plus*는 밤에 음울하게 길게 늘어나는 중얼거림이며, 망나니의 단칼 타격이다.

보들레르는 원천 텍스트의 〈각운 흉내*singerie rimée*〉를 시도할 수 없다는 것을 깨닫고 곧바로 기권을 선언한다. 즉 산문으로 번역한다. 산문으로 번역함으로써 내용 가치들에 초점을 맞추고, 불면과 절망, 관념들의 열기, 색깔들의 격렬함, 공포, 고통을 인용한다. 선택은 이루어졌고, 원본의 시적 가치에 대한 관념을 제시하기 위해 어처구니없는 권유에 의존한다. 그는 이렇게 말한다. 라마르틴의 가장 감동적인 연들, 위고의 가장 위대한 리듬들을 상상하고, 그것을 고티에의 가장 섬세한 3행 연구들에 대한 기억과 융합시켜 보시오, 그러면 여러분은 포의 시적 재능에 대한 개략적인 관념을 가질 것이오. 그렇다면 보들레르가 제안하는 것은 번역일까? 그 자신이 이미 그것을 배제하였다. 그것은 시의 풀어 쓰기이거나, 아니면 기껏해야 산문으로 된 시의 재창조일 뿐이다. 그것은 〈거의 비슷한 것〉이다.

그렇지만 여기에서 몇 가지 예를 제시할 필요가 있다. 「갈까마귀」는 비교적 길다. 따라서 나는 세 연(8연에서 10연까지)

만 선택하고 싶은데, 바로 *nothing more*와 *evermore*로 끝나는(*door, floor, before, implore, explore, Lenore* 등과 각운을 맞추는) 일련의 6행 연구들 다음에 갈까마귀가 연인과 함께 집요하게 *nevermore*를 반복하기 시작하는 부분이다.

Then this ebony bird beguiling my sad fancy into smiling,
By the grave and stern decorum of the countenance it wore,
"Though thy crest be shorn and shaven, thou", I said, "art sure no craven,
Ghastly grim and ancient Raven wandering from the Nightly shore —
Tell me what thy lordly name is on the Night's Plutonian shore!"
Quoth the Raven "Nevermore."

Much I marvelled this ungainly fowl to hear discourse so plainly,
Though its answer little meaning — little relevancy bore;
For we cannot help agreeing that no living human being
Ever yet was blessed with seeing bird above his chamber door —
Bird or beast upon the sculptured bust above his chamber door,
With such name as "Nevermore."

But the Raven, sitting lonely on the placid bust, spoke only
That one word, as if his soul in that one word he did outpour.

Nothing further then he uttered — not a feather then he fluttered —

Till I scarcely more then muttered "Other friends have flown before — On the morrow he will leave me, as my Hopes have flown before."

Then the bird said "Nevermore."

보들레르는 다음처럼 옮기고 있다.

Alors, cet oiseau d'ébène, par la gravité de son maintien et la sévérité de sa physionomie, induisant ma triste imagination à sourire: "Bien que la tête, — lui dis-je, — soit sans huppe et sans cimier, tu n'es certes pas un poltron, lugubre et ancien corbeau, voyageur parti des rivages de la nuit. Dis-moi quel est ton nom seigneurial aux rivages de la nuit plutonienne!" Le corbeau dit: "Jamais plus!"

Je fus émerveillé que ce disgracieux volatile entendît si facilement la parole, bien que sa réponse n'eût pas un bien grand sens et ne me fît pas d'un grand secours; car nous devons convenir que jamais il ne fut donné à un homme vivant de voir un oiseau au-dessus de la porte de sa chambre, un oiseau ou une bête sur un buste sculpté au-dessus de laporte de sa chambre, se nommant d'un nom tel que *Jamais plus*!

Mais le corbeau, perché solitairement sur le buste placide, ne proféra que ce mot unique, comme si dans ce mot unique il répandait toute son âme. Il ne prononça rien

> de plus; il ne remua pas une plume, — jusqu'à ce que je me prisse à murmurer faiblement: "D'autres amis se sont déjà envolés loin de moi; vers le matin, lui aussi, il me quittera comme mes anciennes espérances déjà envolées." L'oiseau dit alors: "Jamais plus!"

말라르메는 〈말*Verbe*〉의 전략에 대해 보들레르보다 훨씬 더 민감했던 모양이다. 하지만 보들레르 이상으로 그는(「갈까마귀」에 대한 「주석들」에서) 포의 시학 선언은 단순히 〈지적인 장난〉에 불과할 것이라고 의심하면서 수전 아처드 위즈Susan Achard Wirds가 윌리엄 질William Gill에게 보낸 편지를 인용한다. 편지는 이렇게 말한다. 〈「갈까마귀」에 대해 토론하면서 포 씨는 나에게 자신이 그 작품의 구성 방법에 대해 출판한 보고서는 전혀 믿을 만한 것이 아니라고 말했습니다……. 시가 그런 식으로 구성될 수 있으리라는 생각은 비평가들의 논평과 조사들에서 암시된 것이랍니다. 그래서 단지 재능의 실험으로 그 보고서를 만들었답니다. 그런데 진심으로 한 선언처럼 받아들이는 것을 보고 깜짝 놀랐고 즐겼다고 합니다.〉 앞에서 말했듯이 그랬을 수도 있고, 또한 포가 비평가들을 놀리는 것이 아니라 아처드 위즈 부인을 놀렸을 수도 있다. 그것은 중요하지 않다. 하지만 말라르메에게는 중요해 보였던 모양이다. 왜냐하면, 감히 말하건대, 그 자신이 다른 무엇보다 더 느꼈어야 하는 신성한 의무, 〈시〉의 모든 지고한 책략들을 자신의 언어로 실현하는 신성한 의무에서 벗어나게 했기 때문이다. 하지만 그는 인정한다. 아무리 그것이 장난이라 하더라도 포는 올바르게 〈근대 작품에서는 모든 우연이 추방되어야 하고 허울이 있을 수 없으며, 영원한 날갯짓은 자신의 비행으로 휩쓰는 공간들을 명석하게 탐색하는 시선을 배제하지 않는다〉고 선언했다고. 세상에, 그에게 일종의 비밀스러운 위선이 개입했는지, 불가능한 임무와 겨루기가 두려웠기 때문인지, 그도 산문으로 번역한다. 보들레르의 영향 때문인지, 아니면 자신의 언어가 더 나은 것을 허용하지 않았기 때문인지 그도 *Jamais plus*를 채택한다.

사실 서두에서 그는 몇몇 내적 반운을 간직하려고 노력하지만, 간단히 말해 해당 6행 연구들에 충실하기 위해 자신의 유사 번역, 아마 보들레르의 번역보다 훨씬 더 풍부하고 매력적인 번역은 그와 똑같은 수준의 행복한 개작이 된다.

Alors cet oiseau d'ébène induisant ma triste imagination au sourire, par le grave et sévère decorum de la contenance qu'il eut: "Quoique ta crête soit cheue et rase, non! dis-je, tu n'es pas, pour sûr, un poltron, spectral, lugubre et ancien Corbeau, errant loin du rivage de Nuit — dis-moi quel est ton nom seigneurial au rivage plutonien de Nuit." Le Corbeau dit: "Jamais plus."

Je m'émerveillai fort d'entendre ce disgracieux volatile s'énoncer aussi clairement, quoique sa réponse n'eût que peu de sens et peu d'à-propos; car on ne peut s'empêcher de convenir que nul homme vivant n'eut encore l'heur de voir un oiseau au-dessus de la porte de sa chambre — un oiseau ou toute autre bête sur le buste sculpté, au-dessus de la porte de sa chambre, avec un nom tel que: "Jamais plus."

Mais le Corbeau, perché solitairement sur ce buste placide, parla ce seul mot comme si, son âme, en ce seul moment, il la répandait. Je ne proférai donc rien de plus: il n'agita donc pas de plume — jusqu'à ce que je fis à peine davantage que marmotter: "D'autres amis déjà ont pris leur vol — demain il me laissera comme mes Espérances déjà ont pris leur vol." Alors l'oiseau dit: "Jamais plus."[27]

보들레르와 말라르메의 가르침은 분명히 이후의 프랑스어 번역자들에게 엄청난 영향을 주었다. 예를 들어 가브리엘 무레Gabriel Mouray(1910)는 운문으로 번역하고 일부 각운이나 반운들을 유지하지만, 결정적인 순간에 이르러 두 위대한 선구자들의 결정에 따른다.

> "…… Corbeau fantômal, sombre et vieux, errant loin du rivage de la Nuit —
>
> Dis-moi quel est ton nom seigneurial sur le rivage Plutonien de la Nuit!"
>
> Fit le Corbeau: "Jamais plus."

보들레르와 말라르메의 두 제안을 높게 평가하는 많은 사람들은 산문으로 된 그 두 텍스트가 결과적으로 포가 창출하려고 했던 것과 똑같은 신비와 매력의 효과를 창출한다고 암시하는 경향이 있다. 앞에서 말했듯이 내용에서는 그런 효과를 창출하지만 표현에서는 그렇지 않다. 따라서 지극히 급진적인 선택을 하고 있으며, 이에 대해서는 개작과 각색에 대

27 또한 번역의 일부 오류들이 지적되었고, 그것은 참고 문헌에 인용된 갈리마르판에 열거되어 있는데, 가령 인용된 마지막 연에서 *nothing further then he uttered*가 어이없게도 *je ne proférai donc rien de plus*로 번역되었다 — 원주.

해 다룰 다음 장들을 참조하기 바란다. 여기서는 핵심적인 문제를 강조하고자 한다.

번역은 원천 담론과 똑같은 효과를 다른 언어로 창출하려는 전략이며, 시의 담론들에 대해서는 미학적 효과들을 창출하는 것을 목표로 삼는다고 말한다. 하지만 비트겐슈타인(1966)은, 만약 어떤 미뉴에트가 청자들에게 창출하는 효과를 일단 확인한 다음, 어떤 약물을 발명하여 적당히 주사할 경우 뇌의 신경 말단들에 미뉴에트와 똑같은 자극을 제공하도록 할 수 있다면, 어떤 일이 일어날까 질문한 적이 있다. 그는 그것이 똑같지는 않을 것이라고 지적한다. 왜냐하면 중요한 것은 효과가 아니라 〈그〉 미뉴에트이기 때문이다.[28] 미학적 효과는 물리적이거나 정서적인 반응이 아니라, 어떻게 그 물리적이거나 정서적인 반응이 그런 형식에 의해 원인과 결과 사이에 일종의 〈오고 감〉으로 창출되는지 바라보라는 권유이다. 미학적 감상은 느껴지는 효과로 이루어지는 것이 아니라, 그것을 창출하는 텍스트 전략의 감상 속에서도 이루어진다. 그런 감상은 바로 실질의 층위에서 실현되는 문체적 전략들까지 포함한다. 그것은 야콥슨이 말했듯이 시 언어의 〈자기 성찰 능력〉을 가리키는 또 다른 방식이다.

시 텍스트의 번역은 선적인 발현과 내용 사이에 똑같은 〈오고 감〉을 수행하도록 허용해 주어야 할 것이다. 실질들에 대한 작업의 어려움으로 인해 이것은 오래전부터 고려된 주제이다. 시는 다른 모든 유형의 텍스트보다 번역하기가 가장 어렵다. 왜냐하면 거기에는(에코, 1985: 253면 참조) 내용을 결정하는 선적인 발현의 층위에 일련의 강요들이 있으며, 지시적 기능의 담론들에서 그러하듯이 그 반대가 될 수는 없기

28 루스티코Rustico(1999)의 관찰들도 참조 — 원주.

때문이다. 그렇기 때문에 시 번역에서는 종종 〈근본적인 개작〉을 겨냥하기도 하는데, 그것은 원본 텍스트의 도전에 굴복하여 그것을 다른 형식과 다른 실질들로 재창조하는 것과 같다(문자보다는 영감을 준 원리, 분명 번역자의 비평적 해석에 의해 확인될 수 있는 원리에 충실하도록 노력하면서).

만약 그렇다면 효과를 재창출하는 것으로 충분하지 않다. 번역본 독자에게 원본 텍스트의 독자들이 가졌던 것과 똑같은 기회, 즉 〈장치를 해체하고〉, 그 효과가 창출되는 방식들을 이해하고 또 즐길 수 있는 기회를 제공해야 한다. 보들레르와 말라르메는 그런 임무에서 실패했다. 하지만 「갈까마귀」의 다른 번역자들은 그 매듭을 해결하려고 노력했다. 아마 「구성의 철학」을 염두에 두면서.

예를 들어 페르난두 페소아Fernando Pessoa의 포르투갈어 번역은 지속적인 리듬을 유지하고, 여러 연들의 내적 반운과 각운들을 간직하려고 노력했지만, 그도 역시 *nevermore*의 각운 효과는 포기했다. 프랑스어 *jamais plus*는 모음 u의 사용 덕택에 음울함의 음성 상징적 효과를 간직하지만, 포르투갈어 번역은 좀 더 밝은 다른 모음들에 의존함으로써 그런 효과를 상실한다. 하지만 혹시 〈목소리를 길게 늘이려는 노력〉을 옮길 방법을 되찾는지도 모른다.

> "Ó velho Corvo emigrado lá das trevas infernaes!
> Dize-me qual o teu nome lá nas trevas infernaes."
> Disse o Corvo: "Nunca mais."

> ……que uma ave tenha tido pousada nos seus humbraes,
> ave ou bicho sobre o busto que ha por sobre seus humbraes,
> com o nome "Nunca mais."

……perdido, murmurai lento, “Amigo, sonhos — mortaes
Todos……todos já se foram. Amanhã também te vaes.”
Disse o Corvo, “Nunca mais.”

밝은 모음들의 사용을 통해 목소리를 길게 늘이려는 노력은 19세기 말 프란체스코 콘탈디Francesco Contaldi의 이탈리아어 번역에서도 있었지만, 후렴의 집착적인 의미를 포착하지 못했고, 각 연마다 *nevermore*를 다르게 옮겼다. 가령 *E non altro, pensai*(그리고 다른 것은 아니야, 나는 생각했다), *Sol questo e nulla mai*(단지 이것뿐 다른 것은 전혀 아니야), *E il corvo: Non più mai!*(그리고 갈까마귀는 〈더 이상 절대 아니야!〉), *E l'uccello: Non mai!*(그리고 새는 〈절대 아니야!〉).

나는 인터넷에서 (여전히 참고 문헌 지시가 없는) 스페인어 번역과 독일어 번역을 발견했다. 스페인어 번역은 고유의 운율 구조를 재창조하고 있으며 — 비록 약간 자장가 같지만 — 각운을 구하고 있다. 반면 *nevermore*에 대해서는 고유 언어의 특성과 함께 아마 페소아의 가르침을 뒤따르는 듯하다.

Frente al ave, calva y negra,
mi triste animo se alegra,
sonreido ante su porte,
su decoro y gravedad.
“— No eres — dije — algun menguado,
cuervo antiguo que has dejado
las riberas de la Noche,
fantasmal y senorial!
En plutonicas riberas,

cual tu nombre senorial?"
Dijo el Cuervo: "— Nunca mas."

Me admiro, por cierto, mucho
que asi hablara el avechucho.
No era aguda la respuesta,
ni el sentido muy cabal;
pero en fin, pensar es llano
que jamas viviente humano
vio, por gracia, a bestia o pajaro,
quieto alla en el cabezal
de su puerta, sobre un busto
que adornara el cabezal,
con tal nombre: Nunca mas.

Pero, inmovil sobre el busto
venerable, el Cuervo adusto
supo solo en esa frase
su alma oscura derramar.
Y no dijo mas en suma,
ni movio una sola pluma.
Y yo, al fin: "— Cual muchos otros
tu tambien me dejaras.
Perdi amigos y esperanzas:
tu tambien me dejaras."
Dijo el Cuervo: "— Nunca mas."

독일어 번역은 고유 언어의 특성을 잘 활용한 것 같다. 이것은 내가 아는 한 *nevermore*와 그것이 부여하는 각운과 반운들의 유희를 가장 잘 존중한 번역이다.

Doch das wichtige Gebaren
dieses schwarzen Sonderbaren
Löste meines Geistes Trauer
Bald zu lächelndem Humor.
"Ob auch schäbig und geschoren,
kommst du", sprach ich unverfroren,
"Niemand hat dich herbeschworen
Aus dem Land der Nacht hervor.
Tu' mir kund, wie heißt du, Stolzer
Aus Plutonischem Land hervor?"
Sprach der Rabe: "Nie, du Tor."

Daß er sprach so klar verständlich —
Ich erstaunte drob unendlich,
kam die Antwort mir auch wenig
sinnvoll und erklärend vor.
Denn noch nie war dies geschehen:
Über seiner Türe stehen
Hat wohl keiner noch gesehen
Solchen Vogel je zuvor —
Über seiner Stubentüre
Auf der Büste je zuvor,
Mit dem Namen "Nie, du Tor."

Doch ich hört'in seinem Krächzen

Seine ganze Seele ächzen,
war auch kurz sein Wort, und brachte
er auch nichts als dieses vor.
Unbeweglich sah er nieder,
rührte Kopf nicht noch Gefieder,
und ich murrte, murmelnd wieder:
"Wie ich Freund und Trost verlor,
Wird'ich morgen ihn verlieren —
Wie ich alles schon verlor."
Sprach der Rabe: "Nie, du Tor."

실용적이며 정보 전달을 목적으로 하는 번역에서는 *nunca mais*나 *jamais plus*가 합리적인 *nevermore*의 동의어로 간주될 수 있지만 포의 시에서는 그렇지 않다. 언어 외적 실질이 적절한 것으로 되기 때문이다. 이는 시적 기능의 텍스트(단지 언어 텍스트뿐만이 아니다)에서는 표현의 연속체가 좀 더 분절된다고 주장한 것과 동일하다(에코, 1975 : 3 · 7 · 4).

그러니까 때로는 언어 외적 실질이 번역자를 궁지에 빠뜨리기도 한다. 하지만 비록 정의상 시는 번역할 수 없다는 관념을 받아들인다 할지라도(또한 분명히 많은 시들이 그렇다), 시 텍스트는 모든 유형의 번역에 대한 하나의 시금석이 될 것이다. 왜냐하면 도구적이고 실용적인 데다가 미학적 요구가 전혀 없는 번역들의 경우에도, 선적인 발현의 실질들(어떤 방식으로든 협상해야 하는)까지 존중할 때에야 정말로 만족스러운 번역으로 간주될 수 있다는 사실을 명백히 보여주기 때문이다.

하지만 나는 희망의 말로 이 장을 마치고 싶다. 우리는 엘리엇을 번역하기가 얼마나 어려운지 보았고, 어떻게 위대한 시인들이 포를 이해하지 못했는가 보았다. 또한 왜 몬탈레가 열정적인 번역자들에게 커다란 도전이 되는지 보았으며, 단테의 언어를 옮기기가 얼마나 어려운지 확인했다. 하지만 정말로 현대 독자가 단테 텍스트의 맛과 3각운, 11음절 시행을 느끼게 할 수는 없을까?

나의 선택은 물론 취향의 선택이지만, 나는 현대 브라질의 위대한 시인 아롤두 데 캄푸스Haroldo de Campos가 「천국」편의 번역에서 이룬 결과를 최고의 업적으로 간주한다. 그중에서 단지 제31곡의 서두 부분만을 예로 인용하고 싶은데, 이탈리아 독자에게 원문을 상기시킬 필요도 없을 정도로 그 번역은 설득력이 있다고 확신한다. 그것은 원문을 모르는 포르투갈어 독자가 음미할 수 있을 뿐만 아니라, 이탈리아어 텍스트를 알고 있는 사람도 그걸 인정할 정도이기 때문이다. 이것은 그야말로 〈거의〉이며, 거의 완벽한 예이다.[29]

29 참고로 이탈리아어 원문은 다음과 같다.

In forma dunque di candida rosa / mi si mostrava la milizia santa / che nel suo sangue Cristo fece sposa; / ma l'altra, che volando vede e canta / la gloria di colui che la' nnamora / e la bontà che la fece cotanta, / si come schiera d'ape, che s'infiora / una fiata e una si ritorna/ la dove suo laboro s'insapora, / nel gran fior discendeva che s'addorna / di tante foglie, e quindi risaliva/ la dove 'l suo amor sempre soggiorna. / Le facce tutte avean di fiamma viva, / e l'ali d'oro, e l'altro tanto bianco, / che nulla neve a quel termine arriva. / Quando scendean nel fior, di banco in banco / porgevan de la pace e de lardore / ch'elli acquistavan ventilando il fianco

피로써 그리스도께서 신부로 삼으신 / 성스러운 무리가 내 앞에 보였으니 / 마치 새하얀 장미의 모양이었다. / 또 다른 무리가 자신들이 사랑하는 그분의 영광과 / 자신들을 그토록 아름답게 만든 선을 / 노래하고 관조하며 날아다녔는데, / 마치 벌 떼가 꽃으로 날아갔다가 / 꿀을 만드는 곳으로 / 다

A forma assim de uma cândida rosa
vi que assumia essa coorte santa
que no sangue de Cristo fez-se esposa;

e a outra, que a voar contempla e canta
a gloria do alto bem que a enamora,
e a bondade que esparze graça tanta,

como enxame de adelhas que se enflora,
e sai da flor, e unindo-se retorna
para a lavra do mel que duora e odora,

descia à grande rosa que se adorna
de tanta pétala, e a seguir subia
ao pouso que o perpetuo Amor exorna.

Nas faces, viva chama se acendia;
nas asas, ouro; as vestes de um alvor
que neve alguma em branco excederia.

Quando baixavam, grau a grau, na flor,
da vibraçao das asas revoadas
no alto, dimanava paz e ardor.

시 돌아오는 것 같았으니, / 수많은 꽃잎들로 장식된 커다란 / 꽃 속으로 내려갔다가, 그 사랑이 언제나 / 머무는 곳으로 다시 올라가곤 하였다. / 그들의 얼굴은 모두 생생한 불꽃이었고 / 날개는 황금빛, 옷은 아주 하얀색인데 / 어떤 눈(雪)도 그 하얀색에 미치지 못하였다. / 꽃 속으로 내려앉을 때는 / 날갯짓을 하면서 얻은 평화와 영광을 / 이 자리 저 자리에 전해 주었다.

12 근본적 개작

편집과 상업적 관점에서 보면 고유한 의미에서의 번역 범주에 들어가겠지만, 또한 동시에 눈에 띄게 해석적 방만함을 보이는 현상인 근본적 개작을 살펴보자.

제5장에서 부분적 개작, 말하자면 텍스트가 표현의 측면에서 창출하는 심층 의미 또는 효과에 충실하기 위해 번역자들이 때로는 지시를 위반하면서 일부 방만함을 허용해야 했던 경우들을 검토했다. 하지만 더 근본적인 개작의 경우들이 있는데, 그것들은 소위 방만함의 단계들에 따라 배치되어 있으며, 심지어 더 이상 어떤 가역성도 없는 경계선을 넘어가기도 한다. 말하자면 그런 경우에는 제아무리 완벽한 번역 기계라도 목적지 텍스트를 다시 원천 언어의 다른 텍스트로 옮긴다면, 원본을 확인하기 어려울 것이다.

12·1 크노의 경우

내가 번역한 레몽 크노의 『문체 연습』은 여러 곳에서 근본적 개작을 허용하고 있다. 『문체 연습』은 그야말로 단순한 하나의 기본 텍스트에 대한 일련의 변환들로 되어 있다.

Dans l'S, à une heure d'affluence. Un type dans les vingt-six ans, chapeau mou avec cordon remplaçant le ruban, cou trop long comme si on lui avait tiré dessus. Les gens descendent. Le type en question s'irrite contre un voisin. Il lui reproche de le bousculer chaque fois qu'il passe quelqu'un. Ton pleurnichard qui se veut méchant. Comme il voit une place libre, se precipite dessus.

Deux heures plus tard, je le rencontre Cour de Rome, devant la gare Saint-Lazare. Il est avec un camarade qui lui dit: "Tu devrais faire mettre un bouton supplémen-taire à ton pardessus." Il lui montre où (à l'échancrure) et pourquoi.

Sulla S, in un'ora di traffico: Un tipo di circa ventisei anni, cappello floscio con una cordicella al posto del nastro, collo troppo lungo, come se glielo avessero tirato. La gente scende. Il tizio in questione si arrabbia con un vicino. Gli rimprovera di spingerlo ogni volta che passa qualcuno. Tono lamentoso, con pretese di cattiveria. Non appena vede un posto libero, vi si butta. Due ore più tardi lo incontro alla Cour de Rome davanti alla Gare Saint-Lazare. È con un amico che gli dice: "Dovresti fare mettere un bottone in più al soprabito". Gli fa vedere dove (alla sciancratura) e perché.

교통이 혼잡한 시간의 S에서. 스물여섯 살가량의 어느 젊은이, 리본 대신 끈이 달린 축 늘어진 모자, 마치 잡아 늘인 듯 너무나도 긴 목. 사람들이 내린다. 문제의 그 젊은이는 가까이 있는 사람에게 화를 낸다. 누군가 지나갈 때마다 그가 자신을 밀친다고 비난한다. 나쁘다고 비난하는 슬픈 어조. 빈 자리 하나를 보자마자 그곳으로 돌진한다. 두 시간 뒤 나는 생라자르 역 앞의 로마 거리에서 그를 다시 만난다. 그는 어느 친구와 함께 있는데 친구가 그에게 말한다. 「네 외투에 단추 하나를 더 달아야겠어.」 어느 곳인지 (벌어진 부분에) 또 왜 그런지 보여 준다.

크노의 연습들 중 일부는 뚜렷하게 내용에 관한 것이고〔곡언법(曲言法, *litote*)을 통해 기본 텍스트가 예상이나 꿈, 공식 성명서 등의 형식으로 수정된다〕 고유한 의미에서의 번역에 적합하다. 하지만 다른 연습들은 표현과 관련된다. 이 경우 기본 텍스트는 〈글자 변환*metagrafo*〉(말하자면 철자 바꾸기, 글자들 숫자의 점진적인 변환, 글자 빼기 등)을 통해, 아니면 〈소리 변환*metaplasmo*〉(의성어, 모음 생략, 글자 자리 바꾸기*metatesi* 등)을 통해 해석된다. 여기서는 개작으로 진행할 수밖에 없었다. 예를 들어 만약 작가의 도전이 글자 e를 전혀 사용하지 않으면서 기본 텍스트를 옮기는 것이라면, 분명히 이탈리아어로 똑같은 연습을 다시 하면서 원본의 글자 존중에서 자유로워야만 했다. 따라서 만약 원본에서 *Au stop, l'autobus stoppa. Y monta un zazou au cou trop long*……이라 말한다면, 이탈리아어는 *Un giorno, diciamo alle dodici in punto, sulla piattaforma di coda di un autobus S, vidi un giovanotto dal collo troppo lungo*……(어느 날, 12시 정각 버스 S의 줄이 늘어선 플랫폼에서, 나는 너무나도 목이 긴 젊은이를 보았다……)[1]라고 말함으로써 똑같은 효과를 얻

1 목적지 텍스트의 최대 과잉은 도전의 일부를 이루었다. 나는 원본의 단어들보다 더 많은 숫자의 단어들에서 글자 e를 피하려고 했다 — 원주.

었다고 할 수 있었다.

또한 크노의 연습들은 시 형식에 대한 지시들도 포함하고 있었고, 여기에서도 나의 번역은 근본적 개작의 길을 택하였다. 원본 텍스트가 프랑스 문학의 전통에 대한 패러디 참조와 함께 12음절 시행들로 이야기를 하는 곳에서 나는 레오파르디의 시를 동일하게 패러디하면서 똑같은 이야기를 한 바 있다. 마지막으로 〈서투름*Maladroit*〉이라는 제목의 연습에서 나는 자유로운 경쟁의 극단으로 나아갔는데, 실어증에 가까운 어느 프랑스 사람의 서투른 담론을, 1977년의 대학생 집회에서 어느 〈가택 연금자(軟禁者)〉가 연설하는 담론으로 바꾸었다.

변환 중의 하나는 영어식 표현에 관한 것이었다.

Un dai vers middai, je tèque le beusse et je sie un jeugne manne avec une grète nèque et un hatte avec une quainnde de lèsse tresses. Soudainement ce jeugne manne biqueumze crézé et acquiouse un respectable seur de lui trider sur les toses. Puis il reunna vers un site eunoccupé. A une lète aoure je le sie égaine; il vouoquait eupe et daoune devant la Ceinte Lazare stécheunne. Un beau lui guivait un advice à propos de beutone. ……

프랑스인의 영어식 표현을 이탈리아인의 영어식 표현으로 번역하기는 어렵지 않다. 문자 그대로 번역하지 않고, 어떻게 이탈리아인이 어설픈 영어로 말할 것인가 상상하는 것으로 충분하다. 나의 개작은 다음과 같다.

Un dèi, verso middèi, ho takato il bus and ho seen un

yungo manno con uno greit necco e un hatto con una ropa texturata. Molto quicko questo yungo manno becoma crazo e acchiusa un molto respettabile sir di smashargli i fitti. Den quello runna tovardo un anocchiupato sitto.

Leiter lo vedo againo che ualcava alla steiscione Seitlàsar con uno friendo che gli ghiva suggestioni sopro un bàtton del cot. ……[2]

그런데 다른 연습 하나는 이탈리아어식 표현이라는 제목으로 되어 있고 다음과 같았다.

Oune giorne en pleiné merigge, ié saille sulla plata-forme d'oune otobousse et là quel ouome ié vidis? ié vidis oune djiovanouome au longué col avé de la treccie otour dou cappel. Et le dittò djiovanouome au longuer col avé de la treccie outour du cappel. Et lé ditto djiovaneuome aoltragge ouno pouovre ouome à qui il rimproveravait de lui pester les pieds et il ne lui pestarait noullément les pieds, mai quand il vidit oune sedie vouote, il corrit por sedersilà.

A oune ouore dé là, ié lé révidis qui ascoltait les consigles d'oune bellimbouste et zerbinotte a proposto d'oune bouttoné dé pardéssousse.

2 프랑스어 원문이나 에코의 이탈리아어 번역본 모두 수많은 영어 단어들을 기괴하게 바꾸어 쓰고 있기 때문에, 똑같은 효과를 얻도록 우리말로 옮기기 어렵다. 억지로 번역해 본다면 대충 〈어느 데이, 미드데이경에, 나는 버스를 테이크했고 그레이트 넥의 영 맨을 씨했다……〉 정도가 될 것이다. 뒤에 나오는 프랑스어식 이탈리아어 표현도 마찬가지이다.

원본 텍스트를 그대로 놔둘 수도 있었을 것이다. 하지만 프랑스 독자에게 이탈리아어식 표현으로 들리는 것이 이탈리아 독자에게도 똑같은 효과를 주지는 않는다. 따라서 나는 게임을 뒤집기로 결정했다. 즉 이탈리아어 텍스트에 프랑스어식 표현들이 아주 잘 어울리게 만드는 것이었다. 결과는 다음과 같다.

Allora, un jorno verso mesojorno egli mi è arrivato di rencontrare su la bagnola de la linea Es un signor molto marante con un cappello tutt'affatto extraordinario, enturato da una fìsella in luogo del rubano et un collo molto elongato. Questo signor là si è messo a discutar con un altro signor che gli pietinava sui piedi expresso; e minacciava di lui cassare la figura. Di' dunque! Tutto a colpo questo mecco va a seder su una piazza libera.

Due ore appresso lo ritrovo sul trottatoio di Cour de Rome in treno di baladarsi con un copino che gli suggère come depiazzare il bottone del suo perdisopra. Tieni, tieni, tieni!

보다시피 개작에서 나는 덧붙이기까지 했다. 그것은 프랑스어 *tiens, tiens, tiens!*의 이탈리아어식 표현을 놓치고 싶지 않았기 때문이다.

이탈리아어 번역본에서 나의 개작들은 프랑스어 원본과 마주 보게 되어 있으므로 독자가 나의 그런 도전이나 내기를 고려할 수 있다는 사실은 무시하기로 하자. 크노는 수많은 전략으로 특정한 게임을 했으므로, 나는 비록 텍스트를 바꾸었지만 똑같은 숫자의 움직임으로 번역의 문제를 해결하면서 원저자의 게임과 경쟁하려고 시도했다. 물론 원본을 모르는 번역자라면 나의 일부 개작들을 보고 맥락을 벗어나 원본으로 되돌아가는 무엇인가를 복원할 수는 없을 것이다. 하지만 이제 〈방만함〉들의 단계로 넘어가 보자.

12·2 조이스의 경우

조이스를 번역하면서 아일랜드의 사고방식, 더블린의 유머를 어떤 식으로든 느끼도록 만들지 않고 번역할 수는 없다고 생각한다. 비록 용어들을 영어로 놔둔다든지 아니면 페이지 아래에 많은 각주들을 붙이는 희생을 치르더라도 말이다.[3] 그런데 조이스 자신이 두드러지게 〈목적지 지향적〉 번역의 탁월한 예를 제공하고 있다. 바로 『피네건의 경야*Finnegan's wake*』에서 〈안나 리비아 플루라벨Anna Livia Plurabelle〉로 일컬어지는 에피소드의 번역이다. 그 번역은 원래 프랑크Frank와 세타니Settani의 이름으로 나왔고, 또한 그들이 분명 번역 작업에 협력했지만, 바로 조이스 자신의 번역으로 간주되어야 한다.[4] 다른 한편으로 베케트, 수포Soupault 그

3 프랭크 버전Frank Budgen은 『제임스 조이스와 율리시스 만들기*James Joyce and The making of Ulysses*』(런던: 그레이슨Grayson, 1934)에서 〈조이스에게는 그의 도시를 우리의 도시로 대체하지 않도록 하는 것이 기본〉이라고 주장한다(옥스퍼드 대학 출판부판, 1972: 71면) — 원주.

4 「안나 리비아 플루라벨」, 『전망*Prospettive*』 IV, 2, IV, 11~12, 1940. 이 판본에는 에토레Ettore 세타니의 가필들이 포함되어 있다. 조이스와 니노Nino 프랑크의 공동 작업으로 1938년에 나온 초판은 자클린 리세가 편집한 조이스, 『이탈리아의 글들*Scritti Italiani*』(밀라노: 몬다도리, 1979)로 출판되었다. 이탈리아어 판본, 프랑스어 판본, 원전 텍스트 그리고 이후의 다른 판본들은 현재 조이스, 『안나 리비아 플루라벨』(로사 마리아 볼레티에리 보시넬리Rosa Maria Bollettieri Bosinelli 편, 토리노: 에이나우디, 1996)에 나의 서문과 함께 출판되었다 — 원주.

리고 다른 많은 작가들이 협력했던 〈안나 리비아 플루라벨〉의 프랑스어 판본은 현재 대부분이 조이스 자신의 작업으로 간주된다.[5]

이것은 아주 특수한 근본적 개작의 경우이다. 왜냐하면 조이스는 『피네건의 경야』를 지배하는 기본적 원리, 말하자면 〈말장난*pun*〉 또는 〈혼성어*mot-valise*〉의 원리를 전달하기 위해, 주저 없이 자신의 텍스트를 다시 쓰고, 근본적으로 다시 고안해 내기 때문이다. 그것은 영어 텍스트의 전형적인 울림이나 언어적 우주와는 더 이상 아무런 관계도 없으며, 〈토스카나어식〉 어조를 띠고 있다. 그런데도 원본을 더 잘 이해하기 위해 그 번역본을 읽어 보라고 권유하기도 한다. 실제로 영어와는 다른 언어로 어휘 교착(膠着)의 원리를 실현해 보려는 노력은 바로 『피네건의 경야』의 지배적 구조가 무엇인지 드러내고 있다.

『피네건의 경야』는 영어로 쓰인 것이 아니라 〈피네건의 언어〉로 쓰였으며, 일부 학자들은 〈피네건의 언어〉를 발명된 언어로 정의하였다. 사실 그것은 흘레브니코프Chlebnikov의 의식을 초월하는 언어, 또는 모르겐슈테른Morgenstern이나 휴고 볼Hugo Ball의 언어처럼(여기서는 모든 의미 층위의 부재에서 소리의 상징적 효과가 나오기 때문에 어떤 번역도 불가능하다) 발명된 언어가 아니다. 『피네건의 경야』는 오히려 다(多)언어 텍스트이다. 결과적으로 그것을 번역하는 것도 마찬가지로 불필요할 것이다. 왜냐하면 그 자체가 이미 번역되었기 때문이다. 영어 어근 T와 이탈리아어 어근 I가

5 「안나 리비아 플루라벨」, 『라 누벨 르뷔 프랑세즈*La Nouvelle Revue Française*』 XIX, 212, 1931. 이것은 1928년의 안나 리비아 판본을 번역하고, 이탈리아어 텍스트는 1939년의 최종판에서 번역하고 있을지라도, 뒤이어 내가 인용할 점들에서 두드러진 변화가 없다 — 원주.

있는 〈말장난〉이 주어졌을 경우, 그것을 번역한다는 것은 기껏해야 결합체*sintagma* TI를 결합체 IT로 바꾼다는 것을 의미할 것이기 때문이다. 여러 번역자들이 바로 그렇게 하려고 시도하여 상이한 결과들을 얻었다.

하지만 사실 『피네건의 경야』는 다언어 텍스트도 아니다. 아니면 단지 영어의 관점에서 볼 때 그렇다. 그것은 영어 사용자가 생각할 수 있는 다언어 텍스트이다. 그러므로 자기 자신의 번역자가 되어 보려는 조이스의 선택은 프랑스어 사용자 또는 이탈리아어 사용자가 생각할 수 있는 다언어 텍스트로서의 목적지 텍스트(프랑스어 또는 이탈리아어 텍스트)에 대해 생각해 보려는 것인 듯하다.

그럼으로써 훔볼트가 이미 암시했듯이 만약 번역이 단지 독자로 하여금 원래의 언어와 문화를 이해하도록 하는 것뿐만 아니라, 자신의 언어를 풍부하게 만드는 것을 의미한다면, 의심할 바 없이 『피네건의 경야』의 모든 번역은 이전에는 자신의 언어가 할 수 없었던 것을 표현할 수 있도록 하기 때문에(조이스가 영어로 그랬던 것처럼), 자신의 언어를 한 걸음 앞으로 나아가도록 만든다. 언어가 그런 실험을 견디지 못하여 그 걸음이 지나친 것이 될 수도 있다. 하지만 그동안에 무엇인가가 일어난다.

조이스는 영어처럼(풍부한 단음절 용어들 덕택에) 단어들의 짜 맞추기, 신조어, 〈말장난〉에 아주 유순한 언어를, 이탈리아어처럼 교착을 통한 신조어에 완강한 언어로 옮기게 되었던 것이다. *Kunstwissenschaft*(예술학) 또는 *Frauprofessor*(여교수) 같은 독일어 표현들 앞에서 이탈리아어는 항복한다. *splash-down* 같은 표현 앞에서도 마찬가지이다. 이탈리아어는 *ammarare*처럼 아주 시적인 표현(우주선이 바다 표면과 갑자기 충돌하는 것이 아니라 수상 비행기가 부드럽게 내려 않는 것을 가리키는 표현) 속으로 피신한다. 다른 한편으로 각 언어는 고유의 천부적 재능을 갖고 있다. 달에 착륙하는 것에 대해 영어는 부적절하게 *to land*라는 낡은 표현을 사용하지만, 이탈리아어는 *allunare*라는 단어를 발명하였다. 좋다. 하지만 만약 우주선의 *landing*을 감동적으로 묘사하는 텍스트를 번역하는 문제라면, *land*는 단음절이지만 *alluna*는 세 음절이다. 이것은 리듬의 문제를 제기할 것이다.

조이스가 영어 고유의 리듬을 번역해야 하는 입장에서 텍스트를 바꾸어 씀으로써, 먼저 프랑스어에 맞추고 뒤이어 이탈리아어에 어울리게 했던 예를 살펴보기로 하자.

> Tell me all. Tell me now. You'll die when you hear. Well, you know, when the old cheb went futt and did what you know. Yes, I know, go on.[6]

여기에는 30개의 단음절 단어가 있다. 프랑스어 번역본은 최소한 구어의 관점에서 똑같은 단음절 구조를 재창출하려고 노력한다.

> Dis-moi tout, dis-moi vite. C'est à en crever. Alors, tu sais, quand le vieux gaillarda fit krack et fit ce que tu sais. Qui je sais, et après, après?

25개의 단음절 단어. 나쁘지 않다. 나머지 다른 단어들은

6 김종건의 번역본(범우사, 2002, 196면)은 다음과 같이 옮기고 있다. 〈모든 것을 나에게 말해 줘요. 내게 당장 말해 줘요. 아마 들으면 당신 죽고 말 거야. 글쎄, 당신 알지요, 그 늙은 사내가 정신이 돌아 가지고 당신도 아는 짓을 했을 때 말이오. 그래요, 난 알아요. 계속해 봐요.〉

단지 두 음절 또는 기껏해야 세 음절이다. 단음절 단어들이 별로 없는(최소한 영어에 비해) 언어인 이탈리아어로는 어떤 일이 일어날까?

> Dimmi tutto, e presto presto. Roba da chiodi! Beh, sai quando il messercalzone andò in rovina e fe' ciò che fe'? Sì, lo so, e po' appresso?

16개의 단음절 단어. 하지만 그중 최소한 절반은 동사 변화, 관사, 전치사, 후접(後接) 불변화사들로 강세 악센트가 없으며, 후속 단어와 연결되어 청각적 효과의 관점에서 그 단어를 길게 늘여 주는 듯하다. 다른 단어들은 모두 두세 음절, 심지어는 네 음절, 다섯 음절이다. 이 구절의 리듬은 전혀 단음절 리듬이 아니다. 영어 텍스트가 재즈 리듬을 갖고 있다면, 이탈리아어 텍스트는 오페라처럼 진행한다. 이것이 바로 조이스가 한 선택이었다. 그의 이탈리아어 버전의 다른 구절들을 검토해 보면 *scassavillani, lucciolanterna, pappanpanforte, freddolesimpellettate, inapprodabile, vezzeggiativini*처럼 아주 긴 단어들이 발견되는데, 이탈리아어 어휘에 비해서도 길다. 사실 그런 단어들은 조이스가 발명해 낸 것들이다.

물론 『피네건의 경야』는 아주 긴 복합 단어들도 사용하지만 대개 짧은 두 단어의 융합에 의존한다. 이탈리아어는 그런 해결책에 적합하지 않기 때문에 조이스는 정반대의 선택을 했던 것이다. 즉 다음절 리듬을 찾았다. 그런 결과를 얻기 위해 종종 그는 이탈리아어 텍스트가 영어 텍스트와 다른 것을 말하더라도 신경 쓰지 않았다.

매우 의미심장한 예를 하나 들어 보자. 번역된 두 번째 구절의 마지막 부분에 다음과 같은 표현이 나온다.

Latin me that, my trinity scholard, out of eure sanscreed into oure eryan![7]

모든 암시를 찾아보려 하지 않더라도 몇 가지가 두드러지게 눈에 띈다. 두 언어, 라틴어와 산스크리트어에 대한 지시가 있고, 그 언어들의 아리안 기원이 강조된다. 〈삼위일체〉가 있지만 신경(信經)이 없으며(우리는 삼위일체의 교리에 대해 아리안의 이단이 있었다고 간주한다), 밑바탕에서 에린Erin과 트리니티 칼리지를 느낄 수 있다. 게다가 단지 열광적인 문헌학자나 찾아내겠지만, 유리Ure, 오우르Our, 외르Eure 강에 대한 지시도 있다(『피네건의 경야』에서 강들이 어떤 역할을 하는지 뒤에서 살펴볼 것이다). 프랑스어 버전은 (비록 많은 것을 잃지만) 중심적인 연상의 핵심에 충실하기로 결정하고 다음과 같이 번역한다.

Latine-moi ça mon prieux escholier, de vostres sanscroi en notre erryen.

*prieur-pieux-prière*의 연상 사슬에서는 삼위일체의 메아리를 발견할 수 있고, *sanscroi*에서는 산스크리트어와 *sans croix* 및 *sans foi*에 대한 환기를 찾을 수 있으며, *erryen*에서는 오류 또는 방황에 대한 암시도 있다.

이제 이탈리아어 버전으로 넘어가 보자. 여기에서 작가는

7 김종건(같은 책, 215면)의 번역은 다음과 같다. 〈나를 라틴어역(語譯)할지라, 나의 삼위일체(三位一體) 학주(學主)여. 그대의(무신조無信條)(아란어의) 산스크리트에서 우리의 애란어(愛蘭語)에로!〉

분명히 언어에 대한 지시가 소위 언리학(言理學, *glottologia*) 에서 〈성문(聲門, *glotta*)〉으로, 또는 〈언어〉에서 신체 기관으로 이해되는 〈혀 *tongue*〉로 넘어가야 한다고 결정했으며, 또한 신학적 방황은 성적 방황이 되어야 한다고 결정했다.

Latinami ciò, laureata di Cuneo, da lingua aveta in gargarigliano.

조이스 본인이 아니었다면 어떤 번역자도 참을 수 없는 방만함이라는 비난을 받았을 것이다. 편력 서생(遍歷書生)풍의 방만함은 있지만 작가에 의해 정당화된 것이다. 고대 언어와 어원에 대한 유일한 환기는 *aveta-avita*에 있지만, 읽히는 것에 비추어 보면 *avis avuta*도 환기시킨다. 게다가 쿠네오[8]의 여자 졸업생은 어떤 쐐기에 의해 침입당하는데, *Cuneo-da-lingua* 결합체를 빨리 발음할 경우 목의 꾸르륵거림에 대한 암시로 강화되는 *cunninlinguus*의 그림자가 나타나기 때문이다. 하지만 이것은 원본에서 근거를 찾을 수 없는, 이 장에서 자랑스럽게 인용하는 8백 개의 강들 중에서 801번째의 강 가릴리아노[9]에 대한 환기와 함께 끝난다.

삼위일체는 사라졌고 조이스는 평온하게 자신의 마지막 배교(背敎)를 수행한다. 그의 관심을 끈 것은 〈필리오퀘〉[10]가

8 여기에서 Cuneo는 이중적인 의미로 읽을 수 있는데, 고유 명사로는 이탈리아 북부 피에몬테 지방의 도시 이름이고, 보통 명사로는 〈쐐기〉 또는 〈쐐기 모양의 물건〉이라는 뜻이다.

9 Garigliano. 나폴리 위쪽에서 티레노 해로 흘러드는 작은 강의 이름이다.

10 *Filioque*. 〈또한 아들에게서〉라는 뜻의 라틴어로 1012년 교황 베네딕토 8세에 의해 가톨릭 신경(信經)에 공식적으로 포함된 구절이다. 그 기본 교의는 성령을 성부와 동시에 성자의 발현으로 보는 것인데, 삼위일체의 세 위격(位格)은 절대적으로 동일하기 때문이라는 것이다. 이 구절을 둘러싼

아니라 이탈리아어로 무엇을 할 수 있는가 하는 것이었다. 주제는 구실에 불과하였다.

이 구절을 조이스의 추종자들이 찬양하게 된 특징들 중의 하나는 리피[11] 강의 흐름에 대한 느낌을 전달하기 위하여 다양하게 위장된 대략 8백여 개의 강 이름들[12]을 포함하고 있다는 점이다. 그것은 소위 멋진 〈역작〉으로 종종 그 구절 안에 어떤 소리 상징의 풍부함도 도입하지 않지만, 모든 것을 의미적 또는 백과사전적 측면에 의존하고 있다. 다양한 강들에 대한 지시를 포착하는 사람은 리피 강의 흐름에 대한 느낌을 더 잘 포착할 수 있다. 하지만 가령 체브Cheb, 푸타Futa, 반Bann, 덕Duck, 사브리나Sabrina, 틸Till, 와그Waag, 보Bow, 보야나Bojana, 주장(Zhujiang, 珠江), 배틀Battle, 스콜리스Skollis, 샤리Shari 등의 강들에 대한 지시를 모든 사람들이 포착할 수 없기 때문에, 모든 것이 소위 연상의 통계적인 게임에 맡겨져 있다. 말하자면 당신이 당신에게 친숙한 어떤 강 이름을 포착하면 유동성을 느낄 것이고, 포착하지 못하면 어쩔 수 없이 작가의 개인적인 도박으로 남게 되며 학위 논문을 위한 주제로 남게 된다. 사실 초기 판본들에서 강들은 아주 적었는데, 이후의 판본들에서 강 이름들이 빽빽하게 많아졌다. 아마 그 시점에서 조이스는 가능한

대립은 로마 가톨릭교회와 그리스 정교가 분열되는 한 원인이 되었다.

11 Liffey. 더블린을 가로질러 흐르는 강.

12 그 완전한 목록(아마 조이스가 상상했던 것보다 더 많은)과 버전에 따라 이후에 목록이 더 늘어나게 된 이야기에 대해서는 루이스 밍크Louis O. Mink의 『〈피니건의 경야〉 지명 사전*A "Finnegans Wake" Gazetteer*』(블루밍턴: 인디애나 대학 출판부, 1968) 참조. 똑같은 주제에 대해 프레드 히긴슨Fred H. Higginson, 『안나 리비아 플루라벨. 한 장 만들기*Anna Livia Plurabelle. The Making of a Chapter*』(미니애폴리스: 미네소타 대학 출판부, 1960)도 참조 — 원주.

한 많은 강 이름들을 찾기 위해 누군가의 협력을 활용했을 것이며 — 지리 목록들이나 백과사전들을 활용하는 것으로 충분했을 것이다. 그런 다음 〈말장난〉을 하기는 어렵지 않았을 것이다. 따라서 이 장에 8백 개 또는 2백 개의 강들이 들어 있다는 사실은 중요하지 않다고 말할 수 있다. 또는 최소한 어느 르네상스 화가가 군중의 얼굴들 사이에 자기 친구들의 얼굴을 그려 넣었다는 사실만큼 중요하지 않다. 그 얼굴들을 모두 확인해 내는 사람의 학문적 경력에는 중요할지 모르지만, 그 그림이나 프레스코 벽화를 향유하는 데에는 어느 정도까지만 중요할 뿐이다.

이탈리아어 버전에 대해 조이스는 3중의 결정을 내렸다. 우선 그 장은 통사적으로뿐만 아니라 어휘상으로도 유동적이며, 수많은 강들에 대한 지시에 토대를 두고 있다는 점을 이해시킬 필요가 있었다. 하지만 그 강들은 필히 원본에 나타나는 것과 똑같은 지점에 있어야 할 필요는 없었다. 예를 들어 영어 텍스트에서는 Wasserbourne(이것은 이탈리아어 버전에서 Wassermanschift로 대체되었다) 다음에 Havemmarea (avemaria + marea)가 나오는데, 그것은 이탈리아어로 옮기기 아주 쉬웠을 것이다. 게다가 하벨Havel은 엘바Elba 강으로 합류하는 독일의 강이다. 하지만 조이스는 이미 15줄 위에서 (영어 텍스트에는 없는 곳에서) Piavemarea를 도입함으로써 Ave Maria에 대해 지적했다. 그 대신 한 문장 뒤에 poca schelda(scelta + Schelda)가 있다고 말하는데, 여기에서 Schelda는 번역된 구절들에는 들어 있지 않은 영어 텍스트의 한 페이지에서 복원된다.

영어 텍스트에서는 리오 네그로Rio Negro와 라플라타La Plata가 나오는 곳에서 조이스는 그 강들을 그대로 유지하지만 적절하게 모사Mosa를 집어넣는다. 그렇게 함으로써 작가의 취향과 영감에 따라 번역하게 된다.

두 번째 결정으로 시장(Xijiang, 西江), 토미Tomi, 셰프 Chef, 시르다리야Syr Darya, 래더Ladder, 번Burn 같은 이름들로 영어에서는 멋진 말장난들을 할 수 있지만 이탈리아어로는 그렇게 하기가 더 어렵다. 조이스는 활용할 수 없는 것은 내버려 두고 대신 이탈리아 강들, 자신의 새로운 독자에게 좀 더 분명하고 섬세한 다음절 단어들을 합성하기에 더 적합한 이탈리아 강들을 도입한다. 그래서 영어 텍스트와 비교해 새로운 세리오Serio, 포Po, 세르키오Serchio, 피아베 Piave, 콘카Conca, 아니에네Aniene, 옴브로네Ombrone, 람브로Lambro, 타로Taro, 토체Toce, 벨보Belbo, 실라로 Sillaro, 탈리아멘토Tagliamento, 라모네Lamone, 브렘보 Brembo, 트레비오Trebbio, 민초Mincio, 티도네Tidone, 파나로Panaro(간접적으로는 타나로Tanaro), 또한 아마 오르바Orba(〈오르바orva〉로) 같은 강들이 나타난다.[13] 열의 있는 독자는 그것들의 다양한 변장을 찾아보기 바란다.[14]

하지만 이탈리아 강들로 충분하지 않다. 세계의 아주 다양한 고장들의 수많은 강들이 이탈리아어식 합성어에 적절하게 어울리며, 따라서 조이스는 극도로 자유분방하게 원본에 있던 무수한 강들을 지워 버린다.

실제로 이탈리아어나 프랑스어로 번역된 영어 텍스트의 부분에서 강들은 센 강의 두 강변(Reeve Gootch와 Reeve Drughad, 그리고 카테가트Kattegat의 강변 하나)에 대한 멋진 암시까지 계산하면 277개가 발견된다. 이탈리아 텍스트

13 모두 이탈리아 반도에 있는 강의 이름이다.

14 프랑스어 텍스트에서는 더 많아지는데, 가령 솜Somme, 에이번 Avon, 나이저Niger, 양쯔Yangzi, 지롱드Gironde, 아레Aare, 다메브 Damève(다뉴브Danube?), 포Po, 손Saône 등이다 — 원주.

에서 조이스는 277개의 강에서 274개로 줄이기로 결정한다(호수 — 즉 아다Adda 강이 다시 시작되는 곳 — 하나, 어쨌든 강의 델타와 연결되는 몇 개의 늪, 마지막으로 〈톨카네 습지들maremme Tolkane〉을 함께 모아 놓는 〈코마스키아 comaschia〉, 〈피우마나fiumana〉, 일반적인 〈리오rio〉는 너그럽게 봐줄 수 있다).

많은 강들을 삭제할 어떤 이유도 없다. 이해 가능성 때문도 아니다. 특히 혼두Honddu, 츠바르테Zwarte, 코브샤 Kowsha 같은 이름들은 분명히 영어 독자나 이탈리아어 독자 모두에게 이해될 수 없을 것이며, 만약 영어 독자가 277개를 용인할 수 있다면, 이탈리아어 독자에게는 안 될 이유가 없기 때문이다. 또한 조이스가 영어 텍스트에 나오는 일부 강들을 그대로 유지할 때 어떤 분명한 기준을 따르지 않는 것 같기 때문이다. 왜 조이스는 *and the dneepers of wet and the gangres of sin*을 *com'è gangerenoso di turpida tabe*로 번역하는가? 갠지스 강에 라인 강을 도입하는 것은 멋지다. 하지만 무엇 때문에 드네프르Dnieper 강은 빠뜨리는가? 왜 Concord on the Merrimake에 나오는 메리맥Merrimack 강을 피하고 *O in nuova Concordia dell'Arciponente*로 옮기는가? 여기에서 혹시 하늘의 전능함에 대한 암시를 얻을지 모르지만, 더 이상 메리맥 강을 알아볼 수 없는 콩코드를 그대로 유지하면서, 더구나 미국 초월주의의 장소에 대한 지시를 상실하면서 말이다. 혹시 *Sabrinettuccia la fringuellina*로 박사 학위 논문에나 어울릴 순전히 싸구려 장신구에 불과한 사브리나 강에 대한 암시를 간직하기 위해서인가? 무엇 때문에 보야르카Boyarka, 부아Bua, 보야나Bojana, 뷔에크 Buëch처럼 도대체 어디에 흐르는지 하느님이나 아실 강들에 대한 아주 신비한 지시들을 간직하면서 상브르Sambre, 유프라테스, 오더Oder, 나이세Neisse 강은 빠뜨리는가? 무엇 때문에 가령 *non sambra che eufrate Dniepro poneisse la rava a sinistra e a destra, con gran senna, nel suo poder*……라고 쓰지 않았는가?

분명히 조이스는 자기 자신을 이탈리아어로 번역하면서 가능한 이탈리아어 신조어들, 멜로드라마처럼 울려 퍼지는 신조어들을 노래하였고, 자기 내부에서 울리지 않는 것들은 버렸다. 강들은 그에게 거의 아무런 중요성이 없었다. 그는 더 이상 강들의 관념(아마도 그토록 고집스럽고 특이한 책에서 가장 고집스럽게 특이한 관념)으로 장난하지 않고 이탈리아어로 장난을 했던 것이다. 그는 8백 개의 강들을 찾느라고 최소한 10년은 낭비했는데, *chiacchiericcianti, baleneone, quinciequindi, frusciaque*라고 말하기 위해 그중에서 거의 10분의 9를 버렸다.

정말로 독창적인 창조의 경계선에 있는 개작의 마지막 예는 다음과 같다.

> Tell us in franca langua. And call a spate a spate. Did they never sharee you ebro at skol, you antiabecedarian? It's just the same as if I was to go par examplum now in conservancy's cause out of telekinesis and proxenete you. For coxyt sake and is that what she is?[15]

15 김종건(같은 책, 198면)의 번역은 다음과 같다. 〈혼성어로 말할지라. 그리고 호우(豪雨)면 호우라 부를지라. 그들이 학교에서 그대에게 헤브라이어를 가르쳐 주지 않았단 말인고. 그대 무식 초보자(無識初步者) 그건 꼭 마치 내가 당장 순수 언어 보존의 명분(名分) 속에 모범을 보이며 염동 작용(念動作用)에서 나와 그대를 고소하려 하는 것 같구려. 맙소사 그래 그녀는 그따위 사람인고?〉

*spate*는 *spade*와 *to call a spade a spade*를 상기시키는데, 이탈리아어 *dire pane al pane*(빵을 빵이라 말한다)에 해당한다. 하지만 *spate*는 강의 관념도 상기시킨다(*a spate of words*는 말들의 강이다). *sharee*는 *share*와 샤리Chari 강을 합치고 있으며, *ebro*는 *hebrew*와 에브로Ebro 강을, *skol*은 *school*과 스콜리스Skollis 강을 합치고 있다. 다른 지시들을 건너뛰자면 *for coxyt sake*는 지옥의 강 코키토스Kokytos와 *for God's sake*를〔그러니까 이 맥락에서는 신성 모독적 기원(祈願)을〕 머릿속에 떠오르게 한다.[16]

이 구절의 두 가지 번역, 즉 프랑스어 버전과 루이지 스케노니Luigi Schenoni의 최근 이탈리아어 번역(198면)은 다음과 같다.

Joyce — Pousse le en franca lingua. Et appelle une crue une crue. Ne t'a-t-on pas instruit l'ébreu à l'escaule, espèce d'antibabébibobu? C'est tout pareil comme si par exemple je te prends subite par telekineseis et te proxénetise. Nom de flieuve, voilà ce qu'elle est?

Schenoni — Diccelo in franca lingua. E dì piena alla piena. Non ti hanno mai fatto sharivedere un ebro a skola, pezzo di antialfabetica. È proprio come se ora io andassi par exemplum fino alla commissione di controllo del porto e ti

16 조이스는 절대 단 하나를 말하지 않았기 때문에, *for coxyt sake*는 콕스Cox 강도 상기시키며, 어느 영어 화자가 나에게 암시한 바에 따르면 음란한 암시도 한다. 왜냐하면 *for coxyt sake*는 *for coxitis'ache*와 매우 비슷한 소리가 나는데, 여기에서 *coxitis*는 엉덩이의 탈골(奪骨)을 가리키며 따라서 *pain in the ass*를 암시하기 때문이라는 것이다. 나는 그의 직관을 따를 뿐이며, 따라서 더 이상 미화하지 않겠다 — 원주.

prossenetizzassi. Per amor del cogito, di questo si tratta?

나는 프랑스어 텍스트의 모든 암시들을 확인할 수 없으며, 단지 일부 강 이름들을 보존하려고 노력하면서 *nom de flieuve*는 *nom de dieu*를 상기시키므로 신성 모독적인 암시와 함께 마지막 기원을 해결하고 있다는 점만 지적하고자 한다.

스케노니는 *call a spate a spate*의 말장난을 표현하기 위해, 뒤에서 나오듯이, 조이스의 이탈리아어 버전을 따르고 있다. *piena*는 강들과(따라서 *spate*와도) 관련이 있으며 기본적인 동위성을 간직한다. 이런 선택으로 원본 텍스트에서는 몇 페이지 뒤에서야 지명되는 일부 강들, 가령 피언 지류 Pian Creek, 피아나Piana, 피에나르스Pienaars 같은 강들도 복원한다. 스케노니는 샤리, 에브로, 스콜리스 강도 유지하고, 반식자적(反識字的) 이단에 대한 신학적 암시를 상실하며, *con-servancy*를 (대단히 흥미롭게도) 〈*a commission authorized to supervise a forest, river or port*〉로 이해하고, 자신의 창의로 코키토스를 데카르트의 코기토*cogito*와 연결시킨다.

이제 조이스가 어떻게 했는가 살펴보자.

> Dillo in lingua franca. E chiama piena piena. T'hanno mai imparato l'ebro all'iscuola, anteabecedariana che sei? È proprio siccome circassi io a mal d'esempio da tamigiaturgia di prossenetarti a te. Ostrigotta, ora capesco.

원본의 암시들을 옮기기 어렵기 때문에 작가-번역자는 여기에서 (피언, 피아나, 피에나르스 강과 함께) 템스 강처럼 다른 곳에서 인용한 다른 두 개의 강을 복원하기로 결정하고, 스케노니가 나중에 뒤따르듯이 *to call a spate a spate*를 잘 옮기고 있다. 하지만 작가-번역자 조이스에게는 이것으로 충분하지 않았다. 그는 깨달았다. 인용과 참조의 작은 유희들 너머에 있는 이 구절의 심층 의미는 프랑크 말[17]의 신비들 앞에서 느끼는 당혹스럽고 악마적인 불확실성의 느낌인데, 그 프랑크 말은 모든 유사한 언어들과 마찬가지로 서로 다른 언어들에서 유래하고 그 어떤 언어의 천부적 능력에도 상응하지 않음으로써, 유일하게 진정한 언어이자 도달할 수 없는 언어이며, 만약 그런 언어가 있다면 〈성스러운 언어 *lingua sancta*〉가 될 언어에 대항하는 악마적인 음모의 느낌을 준다는 것을 말이다. 그렇기 때문에 모든 반식자적 이단은 삼위일체에 반대하고 또 다른 것에도 반대한다(게다가 캅카스 출신이고 야만적이다). 그리하여 스스로를 번역하는 천재적 반격으로 거기에서 벗어나기로 결정하였다. 바로 (원본 텍스트에는 없는) *Ostrigotta, ora capesco*가 그것이다.

여기에는 실망과 경악의 외침인 *ostregheta*(원래 욕지거리를 베네치아어식으로 부드럽게 표현한 것이다)가 있고, 이해할 수 없는 언어들에 대한 환기(*ostrogoto*는 바로 『피네건의 경야』 전체의 집약으로, 다른 곳에서는 〈동(東)고트족의 악필(惡筆)*ostrogothic kakography*〉로 정의되었다)가 있고, Gott에 대한 환기가 있다. 그것은 이해할 수 없는 언어 앞에서 외치는 욕지거리이다. 따라서 *non capisco*(나는 이해할 수 없다)라고 결론을 내릴 수 있다. 그렇지만 *ostrigotta*는 또한 *I got it*도 암시하며, 그래서 조이스는 *ora capesco*라고 쓰는데, 그것은 *capire*(이해하다)와 *uscire*(나가다), 즉 아마

17 *lingua franca*. 이탈리아어, 프랑스어, 그리스어, 스페인어 등이 뒤섞인 혼성어로 주로 동부 지중해 연안 지역에서 쓰이며, 일반적으로 혼성 언어를 가리키는 말로 사용되기도 한다.

당혹감이나 『피네건의 경야』의 미궁에서 벗어나는 것을 융합하고 있다.

사실 우리의 모든 번역 문제들이 조이스에게는 전혀 중요하지 않았던 것이다. 그에게는 *Ostrigotta, ora capesco* 같은 표현을 발명하는 것이 중요했다.

만약 스케노니의 번역을 영어로 옮길 경우 원본과 희미하게 비슷한 무엇인가를 얻을 수 있다 해도, 조이스의 이탈리아어 버전에서도 그렇다고 말할 수는 없다. 거기서는 전혀 다른 텍스트가 나올 것이다.

조이스의 이탈리아어 버전은 분명 〈충실한〉 번역의 예는 아니다. 하지만 그런 그의 번역을 읽음으로써, 다른 언어로 완전히 다시 생각한 텍스트를 봄으로써, 심층의 메커니즘을 이해할 수 있으며, 어휘를 갖고 장난하려는 게임의 유형을 이해하고, 이런 또는 저런 인용의 참조에 대한 충실함을 넘어서서 분자들의 새로운 조합들로 끊임없이 해체되고 다시 모이는 〈목소리 울림*flatus vocis*〉 우주의 효과를 이해할 수 있다. 어떤 식으로든 조이스는 고유한 의미에서의 번역 경계선 안에 남아 있으며, 자유로운 해석의 늪에 빠지지 않는다. 그는 아마 더 이상 넘어갈 수 없는 극단적 경계선을 긋고 있다. 하지만 그 경계선 — 치열한 전투가 벌어지고 있는 — 은 단지 밖에 무엇이 있는지 설정하기 위해서뿐만 아니라, 그 안에 남아 있는 것을 정의하기 위하여 만들어진 것이다.

12·3 경계선의 경우들

자신의 시들을 영어로 번역하기도 한 라빈드라나트 타고르Rabīndranāth Tagore의 에피소드를 근본적 개작으로 분류해야 할지, 아니면 부분적 개작으로 분류해야 할지 모르겠다. 그는 다음과 같이 말한다.

> 원본의 문체뿐만 아니라 시의 어조 자체, 비유들 전체, 언어의 사용 영역까지 바꾸었으며, 그리하여 도착지 언어인 영어의 시적 요구에 따랐다……. 자기 자신을 영어로 번역하면서 그는 〈똑같은〉 시를 통해, 다시 한 번 후기 식민지주의 번역자들에 따르면, 원본의 현실과는 아무런 관련도 없는 현실을 상기시킴으로써, 고유의 정체성과는 완전히 다른 재현을 추구하였다. 게다가 그런 번역의 결과는 서방 세계에서 타고르를 수용하는 방식에도 영향을 주었다. 마치 식민지 피지배자가 식민지 지배자에 의해 수용될 수 있는 유일한 방법은 예외적인 인물, 즉 서방의 용도에 맞게 창조된 동방의 상투적 이미지들의 긍정적 특징들이 집약되는 예외적인 인물로 해석되는 방법인 것처럼, 그는 예술가가 아니라 동양의 현자이며 시인, 성인으로 수용되었던 것이다.[18]

음악의 개작들은 가령 일부 거장의 기교들로 이루어지거나(베토벤 교향곡들에 대한 리스트의 바꿔 쓰기처럼), 또는 심지어 똑같은 작품을 똑같은 작곡가가 새로운 버전으로 다시 작업할 때에도 나타난다.

하지만 쇼팽의 「장송 행진곡」을 〈뉴 오를레앙 재즈 밴드〉가 연주하는 것에 대해서는 무어라고 말해야 할까? 아마 멜로디의 외형은 유지되겠지만, 리듬과 음조의 두드러진 변화

18 마하스웨타 센굽타Mahasweta Sengupta(「번역, 식민지주의, 시학: 두 세계의 라빈드라나트 타고르Translation, Colonialism and Poetics: Rabīndranāth Tagore in Two Worlds」, 배스넷과 르페베르 편, 1990: 56~63면)를 인용하는 데마리아(2000: 3·4) — 원주.

들로 인해, 마치 바흐의 〈모음곡〉이 첼로에서 콘트랄토 리코더로 넘어갈 때 그렇듯이, 그것은 단순한 옮겨 쓰기가 아닐 것이다. 미르카 다누타Mirka Danuta[19]는 나의 해석 유형들(제10장)과 비교해 볼 때 경계선에 위치하는 일련의 음악 〈번역〉들을 지적해 주었다. 가령 〈변주〉를 생각해 보기 바란다. 그것은 분명 주제에 대한 하나의 해석이고 동일한 기호 체계에 속하지만, 분명히 번역은 아니다. 왜냐하면 전개하고, 확장하고, 바로 변주하기 때문이다(고유의 주제에 대한 변주와 다른 주제에 대한 변주를 구별해야 한다는 사실은 별개로 한다면). 또한 똑같은 악절에 대해 프로테스탄트 교회들의 전통에서 단지 실질의 변화뿐만 아니라 작곡의 조화로운 음역을 아주 풍부하게 만들었던 다양한 〈하모니화〉들을 생각해 보기 바란다.

그런 경계선의 경우들은 무한하며, 번역해야 할 모든 텍스트에 대해서도 한두 가지 찾아낼 수 있을 것이다. 다시 한 번 말하지만 이것은 번역들의 유형으로 삼을 수 없으며, 기껏해야 경우에 따라 스스로에게 제기하는 목적을 〈협상하면서〉, 또한 경우에 따라서는 번역 방식들이 일반적으로 생각하는 것보다 훨씬 많다는 사실을 발견하면서, 다양한 번역 방식들의 유형(언제나 열린 유형)을 세울 수 있을 뿐이라는 증거이다.

그러나 그 방식들은 아마 무한하겠지만 제한을 받을 수밖에 없고, 번역으로 정의될 수 없는 해석들이 끊임없이 발견된다는 사실은 변환에 관한 다음의 글에서 잘 알 수 있을 것이다.

19 개인적인 대화 — 원주.

13 질료가 바뀔 때

나는 〈아름다운 동상들〉[1] 놀이를 하며 보냈던 어느 새해 첫날의 멋진 저녁을 기억한다(〈한 번은 괜찮다〉[2]). 한 그룹이 자신들의 몸을 이용하여 예술 작품(언어로 된 작품이든 아니든)을 시각적으로 재현하고, 다른 그룹이 알아맞혀야 했다. 아가씨 세 명이 사지를 비틀고 얼굴 표정까지 찡그리면서 표현했는데, 내 기억으로는 전체적으로 아주 우아한 모습이었다. 우리들 중 유능한 사람들이 피카소의 「아비뇽의 아가씨들Demoiselles d'Avignon」을 인용하고 있다는 것을 즉각 알아보았다(그 그림에 대해 각자 기억하는 것은 무엇보다도 현실적 재현의 규칙들에 상응하지 않는 여성 육체들의 표현이기 때문이다). 우리는 우리에게 이미 알려진 피카소의 작품을 곧바로 알아보았지만, 만약 누군가 피카소의 그림과 비

1 *Belle Statuine*. 원래 아이들의 놀이에서는 술래가 벽을 향해 돌아서 있고 나머지 아이들은 원하는 대로 자세를 취한 다음, 준비되었다는 신호에 술래가 몸을 돌렸을 때 〈동상〉처럼 완전히 움직이지 않아야 하며 움직인 아이가 술래가 된다. 그런데 여기에서 에코가 말하는 놀이는 일종의 흉내 내기에 가깝다.

2 *semel licet*. 원래 〈1년에 한 번 미치는 것은 괜찮다*semel in anno licet insanire*〉라는 뜻의 라틴어 속담으로 줄여서 이렇게 말하기도 한다.

슷한 무엇인가를 상상해야 했다면, 그건 힘든 작업이었을 것이다. 그 재현은 색깔이나 윤곽들을 전혀 적절하게 만들지 않았고(사실대로 말하자면 원래의 〈아가씨들〉은 셋이 아니라 다섯 명이기 때문에 주제도 적절하지 않았다) 다만 암시만 했을 뿐인데, 그 그림에서 사람의 형상이 어떤 리듬에 따라 변형되었기 때문에 분명히 적지 않은 암시였다.

그러니까 그것은 그래픽과 색조의 질료에서 몸동작 질료로의 이행과 함께 단지 원본 그림의 주제와 일부 〈격렬한〉 요소들만을 어렴풋이 적절한 것으로 만든 각색이었다.

방금 우리가 고찰한 것이 에크프라시스(제8장에서 말했던)와 비슷한 과정이라는 점을 주목하기 바란다. 〈아름다운 동상들〉의 경우 몸동작 질료가 그림을 해석하였고, 에크프라시스의 경우에는 그림이 언어 질료를 통해 해석된다. 그런데 언어 질료는 공간 관계, 이미지, 심지어 색깔들까지 아주 잘 묘사할 수 있지만, 다른 많은 요소들 — 가령 질료의 농도, 깊이, 또는 크기의 증거 — 은 누락시킨다. 말 언어는 그런 것을 단지 다른 경험들에 대한 지시나 암시, 시사를 통해 전달할 수밖에 없다. 그런 경우들도 〈번역〉에 해당할까?[3]

이런 질문과 함께 가령 시를 목탄 스케치로 그려 보임으로써 해석하거나, 또는 소설을 만화로 각색할 때와 같은 질료의 변화 문제로 넘어가 보자.

3 에크프라시스에 대해 여러 차례 몰두했던 칼라브레세(2000: 109면 이하) 참조. 〈또한 텍스트에서 단 하나의 층위, 즉 서사의 층위만 분리하는 것이 중요할 경우, 한 실질에서 다른 실질로의 이행은《각색》(가령《소설을 영화로 각색》)으로 정의된다.〉 예를 들어 칼라브레세(105면 이하)는 「시녀들」에 대한 피카소의 84개 번역들을 고찰하는데, 그중 하나는 단지 흑백의 대비들만 활용한다 — 원주.

13·1 유사 동의어

나는 한 단어 또는 발화체의 의미를 밝히기 위해 상이한 기호적 질료로 표현된 해석소에 의존하는(또는 정반대의) 특수한 해석의 경우들을 가리키는 데 이보다 나은 용어를 찾을 수 없다.[4] 예를 들어 어떤 사물을 지명하는 언어적 표현을 해석하기 위한 그 사물의 〈제시〉, 또는 가령 어린아이가 손가락으로 자동차를 가리키고 나는 아이에게 〈자동차〉라 부른다고 말해 줄 때처럼 〈언어적 제시〉라 부르고 싶은 것을 생각해 보자. 두 경우 모두에 공통적인 것은, 고유 이름의 지시 대상이 무엇인가 질문할 때를 제외하면, 똑같은 종류에 속하는 개체를 보여 주며 그 개체의 이름이 아니라 종류의 이름을 가르치려고 한다는 것이다. 즉 만약 내가 바오바브가 무엇이냐고 물어서 누군가 나에게 바오바브나무를 하나 보여 주면 나는 대개 일반화하여 미래에 다른 바오바브나무들을(비록 나에게 보여 준 개체와는 부분적으로 다르더라도) 알아볼 수 있도록 해주는 인지 유형을 세운다. 마찬가지로 어린아이에게 피아트 자동차 한 대를 가리키며 〈자동차〉라 부른다고 말해주면, 대개 어린아이는 그 이름을 곧바로 가령 푸조나 볼보에도 적용할 수 있게 된다.

〈저기 저것〉이라는 표현과 함께 가리키는 손가락, 단어들을 몸짓 언어로서 손의 기호로 대체하는 것은 유사 동의어의 경우에 해당한다. 또한 *chaumière*가 무엇인지 누군가에게 설명하기 위해 지붕이 짚으로 된 작은 집을 조잡하게나마 그

4 〈유사 동의어〉라는 용어의 이러한 용법은 그레마스와 쿠르테Courtés의 『기호학. 언어 이론의 논의 사전*Sémiotique. Dictionnaire raisonné de la théorie du langage*』에서 제안한 것보다 더 방대하다는 점을 미리 지적하고 싶다 — 원주.

려 보이는 경우도 마찬가지이다.

이 경우 분명히 새로운 표현은 선행하거나 동시에 나타나는 표현을 해석하고자 하지만, 다른 발화 상황에서는 똑같은 대체 표현이 다른 표현들을 해석할 수도 있다. 예를 들어 〈미안하지만 《저런》 세제(洗劑) 좀 사다 줘〉 하는 요구를 해석하기 위해(좀 더 분명히 밝히기 위해) 빈 세제 상자를 제시하는 것은 유사 동의어의 경우가 되겠지만, 다른 발화 상황에서는 똑같은 제시가 〈세제〉라는 단어(일반적인 단어)의 의미를 밝히거나, 〈평행 육면체〉가 무엇을 의미하는지에 대한 하나의 예를 제공하기 위한 것일 수도 있다.

이런 경우 대부분 은유적인 의미로 〈번역하다〉는 말을 사용하고자 한다면, 수많은 해석들이 번역될 것이다(그리고 한 언어의 소리들이나 알파벳 문자들을 재생산하는 몸짓 언어의 경우 거의 기계적인 형식의 옮겨 쓰기가 될 수도 있을 것이다). 그렇다면 일부 기호 체계들 사이의 이행에서 이러한 해석 형식들은 말 언어들에서 동의어를 통한 해석과 똑같은 가치를 가질 것이며, 언어의 동의어와 똑같은 제한을 갖게 될 것이라고 말할 수 있다. 때로는 일부 유사 동의어들은 〈현존으로*in praesentia*〉 나타난다. 가령 공항에서 〈출발〉이라는 언어적 표기 옆에 이륙하는 비행기의 도식이 함께 나타나는 경우가 그렇다.

그런데 유사 동의어의 다른 경우들은 번역으로 정의되기 어렵다. 그중에는 베토벤의 「교향곡 5번 C단조」가 무엇인지 설명하기 위해 그 작품 전체를 들려주는(또는 환유로 적절하게 그 유명한 서두를 계명창법으로 부르는) 사람의 의심할 바 없이 힘든 몸짓까지 포함될 수 있기 때문이다. 또한 라디오에서 방송하고 있는 음악이 무엇인가 말해 달라는 요구에 「교향곡 5번 C단조」라고 대답하는 사람의 설명도 유사 동의어가 될 것이다. 물론 〈이것은 교향곡이다〉 또는 〈베토벤의 다섯 교향곡들 중 하나이다〉라고 대답하더라도 유사 동의어가 될 것이다.

칼라브레세(2000: 112면)의 글에서 발견한 암시 하나를 전개시키고자 한다. 〈수태 고지(受胎告知)〉라는 포괄적인 용어는 (최소한 전통적인 도상론의 맥락에서는) 가령 안젤리코 수사나 크리벨리, 로토[5]의 수태 고지 그림을 나에게 보여 줌으로써 해석될 수 있다. 어린아이가 피아트나 푸조 모두 자동차라는 것을 이해하는 것과 같다. 그럼으로써 나는 〈수태 고지〉라는 도상론적 유형이 몇몇 기본적 특징들〔무릎을 꿇고 있는 젊은 여인, 그녀에게 말을 건네는 것처럼 보이는 천사, 특정한 화풍(畵風)의 전형적인 세부들까지 고려하자면, 위에서 내려오는 빛살, 중앙의 기둥 등〕을 예상한다는 것을 이해할 수 있다. 칼라브레세는 바르부르크[6]를 인용하는데, 그에 따르면 벌거벗은 여인이 길게 누운 자세로 한쪽 팔에 머리를 기대고 있는 모습은 중동의 고대 조각들이나 님프들을 표현하는 그리스 조각들, 조르조네,[7] 티치아노,[8] 벨라스케스의 작품이나 19세기 초 유람선들의 광고에서도 발견된다. 그리고

5 Beato Fra Angelico(1387~1455), Carlo Crivelli(1430?~1495), Lorenzo Lotto(1480?~1556). 모두 이탈리아의 화가로 〈수태 고지〉를 주제로 한 작품을 남겼다.

6 Aby Warburg(1866~1929). 독일의 예술 비평가로 르네상스와 근대 예술의 주제와 상징들에 대한 연구를 통해 예술 작품들의 도상론적 해석 방법을 개척하였다.

7 Giorgione(1477?~1510). 본명은 Giorgio Barbarelii. 베네치아 화파(畵派)의 대표적인 화가로 당시 베네치아 시민들의 취향과 감각에 상응하는 많은 작품을 남겼다.

8 Vecellio Tiziano(1488?~1576). 조르조네와 함께 작업하기도 한 베네치아 화파의 대표적인 화가.

원본 텍스트를 〈따옴표로 인용〉하려는 의지가 별로 보이지 않기 때문에 그것은 인용이 아니라 진정한 번역이라고 지적한다.

나는 그것이 〈수태 고지〉라는 도상론적 용어에 대한 유사 동의어적 해석이라고 말하고 싶다. 하지만 앞에서 말했듯이 번역은 어휘나 도상론적 유형들 사이에서 이루어지는 것이 아니라 텍스트들 사이에서 이루어지며(물론 이 점에 대해서는 칼라브레세도 동의한다), 따라서 나오미 캠벨이 벌거벗고 바르부르크가 지적한 자세를 취하는 모습이 조르조네의 베누스에 대한 만족스러운 번역으로 간주되기는 어려울 것이다. 비록 거기에서 영감을 받고 또한 전문가에게는 명백한 인용처럼 보이더라도 말이다. 그런 부분적인 〈번역〉은 결과적으로 가역성의 원리를 존중한다고 지적할 수도 있다. 잘 모르는 사람도 나오미 캠벨의 사진을 본 다음 조르조네의 그림을 보고는 두 이미지 사이의 강한 유사성을 발견할 것이기 때문이다. 그런데 아주 유능한 화가라도 원천 텍스트를 모를 경우에는 나오미 캠벨의 사진에서 조르조네의 베누스를 정확히 재구성하지 못할 수 있다. 마찬가지로 원천 텍스트를 모른다면 크리벨리의 「수태 고지」에서 안젤리코 수사의 「수태 고지」로 거슬러 올라갈 수 없을 것이다.

어떤 수태 고지 그림을 〈수태 고지〉로 해석한다는 것은 유형들 사이의 〈번역〉을 함축하는 것이지〔이와 관련하여 칼라브레세는 준(準)상징적 양식들에 대해 언급한다〕, 가령 어느 화가가 조르조네 그림의 컬러 복제품에서 원본 그림으로 거슬러 올라가려고 노력할 때처럼(우리는 그가 유능한 능력 덕분에 어느 정도 성공을 거둘 것으로 예상할 수 있다) 개별 텍스트들 사이의 번역을 함축하지 않는다. 하지만 이런 경우들과 관련하여 이미 제10장에서 19세기에 유화(油畵)를 동판

화로 〈번역〉했을 때처럼 바로 〈기호 상호 간의〉 번역에 대해 언급하였다.

그렇지만 칼라브레세의 다음 관찰에 동의할 수 있다. 〈사실 어느 정도 다른 텍스트를 지시하는 모든 텍스트가 그 텍스트에 대한 번역이라고 이해하려는 것은 절대 아니다. 다만 결과적으로 다른 곳으로의 이주가 되고 또 번역의 총체성 또는 부분성에서 엄청나게 다를 수도 있는 일부 의미 효과들이 나타난다고 말할 수 있다〉(칼라브레세, 2000: 113면). 하지만 이주는 〈빨간 모자〉의 동화가 페로Perrault에서 그림 형제에게로 이주할 때에도 나타난다. 페로의 경우 소녀는 늑대한테 잡아먹히고 거기에서 이야기는 끝나지만, 그림 형제의 경우 이야기가 계속되어 소녀는 사냥꾼에 의해 살아나며, 그럼으로써 너그럽고 대중적인 행복한 결말이 17세기의 엄격한 가르침을 대신한다(피산티, 1993 참조).

만약 이상적인 조건에서 번역을 다시 번역함으로써 원본 작품에 대한 일종의 〈복제품〉을 얻어야 하는 가역성의 원리를 좀 더 신중한 버전으로 받아들인다면, 그런 가능성은 어떤 도상론적 유형의 포괄적인 재현과 개별 작품 사이의 이행에서는 실현될 수 없는 것처럼 보인다.

문화에서 문화로 이주하는 시각적 유형들을 가리키는 용어들을 유사 동의어로 사용하는 것이 도상론과 도상학에서 유용하다는 것은 또 다른 관심사이다. 그것은 예술 주제들의 역사와 관련된 계획에서 아주 유용하다. 아주 강력하고 현대적인 페라리나 포드사의 아주 느린 옛날 〈T 모델〉에 대해 모두 자동차라고 말하는 것이 유용한 것과 같다. 초기에서 오늘날까지 자동차들의 전시회를 열거나, 수태 고지에 관한 전시회를 하는 것은 무훈시(武勳詩)들이나 추리 소설 걸작들의 도서관을 세우는 것과 같다. 루카렐리[9]의 최근 소설은 에

드거 월리스[10]의 첫 번째 소설을 〈번역〉하고 있는 것이 아니다. 단지 똑같은 포괄적 유형에 속할 뿐이다〔만약 두 소설을 모두 포함하는 포괄적인 유형을 세우거나 공준(公準)할 수 있다면 말이다〕. 그것은 무훈시라는 장르가 일정한 측면에서 『롤랑의 노래』나 『광란의 오를란도』를 모두 포함하는 것과 같다.

위에서 열거한 거의 모든 유사 동의어들의 공통점은 무엇인가? — 그리고 그 목록은 훨씬 더 풍부해질 수 있을까? — 그것은 바로 해석 과정에서 언어 상호 간의 번역과 마찬가지로 번역에 수반되는 모든 실질의 변화들과 함께, 한 기호 체계에서 다른 기호 체계로 이행할 뿐만 아니라, 한 연속체 또는 질료에서 다른 연속체 또는 질료로도 이행한다는 것이다.

야콥슨이 변환이라 불렀고 다른 사람들은 각색이라 부르는, 소위 기호 상호 간의 번역에서 이런 현상이 갖는 중요성을 살펴보자.

13·2 변환 또는 각색

해석과 번역을 공연적(共延的, *coextensive*) 개념으로 동일시하는 데 대한 행복한 수정으로 고찰했던 파브리의 관찰을 재론하고자 한다. 파브리(1998: 117면)는 〈번역의 진정한 한계는 표현 질료들의 상이함에 있다〉고 지적하였다.

9 Carlo Lucarelli(1960~). 추리 소설 계열의 작품들로 최근 많은 인기를 끌고 있는 이탈리아의 작가.

10 Edgar Wallace(1875~1932). 영국의 소설가이며 극작가, 저널리스트. 대중적인 성공을 거둔 추리 소설 작품들을 남겼다.

그는 펠리니[11]의 「오케스트라 연습」의 한 시퀀스를 예로 든다.

어느 순간 한 등장인물이 나오는데 오케스트라 지휘자이다. 그는 뒷모습으로 보인다. 하지만 곧바로 관객은 그 등장인물을 바라보는 구도가 주관적인 구도라는 것을 깨닫게 된다. 실제로 시점은 지휘자의 움직임을 뒤따르고 그가 걸어가는 대로 따라 걸어가는 듯한 사람의 시선 높이에 있다. 여기까지는 아무런 문제가 없다. 지시는 분명하다. 우리는 그것을 절대적으로 완벽한 언어적 용어들로 번역할 수 있다. 그런데 잠시 후 카메라는 앞에 걸어가는 프레임 속의 등장인물을 넘어가서 바로 그의 앞에 위치하게 된다. 바꾸어 말해 카메라가 조금 전까지는 뒷모습으로 보이던 등장인물을 추월하여, 점진적인 느린 동작으로 그를 정면에서 바라보게 된다. 우리는 주관적 구도에 있었다는 점을 기억하자. 그런데 그 주관적 구도는 카메라의 느리고 지속적인 움직임 덕택에 — 어떤 이탈도 없이 — 객관적인 것이 된다. 앞에서 보이는 등장인물은 촬영에서 어떤 시선의 위임도 없이 소위 객관적으로 구도에 잡힌다. 그렇다면 문제는 이런 것이다. 카메라가 그렇게 하는 동안 어떤 일이 일어났는가? 카메라가 한 바퀴 도는 동안 실질적으로 누가 바라보고 있었는가? 어떤 범주의 말 언어가 그 중간의(하지만 느리고 지속적이며, 시간상으로 어느 정도 긴) 순간, 즉 촬영이 아직은 객관적인 것으로 되지 않았지만 더 이상 주관적인 것도 아닌 순간을 옮길 수 있을까? 말하자면 〈번역할〉 수 있을까?

11 Federico Fellini(1920~1993). 이탈리아 영화계를 대표하는 감독으로 수많은 명작들을 남겼으며 수차례 아카데미상을 수상하기도 하였다. 「오케스트라 연습Prova d'orchestra」은 1978년 작품이다.

의심할 바 없이 카메라의 움직임이 우리에게 말해 주는 것은 말로 번역될 수 없다.

질료의 상이함은 모든 기호학 이론에서 근본적인 문제이다. 말 언어의 〈전능함〉 또는 〈전능한 표현 가능성〉에 관한 논쟁을 생각해 보자. 말 언어를 가장 강력한 체계(로트만에 따르면 〈일차적 모델화 체계〉)로 받아들이는 경향이 있지만, 어쨌든 완전히 전능하지는 않다는 사실을 의식하고 있다.

반대로 옐름슬레우(1947)는 〈제한적 언어〉와 〈무제한적 언어〉를 구별하였다. 가령 논리 공식들의 언어는 자연 언어에 비해 제한적이다. 가장 초보적인 논리 공식(p⊃q)은 이탈리아어로 번역될 수 있을 뿐만 아니라(〈만약 p라면 q이다〉), 다양하게 해석될 수 있다(〈만약 연기가 있다면 불이 있다, 만약 열이 있으면 병이 났다〉 또는 심지어 반사실적 가정문으로 〈만약 나폴레옹이 여자였다면 탈레랑과 결혼했을 것이다〉). 그런데 가령 〈만약 네 아들 아킬레가 너와 똑같은 성(姓)을 갖고 있다면 너는 그를 너의 합법적인 아들로 인정한 것이 된다〉 같은 발화체가 주어졌을 경우, 공식화된 언어에서 그것은 p⊃q로 번역될 수 있지만, 누구도 그 공식에서 원래의 발화체를 재구성할 수 없을 것이다.

이와 마찬가지로 어느 주어진 기호 체계는 다른 기호 체계보다 더 말할 수도 있고 덜 말할 수도 있지만, 두 체계 모두가 똑같은 것을 표현할 수 있다고 말할 수는 없다. 베토벤의 「교향곡 5번」이 표현하는 모든 것을 말로 〈번역〉하기는 어려워 보이며,[12] 또한 『순수 이성 비판』을 음악으로 〈번역〉하는 것

12 기껏해야 양쪽에서 모두 이해할 수 있는 코드가 주어질 경우 전화로도 「교향곡 5번」의 기표 측면, 말하자면 악보를 재구성할 수 있도록 지침들을 전달할 수 있다. 하지만 이것은 모스 부호처럼 〈옮겨 쓰기〉의 극단적인 경우가 될 것이다. 거기에서 〈솔-중앙 음계-64분 음표〉 같은 표현은 오선

도 불가능하다. 에크프라시스 실습은 그림을 말로 묘사하도록 허용해 주지만, 라파엘로의 「성모의 결혼Lo Sposalizio della Vergine」에 대한 어떤 에크프라시스도 관람자가 느끼는 전망의 느낌, 몸의 자세가 드러내는 선들의 부드러움, 또는 색채들의 희미한 조화를 옮길 수는 없을 것이다.

더군다나 질료에서 질료로의 이행에서는 번역에서 확정하지 않고 남겨 둘 수도 있는 측면들을 명백히 밝히지 않을 수 없다. 몇 가지 예를 들어 보자.

포의 「갈까마귀」로 돌아가자면 원천 텍스트가 창출하려는 것처럼 보이는 효과를 옮기기 위해 번역자는 많은 방만함을 스스로 허용할 수도 있다. 예를 들어 리듬이나 각운을 유지하기 위하여 *pallid bust of Pallas*를 다른 어떤 신으로 바꾸고 다만 흉상이 하얀색이 되도록 결정할 수도 있다. 그 흉상으로 포는 갈까마귀의 검은색과 동상의 하얀색 사이의 대비를 창출하려고 하였다. 하지만 포가 「구성의 철학」에서 지적하는 바에 따르면, 그 팔라스 흉상은 〈첫째 연인의 현학에 가장 적합한 것으로 선택되었고, 둘째 팔라스라는 단어 자체의 울림 때문에 선택되었다〉. 그러므로 적절한 어떤 울림이 실현되기만 한다면 흉상은 아홉 뮤즈들 중 하나의 동상이 될 수도 있다. 그럼으로써 우리는 개작 과정에 더 가까이 다가가게 된다.

이제 만약 누군가 「갈까마귀」를 그림으로 〈번역함으로써〉 자연 언어에서 이미지로 옮기고자 한다면 무슨 일이 일어날까 질문해 보자. 예술가가 아주 유능하여 시에서 유발되는 감정, 가령 밤의 어둠, 울적한 분위기, 연인을 뒤흔드는 충

지 상의 특정 위치에 있는 일정한 상징에 해당한다 — 원주.

족될 수 없는 욕망과 두려움의 뒤섞임, 하얀색과 검은색의 대비 등과 비슷한 감정들을 느끼게 할 수도 있다(화가는 만약 하얀색과 검은색의 대비를 효과의 강조에 활용하고자 한다면, 흉상을 전신상으로 바꿀 수도 있다). 그렇지만 그림은 *nevermore*에 의해 암시되는 집요한(반복되는) 상실의 위협감을 옮기는 것을 포기해야 할 것이다. 텍스트에서 그토록 애타게 부르는 레노어에 대해 그림이 무엇인가 말해 줄 수 있을까? 혹시 하얀 유령처럼 보이게 함으로써 그렇게 할 수 있을지도 모른다. 하지만 그것은 여자의 유령이 되어야지 다른 어떤 창조물의 유령이 되어서는 안 될 것이다. 여기에서 우리는 문학 텍스트에서는 단지 순수한 소리로만 나타나는 그 여인에 대해 무엇인가를 보지 않을 수 없다(또는 화가는 〈우리에게 보여 주지〉 않을 수 없을 것이다). 최소한 이런 경우 시간의 예술과 공간의 예술에 대한 레싱의 구별이 유효하다. 시에서 그림으로의 이행에서 〈질료의 변화〉가 있었기 때문이다.

호프만의 『슈트루벨페터』[13](19세기 아동 문학의 걸작)의 옛 독일어 텍스트에서 *Die Sonne lud den Mond zum Essen*이라 말하는 곳에 나오는 이미지들을 예로 들어 보자. 이탈리아어 번역은 *IL sole invitò LA luna a cena*(해는 달을 저녁 식사에 초대했다)로 말할 것인데, 그럼으로써 독일어 *Die Sonne*는 여성이고 이탈리아어 *Il sole*는 남성이라는 사실을 쉽게 알 수 있을 것이다(프랑스어와 이탈리아어에서는 그럴 것이며, 반면 영어에서는 아무런 문제 없이 *The Sun invited*

13 *Struwwelpeter*. 독일 작가이며 음악가 하인리히 호프만Heinrich Hoffmann(1809~1894)의 동화로 이탈리아에는 『고슴도치 피에리노 *Pierino Porcospino*』로 번역되었다.

*the Moon to dinner*로 말할 것이다). 그런데 텍스트에는 삽화가 함께 실려 있고, 그것은 다른 언어로 된 모든 판본에도 그대로 실렸는데, 거기에서 〈해〉는 숙녀로 〈달〉은 신사로 표현되었다. 이것은 〈해〉를 남성으로 〈달〉을 여성으로 간주하는 데 익숙해진 이탈리아, 프랑스, 스페인 독자들에게 아주 이상하게 보일 것이다.

나는 어느 영어 사용자에게 뒤러의 유명한 「멜랑콜리아 Melancholia」를 보여 주고 장면을 차지하고 있는 여성의 모습이 〈울적함〉 그 자체인지, 아니면 울적함을 상징하는 울적한 여자인지 질문해 보고 싶다. 영어 독자는 그것이 〈울적함〉이라는 추상적〔그리고 무성(無性)의〕 실체를 환유적으로 대신하는 (울적한) 여자의 모습이라고 말할 것이다. 독일 사람이나 이탈리아 사람은 〈울적함〉 그 자체의 표현이라고 말할 것이다. 이탈리아어 *melanconia*나 독일어 *Melancholie*는 모두 여성이기 때문이다.

잉마르 베리만[14]의 「제7의 봉인」을 본 많은 이탈리아 관객은 〈죽음〉이 주인공과 체스 게임을 하는 장면을 기억할 것이다. 그것은 〈여성〉 죽음이었을까? 영화에서 보인 것은 〈남성〉 죽음이었다. 그게 만약 언어 텍스트라면, 똑같은 소리 질료 안에서 번역하면서 *Der Tod*(또는 여기에 해당하는 스웨덴어 *döden*은 똑같이 남성이다)를 *la Morte*(또는 프랑스어 *la Mort*, 스페인어 *la Muerte*)로 번역했을 것이다. 그런데 그 〈죽음〉을 이미지로 보여 주어야 했던 베리만은 (언어적 자동작용의 영향으로) 남자로 보여 주도록 이끌렸고, 그것은 죽

14 Ingmar Bergman(1918~2007). 스웨덴의 영화감독이자 무대 연출가.

음을 여성 존재로 지각하는 데 익숙해진 이탈리아, 프랑스, 또는 스페인 관객에게 낯선 충격을 준다. 또한 이탈리아, 프랑스, 스페인 사람들에게 그 이상하고 예기치 않은 죽음의 모습이 분명히 영화 텍스트가 암시하고자 했던 두려움의 인상을 강화시킬 수 있다는 것은 〈부가된 가치〉라고 말하고 싶다. 베리만은 죽음을 남성 모습으로 보여 줌으로써 예상 수신자의 언어적 자동 작용에 의해 결정되는 일상적 함축성을 혼란시키려고 하지 않았지만(수신자를 깜짝 놀라게 하려고 하지 않았다), 이탈리아, 프랑스, 또는 스페인 관객에게 그 이미지(유사 동의어로 그것의 가능한 언어화를 참조하지 않을 수 없는)는 바로 정반대가 되며, 낯설게하기의 요소를 덧붙이게 된다. 나는 어느 늙은 팔랑헤[15]주의자의 불편한 느낌을 상상하는데, 그는 〈죽음 만세*viva la muerte!*〉 하는 외침과 함께 전쟁터에 나가면서 훌륭한 〈남성*macho*〉 전사로서 여성, 즉 아름답고도 무시무시한 연인과의 결합을 생각했을 것이다. 그 〈남성〉이 화장(化粧)으로 얼룩진 얼굴의 늙은 노인과 환호하듯 결합해야 한다는 것을 발견하면 얼마나 혼란스러울까 상상해 본다.

그런데 이것은 바로 질료의 변환이 의미들을 〈덧붙인다〉는 것, 또는 원래 중요하지 않았던 함축성을 중요하게 만든다는 것을 보여 준다.

모든 텍스트는 고유의 〈모델 독자〉에게 추론들을 자극하며, 또한 한 질료에서 다른 질료로 이행함으로써 그런 추론들이 명백해진다고 반박할 수도 있다. 하지만 만약 원본 텍스트가 무엇인가를 암시적인 추론으로 제시했다면, 그것을

15 Falange. 1933년 스페인의 마드리드에서 결성된 극우적 성향의 정치 운동. 이 운동의 실질적 주인공은 프랑코Francisco B. Franco(1892~1975)로 그는 강력한 우파 독재 체제를 구축했다.

명백하게 만드는 과정에서, 텍스트가 원래 암시적인 것으로 유지하고자 했던 것을 〈공개적으로〉 드러냄으로써 분명히 텍스트를 〈해석〉했다고 반박해야 할 것이다.

언어적 표현의 형식이나 실질은 다른 질료상에서 하나하나 〈도해(圖解)〉될 수 없다. 말 언어에서 가령 시각적 언어로의 이행에서는 두 가지 표현 형식이 비교되는데, 그것들의 〈등가〉는 이탈리아어의 이중 7음절 시행이 운율상으로 프랑스어의 12음절 시행과 같다고 말할 수 있는 것처럼 확정될 수 없다.

13·3 조작을 통한 변환

각색 또는 변환의 가장 일반적인 경우는 이를테면 소설을 영화로, 때로는 연극 작품으로 옮기는 것이지만, 동화를 발레로 각색하는 경우도 있고, 또는 월트 디즈니의 「판타지아 Fantasia」처럼 고전 음악을 애니메이션으로 각색하는 경우도 있다. 상업적 기준에 따르는 것이지만 영화를 소설로 각색하는 경우들도 종종 있다. 그 변이형은 많지만, 바로 그런 해석들과 고유한 의미에서의 번역을 구별하기 위해 언제나 각색 또는 변환이라 말해야 할 것이다.

고유한 의미에서의 번역은 원본 텍스트의 현존(現存) 또는 부재 상태로 제시될 수 있다. 부재 상태의 번역이 일반적이지만(외국 소설을 자신의 언어로 옮긴 상태로 읽는 경우가 그렇다), 맞은편에 원본 텍스트가 실린 현존의 번역들도 있다. 이러한 편집상의 선택은 번역의 의미나 가치를 바꾸지 않으며, 기껏해야 맞은편에 원본이 실린 텍스트는 번역의 평가를 위한 요소들을 개입시킨다.

변환의 경우는 다르다. 예를 들어 어떤 음악 구절을 발레로 각색할 경우 음악(원천 텍스트)과 춤 동작(목적지 텍스트)이 서로 뒷받침하도록 동시에 현존하며, 음악이 뒷받침되지 않는 동작은 전혀 각색으로 보이지 않을 것이다. 마찬가지로 동작 없는 음악은 번역이 아니라 음악 구절의 재연주가 될 것이다. 쇼팽의 「장송 행진곡」(〈B플랫 단조 소나타 작품 번호 35번〉에 나오는)을 발레로 각색한 것은, 분명히 음악가의 것으로 돌릴 수 없고 거기에서 무용가가 이끌어 내는 추론에 속하는 것을 보여 줄 것이다.

그런 해석이 원천 텍스트를 더 잘 이해하도록 도와주기도 한다는 것은 누구도 부정하지 않는다. 가능한 여러 해결책들 중에서 〈조작을 통한 해석〉의 경우에 대해 말할 수도 있다.

월트 디즈니의 「판타지아」에서 이루어진 몇 가지 작업을 보기 바란다. 일부는 탁월한 음악 작품을 순수하게 묘사적인 것으로, 아주 민중적인 보급판으로 보여 주려는 키치*Kitsch*의 해결책처럼 보인다. 베토벤의 「전원 교향곡」을 무성한 풀밭에서 비틀거리는 유니콘들, 변덕스러운 대기 변화들의 모습으로 이해하는 것은 분명히 한슬리크[16]를 놀라게 할 것이다. 그렇지만 디즈니의 조작은 「전원 교향곡」이라는 당황스러운 제목, 바로 그 음악 작품이 상표로 붙이고 다니며 또한 분명히 많은 청취자가 묘사적으로 해석하도록 유도하는 제목을 해석하려고 한다. 마찬가지로(이것 역시 디즈니에 의해) 「봄의 제전」[17]을 각색하여 거기에서 대지의 역사와 멸종하게 될 공룡들의 사건을 읽는 것은 논란의 여지가 많은 해

16 Eduard Hanslick(1825~1904). 프라하 출신으로 오스트리아에서 활동한 음악 비평가.

17 Le sacre du printemps. 러시아에서 태어난 미국 작곡가 스트라빈스키Igor Fyodorovich Stravinsky(1882~1971)의 발레 음악.

석이 된다. 어쨌든 원전을 〈조작〉함으로써 디즈니가 스트라빈스키의 작품에 대한 〈야만적〉 읽기를 암시하며 「봄의 제전」을 각색하는 방식은, 가령 「봄의 제전」의 음악에다 「전원 교향곡」의 유니콘들을 중첩시키는(또는 베토벤의 음악에다 「봄의 제전」의 지각 변동들을 중첩시키는) 각색보다 더 타당하다고 누구라도 인정할 것이다.

카노Cano와 크레모니니Cremonini(1990: 제3부)의 지적에 따르면, 차이콥스키의 「호두까기 인형」을 각색하여 리듬과 음조들, 악구들을 나뭇잎과 화관(花冠), 요정, 이슬방울들의 사건들로 해석하는 것은, 비록 분명히 원본 텍스트의 의도(아무리 묘사적이지만)로 돌릴 수 없는 요소들로 원천을 조작할지라도, 어떤 식으로든 음악적 가치 효과들로 관심을 집중시키며, 따라서 작품의 음조와 리듬, 멜로디 장식들을 최대한 존중하도록 유도한다. 모든 해석이 그렇듯 이런 각색은 논란의 여지가 있는데, 때로는 오케스트라 지휘자의 몸짓들도 그렇다. 지휘자는 〈그의 해석에 따라〉 연주되어야 할 방법을 연주자들이 포착하도록 유도하기 위해, 손과 팔을 과장되게 움직이고, 때로는 낮은 목소리로 계명을 노래하고, 콧소리를 내뿜거나 포효하기도 한다. 지휘자의 몸짓은 악보에 대한 하나의 해석이다. 그것이 가령 〈바이올린 독주를 위한 모음곡〉을 〈콘트랄토 리코더를 위한 모음곡〉으로 옮겨 쓰는 것과 같은 의미의 번역이라고는 누구도 감히 말하지 못할 것이다.

13·4 말하지 않은 것을 보여 주기

스타이너(1975: 14면)는 단테 게이브리얼 로세티가 앵그르의 그림 하나를 시로 번역한 것에 대해 고찰하는데, 거기에 따르는 〈의미〉의 변화는 원래의 그림을 단지 하나의 구실로 보도록 만든다고 결론을 내린다.[18] 만약 가상적이고 공상과학 같은 국제 경연 대회에서 보들레르의 「고양이」를 조토, 티치아노, 피카소, 앤디 워홀이(그리고 자신의 「수태 고지」에 방 안을 가로지르는 아주 멋진 고양이를 그려 넣었던 로토도 포함시키고 싶다) 유화로 〈번역〉한다면 어떤 일이 일어날까? 또한 만약 아라스 천으로, 애니메이션으로, 부조(浮彫)로, 과자 조각(彫刻)으로 〈번역〉한다면? 자연 언어와는 완전히 〈다른〉 기호 체계로 이행함으로써 해석자는 *savants austères*가 넓고 차가운 서재에 앉아 있는지, 렘브란트의 철학자처럼 협소한 작은 방에 앉아 있는지, 아니면 성 히에로니무스처럼 설교대 앞에 있는지, 또한 고양이가 〈성서의 번역자 아버지〉 앞의 사자처럼 발치에 있는지, 현자들이 홀바인의 에라스뮈스처럼 널찍한 외투를 입고 있는지, 또는 꽉 조이는 르댕고트*redingote*를 입고 있는지 결정해야 할 것이며, 근엄함을 무성한 하얀 수염으로 표현할지 아니면 코안경으로 표현할지 선택해야 할 것이다.

카프레티니 Capretinni(2000: 136면)는 헨리 제임스[19]의 『어느 여인의 초상』을 영화로 각색한 것(제인 캠피언에 의한)을 분석하였다. 그는 분명히 문학 작품의 다시 읽기 또는 재구성이 되는 영화에서 원본 텍스트의 모든 변화들을 추적했으며, 어떻게 그 변화들이 어떤 식으로든 작품의 일부 근

18 이 점에 대해서는 스타이너(1975)의 제6장 참조 — 원주.

19 Henry James(1843~1916). 미국의 소설가로 여기에서 인용되는 소설 『어느 여인의 초상*Portrait of a Lady*』은 1881년 작품이며, 1996년 뉴질랜드 출신의 영화감독 제인 캠피언Jane Campion(1960~)에 의해 영화화되었다.

본 효과들을 간직하는가에 관심을 기울였다. 하지만 나는 그 문학 텍스트가 등장인물 이자벨에 대하여 *She was better worth looking at than most works of art*라고 말한다는 사실에 주목하고 싶다. 제임스가 단순히 미술관에서 시간을 낭비하는 것보다는 차라리 마음에 드는 이자벨을 바라보고 열망하는 것이 더 낫다고 말하려는 것은 아니었다고 생각한다. 분명히 그는 그 등장인물이 수많은 예술 작품들의 매력, 추정컨대 여성의 아름다움에 대한 수많은 예술적 재현들의 매력을 갖고 있다고 말하려 했을 것이다.

제임스의 의도에 따라 나는 이자벨을 보티첼리의 「봄」이나 「포르나리나」,[20] 라파엘 전파[21] 유형의 베아트리체, 심지어는(〈취향에 따라*de gustibus*……〉) 아비뇽의 아가씨로 자유롭게 상상하고 싶다. 각자 여성의 아름다움이나 예술에 대한 자신의 이상에 따라 제임스의 암시를 발전시킬 수 있다. 그런데 영화에서 이자벨의 역할은 니콜 키드먼이 맡았다. 나는 그 여배우를 정말로 높이 평가하고 아주 아름답다고 생각하지만, 만약 이자벨이 그레타 가르보의 얼굴이나 매웨스트의 루벤스 스타일 얼굴을 가졌다면 영화가 달라 보였을 것이라고 생각한다. 그러니까 감독은 나와 똑같은 선택을 한 것이다.

번역은 원본이 말하는 것 이상으로 말하지 않아야 한다. 말하자면 원천 텍스트의 말 없음을 존중해야 한다.[22]

20 La Fornarina. 라파엘로(1483~1520)의 작품으로 1518~1519년경에 제작되었다.

21 *preraffaelismo*. 19세기 중엽 영국의 일부 화가들을 중심으로 일어난 운동이다. 라파엘로 이전 화가들의 기법과 방식들에 따라 새로운 자연주의 화풍을 복원하려는 것을 목표로 하였다.

22 뱅송Vinçon(2000: 157면 이하)은 잉가르덴의 『문학 작품의 현상학

많은 사람이 알고 있듯이 멜빌은 『모비 딕』에서 에이하브 선장의 어느 쪽 다리가 없는지 전혀 말하지 않았다. 그런 세부가 그 혼란스러운 인물 주위에 서린 신비스러움과 모호함의 분위기를 증가시키는 데 중요한가 논의할 수 있겠지만, 멜빌이 말이 없었다면 아마 나름대로 이유가 있었을 것이며, 따라서 존중되어야 한다. 존 휴스턴[23]은 그 소설을 영화로 〈번역〉했을 때 선택하지 않을 수 없었고, 그레고리 펙은 왼쪽 다리가 없었다. 멜빌은 말이 없을 수 있었지만, 휴스턴은 그렇지 않았다. 따라서 영화는 그런 드러냄이 유익할 경우, 소설 이상의 것을 말한다.

『약혼자』 제10장에서 만초니는 사악한 에지디오가 〈몬차의 수녀〉를 유혹하는 과정에 대하여 오랫동안 이야기한 다음 수줍은 듯 수녀의 굴복을 아주 간략하게 한 문장 *La sventurata rispose*(그 불행한 여인은 대답했다)로 명백히 밝힌다. 그런 다음 소설은 그 여인의 바뀐 태도에 대해, 점차 범죄 행위를 향해 곤두박질치는 것에 대해 이야기한다. 그런데 대답하는 순간과 그 이후 사이에 무슨 일이 있었는지에 대해서는 침묵한다. 작가는 수녀가 굴복했다고 알려 주는데, 굴복의 심각함은 엄격한 도덕적 판단과 인간적 연민을 동시에 표현하는 그 〈불행한 여인〉이라는 말로 암시된다. 그 침묵이 〈말하도록 만들고〉, 아주 간략한 그 문장을 다양한 추론들의 근거로

Fenomenologia dell'opera letteraria』과 채트먼의 『스토리와 담론*Story and Discourse*』에 나오는 말하지 않은 것에 대한 흥미로운 고찰들을 참조한다. 암시적인 것에 대한 방대한 조사로는 베르투첼리 파피Bertuccelli Papi(2000) 참조 — 원주.

23 John Huston(1906~1987). 미국의 영화감독이자 배우. 그가 영화화한 「모비 딕」은 1956년 작품이다.

삼는 것은 바로 독자의 협력이 될 것이다.

그 문장의 힘은 단지 명확함뿐만 아니라 리듬에도 있다는 사실을 주목하기 바란다. 그것은 두 개의 장단단(長短短)격과 뒤이어 나오는 장장(長長)격으로(또는 〈마지막 음절은 중요하지 않으므로*ultima syllaba non curatur*〉 장단(長短)격으로) 되어 있다: —⌣⌣, —⌣⌣, ——. 이브 브랑카Yves Branca의 프랑스어 번역은 *L'infortunée repondit*로 되어 있어, 의미 가치와 함께 운율적으로 비슷한 효과를 유지한다. 브루스 펜먼Bruce Penman의 영어 번역은 *The poor wretch answered him*으로 되어 있다. 독일어 번역본 두 가지에서 에른스트 비간트 융커Ernst Wiegand Junker의 번역은 *Die Unselige antwortete*, 부르크하르트 크뢰버Burkhart Kroeber의 번역은 *Die Unglückselige antwortete*로 되어 있다. 내가 보기에는 의미 가치들과 함께 리듬도 어느 정도 존중되는 듯하다. 어쨌든 이 모든 경우 말 없음이 유지된다.

만약 그 페이지가 영화로 번역되어야 한다면 어떤 일이 일어날까 — 아니, 만초니의 소설은 이미 여러 번 영화와 텔레비전 영화로 제작되었으니 실제로 어떤 일이 일어났는가?[24] 감독이 아무리 정숙하다 할지라도 여러 경우에 언어 텍스트 이상의 무엇인가를 〈보여 주어야〉 했다. 에지디오가 그녀에게 처음으로 말을 건네는 순간과 이후 그녀의 범죄 사이에서, 그 대답은 어떤 행위, 최소한 어떤 몸짓, 미소, 눈의 반짝임, 떨림으로 암시되는 행위로 나타나야 했다. 어떤 경우든 언어 텍스트에서는 불확정적인 것으로 남아 있는 대답의 강렬함에 대해 무엇인가를 〈보여 주었다〉. 여인의 가능한 감정적 행위

24 그 〈수녀〉의 모습을 그림으로 각색한 것들에 대한 분석으로 칼라브레세(1989) 참조. 이 소설의 시각적 각색에 대해서는 카세티Casetti(1989), 베테티니Bettetini 외(1990) 참조 — 원주.

들의 성운(星雲) 속에서 하나가 숙명적으로 가장 적절한 것으로 선택되어야 했으며, 반면 만초니는 분명히 연민의 정이 암시하는 대로 한 가지 선택을 하거나 또는 아무런 선택도 하지 않는 것을 독자의 양도할 수 없는 권리로 남겨 두고자 했다.

가령 프랑스 대혁명의 〈공포 시대〉에 두 친구가 함께 단두대로 인도되는 이야기의 소설이 있다고 가정해 보자. 한 사람은 왕당파 방데[25]주의자였기 때문이고, 다른 사람은 이미 불행에 빠진 로베스피에르의 친구였기 때문이다. 소설은 두 사람이 모두 무표정한 얼굴로 처형장으로 간다고 말하지만, 일부 말 없음과 일부 치밀한 암시를 통해 그들이 각자 죽음을 향해 가면서 자신의 과거를 부정하고 있는지 또는 아닌지에 대해 불확실한 상태로 남겨 둔다. 소설이 전달하려는 것은 바로 그 무시무시한 1793년에 모든 사람이 빠져 있던 불확실함과 혼란의 분위기이다.

그렇다면 이 장면을 영화로 옮겨 보자. 두 처형자의 무표정함은 전달될 수 있으며, 그들의 얼굴은 어떤 감정이나 후회, 또는 자존심을 드러내지 않는다고 가정해 보자. 하지만 소설에서는 두 사람이 어떤 옷을 입고 있는지 말하지 않더라도, 영화는 어떤 방식으로든 옷 입은 모습을 보여 주어야 한다. 왕당파 친구는 자기 신분의 상징이었던 짧은 바지 *culottes*와 재킷을 입음으로써, 자신이 믿었던 가치들을 재확인할 것인가? 자코뱅주의자는 대담하게 셔츠를 벗고 나타날 것인가? 역할들을 바꾸어(별로 개연성은 없어 보이지만 불

25 Vendée. 프랑스 서부 해안 지역으로 1793년 군주제를 옹호하는 성직자, 귀족, 장교들이 공화제에 반대하는 무장 반란을 일으켰다. 이 반(反)혁명 세력에 대해 혁명군이 개입하여 내란으로 확산되었고, 결국 반란의 주동자들이 살해됨으로써 실패로 끝났다.

가능한 것은 아니다) 자코뱅주의자는 짧은 바지 차림으로 자신의 귀족적 자부심을 되찾고, 방데주의자는 모든 정체성을 버릴 것인가? 두 사람 모두 똑같은 식으로 옷을 입음으로써 두 사람 모두 똑같은 폭풍의 희생자로 이제는 똑같다는 것을 (그렇게 느낀다는 것을) 강조할 것인가?

보다시피 다른 질료로 이행함으로써 영화 관객에게 하나의 해석을 부과하지 않을 수 없다. 이에 비해 소설 독자는 훨씬 더 자유롭다. 그 장면 이전이나 이후에, 소설에서는 좀 더 명시적인 부분에서, 영화가 고유 수단들을 사용하여 모호함을 회복할 수도 있다. 하지만 그것은 바로 번역이라 부르기 어려운 조작을 암시한다.

나의 개인적 경험으로 돌아가 보자. 중세의 수도원에서 사건이 전개되는 『장미의 이름』을 쓰면서 나는 밤의 장면들, 밀폐된 장소의 장면들, 열린 공간의 장면들을 묘사하였다. 소설 전체에서 나는 일반적인 색조를 설정하지 않았는데, 영화 감독이 그 점에 대해 나의 의견을 물었을 때, 중세는 특히 세밀화들에서 선명하고 생생한 색깔들로 표현되었다고, 말하자면 별로 색깔의 명암 없이 빛과 밝음을 선호했다고 나는 대답하였다. 내가 글을 쓰면서 그런 색깔을 생각했는지는 기억할 수 없다. 독자는 — 각 독자가 상상 속에서 고유의 중세적 환경을 재창조하면서 — 일부 장면을 자기 마음대로 채색할 수 있다는 점을 인정한다. 나중에 영화를 보았을 때 나의 첫 번째 반응은 그 중세가 〈카라바조[26]식〉으로, 즉 어두운 배경에 따뜻한 빛의 반사가 별로 없는 17세기 분위기로 되었다는 것이었다. 나는 〈작품의 의도〉를 두드러지게 오해했다

26 Caravaggio(1571?~1610). 본명은 Michelangelo Merisi. 이탈리아의 화가로 마니에리스모 양식을 극복하고 빛의 강렬한 대비를 토대로 한 새로운 미학적 착상으로 유명하다.

고 속으로 불평했다. 나중에 곰곰이 생각해 본 뒤에야 감독이 자연스럽게 행동했음을 깨달았다. 만약 장면이 닫힌 장소, 즉 횃불이나 등불 하나가 비추거나 단 하나의 창문으로 희미하게 비치는(그리고 밖은 밤이거나 안개가 끼어 있는) 곳에서 전개된다면, 거기에서 얻는 결과는 카라바조식이 될 수밖에 없으며, 얼굴들에 비치는 희미한 불빛은 『베리 공작의 화려한 시간들』[27]이나 오토 황제 시대[28]의 세밀화들보다 오히려 조르주 드 라투르를 더 암시하게 된다. 아마 중세는 투명하고 선명한 색깔들로 〈재현〉되었지만, 실제로는 대부분의 일과에서 바로크적 명암들로 〈보였을〉 것이다. 전혀 반박할 것이 없다. 다만 영화는 소설이 결정하지 않은 곳에서 결정을 내렸을 뿐이다. 소설에서 등불은 단지 〈목소리의 울림 *flatus vocis*〉이었고, 그 불빛의 강도는 완전히 상상에 맡겨 있었다. 반면 영화에서 등불은 빛의 질료가 되었고 바로 〈그〉 빛의 강도를 표현했던 것이다.

이런 결정을 내림으로써 감독은 〈현실주의적〉 읽기를 선택했고 다른 가능성들은 제외했다〔가령 올리비에[29]가 「헨리 4세」의 성 크리스피누스와 크레스피니아누스[30]의 싸움에서

27 *Les très riches heures du Duc de Berry*. 14세기 말에서 15세기 초 사이에 프랑스에서 활약한 플랑드르 태생의 세 형제인 랭부르Limbourg 형제가 1412~1416년에 그린 일련의 세밀화 작품집이다. 15세기 프랑스의 가장 유명한 예술 애호가였던 베리 공작(1380~1420)을 위해 제작되었다.

28 신성 로마 제국의 황제들이었던 오토 1~4세가 통치하던 시대, 즉 10~11세기를 가리킨다.

29 Sir Laurence Kerr Olivier(1907~1989). 영국 출신의 배우이자 연출가로 그가 감독하고 출연한 영화 「헨리 4세」는 1944년 작품이다.

30 Crispinus와 Crespinianus. 기원 후 3세기경 디오클레티아누스 Diocletianus 황제 때의 순교자 형제로 갖바치 출신이며, 따라서 신발 업자들이 수호성인으로 섬긴다.

했던 것처럼, 현실주의적 견해와 문장학(紋章學)적 해석을 대립시킬 수도 있었을 것이다]. 질료에서 질료로의 이행에서 〈해석은 각색자에 의해 중재되며〉 수신자의 권한에 맡기지 않는다.

13·5 말한 것을 보여 주지 않기

질료가 바뀜으로써 단지 원본이 말하는 것 이상을 말할 위험만 있는 것이 아니다. 덜 말할 위험도 있다. 유명한 텍스트 하나를 인용하고 싶은데, 그것은 분명히 일상적인 것의 묘사는 아니지만, 아주 잘 묘사하고 있다. 바로 「요한의 묵시록」 4장이다.

> ……그리고 보니 하늘에는 한 옥좌가 있고 그 옥좌에는 어떤 분이 한 분 앉아 계셨습니다. 그분의 모습은 벽옥과 홍옥 같았으며 그 옥좌 둘레에는 비취와 같은 무지개가 걸려 있었습니다. 옥좌 둘레에는 또 높은 좌석이 스물네 개 있었으며, 거기에는 흰옷을 입고 머리에 금관을 쓴 원로 스물네 명이 앉아 있었습니다. 그 옥좌에서는 번개가 번쩍였고 요란한 소리와 천둥소리가 터져 나왔습니다. 그리고 옥좌 앞에서는 일곱 횃불이 훨훨 타고 있었습니다. 그 일곱 횃불은 하느님의 일곱 영신이십니다. 옥좌 앞은 유리 바다 같았고 수정처럼 맑았습니다. 그리고 옥좌 한가운데와 그 둘레에는 앞뒤에 눈이 가득 박힌 생물이 네 마리 도사리고 있었습니다.[31]

31 원문의 각주에서는 피에로 로사노Piero Rossano의 이탈리아어 번역본(『신약 성서』, 토리노, UTET 1963)을 인용한다고 밝히고 있으나, 편의상 대한성서공회 발행, 『공동 번역 성서』(가톨릭용, 개정판)에서 인용한다. 인

아마 박진법으로 볼 수 있으리라. 주목할 것은 이 묘사가 모든 것을 묘사하지 않고, 단지 급박한 것들에만 머물며, 원로들에 대해서는 단지 옷과 금관만 언급하고 눈이나 수염에 대해서는 언급하지 않는다는 점이다. 이 묘사가 분명히 드러내고자 하는 것은 움직임으로, 불가타 성서에서 *super thronum et circa thronum*(옥좌의 위와 옥좌 둘레)의 회전으로 표현되는 움직임이다. 바로 여기에서 「요한의 묵시록」의 초기 시각적 해석자들, 말하자면 모사라베[32] 세밀화가들[〈지복자(至福者)들*Beati*〉로 알려진, 「요한의 묵시록」에 대한 그 눈부신 주석들의 삽화가들]이 위기에 처하게 되었다. 그들이 알고 있던 유일한 텍스트인 불가타 성서에 충실하자면 세밀화가들은 옥좌의 위와 주위에 동시에 있는 네 마리 생물들을 재현할 수 없었다.

그리스 전통 속에서 성장한 세밀화가들은 예언자 요한이 그림이나 동상 같은 것을 〈보았다〉고 생각했기 때문이다. 하지만 그리스의 상상력이 시각적이었다면, 히브리의 상상력은 두드러지게 청각적이었다. 하느님은 「창세기」 서두에서 목소리로 나타나며, 모세에게도 목소리로 나타난다(히브리 문화가 그리스 전통과는 달리 이미지보다, 말로 되었든 글로 되었든 텍스트를 더 선호한 것은 우연이 아니다).

모사라베 세밀화가들은 요한의 원천이 되는 에제키엘의 환상도 알고 있었다.

> 그 순간 북쪽에서 폭풍이 불어오는 광경이 눈앞에 펼쳐졌다. 구름이 막 밀려오는데 번갯불이 번쩍이어 사방이 환해졌다. 그 한가운데에는 불이 있고 그 속에서 놋쇠 같은 것이 빛

용된 구절은 「요한의 묵시록」 4장 2~6절이다.

32 스페인어로 *mozarabe*. 과거 스페인에서 이슬람의 지배하에 있던 기독교도들을 가리킨다.

났다. 또 그 한가운데는 짐승 모양이면서 사람의 모습을 갖춘 것이 넷 있었는데 각각 얼굴이 넷이요 날개도 넷이었다. 다리는 곧고 발굽은 소 발굽 같았으며 닦아 놓은 놋쇠처럼 윤이 났다. 네 짐승 옆구리에 달린 네 날개 밑으로 사람의 손이 보였다. 넷이 다 얼굴과 날개가 따로따로 있었다. 날개를 서로 서로 맞대고 가는데 돌지 않고 곧장 앞으로 움직이게 되어 있었다. (「에제키엘」 1장 4~9절)

그 짐승들을 바라보자니까, 그 네 짐승 옆 땅바닥에 바퀴가 하나씩 있는 게 보였다. 그 바퀴들은 넷 다 같은 모양으로 감람석처럼 빛났고 바퀴 속에 또 바퀴가 있어서 돌아가듯 되어 있었는데 이렇게 사방 어디로 가든지 떠날 때 돌지 않고 갈 수 있게 되어 있었다. …… 그 짐승들이 움직이면 옆에 있던 바퀴도 움직이고 짐승들이 땅에서 떠오르면 바퀴도 떠올랐다. …… 머리 위 덮개 위에는 청옥 같은 것으로 된 옥좌같이 보이는 것이 있었다……. (「에제키엘」 1장 15~26절)

요한의 묘사와 달리 여기에서는 전혀 똑같은 장소에 있지 않은 네 마리 〈생물〉의 움직임이 강조되며, 때로는 동심원(同心圓) 같고 또 때로는 그렇지 않은 수많은 바퀴들을 강조한다. 또한 존경받는 모든 환상이 그렇듯 이것은 영화 같은 환상으로, 여기에서는 가령 「벨베데레의 아폴론」[33]이나 「밀로의 베누스」처럼 완전히 고정되어 눈에 보이는 것을 묘사하는

33 Apollo del Belvedere. 원래 기원전 4세기 그리스 조각가의 작품인데, 기원후 120년경에 제작된 대리석 모조품이 현재 바티칸에 보존되어 있다. 벨베데레는 〈좋은 전망〉이라는 뜻으로 바티칸의 건물 이름이다. 14세기에 발견된 것으로 알려진 그 유명한 아폴론 동상이 1503년 이곳으로 옮겨졌기 때문에 그런 이름이 붙었다.

것이 아니라, 사물들이 끊임없이 변화하는 몽상적인 시퀀스를 묘사하고 있다.

요한(그리고 그 이전의 에제키엘)은 그림이나 동상을 묘사하는 것이 아니라, 꿈이나 영화를 묘사하고 있다(영화란 바로 뜬눈으로 꿈꾸는 것, 또는 세속적 상태로 환원된 환상이다). 영화적 성격의 환상에서 〈생물〉들은 때로는 옥좌의 위와 앞에, 때로는 옥좌 주위로 돌면서 나타날 수 있다. 하지만 모사라베 세밀화가들은(비록 무의식적이지만 바로 신성이 〈이데아〉로, 즉 초연한 부동성으로 정의된 형식으로 나타나는 그리스 문화의 후손으로) 〈원천 텍스트를 시각적으로 《번역》할 수 없었다〉.

부분적이기는 하지만 산세베로 교회[34]에서는 「요한의 묵시록」의 세밀화가가 성공했는데, 거기에서 〈생물〉들은 옥좌에서 서로 다른 거리에 있으며 그중 하나는 가로지르기를 시도하기도 한다. 영화가 아니라 사진처럼 순간적으로 고정되어 있지만 그 그림은 나선형 움직임의 관념을 전달하고자 한다.

하지만 결과적으로 너무나도 부족하다. 언젠가 솔 워스[35]는 *pictures can't say ain't*, 말하자면 이미지들은 무엇이 〈아니다〉라고 주장할 수 없다고 말했으며, 마그리트[36]는 그림으로 그려진 담뱃대는 담뱃대가 아니다라고 말하기 위해 그 말을 써야만 했다. 이미지는 〈나는 지금 나선형으로 움직이고

34 San Severo 교회. 베로나에 있는 11세기 로마네스크 양식의 작은 교회로 「요한의 묵시록」을 주제로 한 12~13세기의 프레스코 벽화들로 유명하다.

35 Sol Worth(1922~1977). 미국 출신의 화가이자 영화 제작자였으며, 시각 커뮤니케이션에 대한 뛰어난 학문적 연구들로 유명하다.

36 René Magritte(1898~1967). 벨기에 출신으로 프랑스에서 활동한 초현실주의 화가. 에코가 언급하는 작품은 1928~1929년에 제작된 「이미지의 배반La trahison des images」이다.

있다〉고 말할 수 없다고 말할 수 있으리라. 또는 미래주의 화가는 그렇게 할 수도 있었겠지만, 중세 세밀화가들은 그렇게 하지 못했다. 질료를 바꾸고 영화의 이야기에서 고정된 이미지의 세밀화로 넘어감으로써 그들은 무엇인가를 상실했다. 히브리 텍스트들을 놀랍게 각색했지만(그것은 분명하다), 그것들을 번역하지는 못했다.

13·6 원천 텍스트의 층위를 분리해 내기

많은 변환들은 원천 텍스트의 층위들 중 하나만 분리한다는 의미에서, 그러니까 그것이 원본 작품의 의미를 전달하는데 정말로 유일하게 중요한 층위라고 주장한다는 의미에서 번역이라고 말할 수도 있다.

가령 이데올로기 가치들, 역사적 현상들, 철학적 문제들을 제기하는 복잡한 소설에서 단지 생생하고 헐벗은 줄거리(아마 플롯도 아니고 단지 파불라의) 층위만을 분리해 내고, 감독이 표현하기 어렵거나 비본질적이라고 판단하는 나머지를 간과하는 영화가 가장 일반적인 예이다. 『잃어버린 시간을 찾아서』를 영화로 〈번역〉하면서 기억에 대한 프루스트의 성찰들을 무시하고 스완, 오데트, 알베르틴, 샤를뤼, 또는 생루의 사건들만 고려하는 것과 같다. 아니면 똑같은 영화에서 혹시 문자 그대로의 사건에 대한 충실함을 잃더라도 원천 텍스트의 정서적 효과들을 다른 질료로 전달하려고 할 수도 있다. 프루스트 작품의 〈서술자〉가 서두에서 어머니의 저녁 입맞춤을 기다리면서 느끼는 고뇌를 전달하려고 노력한다면, 얼굴 표정으로(또는 텍스트에서 단지 열망될 뿐 나타나지 않는 어머니의 모습을 거의 몽상적으로 집어넣음으로써) 아주 내면적인 것을 표현할 수도 있다. 그런 의미에서 각색은 가령 운율이나 각운의 도식을 간직하려고 다른 측면들에 대해 타협할 수 있는 시 번역의 형식들과 비슷하다. 시인이 다른 시인을 번역할 때, 만약 번역자가 문자 그대로의 충실함을 잃더라도 도전의 페달을 최대한 가속하면 바로 각색이 나오게 된다는 것은 우리 모두가 인정한다. 말하자면 동일한 표현 질료의 내부에서 각색이나 변환에 아주 가깝게 된다.

어쨌든 각색에서는 중요하다고 판단되는 일부 층위를 분리해 내고 그것에 대해 〈번역〉하려고 노력한다고 가정하자. 하지만 일부 층위를 분리한다는 것은 바로 〈원천 텍스트에 자신의 해석을 부과한다〉는 것을 의미한다. 파브리(2000)는 들뢰즈를 인용하며 프랜시스 베이컨[37]이 자신의 그림들에서 긴장된 힘들의 체계를 재현한다고 상기하면서, 긴장의 차원이 나타나는 음악 번역을 생각해 볼 수 있다고 덧붙인다. 나도 동의한다. 하지만 베이컨의 그림에는 분명히 음악 번역으로 재현할 수 없는 사람 형상들이 있다. 그러니까 표현 실질의 단 하나 층위를 선택하는 번역이 나오게 되며, 그렇게 함으로써 상이한 내용을 전달하게 된다. 앞에서 인용한 〈아름다운 동상〉의 일화에서 피카소의 시각적 리듬의 효과는 아가씨들이 셋이 아니라 다섯이라는 세부를 누락시켰다. 그런데 아바[38]의 『천 명 중 한 사람의 메모』를 번역하면서 연대기의

37 Francis Bacon(1909~1992). 더블린에서 태어난 영국의 화가. 독학으로 현대 영국 미술계에 커다란 영향을 끼쳤으며, 특히 과거의 그림들을 표현주의 양식으로 다시 그린 작품들로 유명하다.

38 Giuseppe Cesare Abba(1838~1910). 이탈리아의 작가로 가리발디 Garibaldi(1807~1882) 부대의 열렬한 지원병으로 참가했고, 여러 전쟁의 경험들을 작품화했다. 대표작은 이탈리아의 통일에 결정적으로 기여한 소위 〈천 명의 원정대 *Spedizione dei Mille*〉를 일기 형식으로 서술한 『천 명 중 한 사람의 메모 *Noterelle di uno dei Mille*』이다.

가리발디 정신을 전달하지만 콰르토[39]에서 출발한 용감한 사람들을 5백 명으로 줄인다면, 우리는 그것을 번역이라 부르지 않을 것이다. 그것은 혹시 〈더 높은〉 관점에서 보면 중요하지 않을지도 모르지만, 상식의 관점에서 보면 〈천 명의 원정대〉에서 천 명이라는 사실은 본질적이다.

『약혼자』를 영화로 〈번역〉하면서 단지 사건의 연쇄에만 충실하고, 만초니의 그 작품에서 대부분을 차지하는 아이러니하고 도덕적인 관찰들을 무시하려는 사람은, 바로 사건의 연쇄가 윤리적 의도뿐만 아니라, 서술자의 수많은 〈등장〉을 통해 윤리적 의도를 명백하게 전달하려는 작가의 의도보다도 우선적이라고 결정할 것이다. 하지만 고유한 의미에서의(언어에서 언어로의) 번역은 어떻게 해서든지 그 두 층위를 모두 구해야 하며, 독자가 가령 도덕적 층위가 중요하다고 생각하도록 자유롭게 내버려 두어야 할 것이다. 그리하여 독자는 비록 돈 로드리고가 페스트로 죽지 않고 말에서 떨어져 죽는다든지, 심지어 〈무명인〉이 아니라 돈 로드리고가 전향하고, 오히려 〈무명인〉이 참회 없이 페스트 요양소에서 죽더라도 소설의 효과는 바뀌지 않는다고 생각할 수도 있다.

각색은 언제나 〈비평적 입장 취하기〉가 된다. 의식적인 해석적 선택이 아니라 미숙함에서 기인하든, 무의식적으로 그런 것이든 상관없다. 물론 고유한 의미에서의 번역도 해석과 함께 하나의 비평적 입장을 함축한다. 앞에서 보았듯이 〈그

39 Quarto. 온전한 이름은 Quarto dei Mille로 제노바 근처의 작은 항구이다. 이탈리아 통일 운동 당시 시칠리아에서 민중 봉기가 일어나자, 가리발디 장군은 1860년 5월 5일 천여 명의 자원병을 세 척의 배에 태우고 이곳을 출발하여 시칠리아에 상륙하였고, 순식간에 이탈리아 반도 남부를 장악하였다.

불행한 여인은 대답했다〉의 간결함을 존중한 번역자들은 그런 간략함이 얼마나 문체적으로 중요한지 암시적으로 인정하였다(그리고 나름대로 강조하였다). 하지만 번역에서 번역자의 비평적 태도는 암시적이며 드러나지 않는 경향이 있다. 반면 각색에서는 비평적 태도가 아주 중요하며 변환 작업의 핵심 그 자체가 된다.

혹시 번역자의 비평적 태도는 준(準)텍스트*paratesto*, 말하자면 서문이나 후기, 해설에서 명백해질 수도 있다. 하지만 그런 경우 번역자는 원천 텍스트를 비평하는 것이 아니라 번역자로서 자기 자신을 비평, 즉 설명하며, 따라서 〈예술가 *artifex*〉로서가 아니라 〈이론이 겸비된 철학가*philoso-phus additus artifici*〉로서 행동하고, 자신의 작업에 대해 성찰하고 논평한다. 그것이 다른 작업이라는 것은, 『모비 딕』의 번역에 대해 논의하면서 내가 번역자에 의해 준텍스트적으로 표현되는 비평적 입장을 고려할 수는 있어도, 어쨌든 번역이 준텍스트에 표현된 의도를 실현하지 못했다고 판단했다는 사실에서도 드러난다. 그렇기 때문에 나는 자기 자신의 비평적 번역자와는 다른 나의 견해를 표명할 수 있다.[40]

그런데 〈그 불행한 여인은 대답했다〉를 *The poor wretch answered him*으로 옮기는 번역자는 번역된 텍스트의 예비 해석자로서 자신의 비평적 입장을 암시적으로 표명한다. 자신의 번역을 통해 — 주석을 덧붙이거나 책 구입자들에게 전보를 보내는 것이 아니라 — 번역자는 독자에게 그 문장의 간결함이 본질적이라고 알려 준다(또는 이해할 만한 여건

40 종종 그런 일이 일어나는데, 피냐티(1998)는 나의 「실비」 번역에 대한 논평을 논의하면서 그렇게 했다. 그녀가 옳은지 그른지는 중요하지 않다. 그녀는 텍스트의 암시적 비평으로서의 번역과, 번역에 대한 명시적 정당화로서의 나의 논평을 올바르게 구별하였다 — 원주.

을 만들어 준다). 그것을 간략하게 번역함으로써 번역자는 비록 번역하는 텍스트에 대해 어떤 판단을 표현하지 않았을지라도, 만초니 텍스트의 훌륭한 해석자로, 말하자면 훌륭한 비평가로 행동하게 된다.

두시(2000: 29면)는 변환이 각색하려는 언어 텍스트에서 말하지 않은 것을 중요하다고 판단할 경우, 그것을 고유의 질료에서 실현하려고 선택할 수 있다고 말한다. 예를 들어 소리의 대비, 초점이 흐려진 이미지, 절대적인 주관적 구도, 또는 배우들의 부분적인 촬영 단면, 구체적 세부들로 제한된 관점 등 〈말하자면 도착 텍스트로 하여금 출발 텍스트의 의미적 열림과 《모호함을 번역》하도록 허용하는 《불확정성들》의 모든 잠재성〉을 활용할 수 있다는 것이다. 이 모든 것이 가능하지만, 나는 그것이 단지 〈폭발적인〉 말하지 않은 것의 경우에만(가령 몬차의 수녀의 대답 어조에 대한 침묵처럼) 실현될 수 있다고 감히 말하고 싶다. 나머지에 대해서는 가령 영화 전반에 걸쳐 등장인물들의 얼굴을 전혀 알아보지 못하게 한다거나, 또는 에이하브 선장의 나무 다리를 전혀 보여 주지 않기는 매우 어려워 보인다. 카프레티니가 인용하는 제임스의 경우처럼, 만약 여인(작가가 아주 아름답다고 말하는)의 얼굴을 전혀 보여 주지 않는다면, 그것도 횡포일 것이다. 우리가 자유롭게 상상할 수 있었던 그 등장인물이 하나의 집요한 수수께끼가 될 것이기 때문이다.

하지만 만약 감독이 수녀의 대답을 재현하기 위해 명암, 페이드아웃 *fade-out*, 초점 흐리기의 효과를 사용한다면, 여전히 그 이상을 말하게 될 것이며, 만초니가 그러하듯이 가령 〈나는 이렇게 말하지만, 만약 여러분이 달리 생각할 것을 원한다면 그건 여러분이 알아서 할 일이오〉 하고 말하는 대신, 만초니의 텍스트를 빨간색 연필로 강조하게 될 것이며, 다른 생각할 것이 있다고 집요하게 암시하는 것이 될 것이다. 그리고 우리는 간략함이 아니라, 다른 무엇보다 명백한 비평 행위나 암시와 마주하게 될 것이다.

13·7 다른 것을 보여 주기

소설을 영화로 각색하는 과정에서 일어난 가장 흥미로운 〈왜곡〉들 중의 하나는 루키노 비스콘티[41]의 「베네치아에서의 죽음」이다. 나는 그 감독의 「표범」[42]이 소설의 심층 의미를 완벽하게 포착한(원본보다 훨씬 더 효과적으로) 영화라고 생각하는 사람들 중의 하나이다. 하지만 「베네치아에서의 죽음」에서는 무언가 흥미로운 일이 일어났다.

토마스 만의 주인공 구스타프 아센바흐는 50대가 넘은(그러니까 당시에는 나이가 아주 많은) 작가로, 국가의 공복(公僕)들과 판사들의 든든한 가문 출신이며, 딸 하나가 있는 홀아비이고, 역사가이자 비평가이며(『정신과 예술』에 대한 평론을 쓰기도 했다), 엄격하고 보수적인 독일 지식인이며, 육체에서 벗어난 플라톤적 아름다움에 대한 신고전주의적 사랑에 충실한 사람이다.

41 Luchino Visconti(1906~1976). 이탈리아 네오레알리스모 영화의 대표적인 감독 중 하나로, 에코가 인용하는 「베네치아에서의 죽음La morte a Venezia」은 1971년 작품이며 「표범Il gattopardo」은 1963년 작품이다. 토마스 만(1875~1955)의 원작 단편 소설 「베네치아에서의 죽음Der Tod in Venedig」은 1912년에 발표되었다.

42 원작은 주세페 토마시 디 람페두사Giuseppe Tomasi di Lampedusa (1896~1957)의 사후에 출판된 소설로 당시의 이탈리아 소설계에 신선한 파문을 던졌던 작품이다.

신고전주의적 기질의 그는 화려하고 타락한 베네치아의 낭만성, 아니 후기 낭만적이고 퇴폐적인 분위기와 곧바로 대립된다. 나중에 자신의 동성애적 열정의 대상이 될 타치오를 처음 보았을 때, 그는 타치오를 황금시대의 그리스 동상처럼 형식의 순수한 완성으로 찬탄한다. 소년에 대한 그의 관찰은 언제나 자신의 고전적 교양에서 영감을 받은 것이다. 그에게 타치오는 나르키소스, 황금시대 그리스 동상들을 상기시키는 아름다움으로 보이며, 베네치아 바다에 대한 관조도 그리스 신화에 대한 참조들로 넘친다(《에로스가 자기 연인의 곁에서 일어나는, 접근할 수 없는 거처에서 나오는 날개 달린 메시지처럼, 한 줄기 바람이 일었다……. 클레이토스와 케팔로스를 데려갔던 미소년들의 유혹자 여신이 가까이 다가왔고, 모든 올림포스 신들의 질투심을 자극하며 정말로 아름다운 오리온의 사랑을 즐겼다……》). 자기 열정의 본질을 깨닫기 전에 아센바흐는 플라톤의 『파이드로스』의 한 구절을 상기한다.

처음에 아센바흐는 타치오에 대해 느끼는 찬탄과, 아주 순수한 예술 작품에 대해 느끼는 찬탄을 구별하지 못하며, 자기 자신이 예술가로서 〈정신으로 보았던 형식, 인간에게 정신적 아름다움의 이미지이자 거울로 보이는 날렵한 형식을 언어의 대리석 덩어리에서〉 해방시키는 사람으로 보인다.

아센바흐의 비극은 타치오를 육체적으로 열망하고 있음을 깨달았을 때, 아름다움에 대한 자신의 천상적 느낌이 지상적 음란함으로 바뀌고 있다는 사실을 갑자기 발견한 것이었다. 이러한 배경으로 많은 사람이 만의 단편을 읽듯이, 거기에는 형식의 찬양을 바로 동성애적 충동의 승화로 간주하였던 빙켈만[43] 같은 전형적 탐미주의자에 대한 비판적 또는 아이러니한 태도가 들어 있다.

부르주아 아센바흐의 비극은 바로 디오니소스에 의한 아폴론의 패배를 깨닫는 것이다.

영화에서는 어떤 일이 일어났는가? 혹시 비스콘티는 아센바흐의 미학적 이상을 시각적으로 옮길 수 없음을 두려워했는지, 혹시 구스타프 말러를 연상시키는 그의 이름에 유혹되었는지 모르겠다. 사실 그의 아센바흐는 음악가이다. 실제로 일련의 플래시백에서 그는 어느 친구와 대화를 나누는데, 친구는 자기 열정에 자유롭게 이끌리는 천재성을 옹호하고, 이에 대해 그는 엄격하고 냉정한 고전적 이상을 대립시킨다. 그런데 그런 대화가 지속적인 말러의 배경 음악 앞에서 사라진다. 거기에서는 숙명적으로 사운드 트랙이 주인공의 이상과 감정에 대한 음악적 옮겨 쓰기로 나타난다. 아센바흐는 마치 바흐처럼 말하지만, 관객은 말러를 〈듣는다〉.

만의 아센바흐는 나이 든 남자로 안정되고 의젓하며, 따라서 그의 느린 변화는 더욱 극적으로 받아들일 수 없는 것이 된다. 비스콘티의 아센바흐는 더 젊고 연약하고 불안정하며, 이미 심장병으로 고통받고, 몰락하는 베네치아와 동일화될 준비가 되어 있으며, 세련미 넘치는 호텔의 의례들에 젖어 있다. 또한 만의 아센바흐는 부르주아 출신이며, 〈폰*von*〉은 그의 문화적 업적을 인정하여 늦은 나이에 부여된다. 반면 비스콘티의 아센바흐는 아무 설명 없이 곧바로 구스타프 〈폰〉 아센바흐로 나타나고, 힘없는 귀족의 몰락 징조들이 이미 얼굴에 새겨져 있으며, 학문적 영광으로 장식된 경력의 역사학자보다 위스망스의 데제생트[44]에 더 가까워 보인다.

43 Johann Joachim Winckelmann(1717~1768). 독일의 고고학자이며 예술 비평가로 특히 폼페이와 에르콜라노의 유적 발굴로 고대 문화에 대한 관심을 환기시켰다.

44 Des Esseintes. 위스망스Joris Karl Huysmans(1848~1907)의 소설

그는 자신을 받아들이는 베네치아처럼 이미 병들어 있다. 타치오에 대한 그의 이끌림은 즉각적이다. 반면 소설에서는 아센바흐가 그리스적 상상에서 혼란스러운 열정의 확인으로 넘어가는 데 시간이 걸린다. 다른 한편으로 소설의 타치오는 열네 살이고, 자신의 성숙한 찬미자에게 보내는 몇 번의 눈길과 유일한 미소에는 어떤 악의의 그림자도 없다. 영화의 타치오는 보다 더 크고, 아센바흐에게 보내는 모든 눈길은 악의는 없다 해도 모호함으로 가득하다.

그렇다면 두 가지 윤리와 두 가지 미학 사이의 대립은 어디에 있는가? 무엇 때문에 비스콘티의 음악가는 자신의 열정 때문에 혼란스러워야 하는가? 혹시 감독이 아내와 딸과 함께 행복한 아버지의 모습을 여러 번 보여 주었기 때문일까? 비스콘티의 아센바흐는 가족에게 부끄러운 죄의식을 느끼기 때문에, 또한 전에는 남성적 아름다움의 신화에 전혀 이끌리지 않았기 때문에 괴로워하는 것 같다. 반대로 만의 아센바흐는 (가족의 속박에서 자유로운) 자신의 정신적 우주 전체와 아름다움에 대한 자신의 냉정한 예찬이 빗나가고 있음을 깨닫기 때문에 위기에 처한다. 그는 자신의 미학적 이상이 잠재적인 육체의 광기에 대한 단순한 위장이라는 폭로를 견딜 수 없다. 그리하여 이제는 이미 거기에 저항할 수 없음을 깨닫는다.

영화와 소설 사이에서 플롯은 거의 동일하며, 등장인물들이나 심지어 군소 인물들도 똑같고, 베네치아를 교묘하게 병들게 하는 질병에 대한 집요한 은유가 아센바흐의 몰락과 똑같이 상응한다는 점을 주목하기 바란다. 하지만 등장인물의

『거꾸로*A rebours*』(1884)에 나오는 부자 귀족으로 무질서한 삶의 쾌락을 추구하다가 홀로 고립된 곳에서 탐미적 생활에 몰두한다.

직업을 바꾸는(그리고 그에게 20세기 초엽의 성숙한 학자의 얼굴이 아니라, 더크 보가드의 이미 모호하고 괴로운 얼굴을 제시하는) 단순한 결정이 원본 텍스트의 근본적 변화를 유발하였다. 영화는 소설의 표면적 파불라를 존중하지만, 심층 파불라를 전달하지 못하며, 감추어진 행위소*attante*들, 대비되는 두 개의 이데올로기, 이제는 베네치아를 타락시키는 전염병처럼 의기양양한 〈동굴의 그림자〉와 반대되는, 육체에서 벗어난 〈형식〉의 환상을 전달하지 못한다.

13·8 새로운 작품으로의 각색

그렇다고 비스콘티의 「베네치아에서의 죽음」이 멋진 영화가 아니라는 말이 아니다. 베네치아에 대한 표현은 탁월하고, 극적 긴장감은 훌륭하며, 〈그〉 영화가 바로 〈그〉 소설을 〈번역〉하고자 했다고 말해 주지 않는다면, 우리는 아주 독창적인 그런 창안에 만족하여 경탄하며 영화관을 나설 것이다. 혹시 비스콘티가 〈실수〉했는가? 전혀 그렇지 않다. 그는 만의 이야기에서 실마리를 이끌어 내 우리에게 〈자신의〉 이야기를 해주었던 것이다. 주제의 〈이주〉라고 말할 수 있으리라. 어떤 의미에서 비스콘티의 영화는 만의 소설을 대신하는데, 그것은 그림 형제의 〈빨간 모자〉가 페로의 〈빨간 모자〉를 대신하는 것과 같다. 거의 똑같은 이야기이지만 다른 윤리적 관점과 다른 도덕, 다른 갈등을 제시한다.

나는 스파치안테Spaziante(2000: 236면)의 관찰을 인용하고 싶다. 그에 따르면, 많은 변환의 경우 (내가 『이야기 속의 독자』나 『해석의 한계』에서 제시한 구별에 따라) 해석과 사용 사이의 차이에 대해 말할 수 있다. 당시 나는 지나친 한계적 상황으로 가령 책의 종이를 사용하여 과일을 싸는 것처럼 상당히 극단적인 〈사용〉의 예들을 들었지만, 훨씬 더 고상하고 정당한 경우들도 생각했다. 가령 시나 소설을 뜬눈으로 꿈꾸는 데 사용하거나, 텍스트에 나오는 최소한의 자극을 토대로, 원본 텍스트와는 아무런 상관도 없는 우리 자신의 사건과 기억들, 계획들에 대해 공상하는 데 사용하는 것이다(심지어 당시의 논쟁이 그랬듯이, 〈텍스트의 진정한 의미는 없다*il n'y a pas de vrai sens d'un texte*〉는 원리에서 출발하여 텍스트에게 자기가 원하는 것을 말하도록 만드는 해체론적 실습에 이르기도 한다). 하지만 앞에서 말했듯이 나는 텍스트의 사용을 부정적인 실습으로 간주하고 싶지는 않다. 쇼팽의 왈츠를 들으면서, 사랑하는 사람과 함께 처음 그 음악을 들었을 때의 회상에 빠진다든지, 음악 텍스트를 주의 깊게 지각하는 대신 그녀(또는 그)의 기억에 빠진다든지, 그래서 자신의 회상에 빠지고 싶을 때마다 그 음악을 다시 들으려고 결정하는 것은 결국 모두에게 일어날 수 있다. 왜 안 되는가? 개연성은 없을지라도, 피타고라스 정리의 검증 앞에서 에로틱한 환상에 빠지는 것은 금지되어 있지 않다. 그렇다고 해서 누구도 〈수학 원리〉에 대한 테러 혐의로 다른 사람을 비난할 수 없을 것이다.

무한한 사용 방법들 중에는 자극 텍스트에서 출발하여 결국 〈자신의〉 텍스트를 창출하는 영감과 관념들을 이끌어 내는 방법도 있다. 어느 탁월한 텍스트에 대한 패러디를 쓰는 사람은 그렇게 하며, 『바람과 함께 사라지다』의 속편을 쓰기로 결정하여 스칼렛 오하라가 〈내일은 내일의 해가 뜬다〉[45]

45 이탈리아어 원문은 *Domani è un altro giorno*(내일은 또 다른 날이다)로 되어 있다.

고 숙명적으로 말하는 순간부터의 사건을 쓰는 사람이나, 자신이 찬미하는 텍스트와 경쟁하여 그것을 현대적 정신으로 다시 쓰려는 사람도 그렇게 한다. 바로 아누이Anouilh가 「안티고네」를 다시 썼을 때 그렇게 했으며, 아이스킬로스의 「오이디푸스」가 이미 나온 뒤에 소포클레스가 「오이디푸스 왕」을 다시 썼을 때에도 그렇게 했다.

이러한 〈창조적 사용〉의 경우 원천 텍스트에서 무엇이 남는가? 그것은 경우에 따라 다르다. 나는 즈비그뉴 립친스키[46]의 영화 「오케스트라The Orchestra」를 예로 들고 싶다〔그에 대해서는 바소Basso(2000)의 분석 참조. 그는 나에게 그 영화를 알려 주기도 했다〕. 이 영화에서 쇼팽의 「장송 행진곡」(〈부재 상태로〉 연주되는)은 서서히 등장하는 일련의 그로테스크한 인물들을 통해 동시에 〈보여〉지는데, 마치 스크린을 따라 움직이듯이(또는 카메라가 무한하게 긴 건반들의 이어짐을 따라 이동하듯이) 아주 긴 시간에 걸쳐 피아노 건반 위에 손을 올려놓는 동안 그렇게 한다. 그것은 분명히 어떤 식으로든 원천 음악을 전달하려는 시도이다. 왜냐하면 등장인물들의 몸짓은 악절의 리듬에 의해 결정되며, 배경의 일부 출현들〔가령 운구(運柩) 마차〕 같은 이미지는 장례식 효과를 전달하려고 하기 때문이다. 오디오를 제거하고 영화를 보면서 등장인물들의 몸짓과 카메라의 움직임 자체를 따르다 보면, 쇼팽의 음악과 매우 비슷한 리듬을 재창출할 수 있을 것이다. 그리고 분명히 그 음악 작품은 장례식의 동위성을 존중하고 있다. 아니, 강조하고 있다고 말하고 싶다.

그러므로 립친스키의 작품은 쇼팽의 작품에 대한 훌륭한

46 Zbigniew Rybczynski(1949～). 폴란드 출신의 영화감독.

해석이라고 정당하게 말할 수 있다. 때로는 산만하게 들을 때보다 근본적인 정서적 긴장감(열정의 내용)과 리듬, 역동성의 측면들을 더 잘 포착하도록 해주기 때문이다. 하지만 감독에 의한 인물 선택은 바로 그의 것이지 쇼팽의 것으로 돌리기 어렵다. 따라서 이것은 아주 행복한 사용의 경우에 해당한다.

립친스키는 조르주 상드의 무수한 복제 인간들, 또는 〈죽음의 춤*Totentanz*〉을 추는 해골들을 출연시키면서도 여전히 음악의 리듬 구조를 존중하고 단조(短調)의 시각적 등가를 제공할 수 있었을 것이다. 그리고 이론상 어떤 선택이 더 나은지 누구도 말할 수 없을 것이다. 「오케스트라」에서는 만약 쇼팽 작품의 〈충실한〉 번역으로 이해될 경우 분명히 음악학적 정확함의 문제가 제기될 수도 있는 사용의 현상과 마주하게 된다. 그것은 비록 쇼팽에 대한 참조의 총체적 일부이지만 〈그 자체로〉 높게 평가될 수 있는 작품이다.

그 영화는 단지 쇼팽뿐만 아니라 특히 라벨과 그의 「볼레로」도 실마리로 삼았다. 여기에서 그 음악의 반복적 집착성은, 균일한 측면 파노라마로 촬영된 아주 긴 층(層)들의 연속적 이어짐 속에서, 끝없는 계단을 따라 흥미로운 등장인물들이 나아가는 것으로 전달된다. 의심할 바 없이 음악의 반복과 시각적 반복 사이에 일정한 대응 관계가 설정된다. 그런데 계단을 따라 올라가는 인물들은 소비에트 혁명의 도상(圖像)(아이러니하게 다시 되찾은)에서 나온 것이며, 이러한 해석은 모두 라벨이 아니라 감독의 장점(또는 단점)으로 돌려야 한다. 결국 미학적 평가의 질료로 남는 것은 립친스키의 작품(독창적인)이다.

만약 감독이 쇼팽 「장송 행진곡」의 엄숙하고 장엄한 리듬에다 프랑스 춤 캉캉을 보여 주었다면, 우리는 각색이라 말하지 않고 차라리 도발적인 패러디라고 말할 것이다.

쇼팽의 상상의 책에 대한 립친스키의 번역 앞에서 우리는 무엇보다 먼저 쇼팽의 예술을 평가한 다음에 립친스키의 역량을 평가할 것이다. 사실 편집자는 쇼팽의 이름을 겉표지에 싣고, 립친스키의 이름은 쇼팽의 이름에 비해 작게 속표지에만(대개) 실을 것이다. 만약 문학상을 수여해야 한다면(훌륭한 번역에 대한 상이 아니라면) 그것은 립친스키가 아니라 쇼팽에게 수여될 것이다. 만약 립친스키가 콘서트홀에서 피아노로 쇼팽의 「장송 행진곡」을 연주한다면, 비록 경우에 따라 연주되는 작곡가의 이름보다 연주자의 이름이 포스터에 더 분명하게 나타나더라도, 우리는 립친스키에게 쇼팽의 음악을 연주하면서 분명히 그 고유의 영감에 따라 해석하기를 요구할 것이며, 가령 가면을 쓰거나 벌거벗은 상체로 털 난 가슴과 문신이 새겨진 어깨를 보여 주면서, 연극적 몸짓이나 찡그림, 또는 폭소로 연주를 방해하지 않기를 바랄 것이다. 만약 그렇게 한다면, 우리는 배우가 예술 작품을 — 한때 그렇게 말했듯이 — 〈모독〉하려는 〈연극적〉 행위, 〈퍼포먼스〉를 보게 될 것이다.

그런데 「오케스트라」의 경우 쇼팽이나 라벨의 이름이 아니라 무엇보다도 립친스키의 이름이 아주 분명하게 제목에 나타난다. 립친스키는 사운드 트랙의 시각적 각색을 주제로 하는 영화의 작가이며, 일부 분노한 음악광을 제외한 관객은 사운드 트랙의 연주가 쇼팽의 다른 연주들보다 좋은지 나쁜지 평가하는 것보다, 립친스키가 이미지를 통해 음악적 자극을 해석하는 방식에 관심을 집중한다.

나는 「오케스트라」가 가령 다른 음조로의 조 옮김이나 심지어(비록 논박의 여지는 있지만) 오르간을 위한 옮겨 쓰기가 그렇듯이 단순히 쇼팽 작품의 번역이라고 말할 수 있다고 생각하지 않는다. 분명히 그것은 고도로 독창적인 것을 창출하기 위해 쇼팽을 실마리로 삼은 립친스키의 작품이다. 「오케스트라」가 일부 쇼팽 애호가들의 감정을 상하게 할 수도 있다는 것은 완전히 이차적인 문제이다.

개작에 관한 장의 말미에서 말했듯이 변환에서도 경계선의 경우들은 무수하다. 나는 비스콘티의 「표범」이 소설의 심층 의미를 잘 전달한다고 말했는데, 영화가 버트 랭커스터의 모습으로 살리나 군주를 제시함으로써 그 시칠리아 귀족을 우리 마음대로 상상하는 것을 방해하더라도 그렇다. 〈서문〉에서 인용한 『베르수스』 제85~87호에 실린 많은 논문은 변환, 즉 소위 기호 상호 간 번역의 모험들이 얼마나 다양한가 또 때로는 얼마나 유익한가 보여 준다. 하지만 나는 그런 모험들을 해석의 무한한 모험들로 보고 싶다. 내가 제시한 〈단서*caveat*〉들, 처음부터 말했듯이 고유한 의미에서의 번역의 구체적인 특징들에 초점을 맞추려는 논의에서 필수 불가결한 단서들은 바로 그 점을 겨냥하였다.

세미오시스의 풍요로움 속에는 그 차이들이 많을 수 있다고 해서 기본적 구분들의 제시가 바람직하지 않은 것은 아니다. 반대로 꼭 그럴 필요가 있다. 만약 기호학적 분석의 임무가 바로 겉보기에는 통제할 수 없는 해석 행위들의 흐름 속에서 다양한 현상들을 찾아내는 것이라면 말이다.

14 완벽한 언어와 불완전한 색깔들

앞의 글들은 모두 협상의 기치 아래 제시되었다. 번역자는 종종 사라진 작가의 유령과 협상해야 하고, 원천 텍스트의 오만한 존재, 번역의 대상이 되는 독자〔모든 〈작가〉가 고유의 〈모델 독자〉를 세우듯이(에코, 1979 참조) 번역자가 〈창출〉해야 하는 독자〕의 아직은 불확정적인 이미지와 협상해야 하며, 때로는 〈서문〉에서 말했듯이 출판인과도 협상해야 한다.

협상으로서 번역 개념을 피할 수 있을까? 한 언어로 표현된 발화체를 다른 언어로 표현된 발화체로 옮길 수 있다고 생각할 필요가 있다. 비록 어휘적 층위에서 동의어들이 존재하지 않더라도 어쨌든 그 두 발화체가 〈똑같은 명제〉를 표현할 수 있으려면 그래야 한다.

14·1 〈비교의 제3자 *Tertium comparationis*〉

가령 *il pleut, it's raining, piove, Es regnet*라는 발화체들이 똑같은 명제를 표현한다고 설정하기 위해서는, 대비되는 자연 언어들에 대해 일종의 중립적 언어로 그 명제(불변으로 남아 있는)를 표현할 수 있어야 할 것이다. 그러려면 단지 세 가지 가능성만이 남는다.

하나는 다른 모든 언어들에 기준이 될 만한 〈완벽한 언어〉가 존재하는 것이다. 〈완벽한 언어〉의 꿈은 오랫동안 지속되었으며 지금도 완전히 죽지 않았다. 오랜 세월에 걸친 그런 꿈의 역사에 대해서는 나의 『완벽한 언어 찾기』를 참조하기 바란다. 몇 세기 동안 사람들은 언어들의 혼란 이전에 있었던 태초의 〈아담 언어〉를 복원할 수 있을 것으로 기대하였다. 번역이 완벽한 언어를 전제로 할 수 있다는 생각은 발터 베냐민 Walter Benjamin의 직관이었다. 즉 원천 언어의 의미를 도착지 언어로 절대 재창출할 수 없다면, 〈하나의 전체로 간주되는 언어들 각각에서, 유일하고 동일한 것으로 이해되지만, 개별적으로 그 어떤 언어에도 접근될 수 없고, 오로지 상호 보완적인 그들 의도의 총체성에만 접근될 수 있는 것, 즉 순수한 언어〉(베냐민, 1923: 이탈리아어 번역본, 227면)로서 모든 언어들 사이의 합일에 대한 의식에 의존해야 한다. 하지만 그 〈순수한 언어*reine Sprache*〉는 언어가 아니다. 벤야민 사상의 신비적이고 카발라적 원천들을 잊지 않는다면, 우리는 성스러운 언어라는 상당히 무거운 그림자, 오순절*pentecostal* 언어의 비밀스러운 역량과 비슷한 것을 느낄 수 있다. 〈번역의 욕망은 하느님 생각과의 이러한 상응 없이는 생각될 수 없다〉(데리다, 1985: 이탈리아어 번역본, 217면).

그런데 번역의 욕망이 하느님의 생각을 포착하려는 그런 열망에서 비롯될 수 있다는 것은 번역자에게도 유익한 감정이다. 마치 사랑하는 사람에게는, 비록 심리학과 생리학에서 불가능하다고 말할지라도 두 영혼 사이의 완벽한 융합을 열망하는 것이 유익하듯이 말이다. 하지만 그렇다면, 바로 내면적이고 지극히 사적인 감정이 번역의 성공 여부를 평가하기 위한 상호 주관적 기준으로 활용될 수 있을까?

두 번째 가능성은 사적인 감정에서 공적인 규칙으로 이행하기 위해 두 가지 다른 가능성을 발생시킨다. 즉 모든 대상들, 행위들, 심리 상태들, 모든 문화가 세상을 기술하는 데 사용하는 추상적 관념들을 표현할 수 있는 〈합리적〉 언어를 세울 수 있는가(17세기에 번창한 많은 시도들이 이런 계획에 영감을 받았다), 아니면 (오늘날 시도되고 있듯이) 〈생각의 언어〉, 즉 당연히 인간 정신의 보편적 기능에 뿌리내리고 그 용어와 발화체들이 형식화된 언어로 표현될 수 있는 언어를 찾아낼 수 있는가 하는 것이다. 실제로 이 두 가지 버전은 동일한 것이다. 추정적인 생각의 언어를 찾아내기 위해서는 어떻게든 그것의 문법을 제시해야 하고, 또한 우리의 두뇌나 정신 속에서 일어나는 모든 것을 하나하나 기록할 수 있을 때까지는 그러한 생각의 언어가 예를 들어 형식 논리학이 제공하는 일부 합리적 기준들에 영감을 받은 하나의 가설적 구성이 될 것이기 때문이다.

이 마지막 대안에 많은 자동 번역 연구자들이 어느 정도 공감하고 있다. 어떤 〈비교의 제3자〉가 있어서 알파 언어의 표현에서 베타 언어의 표현으로 이행하도록 허용해 주면서, 그 두 개가 모두 상이한 자연 언어들이 표현하는 방법과는 상관없이 메타 언어 감마로 표현된 명제와 결과적으로 똑같다고 결정할 수 있어야 한다. 따라서 *piove, il pleut, it's raining*이라는 세 가지 발화체가 주어질 경우, 그것들은 감마 언어로, 가령 xyz로 표현될 수 있는 똑같은 명제적 내용을 가져야 할 것이다. 그것은 바로 우리가 원래 담론의 의미에서 너무 멀어질 염려 없이 이탈리아어 발화체를 프랑스어나 영어로 번역할 수 있도록 해준다.

하지만 시적 발화체, 가령 베를렌의 *il pleure dans mon*

*coeur comme il pleut sur la ville*을 예로 들어 보자. 명제적 내용이 변하지 않도록 동의어의 기준에 따라 이것을 용어 대 용어로 번역하면 *piange nel mio cuore come piove sulla città*(도시 위로 비가 내리듯이 내 가슴속에서 운다)가 될 것이다. 시적 관점에서는 분명히 두 발화체가 똑같은 것으로 간주될 수 없을 것이다.

*I like Ike*라는 슬로건에 대한 야콥슨(1960)의 탁월한 예를 생각해 보기 바란다. 명제적 동일함의 관점에서 분명히 그것은 *Io amo Ike, J'aime bien Ike*로 번역될 수 있으며, 심지어 *I appreciate Eisenhower*로 풀어쓸 수도 있다. 하지만 그것이 음성적 암시, 각운 그리고(야콥슨이 상기하였듯이) 유음법(類音法, *paronomasia*)에서 힘을 얻었던 원문에 대한 적절한 번역이라고 누구도 말하지 않을 것이다.

그러므로 불변의 명제적 내용이라는 개념은 단지 세상의 상태를 표현하는 아주 단순한 발화체들에만 적용될 수 있을 것이다. 즉 한편으로는(수사학적 기법들에서 그렇듯이) 모호하지 않고, 다른 한편으로는 자기 성찰적이지 않은, 말하자면 단지 자신의 내용뿐만 아니라 자신의 기표(가령 운율이나 음성적 가치들)에도 관심을 끌 목적으로 창출되지 않은 발화체들이다.

하지만 외시적 기능의 아주 단순한 발화체들에 대해 번역이 가능하다고 가정하더라도 〈제3자〉의 고전적 반박을 피할 수는 없다. 알파 언어로 표현된 텍스트 A를 베타 언어로 표현된 텍스트 B로 번역하기 위해서는(그리고 B는 A의 정확한 번역이며 의미상으로 A와 등가라고 말하기 위해서는), 메타 언어 감마와 비교하여 어떤 의미에서 A는 감마 언어로 표현된 *Γ*와 등가인지 결정해야 할 것이다. 그런데 그렇게 하기 위해서는, 새로운 메타-메타 언어 델타가 있어서 A는 델타 언어로 표현된 Δ와 등가라고 결정해야 하며, 그다음에는 메타-메타-메타 언어 입실론이 필요하고, 그런 식으로 무한하게 이어질 것이다.

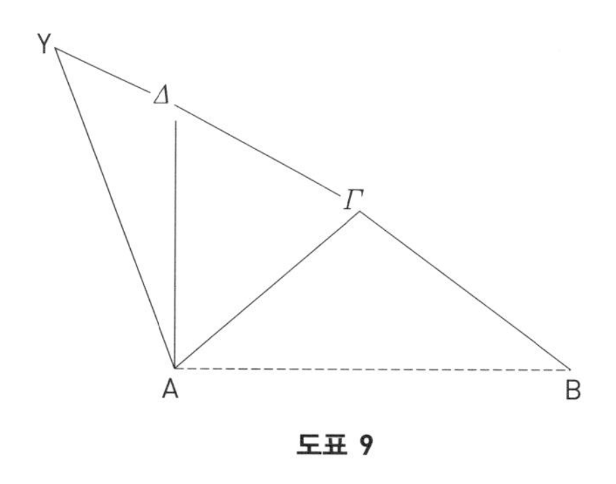

도표 9

다만(에코, 1993b에서 이미 말했듯이) 〈비교의 제3자〉는 모든 언어들 사이에서 완벽하게 말할 수 있을 정도로 강력하고 유연한 자연 언어여야 할 것이다. 예수회 신부 루도비코 베르토니오Ludovico Bertonio는 1603년 『아이마라 언어의 기술*Arte de lengua Aymara*』과 1612년 『아이마라 언어의 어휘*Vocabulario de la lengua Aymara*』를 출판했는데, 그것은 엄청나게 유연한 언어, 믿을 수 없을 만큼 생생한 신조어가 가능하고, 〈인공물〉의 효과라고 의심할 정도로 특히 추상적인 개념들을 표현하는 데 적합한 언어라고 고찰하였다. 두 세기 후에 에메테리오 비야밀 데 라다Emeterio Villamil de Rada는 『아담의 언어*La lengua de Adan*』(1860)에서 그것을 아담의 언어로 정의하였다. 즉 〈언어의 형성 이전의 관념〉을 분명히 가졌을 것이며, 말과 사물 사이의 자연적인 친족관계의 표현, 〈필연적이고 불변의 관념들〉에 토대를 둔 표현, 말하자면 지금까지 전혀 존재한 적이 없는 철학적 언어라는 것이다. 최근의 연구들은 아이마라 언어가, 서구 사상의 토대가 되는 2원적 논리(참 / 거짓)가 아니라 3원적 논리를 토대로 하고 있으며, 따라서 서구 언어들이 단지 힘겨운 풀어쓰기를 통해서만 포착하는 섬세한 양태들을 표현할 수 있다고 지적하였다. 마지막으로, 현재 컴퓨터 번역의 문제들을 해결하기 위해 아이마라 언어의 연구를 제안하는 사람도 있다. 혹시 그 언어가 상호 번역 불가능한 다른 언어들로 표현되는 모든 사상을 표현할 수 있을지도 모르겠다. 하지만 앞서 말했듯이 완벽한 언어가 고유의 용어들로 해결하는 모든 것은 우리의 자연 언어로 다시 번역될 수 없다는 대가를 치러야 할 것이다.[1]

14·2 언어들을 비교하기

기준 언어가 없기 때문에 앞의 장들은 지속적인 협상 과정을 개관했는데, 그 협상의 토대 위에 무엇보다도 상이한 언어 구조들 사이의 대비가 있고, 그 안에서 각 언어는 자기 자신의 메타 언어가 될 수 있다(에코, 1979 : 제2장 참조).

예를 들어 니다(1975 : 75면)가 제시한 다음 도표를 보기 바란다. 이것은 영어에서 일부 동작 동사들에 대한 의미적 차이들을 보여 준다.

1 이반 구스만 데 로하스Iván Guzmán de Rojas, 『아이마라 종족에 있어 사회적 커뮤니케이션의 논리적 언어학적 문제*Problematica logico-lingüística de la communicación social en el pueblo Aymara*』, 미출판 원고, 캐나다 발전을 위한 국제 조사 센터의 후원, 날짜 없음 — 원주.

	run	walk	hop	skip	jump	dance	crawl
1. 지면에 동시에 닿는지 여부	−	+	−	−	−	±	+
2. 내딛는 순서	1-2-1-2	1-2-1-2	1-1-1 or 2-2-2	1-1-2-2	nor relevant	variable but rhythmic	1-3-2-4
3. 닿는 손발의 수	2	2	1	2	2	2	4

도표 10

그런데 만약 이런 동사들 중 일부가 담긴 문장들을 이탈리아어로 번역해야 한다면 많이 당황하게 될 것이다. 물론 맥락이 허용한다면 우리는 *run*이 *correre*(달리다)로 번역될 수 있고, *walk*는 *camminare*(걷다)로, *dance*는 *danzare*(춤추다)로 번역된다고 정할 수도 있다. 하지만 *to crawl*을 번역하는 데에서 벌써 당황하게 될 것이다. 니다가 제시하는 묘사는 뱀의 *strisciare*(미끄러지다, 기다)보다 사람의 *andare a carponi*(기어가다)에 더 가깝다. *to hop*에서는 당황함이 더 증가한다. 왜냐하면 영어-이탈리아어 사전에서 〈한쪽 다리로 뛰다〉로 정의할 행동에 대한 구체적인 동사가 이탈리아어에 없기 때문이다. *to skip*(오른쪽 다리로 두 번 뛰고 왼쪽 다리로 두 번 뛴다)에 적당한 이탈리아어 용어도 없으며, 따라서 *saltellare*(팔짝팔짝 뛰다), *ballonzolare*(뛰어다니다), *salterellare*(깡충거리다)로 다양하게 옮길 수 있을 것이다. 이런 동사들은 대략 *to skip, to frisk, to hop, to trip*으로도 번역된다. 어쨌든 어떤 이탈리아어 번역도 *to skip*에 의해 표현되는 유형의 동작을 적절하게 옮기지 못한다.

다행히도 우리는 니다의 도표를 활용할 수 있다. 그 도표에 따라 가령 나는(때로는 강의할 때 그렇게 했다) 그것이 묘사하는 동작들을 수행할 수 있다(너무 체면을 염려하는 선생님들은 책상 위에서 손가락 두 개로 그 동작들을 재생할 수도 있음을 기억하기 바란다). 그런 몸짓들은 다양한 동사 용어들에 대한 효과적인 〈해석소〉들이 될 것이다. 몸짓 모방에서 이탈리아어 단어들로 넘어가자면 두 가지 가능성이 있을 것이다. 첫째, 단일한 영어 용어를 이탈리아어 풀어 쓰기로 해결하는 것인데, 예를 들어 *to hop*을 〈한쪽 다리로 깡충 뛰다〉로 풀어 쓰는 것이다(이것은 바로 〈다른 언어로 된〉 풀어 쓰기가 적절하게 사용된다면 어휘상의 결핍에 대처할 수 있는 경우이다). 둘째, 문체상의 이유로 지나치게 텍스트를 늘릴 수 없다면, 나는 그 맥락에서 *to hop*으로 지시되는 구체적인 동작이 적절한 것인지, 또는 만약 행복하게 놀고 있는 어린이를 재현하고 있다면 놀이와 즐거움의 모든 함축성을 복원하면서 약간을 상실하는 것, 그래서 어린이가 깡충거린다고 또는 팔짝팔짝 뛴다고 말하는 것으로 충분하지 않을까 결정해야 할 것이다.

두 언어에서 상이한 용어들이 차지하는 의미 공간들 사이의 비교를 통해 나는 맥락상으로 좀 더 받아들일 만한 해결책을 협상할 수 있을 것이다.

사실 우리를 둘러싸고 있는 세계(그리고 우리가 번역하는 책들이 말하는 가능 세계 또는 현실 세계)를 해석하는 과정에서 이미 우리는 사회와 역사, 교육이 우리를 위해 조직한 기호 체계 안에서 움직인다. 그런데 만약 〈오로지〉 그렇다면, 다른 문화에서 나오는 텍스트의 번역은 이론상 불가능해야 할 것이다. 하지만 상이한 언어 조직들은 상호 〈상응될 수 없는〉 것처럼 보일지라도, 그래도 그것들은 〈비교될 수 있다〉. 제1장에서 언급한 이탈리아어 용어 *nipote*를 영어로 번역할 가능성에 대한 예로 돌아가자면, 우리는 두 언어에 공통적인 상이한 내용 공간들을 상이한 언어적 용어들과 비교함으로써 몇 가지 해결책에 도달했음을 알 수 있다.

에스키모들은 우리가 〈눈(雪)〉이라 부르는 것을 물리적 상태에 따라 구별하는 상이한 이름들을 갖고 있다는 소식에 우리는 오랫동안 난처해했다. 하지만 결국 에스키모들은 자신들 언어의 포로가 전혀 아니며, 우리가 〈눈〉이라 말할 때 그들이 다양한 방식으로 부르는 것의 공통적인 무엇인가를 가리킨다는 것을 아주 잘 이해한다고 결론을 내렸다. 다른 한편으로 프랑스 사람은 얼음이나 아이스크림을 가리키는 데 *glace*라는 동일한 단어를 사용한다고 해서 아이스크림 조각들을 자신의 위스키 안에 넣지는 않는다. 혹시라도 *glaçons*을 넣고 싶다고 구체적으로 밝히겠지만, 그 경우 작은 입방체로 나뉘거나 같은 크기로 조각난 *glace*를 원하기 때문이다.

14·3 번역과 존재론

여기에서 한 가지 질문이 나올 수 있다. 만약 두 언어의 구조들을 비교함으로써 〈기준 언어〉에 의존할 필요 없이 원천 텍스트의 의미를 전달할 수 있다면, 만약 *nipote*를 *nephew* / *niece* / *grandchild* 세 가지와 비교함으로써 이탈리아 사람이 영어 용어들이 가리키는 친척 구조의 나무에서 세 가지 위치를 잘 구별해 낼 수 있다면, 만약 *bois*가 *bosco*(숲)와는 다른 의미 공간을 차지하지만 그렇다고 해서 프랑스어로 가공된 나무를 가리키는지, 숲을 가리키는지 이해하지 못하는 것은 아니라면, 만약 다른 많은 경우처럼 이런 경우에도 생각하거나 체험할 수 있는 것의 연속체를 상이한 언어들이 서로 다르게 분절한, 상이한 내용 형식들을 서로 비교함으로써, 우리는 외국인이 무엇을 생각하고 있는지 우리의 언어로 똑같이 말할 수 있다면, 그렇다면 우리는 이렇게 가정해야 하지 않을까? 즉 (1) 언어들에 의한 명백한 분절들의 기저에 있는 심층 뼈대처럼 보편적인 분절 양상들이 존재하고, (2) 바로 언어들 사이의 비교를 허용해 주며, 또한 각 언어의 내용 형식들을 넘어서서 세계에 대한 모든 조직에 공통적인 구조들을 포착하게 해주는, 현실(또는 존재)의 기본적 성향들, 경향들이 있다고 가정해야 하지 않을까? 만약 그렇다면, 비록 어떤 완벽한 언어도 그 보편적인 양상이나 정신적 구조들을 표현할 수 없을지라도, 어떠한 경우든 바로 거기에다 비교되는 두 언어를 비교해야 하지 않을까?

흥미롭게도 많은 철학적 논의들이 번역의 가능성을 의심하는 동안, 많은 번역 작업들의 실제적인 성공은 무엇보다 가장 중요한 철학적 문제, 말하자면 우리의 언어들이 이루어지게 하는 방식과는 상관없이 〈세상일이 이루어지는〉 하나의 방식(또는 많은 방식. 하지만 아무런 방식이나 되는 것은 아니다)이 존재하는 것은 아닌가 하는 문제를 철학에 제기하고 (또는 다시 제기하고) 있다.

여기에서 또 다른 책을 써야 할 필요가 있을 것이며, 나는 부분적으로 그런 책을 썼는데(분명히 그런 문제를 해결하기 위해서가 아니라 다시 제기하기 위해서), 『칸트와 오리너구리』가 그것이다. 거기에서 나는 어떤 〈경향들〉 또는 (은유로) 〈존재의 단단한 토대〉가 존재하여 언어들에 의한 연속체의 분절을 이끌거나 또는 거기에 대립하지 않는가를 논의하였다.

하지만 지금은 그 문제를 다시 제기할 입장이 아니다. 번역에 대한 논의에서(존재에 대한 논의가 아니라) 언어 체계들 사이의 비교로 좋은 성공을 얻을 수 있는 것은, 단지 우리

몸의 구조와 관련되는 행위 또는 물리적 상태들에 대한 용어나 발화체들과 관련될 때뿐이라는 사실을 지적하는 것으로 충분할 것이다. 언어들의 상이함에도 불구하고 모든 문화에서 비가 오고 햇살이 비치며, 잠자고, 먹고, 태어나며, 모든 문화에서 땅바닥에 넘어지는 것은 허공으로 뛰어오르는 것(깡충 뛰는 것이든 *to hop* 또는 *to skip*이든)과 대립된다. 그런데 앞에서 보았듯이 이탈리아어의 내용 조직에서 독일어의 *Sensucht*에 상응하는 공간을 찾아내야 할 때 문제가 발생한다. 따라서 *gemütlich*를 *accogliente*(아늑한)로 번역하는 것으로 충분하지 않으며, 영어의 *I love you* 같은 표현은 이탈리아어보다 훨씬 더 많은 맥락에서 사용되는 데 비해 이탈리아어 *Ti amo*(너를 사랑해)는 거의 언제나 성적인 토대의 관계와 연관되는 상황에만 국한된다. 가령 우정, 자유, 존경, 하느님, 죽음, 범죄 등과 같은 개념들에 대해서도 똑같이 말할 수 있다.

기호학이나 문화 인류학, 철학이 이런 문제를 어떻게 해결하든, 번역자는 언제나 그런 문제들과 마주하게 되며, 그걸 해결하는 과정에서 대개 존재론적, 형이상학적, 또는 윤리적 문제들을 제기하지는 않는다. 철학 텍스트를 번역하는 것이 아니라면 말이다. 다만 언어들을 비교하는 데 머물고, 상식에 어긋나지 않는 해결책들을 협상하는 데 머문다(그리고 만약 상식과 존재론 사이에 미묘한 관계가 있다면, 그것은 또 다른 문제이다). 번역자는 존재론적 문제들을 제기하거나 완벽한 언어를 그리워하지 않고, 오히려 합리적인 다(多)언어 사용[2]을 수행한다. 다른 언어로 그 〈똑같은 것〉을 이렇게 또

2 어떻게 다(多)언어 사용*poliglottismo*이 단지 예외적인 역량일 뿐만 아니라 공통적인 목표가 되는가에 대해서는 나의 『완벽한 언어 찾기』의 결론을 참조하기 바란다 — 원주.

는 저렇게 말한다는 것을 〈이미 알기〉 때문이다. 따라서 모든 2개*bilingual* 언어 사용자가 그렇게 하듯이 종종 본능적으로 행동한다.

그러므로 지나치게 이론화하지 않겠다는 처음의 의도에 충실하게 나는 몇 가지 예를 인용하면서 결론을 내리고자 한다. 그것은 눈이나 나무, 또는 삶과 죽음이 아니라, 우리 자신의 언어 내부에서 대부분 아무런 문제 없이 일상적 관계를 맺고 있다고 생각하는 것이다. 그것은 바로 색깔들이다.

14·4 색깔들

오랫동안 나에게 두드러진 문제들을 야기한 텍스트 중 하나는 아울루스 겔리우스의 『아티카의 밤』 제2권 26장에 나오는 색깔들에 대한 논의이다.[3] 기원후 2세기의 텍스트를 토대로 색깔에 대해 다룬다는 것은 상당히 힘든 작업이다. 우리는 언어적 용어들과 마주하지만, 그 단어들이 어떤 색채 효과들을 지시하는지 모른다. 우리는 로마인들의 건축과 조각

3 아울루스 겔리우스의 문제는 언제나 나를 혼란스럽게 했다. 최초의 접근은 『일반 기호학 이론』 2·8·3절에 실려 있다. 그 후 나는 학술 발표에서 「기호학적 문제로서의 색깔Kleur als een semiotisch probleem」(*Mondriaanlezing* 81, 1982)로 다시 다루었으며, 이것은 나중에 영어로 블론스키M. Blonsky 편, 『기호에 대해*On Signs*』(볼티모어, 존스홉킨스-옥스퍼드, 블랙웰Blackwell, 1985)에 「문화는 우리가 보는 색깔들을 어떻게 한정하는가How culture conditions the colours we see」로 다시 실렸으며, 부분적으로 다른 형식으로 몬타니P. Montani 편, 『의미와 미학의 역사. 에밀리오 가로니 70회 생일 기념 논문집*Senso e storia dell'estetica. Studi offerti a Emilio Garroni per il suo settantesimo compleanno*』(파르마Parma: 프라티케Pratiche, 1995)에 「색깔들의 의미Il senso dei colori」로 실렸다 — 원주.

에 대해서는 많이 알고 있지만 그들의 그림에 대해서는 거의 모른다. 오늘날 우리가 폼페이에서 보는 색깔은 폼페이 사람들이 보았던 색깔이 아니다. 세월이 아무리 자비롭다 하더라도, 또한 색소가 여전히 똑같다 하더라도, 지각하는 반응은 아마 달랐을 것이다. 고대의 색깔에 대한 문헌은 문헌학자들을 깊은 혼란에 빠뜨린다. 그리스인들은 파란색과 노란색을 구별하지 못했을 것이며, 라틴 사람들은 파란색과 녹색을 구별하지 못했을 것이고, 또 이집트인들은 그림에서 파란색을 사용했지만 그것을 지명할 어떤 언어적 용어도 없었을 것이라고 주장하기도 한다.

겔리우스는 시인이며 문법학자인 프론토[4]와 철학자 파보리누스[5]와 가졌던 대화를 싣고 있다. 파보리누스의 지적에 따르면 우리의 눈은 단어들이 지명할 수 있는 것보다 더 많은 색깔을 구별할 수 있다. *rufus*와 *viridis*는 단지 두 개의 이름이지만 수많은 종류를 가리킬 수 있다는 것이다. *rufus*는 하나의 이름이지만 피의 빨간색과 자줏빛 옷의 빨간색, 사프란의 빨간색, 황금의 빨간색 사이에 얼마나 많은 차이가 있는지! 이것들은 모두 빨간색의 차이들이지만, 그것들을 정의하기 위해 라틴어는 단지 대상들의 이름에서 유래된 형용사들에만 의존할 수 있으며, 따라서 불의 빨간색은 *flammeus*, 피의 빨간색은 *sanguineus*, 사프란의 빨간색은 *croceus*, 황금의 빨간색은 *aureus*로 부른다. 그리스인들은 더 많은 이름들을 갖고 있다고 파보리누스는 말한다.

하지만 프론토는 이렇게 반박한다. 라틴어도 많은 색깔 용어들을 갖고 있으며, *russus*와 *ruber*를 지명하기 위해 *fulvus*,

4 Marcus Cornelius Fronto(100?～166?). 누미디아 출신의 웅변가이며 문법학자.

5 Favorinus. 기원후 2세기에 활동했던 그리스의 소피스트 철학자.

*flavus, rubidus, poeniceus, rutilus, luteus, spadix*를 사용할 수 있는데, 그것들은 〈거의 불을 붙이듯이 그 색조를 강렬하게 만들든, 그것을 녹색과 뒤섞든, 검은색으로 어둡게 만들든, 엷은 녹색으로 밝게 만들든, 모두 빨간색의 정의들〉이라는 것이다.

그런데 라틴 문학사를 총체적으로 살펴보면, *fulvus*는 베르길리우스와 다른 작가들에 의해 사자의 갈기, 모래, 늑대, 황금, 독수리, 심지어 벽옥(碧玉)과도 연결된다. 베르길리우스에게는 디도[6]의 금발과 올리브 나무의 잎사귀들도 *flavus*이다. 또한 우리가 기억하듯이 테베레[7] 강도 그 진흙 빛으로 인해 *flavus*라고 언급되었다. 테베레 강과 올리브 잎사귀, 디도의 금발, 여기서 현대 독자는 불편함을 느끼기 시작한다.

프론토가 열거하는 다른 용어들은 연한 장밋빛에서 진한 빨간색에 이르기까지 모두 빨간색의 다양한 단계와 관련된다. 예를 들어 프론토가 〈묽은 빨간색〉으로 정의하는 *luteus*를 플리니우스는 달걀의 노른자위, 카툴루스는 양귀비꽃과 연관시킨다. 상황을 더욱 복잡하게 만들려는 듯이 프론토는 *fulvus*가 빨간색과 녹색의 혼합이며, 반면 *flavus*는 녹색과 빨간색, 하얀색의 혼합이라고 주장한다. 그런 다음 베르길리우스의 다른 예를 인용하는데(『농경시*Georgica*』 제3권, 82), 거기에서는 일반적으로 문헌학자들이 잿빛 점박이 말〔馬〕로 해석하는 말이 *glaucus*라고 되어 있다. 하지만 *glaucus*는 라틴의 전통에서 초록색, 밝은 녹색, 녹색-파란색, 회색-파란색이다. 가령 베르길리우스는 그것을 버드나무와 파래, 바닷

6 그리스 신화에 나오는 인물로 아프리카 북부 카르타고의 왕 시카이오스의 아내였는데, 남편이 죽은 후 그곳에 표류해 온 아이네이아스를 사랑했으나 그가 떠나자 실망하여 자결하였다.

7 Tevere. 로마 시내를 가로지르는 강으로 라틴어 이름은 티베르Tiber이다.

물에 대해서도 사용한다. 프론토는 베르길리우스가 똑같은 대상(자신의 말)에 대해 *caeruleus*를 사용할 수도 있었을 것이라고 말한다. 그런데 그 용어는 대개 바다, 하늘, 미네르바의 눈, 수박, 오이(프로페르티우스)와 관련되며, 반면 유베날리스는 일종의 호밀 빵을 묘사하는 데에도 사용한다.

*viridis*에서도 상황은 나아지지 않는다. 그것은 라틴 전체의 전통에서 풀, 하늘, 앵무새, 바다, 나무들과 관련되기 때문이다.

라틴 사람들이 파란색과 녹색을 분명하게 구별하지 못했을 수도 있다. 하지만 파보리누스는 당시에 녹색-파란색을 빨간색과도 구별하지 못한 듯한 인상을 준다. 엔니우스(『연대기*Annales*』 제14권, 372~373행)를 인용하는데, 그는 바다를 대리석 같은 *flavus*와 *caeruleus*로 동시에 묘사하기 때문이다. 파보리누스는 거기에 동의하는데, 프론토가 먼저 *flavus*를 녹색과 하얀색의 혼합으로 묘사했기 때문이라고 말한다. 하지만 실제로 프론토는 *flavus*가 녹색, 하얀색, 빨간색이라고 말했으며, 몇 줄 앞에서는 그것을 빨간색의 다양한 단계들 중 하나로 분류했다는 사실을 기억해야 할 것이다.

나는 적록(赤綠) 색맹과 연관시킨 설명을 배제하고 싶다. 겔리우스와 그의 친구들은 박식한 사람들이었으며, 자신들의 지각을 묘사하고 있는 것이 아니라, 여러 세기 전부터 전해 오는 문학 텍스트들에 대해 작업하고 있다. 더군다나 그들은 시적 창작의 경우들, 즉 신선하고 특이한 인상들이 언어의 도발적인 사용을 통해 생생하게 재현되는 경우들을 고려하고 있다. 하지만 불행히도 그 박식한 사람들은 비평가가 아니라, 수사학자 또는 즉흥적인 사전 편집자로 행동하였다. 그들은 미학적 문제를 간과하는 것 같으며, 그런 문체상의 〈역작〉들에 대해 어떤 흥분이나 놀라움, 평가를 보이지 않는다. 이제는 이미 문학과 일상생활을 구별할 수 없는(또는 아마 일상생활에는 무관심하여 단지 문학적 목록들을 통해서만 일상생활을 바라보는) 그들은 그런 경우들이 마치 일반적인 언어 사용의 예들인 것처럼 제시하고 있다.

색깔들을 구별하고, 나누고, 조직하는 방식은 문화에 따라 다르다. 일부 초(超)문화적 상수(常數)들이 확인되었을지라도,[8] 최소한 시간적으로 멀리 떨어져 있거나 상이한 문명의 언어들 사이에서 색깔의 용어들을 번역하는 것은 어려워 보이며, 〈색깔 용어의 의미는 과학사에서 최악의 혼란들 중 하나이다〉[9]라고 지적되기도 했다. 만약 〈색깔〉이라는 용어가 주위 환경 속에서 물질들의 착색을 가리키는 데 사용된다면, 우리가 색깔을 지각하는 방식에 대한 연구는 아직 없었을 것이다. 색깔 현실로서의 색소와, 색깔 효과로서 우리의 지각적 반응 — 이것은 표면의 성질, 빛, 대상들 사이의 대비, 이전의 인식 등 많은 요인들에 의존한다 — 을 구별할 필요가 있다.

적록 색맹은 다름 아닌 언어적 이유 때문에 해결하거나 확인하기 어려운 사회적 수수께끼이다. 색깔 용어들이 단지 시각적 스펙트럼에 의해 암시되는 차이들만을 가리킨다고 생각하는 것은, 족보 관계들이 모든 문화에서 동일한 친족 구조를 전제로 한다고 생각하는 것과 같다. 그런데 친족 관계와 마찬가지로 색깔에서도 용어들은 다른 용어들과의 대립과 차이에 의해 정의되며, 모두 체계에 따라 정의된다. 적록 색맹들은 분명히 일반 사람들과는 다른 지각적 경험들을 갖고 있지만, 그것들을 모든 사람들이 사용하는 동일한 언어 체계와 연관시킨다.

8 벌린Berlin과 케이Kay(1969) 참조 — 원주.

9 깁슨Gibson(1968) 참조 — 원주.

다른 모든 사람들이 색조에 의해 구별되는 것으로 보는 세상에서, 밝기의 차이에 토대를 둔 색맹들의 문화적 수완이 여기에 있다. 적록 색맹들은, 우리 대부분이 특정한 색깔의 대상들에게 부여하는 단어들을 그대로 사용하여, 빨간색과 녹색 그리고 그것들의 모든 미묘한 명암들에 대해 말한다. 그들은 〈대상의 색깔〉과 〈색깔의 항상성〉의 관계에서 우리처럼 생각하고 말하고 행동한다. 그들은 나뭇잎을 녹색이라 부르고 장미를 빨간색이라 부른다. 노란색의 채도와 밝기의 변화들은 그들에게 엄청나게 다양한 인상을 준다. 우리가 색깔의 차이들에 의존하는 반면, 그들의 정신은 밝기를 평가하는 데 익숙하다……. 게다가 적록 색맹들은 자신들의 결점을 모르며, 우리가 자신들이 보는 것과 똑같은 명암들로 사물들을 본다고 생각한다. 그들은 갈등에 대해 고려할 아무런 이유가 없다. 논란이 있다면, 그들은 〈우리〉가 혼란스럽다고 생각하지, 〈자기 자신들〉이 불완전하다고 생각하지 않는다. 그들은 우리가 나뭇잎을 녹색이라 부르는 것을 들으며, 나뭇잎들이 그들에게 어떤 명암을 갖든지 녹색이라 부른다.[10]

이 구절에 대해 논평하면서 마셜 샐린스Marshall Sahlins(1975)는, 색깔이 문화적 문제라는 주장을 강조할 뿐만 아니라, 색깔 구별에 대한 모든 테스트에서 색깔 용어들은 무엇보다 먼저 감각의 내재적 속성을 드러내는 것으로 추정된다고 지적한다. 그런데 색깔의 용어를 말할 때, 샐린스는 세상의 어떤 상태를 직접적으로 지적하는 것이 아니라, 오히려 반대로 그 용어를 〈인지 유형〉과 〈핵심 내용〉이라 부르고 싶은 것과 연결 또는 상호 연관시킨다. 용어의 발화는 분명 어느 주

10 링크츠Linksz(1952: 2 · 52) 참조 — 원주.

어진 감각에 의해 결정되지만, 지각에서 감각적 자극들의 변화는 어떤 식으로든 언어적 표현과 거기에 문화적으로 상관된 〈내용〉 사이의 기호학적 관계에 의해 결정된다.

한편, 색깔의 이름을 말하면서 어떤 감각적 경험을 지시하는가? 〈미국 광학 협회Optical Society of America〉는 이론상 식별될 수 있는 색깔들의 수를 750만에서 천만 사이로 분류한다. 잘 훈련된 예술가는 염료 산업체에서 숫자들로 표시하여 제공하는 수많은 염료들을 식별하고 지명할 수 있다. 그렇지만 1백 가지 색조를 포함하는 판스워스-먼셀Farnsworth-Munsell 테스트가 증명하는 바에 따르면, 평균 식별 비율은 지극히 불만족스럽다. 테스트 대상자들은 대부분 그 1백 가지 색조들을 분류하는 언어적 수단을 갖고 있지 않을 뿐만 아니라, 대략 68퍼센트 사람들은(비정상적인 테스트 대상자들을 제외하고) 점진적인 변화 단계상의 그 염료들의 재배치와 관련된 첫 번째 테스트에서 총 20개에서 1백 개 사이의 오류를 범했다. 영어의 색깔 이름들을 최대한 모아 놓으면 3천 개가 넘지만,[11] 그중에서 일반적으로 필요한 용어는 단지 여덟 개뿐이다.[12]

따라서 평균적인 색깔 구별 능력은 무지개의 일곱 색깔로 잘 표현되는데, 각각 밀리미크론 파장으로 나뉜다. 이 도표는 번역을 보장해 주는 일종의 색깔 메타 언어로, 누구든지 이것을 기준으로 색깔 스펙트럼의 어느 부분을 지시하고 있는지 설정할 수 있는 국제적 〈언어〉가 될 수 있을 것이다.

800～650 빨간색

640～590 주황색

580～550 노란색

11 마에르츠Maerz와 파울Paul(1953) — 원주.

12 손다이크Thorndike와 로지Lorge(1962) — 원주.

540~490	녹색
480~460	파란색
450~440	남색
430~390	보라색

불행히도 이 메타 언어는 겔리우스와 그의 친구들이 무엇을 말하려고 했는지 이해하는 데 도움이 되지 않는다. 이 구분은 우리의 일반적 경험에 해당하지, 라틴 화자들의 경험에 해당하지 않는 것 같다. 실제로 그들이 녹색과 파란색을 분명하게 구별하지 못한 것이 사실이라면 말이다. 러시아 사람들은 우리가 〈파란색〉이라 부르는 파장의 범위를 여러 부분으로, *goluboj*와 *sinij*로 구분하는 것 같다. 힌두교 사람들은 빨간색과 주황색을 단 하나의 적절한 단위로 간주한다. 데이비드David와 로즈 카츠Rose Katz에 따르면 뉴질랜드의 마오리족 사람들이 3천 개의 상이한 용어들로 3천 개의 색조들을 식별하고 지명하는[13] 것과는 달리, 콩클린Conklin(1955 : 339~342면)에 따르면 필리핀의 하누누Hanunóo족 사람들은 한정된 공적인 코드와, 다소 개인적으로 만들어진 코드들 사이의 특수한 대립 관계를 갖고 있다.

그들은 두 가지 층위의 색깔 대비를 알아본다. 두 번째 층위는 무시하자. 그것은 수백 가지의 분류들을 포함하는데 그에 대해서는 의견이 일치하지 않는 것 같고 성(性)과 활동들에 따라 구별되는 듯하다. 첫 번째 층위는 네 개의 범주를 고찰하는데, 그것들은 상호 배타적이고, 그 범위가 동등하지 않으며 경계선도 불분명하고 모호하지만, 상당히 명확하게 정의될 수 있다. 대략 〈마비루*mabi:ru*〉는 서구 언어들에서

13 데이비드 카츠와 로즈 카츠(1960 : 제2장) — 원주.

대개 검은색, 보라색, 남색, 파란색, 짙은 녹색, 회색 그리고 다른 색과 혼합 색들의 짙은 색조들을 포함한다. 〈말라그티 *malagti*〉는 하얀색과 다른 색이나 혼합 색들의 아주 옅은 색조들을 가리키고, 〈마라라*marara*〉는 밤색, 빨간색, 주황색, 노란색 그리고 그런 색조들이 지배적인 혼합 색들을 가리키며, 〈말라투이*malatuy*〉는 밝은 녹색과 녹색, 노란색, 밝은 갈색의 혼합 색을 가리킨다.

스펙트럼의 이러한 구분은 분명히 문화적 기준들과 물질적 필요성에 의존한다. 먼저 밝음과 어두움 사이의 대립(〈라그티 *lagti*〉 대 〈비루*biru*〉)을 구상하고, 그다음에 식물들에게 중요한(거의 모든 식물이 싱싱한 〈초록〉 부분들을 보이기 때문이다) 메마름 또는 건조함과 습기 또는 수분이 많음 사이의 대립(〈라라*rara*〉 대 〈라투이*latuy*〉)을 구상하는 것 같다. 방금 잘라 낸 대나무의 습기 있는 부분은 *malatuy*이지 *marara*가 아니다. 반대로 노랗게 변한 대나무나 마른 옥수수 알갱이들처럼 식물의 메마르거나 익은 부분은 *marara*이다. 이런 대립들에 대해 대각선으로 가로지르는 세 번째 대립은 지울 수 없는 물질과, 반대로 옅고 희미하거나 무색(無色) 물질들 사이의 대립이다(*mabi:ru*이며 *marara* 대 *malagti*이며 *malatuy*).

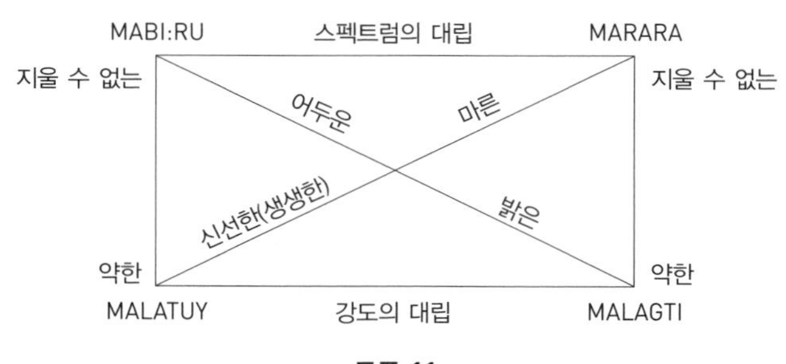

도표 11

이제 우리의 스펙트럼 체계와 비교할 수 있도록 하누누 체계를 조직해 보자.

<table>
<tr><th>mμ</th><th>색깔 이름</th><th colspan="4">하누누, 1단계</th><th>하누누, 2단계</th></tr>
<tr><td rowspan="2">800-650</td><td rowspan="2">빨간색</td><td rowspan="5">Marara
(마른)</td><td rowspan="14">Malagti(밝은)
Mabi:ru(어두운)</td><td rowspan="14">Mabi:ru & Marara(지울 수 없는)</td><td rowspan="14">Malatuy & Malagti(약한)</td><td rowspan="14"></td></tr>
<tr></tr>
<tr><td rowspan="2">640-590</td><td rowspan="2">주황색</td></tr>
<tr></tr>
<tr><td rowspan="2">580-550</td><td rowspan="2">노란색</td></tr>
<tr><td rowspan="4">Malatuy
(신선한,
생생한)</td></tr>
<tr><td rowspan="2">540-490</td><td rowspan="2">녹색</td></tr>
<tr></tr>
<tr><td rowspan="2">480-460</td><td rowspan="2">파란색</td></tr>
<tr><td rowspan="5">Mabi:ru
(썩은)</td></tr>
<tr><td rowspan="2">450-440</td><td rowspan="2">남색</td></tr>
<tr></tr>
<tr><td rowspan="2">430-390</td><td rowspan="2">보라색</td></tr>
<tr></tr>
</table>

도표 12

이러한 재구성은 상호 경계선들과 대립들의 체계를 이룬다. 지정학적으로 말하자면 민족적 영토는 부정적 개념이다. 그것은 경계선 영토 안에 포함되지 않은 모든 점들의 부류이다. 지정학적 체계든, 색채 체계든, 또는 어휘 체계든, 모든 체계에서 단위들은 그 자체로서 정의되는 것이 아니라 다른 단위들과의 관계에서 차지하는 위치와 대립에 의해 정의된다. 체계 없는 단위는 있을 수 없다. 이 체계 안에서 *malatuy*의 적절한 내용 공간은 위쪽 경계선과 아래쪽 경계선에 의해 결정되는데, 위쪽 경계선 너머에는 *marara*가 있고 아래쪽 경계선 너머에는 *mabi:ru*가 있다. 만약에 하누누 텍스트를 번역해야 한다면, 어떤 과일이 썩었다거나 즙이 많다거나 노랗다거나 또는 불그스레하다고 말할 수 있을 텐데, 바로 맥락이 과일의 대략적인 색깔, 건조함의 정도, 또는 먹을 수 있는 정도를 적절한 것으로 만드는 데 따라, 말하자면 정말로 행위를 수행하는 자의 관심을 끄는 것에 따라 그렇게 말할 수 있다.

이런 도식(콩클린이 책임지는 도식이 아니다)을 고려함으로써 우리는 겔리우스의 수수께끼에 대한 해결을 시도해 볼 수 있다. 막연한 추정이지만, 이 도표 안에다 그의 색채 견해들을 집어넣어 볼 수 있다.

mμ	색깔 이름	라틴어		하누누, 1단계				하누누, 2단계
800-650	빨간색		Fulvus	Marara (마른)	Malagti(밝은)	Mabi:ru & Marara(지울 수 없는)	Malatuy & Malagti(약한)	
640-590	주황색	Fulvus						
580-550	노란색			Malatuy (신선한, 생생한)				
540-490	녹색							
480-460	파란색				Mabi:ru(어두운)			
450-440	남색	Caeruleus	Glaucus	Mabi:ru (썩은)				
430-390	보라색							

도표 13

기원후 2세기의 로마는 수많은 문화들이 혼잡하게 뒤섞인 교차로였다. 로마 제국은 스페인에서 라인 강까지, 잉글랜드에서 북아프리카, 중동에 이르기까지의 유럽을 지배하였다. 그 모든 문화들이 고유의 색채 감수성을 가진 채 로마의 도가니 안에 나타나 있었다. 겔리우스는 최소한 두 세기에 걸친 라틴 문학의 코드들과 상이한 비(非)라틴 문화들의 코드들을 함께 제시하려고 노력했던 것이다. 겔리우스는 분명히 색깔 분야에서 상이하고 아마 서로 대립되는 문화적 분절들을 고려했을 것이다. 그 분석의 모순들과 현대 독자가 느끼는 색채의 불안감은 그렇게 설명될 수 있을 것이다. 그의 만화경은 일관적이지 않다. 마치 접촉 불량으로 무엇인가 고장 난 텔레비전의 떨리는 화면을 볼 때처럼 색조들이 뒤섞이고 똑같은 얼굴이 순식간에 노란색에서 주황색이나 녹색으로 바뀌기도 한다. 자신의 문화적 정보에 의해 결정된 겔리우스는 자신의 개인적 경험들이 있었다 하더라도 거기에 의존할 수 없었고, 따라서 황금을 불처럼 빨간색으로 보고, 사프란을 파란색 말(馬)의 초록 명암처럼 노란색으로 보게 된 듯하다.

겔리우스가 자신의 〈주변 세계*Umwelt*〉를 실제로 어떻게 지각했는지 우리는 모르고 또 알 수도 없을 것이다. 불행히도 그가 보고 생각했던 것에 대한 유일한 증거는 바로 그가 말했던 것이며, 혹시 그가 문화적 혼란의 포로가 아니었나 의심해 볼 만하다.

어쨌든 이 역사적 에피소드는 다음과 같은 것을 확인해 준다. (1) 스펙트럼 연속체의 상이한 분절들이 존재한다. (2) 그러므로 색깔들의 보편 언어는 존재하지 않는다. (3) 그렇지만 한 분절 체계에서 다른 분절 체계로의 번역은 불가능하지 않다. 즉 스펙트럼을 분절하는 상이한 방식들을 비교함으로써 우리는 하누누 원주민이 주어진 어떤 단어를 발음할 때 무엇을 의도하는지 짐작할 수 있다. (4) 〈도표 13〉 같은 비교 도표를 설정한다는 것은 우리의 여러 언어 사용 능력을 수행한다는 의미이다. (5) 〈도표 13〉의 도표를 만들기 위해 분명히 우리는 어떤 준거 기준에 의존했는데, 그것은 스펙트럼의 과학적 구분이다. 그런 의미에서 우리는 분명 인종 중심주의를 표명했다. 하지만 사실 우리는 우리가 할 수 있는 유일한 것을 했는데, 바로 알려진 것에서 출발하여 알려지지 않은 것을 이해하는 데 이르는 것이다.[14]

그런데 우리는 어떤 식으로든 하누누족의 분절을 이해할

수 있지만, 겔리우스가 언급했던 〈시적〉 분절에 대한 재구성(완전히 추측에 의한)의 시도 앞에서는 좀 더 혼란스럽다. 하누누 색채 체계의 재구성이 충실하다고 인정한다면, 우리도 방금 딴 잘 익은 살구와 햇볕에 말린 살구를 구별하는 데 상이한 용어를 사용할 수 있을 것이다(비록 우리의 언어에서는 두 가지 모두 다소 똑같은 색깔로 보는 경향이 있을지라도 말이다). 그런데 시적 용어들에 대해서는 어떤 가능한 체계를 지적하려고 시도되지 않았다. 즉 예를 들면 결정하기 어려운, 스펙트럼을 가로지르는 선들을 어떻게 그릴 수 있는가 암시하려고 시도하지 않았다.

바꾸어 말해 〈도표 13〉에서 라틴 용어들에 할당된 칸을 보면, 라틴 시인들은(필수적으로 지각하는 사람들이 아니라 분명히 시인들로서) 스펙트럼의 뚜렷한 단계나 대립들에는 덜 민감하고, 스펙트럼상에서 동떨어진 색조들의 가벼운 혼합색들에 더 민감했을 것이라고 생각할 수 있다. 마치 그들은 색소들에는 별로 관심이 없고, 대상들의 성격과 목적, 표면, 빛 등의 조합 작용에서 기인하는 지각적 효과들에 더 관심이 있었던 것처럼 보인다. 따라서 칼은, 그것이 뿌릴 수 있는 피의 빨간색을 시인이 보았기 때문에 벽옥처럼 *fulvus*일 수 있었다. 한편 우리는 발레리가 회색 지붕의 반사광들로 바다를 보았다고 지적하였다. 바로 그렇기 때문에 겔리우스가 인용하는 색깔 묘사들은 과학적인 색채 다면체보다는 프란츠 마르크나 초기 칸딘스키의 일부 그림들을 상기시킨다.

14 하누누 원주민이 자신들의 체계에서 출발하여 우리의 체계를 이해할 수 있을까 결정해야 할 것이다. 하지만 분명히 어떤 분절들은 주관적 상황들과 비교적 덜 연결되고, 기계적 장치들을 통해 관찰할 수 있고, 좀 더 자세하면서도 다른 것들에 비해 훨씬 다루기 쉬운데, 그중 하나가 우리의 스펙트럼 체계이다 — 원주.

겔리우스는 쇠퇴하는(그러므로 혼합주의적인) 자신의 감수성으로 시적 창조성과 창안을, 사회적으로 수용되는 코드로 해석하려 했으나, 인용하는 모든 예에서 시인은 자신의 일상적인 색채 지각을 중지하고, 바로 러시아 형식주의자들의 낯설게하기 효과의 의미로 〈낯설게〉 만들어진 색조들의 우주를 보려고 했던 것 같다. 시인의 담론은 단지 우리 색채 경험의 연속체가 마치 이전에 전혀 분절되지 않았던 것처럼, 또는 우리가 의존하던 분절을 다시 문제시해야 하는 것처럼 바라보도록 유도했다. 말, 바다, 수박을 다시 고찰하여 혹시 우리의 색채 코드가 그것들을 서로 동떨어진 지방에 유배시켰을지라도, 그것들을 공통적으로 연결하는 무엇이 있지 않을까 발견해 보라고 요구했던 것이다.

14·5 마지막 장

그런 시인들의 번역자는 일반적인 사전에 의존하여 칼이 정말로 *fulvus*일 수 있는가 살펴보지 말고, 〈도표 13〉과 같은 일종의 이상적인 비교 도표에 의존해야 한다고 생각한다.

오로지 그렇게 해야만 어느 주어진 맥락에서 *rutilus*, *luteus*, 또는 *spadix* 같은 용어들을 어떻게 번역할 것인지 결정할 수 있을 것이다. 라틴어 사전에서 *spadix*에 대해 찾아보면, 그것이 적갈색 말(馬)이지만, 식물학에서는 야자나무 가지를 가리키기도 하며 이탈리아어로 *spadice*라는 것을 알 수 있다. 사전은 기껏해야 하나의 출발점이다. 시인이 보았던 대로 세상을 바라보려고 시도할 필요가 있으며, 텍스트 해석은 바로 그것으로 인도해야 한다. 그런 다음에 적합한 용어를 선택할 텐데, 〈목표 지향적〉으로 〈거무스레한 빨간색〉이라고 번역하거나, 아니면 〈원천 지향적〉으로 *spadix* 또는 *spadice*를 선택함으로써, 독자에게 고대의 색채 세계를 생각하도록 강요하는 〈낯섦〉 또는 낯설게하기를 느끼도록 할 수도 있다.

〈거무스레한 빨간색〉과 *spadice* 사이의 선택은 번역자와 독자, 원작자(그러니까 그의 의도들에 대한 유일한 증거로 우리에게 남겨 준 텍스트) 사이에서 이루어지는 협상의 문제가 될 것이다.

그것은 바로 지금까지 내가 말하려고 했던 것이다. 공공연히 주장되는 번역의 〈충실함〉은 받아들일 만한 유일한 번역으로 인도하는 기준이 아니다(그렇기 때문에 때로는 〈아름답지만 불충실한〉 번역들을 바라보는 성차별주의자의 오만함이나 관용도 재고해야 한다). 오히려 충실함은, 비록 원천 텍스트가 열광적인 음모로 해석되더라도, 언제나 번역이 가능하다고 믿으려는 경향이며, 우리에게 텍스트의 심층 의미가 되는 것을 찾아내려는 책임감이며, 매 순간마다 옳다고 생각되는 해결책을 협상할 수 있는 능력이다.

어떤 사전을 참조해 보더라도, 여러분은 〈충실함〉의 동의어들 중에 〈정확함〉이라는 단어가 없다는 것을 발견할 것이다. 오히려 〈성실함〉, 〈정직함〉, 〈존중〉, 〈경건함〉이 있다.

참고 문헌

ALEXANDERSON, EVA

1993 "Problemi della traduzione de *Il nome della rosa* in svedese", In Avirović e Dodds, eds., 1993, pp. 43~45.

AVIROVIĆ, LJLJANA-DODDS, JOHN(eds)

1993 "*Umberto Eco, Claudio Magris. Autori e traduttori a confronto*" (*Trieste, 27~28 novembre 1989*), Udine: Campanotto.

ARGAN, GIULIO CARLO

1970 "Il valore critico della 'stampa di traduzione'", In *Studi e note dal Bramante a Canova*, Roma: Bulzoni.

BAKER, MONA(ed.)

1998 *Routledge Encyclopedia of Translations Studies*, London: Routledge.

BARNA, IMRE

1993 "Monologo del copista", In Avirović e Dodds, eds., 1993, pp. 31~33.

2000 "*Esprimere*…… Lettera aperta di un traduttore", In Petitor e Fabbri, eds., 2000, tr. it., pp. 573~578.

BASSNETT, SUSAN-LEFEVERE, ANDRÉ(eds)

1990 *Translation*, History and Culture, London : Pinter.

BASSNETT, SUSAN

1980 *Translation Studies*, London-New York: Methuen(2a ed. rivista, 1991).

(Tr. it., *La traduzione, Teorie e pratica*, Milano: Bompiai, 1993.)
1999 "Metaphorically Translating", In Franci e Nergaard, eds., 1993, pp. 35~47.

BASSO, PIERLUIGI
2000 "Fenomenologia della traduzion intersemiotica", In Dusi e Nergaards, eds., 2000, pp. 199~216.

BENJAMIN, WALTER
1923 "Die Aufgabe des Übersetzers", introduzione alla traduzione di Ch. Baudelaire, *Tableaux Parisiens*, Heidelberg, Ora in *Gesammelte Schrifen*, Frankfurt: Suhrkamp, 1972(tr. it., in *Angelus novus*, Torino, Einaudi, 1962 e ora in Nergaard, ed., 1993, pp. 221~236).

BERLIN, B.,-KAY, P.
1969 *Basic Color Terms*, Berkeley: University of California Press.

BERMAN, ANTOINE
1984 *L'épreuve de l'étranger*, Paris: Gallimard(tr. it., *La prova dell'estraneo*, Macerata: Quodlibet, 1994).
1995 *Pour une critique des traductions: John Donne*, Paris: Gallimard.
1999[2] *La traduction et la lettre ou l'auberge lointain*, Paris: Seuil.

BERNARDELLI, ANDREA
1999 "Semiotica e storia della traduzione", In Franci e Nergaard, eds., 1999, pp. 61~86.

BERTUCCELLI PAPI, MARCELLA
2000 *Implicitness in Text Discourse*, Pisa: ETS.

BETTETINI, GIANFRANCO
2001 "La traduzione come problema del dialogo intermediale", In Calefato *et al.*, eds., 2001, pp. 41~51.

BETTETINI, GIANFRANCO-GRASSO, ALADO-TETTAMANZI, LAURA(eds)
1990 *Le mille e una volta dei Promessi Sposi*, Roma: RAI VQPT-Nuova ERI.

BROWER, REUBEN A.(ed.)
1959 *On Translation*, Cambridge: Harvard U.P.

BUFFA, AIRA

1987 "Da *Il nome della rosa a Ruusun Nimi*. Un salto linguistico in un tempo quasi astorico", *Parallèles* 8, 1987.

CALABRESE, OMAR

1989 "L'iconologia della Monaca di Monza", In Manetti, ed., 1989.

2000 "Lo strano caso dell'equivalenza imperfetta", In Dusi e Nergaard, eds., 2000, pp. 101~120.

CALE KNEZEVIĆ, MORANA

1993 "Traduzione, tradizione e tradimento: in margine alla versione croata de *Il nome della rosa*", In Avirović e Dodds, eds., 1993, pp. 47~53.

CALEFATO, PATRIZIA-CAPRETTINI, GIAN PAOLO-COALIZZI, GIULIA(eds)

2001 *Incontri di culture. La semiotica tra frontiere e traduizioni*, Torino: Utet Libreria.

CANO, CRISTINA-CREMONINI, GIORGIO

1990 *Cinema e musica. Racconto per sovrapposizioni*, Firenze: Vallecchi.

CAPRETTINI, GIAN PAOLO

2000 "Itinerari della mente cinematografica", In Dusi e Nergaard, eds., 2000, pp. 133~142.

CASETTI, FRANCESCO

1989 "La pagina come schermo. La dimensione visiva nei *Promessi Sposi*", In Manetti, ed., 1989.

CATTRYSSE, PATRICK

2000 "Media Translation", In Dusi e Nergaard, eds., 2000, pp. 251~270.

CHAMOSA, J. L.-SANTOYO, J. C.

1993 "Dall'italiano all'inglese: scelte motivate e immotivate di 100 soppression in *The Name of the Rose*", In Avirović e Dodds, eds., 1993, pp. 141~148.

CONKLIN, HAROLD C.

1995 "Hanunóo Color Categories", *Southern Journal of Anthropology* II, pp. 339~342.

CONTINI, GIANFRANCO

1979 "Esercizio d'interpretazione sopra un sonetto di Dante", *Varianti e altra linguistica*, Torino: Einaudi 1979, pp. 61~68.

CRISAFULLI, EDOARDO

2003 "Umberto Eco's Hermeneutics and Translation Studies: Between 'Manipulation' and 'Over-interpretation'", In Charlotte Rosse *et al.*, 2003.

DEMARIA, CRISTINA

1999 "Lingue dominate/Lingue dominanti", In Franci e Nergaard, eds., 1999, pp. 61~86.

2003 *Genere e differenza sessuale. Aspetti semiotici della teoria femminista*, Milano: Bompiani.

DEMARIA, CRISTINA-MASCIO, LELLA-SPAZIANTE, LUCIO

2001 "Frontiera e identità fra Semiotica e Cultural Studies", In Calefato *et al.*, eds., 2001.

DERRIDA, JACQUES

1967 *L'écriture et la différence*, Paris: Seuil(tr. it. *La scrittura e la differenza*, Torino: Einaudi, 1971).

1985 "Des tours de Babel", In Graham, ed., *Differences in translation*. Ithaca: Cornell U.P., pp. 209~248. Poi in Derrida, *Psyché. Invention de l'autre*, Galilée, Paris: 1987, 203~235(tr. it. in Nergaard, ed., 1995, pp. 367~418).

2000 "Che cos'è una traduzione 'rilevante'?", Traduzione di una conferenza tenuta in apertura di un convegno di traduttori a Parigi, dicembre 1998, in Petrilli, ed., 2000, pp. 25~45.

DE VOOGD, PIETHA

1993 "Tradurre in tre", In Avirović e Dodds, eds., 1993, pp. 37~42.

DRUMBL, JOHANN

1993 "Lectio difficilior", In Avirović e Dodds, eds, 1993, pp. 93~102.

DUSI, NICOLA

1998 "Tra letteratura e cinema: ritmo e spazialità in *Zazie dans le métro*", *Versus* 80/81, pp. 181~200.

2000 "Introduzione", a Dusi e Nergaard, eds., 2000, pp. 3~54.

DUSI, NICOLA-NERGAARD, SIRI(eds)

2000 *Sulla traduzione intersemiotica*, numero speciale di *VS*, pp. 85~87.

ECO, UMBERTO

1975 *Trattato di semiotica generale*, Milano: Bompiani.

1977a "The Influence of R. Jakobson on the Development of Semiotics", In Armstrong e van Schooneveld, eds., *Roman Jakobson-Echoes of His Scholarship*, Lisse: De Ridder 1977(tr. it., "Il pensiero semiotico di Roman Jakobson", in R. Jakobson, *Lo sviluppo della semiotica*, Milano: Bompiani, 1978).

1977b *Dalla periferia dell'impero*, Milano: Bompiani.

1978 *Il superuomo di massa*, Milano: Bompiani.

1979 *Lector in fabula*, Milano: Bompiani.

1983 "Introduzione", a Raymond Queneau, *Esercizi di stile*, Torino: Einaudi.

1984 *Semiotica e filosofia del linguaggio*, Torino: Einaudi.

1984 *La ricerca della lingua perfetta*, Roma-Bari: Laterza.

1985 *Sugli specchi e altri saggi*, Milano: Bompiani.

1990 *I limiti dell'interpretazione*, Milano: Bompiani.

1991 *Vocali*, Napoli: Guida.

1992a "Due pensieri sulla traduzione", *Atti della Fiera Internazionale della Traduzione, Riccione 10~12 dicembre 1990*, Forlì: Editrice Ateneo, pp. 10~13.

1992b *Il secondo Diario Minimo*, Milano: Bompiani.

1993a "Intervento introduttivo", In Avirović e Dodds, eds., 1993, pp. 19~26.

1993b *La ricerca della lingua perfetta*, Bari: Laterza.

1994 *Sei passeggiate nei boschi narrativi*, Milano: Bompiani.

1995a "Riflessioni teoriche-pratiche sulla traduzione", In Nergaard, ed., 1995, pp. 121~146.

1995b "Mentalese e traduzione", *Carte semiotiche* 2, "La Traduzione", pp. 23~28.

1996 "Ostrigotta, ora capesco", In Joyce, 1996 *Anna Livia Plurabelle*, Rosa Maria Bosinelli, ed., Torino: Einaudi.

1997 *Kant e l'ornitorinco*, Milano: Bompiani.

1999a "Experiences in translation", In Franci e Nergaard, eds., 1999, pp. 87~108.

1999b Traduzione, Introduzione e commento a Gérard de Nerval, *Sylvie*, Torino: Einaudi.

2000 "Traduzione e interpretazione", In Dusi e Nergaard, eds, 2000, pp. 55~100.

2001 *Experiences in translation*, Toronto: Toronto U.P.

2002 *Sulla letteratura*, Milano: Bompiani.

ECO, UMBERTO-NERGAARD, SIRI

1998 "Semiotic approaches", In Baker, ed., 1998, pp. 218~222.

EVEN ZOHAR, ITAMAR-TOURY, GIDEON(eds.)

1981 Translation Theory and Intercultural relations, *Poetics Today* 2, 4.

EVEN-ZOHAR, ITAMAR(ed.)

1990 "Polysystems Studies", *Poetics Today* 11, 1.

FABBRI, PAOLO

1998 *La svolta semiotica*, Bari: Laterza.

2000 "Due parole sul trasporre", In Dusi e Nergaard, eds., 2000, pp. 271~284.

FALZON, ALEX R.

2002 *L'effetto Arcimboldo: le traduzioni sovversive di Angela Carter*, Trento.

FOLENA, GIANFRANCO

1991 *Volgarizzare e tradurre*, Torino: Einaudi.

FRANCI, GIOVANNA-NERGAARD, SIRI(eds.)

1999 *La traduzione*, Numero speciale di *VS* 82.

GADAMER, HANS-GEORG

1960 *Warheit und Methode*, Tübingen: Mohr, III(tr. it., *Verità e metodo*, Milano: Bompiani 1983, pp. 441~457. Anche in Nergaard, ed., 1995, come "Dall'ermeneutica all'ontologia", pp. 341~367).

GAGLIANO, MAURIZIO

2000 "Traduzione e interpretazione", In Dusi e Nergaard, eds., 2000, pp. 189~198.

GENETTE, GÉRARD
1972 *Figures III*, Paris: Seuil(tr. it., *Discorso del racconto*, Torino: Einaudi, 1981).
1982 *Palimsestes. La littérature au second degré*, Paris: Seuil(tr. it., *Palinsesti*, Torino: Einaudi, 1997).

GIBSON, JAMES
1968 *The Senses Considered as Perceptual Systems*, London: Allen and Unwin.

GOODMAN, NELSON
1968 *Languages of Art*, New York: Bobbs-Merill(tr. it., *I linguaggi dell'arte*, Milano: Saggiatore, 1976).

GORLÉE, DINDA
1989 "Wittgenstein, translation and semiotics", *Target* 1/1, pp. 69~94.
1993 *Semiotics and the Problem of Translation with Special Reference to the Semiotics of Charles S. Peirce*, Amsterdam: Academisch Proefschrift.

GREIMAS, ALGIRDAS J.
1966 *Sémantique structurale*, Paris: Larousse(tr. it., *Semantica strutturale*, Milano: Rizzoli, 1969; ora Roma: Meltemi, 2000).
1973 "Les actants, les acteurs et les figures", In Chabrol, ed., *Sémiotique narrative et textuelle*, Paris: Larousse. Ora in *Du sens II*, Paris: Seuil, 1983(tr. it., *Del Senso II*, Milano: Bompiani, 1985).

HEIDEGGER, MARTIN
1987 *Heraklit. In Gesamtausgabe*, Frankfurt: Klostermann(tr. it., *Eraclito*, Milano: Mursia, 1993).

HELBO, ANDRÉ
2000 "Adaptation et traduction", In Dusi e Nergaard, eds., 2000, pp. 121~132.

HJELMSLEV, LOUIS
1943 *Prolegomena to a Theory of Language*, Madison: Wisconsin U.P.(tr. it., *I fondamenti della teoria del linguaggio*, Torino: Einaudi, 1968).

1947 "The Basic Structure of Language", In *Essais linguistiques II*, Travaux du Cercle Linguistique de Copenhague XIV 1973, pp. 119~156(tr. it., *Saggi linguistici I*, Milano: Unicopli 1988, pp. 154~196).

1954 "La stratification du langage", *Word* 10, pp. 163~188(tr. it., *Saggi linguistici I*, Milano: Unicopli, 1988, pp. 213~246).

HOFSTADTER, DOUGLAS

1997 *Le Ton Beau de Marot*, New York: Basic Books.

HUMBOLDT, WILHELM VON

1816 "Einleitung", In *Aeschylos Agamemnon metrisch Übersetz*, Leipzig: Fleischer(tr. it., in Nergaard, 1993, pp. 125~142).

HUTCHEON, LINDA

1988 *A Poetics of Postmodernism*, London: Routledge.

1998 "Eco's Echoes: Ironizing the (Post)Modern", In Bourchard e Pravadelli, eds, *Umberto Eco's Alternative. The Politics of Culture and the Ambiguities of Interpretation*, New York: Peter Lang, 1998, pp. 163~184.

ITTEN, JOHANNES

1961 *Kunst der Farbe*, Ravensburg: Otto Mair.

JAKOBSON, ROMAN

1935 "The Dominant"(in ceco), In inglese in *Selected Writings III*, The Hague: Mouton, 1981: e *Language in literature*, Pomorska e Rudy, eds., Cambridge: The Belknap Press of Harvard U.P., pp. 41~46.

1959 "Linguistic Aspects on Translation", in Brower, ed., 1959, pp. 232~239(tr. it., in *Saggi di linguistica generale*, Milano: Feltrinelli, 1966, anche in Nergaard, ed., 1995, pp. 51~62).

1977 "A Few Remarks on Peirce", *Modern Language Notes* 93, pp. 1026~1036.

1960 "Closing Statements: Linguistics and Poetics", In Sebeok, ed., *Style in Language*, Cambridge: MIT Press(tr. it., in *Saggi di linguistica generale*, Milano: Feltrinelli, 1966).

1987 *Language in Liteerature*, In Pomorska e Rudy, eds., Cambridge: Harvard U.P.

JERVOLINO, DOMENICO

2001 "Introduzione", In Ricoeur 2001, pp. 7~37.

KATAN, DAVID

1993 "The English Translation of *Il nome della rosa* and the Cultural Filter", In Avirović e Dodds, eds., 1993, pp. 149~168.

KATZ, DAVID-KATZ, ROSE

1960 *Handbuch der Psychologie*, Basel: Schwabe.

KENNY, DOROTHY

1998 "Equivalence", In Baker, ed., 1998, pp. 77~80.

KOLLER, WERNER

1979 *Einführung in die Übersetzungswissenschaft*, Heidelberg e Wiesbaden: Quelle und Meyer.

1989 "Equivalence in Translation Theory", In Chesterman, ed., *Readings in Translation Theory*, Helsinki: Oy Finn Lectura AB.

1995 "The Concept of Equivalence and the Object of Translation Studies", *Target* 7, 2, pp. 191~222.

KOSTIOUKOVITCH, ELENA

1993 "Le decisioni stilistiche della traduzione in lingua russa de *Il nome della rosa*", In Avirović e Dodds, eds., 1993.

KROEBER, BURKHART

1993 "Stare al gioco dell' autore", In Avirović e Dodds, eds., 1993, pp. 27~30.

2000 "Appunti sulla traduzione", In Petitot e Fabbri, eds., 2000(tr. it., pp. 579~585).

2002 "Schwierigkeiten beim Übersetzen von *Baudolino*", In Bremer e Heydenreich, eds, *Zibaldone* 33(Schwerpunkt: Umberto Eco), pp. 112~117.

KROEBER, BURKHART-ECO, UMBERTO

1991 "Difficoltà di tradurre Umberto Eco in tedesco", In Rubino, Liborio M., *La traduzione letteraria in Germania e in Italia dal 1945 ad oggi*(Attr del seminario 3~5 maggio, 1991, Palermo: Istituto di Lingue e Facoltà di Lettere e Filosofia, s.d., pp. 161~171).

KRUPA, V.

1968 "Some Remarks on the Translation Process", *Asian and African Studies* 4, Bratislava.

LA MATINA, MARCELLO

1995 "Aspetti testologici della traduzione dei testi biblici", *Koiné. Annali della Scuola Superiore per interpreti e traduttori "San Pellegrino"*, VVI, 1995~1996, pp. 329~352.

2001 *Il problema del significante*, Roma: Carocci.

LEFEVERE, ANDRÉ(ed.)

1992 *Translation / History / Culture*, A Sourcebook, London: Routledge.

LEPSCHKY, GIULIO C.

1991 "Traduzione", In *Enciclopedia* 14, Torino: Einaudi.

LINKSZ, ARTHUR

1952 *Physiology of the Eye*, New York: Grune & Stratton.

LOTMAN, JURIJ

1964 "Problema teksta", In *Lekcii po struktural'noj poetika*, Tartu, III, pp. 155~166(tr. it., "Il problema del testo" in Nergaard, ed., 1995, pp. 85~103).

1964 "Problema stichotvornogo perevod", In *Lekcii po struktural'noj poetika*, Tartu, III, pp. 183~187(tr. it., "Il problema della traduzione poetica" in Nergaard, ed., 1995, pp. 257~265).

LOZANO MIRALLES, HELENA

2001 "Di come il traduttore prese possesso dell'Isola e incominciò a tradurre", In Petitot e Fabbri, eds., 2000(tr. it., pp. 585~606).

2002 "Negli spaziosi campi del Tempo: il congiuntivo futuro e la traduzione spagnola de *L'isola del giorno prima*", In *Attorno al congiuntivo*, M. Mazzoleni, M. Prandi e L. Schena, eds., Bologna: Clueb, pp. 169~180.

2003 "Cuando el traductor empieza a inventar: creación léxica en la versión española de *Baudolino* de Umberto Eco", In *La Neologia*, P. Capanaga e I. Fernández García, eds, Zaragoza: Pórtico(in corso di stampa).

LUTHER, MARTIN
1530 *Sendbrief von Dolmetschen*(tr. it., in Nergaard, ed., 1995; anche in Martin Lutero, *Lettera del tradurre*, Venezia: Marsilio, 1998).

MAERZ, A.-PAUL, R.
1953 *A Dictionary of Color*, New York: Crowell.

MAGLI, PATRIZIA
2000 "L'epifania dell'essere nella rappresentazione verbale", In Petitot e Fabbri, eds., 2000(tr. it., pp. 175~188).

MANETTI, GIOVANNI(ed.)
1989 *Leggere i "Promessi Sposi"*, Milano: Bompiani.

MARCONI, LUCA
2000 "Arrangiamenti musicali e trasposizioni visive", In Dusi e Nergaard, eds., 2000, pp. 217~234.

MASON, IAN
1998 "Communicative/functional approaches", In Baker, ed., 1998, pp. 29~33.

MCGRADY, DONALD
1994 "Textual Revisions in Eco's *Il nome della rosa*", *The Italianist* 14, pp. 195~203.

MEERCSCHEN, JEAN-MARIE VAN DER
1986 "La traduction française, problèmes de fidelité", In *Traduzione Tradizione*, Milano: Dedalo, 1986, p. 80.

MENIN, ROBERTO
1996 *Teoria della traduzione e linguistica testuale*, Milano: Guerini.

METZ, CHRISTIAN
1971 *Langage et cinéma*, Paris: Larousse(tr. it., *Linguaggio e cinema*, Milano: Bompiani, 1977).

MONTANARI, FEDERICO
2000 "Tradurre metafore?", In Dusi e Nergaard, eds., 2000, pp. 171~188.

NASI, FRANCO(ed.)
2001 *Sulla traduzione letteraria*, Ravenna: Longo.

NERGAARD, SIRI
1995 "Introduzione", In Nergaard, ed., 1995.

2000 "Conclusioni", In Dusi e Nergaard, eds., 2000, pp. 285~296.

2001 "Semiotica interpretativa e traduzione", In Petrilli, ed., 2001, pp. 56~57.

NERGAARD, SIRI(ed.)

1993 *La teoria della traduzione nella storia*, Milano: Bompiani.

1995 *Teorie contemporanee della traduzione*, Milano: Bompiani.

NIDA, EUGENE

1964 *Towards a Science of Translation*, Leiden: Brill.

1975 *Componential Analysis of Meaning. An Introduction to Semantic Structures*, The Hague-Paris: Mouton.

OLDCORN, TONY

2001 "Confessioni di un falsario", In Nasi, ed., 2001, p. 68.

ORTEGA Y GASSET, JOSÉ

1937 *Miseria y esplendor de la traducción*, In *Obras completa* V, Madrid(tr. it., in Nergaard, ed., 1993, pp. 181~206; ora anche *Miseria e splendore della traduzione*, Genova: Melangolo, 2001).

OSIMO, BRUNO

1998 *Il manuale del traduttore*, Milano: Hoepli.

2000 *Traduzione e nuove tecnologie*, Milano: Hoepli.

2000 *Corso di traduzione*, Rimini: Logos Guaraldi.

2001 *Propedeutica della traduzione*, Milano: Hoepli.

PALLOTTI, GABRIELE

1999 "Relatività linguistica e traduzione", In Franci e Nergaard, eds., 1999, pp. 109~138.

PAREYSON, LUIGI

1954 *Estetica*, Torino: Edizioni di "Filosofia"(ora Milano: Bompiani, 1988).

PARKS, TIM

1997 *Translating Style*, London: Cassells(tr. it., *Tradurre l'inglese*, Milano: Bompiani, 1997).

PARRET, HERMAN

2000 "Au nom de l'hypotypose", In Petitot e Fabbri, eds., 2000, pp. 139~156.

PEIRCE, CHARLES S.

1931~1948 *Collected Papers*, Cambridge: Harvard U.P.

PETITOT, JACQUES-FABBRI, PAOLO(eds)

2000 *Au nom du sens. Autour de l'œuvre d'Umberto Eco*, Colloque de Cerisy, 1996, Paris: Grasset(tr. it., *Nel nome del senso*, Anna Maria Lorusso, ed., Milano: Sansoni, 2001).

PETRILLI, SUSAN

200 "Traduzione e semiosi", In Petrilli, S., ed., 2000, pp. 9~21.

PETRILLI, SUSAN(ed.)

2000 *La traduzaione*, Numero speciale di *Athanor* x, 2, 1999~2000.

2001 *Lo stesso altro*, Numero speciale di Athanor XII, 4.

PIGNATTI, MARINA

1998 *Le traduzioni italiane di* Sylvie *di Gérard de Nerval*, Tesi di Laurea, Università degli Studi di Bologna, A. A, 1997~1998.

PISANTY, VALENTINA

1993 *Leggere la fiaba*, Milano: Bompiani.

PONZIO, AUGUSTO

1980 "Gli spazi semiotici del tradurre", *Lectures* 4/5, agosto.

POULSEN, SVEN-OLAF

1993 "On the Problems of Reader Oriented Translation, Latin Quotations, Unfamiliar Loan Words and the Translation of the Verses from the Bible", In Avirović, e Dodds, eds., 1993, pp. 81~87.

PRONI, GIAMPAOLO-STECCONI, UBALDO

1999 "Semiotics Meets Translation", In Franci e Nergaard, eds., 1999, pp. 139~152.

PROUST, MARCEL

1954 "Gérard de Nerval", In *Contre Sainte-Beuve*, Paris: Gallimard (tr. it., *Contro Sainte-Beuve*, Torino: Einaudi, 1974). Vedi anche "Journées de lecture", In *Pastiches et Mélanges*, Paris: Gallimard, 1919(tr. it., *Giornate di lettura*, Torino: Einaudi, 1958).

PUTNAM, HILARY

1975 "The Meaning of Meaning", *Mind, language and Reality*, London: Cambridge U.P., pp. 215~271(tr. it., *Mente, linguaggio e realtà*, Milano: Adelphi, 1987, pp. 239~297).

PYM, ANTHONY

1992 *Translation and Text Transfer. An Essay on the Principles of Intercultural Communication*, Frankfurt-New York: Lang.

QUINE, WILLARD VAN ORMAN

1960 *Word and Object*, Cambridge: M.I.T. Press(tr. it., *Parola e oggetto*, Milano: il Saggiatore, 1970).

RICOEUR, PAUL

1997 "Défi et bonheur de la traduction", DVA Fondation: Stuttgart, pp. 15~21(tr. it., "Sfida e felicità della traduzione" in Ricoeur, 2001, pp. 41~50).

1999 "Le paradigme de la traduction", *Esprit* 253, pp. 8~19(tr. it., "Il paradigma della traduzione" in Ricoeur, 2001, pp. 51~74).

2001 *La traduzione, Una sfida etica*, Brescia: Morcelliana.

ROSS, CHARLOTTE-SIBLEY, ROCHELLE

2003 *Illuminating Eco: on the Boundaries of Interpretation*, Warwick: Ashgate.

ROSS, DOLORES

1993 "Alcune considerazioni sulla traduzione neerlandese de *Il nome della rosa*: tra lessico e sintassi", In Avirović e Dodds, eds., 1993, pp. 115~130.

RUSTICO, CARMELO

1999 *Il tema dell'estetica in Peirce*, Tesi di Laurea, Università, degli Studi di Bologna, A.A., 1998~1999.

SAHLINS, MARSHALL,

1975 "Colors and Cultures", *Semiotica* 15, 1, pp. 1~22.

SANESI, ROBERTO

1997 "Il testo, la voce, il progetto. Tre frammenti sul tradurre", In Gonzáles Ródenas, Soledad e Lafarga, Franciso, eds., *Traducció, i literatura. Homenatge a Ángel Crespo*, Vic: Eumo Editorial, pp. 45~53.

SANTOYO, J. C.

1993 "Traduzioni e pseudotraduzioni. Tecnica e livelli ne *Il nome della rosa*", In Avirović e Dodds, eds., 1993, pp. 131~140.

SCHÄFFNER, CHRISTINA

1998 "*Skopos* theory", In Baker, ed., 1998, pp. 235~238.

SCHLEIERMACHER, FRIEDRICH

1813 "Über die verschiedenen Methoden des Übersetzens", In *Zur Philosophie* 2, Berlin: Reimer, 1835~1846(tr. it., in Nergaard, ed., 1993, pp. 143~181).

SHORT, THOMAS L.

2000 "Peirce on meaning and traslation", In Petrilli, ed., 2000, pp. 71~82.

SNELL-HORNBY, MARY

1988 *Translation Studies. An Integrated Approach*, Amsterdam: Benjamins.

SNELLING, DAVID

1993 "Dynamism and Intensity in *The Name of the Rose*", In Avirović e Dodds, eds., 1993, pp. 89~91.

SNEL TRAMPUS, R. D.

1993 "L'aspetto funzionale di alcune scelte sintattiche in *De naam van de roos*", In Avirović e Dodds, eds., 1993, pp. 103~114.

SPAZIANTE, LUCIO

2000 "L'ora della ricreazione", In Dusi e Nergaard, eds., 2000, pp. 235~250.

STEINER, GEORGE

1975 *After Babel*, London: Oxford U.P.(tr. it., *Dopo Babele. Il linguaggio e la traduzione*, 2ª ed., ampliata e rivista, 1992, Firenze: Sansoni, 1984; tr. it., ampliata Milano: Garzanti, 1994).

STÖRING, H. J.

1963 *Das Probles des Übersetzen*, Darmstadt: Wissenschaftliche Buchgesellschaft.

STRAWSON, PETER F.

1950 "On Referring", *Mind* 59, pp. 320~344(tr. it., in Bonomi, ed., *La struttura logica del linguaggio*, Milano: Bompiani, 1973, pp. 197~224).

TAYLOR, CHRISTOPHER J.

1993 "The Two Roses. The Original and Translated Versions of *The*

Name of the Rose as Vehicles of Comparative Language Study for Translators", In Avirović e Dodds, eds., 1993, pp. 71~79.

TERRACINI, BENVENUTO

1951 *Il problema della traduzione*, Milano: Serra e Riva, 1983(Bice Mortara Garavelli, ed.), Originariamente secondo capitolo di *Conflictos de lenguas y de culturas*(Buenos Aires: Imam, 1951) e poi di *Conflitti di lingua e di cultura*(Venezia: Neri Pozza, 1957).

THORNDIKE, E. L.-LORGE, I.

1962 *The Teacher's Word Book of 30,000 Words*, New york: Columbia U. P.

TOROP, PEETER

1995 *Total'nyi perevod*, Tartu: Tartu U. P.(tr. it., *La traduzione totale*, Rimini: Guaraldi, 2001).

TOURY, GIDEON

1980 *In Search for a Theory of Translation*, Tel Avia: The Porter Institute for Poetics and Semiotics, Tel Aviv University.

1986 "Translation. A Cultural-Semiotic Perspective", In Sebeok, ed., *Encyclopedic Dictionary of Semiotics*, Berlin-New York-Amsterdam: Mouton de Gruyter, 1986. Tome 2, pp. 1111~1124.

TRAINI, STEFANO

1999 "Connotazione e traduzione in Hjelmslev", In Franci e Nergaard, eds., 1999, pp. 153~169.

VANOYE, FRANCIS

2000 "De l'adaptation d'un texte littéraire au cinéma", In Dusi e Nergaard, eds., 2000, pp. 143~152.

VENUTI, LAWRENCE

1995 *The Translator's Invisibility*, London: Routledge(tr. it., *L'invisibilità del traduttore*, Roma: Armando, 1999).

1998 "Strategies of translation", In Baker, ed., 1998, pp. 240~244.

2001 "Tradurre l'umorismo: equivalenza, compensazione, discorso", In Nasi, ed., 2001, pp. 13~29.

VENUTI, LAWRENCE(ed.)

2000 *The translation Studies Reader*, London: Routledge.

VERMEER, HANS J.

1998 "Didactics of Translation", In Baker, ed., 1998, pp. 60~63.

VINÇON, PAOLO

2000 "Traduzione intersemiotica e racconto", In Dusi e Nergaard, eds., 2000, pp. 153~170.

VIOLI, PATRIZIA

1997 *Significato ed esperienza*, Milano: Bompiani.

WADA, TADAHIKO

2000 "Fco e la traduzione nell'ambito culturale giapponese", In Petitot e Fabbri, eds., 2000(tr. it., pp. 607~614).

WEAVER, WILLIAM

1990 "Pendulum Diary", *South-East Review*, Spring.

WIERZBICKA, ANNA

1996 *Semantics. Primes and Universals*, Oxford: Oxford U. P.

WING, BETSY

1991 "Introduction", In Héléne Cixous, *The Book of Promethea*, Lincoln: University of Nebraska Press.

WITTGENSTEIN, LUDWIG,

1966 *Lectures and Conversations on Aesthetics, Psychology and Religious Belief*, Oxford, Blackwell(tr. it., *Lezioni e conversazioni sull'etica, l'estetica, la psicologia e la credenza religiosa*, Milano: Adelphi, 1967, VIII ed., 1995).

찾아보기

(ㅂ)

ㅇ

옮긴이의 말

모든 번역은 불완전하다. 어떤 번역이든지 오역의 혐의에서 완전히 자유로울 수는 없다. 한 언어로 쓰인 것을 조금도 손상 없이 고스란히 다른 언어로 옮긴다는 것은 거의 불가능한데 최소한 관념적이고 이상적인 번역 개념을 전제로 하면 그렇다. 그러나 완벽한 번역이 어렵다고 해서 번역의 역할이나 중요성이 줄어드는 것은 아니다. 번역은 인류의 역사가 시작된 이래 어떤 형식으로든 존재해 왔고 앞으로도 계속 존재할 것이며, 각종 정보와 문화의 교류에서 중요한 역할을 수행하고 있다.

그런데 그 중요한 역할에도 불구하고 번역 작업은 수많은 비판의 대상이 되어 왔고 또한 여러 가지 논란거리를 제공해 왔다. 번역에 대한 다양한 논의들은 그런 사실을 입증한다. 하지만 이상적인 완벽한 번역이 존재할 수 없는 것이 번역의 숙명이다. 모든 언어는 서로 다를 수밖에 없고, 따라서 다른 언어로 옮긴다는 것은 넘어설 수 없는 고유의 한계를 갖고 있기 때문이다. 기호학의 관점에서 보면 〈표현의 실질〉이 바뀜에 따른 불가피한 현상이다. 그런데도 번역이 고유의 당위성을 갖는 것은 원전과 번역본, 또는 〈출발 텍스트〉와 〈도착 텍스트〉가 완벽하게 동일하지는 않지만, 무엇인가 똑같은 것을 말한다는 사실에서 찾아볼 수 있다.

이러한 맥락에서 에코는 번역을 〈거의 똑같은 것을 말하기〉라고 규정한다. 즉, 번역본은 원본과 완벽하게 똑같지 않다. 출발 텍스트가 말하는 것을 다른 언어로 완벽하게 옮기기 어렵다면, 불가피하게 일부를 상실하고 나머지만 전달할 수밖에 없다. 번역에서 무엇을 잃고 또 무엇을 살릴 것인지 결정하는 것은 번역자의 몫이다. 여기에서 에코는 번역을 일종의 〈협상〉 과정으로 본다. 약간 모호하지만 협상이라는 개념은 번역자에게 중요한 것을 암시한다. 번역자의 선택에 따라 번역에서 잃는 것과 얻는 것이 서로 다르게 나타날 수 있다. 그리고 그런 의미에서 번역은 끊임없는 도전이다.

에코의 이 책은 번역에 대한 이론적인 논의라고 말하기 어렵다. 사실 모든 형식의 번역 전체에 대해 이론적으로 체계화하는 건 어려운 작업이다. 번역이란 본질적으로 개별적인 작업, 즉 특정한 개별 텍스트를 대상으로 하기 때문이다. 그런 이유로 번역에 대하여 논의하는 학자들 사이에서는 〈번역학*Traductology*〉이라는 용어보다 〈번역 연구*Translation Studies*〉라는 용어를 선호한다. 일반적 이론보다 구체적인 사례 연구들을 통해 번역의 문제들에 접근하는 방식이다.

에코 역시 이 책에서 번역과 관련된 자신의 경험을 중심으로 논의를 전개한다. 에코의 번역 경험들은 두 가지로 나뉜다. 하나는 자신의 작품들, 특히 소설들이 여러 언어로 번역된 작가로서의 경험이고, 또 하나는 다른 작가의 작품을 직접 이탈리아어로 번역해 본 경험이다. 번역에 대해 논의하기 위해서는 이 두 가지 경험들 중에서 최소한 하나의 경험이 있어야 한다는 것이 에코의 입장이다. 에코 자신의 구체적인 경험과 사례들에 대한 반성적 고찰은 번역을 하려는 사람들에게 여러 가지 암시하는 바가 많다. 또한 에코 자신의 소설들을 번역하는 과정에서 나타난 여러 문제에 대한 지적들은 작가로서 그의 의도를 짐작하게 한다.

한 가지 아쉬운 것은 다른 기호 체계들 사이에서 이루어지는 번역, 즉 야콥슨이 말하는 소위 〈기호 상호 간의 번역〉에 대한 고찰이 없다는 점이다. 그것은 고유한 의미에서의 번역이 아니라 각색 또는 개작의 작업이라는 것이다. 그러나 가령 소설을 영화나 만화로 옮긴 작품, 또는 그림을 음악으로 형상화한 작품에서 원본과 똑같은 무엇인가를 찾을 수 있다면 그것 역시 넓은 의미에서의 번역이라 말할 수 있을 것이다. 물론 여기에서는 번역이라는 개념 자체에 대한 재성찰이 필요하지만, 번역이 서로 다른 기호 체계들 사이의 상호 교류 가능성을 시험해 보는 잣대가 될 수 있다. 번역은 언제나 새로운 시도를 요구한다. 그렇기 때문에 원본은 하나인데 그에 대한 번역본은 많을 수 있다.

번역에 대한 책을 번역한다는 것은 이중적인 부담감을 준다. 번역하는 작업 자체를 끊임없는 자기비판의 관점에서 보도록 만들기 때문이다. 에코의 충고대로 많은 부분에서 협상을 시도하면서 에코의 텍스트가 말하고자 하는 것을 우리말로 옮겨 보았으나 여전히 미심쩍은 부분이 많으리라 생각한다. 다른 한편으로 번역자는 완벽한 번역이라는 불가능한 목표를 지향해야 한다는 의미에서 언제나 힘겨운 도전 앞에 직면할 수밖에 없다는 사실을 새삼 실감하는 계기가 되었다. 또 다른 도전의 기회가 주어진다면 보다 나은 번역이 나올 것으로 기대해 본다.

하양 금락골에서

김운찬

움베르토 에코 연보

1932년 출생 1월 5일 이탈리아 피에몬테 주의 소도시 알레산드리아에서 태어남. 할아버지는 고아였음. 에코라는 성은 시청 직원이 *ex caelis oblatus*(천국으로부터의 선물)의 머리글자를 따서 만들어 주었다고 함. 아버지 줄리오 에코Giulio Eco는 세 차례의 전쟁에 징집당하기 전 회계사로 일했음. 어린 에코와 그의 어머니 조반나Giovanna는 제2차 세계 대전 동안 피에몬테에 있는 작은 마을로 피신함. 거기에서 움베르토 에코는 파시스트와 빨치산 간의 총격전을 목격했는데, 그 사건은 후에 두 번째 소설 『푸코의 진자』를 쓰는 데 많은 영향을 미침. 에코는 살레지오 수도회의 교육을 받았는데, 이후 저서와 인터뷰에서 그 수도회의 질서와 창립자를 언급하곤 함.

1954년 22세 아버지는 에코가 법학을 공부하길 원했지만 에코는 중세 철학과 문학을 공부하기 위해 토리노 대학교에 입학함. 토리노 대학교에서 루이지 파레이손 교수의 지도하에 1954년 철학 학위를 취득함. 졸업 논문은 「토마스 아퀴나스의 미학 문제Il problema estetico in San Tommaso」. 이 시기에 에코는 신앙의 위기를 겪은 후 로마 가톨릭 교회를 포기함. 이탈리아 방송 협회RAI의 공개 채용 시험에 응시하여 합격함.

1955년 23세 1959년까지 RAI의 문화 프로그램 편집위원으로 일함. 그와 입사 동기들의 임무는 프로그램들을 〈젊어지게〉 하는 것이었음.

이들의 기발한 아이디어들은 텔레비전 관련 문화를 혁신했을 뿐 아니라 RAI가 이탈리아 문화의 중심이 되게 하는 데 진정한 공헌을 했다는 후세의 평가를 받음. RAI에서의 경험은 미디어의 눈을 통해 근대 문화를 검토해 보는 기회가 되었음. RAI에서 친해진 아방가르드 화가와 음악가, 작가(63 그룹)이 에코의 이후 집필에 중요한 기반이 됨.

1956년 24세 『토마스 아퀴나스의 미학 문제』 출간. 1964년까지 토리노 대학교에서 강사를 맡음.

1959년 27세 『중세 미학의 발전*Sviluppo dell'estetica medievale*』 출간(후에 『중세의 미학*Arte e bellezza nell'estetica medievale*』으로 개정판 출간). 이를 계기로 영향력 있는 중세 연구가로 인정받음. 밀라노의 봄피아니 출판사에서 1975년까지 논픽션 부분 수석 편집위원으로 일하면서 철학, 사회학, 기호학 총서들을 맡음. 아방가르드의 이념과 언어학적 실험에 전념하는 『일 베리*Il Verri*』지에 〈작은 일기*Diario minimo*〉라는 제목으로 칼럼 연재. 이 기간에 〈열린〉 텍스트와 기호학에 대한 생각을 진지하게 전개해 나가기 시작하여 나중에 이 주제에 관한 많은 에세이들을 집필함.

1961년 29세 이탈리아 토리노 대학교 문학 및 철학 학부에서 강의하고, 밀라노의 폴리테크니코 대학교 건축학부에서 미학 강사직을 맡음. 잡지 『마르카트레』 공동 창간.

1962년 30세 토리노 대학교와 밀라노 대학교에서 미학 강의를 시작함. 최초의 주저 『열린 작품*Opera aperta*』을 출간함. 저자가 어리둥절해 할 정도로 국제적인 성공을 거둠. 이 책은 아방가르드 문학 운동인 〈63 그룹〉의 이론적 기반이 됨. 9월 봄피아니 출판사에서 만난 독일인 그래픽 아티스트이자 미술 교사인 레나테 람게Renate Ramge와 결혼. 1남 1녀를 둠. 레나테는 그의 농담이 마음에 들었다고 회고. 밀라노의 아파트와 리미니 근처에 있는 별장을 오가며 생활함. 밀라노의 아파트에는 3만 권의 장서가, 별장에는 2만 권의 장서가 있었다고 함. 「일 조르노Il Giorno」, 「라 스탐파La Stampa」, 「코리에레 델라 세라Corriere della Sera」, 「라 레푸블리카La Repubblica」 등의 신문과 잡지 『레스프레소*L'Espresso*』 등에 다양한 형태의 글을 발표함.

1963년 31세 『애석하지만 출판할 수 없습니다*Diario minimo*』를 출간함. 주간 서평지 『타임스 리터러리 서플러먼트*Times Literary Supplement*』에 기고를 시작함.

1964년 32세 『매스컴과 미학*Apocalittici e integrati*』을 출간함.

1965년 33세 『열린 작품』의 논문 한 편을 떼어서 『조이스의 시학*Le poetiche di Joyce*』으로 출간함. 제임스 조이스 학회의 명예 이사가 됨. 아메리카 대륙을 여행함.

1966년 34세 브라질 상파울루 대학교에서 강의함. 1969년까지 피렌체 대학교 건축학과에서 시각 커뮤니케이션 부교수로 일함. 어린이를 위한 책 『폭탄과 장군*La bomba e il generale*』과 『세 우주 비행사*I tre cosmonauti*』를 출간함.

1967년 35세 『시각 커뮤니케이션 기호학을 위한 노트*Appunti per una semiologia delle comunicazioni visive*』를 출간함. 잡지 『퀸디치*Quindici*』를 공동 창간함.

1968년 36세 『시각 커뮤니케이션 기호학을 위한 노트』를 개정하여 『구조의 부재*La struttura assente*』를 출간함. 이 책을 계기로 중세 미학에 대한 관심이 문화적 가치와 문학에 대한 보다 일반적인 관심으로 변화된 후에 자신의 연구 방향을 위한 기조를 설정함. 『예술의 정의*La definizione dell'arte*』를 출간함.

1969년 37세 뉴욕 대학교에서 초빙 교수 자격으로 강의함. 밀라노 폴리테크니코 대학교 건축학부의 기호학 부교수로 취임함.

1970년 38세 아르헨티나의 여러 대학에서 강의 시작함.

1971년 39세 철도 노동자 주세페 피넬리가 밀라노 경찰서에서 조사받던 중 〈투신자살〉한 사건을 둘러싸고 경찰 책임자인 루이지 칼라브레시에게 무혐의 판결이 내려짐. 이에 항의하는 757명의 지식인들의 공개서한에 에코도 참여함. 『내용의 형식들*Le forme del contenuto*』과 『기호: 개념과 역사*Il segno*』를 출간함. 이탈리아 공산당 내 좌파가 창간한 잡지(나중에 일간지로 전환) 『일 마니페스토*Il Manifesto*』에 데달루스(디덜러스)Dedalus라는 필명으로 기고함. 최초의 국제 기호학 학회지 『베르수스*VS*』의 편집자가 됨. 볼로냐 대학교 문학 및 철학 학부 기호학 부교수로 임명됨.

1972년 40세 미국 시카고 노스웨스턴 대학교에서 방문 교수로 강의함. 파리에서 창설된 국제기호학회 IASS/AIS 사무총장을 맡아 1979년까지 일함.

1973년 41세 『집안의 풍습*Il costume di casa*』(1977년에 출간한 『제국의 변방에서*Dalla periferia dell'impero*』의 일부로 수록됨)을 출간함. 후에 『욕망의 7년*Sette anni di desiderio*』과 묶어 『가짜 전쟁*Semiologia quotidiana*』으로 재출간함. 『리에바나의 베아토*Beato di Liebana*』 한정판을 출간하여 250달러에 판매함.

1974년 42세 밀라노에서 제1회 국제기호학회를 조직함.

1975년 43세 볼로냐 대학교 기호학 정교수로 승진함(2007년까지 재직함). 미국 UC 샌디에이고 방문 교수를 지냄. 『일반 기호학 이론*Trattato di semiotica generale*』을 출간함. 『애석하지만 출판할 수 없습니다』 개정판 출간함.

1976년 44세 『대중문화의 이데올로기*Il superuomo di massa*』를 출간함. 『일반 기호학 이론*A Theory of Semiotics*』을 미국 인디애나 대학교 출판부와 영국 맥밀란 출판사에서 동시 출간함. 미국 뉴욕 대학교 방문 교수를 지냄. 이탈리아 볼로냐 대학교 커뮤니케이션학 및 공연 연구소 소장으로 임명되어 1977년까지 역임함(1980~1983년 다시 소장직 역임). 63 그룹과 신아방가르드에 관한 연구 결과로 루티G. Luti, 로시 P. Rossi 등과 함께 『아이디어와 편지*Le idee e le lettere*』를 출간함.

1977년 45세 『논문 잘 쓰는 방법*Come si fa una tesi di laurea*』과 『제국의 변방에서』를 출간함. 미국 예일 대학교 방문 교수를 지냄. 『매스컴과 미학』 개정판 출간함.

1978년 46세 3월 16일 로마에서 전 총리이자 기독교 민주당 대표인 알도 모로가 극좌 게릴라인 붉은 여단에 납치되고 다섯 명의 경호원과 경찰이 그 자리에서 사살되는 사건이 발생하여 이탈리아 전체가 충격에 빠짐. 모로는 55일 뒤 시체로 발견됨. 에코는 『레스프레소』 칼럼(『가짜 전쟁』에 수록)을 통해 극좌 테러리즘을 신랄하게 비판함. 처음으로 추리 소설을 구상하기 시작함. 미국 컬럼비아 대학교 방문 교수를 지냄.

1979년 47세 『이야기 속의 독자*Lector in fabula*』를 출간함. 『독자의 역할*The Role of the Reader*』을 미국 인디애나 대학교 출판부와 영국 맥밀란 출판사에서 동시 출간함. 문학 월간지 『알파베타』를 공동 창간함. 국제기호학회 부회장을 역임함.

1980년 48세 소설 『장미의 이름*Il nome della rosa*』을 출간함. 〈나는 1978년 3월 독창성이 풍부한 아이디어에 자극받아 글쓰기를 시작했다. 나는 한 수도사를 망치고 싶었다〉는 말로 창작 배경을 설명함. 이 소설의 첫 번째 제목안은 〈수도원 살인 사건〉이었으나 소설의 미스터리 측면에 과도하게 초점이 맞춰졌다고 판단, 데이비드 코퍼필드의 제목에서 영감을 받아 〈멜크의 아드소〉를 두 번째 제목안으로 잡았다가 결국 좀 더 시적인 〈장미의 이름〉이라는 제목을 선택함. 에코는 이 책이 열린 — 수수께끼 같고, 복잡하며 많은 해석의 층으로 열려 있는 — 텍스트로 읽히기를 원함. 이탈리아에서만 1년 동안 50만 부가 판매됨. 독일어판과 영어판은 각각 1백만 부, 2백만 부 이상이 판매되었으며, 세계 40개 언어로 번역되어 2천만 부 이상이 판매됨. 에코의 이름이 전 세계에 알려지는 결정적 계기가 됨. 미국 예일 대학교 방문 교수를 지냄.

1981년 49세 『장미의 이름』으로 스트레가상Premio Strega, 앙기아리상Premio Anghiari, 올해의 책상Premio Il Libro dell'anno 수상. 밀라노 공공 도서관의 요청으로 행한 강연 『도서관에 대해*De Bibliotheca*』를 출간함. 몬테체리뇨네Monte Cerignone(이탈리아 중동부 해안에 가까운 작은 소읍으로, 에코의 별장이 있는 곳)의 명예시민이 됨.

1982년 50세 『장미의 이름』으로 프랑스 메디치상(외국 작품 부문) 수상.

1983년 51세 『알파베타』에 발표했던 「장미의 이름 작가 노트Postille al nome della rosa」를 『장미의 이름』 이탈리아어 포켓판에 첨부함. 『욕망의 7년: 1977~1983년의 연대기』를 포켓판으로 출간함. 볼로냐 대학교 커뮤니케이션학 연구소 소장 역임. 피렌체 로터리 클럽에서 주는 콜럼버스상Columbus Award을 수상함. 『장미의 이름』 영어판이 윌리엄 위버의 번역으로 출간되어 베스트셀러가 됨.

1984년 52세 『장미의 이름』이 미국 추리 작가 협회가 수여하는 에드거상 최종 후보에 오름. 『기호학과 언어 철학*Semiotica e filosofia del linguaggio*』 출간함. 상파울루에서 『텍스트의 개념*Conceito de texto*』 출간함. 미국 컬럼비아 대학교 방문 교수를 지냄.

1985년 53세 『예술과 광고*Sugli specchi e altri saggi*』를 출간함. 유네스코 캐나다 앤드 텔레클로브로부터 마셜 매클루언상Marshall McLuhan Award을 수상함. 벨기에 루뱅 가톨릭 대학교에서 명예박사 학위를 받음. 프랑스 정부로부터 예술 및 문학 훈장을 받음.

1986년 54세 볼로냐 대학교 기호학 박사 과정 주임 교수가 됨. 덴마크 오덴세 대학교에서 명예박사 학위를 받음.

1987년 55세 『장미의 이름』이 장자크 아노 감독, 숀 코너리 주연으로 영화화됨. 독일 콘스탄츠 대학교 출판부에서 『해석 논쟁*Streit der Interpretationen*』을 출간함. 『수용 기호학에 관한 노트*Notes sur la sémiotique de la réception*』를 출간함. 그동안 영어와 프랑스어로 썼던 다양한 글을 모아 중국에서 『구조주의와 기호학(結構主義和符號學)』 출간함. 미국 시카고 로욜라 대학교와 뉴욕 시립 대학교, 영국 런던 왕립 미술 학교에서 명예박사 학위를 받음.

1988년 56세 두 번째 소설 『푸코의 진자*Il pendolo di Foucault*』를 출간함. 즉각적인 성공을 거두어 세계에서 가장 중요한 소설가의 반열에 올라섬. 미국 브라운 대학교에서 명예박사 학위를 받음.

1989년 57세 그동안 썼던 에세이를 모아 독일 라이프치히에서 『이성의 미로에서: 예술과 기호에 관한 텍스트*Im Labyrinth der Vernunft: Texte über Kunst und Zeichen*』를 출간함. 『1609년 하나우 거리의 이상한 사건*Lo strano caso della Hanau 1609*』 출간함. 산마리노 대학교의 국제 기호학 및 인지학 연구 센터 소장을 맡음. 1995년까지 같은 대학교의 학술 집행 위원회도 맡음. 파리 3대학교(소르본 누벨)와 리에주 대학교에서 명예박사 학위를 받음. 방카렐라상Premio Bancarella을 수상함.

1990년 58세 『해석의 한계*I limiti dell'interpretazione*』를 출간함. 그동안 쓴 글을 모아 독일에서 『새로운 중세를 향해 가는 길*Auf dem Wege zu einem Neuen Mittelalter*』을 출간함. 영국 캠브리지 대학교에서 열리는 태너 강연회Tanner Lectures on Human Values를 함. 불가리아 소피아 대학교, 영국 글래스고 대학교, 스페인 마드리드 콤플루텐스 대학교에서 명예박사 학위를 받음. 코스탄티노 마르모Costantino Marmo가 『장미의 이름』에 주석을 달아 책을 냄.

1991년 59세 벨기에 천문학자 에리크 발테르 엘스트가 새로 발견한 소행성에 에코의 이름을 붙임. 에코 13069호. 『별들과 작은 별들*Stelle e stellette*』과 『목소리: 행복한 해결*Vocali: Soluzioni felici*』을 출간함. 옥스퍼드 률리 하우스 1(지금의 켈로그 대학교)의 명예 회원이 됨. 「전쟁에 대한 한 생각Pensare la guerra」을 『도서 리뷰*La Rivista dei Libri*』에 발표함.

1992년 60세 『세상의 바보들에게 웃으면서 화내는 방법*Il secondo diario minimo*』, 『작가와 텍스트 사이*Interpretation and Overinterpretation*』, 『메모리는 공장이다*La memoria vegetale*』를 출간함. 파리의 프랑스 칼리지 방문 교수, 미국 하버드 대학교 노튼 강사. 유네스코 국제 포럼과 파리 문화 학술 대학교의 회원이 됨. 미국 캔터베리의 켄트 대학교에서 명예박사 학위를 받음. 어린이를 위한 책 『뉴 행성의 난쟁이들*Gli gnomi di Gnu*』을 집필함.

1993년 61세 『유럽 문화에서 완벽한 언어의 탐색*La ricerca della lingua perfetta nella cultura europea*』을 출간함. 1998년까지 볼로냐 대학교 커뮤니케이션학 학과의 주임 교수를 지냄. 인디애나 대학교에서 명예박사 학위를 받음. 프랑스의 레지옹도뇌르Légion d'Honneur 훈장(5등) 수훈함.

1994년 62세 『하버드에서 한 문학 강의*Six Walks in the Fictional Woods*』와 세 번째 소설 『전날의 섬*L'isola del giorno prima*』을 출간함. 룸리R. Lumley가 『매스컴과 미학』의 일부 내용을 엮어 인디애나 대학교 출판부에서 영어판 『연기된 묵시파*Apocalypse Postponed*』 출간함. 국제기호학회의 명예 회장이 됨. 볼로냐 학술 아카데미 회원이 됨. 이스라엘의 텔아비브 대학교, 아르헨티나의 부에노스아이레스 대학교에서 명예박사 학위를 받음.

1995년 63세 그리스의 아테네 대학교, 캐나다 온타리오 지방 서드베리에 있는 로렌시안 대학교에서 명예박사 학위를 받음. 「영원한 파시즘Il fascimo eterno」을 컬럼비아 대학교의 한 심포지엄에서 발표함.

1996년 64세 추기경 카를로 마리아 마르티니Carlo Maria Martini와 함께 『세상 사람들에게 보내는 편지*In cosa crede chi non crede?*』를 출간함. 파리 고등사범학교 외래 교수를 역임함. 뉴욕 컬럼비아 대학교 이탈리아 아카데미 고급 과정 특별 회원을 지내고, 폴란드의 바르샤바 미술 아카데미, 루마니아 콘스탄차의 오비두스 대학교, 미국 캘리포니아 산타클라라 대학교, 에스토니아의 타르투 대학교에서 명예박사 학위를 받음. 이탈리아에서 〈명예를 드높인 대십자가 기사*Cavaliere di Gran Croce al Merito della Repubblica Italiana*〉를 받음.

1997년 65세 『신문이 살아남는 방법*Cinque scritti morali*』, 『칸트와 오리너구리*Kant e l'ornitorinco*』를 출간함. 4월 예루살렘에서 개최된 〈세 개의 일신교에서의 천국 개념〉 세미나에 참석함. 프랑스 그르노블 대학교와 스페인의 카스티야라만차 대학교에서 명예박사 학위를 받음.

1998년 66세 리베라토 산토로Liberato Santoro와 함께 『조이스에 대하여*Talking of Joyce*』를 출간함. 뉴욕 컬럼비아 대학교 출판부와 런던에서 『언어와 광기*Serendipities: Language and Lunacy*』를 출간함. 『거짓말의 전략*Tra menzogna e ironia*』을 출간함. 캐나다 토론토 대학교에서 〈고조*Goggio* 강연〉을 함. 모스크바의 로모노소프 대학교와 베를린 자유 대학교에서 명예박사 학위를 받음. 미국 예술 문예 아카데미 명예회원이 됨.

1999년 67세 볼로냐 대학교 인문학 고등 종합 학교의 학장으로 취임해 지금까지 맡고 있음. 독일 정부로부터 〈학문 및 예술에 대한 공적을 기리는 훈장〉을 수훈함. 다보스 세계 경제 포럼에서 크리스털상을 받음.

2000년 68세 에코는 평소에 미네르바라는 브랜드의 성냥갑에 해둔 메모를 정리해서 잡지 칼럼에 연재하곤 했는데, 이 칼럼을 모아 〈미네르바의 성냥갑*La Bustina di Minerva*〉이라는 제목으로 출간함(한국어판은 『책으로 천년을 사는 방법』과 『민주주의가 어떻게 민주주의를 해치는가』로 분권). 실제 에코는 하루에 여러 갑의 담배를 피우고 밤늦게까지 일하며 손님들을 재미있게 해주고 무엇이든지 탐구하며 녹음기 틀기를 즐겨 하는 성격의 소유자. 네 번째 소설 『바우돌리노*Baudolino*』 출간함. 토론토 대학교 출판부에서 『번역의 경험*Experiences in Translation*』을 출간함. 몬트리올의 퀘벡 대학교에서 명예박사 학위를 받음. 스페인의 아스투리아스 왕자상Premio Principe de Asturias을 수상함. 다그마르와 바츨라프 하벨 비전 97 재단상Dagmar and Vaclav Havel Vision 97 Foundation Award을 수상함.

2001년 69세 『서적 수집에 대한 회상*Riflessioni sulla bibliofilia*』 출간함. 개방 대학교에서 명예박사 학위를 받음.

2002년 70세 『나는 독자를 위해 글을 쓴다*Sulla letteratura*』 출간함. 옥스퍼드 대학교 와이든펠드 강의 교수직과 이탈리아 인문학 연구소 학술 자문위원장을 맡음. 옥스퍼드의 세인트 앤 칼리지 명예회원이 됨. 미국 뉴저지의 러트거스 대학교, 이스라엘의 예루살렘 대학교, 시에나 대학교에서 명예박사 학위를 받음. 유럽 문학을 대상으로 하는 오스트리아상 수상. 프랑스의 지중해상 외국인 부문 수상.

2003년 71세 『번역한다는 것*Dire quasi la stessa cosa*』과 『마우스 혹은 쥐? 협상으로서의 번역*Mouse or Rat? Translation as Negotiation*』을 출간함. 알렉산드리아 도서관 자문위원회 위원을 맡음. 프랑스 레지옹도뇌르 훈장(4등) 수훈함.

2004년 72세 비매품 『남반구 땅의 언어*Il linguaggio della terra australe*』를 출간함. 다섯 번째 소설 『로아나 여왕의 신비한 불꽃*La misteriosa fiamma della regina Loana*』, 『미의 역사*Storia della bellezza*』를 출간함. 프랑스 브장송의 프랑셰 콩테 대학교에서 명예박사 학위를 받음.

2005년 73세 이탈리아 남부 레조 칼라브라아의 메디테라네아 대학교에서 명예박사 학위를 받음. UCLA 메달을 받음. 미국 『포린 폴리시』, 영국 『프로스펙트』의 공동 조사에서 〈세계에서 가장 영향력 있는 지식인〉 2위로 선정됨. 1위는 노엄 촘스키, 3위는 리처드 도킨스.

2006년 74세 『가재걸음*A passo di gambero*』을 출간함. 조지 W. 부시와 실비오 베를루스코니를 비판. 이탈리아 인문학 연구소의 소장직을 맡음.

2007년 75세 『추의 역사*Storia della bruttezza*』를 출간함. 슬로베니아 류블랴나 대학교에서 명예박사 학위를 받음.

2008년 76세 스웨덴의 웁살라 대학교에서 명예박사 학위를 받음. 소국 레돈다의 하비에르 국왕에 의해 〈전날의 섬〉 공작으로 봉해짐.

2009년 77세 프랑스 문학 비평가 장클로드 카리에르와 책의 미래에 관해서 나눈 대화를 엮은 책, 『책의 우주*Non sperate di liberarvi dei libri*』를 출간함. 세르비아의 베오그라드 대학교에서 명예박사 학위를 받음.

2010년 78세 『프라하의 묘지*Il cimitero di Praga*』 출간함. 스페인의 세비야 대학교, 프랑스의 파리 2대학교에서 명예박사 학위를 받음.

2011년 79세 『적을 만들다*Costruire il nemico e altri scritti occasionali*』

출간함. 체사레 파베세상Cesare Pavese Award 수상.

2012년 80세 네이메헌 조약 메달Treaties of Nijmegen Medal 수상. 이스라엘의 텔아비브 미술관으로부터 올해의 인물로 선정됨.

2013년 81세 『전설의 땅 이야기*Storia delle terre e dei luoghi leggendari*』를 출간함. 스페인의 부르고스 대학교에서 명예박사 학위를 받음.

2014년 82세 브라질 남부의 히우그란지두술 대학교에서 명예박사 학위를 받음. 구텐베르크상Gutenberg Preis 수상.

2015년 83세 여섯 번째이자 마지막 소설 『창간 준비호*Numero zero*』 출간. 토리노 대학교에서 행한 연설에서, 인터넷상에 갈수록 증가하는 거짓과 음모 이론을 비판하며 웹은 바보와 노벨상 수상자의 구분이 없는 곳이라고 함. 11월 21일 마지막 트윗을 남김. 〈멀티미디어 도구들은 역사적인 기억을 보존하는 것을 넘어서서 우리의 기억 능력 자체를 강화시키는 도구가 될 수 있을 것이다.〉 〈신문은 적어도 내게 허락된 수명이 다하는 날까지는 사라지지 않을 것이다.〉

2016년 84세 2월 19일 2년간의 투병 끝에 췌장암으로 밀라노 자택에서 별세. 유언으로, 향후 10년 동안 그를 주제로 한 어떤 학술 대회나 세미나도 추진하거나 허락하지 말 것을 당부. 대통령, 총리, 문화부 장관이 애도 성명 발표. 〈이탈리아 문화를 세계에 퍼트린 거인이 떠났다.〉 2월 23일 밀라노 스포르체스코 성(현재는 박물관)에서 마랭 마레와 코렐리의 곡이 연주되는 가운데 장례식 거행. 수천 명의 군중이 모여 그의 죽음을 애도함. 2월 27일 에세이집 『파페 사탄 알레페*Pape Satàn Aleppe*』가 출간됨.

움베르토 에코 마니아 컬렉션 26

번역한다는 것

옮긴이 김운찬은 1957년생으로 한국외국어대학교 이탈리아어과와 동 대학원을 졸업하였고, 이탈리아 볼로냐 대학교에서 움베르토 에코의 지도하에 화두(話頭)에 대한 기호학적 분석으로 박사 학위를 취득하였으며, 현재 대구가톨릭대학교 문과대학 이탈리아어과 교수로 재직 중이다. 저서로 『현대 기호학과 문화 분석』, 『신곡-저승에서 이승을 바라보다』가 있으며, 옮긴 책으로 단테의 『신곡』, 에코의 『거짓말의 전략』, 『나는 독자를 위해 글을 쓴다』, 『논문 잘 쓰는 방법』, 『이야기 속의 독자』, 『대중문화의 이데올로기』, 『신문이 살아남는 방법』, 칼비노의 『우주 만화』, 『마르코발도』, 모라비아의 『로마 여행』, 파베세의 『피곤한 노동』, 과레스키의 『신부님 우리 신부님』 등이 있다.

지은이 움베르토 에코 **옮긴이** 김운찬 **발행인** 홍지웅·홍예빈 **발행처** 주식회사 열린책들
주소 경기도 파주시 문발로 253 파주출판도시 **대표전화** 031-955-4000 **팩스** 031-955-4004
홈페이지 www.openbooks.co.kr
ISBN 978-89-329-0886-1 04800 **ISBN** 978-89-329-0875-5(세트) **발행일** 2010년 2월 10일 에코 마니아판 1쇄 2020년 3월 1일 에코 마니아판 2쇄

움베르토 에코 마니아 컬렉션 UMBERTO ECO MANIA COLLECTION

1. 중세의 미학 손효주 옮김 —『중세의 미와 예술』 신판
탁월한 중세 연구가 에코의 등장을 알린 중세 미학 이론서. 당시 에코의 나이는 26세. 젊은 에코는 이 책에서 중세의 문화 이론과 예술적 경험, 예술적 실제 간의 관계를 탐구하면서 신학과 과학, 시와 신비주의 등 그동안 분리되어 있었던 중세 미학의 이론들을 종합하고 있다.

2. 애석하지만 출판할 수 없습니다 이현경 옮김 —『작은 일기』 신판
농담과 철학, 그리고 문학적 감수성이 절묘하게 합성되어 있는 에코식 패러디의 결정판! 『성서』와 『오디세이아』는 출판하기에 부적절한 책으로 평가받고, 『롤리타』의 어린 소녀에 대한 동경은 할머니에 대한 성욕으로 바뀐다.

3. 매스컴과 미학 윤종태 옮김
대중문화의 주요 문제들을 다루는 동시에, 대중의 상상 세계를 사로잡았던 만화 혹은 대중 소설 속 영웅들을 흥미롭게 묘사하고 있다.

4. 구조의 부재 김광현 옮김 —『기호와 현대 예술』 신판
에코 기호학의 탄생을 알린 책. 이 책을 계기로 에코의 관심사는 중세 미학에서 점차 벗어나 일반적 문화 현상으로 확장되었고 자신의 기호학 이론을 체계화한다. 일반적인 기호학에서부터 사회 문화 전반에서 인식되고 있는 코드들, 영화나 광고, 건축과 같은 현대 예술에서의 미학적인 메시지 분석 등을 다루고 있다.

5. 기호: 개념과 역사 김광현 옮김
기호학의 이론적 토대인 〈기호〉에 관해 명쾌하게 설명하고 있다. 다양한 기호의 개념 분석과 기호 이론 소개, 기호가 제기하는 철학적 문제 등을 자세히 다루고 있다. 기호학 입문서로 손색이 없다.

6. 가짜 전쟁 김정하 옮김
일상에서 발견할 수 있는 〈기호〉의 개념을 추적한 책. 에코는 완벽한 진짜는 완벽한 가짜와 통한다고 말한다.

7. 일반 기호학 이론 김운찬 옮김
기호학자로서 정점에 올라선 에코가 진단하는 기호학의 가능성과 한계. 유럽에서 기호학이 본격적으로 관심을 끌던 시기에 출간되었는데 에코 스스로 자신의 기호학 서적 가운데 〈결정적〉인 것이라고 강조한다.

8. 대중문화의 이데올로기 김운찬 옮김 —『대중의 슈퍼맨』 신판
슈퍼맨이 나타나야 하는 이유? 본드걸이 죽어야 하는 이유? 바로 대중이 욕망하기 때문이다. 에코는 이 책에서 소설 속 영웅들의 탄생과 기능을 대중문화의 구조와 연결하고 분석한 뒤, 소설이 반영하는 시대와 그 시대를 넘어서는 문화 구조의 본질을 파헤친다.

9. 논문 잘 쓰는 방법 김운찬 옮김
논문 제대로 쓰고 싶은 학생들을 위해 논문 작성의 대가 에코가 나섰다. 공부하는 법, 글을 쓰는 기술, 정리된 사고를 하는 법 등 논문을 쓰기 위해 필요한 실질적 테크닉과 논문 작성 노하우들을 공개한다.

10. 이야기 속의 독자 김운찬 옮김 —『소설 속의 독자』 신판
에코가 우연히 접한 아주 짧은 텍스트에서 이 책의 모든 논의가 시작된다. 함정과 반전이 도사리고 있는 그 텍스트를 접하는 순간 대부분의 독자는 당황스러움과 모순을 느끼게 되고, 에코는 그러한 독자들의 반응을 토대로 텍스트와 독자 사이에 벌어지는 신경전을 치밀하게 추적한다.

11. 장미의 이름 작가 노트 이윤기 옮김 —『장미의 이름 창작 노트』 신판
『장미의 이름』을 읽지 않은 독자라면, 읽게 될 것이고, 이미 읽은 독자라면, 또다시 읽게 될 것이다. 『장미의 이름』을 집필하기 위해 놀라울 정도로 치밀하고 논리적인 계획을 세운 에코의 열정을 이 작가 노트에서 확인하는 순간!

12. 기호학과 언어 철학 김성도 옮김
현대 기호학의 핵심 이슈를 다루고 있다. 특히 일반 기호학의 접근법인 기호와 세미오시스라는 두 가지 이론적 대상을 분석하고 있는데, 에코는 이 책에서 두 개념이 서로 양립할 수 있음을 보여 준다.

13. 예술과 광고 김효정 옮김
미학 논문, 대중문화의 현상을 분석한 글, 텍스트 비평, 철학 및 기호학에 관한 글이 실려 있다.

14. 해석의 한계 김광현 옮김
문학에서의 〈해석〉이라는 문제를 기호학, 철학의 관점에서 인식하고 그 한계와 조건을 살펴보고 있는 이 책은 서양사를 이끌어 온 문헌학 발전의 역학 관계를 파헤친다.

15. 세상의 바보들에게 웃으면서 화내는 방법 이세욱 옮김
에코는 이 책에서 유머 작가가 되고, 상대방의 얼을 빼는 논객이 되고, 썰렁한 웃음도 마다 않는 익살꾼이 되어 우리가 사는 삶의 실상과 빠른 변화의 시기에 상처받지 않고 살기 위한 처세법을 유쾌하게 이야기한다.

16. 작가와 텍스트 사이 손유택 옮김 —『해석이란 무엇인가』 신판
움베르토 에코를 비롯하여 실용주의 철학자 리처드 로티, 탈구조주의자 조너선 컬러 등이 1978년 케임브리지 대학교에서 열린 〈해석과 초해석〉이라는 주제의 태너 강연회에서 발표한 글들이 실려 있다.

17. 하버드에서 한 문학 강의 손유택 옮김 —『소설의 숲으로 여섯 발자국』 신판
에코가 하버드 대학교에서 한 여섯 번의 강의를 재구성하여 출간한 것으로 독자가 책을 읽는 데 필요한 요소들은 무엇인지, 어떤 관점에서 〈이야기〉에 접근해야 하는지, 저자와 독자 사이에는 어떤 관계가 있는지 밝히고 있다.

18. 세상 사람들에게 보내는 편지 이세욱 옮김 —『무엇을 믿을 것인가』 신판
에코는 비신앙인의 입장에서, 마르티니 추기경은 신을 믿는 사람의 입장에서, 모든 이념적, 윤리적 근거와 희망을 잃어버린 채 새로운 천 년을 맞게 된 우리의 문제에 관해 편지를 주고받는다.

19. 신문이 살아남는 방법 김운찬 옮김 —『누구를 위하여 종은 울리나 묻지 맙시다』 신판
텔레비전과 인터넷에 밀려 좌초 위기에 빠진 신문의 생존 전략을 명쾌하게 제시한다. 이탈리아 신문을 예로 들고 있지만, 한국의 신문에도 그대로 적용된다. 전쟁과 파시즘의 문제 등 현대 사회의 다양한 이슈도 다루고 있다.

20. 칸트와 오리너구리 박여성 옮김
우리가 어떻게 사물을 인식하고 명명하는가라는 고전적인 철학의 핵심 문제를 기호학적으로 접근해 풀어낸 책.

21. 언어와 광기 김정신 옮김
인간의 역사를 형성해 온 실수의 층들이 위트와 박학, 놀라운 명석함으로 하나씩 벗겨진다. 신세계로 향하는 콜럼버스의 항해를 비롯해 장미 십자회와 성당 기사단의 비밀 그리고 전설적인 바벨 탑에 대해 고찰하는 이 책은 언어와 사고의 기이한 역사를 파노라마처럼 펼쳐 보인다.

22. 거짓말의 전략 김운찬 옮김 —『낯설게하기의 즐거움』 신판
거짓말로 시작해 거짓말로 끝나는 이 책은 아이러니하게도 거짓말을 통해 진실을 밝히는 작업 또는 진실의 이면에 숨은 거짓을 드러내는 작업을 시도한다.

23. 책으로 천년을 사는 방법 김운찬 옮김 —『미네르바 성냥갑』 신판
『세상의 바보들에게 웃으면서 화내는 방법』에 이은 촌철살인 세상 읽기! 글을 잘 쓸 수 있는 방법을 비롯해 책이 중요한 이유 등을 에코 특유의 익살스러운 문체로 풀어 냈다.

24. 민주주의가 어떻게 민주주의를 해치는가 김운찬 옮김 —『미네르바 성냥갑』 신판
인권과 자유권, 평등권 등을 근본으로 삼는 민주주의는 현대 사회에서 가장 이상적인 사상으로 평가받지만, 에코는 그 민주주의 틈새를 파고들어 민주주의가 민주주의를 해치는 아이러니한 현장을 포착해 낸다.

25. 나는 독자를 위해 글을 쓴다 김운찬 옮김 —『움베르토 에코의 문학 강의』 신판
글쓰기의 진짜 즐거움이란 〈하나의 세계를 만든다〉는 것. 글은 오로지 〈독자〉를 위해 쓰는 것이지 자기 자신을 위해서만 쓸 수 없다는 에코의 주장은 문학의 존재 이유를 매혹적으로 드러낸다.

26. 번역한다는 것 김운찬 옮김
It's raining cats and dogs라는 영어 문장을 개들과 고양이들이 비온다로 옮기는 번역가는 분명 멍청이일 것이다. 그러나 에코는 생각을 바꿔 보라고 조언한다. 만약 그 책이 공상 과학 소설이며 정말로 개와 고양이들이 비처럼 쏟아진다고 이야기하는 것이라면? 오로지 에코 자신의 경험을 바탕으로 번역의 의미에 대해 서술하는 책.